保元物語の成立

野中哲照

汲古書院

はしがき

本書は、『保元物語』が平安末期から鎌倉末期にかけて段階的に形成された具体相を明らかにするとともに、より普遍的な問題として、〈動態的重層構造〉としての物語観を提示するものである。

目次

凡例

一、本書で用いる『保元物語』のテクストは、新日本古典文学大系43『保元物語　平治物語　承久記』(岩波書店、一九九二、『保元物語』は栃木孝惟校注)による。ただし、句読点や会話記号の位置を変更したところがある。

二、右のテクストは、『保元物語』諸本のうち最古態の一類本(国立公文書館内閣文庫蔵半井本)に拠ったもので、彰考館文庫蔵半井本や、中巻のみ残存する彰考館文庫蔵文保本も適宜参照した。基本的に一類本以外との異本比較を行わず、一類本からさらなる原態的・古態的な姿を解読しようとしたものである。

三、本書では、『保元物語』を冒頭部、発端部、合戦部、終息部、後日譚部の五部に分けて把握することとし、本書に収めた各章も、おおむねその順に従って掲載した。物語の「全体にかかわる論」(前提論)をその後ろに配置したので、論者の思考の道筋を追ってくださる読者は、先にそちらの前提論からお読みいただきたい。

四、半井本など古態本の段階では章段名は存在せず、流布本の段階で付されたものである。この章段名には問題があり、適切な読解の妨げになることもある。また、依拠テクストで一六頁にも及ぶ内容が「白河殿攻メ落ス事」の章段名で括られているなど、個別の場面を指示するのに不便な面もある。よって、本書で独自に大見出し(章)・小見出し(段)を付け、本書末尾の付録「言及一覧――章段名索引に代わるものとして――」の中で示した。章は〔　〕で、段は《　》で、それぞれ括って示すこととする。

五、本書で引用する文献の依拠テクストは、『台記』『兵範記』…増補史料大成(臨川書店、一九八九)、『女院小伝』…群書類従(続群書類従完成会、一九六〇)、『今鏡』…海野泰男『今鏡全釈』(福武書店、一九八二・八三)、『愚管抄』『増鏡』…日本古典文学大系(岩波書店、一九六七、一九七六)、『中外抄』『富家語』『古事談』…新日本古典文学大

系（岩波書店、一九九七および二〇〇五）、『源氏物語』『宇治拾遺物語』『十訓抄』…新編日本古典文学全集（小学館、一九九六および一九九七）、『古今著聞集』…新潮日本古典集成（新潮社、一九八三・八六）、『六代勝事記』『五代帝王物語』…弓削繁『六代勝事記・五代帝王物語』（三弥井書店、二〇〇〇）、『保暦間記』…佐伯真一・高木浩明『校本保暦間記』（和泉書院、一九九三）、『吾妻鏡』…新訂増補国史大系（吉川弘文館、一九六四～六五）。漢文体資料の場合は適宜、句読点や送り仮名等を付し、『兵範記』の引用については、保元元年の条である場合は、その年を記さず、月日のみを記すことがある。

六、依拠テクスト内に「崇徳院」の呼称は存在せず、「新院」「院」「讃岐院」のみであるが、本書においては便宜上「崇徳院」と称する。後白河は、冒頭部～終息部は「後白河帝」、後日譚部は「後白河院」とした。

七、『保元物語』の重層構造を明らかにするために、仮想の物語を措定して論じた部分がある。『保元顚末記』『保元合戦記』『保元東西いくさばなし』『為義物語』『幼息物語』『母入水物語』『崇徳院物語』などである。従来の軍記研究で古態性を論じる際に、現存本から透視できる先行テクストをすべて「古態」の語で括ってきたところに、壁を突き抜けられない問題があったとみる。古い新しいだけではなく、どのような質の指向に支えられた層なのかを見極めて提示する必要を感じる。これを措定しなければ『保元』の重層構造は明瞭に説明できないし、重層構造を説明しなければ軍記研究は前に進まないとみたのである。

八、古態、原態、先出的（先出層）、後次的（後次層）などの用語は、それぞれの文脈にふさわしいものを選択して用いてあるので、あえて統一していない。ただし、古態とは後次的な層にたいする相対的な位置を示すものとして用い、その中でも、これ以上古態的な層はありえないと想定しながら論述しているところでは、原態、原態的という用語を用いた。

九、すべての先行研究に目配りはしているが、直接関係するもの以外は触れなかった。『保元物語』の重層構造の全体像を提示することに専念するため、先行研究との違いなどに一々触れながら論を進めることを避けたためである。先行研究については、平野さつき「戦後『保元物語』研究史の展開」、安藤淑江「『保元物語』研究の現在と課題」（いずれも軍記文学研究叢書3『保元物語の形成』、汲古書院、一九九七）をご参照いただきたい。

一〇、先行研究で、為義の幼少の子息のことを略して「幼息」と称しているのに倣って、本書では、その年長の子息のことを「長息」と称する。目慣れない造語なので、これのみ予め断っておく。

一一、前著『後三年記の成立』では、各章ごとに異なる方法（文献学、国語学、説話との比較など）を用いて多角的に『後三年記』の成立問題に迫るものであったため、各章ごとに〔本章の要旨〕と論理図解を設けた。本書では、二十章のすべてが『保元物語』の〈動態的重層構造〉の中の各部分を役割分担的に説明する性格をもっている。ゆえに各章ごとの要旨や論理図解は示さず、代わりに論の全体像として巻末折り込みの「図解『保元物語』の動態的重層構造」を提示した。これをご覧いただきながら各章をお読みいただくと、わかりやすいと思う。

一二、作品名は通常どおり『保元物語』（『保元』）、『平家物語』（『平家』）などと『　』で括って表示したが、本書の書名にかぎっては、『『保元物語』の成立』とせずに、『保元物語の成立』とした。

一三、本書のカバー図版には、海の見える杜美術館（広島県廿日市市）所蔵『保元・平治物語絵巻』の中から二場面を選んで掲出させていただいた。画像をご提供くださった同館に篤く御礼申し上げたい。なお、この絵巻の選定ならびに解説（カバー袖）については、石川透・星瑞穂編『保元・平治物語絵巻をよむ　清盛栄華の物語』（三弥井書店、二〇一二）の恩恵を蒙った。

保元物語の成立

冒頭部の論

第一章　『保元物語』冒頭部における〈鳥羽院聖代〉の演出
――美福門院の機能をめぐって――

一　問題の所在

『保元物語』を〝保元合戦を扱った物語〟と規定してはならない。正確には〝保元合戦を起点とする古代末期の動揺を語った物語〟と言うべきである。保元以降、秩序が乱れ争乱や天変地異が続き〈現在〉（治承三年の直後、養和・寿永の頃。三二〇頁）に至った、という基本的認識の上に『保元』の表現主体は立っている。表現主体の認識によれば、保元以降〈現在〉までは〈乱世〉である。保元合戦を境として時代が急転換したという歴史把握は、同時代のコンセンサスともいうべき認識であったらしく、『愚管抄』でも、「保元以後ノコトハミナ乱世ニテ侍レバ、ワロキ事ニテノミアランズルヲ」（第三）、「保元元年七月二日、鳥羽院ウセサセ給テ後、日本国ノ乱逆ト云コトハヲコリテ後ムサノ世ニナリニケルナリ」（第四）と語られている。『愚管抄』の表現を借りれば〈現在〉は「ムサ」による「乱逆」の続く「乱世」である。そのエポックが保元合戦であり、保元元年七月二日の鳥羽院崩御である。

崇徳怨霊が猛威を振るう〈現在〉を〈乱世〉と捉え、その始まりが鳥羽院崩御であるならば、相対的に保元以前、鳥羽院政期までを〈聖代〉として認識しようとする指向が生ずるのは、当然といえよう。『保元』の表現主体の歴史認識の基底には、保元元年を境としてそれ以降を〈乱世〉、以前を〈聖代〉とする、対置の意識があるらしい。とりわけ、「コノ世ノカハリノ継目ニムマレ」た意識を持つ同時代人（『愚管抄』第七）には、保元直前の鳥羽院政期をことさらに美化する意識がある。本章では、これを明らかにしつつ、それが物語世界で〃演出〃されたものであることをも指摘する。

二　〈鳥羽院聖代〉の表現にみる類型性・作為性

『保元』の語り起こしは、「近曾《ちかごろ》、帝王御座《ましまし》キ。御名ヲバ、鳥羽ノ禅定法皇トゾ申ス」（《鳥羽院の系譜と経歴》）である。ここでいう「帝王」はたんなる「天皇」という意味ではなく賢帝、聖主、名君などと通じるニュアンスを持つ表現で、威厳ある天皇に対する畏敬を込めた呼称だろう。そして鳥羽帝の治世を、「御在位十六ケ年ノ間、海内シヅカニシテ天下ヲダヤカナリキ。風雨時ニシタガヒ、寒暑ヲリヲアヤマタズ」（《鳥羽院の天皇としての徳》）と語る。天皇とは言っても、白河院政下なので実権はない。天皇の徳で国家が安泰であったという程度の表現である。共同体の結束の象徴として最高位にただ存在するだけで賞賛されている。いかにも観念的・抽象的な賛辞の羅列がそのことを物語っている。続いて、鳥羽帝が白河院に代わって院政を布くところでも、「忠アル者ヲバ賞シ給、聖代聖皇ノ先規ニモタガハズ。罪アル者ヲバ宥給、大慈大悲ノ本誓ニモ叶ヘリ。サレバニヤ、恩光ニテラサレ、徳沢ニウルヲヒテ、国富ミ、民ヤスカリキ」（《鳥羽院政の善政たること》）と褒め上げる。院政ともなると実権があるので、天皇在位中にもまして大きな賛辞が贈られている。しかし、いかにも類型的な表現で、「聖代聖皇ノ先規ニモタガハズ」は、過去の聖帝たち（醍醐・村上を想起させる）の先規を外さないことだけで評価されているということである。個人的な治世の力量が称えられているわけではなく、〈古代〉を守ったことで十分に評価されている。また、一方の「大慈大悲ノ本誓ニモ叶ヘリ」も、聖徳太子以降続いてきた仏法王法相依の〈古代〉的な、理想の政治形態を守ったことで評価されている。

鳥羽院政に対する洛中の人々の評価にしても、「雲上ニハ星ノ位シヅカニ、海中ニ浪ノ音和也ツル御世」のように表現主体の地の文と全く同傾向で、類型的・抽象的な賛辞で表層的に世の泰平を表現するにとどまっている。

ところが『愚管抄』には、鳥羽院の幼少期の残虐性が、「鳥羽ノ院ハ、ヲサナク《（幼）》ヲハシマシケルトキ、ヒアイナル《（非愛）》事ドモアリテ、タキグチ《（滝口）》ガ顔ニ小弓ノ矢イタテ《（射立）》ナドセサセ給ト人ヲモヘリケルヲ」（第四）と伝えられている。このような鳥羽院像や、美福門院に対する見苦しいまでの溺愛ぶり（後述）などは、もちろん『保元』の表現主体の語るところではない。周辺資料・テクストの伝える豊かな鳥羽院像から照射する時、『保元』の鳥羽院像の「帝王」性は際立っている。いかにも表現世界で、型にはめられて作られた匂いがする。それだけに、美化されすぎた鳥羽院像は瑕つきやすいともいえる。

三　崇徳院の怨恨の対象――美福門院の機能1――

鳥羽院とその治世を徹底的に美化したのは、語りの〈現在〉＝〈乱世〉との相対化が必要だったからだが、その結果、崇徳院が鳥羽院に対して恨みを抱くまでの経緯を、表現主体は説明しにくくなった。なぜならば、鳥羽院を、誰からも恨まれるはずはないほどの聖帝として祀り上げてしまったからである。ところが、皇位継承をめぐって崇徳院が恨みを抱く過程を語らなければ、保元合戦の勃発を説明できない。そこで機能するのが、美福門院（得子）である。**美福門院の第一の機能は、鳥羽院に代わって崇徳の怨恨の対象となったことである。**まず、近衛帝の即位によって崇徳院が譲位させられるところに、美福門院の関与が語られる。

去ル保延五年五月十八日、美福門院、イマダ女御殿ト申シ御腹ニ、近衛院御誕生アリシカバ、上皇殊ニ悦ビヲボシメシシキ。ヰツシカ、同年八月十七日、春宮ニ立奉セ給テ、永治元年十二月七日、三歳ニテ御即位アリ。先帝

（崇徳帝）ヲバ、今ハ新院トゾ申ス。上皇（鳥羽院）ヲバ、一院ト申ス。先帝コトナル御ツ、ガモ渡ラセ給ハヌニ、ヲシヲロシ奉ラセ給フコソ浅増ケレ。カ、リケレバ、御恨ノミ残ケルニヤ、一院・新院父子ノ御中、不快ト聞エシ。誠ニ心ナラズ御位ヲサラセ給シカバ、ナヲ返シツクベキ御志モヤマシ〳〵ケン、又、新院ノ一宮重仁親王ヲ位ニ付奉ラセ給ハントヲボシメシケルニヤ、御心中難レ知。《近衛誕生に伴う崇徳譲位》《譲位に伴う崇徳院の恨み》

「ヰツシカ」を〝早くも〟と解釈すれば、あまりにも早い立太子（生後三カ月）に驚きを表明していることになるし、〝いつの間にか〟と解釈すれば、近衛帝が重仁親王を押し退けて次の春宮に選ばれるまでの経緯が不可解だという表現になる。いずれにしても、崇徳帝がむりやり譲位させられ（波線部）、重仁親王をさしおいて近衛が立太子・即位したことに対するささやかな批判を含んだ表現のようだが、その近衛帝の母として美福門院が紹介されている。

「イマダ女御殿ト申シ」の表現は、まず本文批評を要する。女御であるならば、天皇の子を産んでも何ら問題はない[1]。このように断り書きをする必要はないはずだ。これはおそらく、「イマダ女御殿ト申サザリシ」とあるべきで、本来のかたちでは再読文字「未」を使用していたと考えられる。「イマダ～ズ」と訓読すべきところを、「イマダ」とだけ読んで済ませてしまったのだ。つまり、まだ女御としてさえ認められていなかった頃に、のちの近衛帝を産んだという意味ではないか。そう解釈しなければ、この文脈に断り書きのような表現の存在することが説明できない。

（1）　美福門院の皇后宣下は近衛帝の即位に伴うもので、永治元年（一一四一）十二月二十七日のこと。女院号は久安五年（一一四九）八月三日。

近衛帝誕生の保延五年五月に、美福門院がまだ女御ではなかったことを裏づける資料がある。

保延二年四月十九日叙二従三位一。廿。同五年五月廿八日奉二誕近衛院一。同八月廿八日為二女御一。春宮入内日。年廿三。（傍点部分は論者の補入）

これは『女院小伝』の記述だが、保延五年八月の女御宣下に関する記述は『十三代要略』『一代要記』にもあるので史実性は疑いない（日付に異同がある程度）。そして、それは近衛の立太子に伴う昇格であったことが、諸史料ほか『今鏡』の次の記述でも知られる。

保延五年にや侍りけむ、己未の年、五月の十八日に、世になくきよらなる玉の男宮生まれさせ給ひぬれば…（中略）…いつしか八月十七日、東宮に立たせ給ふ。…（中略）…御母、女御の宣旨かうぶらせ給ふ。願ひの御ままなり。（第三「男山」）

「いつしか」の表現は『保元』と同じである。美福門院は、保延五年（一一三九）五月に体仁親王（のちの近衛帝）を産み、三カ月後の八月に親王が立太子したため、その月に女御の宣旨が下された。鳥羽帝の正式の后妃として認められていなかったために、皇子の立太子という既成事実を追うようにして、彼女に女御の宣旨が下されたのである。角田文衛（一九七五）によれば、美福門院が鳥羽帝の寵を得るようになったのは長承三年（一一三四）の頃からで、当時はまだ侍女の身分であった。美福門院の父長実が権中納言程度の身分であったためか、初めから女御として迎えられるような家格ではなかった。反美福門院派の人物ということもあろうが、藤原頼長は彼女を「土大夫女」（『台記』康治三年正月元日条）とさげすんでいた。このような背景を考え合わせてみても、問題の文脈は、本来「イマダ女御殿ト申サザリシ」であったと考えて間違いない。すると、**まだ女御とも認められていない侍女的な女の産んだ子が即座に立太子し、それに伴って慌てて女御に格上げされた経緯を、表現主体は批判的に語っているということになる。**

常識的に考えると、当時一介の侍女であった美福門院を取り立てて寵愛したのは鳥羽院だから、院にも表現主体の批判が及ぶことになる。しかし——以下の行論の中で明らかになるが——前後の鳥羽院像・美福門院像から推して、「ヰツシカ」「イマダ女御殿ト申サザリシ」の暗黙の批判は美福門院のみにとどまるようだ。このことは、崇徳院の怨恨が、「是ハ、当腹（美福門院）ノ寵愛ト云計ニテ、近衛院ニ位ヲ押取レ、恨フカクシテ過シ程ニ」《崇徳院の心中》など美福門院には向けられても、鳥羽院にまでは及ぼうとしていないことで裏づけられる。崇徳院の恨みの対象が美福門院であると明言されることによって、近衛帝即位前後の鳥羽院の影は見事に掻き消されたのである。また、合戦終結後に、崇徳院方の経憲・盛憲が糾問された時の嫌疑の内容も、「近衛院幷美福門院ヲ咒咀シ進セタルト云聞アリ」《経憲・盛憲・助安の拷訊》というものであった。崇徳院を押し退けて即位した近衛帝と、その母美福門院を呪咀の対象とはするが、鳥羽院の名は決して出されないのである。「ヰツシカ」「イマダ女御殿ト申サザリシ」の一節は、近衛帝の立太子〜即位の頃の美福門院の暗躍ぶりを示唆する表現だということになる。**美福門院の影が色濃く出て崇徳院方の怨恨の対象としてクローズアップされればされるほど、相対的に鳥羽院の関与性は薄められてゆく。**

近衛帝は在位十五年にして崩御し、崇徳院・重仁親王に再起のチャンスが巡ってきた。ところが今度は後白河が即位し、崇徳院父子の望みは断たれる。そこで再び美福門院が暗躍したと物語は表現する。「ヲモヒノ外ナル美福門院ノ御計」によって、後白河帝を即位させることになったのだが、それは、美福門院が崇徳院にたいして「誠ノ親ナラヌ御隔」を抱いていて、「女院モテナシ奉リ、法皇（鳥羽院）ニモ内々コシラヘ申サセ給ケル」結果だという。「天下ノ諸人」「高モ賤モ」の見解を出して物語内に世論を形成し、崇徳院の「御恨」を無理からぬこと（「理ナル」）と結ぶ言辞は、崇徳院に対する享受者の同情を誘導するものである。そして、**崇徳院の思惑にも世論の予測にもただ一人逆行して、後白河を帝位につけたのが美福門院だと明言している。**この件に関して、『愚管抄』には全く異なる見解が示されている。（鳥羽院は）「一向ニ法性寺殿（忠通）ニ申アハセラレ」た結果、後白河を天皇に推したのは藤原忠通だというのである。同様の認識は別の箇所にも、「鳥羽院ハ最後ザマニヲボシメシシリケン、物ヲ法性寺殿ニ申アワセテ、ソノ申サル、マ、ニテ、後白河院位ニツケマイラセテ、立ナヲリヌベキトコロニ、カヤウニ成行ハ世ノナヲルマジケレバ、スナハチ天下日本国ノ運ノツキハテ、、大乱ノイデキテ、ヒシト武者ノ世ニナリニシ也」（第七）とある。源平合戦や武士の勃興は後白河院の責任であると痛烈に批判し、その後白河を帝位に導いたのが忠通だと断ずるのだから、きわめて重い責任追及の言辞である。後白河を天皇に据えたのが美福門院か忠通か、真相は不明である。美福門院の意向を察して忠通が裁定を下したとの折衷説もある〔海野泰男（一九八二）〕。それは、とりあえずどちらでもよい。揺れる歴史認識、多様な歴史解釈の可能性の中で、ひとり美福門院を前面に出す『保元』の表現のありよう自体が、表現世界での一種の虚構なのである。『愚管抄』のような表現と相対化する時、『保元』の美福門院像が際立つことは否めない。

近衛帝・後白河帝の即位に美福門院が暗躍し、崇徳院父子の望みを断ち切った、と『保元』の表現主体は明言した。美福門院の進言を容れた鳥羽院にも恨みを抱いて然るべきだが、鳥羽院と崇徳院との「不快」――それが保元合戦の原因であることは万人の知るところだが(2)――の根元をさらに突き詰めようとするところに美福門院が立ちはだかり、彼女の暗躍が原因であるという以上の追及を許さない。つまり、**表現主体は、聖帝たる鳥羽院像に瑕をつけぬために、美福門院を盾として聖帝たる鳥羽院像を守らせた**のである。

（2）　鳥羽院・崇徳院の「不快」の原因については、『古事談』の伝承以外に、左大将人事をめぐって鳥羽院と当時の崇徳帝とが対立したとする伝承（『今鏡』第二「鳥羽の御賀」、『古今著聞集』第三）、崇徳帝譲位の際に鳥羽院方が崇徳院の院政を阻止するような策謀を用いたとする伝承（『今鏡』第二「八重の潮路」、『愚管抄』第四）などがある。『保元』は、これらの醜い政争を一切語らない。

鳥羽院と崇徳院とが「不快」にならなければ保元合戦は勃発しなかったという歴史の結果があるが、そのどちらをも悪者にするわけにはいかない。なぜならば、表現主体の歴史認識からすると、良き〈古代〉の最後の「帝王」鳥羽院は聖帝として位置づけるべきなので瑕瑾をつけるわけにはいかないし、一方、体制にたいする批判精神の持ち主〔第六章〕としては崇徳院にこそ同情してやりたい。そこで、両者の間に美福門院を介在させたのだろう。

四　清盛の後白河帝方参戦と「御遺言」——美福門院の機能２——

美福門院の第二の機能は、合戦直前の武士召集の際、とくに平清盛を後白河帝方に引き寄せる役割を果たすことによって、これに関する鳥羽院の影を薄めたことである。後白河帝方に清盛などの武士たちが参集する経緯は、次のように語られている。

鳥羽殿ヨリ右大将公教卿、藤宰相光頼卿、二人御使ニテ、八条烏丸ノ美福門院ノ御所ヘ進セテ、右少弁惟方ヲ以テ、故院ノ御遺誡ヲ申出ル。新院ト内裏トノ御中アシカルベキ事ヲ、兼テ御心得ヤ有リケン、兵乱出来バ、内ヘ可レ参武士ノ交名ヲ御自筆ニテ注置セ給タル故也ケリ。義朝、義康、頼政、重成、季実、維繁、実俊、資経、信兼、光信也。《後白河帝方に参ずる人々》

鳥羽院の遺骸に付き添って洛南の鳥羽殿にいる美福門院が、鳥羽院旧臣（公教・光頼）を遣して、自分の留守宅（八条烏丸）に置いてある「故院ノ御遺誡」を取りに行かせた。公教・光頼を遣した人物（＝主体）は省略されているが、「鳥羽殿ヨリ」とあるので美福門院以外には考えられない。「故院ノ御遺誡」は、合戦勃発に備えて鳥羽院が準備していたもので、内裏方へ参集すべき武士たちの名を「御自筆」で書き置いていたものである。[3] その武士の名が傍線部の十名である。ところが、この十名の名が本当に「故院ノ御遺誡」に記されていたのかどうかについては、慎重な検討を要する。

（3）『兵範記』七月十一日条にも「鳥羽院遺詔」なるものの存在が記されているが、武士の召集については不明。『今鏡』にも、「近衛の帝崩れさせ給ひて、嘆かせ給ひし次の年（保元元年）、鳥羽の院失せさせ給ひし時は、北面に候ひと候ふ下臈どもかきたてて、院おはしまさざらむには確かに女院（美福門院）に候へとて渡され侍りけり」（第三「虫の音」）とある。

『今鏡』のいう「北面」は『愚管抄』の「キタヲモテ」とも一致する。鳥羽院の遺誡が存在した事実は疑いないだろうが、後述するように、遺言の記録は『保元』以外にはない。

右に続く一節に「故院ノ御遺誡」（文書）とは別の、「故院ノ御遺言」（口頭）なるものが突如として登場する。

安芸守清盛朝臣、兵庫頭源頼政、佐渡式部大夫同重成ハ、「故院ノ御遺言ノ内ナリシカバ」トテ、女院ヨリ内裏へ進セラル。清盛ハ多勢ノ者ニテ、一方ノ大将軍ヲモ仰付ラレヌベキナレ共、新院ノ一宮重仁親王ノ御メノト子ナレバ、法皇御心ヲ置セ給テ、御注文ニハ入サセ給ハザリケリ。然共、美福門院ヨリ、「故院ノ御遺言ニ、清盛、内裏ヲ守護シ申セ」ト御使アリケレバ、清盛、内裏へ参リヌ。《美福門院が召集した武士たち》

清盛の名は「御遺誡」には記されておらず（二重傍線部）、「御遺言」によって召集されたことが明らかにされている。その「御遺言」を伝えたのが美福門院なのである。清盛だけでなく、源頼政・佐渡式部大夫重成もそうだという（傍線部）。すると、先の十名の中に含まれている頼政・重成の名と重複することになり、「御遺誡」に彼らの名が本当に記されていたのかどうか、いぶかしい。

さらに、「御遺言」に続いて、「此外、周防判官季実、平判官実俊、和泉左衛門尉信兼ハ、職事ノ催ニ随テ参ル」《公的命令によって参集した武士たち》などという説明が加えられる。これによると、季実・実俊・信兼の三人は「職事ノ催」に従って参集したということだが(4)、この三人も先の十名の中に入っている。

（4）職事は蔵人頭で、当時は左中弁雅教。『兵範記』七月八日条に「蔵人頭左中弁雅教朝臣、奉二勅定一、以二御教書一仰二諸国司一云」とあり、後白河帝の下で陣頭指揮を執っていたことが窺える。

これらを整理すると、「御遺誡」に確実に記されていたと思われるのは、義朝・義康・維繁・資経・光信の五名と考えられ、「御遺言」で参集した頼政・重成、および「職事ノ催」で参集した季実・実俊・信兼を加えて、十名の連記となったわけである。どのような命令系統によって武士が参集したかを峻別した資料が存在し、それに依拠した一節だったのだろう。書写過程でその意図が理解されなくなり、「御遺誡」の中に別の五名の名が後次的に混入したと考えられなくはない（半井本『保元』とは、そのような段階にあるテクストである。犬井善寿（一九七四））。しかし、そう考えると、頼政・重成と同じ「御遺言」内の清盛の名が混入しなかったことの説明がつかない。そこで、本文上の問題ではないとすると、**十名を連記した表現主体の意図は、「御遺誡」「御遺言」「職事の催」の三系統をないまぜにし、清盛ひとりを際立たせようとするものであった**と思い至る。

実際のところ、頼政・重成や季実・実俊・信兼は、合戦の趨勢に重大な影響を及ぼすような人物ではない。（『後白河帝方による先制攻撃』）に語られている後白河帝方の各武士の軍勢は、清盛六百余騎、義朝二百五十余騎、頼政百騎未満、義康百騎、維繁百騎、季実百騎、実俊七十余騎、重成六十余騎、信兼七十五騎である。この数からみて、清盛の身の振り方が合戦の勝敗を決したと言っても過言ではない（『兵範記』七月十一日条では、清盛軍三百余騎、義朝軍二百余騎）。それほど清盛の軍勢は圧倒的だったのである。合戦後の論功行賞でも、義朝よりも清盛のほうが格段に評価が高かった。その清盛を後白河帝方に引き寄せたのが「御遺言」であり、美福門院だったのである。「御遺誡」は文書であるから誰の目にも明らかであるし、『兵範記』や『今鏡』の記述からその存在の事実は疑いない。ところが、「御遺言」については、『保元』以外に記した史資料がない。たとえ、「御遺言」が事実存在したとしてもそれは文書ではないため、内容の真偽は美福門院にしかわからないのである。美福門院が「御遺言」と称して自分の考えを述べた可能性もある。問題の文脈を注視すると、「故院ノ御遺言ノ内」＝「女院ヨリ」、「美福門院ヨリ」＝「故院ノ御遺言ニ」と二度も同一内容を念押しする執拗さがある（波線部）。このことから、表現主体は、美福門院の裁量で清盛が後白河帝方に召されたことをわれわれに印象づけようとしているらしい。清盛を後白河帝方に引き寄せた功績が美福門院にあるということは、敗者崇徳院の側からみれば、怨恨の対象が美福門院であるということになる。「重仁親王ノ御メノト子」とあるように、清盛は立場上、崇徳院方につく可能性も大いにあったのだ。

『愚管抄』にも鳥羽院が武士たちに忠誠を誓わせ、美福門院のもとにその「祭文」を遺した由が見える。[5] ただし、清盛だけでなく、結果的に崇徳院方についた為義もこれに入っていることから、『愚管抄』ではこの「祭文」が十分には機能していないことになる（それだけに作為性がないとも言える）。『保元』の表現主体は、美福門院の暗躍ぶりを表現するために「御遺誡」とは別に「御遺言」を設定し、清盛の後白河帝方参戦に機能させたわけである。その上、清盛以外の非「御遺誡」の五名を十名連記に組み込んで、清盛ひとりを際立たせたとすると、享受者の印象を誘導しようとするほどの巧みな表現操作を行っていることになる。表現主体は――鳥羽院の中立性が失われることや、鳥羽院が崇徳院の怨恨の対象となることを怖れたためか――「御遺言」の実行者として美福門院を前面に押し出したのである。

（5）『愚管抄』第四「サテキタヲモテニハ、武士為義、清盛ナド十人トカヤニ祭文ヲカ、セテ、美福門院ニマイラセラレニケリ」。『保元』の十名連記には清盛が含まれていないので、『愚管抄』の「十人」と同一視することは出来ない。

五　醜悪な鳥羽院像の隠蔽――美福門院の機能3――

美福門院の第三の機能は、彼女を溺愛する鳥羽院像や、他の后妃たち（とりわけ待賢門院）**の姿を隠蔽したことである。**鳥羽院が深刻な病に冒されたとの記述に続いて、これを悲嘆した美福門院の出家が語られる。鳥羽院を心から慕い、院の病気を衷心から悲嘆する美福門院像である。鳥羽院崩御の際の《美福門院の悲嘆》も同様に造型される。

中ニモ、美福門院ノ御歎、類少クコソ承シカ。玉ノスダレヲカ、ゲテカケテ、竜顔ニ向奉リ、金ノ床ヲ払ッテ玉体ニ並ビ奉リ給フ床ノ上ニハ、旧キ御衾空残リ、御枕ノ下ニハ、昔ヲコウル、御涙ノツモリ、今は灯ノ下ニハ、影トモナウ御事モマシマサネバ、タゞ籬《まがき》ニスダク虫ノ音モソゞロニ恨メシ。南庭ニ花ヲ見レドモ、袖ヲツラネシ薫ニモアラズ、北園ニ虫ヲ聞ケ共、枕ヲ並ベシ音ニモアラズ。只、夜モナガウ、日モ永クゾ思食ケル。

このように、鳥羽院の発病の折と崩御の際の美福門院像は、鳥羽院との間に何者をも介在させないほどの密接な夫婦関係を演出している。「スダレ」「床」「衾」「枕」「袖」の語の連続が意図する表現効果は、まさに、比翼連理の夫婦像を演出するものとして結実している。しかし、美福門院の出家の場面といい、この悲嘆の場面といい、一方的に美福門院からの情愛が語られるばかりで、美福門院に対する鳥羽院の想いを語る部分はない。まるで、鳥羽院からの情愛の不足を補うかのように、美福門院が過剰に鳥羽院に接近し、総体的に仲睦まじい夫婦像を印象づけようとしているかのようだ。ところがこれとは逆に、むしろ鳥羽院が美福門院を溺愛していたという記述が『今鏡』にある。

忍びて参り給へる御方（美福門院）おはして、いづこにも離れ給はず。やゝ朝政事も怠らせ給ふさまにて、夜がれさせ給ふことなかるべし。（第三「男山」。傍線部は蓬左文庫本による補入）

これが真相だとは言わないが、少なくとも一方には政治をないがしろにするほどの、見苦しいまでの寵愛ぶりが同時代に語られているのである。同様の認識は『愚管抄』にも、「鳥羽院ハ長実中納言ガムスメヲコトニ最愛ニヲボシメシテ」（第四）と表現されている。『保元』の表現主体は、このような鳥羽院像を語ろうとはしない。『今鏡』の別の箇所には二人の馴れ初めの頃のことも、「（美福門院の父長実の死去すぐ）忍びて御消息ありてかくれつつ参り給ひけるほどに、日に添へて類ひなき御心ざしにてときめき給ふほどに、ただならぬことさへおはしければ……」（第三「男山」）と語られている。もともと鳥羽院が彼女の入侍を強く望んでおり、彼女の父の喪が明けるとすぐに侍女としたのである。『保元』の表現主体は、**美福門院を溺愛した鳥羽院像を垣間見させないために、反動的に、美福門院から一方的に鳥羽院を慕うように表現しつつ、理想的な夫婦像を演出しようとした**ようだ。二人の関係における美福門院像の主体の強さが、かえって見苦しい鳥羽院像を隠蔽しようとした表現主体の意図を匂わせている。

じつは、『保元』にはあの待賢門院の登場はおろか、その名さえ紹介されていない。崇徳院・後白河院の実母であり、鳥羽院・崇徳院の「不快」の根元的な原因とされる女性だが、その伝承（『古事談』一五三話）は、角田文衛（一九七五）によって史実的な裏づけも試みられた。保元合戦の遠因ともいわれる待賢門院の存在を、『保元』の表現主体はまったく口にしようとしないのだ。この女性に関わる白河院像・鳥羽院像はけっして〈聖代〉に相応しいものとは言えない。皇室内部の、陰湿で隠匿すべき裏面である。『古事談』のような風聞が当時あり、『保元』の表現主体も当然これを知っていたのだろう。保元合戦を語るのに待賢門院の名さえ出さず、また、保元当時生存していたもう一人の后妃高陽院《かやのいん》(6)の名をも出さず、美福門院一人を終生の妻としたかのように享受者の錯覚をたくらむのは、醜悪な鳥羽院像を知りながら口をつぐんだとしか思えない。表現主体は、「帝王」たる鳥羽院像（ひいてはそれに象徴される〈鳥羽院聖代〉）に瑕のつくことを惧れたのだ。

（6）角田によれば、高陽院に対する鳥羽院の寵愛は薄かったということだ。しかし、『愚管抄』第四には「鳥羽院御本意トゲムトテ、脱屣（＝譲位）ノ、チニゾムスメノ賀陽院ハ、ナヲマイラセ給ニケル」などと語られており、待賢門院とは別な意味で、やはり隠蔽すべき女性であったと思われる。また、藤原忠通も隠蔽されているふしがある。先に述べたように、後白河を立太子させたのは『愚管抄』では忠通とするのに、『保元』では美福門院としている。忠通は表面には立たないが影で暗躍するタイプの政治家だといわれる。ただし、『保元』で全体的に忠通の影が薄いのは、表面に出ない原資料の忠通像をそのまま反映したと見るべきか。一二四頁参照。

六　おわりに

美福門院の登場箇所は、以上ですべてである。つまり、それ以上に豊かな人物造型を与えられて登場しているのではないということだ。整理すると、①乱の原因において崇徳院の怨恨の矢面に立ち、②後白河帝方に清盛を引き寄せ、③鳥羽院の醜悪な姿や待賢門院らの影を隠蔽する部分でしか、美福門院は語られていないということである。いずれも聖帝鳥羽院像を守るという点で共通している。このことから、**『保元』における美福門院は、鳥羽院政期を〈聖代〉**

として語るために、表現主体が機能を与えて戦略的に投入した人物だということになる。本章では、美福門院像を分析することによって、保元以前（＝〈古代〉）をことさら〈聖代〉として描き切ろうとする表現主体の姿勢を明らかにした。表現主体は、保元以前がそう綺麗ごとだけでは済まない時代であったことを知りながら、〈聖代〉の表現を偽装したのだ。それは、保元以前の〈古代〉を安定的で揺るぎないものとして定位し、そこから、無秩序で不安定な〈現在〉を相対化しようとする、表現主体の歴史認識の表明であった。

本章の論点はほとんど鳥羽院像でありながらあえて題目を〈鳥羽院聖代〉としたのは、この問題がひとりの登場人物としての鳥羽院の問題ではないと考えたからである。鳥羽院に象徴される時代の問題なのだ。それはまた、鳥羽院政期にもとどまらず保元以前のすべての〈古代〉に関わる時代認識の問題なのだ（三二八頁）。冒頭に引いた『愚管抄』のように、保元合戦を境として〈古代〉と〈現在〉とが対置されるような時代認識の中でこそ、鳥羽院像の問題は考えねばならない。このように鳥羽院政期を〈聖代〉と偽装して時代の転変を語る枠組みは、もちろん平安末期や鎌倉初期には成しえないものだろう。『保元』の重層的構造体を統御する段階――『愚管抄』との認識の通底からみておそらく承久合戦後の鎌倉中期――で、『保元物語』の冒頭部は整えられたものと考えられる。

文　献

犬井善寿（一九七四）「文保本系統『保元物語』本文考――文保本から半井本への本文変化――」伝承文学資料集第八輯『鎌倉本保元物語』東京：三弥井書店
海野泰男（一九八二）「後白河天皇即位の経緯」（二九〇頁補注）『今鏡全釈　上』東京：福武書店
角田文衛（一九七五）『椒庭秘抄――待賢門院璋子の生涯――』東京：朝日新聞社／『待賢門院璋子の生涯――椒庭秘抄――』と改題（一九八五再刊）

第二章　『保元物語』冒頭部の戦略

——熊野託宣譚の意味——

一　問題の所在

本章で注目するのは、『保元』冒頭部の熊野託宣譚（〈熊野参詣と託宣〉）である。『保元』の表現主体は、多元的な情報に依拠しようとすることと、物語という統一的な構造体を指向することとの矛盾を、どのように解決したのだろうか。複数の情報の集積によって成り立っているだけならば問題はない。たとえば、東国武士団の情報が、初期段階の相模武士中心から後次段階の広域的東国武士へと拡大するといった類の順接的な〝集積〟ならば、そこに矛盾も分裂も生じない。同系統の情報がただ追加されて、詳密になるだけのことである。ところが、現存の『保元』には、あまりにも異質な情報を混在させてしまったために、物語の統一性を損ねてしまいかねない分裂的な混在状況も見受けられる。これを解決するための手立てが、冒頭部で図られたはずである。

二　『保元物語』熊野託宣譚の多様性・重層性の吸収機能

『保元』の熊野託宣譚に類似する話は、『愚管抄』巻四にも収められている。その先後関係が『愚管抄』→『保元』

であることは、すでに栃木孝惟（一九七二）において解決している。両書の相違点は第一に、『愚管抄』では白河院の御幸かとみられるものの時期の不明確な話（「イヅレノタビニカ」）とするのにたいして、『保元』では明確に鳥羽院の「久寿二年冬ノ比」のこととしている点である。第二に、〝手の裏を返す〟が『愚管抄』では抽象的な時代の転変を意味するのにたいして、『保元』では明らかに保元合戦の勃発を指している点である（栃木）。これらの先行研究の成果の上に、本章では〝なぜ『愚管抄』的な素材話が『保元』のように改変されなければならなかったのか〟、また〝物語の冒頭部に据えられなければならなかったのか〟という点について考察する。

『保元』冒頭部の熊野託宣譚は、鳥羽院が来年の夏の終わり、秋の初めに崩御することが予告されたことを主旨とする。その前の部分は、次のように始まる。

久寿二年冬ノ比、法皇熊野へ御参詣アリケリ。証誠殿ノ御前ニ通夜申サセ給ケルニ、夜半バカリニ神殿ノ御戸ヲ排テ、白クウツクシク小キ左ノ御手ヲ指出シテ、ウチカヘシ〳〵三度セサセ給テ、「是ハイカニ、〳〵」トヲウセラレケルガ、御夢想ノ告アリ。法皇、大ニ驚キ思食メサレテ、御先達ニ仰テ、「是ニヨキ巫女ヤル。召セ、権現勧請シ奉ラン」ト仰ラレケレバ、本ハ美作国ノ住人イワカノ板トテ、山内無双ノカンナギヲ召テマイラスル。「御不審ノ事アリ。キト占申セ」ト被レ仰ケレバ、《鳥羽院熊野参詣における託宣》

傍線部の表現がなんのために存在するのかは、次を見れば諒解できる。

寅刻ヨリ権現ヲヲロシ進スルニ、日中過マデヲリサセ給ハズ。諸人、目ヲスマシ、如何ニト見ル所ニ、良久ク有リテ、権現已ニヲリサセ給ヌ。カンナギ、法皇ニ向奉リテ、歌占ヲ出シタリケリ。手ニ結ブ水ニヤドレル月影ハアルヤナキカノ世ニハ有ケルトテ、左ノ手ヲ上テ、三度、打反〳〵、「是ハ如何、〳〵」ト申シケレバ、「真実権現ノ御託宣ナリ」ト思食シテ、法皇イソギ御座ヲスベラセ給ヒケリ。（同右）

前後の傍線部が、伏線と回収の関係になっている。鳥羽院が「イワカノ板」というカンナギの発言を、本当に熊野権現の託宣だと判断する（波線部「真実権現ノ御託宣ナリ」）ための根拠として、鳥羽院が夜半ばかりに（おそらくまどろみながら）見た情景と、目の前のカンナギの所作が期せずして一致し、そのゆえに本当に熊野権現が「イワカノ板」に下りてきたと判断されるという。その信憑性を増す機能を果たしている。このような信憑性の演出は、二重傍線部の表現「日中過マデヲリサセ給ハズ。諸人、目ヲスマシ、如何ニト見ル所ニ、良久ク有リテ」とも響き合っている。要するに、時間的に引っ張っているのである。引っ張ることによって、衆目を引きつけている。衆目を引きつけることによって、傍線部「左ノ手ヲ上テ、三度、打反〳〵、『是ハ如何、〳〵』ト申シケレバ」の表現が鳥羽院ひとりの視線ではなく、その場にいたすべての人々（「御所ニ候ケル公卿殿上人」）の共有する視線になってゆく。そこへもってゆくために、引っ張ったのである。また、鳥羽院が感じた個人的な信憑性ではなく、その場にいた誰もが共通して認めた信憑性であることを表現するために、一方では時間的に引っ張り、もう一方ではまどろみの中で見た光景と現実の巫女の所作とを重ねたのである。そうまで表現を凝らしたればこそ、次の表現が活きてくる。

保元元年春夏ノ比ヨリ、法皇ツネニ御悩有テ、心身例ニ背キ、玉体不豫ニナラセ給。御熊野詣ノ供奉ノ人々ハ、「サル事アリシゾカシ」ト思合セラル。供奉セヌ人ハ、「去ル年ノ秋、近衛院ノ先立セ給シ御歎ノツモリニヤ」ト申シケレ共、業病ヲ受ケサセ給ヌルニコソ。（「近衛」の院号追贈は崩御後のこと）《鳥羽院の発病》

熊野参詣に供奉した人々は、熊野権現の託宣によって鳥羽院の寿命が限られたと認識し（傍線部）、それに供奉しなかった一般の人々は近衛帝の早世によって父たる鳥羽院の悲嘆が深まり、寿命が縮まったのだろうと解釈していた（二重傍線部）という。この両者の因果解釈を等価に並べて相対化するために、『保元』冒頭部の熊野託宣譚の表現や構成は練り上げられたといってよい。通常ならば、近衛帝の早世こそが鳥羽院の寿命を縮めたと考えるのが大勢を占めるはずで、それ以外の考えは入る余地がなさそうなところである。ところが、すぐには熊野権現が降りず、もったいつけてから降りると表現されることによって、衆目が鳥羽院周辺や「イワカノ板」に釘付けになる。つまり、釘付けによって、鳥羽院個人が視認したというに留まらず、「御熊野詣ノ供奉ノ人々」が共通認識によって繋がれた一大勢力になりえたのである。視点釘付けのための〝もったいつけ〟だったのだろう。このことによって、「御熊野詣ノ供奉ノ人々」と「供奉セヌ人」とが物語内で拮抗する勢力になりえている。そして、**鳥羽院崩御の因果関係の説明として、熊野託宣ゆえの寿命観と、近衛帝早世ゆえの寿命短縮とが、並存しうるに至っ**たのである。

逆の場合を想定してみると、表現主体の表現意図がよく見えてくる。熊野権現が時間もかけずにすぐに降りてきたのなら、それは鳥羽院個人が秘密的に受け止めた託宣ということになる。そうなると、鳥羽院が、周辺人物よりも先にあの世に旅立ってしまうので、〝死人に口なし〟の諺どおり自らの死因を解釈する役を担うことはできない。すると、「御熊野詣ノ供奉ノ人々」の認識など物語内で表明しえなくなってしまう。

また、「イワカノ板」が熊野権現と同じような所作「左ノ手ヲ上テ、三度、打反〳〵、『是ハ如何、〳〵』ト申シケレバ」をすることによって、鳥羽院の主観ではなく、一定の客観性というに近い信憑性を有するに至ったのである。**『保元』冒頭部の熊野託宣譚の戦略とは、当時一般に通行していたであろう〝近衛帝早世こそが鳥羽院崩御の主因である〟との認識に対抗しうるように、それとは別に熊野権現の託宣もあり、しかもそれが個人的でも主観的でもなく〝衆目の事実〟とでも呼ぶべき信憑性を有しているもう一つの解釈たりうることを提示することに眼目がある。**

三　表現主体の立ち位置

さらに重要なことがある。前節で見たような多様性・重層性を吸収するような位置に立っている表現主体とは、どのような存在かという問題である。鳥羽院崩御をどう解釈するかの第一極は供奉派（「御熊野詣ノ供奉ノ人々」＝熊野託宣と結びつける）で、第二極は非供奉派（「供奉セヌ人」＝当時の都人一般、近衛帝早世と結びつける）とすると、表現主体自身はそれらとは別の第三極の認識を提示しているということである。それが二重波線部の、「業病ヲ受ケサセ給ヌルニコソ」である。ある特定の要因に結びつけようとする一般の人々を突き放すかのように、より高所から「業病」（仏法的宿命観）で解釈しようとするのである。(1)

（1）なぜ、鳥羽院を皇祖神に見放されたと表現しなかったのか。たとえば藤原頼長の死去の場合は、藤原氏の氏神である春日大明神に見放されたとの解釈を示している（「春日大明神ノ捨サセ給ケレバ」）。鳥羽院の崩御が皇祖神に見放されたという踏み込んだ解釈が提示されなかったのは、この物語の冒頭部が、鳥羽院の聖代性――鳥羽院を理想化せざるを得ないという歴史観――によって貫かれていることと連動している。いくら皇祖神たる熊野権現の託宣をここに機能させようとしたところで、それを鳥羽院崩御の踏み込んだ解釈にまでは使えないという限界、抑制が働いたものとみられる。

じつは、この第三極的な認識は、『保元』の随所に窺える。むしろそれが、全体を貫いている。熊野託宣譚の末尾は、「定業カギリアリ。我力不レ及」という熊野権現の言葉で締めくくられている。この「定業」は、さきの「業」による「病」を受けたものとする認識ということと同じである。ほかにも、《鳥羽院の崩御》で、「大法秘法モシルシナシ、医家術道モ及ガタシ」とあるところも、この世の小さな存在である人間たちの努力などを突き放して対象化する、仏法的なまなざしの存在が窺える。それは、「有為無常ノ境、老タルハトヾマリ、若キハ先立ナラヒナレバ、初テ驚クベキニハアラネドモ」《鳥羽院崩御に伴う概嘆》という評語の中にも含まれている。さらには、冒頭部の一連の話が終わった小括の部分で、「有為ノ理《ことわり》、高《たかき》モ下《いやしき》モ異ナル事ナシ。無常ノ境、刹利モ居士モ不レ嫌。妙覚ノ如来、猶因果ノ理ヲシメシ、大智ノ声聞、又、先業ヲ顕ス事ナレバ」《皇室の凶事の総括》とある認識とも通底している。三五三頁で、統括的表現主体がおそらく僧侶であろうと述べたとおりである。ということは、表現主体の視座は高所にある俯瞰的なものであり、人間の生死について特定の因果関係で解釈しようなどとは考えておらず、すべてを「業」として受けとめようとする態度を基調としているということになる。翻って考えれば、その第三極の視座からすると、卑小な存在たる第二極の非供奉派も、第一極の供奉派も、突き放され相対化されているということになる。

このことは、政治的なかけ引き、崇徳院の心理、合戦の様子など多様な素材の流入する『保元』において、それらの多様性にあまり手を付けずに必要最小限の接合作業のみを施して物語を成立せしめようとしている現象と連動している。すなわち熊野託宣譚の投入は、**鳥羽院崩御について、第一極、第二極、第三極のように三通りの解釈が可能なのであり、それらが互いに矛盾することなく共存しうるということを示すための戦略であった**のだろう。

四　『保元物語』の〝成立〟とは――差し替えられた冒頭部――

『保元』を、いくつもの層が折り重なって形成された重層的構造体であると指摘しえたとしても、それら複数の中のどの層をもって〝『保元』の成立〟と呼ぶべきなのか、という問題がある。当然のことながら、『保元』の成立以前に、すでに一定のまとまった小物語の体裁になっていて、それが『保元』に取り込まれたと考えるべきでもある。また一方で、『保元物語』と呼ぶにふさわしい形成上の段階があったとして、それ以降に――物語の基本骨格の成立以降に――後次的に増補された部分も、少なからずある。文保本と半井本との位相差が、そのことを如実に示している（文保本を、『保元』でないとか、『保元』成立以前の素材段階に過ぎないものだなどとする研究者はいないだろう）。すると、いくつもの層が折り重なっているなかで、どの段階以降が『保元』と呼びうる段階なのか、すなわち『保元』の基本骨格が固まった段階はどの時点だというべきなのか、ということが問題になる。それは、視点を変えて言えば、物語のほぼ全体を見渡すような操作がどの段階で行われたのか、ということである。

本書全体の結論を先取りしておくと、『保元』の成立は、第一次（『為義物語』『保元顚末記』等が統合された平安最末期～鎌倉初期）、第二次（『保元合戦記』を加えて武士の活躍がやや脚色された鎌倉初期）、第三次（鳥羽院聖代観、熊野託宣譚、鳥羽院旧臣の安堵などの枠組みのもとに秩序化された鎌倉中期)、第四次(合戦部後半の筑紫軍団対東国軍団の対戦構図を中心に肥大化した鎌倉後期)、第五次(後日譚部まで叙述領域を広げ日本国の相対化をはかった鎌倉末期)の五段階として把握できそうである。巻末折り込み「図解『保元物語』の動態的重層構造」は便宜的に五段階に整理したもので、このうち元寇の影響による軌道修正と崇徳院怨霊譚、為朝渡島譚の投入が同時期だとする根拠はなく、実際には時期が若干ずれるのかもしれない。現実的には全体で十層〜二十層程度の加筆修正段階があったかと推定されるが、それを五層に整理したのである。この五層は、いずれも〝『保元』の成立〟と呼ぶにふさわしいものである。ただし、この中でも〝現在みられるような『保元』に大きく近づいた〟という観点からすると、承久合戦後、鎌倉中期の第三次(一二三〇年代か)は格別な重きを成す。

　前章で取り上げた鳥羽院聖代観、本章で問題にしている熊野託宣譚は、第三次の成立期に導入されたという考え方である。その根拠は、保元合戦を時代転変の契機と捉える認識が『愚管抄』の認識にも近く、さらに衰退史観や反復史観を脱却したという点では『愚管抄』よりも後次的であることによる(野中(二〇〇三))。このとき、もとあった原『保元』(おそらく『保元顛末記』)の冒頭部と、現状のような鳥羽院聖代観、熊野託宣譚をもつ冒頭部に差し替えられたのではないかと考えられる。その根拠は、冒頭部末尾の小括の接合痕である。昨年の近衛、今年の鳥羽院と不幸が相次いだと嘆いたあとで、次のように評している。

　無常ノ境、刹利《せつり》モ居士《こじ》モ不ㇾ嫌。妙覚ノ如来、猶因果ノ理ヲシメシ、大智ノ声聞、又、先業ヲ顕ス事ナレバ、く
　新院ノ御心中ヲボツカナシトゾ思アヘル。《皇室の凶事の総括》

『保元』は全体で六万字ほどの物語だが、その中でもここが最大の不整合箇所である。近衛帝や鳥羽院の崩御もやむなしと仏法的解釈によって捉え直しているさなかに、「新院(崇徳院)ノ御心中ヲボツカナシ」が出てくるのである。そしてこのあと、発端部の「依ㇾ之、禁中モサハガシク、院中モサヽヤク事ノミゾアリケル」へと流れてゆく。表現

欲求をもつとか、それに伴う論理性（プレ文脈）をもつなどという文筆に携わる人間が、このような文章を書くはずがない。「新院ノ御心中」の直前（前頁のくのところ）、本来存在した冒頭部が消されたのではないか。そして、**時代転変を語るにふさわしい現状の冒頭部と差し替えられたのではないか**（もとあった冒頭部が『保元顚末記』のものだとすれば、簡略な当時の時代背景を叙述したものであったろう）。もとあった冒頭部は、後白河帝・清盛批判など鎌倉中期からみると時代に合わなくなった内容を含んでいたために、消されたのではないか。そう考えると、五つの大きな節目の中でも、現在みられる形の『保元』へと大きく近づいたという意味で、第三次はとくに重いというべきだろう。

五　おわりに——熊野託宣譚の戦略性——

物語につぎはぎ感があるということは、原素材の姿が色濃く保存されているということでもある。もし原素材が完璧に消化されて書き換えられたのなら、つぎはぎ感は現出しないはずだからである。ということは、鎌倉中期に『保元』が成立したのだとしても、それ以前のたとえば平安末期の層もそのまま現存『保元』の中に保存されているとみたほうがよい。平治合戦以降の平安末期〜鎌倉初期に成立したと考えられる『為義物語』『保元顚末記』の痕跡も、現存『保元』の内部にそのまま存在する。だからこそ、物語に凹凸感が現出しているのである。

『保元』の全体像が複数の情報源からの多様な素材の集積だとすれば、そしてまたその多様性がそのまま物語に取り込まれているのだとすれば、物語の冒頭部にはどのような役割を担わせるべきか。おそらくはそのような問題意識によって、熊野託宣譚は形作られたのだろう。第三次の**表現主体は、本来的な伝承内日時**——『**愚管抄**』**にみえるような**「**白河院ノ御時**」——**から引き離して熊野託宣譚を保元合戦の前年のこととして物語内に位置づけ、熊野参詣に随行した人々の解釈とそうでない人々のそれとを物語内に投入し、さらにはそれらを突き放し相対化するような上位**

概念としての表現主体の宿命観でそれらを包みこんだのである。この戦略によって、多元的な因果関係の解釈が物語内に違和感なく共存しうることになったのである。このことは、『保元』の第三次の表現主体（編者的な統括主体）が、素材への介入（書き換えの営為）をできるだけ行わず、生の情報を極力そのまま活かそうとしたという、素材と表現主体との距離感の問題にも置き換えうる。このことから察せられるのは、おそらくは、実体的な第三次表現主体の立っているであろう鎌倉中期の頃には、強引な手法で一元的な物語に収束させてゆくには、少々手遅れ感のある時期であったということなのだろう。たった一人で為朝が白河北殿を守ったとするような伝奇的な為朝像が成長する一方で、もう一方には、筑紫軍団を引き連れて東国武士団と対戦したとする合戦像も芽生え始めていたのではないか。どちらかに偏って編纂行為を行えば、もう一方を完全に捨て去ることにならざるをえない。鎌倉中期には、それがしにくいほどに諸伝承が独立的に乱立していた状況であったのだろう。そのことはまた、多元的な伝承を整理したり統合したりする必要性（機運）も、同時代人に感じさせていたのではないか。『保元』は、そのような必然的な〈時代の要請〉によって、統合的な作業（集大成的編纂行為）が行われたものとみられる。物語の成立に先立って存在していた、**既存の素材伝承にたいする包容力を示すための戦略――それが『保元』冒頭部の熊野託宣譚だった**のである。

文献

栃木孝惟（一九七二）「半井本『保元物語』の性格と方法――あるいは軍記物語における構想力の検討のために――」『中世文学の研究』東京：東京大学出版会／『軍記物語形成史序説――転換期の歴史と文学――』東京：岩波書店（二〇〇二）に再録

野中哲照（二〇〇三）「衰退史観から反復史観へ――院政期びとの歴史認識の変容を追って――」院政期文化論集3『時間と空間』東京：森話社

第三章　『保元物語』における平安京聖域観の虚構

――その混乱と秩序回復をめぐって――

一　問題の所在

『保元』で鳥羽院旧臣は、「故院ノ旧臣達」という表現で、発端部と終息部の二度[1]にわたって――つまり構成上の呼応関係が計算されたらしく――登場する。

（1）鳥羽院の熊野参詣の際の「御熊野詣ノ供奉ノ人々」、美福門院の軍勢召集の際の「右大将公教卿、藤宰相光頼卿」も鳥羽院旧臣の登場箇所ではあるが、ここでは考察の対象から除外する。「故院ノ旧臣達」と呼応性を持って表現される二度の登場場面を、ここでは問題にする。

鳥羽院旧臣として名前が出るのは「左大将公教卿、藤宰相光頼卿、左少弁顕時」である。ここでは、歴史的実体に引き寄せて論ずるつもりはないので、これらの人物の鳥羽院近臣としての史実考証[2]はしない。テクスト内部で「故院ノ旧臣達」と位置づけられているだけで十分である。

（2）鳥羽院旧臣について略述しておく。公教は待賢門院の甥。公教の祖父（公実）の妹が鳥羽院の母。彼が鳥羽院近臣であることは『今鏡』などで確認できる。光頼の父顕頼も鳥羽院近臣である（『今鏡』）。光頼自身は、平治の乱で二条天皇・後白河院を六波羅殿に行幸させた人物。顕時は永治元年（一一四一）美福門院立后に伴って皇后宮権大進に任じられたことから、やはり鳥羽院近臣であったことが確認できる。三人とも、保元以後は後白河院に取り入り、政治的には延命した。

鳥羽院旧臣は、乱の当事者ではない。後白河帝方でも崇徳院方でもない（一般に鳥羽院が後白河帝方と考えられているのは誤解）。そして、彼らは合戦の動向に影響を与えるわけでもない。京を舞台として合戦が勃発しようとしていることをひたすら悲嘆し、また合戦終結後には安堵の思いを述べる傍観者・批評者でしかない。その言動が物語の展開に何の機能も負っていないということは表現主体が何らかの認識を代弁させるために彼らを投入したということが当然考えられる。そのような表現主体の方法の例証がある。『保元』の表現主体は、合戦部を境として合戦前と合戦後とで構成を練ったふしがある。合戦直前の《崇徳院、鳥羽を出る動き》に「家々ニハ、門戸ヲ不レ開シテ、所々ニハ、馬車ノサワガシク、高モ賤モ、資財雑具ヲ東西南北へハコビカクス」とあり、これに呼応するように合戦終結後の《平治合戦勃発の予兆》に、「高モ卑モ、今ハ物ヲバ凡返シテ、安堵シテ有ツルニ、今度ゾ世ノ失終テセムズルトテ、又物ヲハコビテ、近キ程ニ焼亡ノ出来タルガ如シ」とある。洛中の貴賤上下の言動は、合戦の動向に、あるいはこの物語の展開に影響を与えるものではない。しかし、合戦や当事者をとりまく社会状況を表現する機能は負っている。この両箇所は依拠テクストで一〇〇頁以上も離れたところで対応している。『保元』の表現主体が、呼応を計算して合戦部の前後に人物を投入するような方法をとっていることを裏づける例である。同様に、鳥羽院旧臣の、合戦前後の二度の登場も、表現主体が何らかの機能を託して投入したものであるはずだ。しかも、二度とも行動ではなく発言が中心であるから、その発言の中に、表現主体の託したメッセージが含まれているのだろう。

二　〈鳥羽院聖代〉表現と鳥羽院旧臣登場の共通位相

鳥羽院旧臣の一度目の登場場面《鳥羽院旧臣の悲嘆》は長いので、先に大要と構成を示す。彼らは合戦勃発が間近との噂を聞き、彗星出現や将軍塚鳴動などの凶兆もあって、この都が戦乱の舞台となるのは必至と嘆き合う。その、感極まった悲痛な叫びを、「コハ如何ニ成ナンズル世中ゾヤ。伊勢大神宮ハ、百王ヲ護ラントコソ御誓アリケレ。今廿六代ヲ残シテ、当今ノ御時、王法ツキナン事コソ悲ケレ」と発する。まさに国家の崩壊というほどの危機感の表明である。ところが、「但シ、倩《つらつら》事ノ情ヲ案ズルニ」という一句で調子をがらりと変え、依拠テクストで一頁半ほどの長々しい述懐の後、「……ト、各心ヲツヨクゾ被㆓申合㆒ケル。」と結んでいる。つまり、「但シ倩事ノ情ヲ案ズルニ」以下は、いったん絶望的になった彼らが気を取り直してゆく過程が語られているのである。もちろん焦点は、彼らが論調を転じて危機感を安堵感へと移してゆく中盤部分の述懐である。「但シ倩事ノ情ヲ案ズルニ」に続く部分は、大きく前後二段に区分できるが、その前半部分は次のとおりである。

①我国ハ神国也。御《み》裳《も》濯河《すそがは》ノ御流久シテ、七十四代ノアマツ日次モノ他事ナシ。昔、崇神天皇ノ御時、天ツ社《やしろ》・クニツ社ヲ定置給テヨリ以来、神ワザ事繁クシテ、国ノヰトナミ、只此事ノミアリ。是ヲ思ヘバ、夜ルノ守リ、昼ノ守リ、ナジカハヲコタリ給ベキ。

②是ノミナラズ、推古天皇ノ御時、上宮太子世ニ出給ヒテ、守屋ノ逆臣ヲ誅シテ、仏法ヲ弘メ給シ故ニ、仏ヲアガメ、経ヲ敬事、昔ヨリシテ、今ニ絶ヘズ。

③中ニモ、白川・鳥羽両院ノ御代ニ、専敬㆓神祇㆒、深帰㆓仏法㆒ニシテ、国郡半バ神戸タリ。田薗悉《ことごとく》仏聖ニヨス。十六ノ大国ニモスギ、五百ノ中国ニモ超タリ。サレバ、神明モ定テ我国ヲ護リ給ラン。三宝モヰカデカ此国ヲステ給ベキ。

整然とした構成で、①神国としての歴史、②仏国としての歴史、③白河・鳥羽院政期における神仏帰依のさま、を述べている。当時の認識として一般に仏法王法相即（相依）と言われるが、『保元』の場合は、神仏ともに王法を守護するという認識である（三六〇頁）。歴代天皇の神仏帰依のさまを語る際に、「昔崇神天皇ノ御時」（→神）・「推古天皇ノ御時」（↓仏）まで、つまり王法と神仏との関係の始原まで遡及して語る。そして、それら日本という国家の始原の頃に確立された神仏と王法との関係が、鳥羽院崩御まで続いていたとの認識を示したのが、③である。

続く後半部分では、とりわけ京の都が合戦の舞台として荒らされようとしていることについて、旧臣たちは心の動揺を鎮めるように、「就中、此京ハ、桓武天皇ノ御宇、延暦十三年十月廿一日辛酉ニ、長岡京ヨリ移サレテ、弘仁元年九月十日ノ後、平城先帝世ヲ乱シ給ヒシニモ、此京ハ乱レズ。其後、帝王廿七代、三百四十八年ノ春秋ヲ送レリ。……」と言葉を続ける。鳥羽院旧臣の示した認識は当時一般の認識らしく、『愚管抄』第四にも、「城外ノ乱逆・合戦ハヲホカリ。…（中略）…マサシク王・臣ミヤコノ内ニテカカル乱ハ鳥羽院ノ御トキマデハナシ」と、酷似した認識が窺える。これに始まり、鳥羽院旧臣は都が合戦の舞台となるのは未曾有のことだと続け、「誰ノ人カ此京ヲ亡サン。何ノ輩カ吾国ヲ乱ン」と自らに言い聞かせる。そして、石清水八幡・賀茂明神、日吉山王、北野天神など周辺諸社が京を守るはずだとし、先述の「各心ヲツヨクゾ被二申合一ケル」で結ぶ。京の都を語る際にも、やはりその始原である「桓武天皇ノ御宇」まで遡及し、そこから保元元年までを「三百四十八年」のひと括りとして捉えようとする。

ところで、『保元』の冒頭、「近曾、帝王御座キ。御名ヲバ、鳥羽ノ禅定法皇トゾ申ス」という鳥羽院の紹介に続いて語られるのが、「天照大神四十六世ノ御末、神武天皇ヨリ七十四代ノ御門ナリ」という鳥羽院の系譜であった。鳥羽院を初代の「神武天皇」より続く皇統として位置づけるのみならず、さらに遡及して「天照大神」の名まで引き出してくる。可能なかぎり最大限に始原（「天照大神」「神武天皇」）まで遡及して、それと鳥羽院との間に連続性を確認しようとすることは、鳥羽院を〈古代〉的な「帝王」として位置づけようとする表現主体の歴史認識の表れであるといえよう。**表現主体が鳥羽院の血統を「天照大神」「神武天皇」から説き起こす意識と、鳥羽院旧臣の示した認識――〈古代〉の始原まで遡及して〈鳥羽院聖代〉までの連続性を確認しようとする認識――は通底する。**鳥羽院旧臣にみられた始原遡及の志向は、表現主体のそれを代弁したものであった。表現主体は、鳥羽院政期を〈聖代〉として位置づけ〈古代〉とリンクさせるために、始原遡及の言辞を鳥羽院旧臣に述べさせたに違いない。そのことは、始原から鳥羽院政期までを連続性のある〈古代〉として画することによって、保元合戦で歴史が急転換したという時代転換の認識を表明したものともいえる。

合戦終結後に、鳥羽院旧臣の二度目の登場場面《鳥羽院旧臣の安堵》がある。しかも、右と呼応した予想どおり、「ヨニヲビタ、シク聞ヘシ内裏モ別ノ御事渡ラセ給ハズ、又、京中モ亡ズ。誠ニ神明ノ御助ト覚ヘタリ。末代モ猶憑シ。……」と語る。「内裏モ別ノ御事渡ラセ給ハズ」は、後白河帝方の勝利をことほぐというよりは、王権の安泰に安堵するということだ。そして、王権の安泰と京の平安とが「神明ノ御助」によるとの認識を示したのである。彼らの関心は合戦の勝敗にはなく、王権と平安京の安否にのみ注がれているようだ。

『保元』における鳥羽院旧臣の立場を確認しておく。鳥羽院が崩御し、崇徳院と後白河帝とが激突する構図になったため、鳥羽院旧臣は傍観者的な立場に立たされた。彼らのいる場所も都合のよいことに洛外の「鳥羽殿」であり、内裏高松殿や白河北殿を客観視できる位置にある。彼らは、政治的にも地理的にも合戦の渦中から離れたところにいるのである。合戦の趨勢に一喜一憂するが、どちらが勝とうが直接の利害はない。だからこそ、京が戦乱の舞台になることそのものを嘆く立場に立ち得るのだろう。

歴史の実際はともかく、このテクストに表現されている鳥羽院旧臣の立場は中立的[3]である。そして、彼らの中立性の表明は、当然、鳥羽院の中立性にもつながる。後白河帝方・崇徳院方のどちらにも加担せず、合戦の勃発そのものを危惧し京が戦乱の舞台となることを悲嘆する姿勢を彼らが示すことによって、鳥羽院の立ち位置もこれと同質のものと享受者に認識されるだろうとの計算が表現主体にはあろう。鳥羽院を聖帝として描ききる（五頁）ためには、どちらにも加担しないような立場に鳥羽院を位置づける必要がある。抗争の埒外にあって、乱世を嘆く聖帝でなくては困るのだ。鳥羽院旧臣は、鳥羽院を、保元合戦において中立的な立場に定位するという機能を果たしている。

（3）一般に、歴史の教科書等で解説されている保元合戦の構図は〈鳥羽院・後白河天皇〉対〈崇徳〉だが、『保元』では〈美福門院・後白河天皇〉対〈崇徳〉であって、鳥羽院はどちらにも加担していない。そうでなければ、聖帝ではありえまい。鳥羽院を、かたちの上で後白河方につけたのは、美福門院である（九頁）。ただしその中立性も鎌倉中期の層について言えることであり、古態層においては崇徳院にたいする鳥羽院の〃心隔て〃が表現されている（八九頁）。

この中立的な立場は、保元以降〈現在〉まで続いている乱世と対置すれば、〈古代〉の側に位置するものとも言い換え得る。崇徳院も後白河帝も、為朝も清盛も、合戦の参加者である点では同じ乱世の側に属しているのであり、これに属さない立場の中立派・厭戦派の鳥羽院旧臣を〈古代〉の代表者として定位し、そこから〈現在〉（保元以降の乱世）を相対化する役割を表現主体は彼らに与えたのだ。

このように、鳥羽院政期までが〈聖代〉であったとの歴史認識を示す必要から、――〈古代〉的な鳥羽院政を支えてきた人々として――鳥羽院旧臣の立場が表現主体によって利用されたのである。**この物語が、鳥羽院崩御（乱の直接の契機）からでなくその〈聖代〉から語り起こす意識と、動乱の悲嘆役としての鳥羽院旧臣の投入とは、表現主体の同一の認識から発想されたものであったのだ。**

三　鳥羽院旧臣の対象化――〈古代〉の相対化――

鳥羽院旧臣は中立的立場からの傍観者であるが、テクストに内在する語り手のような、あるいは表現主体の分身的な役割を担った存在にはなっていない。また、登場人物として格別巨大化して造型されているわけでもない。無秩序な〈現在〉に対する聖なる〈古代〉という対照意識からすると、〈古代〉の側に属し、合戦の当事者にもならなかった鳥羽院旧臣は、美化・巨大化されてしかるべきだ（たとえば『平家物語』の平重盛のように表現主体の作為の所産としての全知的・未来予知的な人物像であっても良さそうなものである）。しかしながら彼らには、けっして表現主体と並ぶほどの広い視界は与えられていない。そのことは、彼らが歪曲された情報しか得られない卑小な存在として語られていることで確認できる。合戦直前、彼らは、為朝・頼長のいくさ評定の噂を次のように聞き、恐懼する。

新院ノ御方ニハ、軍兵其数参ツドヒケリ。「公卿・殿上人ヲ催サンニ不レ参者ヲ皆死罪ニ可レ行」ト左府被レ議ルナレバ①、我等トテモ、其罪可レ遁トモ覚ヘズ。又、「内裏ヲセメ、京中ヲ焼払ハルベシ」ト聞エケル②。…（中略）…「高松殿ヘ押寄テ、火ヲ懸テ責メンニ、行幸他所ヘ成ラバ、御輿ニ箭《や》ヲ進ベシ」ト為朝申スナレバ③、君トテモ安穏ニ渡ラセ給ハン事モ難レ有。《鳥羽院旧臣の悲嘆》

傍線部の「ナレバ」「ト聞エケル」から、伝え聞いた情報（噂）であることがわかる。①が頼長の、②③が為朝の発言から発生した情報である。たしかに両人はこれに類した発言をしてはいるが、実際（物語内部の実際）の頼長や為朝の発言と突き合わせてみるとずいぶんニュアンスが異なっている。まず、頼長が「不レ参者ヲ皆死罪ニ可レ行」と命じた由が鳥羽院旧臣に伝わっているが、《崇徳院方のいくさ評定》では、「又、明日、院司ノ公卿・殿上人ヲ可レ召。メサンニ参ラザラン輩ヲバ、死罪ニ行ベシ。頭ヲ切ル事、両三人ニ及ババ、残ハナドカ参ラザルベキ」とある。つまり、崇徳院方に参集しない者を二、三人斬ればそれが見せしめとなるというもので、鳥羽院の院司の公卿殿上人を味方に引き込むのを目的とした発言である。ところが、噂として伝えられたものは「両三人」ではなく「皆」であり、しかも崇徳院方に人々を引き込むニュアンスがカットされたため、彼らは問答無用で切り捨てられるかのような緊迫感あふれる受けとめ方をしている。また、鳥羽院旧臣に伝わった噂では、「内裏ヲセメ京中ヲ焼払ハルベシ」と、いかにも王権や平安京が脅かされる大事態と受けとめられているが、実際の為朝の発言では、「内裏高松殿ニ押寄テ、三方ニ火ヲカケテ、一方ヲ責メンニ、火ヲ遁トスル物ヲバ、矢ニテヰトメ、矢ヲ遁トスルヲバ、火不レ可レ免」と、戦法の一部として内裏高松殿の三方に火を掛ける趣旨であって、「京中ヲ焼払」うような殲滅的で乱暴な発言ではない。

さらに、後白河帝の輿に矢を射かける「行幸他所へ成ラバ御輿ニ箭ヲ進ベシ」の表現も、実際の為朝の発言では、「行幸他所へ成給ベシ。其時、鳳輦ノ御輿ニ、為朝矢ヲ進セバ、ハウ〳〵駕与丁、御輿ヲ捨テ進テ逃候ハン時、此御所へ行幸成進セテ、位スベラセ進テ、只今、君ヲ御位ニ付ケマイラセン事、御疑アルベカラズ」と、輿を奪い取り自陣に行幸させ譲位させるための戦略に過ぎない。ところが、その詳細が切り捨てられて御輿に箭《や》を射かけることだけが伝えられ、後白河帝の身にさえ危害を加えかねない攻撃的なニュアンスで受けとめられている。その証拠に鳥羽院旧臣は「君トテモ安穏ニ渡ラセ給ハン事モ難有」と危機感を表明している。実際のいくさ評定と鳥羽院旧臣が得た情報とのずれが三か所にも及ぶことから、『保元』の表現主体が伝達（対応）のずれを計算しながら表現したのだろう。事実の一部が増幅されたり歪曲されたりする噂の性質を利用して表現主体は、鳥羽院旧臣がヒステリックに反応している有様を表現したのである。このような危機的な噂を聞いて鳥羽院旧臣は、自らの狼狽をとりつくろい安堵感を回復するために〈古代〉にしがみつき、神仏と王法との関係、平安京と諸社との関係を饒舌に並べ立てる。末尾の「各心ヲツヨクゾ被二中合一ケル」の「心ヲツヨク」に彼らのすがる思いが、また「被二中合一ケル」に動揺する群像が表現されている（二度目の登場場面の結びも「中合レケル」）。このように鳥羽院旧臣は、けっして合戦を達観していたわけではなく、戦禍におののき、王権や平安京の危機に動揺している。そのような意味では、やはり、表現主体とは隔絶された、所詮、保元当時の登場人物の一部に過ぎないのである。

一方、合戦後に彼らが安堵する場面の表現も、慎重に受けとめる必要がある。合戦終結後、彼らは京中が焼き払われなかったことを「神明ノ御助」といい、「末代モ猶憑シ、」という（先述）。表現の真意を探るために、ここで、テクストに内在する語りの〈現在〉と実体的な成立時とのずれを改めて問題にする。『保元』の実体的な表現主体は寿永二年（一一八三）以降におりながら、治承三年（一一七九）直後に〈現在〉を定位してテクストを構成した（三一三頁）。当然、治承三年の、清盛による後白河院幽閉のクーデタや、木曾義仲の入京と狼藉、決定的には福原遷都までを見つめていたはずである。つまり、この平安京や〈古代〉の国家体制が、絶対の安心感をもって安泰だとは信じていない時代に表現主体は立っている。平安京、日本（国家）、天皇、これら〈古代〉を支えてきた象徴的なものを、すべて相対化し得る眼差しを持っていたはずだ。すると、『保元』に語られた鳥羽院旧臣の「末代モ猶憑シ、」や「神明ノ御助」の糠喜びはいかにも滑稽で、表現主体から突き放されているということではないか。彼らは、「貴賤上下」と何ら変わりのない、右往左往し一喜一憂する小人物でしかないようなのだ。一般の「貴賤上下」と異なるのは、「貴賤上下」が世論的な感慨を述べるのに対して、彼らがことさらに〈古代〉にしがみついている点である。翻ってみれば、そもそも将軍塚鳴動や彗星出現を怖れる姿を描くことで、彼らの滑稽な〈古代〉性はより強調されていたのだ。彗星が東方に出ては惧れ、将軍塚が鳴動してはおののき、これらを占いによって判断しようとする姿は、まさに〈古代〉的であるといえよう。「神明ノ御助」にすがる姿と等質的である。

彗星出現は『一代要記』七月十一日条にもみえるのに対して、将軍塚鳴動については周辺資料にみえない。保元合戦勃発の前兆として天変地異を語るのならば彗星の出現（彗星は兵乱など凶事の前兆）を語ることで十分なのだが、『保元』の表現主体は、天変地異などという漠然とした焦点の絞れない事象でなく、とくに平安京の危機に密着した凶兆を語りたかったのだろう。将軍塚は桓武天皇の平安京創始に関わる伝承をもっており(4)、始原から鳥羽院政期まで連続性を確認しようとする鳥羽院旧臣の発言に組み込むには格好の材料であったのだ。この一節の冒頭で将軍塚鳴動が語られるからこそ、それ以後の鳥羽院旧臣の述懐（平安京への危機感）が引き出されてくるといってよい。

（4）将軍塚の由来については『平家』諸本（覚一本だと巻五「都遷」）にほとんど異同なく伝えられており、当時周知の伝承であったと考えられる。

このように、政治的立場としては中立的であり、かつまた全知的表現主体から突き放されて当時の卑小な人物として物語に投入されているからこそ、平安京の滅亡に危機感をおぼえ終結後には安堵するという〝混乱と秩序回復〟の明瞭化の機能を負わせることができたのである。

四　固関《こげん》記事や宇野親治ばなしの同位性

鳥羽院旧臣は平安京の存亡に危機感を抱く存在であったが、これはもちろん『保元』表現主体が彼らにそう表明させたのである。これに近い認識が、〔固関と宇野親治事件〕にも窺える。『兵範記』七月六日条は、次のとおりである。

左衛門尉平基盛、於テ東山法住寺辺ニ、追捕ス源親治トソノ男ヲ。件ノ男ハ頼治ガ孫、親弘ガ男也。大和国ニ有ル勢者ニテ、竊ニ住ミ京ニ、為ニ被ルル尋ネ由緒ヲ也。左府、雖モ籠居スト宇県ニ、召シツカヒ件ノ親治ヲ、被ラル住マセ京ニ。尤モ有リト疑云々。

これが『保元』の《平基盛と宇野親治の衝突》《宇野親治の捕縛》では、次のように語られている。

同六日、安芸判官平基盛、百騎バカリノ勢ニテ、宇治路ヲ堅メニ行向ケルニ、法性寺ノ辺ニテ、大和国ノ方ヨリ、ヒタ甲十四五騎、腹巻ニ矢負ヒタルカチ武者十四五騎、相具シテ、都合卅余人ニ逢タリケル。基盛ガ申シケルハ、「是ハ、何ヨリ何クヘ行キ、誰人ノ何レヘノ人ヲ御方へ進給ゾヤ。基盛ト申者也。「宇治橋ヲ固ヨ」ト宣旨ヲ蒙テ罷向也。内裏へ参リ給ハバ、基盛ニ打具シ給へ。サラズハエコソ通シ申スマジケレ」ト詞ヲ懸ケレバ、「是ハ、大和国住人宇野ノ七郎親治ガ、左大臣殿ノ仰ニテ、新院ノ御方ニ参ズル也」ト答レバ、「安芸守清盛ガ次男、安芸判官平基盛ガ宣旨ノ御使也。シタガワズハ通スマジキゾ」ト申セバ、親治、手綱カキクリテ申ス様、「弓矢取身ハ、主フタリハモタヌ物ヲ。キクラン物ヲ」トノ、シリ、「摂津守頼光が弟、大和守頼親ガ後胤、中務丞頼治孫、下総権守治弘ガ子ニ宇野ノ七郎親治トテ、大和国宇野ノ郡ニ年来居住シテ、未弓箭ノ名ヲクダサズ。源氏、二人主取事ナシ。宣旨ナレバトテ、エコソ内裏へ参マジケレ」トテ打過。…（中略、基盛が親治らを捕縛）…王事モロキ事無ケレバ、宇野七郎ヲ始トシテ、十六人カラメトリ、奏聞セラレケレバ、西獄ニゾ下サレケル。

事件の場所が、『兵範記』は「東山法住寺辺」（現在の三十三間堂付近）であるのにたいして、『保元』は「法性寺ノ辺」（現在の東福寺周辺）である。「住」と「性」の違いゆえの誤写ではあるまい。なぜならば、波線部の相違点と連動しているからである。『兵範記』では、親治はもともと京に住んで偵察活動をしていたので「法住寺」である合理性がある。ところが、『保元』では、「大和国住人」らしく南方から京に迫ってくる方向性を示す必要があったので「法性寺」に改めたのだろう。それを防いだ平基盛は、宇治橋守護のために南へ向かっていた途中で、宇野親治と遭遇したという設定に改変したのである。そこで気づくのは、**鳥羽院旧臣が〝安泰であった京が争乱の舞台になることを怖れる〟という指向と、南都から親治らが攻め寄せ基盛が防ぐ（平安京を守護する）という構図設定の指向が、通底する**ことである。さらには、この認識は、『保元』独自の固関の記事とも通底する（『愚管抄』とも）。

去ル二日、一院崩御シ御座テ後ヨリ、謀反ノ輩、京中ニ入集リ、武士共、道モサリアヘズ狼藉也ト内裏ニキコシメサレテ、先、関々ヲ可レ堅トテ、同五日、検非違使共ヲ召テ被二仰付一。宇治路ヲバ安芸判官基盛、淀路ヲバ周防ノ判官季実、粟田口ヲバ隠岐判官維繁、久々目路ヲバ平判官実俊、大江山ヲバ源判官資経、角ク承ル。「所々ノ関々ヲ堅ク守テ、兵具ヲ帯セン輩ヲバ召取テ、内裏へ進スベシ」ト、少納言入道信西ヲ以テ被二仰下一。各、庭上ニ跪テ、承リテ、罷出ヅ。《後白河帝方の関固め》

『兵範記』等の記録に、七月五日の固関のことは出ていない。かろうじてこれに近い記事としては、七月十一日の合戦終結後の諸国警護の記事がある程度である。『保元』表現主体の虚構だということである。**実際には七月の時点では、洛中にも宇野親治ら不満分子が横行しているような状態であったのに、『保元』の表現世界においては、平安京が独立的で静穏な空間であったかのように虚構しようとしている**ということだ(5)。

（5）『国史大辞典』「固関」に、「謀反を企てたものが東国方面へ逃脱するのを阻止するため」とあるように、地方の武力が中央に入ることを防ぐというよりは――それも多少はあったのだろうが――むしろ内なる賊が外へと逃亡するのを防ぐためであったのだろう。その意味においては、『保元』終息部《為義の発病と出家》に、「其上、鈴香、不破関塞リヌト聞ヘケレバ、東国へ遁下ラン事モ難レ有」とあるのは史実を反映したものと言えるのかもしれない。

都が歴史上はじめて争乱の舞台となり、そしてまた秩序が回復したという認識上の枠組みが、鳥羽院旧臣と固関記事（宇野親治ばなしを含む）とで通底しているということだ。もとが『兵範記』に記されている事件でもあり、この事件が春宮大夫宗能の態度変化に影響を与えているとみられることから（六七頁）、古態の『保元』にも宇野親治ばなしは存在した可能性がある。それが、現在みられるような平安京聖域観の表現に大きく変容したと考えられるのである。

五　おわりに

『保元』の第三次成立分を司った統括的表現主体は、時代の〝転変〟をこそ語りたかったのだろう。〝転変〟の様相を明瞭化するためには、合戦以前の秩序世界を強調しておく必要がある。秩序から混乱へ、混乱から秩序回復へという落差が明瞭になるからだ。固関やそれと連動する宇野親治ばなしによって、それまでいかにも平安京が静穏な空間であったかのように偽装し――実際の親治は三十三間堂付近に常駐していたのに――初めて京が合戦の舞台になったことへの驚きを表現しようとしている。鳥羽院聖代観の表現（第一章）は時間認識上の、平安京聖域観の表現（本章）は空間認識上の、それぞれの演出だと総括することができる。前章（一七頁、二四頁）で述べたように、これらは鎌倉中期に形成された層だと考えられる。

発端部の論

第四章　『保元物語』発端部にみる人物像の二層性

一　問題の所在

『保元物語』の重層性は、論者のみるところ十層〜二十層程度の形成過程の所産であるようにみえる。平安末期から鎌倉末期にかけての約一世紀半の間に、である。ところが、その中でも、大きなヤマは五層しかない。平安末期、鎌倉初期、鎌倉中期、鎌倉後期、鎌倉末期の五層である。そのようにおおよその時代相を想定しうるのは、源平争乱、承久合戦、元寇を指標とした歴史認識の変容と、物語構造の重層性とを対応させたからである（第十九章）。物語から窺える十層〜二十層程度の層の重なりは、等価ではない。形成過程の実相からすれば、大きく改変された時期や層と、小刻みに追補・修正された時期や層があるはずだ。現実の地層を観察しても、大量の火山灰によって形成された一メートルの層もあれば、洪水によるとみられる数センチメートル程度の層もある。均質的な層の集積を想定するほうが、よほど現実から乖離している。保元合戦にたいする認識の変革を窺うには、右の時代指標が有効であるに違いなく、それ以外の細かな追補・修正があったとしても主たる五層の前後に付随するものと考えればよい。わかりやすさのための表現の変更や人物像の明瞭化などといった小手先の操作と、歴史認識の変容に伴う物語構造の軌道修正とが、同列に論じられてよいはずがない。本章で指摘する人物像の二層性とは、第一次層（平安末期）、第二次層（鎌倉初期）

を古態層の側、第三次層（鎌倉中期）、第四次層（鎌倉後期）、第五次層（鎌倉末期）を後次層の側と考えるものである。つまり、**承久合戦こそ、もっとも大きな時代指標とみる**のである。第二次層は第一次層を土台にした異本の派生のような層であり、第四次層以降は第三次層までの基礎の上に軌道修正がはかられたもので、第二次層、第四次層、第五次層については地層に喩えれば薄いものと考えられる。本書において、発端部の論のみ二層性の指摘に留まらざるをえないのは、細かな重層性を解明するところまでいかない、現段階の限界である。

さて『保元』は、頼長を「左大臣」と「左府」、信西を「信西」と「少納言入道」、清盛を「清盛」と「安芸守」、義朝を「義朝」と「下野守」、為朝を「為朝」と「筑紫八郎」、為義を「為義」と「判官殿」などと呼称の揺れを含んでいる。そこに『保元』の重層的な形成過程の痕跡が窺える。しかし、ことは単純ではない。山田ばなしで「是ヲ聞テ、八郎」と文保本で表現されているところが、半井本では「是ヲ聞テ、為朝」となっている。犬井善寿（一九七四）によれば、半井本は文保本の行間書入れも含めてかなり忠実に文保本的なテクストを復元するような書写態度なのだが、そのような半井本にあっても、「八郎」から「為朝」への変換は行われる可能性があるということだ。中巻ならば文保本と半井本を校合することによって本来的な本文を復元することができるのだが、それが叶わない上巻や下巻でも同様のことが起こっていることを推察すると、本文の〝乱れ〟に悲観的にならざるをえない。これを乗り越えるには、呼称だけでなく周辺人物との相対的関係や物語の構想との関係など多角的な視点が必要になる。

二　信西像の二層性

《後白河帝方に参ずる人々》で、「御共ノ人々ニハ、関白忠通ノ御事、内大臣実能公、左衛門督〔基実、右衛門督〕公能、頭中将公親、左中将実定、少納言入道信西…（中略）…此人々供奉仕ル。上下ノ武士ドモハ注スニヲヨバズ」

と信西の名が見える。名寄せという性質ゆえか特別扱いされることはなく、群像の中の一人という扱いである。信西の登場はこれが初めてではなく、《後白河帝方の関固め》が第一場面で、「『所々ノ関々ヲ堅ク守テ、兵具ヲ帯セン輩ヲバ召取テ、内裏へ進スベシ』ト、少納言入道信西ヲ以テ被二仰下一」と出てくる。ここでは、信西が後白河帝の命令の伝達役でしかない。そして、信西が伝達するその先には、検非違使ら武士たちがいる。この小さな存在感からみて、前景化・巨大化する以前の初期的な信西像とみて間違いない。これと通じる信西像は、終息部にも見える。第三の場面は《崇徳院方の宿所実検》で、「兵ノ中、此両人ヲ近ク被レ召テ、少納言入道ヲ以テ、『…（中略）…程ナク追討シテ、国ノ恥ヲ清メ、家ノ名ヲ上ル事、感思食。勲功ノ賞ニ於テハ、子々孫々マデモ不レ可レ違』ト被二仰下一ケレバ、両人首ヲ地ニ付テ承テ、陣頭ニ歩出テ、御方兵共ニ披露シケレバ、各畏承ル」とある。ここの信西像も、後白河帝の言葉（波線部）の伝達者でしかなく、その主体は微塵も表現されていない。「少納言入道ヲ以テ」「被二仰下一」は、先の固関の場面とまったく同じ表現である（こうして層を認定してゆく）。しかも、清盛・義朝がそこにいて平身低頭しているさまは、先の検非違使たちの「各、庭上ニ跪テ、承リテ」と通底する。第四の場面は《死罪の復活》で、「少納言入道信西頻ニ申ケルハ、『此御計悪ク覚へ候。…（中略）…多ノ謀反ノ輩ヲ、国々へ遣サレバ、僻事出来リ、定世乱候ナンズ。只切セ給へ』ト勘申ケレバ、『申処、其謂アリ』ト被二聞食一ケレバ、信西ガ申状ニ依テ、皆被レ切ニケリ」とある。一見、信西がたいへん重い進言をしているようにみえるが、「『申処、其謂アリ』ト被二聞食一ケレバ」とあるように、信西の進言を受け入れた後白河帝の存在が語られている。発言内容は重いものの、人間関係の構図の中で果たしている機能としては、この場面の信西は、後白河帝に進言した群臣の中の一人でしかない（古態層側か後出層側かといえば前者）。このあと《平治合戦勃発の予兆》（第五の場面）にも、「信西承テ、仰テ云、『…（中略）…速ニ狼藉ヲ止メ候へ。子細何様ナル事ゾヤ』ト尋ヌル処ニ、両人共ニ申テ云、『更ニ無二跡形一事ニテ候』由ヲゾ申上タル」と、等質的な信西の姿がみえる。この信西像も、そばに後白河帝の存在がある。信西自身も「聖断」「天聴」などと称して後白河帝の意向の仲介者としての立場を押し出している。しかも、ここの清盛・義朝像も、帝威に恐れおののく卑小な存在である。**信西像だけでなく後白河帝像の威厳や権威が十分に表現され、その下でうごめく清盛・義朝という構図まで共通している。**そして、《忠実の知足院移転》で、信西が登場する（第六の場面）。

主上ハ、少納言入道ヲ御使ニテ、関白殿へ、「富家殿ヲ流罪シ奉ルベキ」由被㆑仰ケリ。関白殿、「配所ニ置ナガラ、世ヲ摂録セン事、如何有ベカルラム」。少納言入道、泣々御前へ参テ申ケレバ、力及バセ給ズ。

ここの信西像は、これまでの場面と違って「泣々御前へ参テ申ケレバ」とあってやや豊かなイメージが付与されているようにみえるが、波線部のように後白河帝の主体が強く出ており、信西はその意向の伝達者に過ぎないから、本質的には、これまでの五場面と等質的だと考えてよい〔ここまでは須藤敬（一九九七）も指摘〕。

以上の六場面が、ほとんど巨大化していない初期の信西像が窺えるところである。この六場面には、後白河帝を上に戴く信西像というだけではない、別の共通点もある。呼称が、「少納言入道信西」「信西」が圧倒的に多く、後述のような「少納言入道」（「信西」ナシ）の呼称は第三場面（宿所実検）と第六場面（知足院移転）の二か所だけである。「信西」を含む呼称のほうが優勢である。もう一点、以上の信西の登場場面の末尾には、「上下ノ武士ドモハ注スニヲヨバズ」「各、庭上ニ跪《ひざまづき》テ、承リテ、罷出ヅ」「御方兵共ニ披露シケレバ、各畏《かしこまって》承ル」「人々傾申ケレ共、不㆑叶」「天狗ノ所為ナルカ。人ノ肝ヲツブシケルコソ不便ナレ」と、場面から一歩引いた描写や評語が存在する点も共通している。以上の六場面の信西像が等質的で、なおかつ初期的なものであるとみてよいだろう。

ところが、これと異質な信西像もある。発端部の《後白河帝方のいくさ評定》の信西像である。そこに、「少納言入道ヲ以テ、合戦ノ次第ヲ被㆓召問㆒」「仰ヲ奉リテ、御前ノスノコニ候テ申ケルハ」「主上ハアザハラワセ給ケリ。御興ニ入ラセ給ケリ」とあるように、ここにも後白河帝の存在がある。しかし、「況哉《いはんや》、武勇合戦ノ道ニヲヒテハ、一向汝ガ計タルベシ」「一人モ内裏ニ留ラレズ、兵ヲフルヒテ罷向候へ」のように、ここの信西の発言内容は、後白河帝の意向を伝達するだけの小さな存在ではない。**実質的に、信西が義朝に命令を下している。**そのことと、「薄墨染ノ直垂ニ、小狐ト云太刀ハキタリ」などという信西の装束描写がなされていることは、無縁ではない。**信西像が、明らかに巨大化・前景化している**のである。そして、ここの信西の呼称は「少納言入道」で一貫しているのである（「信西」ナシ）。これは、伝承世界で成長した信西像が、あとから流入しているということではないだろうか。

これと等質的な信西像がある。合戦部の終わりの《義朝、放火の許可を得る》で、義朝に白河北殿の放火の許可を与える場面である。そこでも後白河帝の存在感が消えたわけではないものの、「案内ヲ申ニ不レ及。御所ニ火ヲ羅テ責候へ」のように、実質的に信西が義朝に命令を下しているのである。後白河帝に進言する仲介者ではない点が重要である。さらに、《崇徳院方加担者の流罪決定》でも、「少納言入道、其人ヲバ其国へ流スベシ、彼人ヲバ彼国へ遣スベシト、兼テ披露シケレバ」と、前景化した信西像がみられる。この「披露」は、信西によって行われているのである。**信西が物語内で強い主体を持ち、権限を発揮し、それと相対的に、後白河帝像が希薄化ないしは隠蔽されてゆくという道筋がみえてくる。**逆にいえば、『保元』の原態では、戦争責任者としての後白河帝像は、もっと明瞭にみえていただろうと察せられる。(1)

（1）文保本・半井本に見える信西像は、如上の二層だけでは把握しにくい面も二場面にみえる。その第一は、後日譚部の《崇徳院、望郷の鬼となる》の「其上、例ノ信西ガサ、へ申ケレバ」、第二は、《崇徳院の怨霊化と平治合戦》の「少納言入道ハ山ノ奥ニ埋レタルヲ…（中略）…其報トゾ覚ヘタル」である。後者については、白崎祥一（一九七七）によって、明らかな接合の痕跡すなわち後補であることが指摘されている。前者も含めて最終調整的な部分である。

以上のように、振れ幅のある信西像も、じつは平安末期～鎌倉初期の第一次成立分、第二次分、それを意識しつつ物語として飛翔しようとした第三次分、第四次分、第五次分と、ほぼ二層に分けて把握することができる。

三　頼長像の二層性

《頼長の紹介》では、「人柄モ左右ナキ人ニテ御座ス。和漢ノ礼儀ヲ調へ、自他記録ニクラカラズ。文才世ニ勝レ、諸道ニ浅深ヲ探ル。朝家ノ重宝、摂録ノ器量ナリ」と、おおむね好意的に紹介されている。「仁儀礼智信ヲタヾシクシ」ていることが「賞罰勲功ヲ分」けることに通じ、それが「政務キリトヲシ」という厳格さとなり、「万人ノ紕謬ヲゾ正」すような人物像になったと説明している。「朝家ノ重宝、摂録ノ器量」「宗ト全経ヲマナビ」「仁儀礼智信」から語り起こしたところでは手放しで頼長を称賛しているようでありながら、次々に言葉の連想によって置き換え、ずらし、最終的には他者との衝突も辞さないほどの厳格な人物であると紹介するに至る。接続詞「カヽリケレバ」によってつながれた「悪左大臣殿」の「悪」には、衝突をも辞さない厳格さ、迎合しない芯の強さが込められている。だからこそ、協調性のなさという誤解を受けてか、「カ様ニ恐奉ル」という評価に結びつく。そこにもっていくまでの文脈は**配慮に満ちたデリケートな表現指向に支えられていることから、古態層の表現だとみられる。**後次層ほど明瞭化指向が強くなり、表現が単純化し紋切型になる。実在の人物から時間的な距離が隔たってくれば、畏怖や配慮が減退する。冒頭の紹介部分では、兄忠通との衝突に至る要因を説明する必要があるためか、頼長の厳格さ、非協調性を指摘せざるをえない。しかしそれをむき出しにすることなく、「人柄モ左右ナキ人」「朝家ノ重宝、摂録ノ器量」などと絶賛してみせるのは、**よほど頼長に気を使いながら紹介しようとする心理が働いているとみてよい。**

右の紹介に続けて《頼長の素顔》で、「然共《しかれども》、真実御心ムキハ極メテ正敷《ただしく》、ウツクシクゾ御座ス」に始まる頼長のエピソードの紹介がある。頼長には、「舎人・牛飼ナンド」にたいしても自らの非を認めて謝罪するようなところもあり、「誠ニ是非明察ニシテ、善悪無弐《むに》ニ御座《おは》シケレバ、世以テ是ヲ賞シ奉ル」とまで褒め上げる。非の打ちどころのない人物である。これならば、「父ノ禅定殿下（忠実）」が「大事ノ人ニ思タテマツ」っても当然だろう。父が偏愛しても無理はないと言わんばかりの褒めようだ（《頼長への父忠実の偏愛》）。「然共、真実御心ムキハ……」以下の逸話部分は、後補だろう。「然共」という接続詞が、直前の頼長像においてその厳格さばかりを強調しすぎたことを反省して矯正するかのようなニュアンスをもっているからである。しかし、大局的に見れば、全体として頼長に好意的であることは変わりない。「然共」以下も——後補だとは言っても——同じ表現主体ないしは同じ管理圏において、当初の表現指向の延長線上に位置づけられた部分だろう（実体的時間としても、さほど年数を隔てていない）。要するに〝もともと頼長に気を使っていたのに「然共」以下でもっと気を使った〟ということである。これほど頼長に気を使って好意的に紹介するからこそ、「氏ノ長者」「万機ノ内覧ノ宣旨」の独占については「人傾申ケレドモ」という状況であったものの、「君モ臣モユルシ奉ラル」とあるので、読者も追認的に納得することができる。このように頼長像を守るということは、保元合戦の要因を崇徳院・頼長方に求めにくくなることを意味する[2]（このような頼長像の美化は、〈後白河挑発〉の指向と連動するものだろう。六八頁）。

（2）　終息部の《忠実の防御》にも「真実ニハ、入道殿、争謀反ノ御企ハ有ベキナレ共……」の部分があり、これもまったくの同位相だとみてよい。論理展開も質的にも酷似している。『保元顚末記』は、藤原氏の立場に密着したものであった可能性がある（勝尊事件にみえる兄弟和平の願いの文脈や、頼長が春日明神に見放されたとする文脈を持つことも勘案して）。

このような頼長像と通底するのが、**非攻撃的で慎重な頼長像**である。『兵範記』では白河北殿入りを、崇徳院は七月九日、頼長は七月十日としている。『保元』でも、その順序は変わらない。ただ、その順序にどのような意味づけをするのかが異なる。『保元』は、頼長の白河北殿入りについて、崇徳院が先に白河北殿に入ったのを聞いて、「一定《いちぢやう》、白川北殿へ入《いら》セ給タルヤ」と、わざわざ盛教（盛憲）を白河北殿まで往復させて確認したとあるように、彼の慎重な態度、あるいは猜疑心の強さが表現されているとみてよい。しかも、頼長が「宇治ヨリ御輿ニテ、忍テ、醍醐通テ」

白河北殿に合流したことについて、菅給料盛宣と山城前司重綱の逸話が付加されている。この逸話が表現しようとしているのも、頼長の警戒心の強さだろう。第一に車をやつし、第二に通常とは異なるルートを選択し、第三にダミー（盛宣・重綱）まで仕立てているのである。頼長が選択した醍醐みちは、《平基盛と宇野親治の衝突》における平基盛のように、京から宇治へとまっすぐ南下してくる検非違使などとの衝突を回避する道だろう。このような頼長像の表現からすると、頼長に合戦の主導性があったと表現されているようには見えない。**表現主体は、崇徳院の動きが先行し、頼長がそれに追随している姿を描いて見せようとしたのではないか。**《崇徳院や頼長らの武装》で「院モ左府モ御鎧ヲ奉ル」という場面も、これと通底する。教長に鎧の着用を諫められると、二人は「院ハ御鎧ヲヌガセ給ヒケル。左府ハナヲタテマツリタリ」と反応した（『愚管抄』にも頼長の「シタハラマキ」姿が出る）。鎧を脱がなかった頼長のほうが合戦に前向きであったなどと読むべきではないだろう。右の場面とつなげて読むならば、表現主体の脳裏にある頼長像は、猜疑心や警戒心の強い人物であったということが窺える。ここはわざわざ崇徳院と頼長とを対照しているのであるから、軽率な（態度をすぐに変える）崇徳院像[3]と慎重な頼長像との対照が仕組まれているとみたほうがよい。

（3）崇徳院は、女房兵衛佐の言に動かされて鳥羽を出たのであった。周囲の言によって簡単に動かされる崇徳院像がみえる。《崇徳院、鳥羽を出て白河へ》で崇徳院が「全ク別ノ意趣ナシ」と言い、目的は「時ニ難ヲヤ退トテ、出サセ給ハントハ思食也」と明言しているように、崇徳院にも攻撃性がなかったと語る（六八頁）。なお、原水民樹（一九八八）は頼長の鎧着用問題を「何らかの根拠に基づく記載であった」とし、ここに「半井本の虚構とみなすことは困難」とした。原水の言う「虚構」が論者の言う第三次層のものだとすれば、たしかに現存『保元』にまでその「虚構」が貫徹されているとは言えない。一方で原水の言う「何らかの根拠」は論者の言う原態層のことなので、じつは原水の指摘と論者は違わない。

ところが、これまでみてきたような頼長像とはまったく相容れない頼長像が、『保元』の中に語られている。

此左大臣殿ノヲボシメシケルハ、「新院ノ一宮重仁親王ヲ位ニ付奉テ、世ヲ新院ニシラセ進テ、我マ、ニ天下ノ事ヲ取リ可レ行」ト思食トモ云ヘリ。左大臣殿、新院ノ御方ニテ、終夜申サセ給ゾ如何ナル御計カ有ルラント覚ツカナシ。《頼長の野望》

波線部には、頼長の露骨な野心が語られている。しかし、**頼長の心理「我マ、ニ」に至る説明には合理性がない**。子供じみた妄想のようである。しかも傍線部のように、ここの崇徳院と頼長の距離感は近く——まだ白河北殿に入っておらず鳥羽と宇治にいる段階なのに——、不思議なほど一体化している。前節までの警戒心の強い慎重な頼長像、崇徳院と対照的に描かれる頼長像とは異質である。これまでの頼長像とは違う後次層が覆いかぶさっている。

次の《崇徳院と頼長の談合》も、同様である（右の引用部分に連続する部分）。

新院、左大臣殿ニ内々被二仰合一旨ネンゴロ也。「昔ヲ以テ今ヲ思ニ…（中略）…上皇ノ尊号ニ烈《つらなる》ベクハ、重仁人数ノ内ニ可レ入処ニ、数ノ外ナル文ニモ武ニモアラヌ四宮ニ位ヲコサレ、父子ガ怨難《おさへがた》レ押カリツレ共、故院、サテ御座ツル程ハ、ツナガヌ月日ナレバ、二年ノ春秋ヲ送レリシハ忍難シ。今、旧院昇霞ノ後ハ、ナンノ憚カアルベキ。我モ此時、世ヲ争ソワン事、神慮ニモ違ヒ人望ニモ背カジ物ヲ」ト仰ラル。左府本ヨリ、「此君、世ヲ取リ給ハバ、摂録ニヲヒテハ無レ疑」ト思レケレバ、「尤可レ然。思食立ベキ」由、勧メ申サセ給ケルトカヤ。

ここの崇徳院と頼長の関係も、一体化している（傍線部）。ここでもまだ、崇徳院は鳥羽、頼長は宇治にいて、別々に行動しているはずなのである。先出層（原態層）で、頼長が「一定、白川北殿へ入セ給タルヤ」と式部大夫盛教（盛憲）を使いとして崇徳院の様子を確認させていた距離感とは、まったく異質だろう。しかも、ここの頼長も、根拠もなく野心だけをむき出しにしている（波線部）。傍線部といい波線部といい、前の引用部分とまったく同じ位相だとみてよい。

四　人物像の二層性から物語構造の二層性へ

信西像・頼長像以外にも、多くの人物で二層性が指摘できる。義朝像は、「義朝、宣旨ヲ承リテ、東三条ニ行向テ」《勝尊による修法》「下野守、使者ヲ内裏へ参テ中入ケルハ」《義朝、放火の許可を得る》などと宣旨のもとでしか動きえない卑小な像もみえるし、「只今ユルサレザラン昇殿ハ、ヰツヲ可レ期《ごすべき》ゾ」《後白河帝方のいくさ評定》などと言って強引に階《きざはし》を昇ろうとする像もみえる。前者の延長線上に、白河北殿に直接火を掛けたのではなく隣接邸宅からの延焼として義朝の責任を軽減させようとしたり（一一六頁）、父為義を斬首したことについて、そのように仕向けた清盛の「和讒」に矛先を向けたりして、義朝像を守ろうとする層がある。その一方で後者の延長線上に、詞戦いで為朝に負けた際に、「道理ナレバ、音モセズ」《為朝と義朝の対峙1》と語り手から厳しく指弾されたり、その後の対戦で、「下野守、目暗テ、馬ヨリ落トスルガ、鞍ノ前へツハ、馬ノ揺髪ニ取付テ、甲ヲサグレバ、矢モ立ザリケレバ、ヲキアガリテ、心地ヲ取直シ、ヘラヌ由ニモテ成テ申ケルハ」（同右）などと戯画化されたりする層もある（九九頁）。

崇徳院像についても、先に引用した「我モ此時、世ヲ争ソワン事、神慮ニモ違ヒ人望ニモ背カジ物ヲ」《崇徳院と頼長の談合》と発言する傲慢な像は、「其ハサル事ナレ共、我此所ニ有テハ、一定《いちぢやう》事ニ逢ベキ由、女房兵衛ガ告申。時ニ難ヲヤ退トテ、出サセ給ハントハ思食也。全ク別ノ意趣ナシ」《教長・実能の諫言》「我又謬《あやまり》ナシ。兵ヲ集テ、可レ被レ責ト聞ヘシカバ、禦シ計也」《崇徳院、望郷の鬼となる》という攻撃性のない崇徳院像とは、まったく異質である。

ここにいたってようやく二層性の指摘の積み重ねが、横向きに物語構造の二層として繋がりはじめた。「此君、世ヲ取リ給ハバ、摂録ニヲヒテハ無レ疑」などと根拠もなく野心をむき出しにする頼長と、「我モ此時、世ヲ争ソワン事、神慮ニモ違《たが》ヒ人望ニモ背《そむ》カジ物ヲ」と攻撃性を露骨に出す崇徳院とが、同じ場面で会話しているところは、**結果論的**

な視座から、善人と悪人がはっきりしたあとに明瞭な構図のもとに形成されたものと判断される。そして、どちらにもデリケートな表現指向に支えられている異質な頼長像、崇徳院像が別に存在するのである。こうして、人物像の二層性の問題は、どうやら物語構造の二層性の問題へと発展する。

五　いくさ評定《ひょうじょう》の形成

現在みられるかたちでの『保元』が、後白河帝と崇徳院の国争いであるかのような印象を与えているのは、発端部に両陣営のいくさ評定が配置されているからだろう。これを取り外してみると、双方が相手にたいして疑心暗鬼のまま合戦前夜まで進んだか、あるいは最初から崇徳院方による謀反と決めつけて周囲が動いているかで、いずれにしても拮抗する二大勢力の衝突という印象は与えない。これについて、[A]《崇徳院方のいくさ評定》（頼長と為朝）、[B]《後白河帝方のいくさ評定》（信西と義朝）、さらには[C]《崇徳院方の油断》（頼長と為義）の順に分析してゆく。もちろんこれも、『保元』の二層性に関わるものだという目論見があってのことである。

まず、崇徳院方のいくさ評定が[A]と[C]とで二重化している問題から入る。従来は、崇徳院方のいくさ評定と言えば頼長と為朝による[A]しか注目されていないのだが、[C]も崇徳院方のいくさ評定で、頼長と為義によるものなのだ。[C]の分析に入る前に、為朝像によって乗り越えられる以前の為義像が、一定の存在感を示していた古態層が存在したことについて述べる。為義は、一度は、「日比ハ、可レ参由ナガラ、後ニハ、忽ニ変改シタル気色ニテ、不定ノ由ヲ申シケレバ」と、崇徳院方に付くことを渋った。その辞退理由は、合戦経験が二度しかないことであった。「合戦ノ道ニ調練不レ仕《つかまつらず》シテ、無案内ニ候ナリ」と自信のなさをいう。もちろんその理由づけの不自然さから、為義は（本来の為義像は）戦うことにではなく崇徳院方に付くことについて尻込みしていることを表現しようとしていたものとみられる。

その本音は、「嫡子ニテ候義朝ハ、坂東ソダチノモノニテ候間、弓矢ノ道、奥儀ヲ極タル上、付随《つきしたがふ》所ノ郎等、皆関東ノ兵者共也。是ハ内裏へ被ㇾ召テ参リ候」と、義朝との対決を避けるために崇徳院方につくことをためらった（と表現していた）のではないか（合戦経験が少ないから辞退したのではなく）。それが右の傍線部だろう（後述の『愚管抄』も同じ）。義朝との対決を避けるということは、為義が義朝に斬られる結末と呼応した文脈が存在したことを推測させる。というのも、**義朝紹介と為朝紹介との断絶感があるのだ**。為義は義朝を「弓矢ノ道、奥儀ヲ極タル」と絶賛したあと、「其外、子共アマタ候へ共、一方ノ大将軍ト可ㇾ被二仰付一奴原《やつばら》候ハヌ」と、義朝以外には候補者は存在しないとまで言う。ところが、そのまま為朝の紹介に入り、「タケウヰサメル者ニテ、『兄義朝ニモヲトラジ』トゾ申ケル」「城ヲ落ス其支度、敵ヲ打ハカリ事、人ニスグレテ候也」と為朝を褒め上げ、「為朝ヲ代官ニマヰラセ候ハン。召テ、打手ノ大将仰ツケラレ候へ」とまでいうのは論理矛盾を起こしていると言わざるをえない。一方では義朝しか「大将軍」と呼べるものはいないと言いながら、もう一方で為朝は義朝に劣らないので「打手ノ大将」が務まるというのだ。この支離滅裂な為義の言葉の中に、例の為朝の紹介部分「為朝ガ可ㇾ然弓取ト生レツキタル事ハ……」（《為朝の経歴と為義辞退理由》）が挟まれている。間違いなく、そこは後補部分ということになる。このようなことから、**本来は〈為義が教長にたいして辞退の意向を示し、それでも教長が説得して為義を白河北殿に来させる〉という文脈であったものが、〈為義が大将を辞退するだけでなく為朝を推挙する〉という文脈が重層的に折り重なって（要するに真ん中の巨大化した為朝紹介部分が追補され）、現在みられるようなかたちになった**ものとみられる。為朝を推挙したあと、為義の言葉は、「惣ジテ、今度ノ大将ヲ辞退申候事ハ……」と鎧が風に吹かれて散る夢想の話に移っていて（不吉を感じて）、やはり――〈為朝推挙〉ではなく――〈為義辞退〉の文脈に戻っているのである。このことから、為義の言葉の真ん中部分、すなわち為朝の紹介部分も後補された部分だとみて間違いない。

これについての補強材料もある。為義の言葉を受けた教長の反応も、代官として推挙された為朝については何のコメントもせずに、「居ナガラ宣旨ノ御返事被レ申事、如何アルベキ」と〈為義辞退〉しか問題にしていないのである。これによって為義は《教長の諌めと為義父子の参院》で、

「誠ニ恐アルベキ」トテ、子共相具シテ参リケリ。当時、手ニアル子共六人也。四男四郎左衛門尉頼賢、五男治部権助頼仲、六男為宗、七男為成、八男為朝、九男為仲也。六人ノ子共引具シテ、白河殿へ参タリ。

と白河北殿に駆け付ける。ここにこそ、**巨大化される前の、六人の子供たちの中に埋没している為朝の姿があるというべきだろう。為義が自らの「代官」とまで言った為朝について、物語内の教長も、表現主体も、その存在を無視するかのように、受け止めていない**のだ。これに続く《為義・頼憲らにたいする勧賞》も、為朝が巨大化される前の文脈が露呈しているところだろう。

（為義は）美濃国青柳庄ト近江国伊庭庄ト二ケ所給ハル。其上、為義ハ判官代ニ補セラレテ、「上北面ニ候ベシ。子息頼賢ハ可レ為二蔵人一」ト被二仰下一ケリ。家弘ガ子息安弘モ、同被二召仰一。当時、北面ニハ、家長、師光、頼助ナリ。

ここに出ているのは、為義以外には、頼賢、安弘、家長、師光、頼助である。**為朝は、特記されるような存在ではない。これこそ、『保元』の本来的な文脈だろう**（原水民樹（一九八八）はこの二文の間にも二段階の形成をみるが、前文は「物語がふくらみをみせた」ものとは言えまい）。為朝紹介の部分は、為義の言葉の内部でも違和感（亀裂）を生じているし、教長との問答も噛み合っていないし（教長が推挙された為朝を問題にしておらず辞退の件のみ）、より広く見ても、表現主体の操作している部分（いわゆる地の文）とも異質な様相を呈しているということである。

そこで、C《崇徳院方の油断》、すなわち頼長と為義によるいくさ評定について検討する。

新院ノ御方ニハ、只今、敵寄スベシ共不二思食一哉アリケン、左大臣殿、為義ヲ召テ、閑ニ御問答アリケリ。「此世中ハ如何アルベキトカ存知スル。合戦ノ様、能々計申スベシ」。仰セヲ蒙テ、申ケルハ、「①御所ノ兵ヲ以テ、

ナドカコラエズ候ベキ。②此御所ヲ出セ給ハヌ物ナラバ、合戦ニヲヒテハ、先《まづ》為義命ヲ捨テ、其後、勝負ハアルベシ。③若又、此御所落サセ給程ナラバ、南都へ渡シ進セテ、宇治橋ヲ引ハヅシテ防グベシ。④其レナヲ叶ハズハ、東国へ下シ進セテ、相伝ノ家人共相催シテ、ナドカ都へ返シ入進セザラン」ト、憑シクゾ計申ケル。左大臣殿仰ラレケルハ、「為義ガ重々申状、尤可ㇾ然。但、我君ハ、天照大神四十七世ノ正胤、太上法皇第一ノ皇子也。恐ハ、文武トモニカケ、芸能一モ御座ヌ四宮ニ位ヲコサレテ渡ラセ給事、神慮ノ御謬《おんあやまり》カ、人望ノ遺恨、只此事ニアリ。此時、如何ナル御計モ無ハ、ヰツノ時ヲカ期シサセ給ベキ。汝等、樊噲ガ思ヲ成テ、命ヲ軽クセン事、鴻毛ノ如クシテ、莫太ノ勲功ニ誇候へ」ト仰含《おほせふくめ》ラル。誠ニ為義ガ申状、左府ノ仰事、スキ無ゾキコヘシ。

崇徳院方のゆるゆるとした待ち受け方（傍線部）は、『保元』の原態層の表現であるらしい（八六頁）。頼長の問いに為義は、①御所での防御、②自らの先陣、③南都での防御、④東国での再起と、次から次に献策する。これを頼長が「為義ガ重々申状」と受けている。「尤可ㇾ然」と、為義にたいする信頼感も窺える。ここで「先為義命ヲ捨テ」とまで言う為義像は、合戦経験が一度しかないから辞退するといった先ほどの為義像と大きく食い違う（為義が経験不足を理由にした部分も、為朝を引き出すための後次層なのだろう）。表現主体もこれを「憑《たの》シクゾ計申ケル」と評している。

ここで注目すべきことは、①「御所ノ兵ヲ以テ」「コラエ」ることを想定している点、②「此御所ヲ出セ給ハヌ物ナラバ」や③「此御所落サセ給程ナラバ」とあって最初から白河北殿での攻防戦を想定している点（崇徳院方から攻めてゆくことを想定していない）である。このことは、これ以前の文脈で、崇徳院方が打って出ない（夜討ちをしかけない）という話がひととおり済んでいることを踏まえているとみてよい。つまり――先述のように為朝の存在感がほとんどない文脈があることも考え合わせて――**頼長と為義の一度目のいくさ評定が存在し、そこで夜討ちが却下されたことを示すものなのではないだろうか。それが、為朝に塗り替えられたのではないだろうか。**それに、末尾の「誠ニ為義ガ申状、左府ノ仰事、スキ無ゾキコヘシ」（二重傍線部）は、後掲の信西・義朝のいくさ評定（《後白河帝方のいくさ評定》）

の末尾「義朝ガ申状、又信西ガ返答、何モユ、シカリケリ」と対応するものなのである。ここの為義像は十分に大将らしく、頼長から信頼されてもいる。そこには、為朝の入り込む隙さえないほどである。

次に、Ａ《崇徳院方のいくさ評定》の分析に入る。結論から言うと、次の罫で囲んだ部分は、本来は為義が夜討ち献策をしたものであったが、それが為朝献策に差し替えられたのではないかと考えられる。

先為義ヲ、御前所ニ召テ、合戦ノ次第ヲ被二召問一ケレバ、先度、教長ニ申ツル如ク申テ、為朝冠者ニ可レ被二召問一之由申テ立ニケリ。即、為朝ヲ召サレケレバ、弓脇ニハサミテ、別ニゾシルカリケル。彼刀八毘沙門ノ如シ。アタリヲ払テ見ヘケル。誠ニヲビタ、シ。父ガ立出タルニ居替タリ。面目ノ極タリ。「合戦ノ様ハ如何ガアルベシ」ト左大臣被レ仰ケレバ、為朝畏テ申シケルハ、「幼少ヨリ九国ニ居住仕テ、大事ノ合戦仕事廿余度也。或ハ、敵ヲオトスニ勝ニ乗事、先例ヲ思ニ、夜打ニハシカジ。ヰマダ天ノ明ザル前ニ、為朝罷向テ、内裏高松殿ニ押寄テ…（中略）…只今君ヲ御位ニ付ケマイラセン事、御疑アルベカラズ」ト、詞ヲ放テ申ケレバ、「為朝ガ計、荒儀也。臆知ナシ。年ノ若ニヨル。夜打ナンド云事ハ、十廿騎ノ私事ニコソアレ、サスガ主上、上皇ノ国ヲ論ジ給ニ、夜打可レ然トモ不レ覚。我身無勢ニテ、多勢ノ中ヘ蒐入テ、シリツキ無テ、入リコメラレナバ、如何セン。今夜バカリハ相待ベキゾ。南都ノ衆徒等モ召事アリ。明日、興福寺ノ信実幷ニ玄実大将ニテ、吉野・遠津河ノ指矢三町遠矢八町奴原相具シテ、千余騎ノ勢ニテ参ナルガ、今夜ハ宇治ノ富家殿ノ見参ニ入テ、明日辰時ニ是ヘ参。彼等ヲ相待テ、静ニ高松殿ヘ罷向テ、勝負可レ決。又、明日、院司ノ公卿殿上人ヲ可レ召。メサンニ参ラザラン輩ヲバ、死罪ニ行ベシ。頭ヲ切ル事、両三人ニ及ババ、残ハナドカ参ラザルベキ。為朝ハ夜程ハ、此御所ヲ能々守護シ奉レ」ト仰ケレバ、御前ヲ立テ歩出トテ、「夜ノ明ケンヲ待セ給ハン事、御方ノ軍兵ノカサヲ敵ニ見セサセ給ハンタメカ。軍セン事、如何アランズラン。義朝ハ合戦ノ道、奥義ヲ極タリ。明日マデノバサバコソ、信実、玄実ヲモマタセ給ハメ。悲哉《かなしきかな》、只今敵ニヲソワレテ、御方ノ兵アワテ迷ハン事ヨ」トツブヤキテゾ出ケル。

罫で囲んだ部分が為義→為朝へと差し替えられたと推測する部分で、その根拠は崇徳院の主体である。この冒頭で、為義を「御前所」に召して「被㆓召問㆒ケレバ」（二重線）とあるので、その主語は崇徳院である。『保元』の古態層では、官軍方においても後白河帝の主体（自ら陣頭指揮を採り、裁断を下す像）が強く出ていたとみられ（四二頁）、後次層で信西が前景化することによってその像が希薄化してゆくという傾向がみられる。それと同様に、この冒頭部は、崇徳院が直接、為義に問うているのである。頼長の席ならば「御前所」とは表現しないだろう。ところが為朝が出てくると、「『合戦ノ様ハ如何ガアルベシ』ト左大臣被㆑仰ケレバ」とあるように、頼長が――無遠慮にも崇徳院を押しのけるようにして――前面に出てくる。物語に接合痕（亀裂）が露呈しているのである。この罫囲みの中で、為朝が「（後白河帝の）位スベラセ進テ、只今君（崇徳院）ヲ御位ニ付ケマイラセン事、御疑アルベカラズ」などと広言するのも、崇徳院の重祚を前提にした文言で、後次層の認識が露呈したものである。頼長が「主上、上皇ノ国ヲ論ジ給」などと発言してしまうのも、帝位をめぐって双方が争ったかのような――少々漫画ティックな――認識が出てしまったものである（須藤敬（一九八八）が半井本から宝徳本（金刀比羅本）への生成の過程で「宣旨対院宣」の国争いの構図が明瞭化したと指摘しているが、その指向は半井本の内部においてすでに始まっているということである）。

それに、罫囲みの中は頼長の口調が「荒儀也。臆知ナシ。年ノ若ニヨル」などと厳しく、為朝の献策をにべもなく却下する様子である。それにたいして、これに続く部分は、南都や吉野・十津川の援軍を待ったほうがよいとの冷静な戦略上の判断を示したもので、感情的な様子はない。前半と後半ではトーンが違うのだ。そして、先述のCには頼長と為義の信頼関係が保たれているようにみえ、頼長が為義を尊重している様子も窺える（「為義ガ重々申状、尤可㆑然」）ので、それと符合するのは夜討ちを冷静に却下している層なのである。為朝の献策の全体、そして頼長の発言のうちの感情的な部分は、後補の可能性が高い。「合戦ノ道、奥義ヲ極」めたという義朝像も、後次的だろう。ただ、ここの「夜程ハ、此御所ヲ能々守護シ奉レ」は、先述Cの為義の①「御所ノ兵ヲ以テ」「コラエ」る想定や②「此御所ヲ出セ給ハヌ物ナラバ」へと自然に続いている（同位相）ようにみえる。部分的に古態層も残っているようだ。

では次に、B《後白河帝方のいくさ評定》すなわち信西と義朝のいくさ評定を分析する。これも結論から先に言うと、次の罫で囲んだ部分は、後補だと考えられる。

去程ニ、義朝ヲ御前ニ被レ召ケルニ、赤地ノ錦ノ直垂ニ烏帽子引立テ、脇立計ニ太刀ハキテ、弓脇ニハサンデゾ参タル。少納言入道ヲ以テ、合戦ノ次第ヲ被二召問一。義朝畏《かしこまつ》テ申シケルハ、「軍ニヲヒテハ、重々ノ様候ヘドモ、左右無ク敵ヲ随ヘ候事、夜打ニスギタル事無。就中、左府ノ権威ヲ以テ、南都ノ信実、玄実大将ニテ、吉野・遠津河ノ指矢《さしや》三町遠矢《とほや》八町奴原《やつばら》千余騎相具テ、鉄《くろがね》ヲ延テ、楯ノ面ニフセ、様〳〵ノ構ヲシテ、今夜富家殿ノ見参ニ入テ、明日卯辰ノ時ニ、新院御所ヘ参ルベキ由承ル。義朝ガ舎弟為朝、タケウ勇メル兵也。吉野法師、奈良法師待付テ、為朝、大将仕テ、此内裏ヘ罷向候ナン。彼ハ十万騎ノ勢ヲ指向ヘラルトモ、彼等ガ箭前《やさき》ニハ不レ可レ叶。金ヲ延テ、楯ノ面ニ伏タリ共、向ヘ難カルベシ。其上、明日ナラバ、兵ツカレテ、物具ニスキマ候ベシ。然バ合戦ヲハカルベシ。此内裏ヲバ、清盛ナンドニ守護セサセテ、義朝ハ打手ヲ給リテ、時ヲ移サズ罷向テ、カレ等ニ先立テ勝負ヲ決セン」トゾ申上ケル。

少納言入道ハ、薄墨染ノ直垂ニ、小狐ト云太刀ハキタリ。仰ヲ奉リテ、御前ノスノコニ候テ申ケルハ、「此議誠ニ可レ然。詩歌管絃ハ臣家ノ嗜《たしなむ》所也。其道ナヲ以テクラシ。況哉、武勇合戦ノ道ニヲヒテハ、一向《いつかう》汝ガ計タルベシ。朝威ヲ軽クスル物ハ、天命ヲ背ニハ非ヤ。早凶徒ヲ追討シテ、逆鱗ヲ休奉レ。殊ナル忠有バ、日来申ス所ノ昇殿ニヲヒテハ不レ可レ有レ疑」ト申ケレバ、義朝申ケルハ、「義朝合戦ノ庭ニ罷向テ、命ヲ全セン事ヲ不レ存レバ、死シテ後ハ何ニカセン。只今ユルサレザラン昇殿ハ、ヰツヲ可レ期ゾ」トテ、押テ階ヲノボリタリケレバ、少納言入道、「コハイカニ、狼籍也」ト申ケレバ、主上ハアザハラワセ給ケリ。御輿ニ入ラセ給ケリ。大方ユヽ敷ゾ見ヘケル。少納言入道、重テ申ケルハ、「先ズル時ハ人ヲ制シ、後ニスル時ハ人ニ被レ制ト云本文ニ相叶ヘリ。一人モ内裏ニ留ラレズ、兵ヲフルヒテ罷向候へ」ト申含ケリ。聞者耳ヲスマシテゾアリケル。義朝ガ申状、又信西ガ返答、何モユ、シカリケリ。

この冒頭部分は、義朝を後白河帝の「御前」に召して、後白河帝が「少納言入道ヲ以テ、合戦ノ次第ヲ被㆓召問㆒」とあるので、主語は後白河帝である。ここの信西は巨大化しておらず、後白河帝の意向の仲介者でしかない古態層の信西像（先述）と通底する。義朝もここでは「畏《かしこまつ》テ」いて、許しもなく強引に昇殿しようとする義朝像よりは古いもので、ここの信西像と同位相と考えてよいだろう。義朝の献策の中で「就中……」を後補だと考える根拠は、いうまでもなく巨大化した為朝像が含まれているからである。

南都・吉野・十津川の軍勢が到着する前に急げという文脈は、頼長・為朝のいくさ評定と表現が揃えられたものであるが、後補ではない。むしろ、双方を比較してみると、見事に呼応している。

[A]今夜バカリハ相待べキゾ。南都ノ衆徒等モ召事アリ。明日、興福寺ノ信実幷ニ玄実大将ニテ、吉野・遠津河ノ指矢三町遠矢八町奴原相具シテ、千余騎ノ勢ニテ参ナルガ、今夜ハ宇治ノ富家殿ノ見参ニ入テ、明日辰時ニ是へ参。

[B]左府ノ権威ヲ以テ、南都ノ信実、玄実大将ニテ、吉野・遠津河ノ指矢三町遠矢八町奴原千余騎相具テ、鉄ヲ延テ、楯ノ面ニフセ、様〳〵ノ構ヲシテ、今夜富家殿ノ見参ニ入テ、明日卯辰ノ時ニ、新院御所へ参ルベキ由承ル。

[A]にあった「興福寺」が[B]で消え、[A]では推定（「ナル」）であった「千余騎」が[B]では断定的になり、[A]には存在しなかった「鉄ヲ延テ、楯ノ面ニフセ、様〳〵ノ構ヲシテ」などと話に尾ひれがつき、[A]では明確であった「辰時」が[B]ではあいまいな「卯辰」になっている。このように[A]をもとにして、[B]はそれをややずらしたものであることがわかる。この[B]を、後補だと言うべきではない。このずらし表現と緊迫感が連動しているからだ。噂というものの縮約のされかた、不正確な伝わりかた、それでいて部分的には誇張されやすい性質を見事に表現したものである。ずさんなのではなく、むしろ緻密というべきで、表現レヴェルとしてはきわめて高い。じつは、『保元』の中で、これと

同じ表現方法をとっているところがもう一か所ある。鳥羽院旧臣の言辞である。そこでも、噂の不正確な伝わりかたと、それにおののく人々の表情が語られていた（三三頁）。このような表現方法が、偶然一致するとは考えにくい。ということは――右の罫で囲んだ部分は後補だとしても――**夜討ち献策の却下と採用の対照構図を物語に導入した層は、鳥羽院旧臣を登場させた層（これは物語が鳥羽院聖代観の表明から始動して時代転変を語るという指向とも連動）と同位相だということになる**のではないだろうか。鳥羽院聖代観や鳥羽院旧臣の登場は、鎌倉中期とみられる第三次層である（第二章）。それとここの為義→為朝の差し替え層とが同時代のものと認められるということである。

ついでながら、南都・吉野・十津川の援軍の件を冷静な議論の部分とみたが（先述）、それと義朝が「明日ナラバ、兵ツカレテ、物具ニスキマ候ベシ。然バ合戦ヨハカルベシ」と言うのも、通底している。義朝の武士らしい冷静な分析である。為朝のことを「タケウ勇メル兵」として恐れ、「金《こがね》ヲ延テ、楯ノ面ニ伏タリ共、向へ難カルベシ」などという部分は感情的・誇張的で、前後との位相が異なる。なお、ここまでを義朝が「申上ゲ」たのは、信西にたいしてではなく後白河帝にたいしてである。また、罫で囲んだ「少納言入道ハ、薄墨染ノ直垂ニ……」も後補だろう。信西像が前景化しているうえに、義朝像も王権にひれふす像――それが古態層とみられる――と明らかに齟齬するからである。本来のいくさ評定の姿は、後白河帝と義朝が問答しているもので、信西は最後に一言を添えたに過ぎない。

六　おわりに

信西像や頼長像が大きくは二層で把握できそうだという点や、それが人物像だけでなく物語の基幹構造の二層性と対応しているという点は、さほど冒険的な指摘ではない。それを、歴史認識の変容、物語観の変質、背景となった時代相と結びつけた部分が〝仮説的〟なところである。ここで指摘した二層は、つまるところ承久合戦以前の時代相とそれ以降の時代相と対応していると考えられる。承久合戦以降に本章で分析したような保元合戦の登場人物にたいする配慮に満ちたデリケートな表現指向が存在しえたとは、どうしても考えにくい。『保元』の中の古態層には、まだ同時代的とも言いうるような要素を保存しているのだ。信西像にしても頼長像にしても、古態層ではデリケートに表現されていたが、後次層においては明瞭化・前景化の道をたどったと考えられる。

そして、人物像の変容と軌を一にして形成されたいくさ評定については、次のようにまとめることができる。

1　本来は、頼長・為朝のいくさ評定ではなく、頼長・為義のそれであった。
2　本来は、崇徳院や後白河帝の存在感が強く出ていたのに、のちに頼長像や信西像が前景化した。
3　頼長・為義のいくさ評定と信西・義朝のそれは、成立上の先後関係はなく、同時に発想された。
4　両陣営のいくさ評定を物語に投入する発想は、鳥羽院旧臣の登場と同位相だとみられる。
5　これらが物語に入った時期は、鎌倉中期以降だと考えられ、巨大化した為朝像が物語に入ってくる鎌倉後期よりは相対的には前の層だと考えられる。

このように、少しずつではあるが、多層的な『保元』のありようから基幹的な層を見出し、それと物語構造の大きな転機とを――仮説的提示ではあるが――対応させうるところまできた。『保元』において基幹的二層のありようがより顕著に窺えるのは合戦部や終息部なのであるが、一見混沌としてみえる多層的な発端部においても、その表現操作が複雑なだけで、それを支える認識や指向は大まかに言えば二層として把握できるのではないだろうか。

文献

犬井善寿（一九七四）「文保本系統『保元物語』本文考――文保本から半井本への本文変化――」伝承文学資料集第八輯『鎌倉本保元物語』東京：三弥井書店

白崎祥一（一九七七）「「保元物語」の一考察——讃岐院記事をめぐって——」「古典遺産」27号
須藤　敬（一九八八）「『保元物語』半井本から金刀比羅本へ——後白河帝を機軸として——」「藝文研究」52号
須藤　敬（一九九七）「『保元物語』古態本の考察——信西の描かれ方の問題から——」軍記文学研究叢書3『保元物語の形成』
　東京：汲古書院
原水民樹（一九八八）「半井本『保元物語』の相貌——その史料としての側面——」「徳島大学総合科学部紀要　人文・芸術研究
篇」1巻

第五章　『保元物語』発端部にみる合戦要因の二層性

一　問題の所在

本書は、『保元物語』を冒頭部、発端部、合戦部、終息部、後日譚部の五部に分けて分析しているが、この中でももっとも厄介なのが発端部である。なぜならば、『保元』発端部は、もっとも重層化の様相がはなはだしいからである。それをわかりやすくするために、前章で人物像の基幹的二層という捉え方を提示した。

そもそも歴史とは、先に〝結果ありき〟で、結果にふさわしいようにその原因――発端部に相当するところ――が後付けされるものである〔野中（一九九七）〕。『保元』の転変する約一世紀半の間に政治的実権は平氏政権→源氏政権→北条氏政権と移ったし、それによって保元合戦やその参戦者にたいする評価も変容したものと推察される。評価が変われば、当然のことながらその評価（結果）にふさわしいように原因が推究され直す。物語内に古い評価の痕跡を残しつつ新たな評価が加われば、評価そのものが重層化して物語からメッセージ性を汲み取りにくくなる。それとは別に、事件や合戦の風化とともに、史実からの乖離を怖れなくなり、内容把握の利便性（わかりやすさ）が優先されて人物像が明瞭化されたり、都合の良いように前景化されたりするようになる〔野中（二〇〇四）〕。これらの重層化の波が、発端部にもっとも集中しやすいというわけである。だから発端部の分析は困難をきわめる。

前章では人物像やいくさ評定の形成に着眼して基幹的二層を析出したが、本章では発端部のもっとも厄介な、争乱にいたる経緯や責任の所在についても――混沌として輻輳しているように見えながら――じつは二層で把握できることを示す（それ以上の細分化は困難であるとも言える）。

二　合戦要因の重層性

じつは、保元合戦の要因が何であったのか、その肝心なところさえ、発端部で重層化している。保元合戦の発端は、

①崇徳院の重祚願望によるものなのか　〈崇徳重祚〉
②重仁親王即位計画（崇徳院政樹立計画）によるものなのか　〈重仁即位〉
③頼長の野心によって崇徳院が突き動かされたものなのか　〈頼長野心〉
④後白河帝方の挑発にたいして崇徳院方が防御しようとしただけなのか　〈後白河挑発〉

という基本的なことさえ、明瞭には説明されていない。

①〈崇徳重祚〉や②〈重仁即位〉を記してある部分は、次のとおり三か所ある。

・先帝コトナル御ツヽガモ渡ラセ給ハヌニ、ヲシヲロシ奉ラセ給フコソ浅増ケレ。カヽリケレバ、御恨ノミ残ケルニヤ、一院新院父子ノ御中、不快ト聞エシ。誠ニ心ナラズ御位ヲサラセ給シカバ、①ナヲ返シツクベキ御志モヤマシ〳〵ケン、又、②新院ノ一宮重仁親王ヲ位ニ付奉ラセ給ハントヲボシメシケルニヤ、御心中難レ知。《譲位に伴う崇徳院の恨み》

・新院、此ヲリ（近衛帝崩御）ヲエテ、「②我身コソ位ニ不レ被レ付トモ、重仁親王ハ、今度ハ位ニハ遁ジ物ヲ」ト待ウケサセ給ケリ。天下ノ諸人モカク思ケル所ニ、ヲモヒノ外《ほか》ナル美福門院ノ御計デ、後白川院ノ四宮トテウチコメ

ラレテ渡ラセ給シヲ、位ニ付奉セ給。《近衛急逝に伴う後白河即位》

・新院、日来思食ケルハ、「…（中略）…近衛院カクレ給ヌル上ハ、重仁親王ヲコソ帝位ニ可レ被レ備ニ、思ノ外ニ、又、四宮ニコサレヌル事口惜」トヲボシメサレケル。《崇徳院の心中》

〈崇徳重祚〉と〈重仁即位〉はいずれにしても崇徳院が実権を握るものであるから、右のように併記もされる。さほど離れた認識とは言えない。①②とはやや違う角度から、頼長の野望によって崇徳院が突き動かされたとする解釈③〈頼長野心〉も、次のように示されている。

此左大臣殿ノヲボシメシケルハ、「新院ノ一宮重仁親王ヲ位ニ付奉テ、世ヲ新院ニシラセ進テ、我マ、ニ天下ノ事ヲ取リ可レ行」ト思食トモ云ヘリ。《頼長の野望》

②と③は矛盾するというわけではない。〈崇徳重祚〉や〈重仁即位〉が一方にあって、もう一方に〈頼長野心〉もあり、それらの利害が一致したと読むことができるわけである。争乱勃発の要因を多面的に解釈できるようになっているという点で、複数情報の流入はまことに都合がよい。物語が立体的に立ち上がる（一面的ではなくなる、平板ではなくなる）からである。

次の《崇徳院と頼長の談合》も、②と③とが矛盾なく結びあっているところである。

新院、左大臣殿ニ内々被二仰合一旨ネンゴロ也。「…（中略）…（崇徳院自身が）上皇ノ尊号ニ烈《つらなる》ベクハ、重仁人数ノ内ニ可レ入処ニ、数ノ外《ほか》ナル文ニモ武ニモアラヌ四宮ニ位ヲコサレ、父子ガ怨難《おさへがた》レ押カリツレ共、故院、サテ御座ツル程ハ、ツナガヌ月日ナレバ、二年ノ春秋ヲ送レリシハ忍難シ。今、旧院昇霞ノ後ハ、ナンノ憚《はばかり》カアルベキ。我モ此時、世ヲ争ソワン事、神慮ニモ違ヒ人望ニモ背カジ物ヲ」ト仰ラル。左府本ヨリ、「此君、世ヲ取リ給ハバ、摂録ニヲヒテハ無レ疑」ト思レケレバ、「尤可レ然。思食立ベキ」由、勧メ申サセ給ケルトカヤ。

③の「世ヲ取」るという表現は〈重仁即位〉（＝崇徳院政）を意味するものともとれるが、「父子ガ怨」とか「我モ

此時、世ヲ争ソワン事、神慮ニモ違ヒ人望ニモ背カジ物ヲ」などという強い表現からみて、崇徳院自身による政権奪還を表現したもの（〈崇徳重祚〉）とみられる。

ところが、①②③とはまったく異質なものを提示している部分がある。それが、後白河帝方の挑発にたいして崇徳院方が防御しようとしただけだとするもの（④〈後白河挑発〉）である。

（教長の諫言を）新院被二聞食一テ、「其ハサル事ナレ共、我此所ニ有テハ、一定《いちぢやう》事ニ逢ベキ由、女房兵衛ガ告申。④時ニ難ヲヤ退トテ、出サセ給ハントハ思食也。全ク別ノ意趣ナシ」トゾ被レ仰ケル。《教長・実能の諫言》

①②③はいずれも崇徳院や頼長に〝野心あり〟として矛盾なく（一事実の多面性の問題として）解釈できそうなのだが、それらと崇徳院の野心を否定する④は異質性がきわだっている。崇徳院が後白河帝方の尋問にたいして言い訳がましく野心の不在を弁明した場面ならば①②③と矛盾するということにはならないが、この場面はそうではなく、味方の教長に語った場面なのである。類似の認識が窺える箇所が、もう一か所ある。

新院思食ツヾケサセ給ケルハ、「…（中略）…昔、嵯峨天皇御時、平城先帝、内侍尚侍ガ勧ニテ、世ヲ乱リ給シカ共、則家ヲ出給シカバ、遠ハ流《ながさ》レ給ズ。我又謬《あやまり》ナシ。④兵ヲ集テ、可レ被レ責ト聞ヘシカバ、禦シ計也。昔ノ志ヲ忘レ給テ、辛《からき》罪ニ当給ハ心憂《こころうし》」トテ《崇徳院、望郷の鬼となる》

これは崇徳院が後白河院にたいして自筆の五部大乗経の供養を願い出ようとしている場面なので、苦しまぎれの言い逃れとも捉えられなくはない。しかし、「平城先帝」が「内侍尚侍ガ勧」によって「世ヲ乱」した事実（薬子の乱）を類例として語らせることによって、表現主体が崇徳院の立場に同化し、好意的に解釈しようとしたものと受け止めるべきだろう（『十訓抄』第五―一八話にも、薬子と兵衛佐を重ね合わせる認識が出る）。**この〈後白河挑発〉こそ、もっとも古態層の解釈**なのではないか（次節以降で明らかとなる）。

これらからすると、次のような〈崇徳重祚〉の強い執念を語る次の部分（①）は、きわめて異質というべきだろう。

同日夕方、出納友兼ガ三条烏丸ノ焼残ノ御所、中御門東洞院ノ御所二ケ所ヲ実検スルニ、三条ノ焼残ノ御所ニ御文車《ふぐるま》一両アリ。其ニ御手箱アリ。御封ヲ被レ付タリ。被二秘蔵一タリ。内裏へ持テ参タリ。叡覧ヲフルニ、[1]御夢ノ記也ケリ。毎度奇異ノ事ノ限リ注置セ給タリ。御夢ノ記ト申ハ、重祚ノ告也ケリ。重祚（の告げ）アル度ニ、御願ヲゾ御心ニアマタ立サセ給タル。…（中略）…新院又重祚告ノ常ニ座シケルハ、余ニ御心ニ懸テ座ケルニ依テトゾ人申ケル。《崇徳院の夢の記》

この末尾部分は主体を朧化した「人」による推測でしかないが、しかし、崇徳院が重祚願望を抱いていたことの証拠品としての「御夢ノ記」が発見された点は、物語内の事実として語られている。戯画化に近い要素も混じっていて、もっとも後次的なものだろう。

三　謀反認定の経緯の基幹的二層

1　原態層の痕跡

『兵範記』によれば、鳥羽院が死を覚悟した六月一日の時点で、すでに義朝らの武士に警護を固めさせ始めている。その認識からすると、『保元』《崇徳院方の不穏な動き》で、鳥羽院崩御の翌日（七月三日）に次のような緊張感が語られていたとしても、あながち虚構とは決めつけられなさそうにみえる（じつはそうではない。後述）。

「一院カクレサセ給ナバ、主上ト新院トノ御中心ヨクモマシマサズ。世ハタヾハアラジ」ト、人サマ〴〵ニ申ケルニ、二日ニ隠サセ給ヌルニ、三日ノマダトウ、新院方ノ武士、東三条ニ籠居テ、夜ハ集リツヽ、謀反ノ事ヲハカリケリ。昼ハ木ノ上、山ノ上ニシテ、当時ノ内裏高松殿トテ、姉小路西洞院ニテアルヲ、伺見由ヲ、主上聞食テ、下野守義朝ヲ召仰ラレテ、東三条ノ留守ニ候ケル少監物藤原光真幷兵士両三人召取テ、事子細ヲ被二召問一。

一院御不豫ノ間ヨリ、謀反ノキコエアリ。此程、又、軍兵多ク東西ヨリ都ニ入集ナリ。並ニ兵具ヲ馬ニ負セ、車ニ積、入ツドヒ、東三条ニモ、武士、夜ルハ集リ、昼ハカクル、トゾキコエヌル。

しかし、『兵範記』を見ても、どの時点で謀反だと正式に認定されたのかがわからない。『保元』内部においても、右のように七月三日の時点で「謀反ノキコエ」（噂）とするばかりである。その後、「新院、カヽル御本意（謀反の意思）ナリケレバ、鳥羽ノ田中殿ヲ出サセ可レ給由思食立セ給」と語りながら、その直後に、「其比、如何ニトヤラン、人口様〳〵也。貴賤上下、何ト聞分タル事ハナケレ共、洛中ハ静ナラズ。家々ニハ、門戸ヲ不レ開シテ、所々ニハ、馬車ノサワガシク」と表現するのは、ただ争乱の勃発に狼狽しているだけであって、崇徳院を非難するのとは違うだろう。

ただし、先の引用文の傍線部分のみが後補だと考えれば、どうだろう。**謀反の発覚を早めに決めつけ、明瞭化しようとした層が後次的に覆いかぶさったと考えれば、それ以外の流れは整合的である**（傍線部以外は後補ではないとみる。後白河帝の主体が前面に出ていて、小間使いとして働く古態層の義朝像もみえるからである。四二頁）。これは、物語内では七月三日、四日のころの動きである。そして、五日には、次のような記述がある。

去ル二日、一院崩御シ御座テ後ヨリ、謀反ノ輩、京中ニ入集リ、武士共、道モサリアヘズ狼藉也ト内裏ニキコシメサレテ、先、関々ヲ可レ堅トテ、同五日、検非違使共ヲ召テ被二仰付一。…（中略）…「所々ノ関々ヲ堅ク守テ、兵具ヲ帯セン輩ヲバ召取テ、内裏へ進スベシ」ト、少納言入道信西ヲ以テ被二仰下一。各、庭上ニ跪テ、承リテ、罷出ヅ。《後白河帝方の関固め》

そもそも「謀反ノ輩」と決めつけておきながら、それら洛中不穏分子の掃討に向かわずに洛外の固関《こげん》に向かわせるというちぐはぐな対応は、不自然である。この傍線部も、後補だろう。このような読み取り――後補ではないかと推定する――に説得力を与えてくれるのが、右の引用文に続く次のような文脈である。

又、今夜、関白殿下、大宮大納言伊通卿以下公卿参内シテ、種々ノ儀定アリケリ。謀反ノ輩有ト聞エケレバ、皆召取テ、流罪セラルベキ由、被二宣下一ケリ。其上、春宮太夫宗能卿、鳥羽殿ニ候ケルヲ、被レ召ケレバ、風気トテ不レ被二参内一。《謀反人流罪決定》

あとで藤原宗能は後白河帝方に付くのだが、この段階では態度を決めかねているように表現されているのだろう。(1)

（1）逆に『愚管抄』の宗能は「サマデノ近習者」でもないのに鳥羽院に争乱勃発を予告し、「ヨクヽヽハカライヲホセヲカルベシ」と忠告する。原水民樹（一九八八）は、宗能の不参→参内に「物語作者の特別な意図を見ようとするのは見当はずれな捉え方」とし、「素材としたであろう記録等の一節がそのまま利用された箇所」という。「作者」の「意図」と言うのは、物語をまるごと一体のもの（非重層）とし、人物像（宗能）も一種の人格の形象とみる考え方。原水の言う「素材とした記録」を、論者は『保元顚末記』か『保元合戦記』とみる。

為義にしても、七月十日夜の段階で、「其夜ニ六条判官為義ヲ召ケレ共、日比ハ、可レ参由ナガラ、後ニハ、忽ニ変改シタル気色ニテ、不定ノ由ヲ申シケレバ」《為義辞退》とあるように、態度が揺れている。為義にしてそうなのだから、それ以外の武士たちが七月三日の時点で東西に分かれていたとするのは、早すぎだろう。**『保元』の原態層には、徐々に東西に分かれてゆくさまが、きわめてデリケートに表現されていたのではないだろうか。**そのようなデリケートな文脈は、先述の「我此所ニ有テハ、一定《いちぢやう》事ニ逢ベキ由、女房兵衛ガ告申。時ニ難ヲヤ退トテ、出サセ給ハントハ思食也。全ク別ノ意趣ナシ」《教長・実能の諫言》と通じる。

さて時間を少し遡及して、藤原宗能が明確に後白河帝方に付いたことがわかるのは、七月八日の次の部分である。

同八日、関白殿下、大宮大納言伊通卿、春宮太夫宗能卿参内シテ、儀定アリ。来十一日、左大臣頼長、肥前国へ流シタテマツルベキ由、被二定申一ケリ。謀反事既ニ顕ル故ナリ。《頼長流罪決定》

このように七月八日の時点で謀反が露顕したのだとすれば、やはり七月三日の時点で双方の武士たちが早くも睨み合っていたとするのは、あまりにも早すぎるだろう。**『保元』の七月三日の緊張感を描いた部分は、構図の明瞭化のために、後次的に加えられた部分ではないだろうか。**

七月八日は、鳥羽院の初七日法要の日である。右の宗能参内の記事に続いて、三井寺法師相模阿闍梨勝尊が東三条殿で内裏を呪詛していて捕縛されたとする内容を語り、その末尾で「サテコソ謀反ノ企共次第ニアラワレニケル」としている。ところが、そのように語りながら、もう一方で、同じ八日に次のような認識も見えている。

鳥羽殿ニハ、一院隠サセ給テ、今日初七日ニ成ケレバ、「御仏事可㆑被㆑行」トテ、大夫史師経ニ仰テ、鳥羽田中殿ニテ御仏事被㆑行ケルニ、新院、一所ニワタラセ給ナガラ、出サセ給ハザリケレバ、人弥怪ヲナス。《初七日法要への崇徳院不参》

この時点でほんとうに謀反が露顕していたのなら、「人弥怪ヲナス」とは表現しないだろう。やはり、『保元』の原態層には、七月八日の時点でもまだ謀反だとは決めつけられなかったとする慎重でデリケートな認識――およびそれに支えられた文脈――が存在したのだろう。このあと、双方のいくさ評定や進撃、門固めへと移ってゆく。それでもまだ、

左大臣殿ハ、宇治ニテ、「新院、白河殿へ入セ給」トキコシメシテ、式部大夫盛教ヲ御使ニテ、「一定、白川北殿へ入セ給タルヤ」トテ、進セ給ケリ。《頼長、白河北殿へ》

などという慎重な頼長像が表現されているのである。七月八日の夜、最後の最後まで謀反だとは確定しないまま――その証拠がみつからないまま――**兵を集めて防備を固めたというだけで攻撃されたと、『保元』の原態層**（**『保元合戦記』**）**は語っていたのではないだろうか。**

2　後次層

一方で、早い段階から両陣営が明確に分かれ、緊張が高まっていたとする表現も『保元』の中で追ってゆくことができる。発端部に入る前、冒頭部で崇徳院が帝位を引きずりおろされ近衛帝が即位したところで、

カ、リケレバ、御恨ノミ残ケル**ニヤ**、一院新院父子ノ御中、不快ト**聞エシ**。誠ニ心ナラズ御位ヲサラセ給シカバ、ナヲ返シツクベキ御志モヤマシ〳〵**ケン**、又、新院ノ一宮重仁親王ヲ位ニ付奉ラセ給ハントヲボシメシケル**ニヤ**、御心中**難レ知**。《譲位に伴う崇徳院の恨み》

と語られる。崇徳院の怨恨が語られているようにみえるが、すべて表現主体の側からの推量である。しかしそれにしても、「時ニ難ヲヤ退トテ、出サセ給ハントハ思食也。全ク別ノ意趣ナシ」などと語り、離京の際に鳥羽院の墓に向かって涙を流した——古態層と想定した——崇徳院のイメージとは異質である。その近衛帝が急逝して後白河帝が即位した際にも、「是ニヨリ、新院御恨今一入ゾマサラセ給ゾ理ナル」（《崇徳院の怨恨の増幅》）と語るが、これは右の推量の延長線上にある同位相の評語だとみてよい。そして冒頭部末尾《皇室の凶事の総括》で、「新院ノ御心中ヲボツカナシトゾ思アヘル」と語るのも、右と同じ位相だろう。このように三つの点をつなぐと、早い段階から崇徳院が挙兵しそうな雰囲気が一方では醸成されていることがわかる。ただし、ここも「思アヘル」とあるので、都びとの勝手な推量や噂という位置づけである。この層だと〝雌雄を決すべき待ちに待った対決が近づいている〟というイメージである。両陣営をパラレルに描いているわけではなく、「新院方ノ武士」などと崇徳院方に焦点を当てている。源為義でさえ七月十日夜に態度を固めたのに、である。この層は、明らかに、崇徳院が怨恨を募らせ、先に行動を起こしそうであったとする——つまり邪悪な一派であるとする——結果論的な視座と認識に毒されている。崇徳院が先に行動を起こしそうであれば、それにたいして先制攻撃をしかけた後白河帝方は正当化される。ここには、「一院御不豫ノ間ヨリ、謀反ノキコエアリ」という一節も盛り込まれている。この直後に、次のようにある。

新院、日来思食ケルハ、「…（中略）…当腹ノ寵愛ト云計ニテ、近衛院ニ位ヲ押取レ、恨フカクシテ過シ程ニ、

近衛院カクレ給ヌル上ハ、重仁親王ヲコソ帝位ニ可レ被レ備ニ、思ノ外ニ、又、四宮ニコサレヌル事口惜」トヲボシメサレケル。御心ノ行カセ給方トテハ、近習ノ人々、「如何セン」ト常ニハ御談合アリキ。《崇徳院の心中》

ここは推量ではなく、直接、崇徳院の心理「恨フカクシテ」「口惜」とあるのだ。そして崇徳院の近臣たちが、つねに「談合」していたというのである。そして頼長登場のところで兄忠通との「不快」が語られたあと、

此左大臣殿ノヲボシメシケルハ、「新院ノ一宮重仁親王ヲ位ニ付奉テ、世ヲ新院ニシラセ進テ、我マヽニ天下ノ事ヲ取リ可レ行」ト思食トモ云ヘリ。左大臣殿、新院ノ御方ニテ、終夜申サセ給ゾ如何ナル御計カ有ルラント覚ツカナシ。《頼長の野望》

とまで踏み込んで語る。宇治に住む頼長が鳥羽殿の崇徳院のところにつねに行っていたなどという説明は、白河北殿に崇徳院が入ったことを確認してから遅れて自らも入ったとする頼長像とまったく異質である。そして、

新院、左大臣殿ニ内々被二仰合一旨ネンゴロ也。「…（中略）…我モ此時、世ヲ争ソワン事、神慮ニモ違ヒ人望ニモ背カジ物ヲ」ト仰ラル。左府本ヨリ、「此君、世ヲ取リ給ハバ、摂録ニヲヒテハ無レ疑」ト思レケレバ、「尤可レ然。思食立ベキ」由、勧メ申サセ給ケルトカヤ。《崇徳院と頼長の談合》

へとつながる。こちらの後次層とみられる文脈においては、早い段階から崇徳院と頼長が一体化していたとするのが特徴である（古態層では別々に動いている）。そして崇徳院の白河北殿入りが、「新院、カヽル御本意ナリケレバ」と説明されてしまう。この流れだと、どうみても崇徳院は野心まみれで、挙兵のために白河北殿入りしたことになる。こうして、七月五日の《後白河院方の関固め》で、「去ル二日、一院崩御シ御座テ後ヨリ、謀反ノ輩、京中ニ入集リ、武士共、道モサリアヘズ狼藉也ト内裏ニキコシメサレテ、先、関々ヲ可レ堅トテ、同五日、検非違使共ヲ召テ被二仰付一」のような説明があっても、違和感なく受け止めてしまうのである。

これも、明らかに後次層だとみられる。これと連動した宇野親治ばなし（同六日）も後次層だということになる

（鎌倉中期の鳥羽院旧臣登場と同じ層）。先述（三八頁）のように、その記事自体は古態層にも存在したとみられる（そして宗能の態度変化に影響を与えた）が、表現が大きく異なったものであったと考えられる（都の守護が前面に打ち出されたものではなかった）。平基盛が、内裏（後白河帝）に付くのかどうかと迫っていること自体、明瞭な対立構図の中で発想され形成されたエピソードであることが明らかである。平基盛が親治らを捉えたことについて、「王事モロキ事無ケレバ」《宇野親治の捕縛》などと表現主体が口をすべらせていて、**〝勝てば官軍〟の結果論的な視座に絡め取られたところで成立した後次的な逸話であることを露呈している。**そして先述のように、七月八日の《頼長流罪決定》末尾で「謀反事既ニ顕ル故ナリ」と言い、同日夜の《勝尊による修法》末尾で「サテコソ謀反ノ企共次第ニアラワレニケル」と言うなど、多少の文脈の不安定さはあるものの、同日の《初七日法要への崇徳院不参》があって「人弥怪ヲナス」とくれば、崇徳院に不穏な動きがあるとしか読めないような流れが出来上がっている。こちらの後次層の流れだと、七月三日の早朝から両陣営が睨み合っているので、もう八日の時点で十分に一触即発の状況になっていると読める。ゆえに十日夜にいくさ評定が行われ、為朝が登場しても、出るべき人物が出てきたとしか見えない。つまり、突出した為朝像ももちろん後次層で、満を持して十一日の晴れ舞台を待っていたかのように語られているのである。原態層で、間に合わせのように「狩衣袴」のうえに腹巻を着用した上北面の武士たちが登場していた（《崇徳院や頼長らの武装》、次章）が、それとはまったく異質である。

以上のように、鳥羽院崩御前の早い段階から崇徳院が怨恨を募らせており、崩御の翌日早朝から不穏な動きがあり、それぞれに加担する武士たちも戦闘モードでここに登場しているという脈絡がたしかに存在するのである。これを発端部の後次層だとみてよいだろう。

四　合戦要因の基幹的二層

前節の冒頭で、合戦要因を①〈崇徳重祚〉、②〈重仁即位〉、③〈頼長野心〉、④〈後白河挑発〉に整理し、①②③は同一のグループとしてまとめることができるが、④だけは異質だと述べた。それは表現主体の歴史認識が揺れているなどという程度のものではない。相容れないのだ。〈後白河挑発〉は、同時代史料からみても異質である。近衛帝の崩御は、久寿二年（一一五五）六月二十三日のことである。その若すぎる死が、藤原頼長の呪詛によるものだという噂は『保元』にも記されているが、『台記』同年十二月十一日条でも確認できる。近衛帝の早世が頼長の呪詛によるものだとの風評が当時もたっていて、それに悩んだ頼長が北野社にその冤をすすぐことを祈っている。『保元』にみえる近衛帝呪詛の記述は、根も葉もない物語側の捏造ではないということだ。『兵範記』七月五日条には、さる六月一日以降、源義朝や義康に禁中を守護させ、出雲守光保や和泉守盛兼に鳥羽殿を守らせていたことを記し、「蓋《けだ》シ是レ法皇ノ崩後、上皇・左府同心ニ発シレ軍ヲ、欲ストレ奉ントレ傾ケ二国家ヲ一、其ノ儀風聞アリテ、旁《かたがた》被ルル二用心セ一也」などと警護の理由が推定されている。『保元』に語られた崇徳院側の非攻撃性の表現「全ク別ノ意趣ナシ」《教長・実能の諫言》「兵ヲ集テ、可レ被レ責ト聞ヘシカバ、禦《ふせぎ》シ計也」《崇徳院、望郷の鬼となる》、すなわち**〈後白河挑発〉がいかに特異であるかということだ。**このような勝者・体制側にたいして強烈な批判的メッセージを込める表現が、鎌倉中期以降――それは構図の明瞭化が進む時期である――に加えられるとは考えにくい。それこそ原態層の表現ではないだろうか。

ここまでを概観してみると、①②③のグループの中でも①〈崇徳重祚〉がもっとも非現実的で浮いた文脈であるということがわかる。頼長が実権を握るにしても、〈重仁重祚〉によって崇徳院が院政をしけば、崇徳院政の補佐役としてその願望が叶うのである。**〈崇徳重祚〉は、保元合戦の実相からもっとも乖離した、戯画的な要素だとみてよい**

だろう。〈頼長野心〉は一方の〈重仁即位〉とは矛盾なく結びついている。それが、「新院ノ一宮重仁親王ヲ位ニ付奉テ、世ヲ新院ニシラセ進テ、我マ、ニ天下ノ事ヲ取リ可レ行」《頼長の野望》である。**『保元』の原態層は〈後白河挑発〉を基層に置きつつ、それに頼長が応じて〈頼長野心〉の層が加わったように見える。**そして、**〈頼長野心〉と連動していたのは〈重仁即位〉**だったようである。**〈崇徳重祚〉は最終的に覆いかぶさってきた層**ということになろう。

五　おわりに

おおむね、**『保元』古態層の表現はデリケートで婉曲的であるのにたいして、後次層のそれは明瞭で直接的である**〈実際はもっと多層的だが、典型的な二層を抽出した〉。後続の歴史認識ほど〈後出本ほど〉、図式的に理解したり二項対立的に対照したりする傾向が強いことは、『保元』や『平家』の先行研究でもよく知られている。『保元』の場合、最古態である文保本・半井本の内部にすでに旧新両方の歴史認識が混在しているという難しさがあるようだ。

崇徳院方の謀反がどの時点で露顕したのかについて、物語から直接的な表現を拾い上げて追っても、有効な結論は導き出せない。なぜならば、「謀反事既ニ顕ル故ナリ」《頼長流罪決定》の直後に「サテコソ謀反ノ企共次第ニアラワレニケル」《勝尊による修法》「人弥怪ヲナス」《初七日法要への崇徳院不参》などという不安定さが現存の『保元』には存在するからである。しかし、その不安定さとみえる現象は、一筆書きのように前から後ろへと順に追ってゆく読み方による謀反の決定・非決定のぶれのことであり、じつは**二層の認識が混合されたために不安定に見えているだけのこと**なのではないだろうか。

文献

野中哲照（一九九七）「〈構想〉の発生」「国文学研究」122集
野中哲照（二〇〇四）「虚構とは何か――認知科学からの照射――」「国文学研究」142集
原水民樹（一九八八）「半井本『保元物語』の相貌――その史料としての側面――」「徳島大学総合科学部紀要　人文・芸術研究篇」1巻

第六章　『保元物語』における批判精神

一　問題の所在

現存の『保元物語』が重層的な構造を呈しているものとして、その原態層が本来持っていたであろうメッセージ性（批判精神）については、第四章、第五章で軽く触れただけで、まだ本格的には論じていなかった。また、後次層においても、時代社会の変化に応じて批判の矛先を変えながらその精神を保っていたふしがある。それは、物語が原初の管理圏（天台宗の寺院社会）から約一世紀半にわたって外へ出なかったためだろう。そのような批判精神の所在と重層化について、この章で述べる。

二　頼長流罪の仮構

歴史の結果として、保元合戦が七月十一日に勃発したことは、動かしようがない。しかし、七月十一日（十日でも十二日でもなく）でなければならない理由を、『兵範記』など史資料から探すことは困難である。ところが不思議なことに、『保元』には、合戦の勃発が七月十一日でなければならなかった理由が示唆されている。『保元』によると、七月十一日は、頼長が肥前国に流罪される予定日であった。

・同八日、関白殿下、大宮大納言伊通卿、春宮太夫宗能卿参内シテ、儀定アリ。来十一日、左大臣頼長、肥前国へ流シタテマツルベキ由、被㆓定申㆒ケリ。《頼長流罪決定》

・同十日、大夫史師経、宣旨ヲ官使ニモタセテ、宇治左大臣殿へ奉ル。左大臣殿、「忠正・頼憲ヲ召テ進ベシ」ト、詞ニテ御返事有ケリ。明日十一日ニハ、左大臣殿ナガサルベキニテマシマス。《頼長への圧力》

十一日に流罪にされるとなれば、その前に回避しなければならない（彼らに言わせれば冤罪なのだから）。合戦直前に崇徳院が鳥羽殿から白河北殿に、頼長が宇治殿から同所にそれぞれ移動したのは、『兵範記』にあるように史実なのだろう。その行動（御所移動）が史実として動かせないものだとすれば、その意味づけを変えるしかない。崇徳院や頼長そして彼らの軍兵たちは、いくさを起こすために白河北殿に集結したのではなく、頼長の身を守るために防御を固めたのだ、と（頼長の慎重さの表現は、非攻撃性と同義であったのだろう。四六頁）。そのためには、後白河帝方の攻撃性・挑発性を表現する必要がある。それが、二か所の頼長流罪表現の意味だったのではないか

鳥羽院崩御の七月二日から合戦の七月十一日までの九日間における決定的な瞬間は、崇徳院、為義、頼長の白河北殿入りである。文字どおりの保元合戦前夜、七月十日の夜――『兵範記』と違って物語ではこの日に集中する――彼らの移動によって最大の緊張を迎えたのである。そう解読するに値する根拠がある。崇徳院が「剰京へ入セ可ㇾ給由、内々被ㇾ仰ケレバ、左京大夫教長申ケル」とあってまず教長が慌て、「旧院御曇駕ノ中陰ニハ、出御アラン事、世以弥怪ヲ成ベシ。又、冥ノ知見モ、争カ御憚ナカルベキ」と諫言し、さらに徳大寺実能も、教長を通して崇徳院に「カ、ル事ヲ内々勧申ス人ノアルニコソ。コハ浅猿キ御計哉。…（中略）…就中、父崩御ノ一忌中陰ヲスゴサセ給ハズ、都へ出サセ給ハン事、愚意難ㇾ及。定御後悔アランズラン」と伝えよと言う（《教長・実能の諫言》）。物語の表現主体の、**発端部におけるある種のクライマックスのような意識が、崇徳院の白河北殿入りにあったことは明白**である。

実際のところ、七月八日の時点で頼長の流罪が詮議されたとか、十日の時点でそれが決定されたなどということはありえない。『兵範記』によれば、五日の時点でも検非違使らが治安を取り締まるのは不穏な動きの「風聞」があったからであるにすぎないし、六日の宇野親治事件の時点でも「有リレ疑ヒ」という段階であったし、八日の忠実・頼長挙兵の動きについても「有リ二其ノ聞一」という程度の確証のないものであったし、九日に崇徳院が白河の前斎院御所に移動した際にもまだ「上下成スレ奇ミヲ」という段階であった。そのような謀反不確定の段階で、左大臣頼長の流罪が決定されようはずがない。『兵範記』で「露顕」の表現が出るのは、前日の十日のことなのである。**このことは、『保元』に二か所語られた頼長流罪の詮議と決定が、『保元』の表現主体による仮構であることを物語っている。**このような仮構を設定することによって、物語が何を主張し、何を伝えようとしたのかが問題だ。『兵範記』では崇徳院の移動は九日、頼長の移動は十日であるが、『保元』では崇徳院・頼長ともに十日の夜のこととしている。『保元』は、十一日に合戦が起こったことを必然として語ろうとし、そこに頼長流罪予定の日付を仮構的に重ねたのである。これはまさに、**後白河帝方による頼長流罪の発表によって、崇徳院と頼長が追い詰められていったという構図を示すものだろう。**

『保元』には、後白河帝方からの挑発によって合戦への道を突き進まざるをえなかったことを直接示す表現もある。先述の教長や実能の諫言にたいして崇徳院は、「其ハサル事ナレ共、我此所ニ有テハ、一定《いちじやう》事ニ逢ベキ由、女房兵衛ガ告申。時ニ難ヲヤ退トテ、出サセ給ハントハ思食也。全ク別ノ意趣ナシ」（同右）と語る(1)。いや、表現主体が崇徳院にそう語らせているというべきだろう。攻撃性はなく、防御のために移動しているのだ、と。

（1）日下力（二〇一五）は、「女房、兵衛が告げ申す時に、難をやさるとて」と句点（。）を入れずに続け、この「（動詞の連体形＋）〜時に」を原因・理由の「ので」と解釈する。《為義の処刑決定》の「あぢきなく候ふ時に、今は東国へまかり下つて」も同様の例として、この二例を「鎌倉中期ころよりの用法」とする。しかし、この二例とも原因・理由というほど軽いものではない。「時ニ」の下にそれぞれ白河北殿、東国への移動が想定されていて〝決断条件〟ともいうべき重さがあり、実質的な決断の〝その時〟への焦点化の意識（いわゆる指示性）がある。ゆえに、通説どおり、句点でいったん切ったほうがよい。『今昔物語集』（一一二〇年ごろ成立）には「其（ノ）時ニ」の用例が一一三三例もあり、「其」が略されて文頭ないしは文中で「時ニ」となった例も二四例に及ぶ。たとえば巻五―八話には、「先ヅ還入テ后達・五百ノ太子ニ向ヒテ、婆羅門ニ首ヲ可与キ由ヲ宣フ。時ニ后・太子、皆此ノ事ヲ聞テ、悶絶躃地シテ強ク此ノ事ヲ止ム」とある。これは、〈大光明王が死を受け入れる→その時→妻子が悲嘆して制止する〉というように展開上の転換点であることを「時ニ」が際立たせる機能を負っている。『保元』の二例も、〈女房兵衛の告知→その時→白河北殿移動の決断〉と〈合戦後の義朝の冷遇→その時→東国下向の決断〉という流れの中での「時ニ」である。『富家語』（一一六一年成立）一八三話にも、「（神璽を納めた筥を）一切開けず。陽成院璽の筥を開けしめ給ふに、その中より白雲起つ。時に、天皇恐じ怖れてうち棄て給ひ、木氏（紀氏）の内侍を召してからげさせらると云々」とある。これも、神璽の入った筥を陽成院が投げやるという重大な行為の〝その時〟に焦点化する用法である。一方の『とはずがたり』にみられる用例は「いさ、『今宵御方違へに御幸なるべし』と仰せらるる時に、年の初めなれば、ことさらひきつくろふなり」とあるもので、これと比べると『保元』の二例の「時ニ」は、はるかに『今昔』や『富家語』に近い。形式名詞の変容と同じように、「時ニ」の変容も実質的な〝時間〟の意味が徐々に形骸化してゆく過程を想定する必要がありそうで、ある一時期に突如としてある用法が出現するものではないだろう。

　合戦が始まる直前でも、崇徳院方の攻撃性のなさが表現されている。崇徳院や頼長が鎧を着用したところで、崇徳院は教長の諫めに応じて鎧を脱いだという。頼長が脱がなかったと表現されているのは、彼の慎重さの表現だろう（四七頁）。教長、成雅が腹巻を着用したのも、戦闘のためではなく流れ矢を防ぐためである（「是ハタ、カワンニハアラズ、ナガレ矢ノヲソレノ為也」《崇徳院や頼長らの武装》）などと、わざわざ攻撃性のなさが強調されている。上北面の三人のいでたちも、日常服である「狩衣袴」の上に――鎧直垂ではなく――腹巻なのである。『古事談』第四―二六話にも、平治合戦のために熊野から急遽戻ってきた平清盛の供の侍が「布衣（狩衣）にて下腹巻を着」していたとする話がある。本格的な戦闘具足ではないという表現である。御所の警護を職務とする武者所の衆でさえ、わざわざ「仰ニテ」甲冑を着用したと表現される。命令がなければ、着用しなかったということだろう。これは、『保元』のもう一方にある、崇徳院方の謀反が露顕したとか、頼長の発言の中にある崇徳院・後白河帝の国争い（「主上、上皇ノ国ヲ論ジ給」《崇徳院方のいくさ評定》）などという認識とはまったく異なるものである。前者が物語の原態的な層で、後者が後次的に覆いかぶさってきた層であろうことは、容易に推測できる（逆に、上皇・天皇の国争いだとする図式的認識が先行し、あとからデリケートなニュアンスを伝えようとする認識と表現が流入するなどということは考えられない）。

まだある。合戦の直前の崇徳院方の御所内の様子（《崇徳院方の油断》）である。

新院ノ御方ニハ、只今、敵寄スベシ共不二思食一哉アリケン、左大臣殿、為義ヲ召テ、閑ニ御問答アリケリ。「此世中ハ如何アルベキトカ存知スル。合戦ノ様、能々計申スベシ」。仰セヲ蒙テ、申ケルハ、「御所ノ兵ヲ以テ、ナドカコラエズ候ベキ。此御所ヲ出セ給ハヌ物ナラバ、合戦ニヲヒテハ、先為義命ヲ捨テ、其後、勝負ハアルベシ。若又、此御所落サセ給程ナラバ、南都へ渡シ進セテ、宇治橋ヲ引ハヅシテ防グベシ。其レナヲ叶ハズハ、東国へ下シ進セテ、相伝ノ家人共相催シテ、ナドカ都へ返シ入進セザラン」ト、憑シクゾ計申ケル。左大臣殿仰ラレケルハ、「為義ガ重々申状、尤可レ然。但、我君ハ、天照大神四十七世ノ正胤、太上法皇第一ノ皇子也。恐ハ、文武トモニカケ、芸能一モ御座ヌ四宮ニ位ヲコサレテ渡ラセ給事、神慮ノ御謬カ、人望ノ遺恨、只此事ニアリ。此時、如何ナル御計モ無ハ、キツノ時ヲカ期シサセ給べキ。汝等、樊噲ガ思ヲ成テ、命ヲ軽クセン事、鴻毛ノ如クシテ、莫太ノ勲功ニ誇候へ」ト仰含ラル。誠ニ為義ガ申状、左府ノ仰事、スキ無ゾキコヘシ。

罫囲みの部分は後補だろう。鳥羽殿にいては危険だからと安全を期するために白河北殿に移動し、院の上北面でさえ「狩衣袴」の上に腹巻を着用しているなどと語られているのに、この部分の威勢の良さは、まったく異質だと言わざるをえない。一方で、攻められることを予期せず二重傍線部のように「閑ニ」問答をしているのである（吉野・十津川の援軍を待つためとしても緊迫感が不整合）。第四章で分析した初期の武士像（帝威にひれふし信西に従う清盛像・義朝像）とも異質だろう。傍線部「只今、敵寄スベシ共不二思食一……」が、崇徳院方に攻撃性のなかったことを示す何よりの証拠だろう。**攻めたのは一方的に後白河帝方だったのである。**そのことを強調する表現が、この傍線部と二重傍線部である。さらに、右に続く部分も、崇徳院方が一方的に攻撃されたことを滲ませている。

新院ノ御方ニハ、左大臣殿、各シヅ〱ト支度シテ、武者所近久ヲ召テ、「内裏ノ景気見テ参」トテ、「是ヨリ寄ヲ待ケルヤ。其ヨリ寄ラル、ゲナカ」ト伺ハセラレケレバ、…（中略）…西面ノ川原ニ、時ノ声ヲ作テ押寄ヌ。

御所中、サハギノ、シリテ、「為朝ハ能計申ツル物ヲ」ト申合ケレ共、不レ及レカ。筑紫ノ八郎申シケルハ、「為朝ガ申ハ、爰ニテ候」トゾ落合ケル。為朝、康弘、蔵人タルベキ由、仰ケル。勇ヲ成セテ、合戦ヲセサセンズル計事トゾ覚ケル。門々ヒシ〱ト固ケリ。《崇徳院方の動揺》

これも罫囲みの部分は、後補だろう。そもそも、防御のために御所を移動し、頼長流罪を実力で阻止するために武士で御所を固めたとするのなら、事前のいくさ評定（こちらから打って出る余地がある）などあるはずがない。あれは、後次的に折り重なった層だろう。**ほんとうは後白河帝方が挑発し、流罪の噂を流し、崇徳院方に武士を集めさせ、そうさせておいてその行動を謀反と認定したのが『保元』の古態層に込められたメッセージ**で、それが結果論としての、上皇・天皇の国争いであるかのような図式的認識によって塗り替えられていったのではないだろうか。

三　頼長像における憤懣の不在——『兵範記』『愚管抄』の限界——

『兵範記』七月五日条によれば、鳥羽院の回復が見込めなくなった六月一日ごろから双方の軍勢が都に集結しはじめたのは事実のようであり、「法皇ノ崩後、上皇・左府同心ニ発シレ軍ヲ、欲スレ奉ントレ傾ケ二国家ヲ一」という風聞があったがゆえに、後白河帝方が鳥羽殿に軍兵を集めたなどと記されている。同七月六日条にみえる宇野親治事件の「左府、雖モレ籠二居スト宇県一ニ、召二シテ件ノ親治一ヲ被レル住マハセレ京ニ。尤モ有リレ疑ヒ」などという口ぶり、同八日条の勝尊修法事件の「是、依二テ左府ノ命一ニ、日来（東三条殿に）居住スト云々。子細ハ難レシ尽二シ筆端一ニ」などという言いよう、同十日条の白河北殿軍兵集結の一件での「是、日来ノ風聞、已ニ露顕セシ所也」などという決めつけかたのいずれを見ても、問題を起こしそうなのは崇徳院方である。これは、『愚管抄』をみても同じことで、崇徳院を退位させて近衛帝が「皇太弟」として即位した際に「崇徳院ノ御意趣ニコモリケリ」などと語っており、崇徳院の悪印象（危険性）は免れない。

ここで、『兵範記』の記録者・平信範が忠通の家司であるという点を想起する必要があるだろう。十年、二十年前から崇徳院・頼長方を敵視している家の家司が、公平客観的な記録を残しているとは考えにくい。もちろん信範本人は、自らのまなざしにフィルターがかかっているなどとは微塵も思っていないだろう。また、『愚管抄』にも問題がある。忠実は「執フカキ人」で、頼長は「ハラアシクヨロヅニキハドキ人」などとそもそもの人物像からして『保元』と異なっているし、七月二日以降の動きでも、崇徳院が鳥羽院の臨終に立ち会えなくて「ハラダチ（腹立）」たエピソードや、鳥羽田中殿にいるころに崇徳院と「宇治ノ左府申シカハシメム」などと崇徳院・頼長の密接な関係を叙述している。『保元』古態層では、崇徳院と頼長の距離感が相当にある。『愚管抄』は保元合戦から六十年余りのちに記された（結果論のフィルターがかかった）言説であることを考慮しないわけにはいかない。(2)

（2）ここでは、従来一等史料とされてきた『兵範記』にたいして懐疑的なまなざしを向けた。本章では記録者のフィルター（認識）の存在を、また第十二章では『兵範記』の記述自体が粗雑であることを指摘して、その信頼性を揺さぶった。一方で本書の随所において、『兵範記』に依拠しつつその記述を史実と認めて論を進めている。それは、立場上の矛盾ではない。一々断っていないが、『兵範記』の記述を史実と認める場合は、認識のフィルターがかかっていると考えられないことや、記述の粗密が問題にならないことを前提にしている。ひと口に記事・記述と言っても、事実の部分と意見の部分がある。もっと言えば、表現主体（『兵範記』の場合は平信範）自身が意見を表明したと自覚していなくても他者から見るとすでにある種の立場を露呈してしまっている場合もある。本書の全体において、そのようなテキストクリティーク（文献学的なものではない）を一々行ったうえで史資料を取り扱っている。前著『後三年記の成立』第十二章で「ある史資料に信頼性というものが宿っているなどという幻想を抱いてはならない」と述べたとおりである。

このように、『兵範記』は同時代史料ながら記録者（信範）の視座の偏りが懸念され、『愚管抄』は時間的な隔たりによるある種の決めつけや憶測の流入が心配される。しかし古い歴史学では、『兵範記』『愚管抄』、それに『保元』の後次層の文脈や宝徳本（金刀比羅本）などの後出本に拠りながら、保元合戦像が復元されてきた。史資料を支えたい、指向を読み解くことなく取り扱うことの危険性について、前著で述べたとおりである〔野中（二〇一四）〕。

そもそも忠通と頼長は兄弟といっても、年齢が二十三歳も離れていることを忘れてはなるまい。頼長は保元合戦勃発時（一一五六）に三十六歳であり、五十九歳の兄忠通と違って野心をたぎらせなければならないような年齢ではなかった。久安六年（一一五〇）の近衛帝への多子（頼長の養女）、呈子（忠通の養女）の入内競争においても、忠通のほうが三か月遅れでこれを行っているところにその対抗意識を読み取るべきだろう。この一件でますます怒った忠実が、藤氏長者を忠通から剝奪して頼長に付けたという状況からみても、喪失感や憤懣を抱いていたのは忠通のほうであったとみられる。氏長者の移行と連動して、忠通のもとにあった藤原師実・藤原師通の日記正本を忠実は奪還し、翌年正月に頼長に与えた。このように、**人間関係、年齢などから総合的に当時の政治的構造を把握した場合には忠通のほうに憤懣や攻撃性が認められる。**橋本義彦（一九六二）も、「忠通は何かと局面の打開を計らんと務めていたであろう」と読んでいるし、原水民樹（一九八二）は『台記』の分析に基づいて、頼長について、「これまでの経緯からすれば、当然問題の背景に忠通と得子の画策が明らかに読みとれる筈であるのにそういった人物に対して何らの手を打とうともせず、たゞ己の身の潔白を弁明するのみ」の「無策」な人物であると指摘している。

忠通については「内覧」「氏ノ長者」を剥奪されたことについて具体的な「鬱憤」が語られているのにたいして、頼長についてはそれが語られていない。表現があるとすれば、論理性のない飛躍気味の野心（《頼長の野望》の「我マ、ニ天下ノ事ヲ取リ可レ行」）――いかにも後次的に付加された部分――しかない。そもそも、後白河帝すなわち国家の中心たる天皇が拠っている陣営が官軍としての大義名分を有することになるわけで、その点で崇徳院・頼長陣営は立場が弱かったはずである。この観点からも、崇徳院・頼長が合戦を起こしうるような状況ではなかった――攻撃性はなく防御性のみであった――と考えられる。**天皇と非天皇（この際、上皇というべきではない）の立場の違いは歴然としていたはずだ。**この動乱は本質的には、けっして、主上・上皇の国争いなどという対立構図ではない。美福門院や忠通が、気に食わなかった崇徳院や頼長を一方的に消しただけのことである。**『保元』原態層の表現主体がなんとしても伝え残そうとしたのは、〝勝てば官軍〟で、あとから認識がどんどんオオヤケ方に有利に塗り替えられてゆきそうな時勢があり、そしてまたもともと後白河帝には天皇としての正当性や大義名分があるがゆえに反乱軍として掻き消されそうだった崇徳院・頼長の声にこそ耳を傾け、共感する姿勢だったのではないだろうか。**

四　白河北殿入りの日付の操作

合戦勃発の直前、崇徳院方は前斎院御所→大炊殿（白河北殿）、後白河帝方は高松殿→東三条殿と、それぞれに移動したと語られている。その理由はどちらも、「分内セバクテ悪カリナントテ」《崇徳院の白河大炊殿入り》「分内モセバク、便宜モ悪カリナンズトテ」《後白河帝、東三条殿へ遷幸》というものである。『兵範記』によれば、崇徳院は七月九日に鳥羽田中殿から白河前斎院御所に入ったとあり、次に、合戦後の十一日の辰剋以降に焼失した白河御所に注記して「斎院御所幷ニ院ノ北殿也」とわざわざ記しているので、たしかにこの間に斎院御所から白河北殿への遷幸があったのかもしれない。後白河帝方についても、『兵範記』と『保元』は、開戦が先、遷幸が後という点では一致しているので、じつは齟齬しない。しかし、物語展開の順序としては、遷幸の件を先に語り、それからいくさ評定、出陣へと流れている。**いかにも、崇徳院方に警戒心を抱いていて、崇徳院方からの先制攻撃を怖れて事前に御所を移しておいたと読めるような位置に置かれている。**

『兵範記』で確認できるように、七月八日に勝尊を連行してからここが空き家状態となり、十日の夜に平信範による「寝殿以下」の検知（安全性確認の下見）が行われている。この行幸を平信範は「俄《にわかに》」と記しているが、実際に遷幸が行われたのは翌朝なので、八時間から十時間程度の準備時間をおいてからのことである。『兵範記』では、後白河帝方に参集する公卿の人数も少なく不安感や緊張感が窺えるのに、**『保元』の表現だと、世論の大勢を味方に付け、開戦やいくさ評定の前に遷幸を済ませたかのように錯覚させ、万全の準備が完了したかのように表現している。**

ところが、崇徳院側の遷幸の状況はまったく逆の操作が行われている。『兵範記』によれば崇徳院が七月九日に鳥羽田中殿を出て白河前斎院御所に入り、頼長は十日の「晩頭」に宇治を出て白河に入っている。崇徳院にとっては少なくとも一日以上の時間があったはずだ。しかし『保元』の文脈に沿うと、白河北殿入りは崇徳院も為義も頼長も十日夜のことなのである。その窮屈な虚構の意図するところは、**頼長流罪を仮構し、鳥羽殿在住の崇徳院や女房兵衛佐にも（風聞によって）圧力を加え、崇徳院と頼長が追い込まれるように仕向けて白河北殿に入ると間髪を入れずに攻撃を仕掛けた——北殿入り及び警護の兵の召集を謀反と認定して——とするメッセージの発信**だと考えられる。

五　崇徳院方の非攻撃的表現

鳥羽院が七月二日に崩御し、翌三日の時点で、「『一院カクレサセ給ナバ、主上ト新院トノ御中心ヨクモマシマサズ。

世ハタ、ハアラジ』ト、人サマぐ〳〵ニ申ケルニ」と表現されている（《崇徳院方の不穏な動き》）が、まだ「謀反ノキコエ」（噂）とあるばかりで、その確証は得られていない。物語内では七月四日にあたるところで、「其比、如何ニトヤラン、人口様〳〵也。貴賤上下、何ト聞分タル事ハナケレ共、洛中ハ静ナラズ」という状況が訪れたとする（《崇徳院、鳥羽を出る動き》）が、これはどちらかが一方的に挙兵するニュアンスを含んでおらず、ただ人心の不安を語ったものである。五日、六日、七日と過ぎ、鳥羽院初七日法要の行われた八日、「関白殿下、大宮大納言伊通卿、春宮太夫宗能卿」が「来十一日、左大臣頼長、肥前国ヘ流シタテマツルベキ由」を定めた（《頼長流罪決定》）。この中の宗能は、同五日の夜の時点では鳥羽殿にいたものの「風気」と称して議定に参加していなかった。五日夜から八日の間に情勢の変化があったという表現だろう（六七頁）。その間で大きな事件と言えば、六日の宇野親治事件のみである。現存テクストの表現は後次層が覆いかぶさって原態層が見えにくくなっているが、原態層にも事件の骨格は記されていただろう（事件そのものは『兵範記』の六日条に記されている）。そのような後白河帝方の厳しい態度、すなわち**高圧的・強権的な取り締まりによって、五日にはまだ態度を決めかねていた宗能が八日の時点では後白河帝方についたと表現されているのではないか。**宗能の変化が無意味な表現でないとすれば、変化をもたらすにふさわしい契機があったと考えるべきで、それが固関と宇野親治事件だと表現されている（されていた）とみる。

　為義も、「日比ハ、可ㇾ参由ナガラ、後ニハ、忽ニ変改シタル気色ニテ、不定ノ由ヲ申シケレバ」と態度を決めかねていた（《為義辞退》）。驚くべきことに、これは七月十日の夜、すなわち合戦前夜の設定なのである。崇徳院が白河北殿入りして、頼長がまだ入る前のことである。崇徳院の白河北殿入りを史実（『兵範記』）の七月九日から十日夜に移し、為義の態度決定も同日夜のこととして、合戦の前夜に急に準備が整ったかのように――後白河帝方による攻撃の機が熟したという意味での準備――日時が設定されているのである。**これらの操作が、頼長の流罪を七月十一日のことする仮構と緊密に連動していることは、もはや疑いない。**崇徳院方は、前夜まで、主力である為義の態度さえ揺れていたと表現しているのである。物語のもう一方に、鳥羽院崩御以前から崇徳院方・後白河帝方に分かれていたとか、崩御の翌日から両陣営が睨み合っていたなどという表現があるが、それらは結果論的な視座からの図式的理解にもとづく認識が後次的に覆いかぶさったもので、合戦前夜に崇徳院方の準備がようやく整ったということを表現しようとする認識とまったく異質なものであるということができるだろう。

このように『保元』の文脈では、七月十日夜の段階でようやく〝役者勢揃い〟となるわけだから、その流れの延長線上にある時間は、まだ緊張感が高まる前の段階であったろう。七月十一日の昼か夕方か、頼長配流のために検非違使らが白河北殿に彼を迎えにきた際に、武士たちに警護させようという程度の心構えをしている、という設定ではなかったか。それが、「新院ノ御方ニハ、只今、敵寄スベシ共不㆓思食㆒哉アリケン、左大臣殿、為義ヲ召テ、閑ニ御問答アリケリ」（《崇徳院方の油断》）「新院ノ御方ニハ、左大臣殿、各シヅ〳〵ト支度シテ、武者所近久ヲ召テ、『内裏ノ景気見テ参』トテ、『是ヨリ寄ヲ待ケルヤ。其ヨリ寄ラル、ゲナカ』ト伺ハセラレケレバ……」（《崇徳院方の動揺》）などという油断を語るところと結びつく。**崇徳院方が本質的に攻撃性をもっておらず、防御しか想定していないために油断している状況を表現している**のだろう。それこそ原態層が本来持っていた文脈で、それが両陣営のいくさ評定という後次層のエピソードが覆いかぶさることによって（構図の明瞭化のために）〝為朝の夜討ち進言を却下した崇徳院方の戯画化（まぬけなさまの演出）〟であるかのように読み違えられてきたのではないだろうか。

《白河北殿に籠る人々》で、「新院ノ御所ニ参コモル人々ニハ、左大臣頼長、左京大夫教長……」（以下一八名略）と語るが、これも後次層だろう。なぜならば、三四〇頁で述べるように、文保本との比較検討から、名寄せや詞戦いなど双方の構図の明瞭化は後次層のものだと考えられるからである（門固めも原態層の段階から存在したものではあるまい）。さらには《為義辞退》に「人ズクナニテ、白川殿へ入セ御座テ、其夜ニ六条判官為義ヲ召ケレ共」とあるように、もともと崇徳院方は大人数ではなかったと表現しようとしていたとみられる。右の名寄せに出ている人物が実際に参戦していたとしても、表現指向の問題として、人名列挙の質量感を原態層の表現主体が好んだとは考えにくい。

このあと、頼長と為朝のいくさ評定に進むが、もちろんそれは後次層で、為朝の突出していない、為義を中心に据えた描きかたが、原態層だろう。しかも、頼長と為義の評定も存在するのである（五三頁）。**この「閑ニ」問答するさまが攻撃性の希薄さ、ひいては怨恨の不在を表現していて、原態的であると考えられるのである**（先述）。

このあたりの伝承世界で成長したらしき為朝像と違って、そうではない武士像もわずかながら窺える。「狩衣袴」という日常服の上に「腹巻」を着用している上北面の武士たちが描かれている（先述）。《崇徳院方の動揺》で、「為朝、康弘、蔵人タルベキ由、仰ケル。勇ヲ成セテ、合戦ヲセサセンズル計事トゾ覚ケル」などとある部分も、平康弘という無名の人物を為朝と並列していて――為朝ひとりを突出させていない――原態層の表現を残しているとみてよい。

以上のように、『保元』発端部に原態層を想定して、実際に文脈を追うことができるほど表現の連鎖が確認できる。そしてそれは、崇徳院方の非攻撃性、すなわち後白河帝方の挑発性を色濃く滲ませるものでもある。おそらく、『保元』の原態層（平安最末期成立か）の成立期に、すでに結果論的な視座から、後白河帝や信西が勝者であり、崇徳院や頼長が敗者であるとする認識と、それに基づく因果応報的観点からの善悪認識も蔓延し始めていたのではないだろうか。保元合戦の同時代記録である『兵範記』にしても、あのような決めつけかたをしているのである。**正義が勝ったのではない。勝ったものが結果的に正義になっただけのことである。**そのメッセージに気づくとき、『保元』原態層の表現主体が、**体制にたいする批判精神の持ち主**であることを知るのである。

六　対面拒否の真相

生前、鳥羽院が崇徳に会おうとしなかったのか、あるいは逆に、崇徳院が鳥羽院に会いに行こうとしなかったのか、そのイメージも『兵範記』と『保元』とでは正反対である。『兵範記』の七月二日条——鳥羽院のまさに崩御の日——に、崇徳院は、「今日、御瞑目之間、新院臨幸ス。然而、自リ二簾ノ外一還御スト云々。渡二御セシ御塔一ニ間、又不二臨幸一セ」と、よそよそしい態度をとっている。崇徳院にとっては実の父でありながら、簾の中にまで入って鳥羽院に最後の別れをしようとはしていない。逆接の「然而《しかれども》」が含む意外性や驚きに、注目すべきだろう。鳥羽の「御塔」とは民間でいう墓地のことで、ここに鳥羽院の遺骸が「渡御」するとは、一般で言うところの〝野辺の送り〟に相当する。斎場で、参列者が揃って霊柩車を見送るような儀式である。これにも崇徳院は姿を現さなかったというのである。しかし、『愚管抄』では取次ぎの行き違いで面会が叶わなかったと語り、そのことに崇徳院が「ハラダチテ」とあるので少なくとも面会を望んでいたと読める（『保元』の崇徳像はこれに近い）。初七日法要について記した『兵範記』七月八日条でも、「今日、本院ノ外ニ無二シ他所ノ御誦経一。新院不レ臨幸一セ」と記されている。『保元』《初七日法要への崇徳院不参》にも、「鳥羽殿ニハ、一院隠サセ給テ、今日初七日ニ成ケレバ、『御仏事可レ被レ行』トテ、大夫史師経ニ仰テ、鳥羽田中殿ニテ御仏事被レ行ケルニ、新院、一所ニワタラセ給ナガラ、出サセ給ハザリケレバ、人弥怪ヲナス」とある。ただし、『保元』の場合はこの直後に、鳥羽田中殿を離れることについて「全ク別ノ意趣ナシ」と言いきる崇徳院像を盛り込んでいるので、〝初七日に不参〟という事実だけを切り取って比較すればたしかに同種のものと言わざるをえないが、その前後の脈絡を勘案してみると、『兵範記』のほうが崇徳院を突き放しており、『保元』は同情的・共感的であるといえる。**『兵範記』では崇徳院の側が心に壁を作っていたかのようにみえる。ところが、『保元』ではまったく**

逆なのである。『保元』の崇徳院不参は、崇徳院からの法要への列席の打診があったにもかかわらず美福門院・忠通方から拒否されたことによるものであり、ただ「人弥怪ヲナス」と世間が表面的事象だけ受け取って誤解してゆく過程を語っているのだろう。

『保元』の崇徳院像は、次のように閉鎖的ではなく、逆に後白河帝のほうが崇徳院を拒絶しているように窺える。

新院、御書ヲ内裏へ進サセ給。御使武者所近久也。内ヨリ御返事アリ。又重テ御書アリ。今度ハ御返事モナカリケリ。《二度の親書》

傍線部のように、**心を閉ざしたのは、後白河帝のほうだと読める。**この表現指向は、次の箇所とも通底する。敗戦後の、崇徳院離京の場面で、崇徳院が「故院ノ御墓ニ参テ、最後ノ暇ヲ申バヤ」と望むと、「後勘モ難レ計キ上へ、宣下ノ時刻、押移ゾ候ナムズ」という理由によって拒否された。その時、崇徳院は、「『サテハ、力及バヌ事ゴサムナレ』トテ、御車ヲ懸ハヅサセテ、鳥羽院ノ御墓安楽寿院ノ方へ引向ケサセテ、何トカ申サセ給フラム、御涙ニ咽バセ給フ。ト計《ばかり》、車ノ外マデ聞へケレバ、重成ハ、『カ、ラヌ奉公モ有物ヲ。無レ由御伴シテ、カ、ル事ヲ見聞ハ』トテ、袖ヲゾ貌ニ押当テテ泣居タル。」という様子であった《崇徳院、父鳥羽院との別れ》。ここに、鳥羽院にたいする崇徳院の心隔ては表現されていない。心隔ては、鳥羽院の側にあったのだろう（原水民樹（一九八二）も、「鳥羽院が忠実・頼長を憎んでいたのは否定できない現実であった」と分析している）。少なくとも、「御車ヲ懸ハヅサセテ」父の墓の方角に「引向ケサセテ」の文脈からは崇徳院の鳥羽院に正対しようとする姿勢を窺うことができるし、「御涙ニ咽バセ給フ」という姿からみても、父院に理解されなかった崇徳院の寂しさや悲しみが表現されていると読み取るべきだろう。ここに、崇徳院の怨恨はまったく表現されていないとみてよい。もしこれが怨みの涙であったなら、重成らがもらい泣きすることはないだろう。むしろ逆に、離京の時刻さえも「宣下」によって定められているという後白河帝方の圧力が表現されている。**『保元』原態層の表現主体が表現しようとしたのは、〝崇徳院が一方的に理解されなかった、ないしは誤**

解された〃ということなのではないか。少なくとも、『保元』の中のある層にはそのように繋いで読むことのできる部分があり、それが物語の重層構造の中では相対的に古態層と認められるのである。
ところで、『兵範記』が〈崇徳院が一方的に怨恨を募らせた構図〉で、『保元』が〈鳥羽院が一方的に崇徳院をはねつけた構図〉だという対立的な図式が成り立つのは、七月二日以降のことである。『兵範記』の同年六月三日条――鳥羽院が死の覚悟を固めてから三日後――まで遡ると、次のような記事がある。

入テレ夜ニ新院御ニ幸スルモ鳥羽殿一ニ、即チ還御セリ。或人云ク、「御幸成リテニ田中殿一ニ、被ルレ申サニ事ノ由一ヲ。何ゾ況ヤ不ランヤトレ及バニ御対面一ニ」云々。

この段階でも、対面する気があったからこそ崇徳院は鳥羽殿に御幸したのだろう。隣接する鳥羽田中殿から崇徳院が安楽寿院の鳥羽院に対面の希望を申し入れたところ、鳥羽院の側から断ったというのが真相のようだ。だとすれば、まったく同じ時期に一方で鳥羽院は軍兵を召集しているのであるから、鳥羽院は崇徳院との和解の道を探ることなく、自らの崩御後にすぐ討てと命じていたことになる。鳥羽院は、近衛帝が呪詛によって殺されたとする風聞を信じてか、崇徳院をまったく許す気配がなかったようなのである。**相手に対する激しい憎悪は、史実としては、鳥羽院の側が先に抱いていたようである**（その鳥羽院が、鎌倉中期には中立的な聖帝になる。一〇頁）。

七　勝尊修法の虚構

『兵範記』七月五日条に京中武士の停止、六日に宇野親治事件が記されているが、それとても崇徳院と頼長が同心して国家を傾けようとする「風聞」があったとされているにすぎない。『兵範記』を見るかぎり、崇徳院の謀反が顕在化し始めたのは、七月八日、鳥羽院の初七日法要に、崇徳院の参列がなかったのが初めである。そしてこの日、謀反関係の追加記事が次の三件ある。

①今日、蔵人頭左中弁雅憲朝臣、奉《うけたまは》リ勅定ヲ、以テ御教書ヲ、仰テ諸国司ニ云ク、「入道前太政大臣并ニ左大臣、催ス庄園ノ軍兵ヲ之由、有リ其ノ聞。慥ニ可シ令ム停止セ」者《てへり》。

②今日、蔵人左衛門尉俊成并ニ義朝従兵等、押入リ東三条ニ、検知シ没官ヲ了ヌ。東蔵町モ同前ニ即チ被レ仰セ預ケ義朝ニ了ヌ。

③其ノ間、平等院ノ供僧勝尊、修シテ秘法ヲ在リ彼ノ殿中ニ（中門ノ南廊）、直ニ召シ搦メ、被ル尋問セ子細ヲ。於テハ本尊并ニ文書等ニ、皆悉ク被レ召サ了ヌ。是レ、依テ左府ノ命ニ、日来、居住スト云々。子細難シ尽シ筆端ニ。

この三件は、事実記録としても不可解さを含んでいる。①にあるように、忠実や頼長が「庄園ノ軍兵」（南都だろう）を集めたことについても「其ノ聞」と記されているに過ぎない。ところが、②においては、頼長の邸宅である東三条邸が「没官」され義朝に預けられている。ここまでのところ、頼長の明確な罪状が議せられている様子はない。あるとすれば、①の軍兵召集の噂である。そして、③においては、東三条で「秘法」を修していた勝尊が捕縛され、「本尊并ニ文書等」が没収されている。証拠が出たとすれば、これだろう。

この不可解さ――どの時点で謀反だと確定したのか不明確な点――は『保元』でも同じで、鳥羽院初七日法要の日に「謀反事既ニ顕ル故ナリ」という理由で頼長流罪が定められている（先述《頼長流罪決定》）ものの、そのあとに語られた《勝尊による修法》の末尾に、「サテコソ謀反ノ企共次第ニアラワレニケル」とある。またしても、ちぐはぐな感じが露呈しているのだ。この段階（おそらく八日の夜）で「次第ニ」露顕している程度のことでは、頼長流罪は決定できないだろう。

勝尊の話は、『兵範記』と『保元』とで違いもある。『兵範記』では「平等院」の僧であるのに対して『保元』では「三井寺」「相模」を冠している。「三井寺」は源頼義のころから源氏とゆかりの深い寺で、[3]「相模」は義朝の本拠地ともいうべき地である。天養元年（一一四四）の義朝による大庭御厨（茅ヶ崎市、藤沢市）の濫行事件は『天養記』にも記されており、都でも周知のことであったろう。義朝の乳母子である鎌田正清は相模国山内荘（鎌倉市）の山内首藤氏であるし、義朝の長男義平の母は相模国の大族三浦義明の娘（『清和源氏系図』による。ただし『尊卑分脈』では橋本の遊女とする）であり、さらに次男朝長は相模国の豪族波多野氏の娘との間に生まれている（『吾妻鏡』）。合戦部においても、「相模ノ若党」と檄を飛ばす義朝像が描かれていた。そのような義朝が家宅捜索に入った邸宅に、「相模阿闍梨」を名乗る僧がいて「左大臣ノ書状」をもっていたというのだ。義朝と勝尊は、まるで頼長を陥れるためのグルのような関係に見えないだろうか。**『保元』は、勝尊のことをわざわざ義朝ゆかりの者であるかのように匂わせて、後白河帝方が謀反の証拠をでっち上げたとでも表現しようとした**のではないだろうか。そうとでも考えなければ、「平等院ノ供僧勝尊」→「三井寺法師相模阿闍梨勝尊」の改変の説明がつかない（逆に、「平等院ノ供僧」などという基本情報が、『兵範記』において虚構される理由は見当たらないし、不正確な情報が流入したとも考えにくい）。

（3）源頼義が園城寺寺域内に新八幡宮を建立し、その初めての祭礼が康平六年（一〇六三）四月三日に行われた（『寺門高僧記』）。それに頼義・義家父子が参詣している。また、治暦元年（一〇六五）八月十五日、頼義が、近江国錦織に八幡宮（大津市錦織の宇佐八幡宮）を建立している（『園城寺伝記』『寺門伝記補録』）。この記事が『園城寺伝記』に出ていることと、この地理的位置から考えて、この当時の園城寺寺域内ともいうべきところに建立されたものだろう。『古事談』第五―三六話には、頼義の舎弟が園城寺の僧となっていたことまでみえる。のちに、園城寺内の新羅明神で元服したために源義光が新羅三郎を名乗った（『尊卑分脈』）などという伝承も生まれるが、園城寺と源氏との関係はそのような伝承が発生するほどに深かったということである。

また、修法の場所については、『兵範記』では「中門ノ南廊」という一般的な（どこの寝殿造の邸にもある）場所であるのに対して、『保元』の勝尊は「千巻（貫）ノ泉ノ上ニ壇ヲ立テ行」っている。太田静六（一九八七）によれば、千貫泉は東三条殿の中でもシンボリックな場所で、「この清泉を活用したいばかりに西対を廃止した」のであるし、西中門廊、上官座廊、西南透垣殿それぞれの末端から「千貫泉を鑑賞できるように配慮されて」いて、「この辺一帯は全て湧泉（千貫泉）を中心として考えられ」ているという。『兵範記』（中門ノ南廊）が史実であって『保元』がそれを改変したとすれば、**泉のもつ源流的な性格——たもとを分かつ前の始源——から忠通と頼長の「和平」を心から願うにふさわしい場所に書き換えたのではないか。**泉（水源）という場の設定は、藤壺と紫上の血縁関係を「紫のゆかり」（『源氏物語』）——地上では二本の茎に見えても地下では同根であるムラサキグサのような縁——と表現するのに似ている。このような改変を通して、勝尊の言い分（「関白殿、左大臣殿、御兄弟ノ御中、和平セサセ給ベキ由シ祈請申サセ給所也」）の正しさを暗示しようとした——裏返すと義朝や後白河帝方のあくどさを示唆しようとした——のではないだろうか。清浄な場である泉に壇を立てて「呪詛」したというのも、場違いだろう。

また、『保元』では義朝が千貫泉（勝尊の修法の場）に至る経路として「角振・隼ト云社ノ前ヲ過テ」とわざわざ記すが、これは「東三条殿の鎮守神である両明神」であって（太田）、いずれも春日明神（藤原氏の氏神）に起源を持つ神で、攘災神である。このやしろの意味からすると、**藤原氏に災厄がふりかからないように願うもの**である。それをわざわざ表現して読者に想起させ意識させるということは、『保元』の伝える勝尊の主張（和平のための修法）のほうが事実であると読者に感じ取らせようとしているのではないか。『兵範記』の七月八日条に記されているのであるから、勝尊の捕縛自体は事実なのだろう。しかし、『兵範記』には「本尊幷ニ文書等」としか記していないのに、『保元』では「本尊幷ニ文書等、左大臣ノ書状等」「左大臣ノ書状等顕然ナリケレバ、勝尊ガ陳状ハノビザリケリ」とまで語られ、これが決定的な証拠であるかのように表現されている。『保元』は、義朝（あるいは後白河帝方）が頼長の書状まで含めて証拠を捏造したと語っているのではないだろうか。右のように、「左大臣ノ書状等」を二度も書く執拗さがある。

論者は、『保元』のほうが史実であるなどと述べようとしているのではない。史実としては、『兵範記』の伝えるところをそのまま受け止めるべきだろう。ただ、『保元』がそれを改変しようとしたメッセージ性を汲み取るならば、**勝尊の呪詛は冤罪で、義朝らが謀反の証拠を捏造したことが滲み出るように表現したかったのではあるまいか。**〃事実と齟齬することを語っているようでありながら事件の真相を伝えようとする〃という方法を使っているものと読み解きたい（第二十章）。〈後白河挑発〉こそが真相だというメッセージである。

驚くべきことに、『兵範記』で謀反が確定したと読めるのは、「上皇、於二テ白川殿一ニ、被レ整二ヘ軍兵一ヲ。是レ日来ノ風聞、已ニ所二露顕一セシ也」と、七月十日のことなのである。結局、白河北殿に軍兵を集結させるまでは「風聞」の扱いに過ぎなかったのであり、ここに至って謀反が「露顕」したというのである。しかも、『保元』にみえるところでは、崇徳院は攻撃のために軍兵を集めたのではなく、攻められると聞いたから守ろうとしたというのである。

鳥羽院と崇徳院の摩擦もあったのだろうし、忠通と頼長の不仲もあったろうし、為義と義朝との不和もあったのだろう。いくらそれらを積みあげたところで、合戦勃発の直接の契機とはならない。合戦にまで至ったのは、鳥羽院・美福門院方からの一方的な挑発、圧力によるものであった（近衛帝崩御が呪詛によるものだとされていることへの恨み）と、『保元』は伝えようとしているのではないだろうか。そうではない部分もある――一方で発端部に崇徳院の怨恨や頼長の野心も『保元』には語られているではないか――との異論もあろうが、それは後次的に加えられた層だろう。**崇徳院や頼長を極悪な逆賊だと決めつけない層が現存の『保元』に存在していることは間違いのないところである。**

八　反清盛指向・義朝擁護指向の存在

終息部〔為義出家〕冒頭の《為義の探索》は、次のように語られている。

十六日、六条判官為義、東坂本ナル所ニ籠リタリト聞ヘシカバ、十七日、官軍、幡磨守清盛朝臣ヲ被二指遣一ケルニ、「此所ニハ、仮ニモ去事無」ト申ケレバ、近所ノ在家ヲ追捕ス。山大衆発リテ、「此所ハ往古ヨリ追捕ノ例無処ナリ。又ハ社司ニモ不レ触、山門ニモウ（ツ）タヘズ、押テノ沙汰ハ云レ無」トテ射ケレバ、清盛朝臣恐テ引退ク。大衆、勝ニ乗テ、清盛朝臣ガ兵三人ヲカラメ取ル。坂本ヲバ追返サレテ、大津ノ西浦ノ在家ヲ焼払。其故ハ、昨日為義ヲ船ニ乗テ、此浦ヨリ北地ヘ送リタリト聞ヘケルニ依也。僻聞ニテ有ケル者也。

『兵範記』七月十三日条に、これと類似した記事がある。

為義在ニル大津辺一ニ由、座主被ニ申シ上一ゲ。仍テ義朝以下武士数百騎、馳セ向ヒ、夜半ニ帰洛ス。無実ト云々。

日付については、十三日（『兵範記』）から十七日（『保元』）へと改変されたとみてよいだろう。栃木孝惟（一九七二）の指摘するように、『保元』の時間進行は単線的で、七月十二日から十四日は頼長を中心に据え、十五日に教長らの流罪決定記事、同日夕方に重仁親王出家記事があるので、それ以降に配置し、その配列に合わせて日付を「十七日」に後付けしたというわけである。もうひとつの大きな相違点は、①為義を探索したのが『兵範記』では義朝であるのに、『保元』では清盛になっていることである。しかも、②『保元』では清盛が「近所ノ在家」を追捕したり「大津ノ西浦ノ在家」を焼き払うなど荒々しい狼藉を働いたと表現されたり、③「山大衆」に攻められて「恐テ引退」くような情けなさも表現されたりして、**明らかに清盛にたいする悪意が込められている。義朝から清盛への人名の変更も、反清盛指向・義朝擁護の指向の現れとみることができる。**(4)

（4）一方で《法勝寺の探索》には、「円学寺」の「廻ノ在家数百家一時ニ灰燼ト成」した義朝像もある（一二六頁）。しかし、ここの清盛が「焼払」ったのにたいして、義朝は不注意（延焼）である。ニュースソースの問題として、『為義物語』や『保元合戦記』には義朝を擁護したり美化したりする指向があり、『保元顛末記』には批判的な指向が含まれていたのかもしれない。

この指向は、終息部に強く見られる。そもそも〈為義最期〉に向かう展開が、《為義の発病と出家》→《死罪の復活》↓《崇徳院方武士十七人の処刑》と進んで、いかにも為義への包囲網が狭められていくように仕組まれている。この展開そのものが〔為義最期〕をクライマックス視していることの現れであるし、それが逃れられないものとして――つまりは義朝の責任論を回避するものとして――語ろうとする強い意欲が窺える。その《崇徳院方武士十七人の処刑》で、平忠正以下五名が出頭した際の清盛の対応は、次のようなものであった。

甥ノ幡（播）磨守清盛ヲ頼テ、向タランニ、サリ共、命ヲ助ザランヤト思テ、顕レ向タリケルニ、清盛ハ無二左右一伯父ヲ切ニケリ。扶ケント思ハンニハ、安ク申免スベカリケレ共、伯父、甥ノ中悪カリケル上、清盛ガ伯父ヲ切ナラバ、義朝、父ヲバ切ランズラント、和讒ニ構テ切テケリ。

まずは「無二左右一《そうなく》」に清盛の躊躇の無さ、非情さが表現されていると受け止めるべきだろうし、そこにもともと「伯父、甥ノ中悪カリケル」という内情も暴露され、「清盛ガ伯父ヲ切ナラバ、義朝、父ヲバ切ランズラント、和讒ニ構テ」忠正を斬ったのだとする。こうして表現主体は、**清盛像を腹黒く語ることによって、義朝像を守っている**。よほど注意深く表現しなければ、たいていは義朝が父殺しの悪人にされてしまいそうなところである。そこを承知の上で、義朝に読者の批判が向かわぬよう、周到に構成も表現も練られている。これを受けた《為義の処刑決定》でも、「伯父ヲバ甥ニ切セテ後、左馬頭義朝ニ、『父為義法師ガ首ヲハネテ進ヨ』ト被レ仰。義朝ハ、清盛ガ和讒ヲバ覚ラズシテ、乳子ノ正清ヲ呼デ……」と同じ趣旨のことが繰り返されていて、**義朝は批判されるどころか同情すべき対象となっている**。義朝は、「宣旨ヲ重シテ、父ノ首ヲハネナバ、五逆罪ノ其一ヲ犯スベシ。罪ヲ恐テ、綸言ヲ軽クセバ、違勅ノ者ニ我成ナンズ」と葛藤までしている。平気で父を斬ったわけではない、というメッセージである。そのうえ横にいる鎌田にこのことを相談して、鎌田が「朝敵タル父ノ難レ遁ヲ承テ、他人ノ手ニ懸ジトテ、爰ニテ失奉テ、後ノ御孝養能々御訪イ申サセ給タランハ、ナジカハ穴ガチ罪ナルベキ」と積極的な意義も語って「只切進セサセ給フベシ」と勧めると、義朝は「聞モ口惜キ。更バ正清、何ニモ計テ、切奉」としぶしぶ了承するのである。鎌田の責任に転嫁しているようなものである。ここには、**最大限、義朝像を守ろうとする指向が窺える。**一方で為義の言葉に、「サリ共、扶ケナン物ヲト打憑テ向タラバ、勲功ノ賞ニ申替テモ、ナドカ助ザルベキ。義朝ガ加様ニ成テ、我ヲ打憑来ランニハ、入道ガ命ニモ申替テモ扶クベシ」と義朝批判ともとれる表現があるが、それは一登場人物たる為義の発言（命を惜しむ為義像のための表現）であり、物語の展開や接合を司る先のようなつなぎ表現と比べると、その重要度は比較すべくもない。また《争乱の総括》でも、「『勲功ノ賞ニモ申替テ、ナドカ父ヲ扶ケザラン』トゾ、人申ケル」とあるもののこれも「人」の発言であり、しかも後補（重層化したもの）ともとれる部分である。(5)

（5）合戦部の後半には、義朝像の揶揄も見える。しかしそれは義朝に限ったものではなく、東国武士全般にたいするものである（後述）。しかもそれらは、鎌倉中期以降に覆いかぶさったとみられる層である。合戦部冒頭の頼賢と対峙した際の義朝像は、勇将として語られている。そして、それが古態層であるとみる。いまここで問題にしている反清盛指向・義朝擁護指向は、平安最末期～鎌倉初期と想定される古態層のものである。ただし、反清盛指向はともかくとして、義朝擁護指向については、『六代勝事記』に、「其中に廷尉為義をば、男義朝梟首。但依二勅定一也」、『保暦間記』に、「為義ハ義朝ヲ頼ミ来ケルヲ、勅定ニテ誅セラレヌ」とあるので、しばらくは続いたのかもしれない。それと違って、露骨な反清盛指向は、清盛没直後のものではないだろうか。時代が移りゆけば反骨精神の持ち主たちが向ける矛先も変わってゆくものである。清盛が「無二左右一」（ためらいもなく）伯父忠正を斬ったなどという表現が自然に出るのは、感覚的にその時代に近いからだろう。これについては、鎌倉後期以降と推定される前景化した後白河批判の層（宝徳本に近似）との相対的関係において、清盛批判の層のほうが先出的であるという補強材料もある（二七〇頁、二九九頁）。《重仁親王の出家2》でも、「此宮ハ、平家刑部卿忠盛ガ養ヒ進セタリケルニ、其子共ニテ清盛ガ余所ニ見進スル事コソ無慚ナレ」と、痛烈に清盛を批判している。なお、後白河の主体化表現（平安末期）と前景化（鎌倉末期）を混同してはならない。

『保元顛末記』にしろ『為義物語』にしろ、平治合戦で義朝が滅ぼされたところまで見据えて形成されたものだろう。通常であれば、保元で父為義を斬った報いとして平治で自らが滅びるという因果応報観で処理されそうなところである。『保元』が伝えようとしているメッセージは、明らかにそれとは異なる。もっと巨視的・仏法的な視界の中

で、父を斬らざるをえないような状況に追いこまれた義朝の宿業の拙さを嘆くというに近い。《争乱の総括》に、

・アハレ、世ニアラムト思計ウタテカリケル物アラジ。清盛ハ、伯父忠正ガ首ヲ切ル。義朝ハ、父為義ガ首ヲ切ル。ウタテカリシ事也。

・「父ガ首ヲ刎《はぬ》ル子、子ニ首ヲ被レ刎《はねらるる》父、切モ被レ切モ、罪報ノウタテキ事ヲカナシムベシ、〱。阿弥陀仏、〱」トゾ申ケル。

とあるように、である。じつは、反清盛指向は、突飛なものではない。『兵範記』によっても、清盛の申請によって七月十七日に平氏一門である頼盛・教盛の昇殿を果たしているし、七月二十八日に清盛自身が他に先だって伯父忠正を斬首している。しかもその地が「六波羅辺」であるところからみて、畏れの気持ちや躊躇はなかったということだろう。一方の為義はその二日後の七月三十日で、しかも義朝は抵抗があったらしく「船岡辺」でこれを行っている。忠正の処刑が先で為義が後であること、清盛は伯父を切ることに抵抗がなかったとみられるが義朝が父を斬るには相応の抵抗があったらしいことは、『兵範記』と『保元』とで齟齬しない。**『保元』が掬い取ろうとしたメッセージの深いところに、清盛批判・義朝擁護の精神があり、それは史実的なところから生じた原態的な層と考えられるのである。**

九　武士にたいする揶揄——後次層の批判精神——

平安末期の平氏全盛期と呼ばれるような時期には、この物語の成立圏の管理者たちは清盛や平氏政権に対して批判的なまなざしを持っていたのだろうが、時代が変わって源氏政権の時代が訪れると（鎌倉初期）批判の対象は源氏に移り、さらには源氏将軍が断絶すると（鎌倉中期）、武士社会全般に批判のまなざしが向けられるようになり、それによって『保元』の義朝評価は重層化していると考えてよいのではないだろうか。

『保元』表現主体は、武士全般にたいして批判的である。とくに東国武士に厳しい。いくさ物語という性質上、活躍場面が多いように見えるが、じつは登場箇所が多いだけで手放しで称賛されている武士はほとんどいない。

平　清盛…為朝との対戦を回避する臆病者。

平　重盛…勇猛さを讃えられる数少ない武士。ただし、それは清盛との対照性から。

山田是行…猪武者。

伊藤一族…為朝にあえなく敗れる。

源　義朝…放火や父殺しで傷が付かぬように配慮される。→虚勢を張る醜態。

鎌田正清…樊噲に喩えられる忠臣。→為朝に追われて怖じ気づく。

波多野義通（信景）…宿取論に根をもつ狭量かつ戦場を一時離れる無責任（終息部では好印象）。

大庭景義…命を惜しむ。臆病。

大庭景親…鎧に執着して二領重ね着の滑稽。

片切景重…敵の死角を利用する狡猾（勇猛さはない）。

義朝の兵…風で扉が開いただけで驚くほど臆病（関次郎俊平の逸話）。

関次郎俊平…馬をわざと倒して延命。狡猾。

金子十郎家忠…為朝によって称賛される。

こうしてみると、最初から最後まで手放しで称賛されているのは、金子十郎家忠ぐらいしか見当たらない。そして金子ばなしは、まず間違いなく最終段階で（鎌倉末期）後補された部分なのである（一九〇頁）。もちろん為朝も、有り余る力量・技量を抑制しつつ、父や兄にたいして配慮を見せているという点では「上コス源氏ゾナカリケル」と評されるだけの扱いを受けている。表現主体の深層心理に密着すると、滅びたものだったからこそ、褒め上げているのだろう。とくに、当時の認識としては武士たる者、勇猛さをもって世に立っていたのではないかと考えられるが、その勇猛さにたいして懐疑的な話が多い。**総じていえば、むしろ武士は揶揄の対象である。**勇猛すぎる場合はまた、猪武者として批判の対象となる（第十章で詳述）。『保元』は軍記物というジャンルに収められ、合戦場面も少なくないことから、武勇を鼓舞する指向に支えられているかのように誤解されているのではないか。

発端部で後白河帝方にたいする政治的な批判精神を込めたのは平安末期の位相で、合戦部を中心にした武士にたいする揶揄は鎌倉中期以降のものではないかと考えられ、時期としては、ずれているのではないかと推測する。ただ、大きな認識の変化がみられるのは鎌倉末期の層（金子十郎家忠ら村山党ばなしが投入される層）で、それも物語の管理圏としては当初の天台宗文化圏から出ていないと考えられる（三六四頁）ので、**後白河帝批判も武士への揶揄も、命脈としては繋がっているものとみたい。権力を持つもの、武力をもつもの、なんらかの力をもつものにたいして冷ややかなまなざしを持っているのではないか。**《合戦の小括》で、「アハレ、世ニアラムト思計ウタテカリケル物アラジ」などと**今生・現世での栄達を相対化するものの見方が、この物語の中心を貫いているのではないだろうか。**

為朝像は、「廿八騎」の登場とともに〈筑紫〉軍団の首領のような存在と化し、その武力も、〈矢〉以外の〈馬〉や〈太刀〉も含めて、総合的に激しく荒々しいものとなっている。集団的な〈筑紫〉軍団のエネルギーが〈東国〉を凌駕している様相、と言ってもいいだろう。これは、〈東国〉こそが、武士（ここでは源氏と考えているようであるが）の本場ないしは聖地であると考えるような一般認識を覆すような力量である。**〈東国〉すなわち鎌倉幕府や東国武士社会を相対化し、揶揄する指向に支えられて為朝像は成長したのではないだろうか。**

十　おわりに――女たちのいくさ――

以上、拾い上げて点と点とを繋ぎ合わせて構成した、『保元』の原態層と推測される合戦観は、『兵範記』や『愚管抄』から窺える対立構図とはまったく異質である。そして**おそらく、『保元』の原態層の成立契機――原表現主体の執筆動機――も、世間のほとんどが知らない合戦の真相を伝えようとすることだったのではないか。**それは――その当時の類例でいえば『古事談』のように――、**歴史の裏面を伝え残そうとする意識**に支えられたものだったのではないだろうか。『保元』原態層が伝えようとしているのは、**後白河帝方（黒幕は美福門院だろう）の仕組んだ謀略性だった可能性が高い。**

崇徳院が鳥羽田中殿を出る際に、「時ニ難ヲヤ退トテ、出サセ給ハントハ思食也」「一定事ニ逢ベキ由、女房兵衛ガ告申」とあるように、それを勧めたのは重仁親王の母・兵衛佐局である。この件を間接的に諫めた内大臣実能も、「カヽル事ヲ内々勧申ス人ノアルニコソ」《教長・実能の諫言》と語っている。崇徳院自身が好戦的だったのではないことを示唆している。そして、「内々勧申」ているのを頼長だと考えると、頼長に憤懣や怨恨がいっさい語られていないことと齟齬する。実能も兵衛佐を念頭に置いていた（と表現した）のだろう。『十訓抄』第五―一八話に、「崇徳院の八重の潮路までさすらひ給ひしも、みなもとは女房兵衛佐ゆゑとかや」とあるように、鎌倉中期まではこのような認識が一般的だったのかもしれない。

表現主体は、なぜ崇徳院を動かした人物を、兵衛佐局だと表現したのだろうか。兵衛佐局は崇徳院に、「此所ニ有テハ、一定事ニ逢ベキ由」と伝えたのである。これは、兵衛佐自身が、不安感・恐怖感を抱いていて、それを崇徳院に伝えたということだろう。追い詰められ、居たたまれなくなって、鳥羽田中殿を出たのである。兵衛佐局は、重仁親王の母である。その女性が不安感・恐怖感を抱くような圧力を、どこからか感じていたというのである。この母子の存在を憎んでいたのは、崇徳院の正室・聖子の父である忠通、および早世した近衛帝の母・美福門院である（近衛帝早世は〈重仁即位〉を望む崇徳院方の呪詛によるものと信じられていたゆゑ）。ここだけを切り取った読解ならば、この読みに説得力は薄いだろう。しかし、先述のように、頼長の側には怨恨や憤懣は語られていないのに、忠通の側にはそれが語られているのである。また、冒頭部では、美福門院の暗躍ぶりを語ろうとする指向が『保元』に存在することが窺えた。ここの兵衛佐問題は、そことつながるのではないか。橋本義彦（一九六二）も、鳥羽院対崇徳院、忠通対頼長という構図ではなく、美福門院対頼長に着目している。先述の『十訓抄』の話は平城帝の乱が「尚侍薬子のすすめと聞ゆ」と語られてもいるのだが、それと『保元』《崇徳院、望郷の鬼となる》の「内侍尚侍ガ勧ニテ世ヲ乱リ給シカ共」は同位相である。一二五二年成立の『十訓抄』以前に〝女性が政治を動かす〟とか〝子を持つ母同士の争い〟などという歴史の見方が存在したということだ。近衛帝の母・美福門院と重仁親王の母・兵衛佐の関係は、そのようなものとして捉えられないだろうか。

以上のように、『保元』の古態層は、『兵範記』も『愚管抄』も語らなかった合戦像を示唆的に表現する意図をもって成立したと考えられる。

文　献

太田静六（一九八七）「平安末期における東三条殿の研究」『寝殿造の研究』東京：吉川弘文館

日下　力（二〇一五）「解説」『保元物語　現代語訳付き』東京：角川書店

栃木孝惟（一九七二）「半井本『保元物語』の性格と方法――あるいは軍記物語における構想力の検討のために――」『中世文学の研究』東京：東京大学出版会／『軍記物語形成史序説――転換期の歴史意識と文学――』東京：岩波書店（二〇〇二）に再録

野中哲照（二〇一四）「『後三年記』は史料として使えるか」『後三年記の成立』東京：汲古書院

橋本義彦（一九六二）「保元の乱前史小考」『日本歴史』174号

原水民樹（一九八二）「凶臣頼長の僭上――「保元物語」の一立場――」『徳島大学学芸紀要　人文科学』32号

合戦部の論

第七章　『保元物語』合戦部の重層性

一　問題の所在

発端部の分析では、『保元物語』が重層的に形成されたものであることや、その中でも大きくは基幹的な二層から成ることを明らかにした。合戦部でも、戦場である白河北殿のイメージも一元的ではないし、いくさが〈夜討ち〉なのか〈朝駆け〉なのか、火災が延焼なのか直接的放火なのかについても重層的な様相を呈している。本章では、白河北殿の二層性、合戦時刻の二層性、火災要因の二層性、信西像・義朝像の二層性について指摘し、『保元』合戦部の重層性の一端を示したい。ここで指摘するそれぞれの二層性が互いに接合するという確証はないので、総体としてはおぼろげな重層性として提示せざるをえない。そこが発端部の基幹的二層（承久合戦以前と以降）との違いである。

二　白河北殿の二層性

保元合戦の舞台である白河北殿のことを、物語は「白河北殿」「白河《（川）》殿」「大炊殿」と呼称している。まずは、白河北殿、大炊殿、前斎院御所、藤中納言家成邸の関係を中心に考えたい。先行研究でもこの復元が試みられてきたが、宝徳本（金刀比羅本）に拠っていたり、整合性を考えるべきでないところに無理に整合をとろうとしたり（重層的な形成という概念がなかった）しているので、あらためて半井本の読みから白河北殿の姿を復元したい。発端部から合戦部にかけて語られている次の情報をもとにすれば、御所の姿と崇徳院方武士の布陣がおおよそ復元できる。

1、北殿トハ、大炊御門ヨリハ北、川原ヨリハ東、春日ヲカケテ作タル御所也。《頼長、白河北殿へ》

2、新院ハ斎院ノ御所ニ渡ラセマシ〳〵ケルガ、分内セバクテ悪カリナントテ、夜半計ヨリ大炊殿へウツラセ給。

《崇徳院の白河大炊殿入り》

3、南面ハ、大炊ノ御門ノ末ニ両門アリ。東ヘヨリタル門ヲバ、前平馬助忠正父子五人、摂津国源氏多田蔵人大夫頼憲承ハル。都合其勢百騎ニハスギズ。同西ヘヨリタル門ヲバ、為朝一人シテ承ハル。西面ハ川原ナリ。為義父子六人シテ承ル。其勢モ百騎計ゾアリケル。是ハ多勢ナルベキガ、嫡子義朝ラ皆内裏ヘ参リヌ。西門ノ北面、春日末ナリ。家弘、子息・舎弟等相具シテ承ハル。此外、脇々ノ小門ハ、次々ノ者共固メタリ。《崇徳院方の門固め》

4、義朝ハ大炊御門川原ニ、川ヨリ西ニ、東ニ向ヒテ引ヘタリ。家成中納言ノ宿所ノ前ニモ、少々者共引ヘタリ。

《義朝・清盛の進軍》

5、下野守、郎等多打セテ、引テ出、西ノ門ヲ責。為義判官父子六人、大将ニテ、命モ不レ惜禦ケレバ、此門又輙可レ落様モナシ。…（中略）…東門ハ平馬助父子五人、多田蔵人大夫頼憲ガ禦ク処ヲ、兵庫頭頼政ガ渡辺党ヲ前トシテ責レ共、打破テモ不レ入。サスガニ追モ不レ被レ返。北ノ春日面ヲバ、左衛門大夫家弘ガ弟ヤ子共相具シテ、堅メタルニ、安芸守、ソナタヘ向ガ、未寄モ不レ付。《膠着状態に悩む義朝》

6、義朝、御免ヲ蒙テ、御所ノ北ナル藤中納言家成卿ノ宿所ニ火ヲゾ放タリケル。西風ハゲ敷吹、猛火御所ヘゾ押羅ル。御所中ノ兵共、煙ニ咽デ、目モ見明ズ。《義朝、放火の許諾を得る》

白河北殿は、大炊御門大路（の末）を南限とし、春日小路（の末）をまたいでその北側にまで広がっている（1）。

しかし、狭義の白河北殿は春日小路（の末）を北限としているらしいので（3）、呼称からみて狭義の白河北殿を「大炊殿」と呼び（物語内で「新院ノ御所」と呼称されるのがここ大炊殿）、春日小路（の末）の北にあるのが前斎院の御所だろう。「分内セバクテ悪カリナン」とあるので（2）、斎院の御所は大炊殿の東西幅よりも短かったと推測される。家成中納言邸（1）は川原に面しているらしく（4）、しかも西風によってそこから大炊殿への火災が延焼するという位置関係（6）やそれに伴う法勝寺への延焼を心配する位置関係からみて、白河北殿の北西の一角を占めたものらしい。

（1）崇徳院方の居所となったのが大炊殿で、それを含む白河北殿の範囲は、前斎院御所、家成中納言邸を含んだ範囲であったと推測する。家成が鳥羽院の寵臣であったため、白河北殿の一部を拝領したか。家成邸を白河北殿に含めるべきでないとすればL字型の鏡文字のような御所の範囲を想定しなければならなくなり、北西の一角を別とするのは不自然。

このような建物の配置の次に、大炊殿の門の付き方、崇徳院方武士の布陣を入れると**図1**のようになる。

為朝の守る大炊御門大路（の末）の西門（御所全体からいえば南西門と呼ぶべきか）、それと為義父子六人の守る賀茂川に面した西門で対戦や詞戦いが繰り広げられるので、それ以外の布陣の矛盾はさして問題にならないように見える。しかし、それが為朝像と関わるとなると、そうも言えなくなってくる。上述のとおり、大炊殿の東門は誰が固めたのか不明である（3）。そもそも東門の記述がないので、その存在さえ危ぶまれそうだが、のちに崇徳院や頼長は東門から敗走するし、これほどの格式の邸で東門が存在しなかったとは考えられないだろう。合戦部の終わりごろには、平忠正・源（多田）頼憲がここを固めていたとするのである（引用文5、図2）。

図1では大炊御門大路（の末）に面した南東門を固めていた平忠正・源頼憲が、図2では東門に移動しているのである。だとすれば、大炊御門大路（の末）に面した二つの門は、どちらも為朝が守ったことになる。実際に、『保元』合戦部には、大炊殿の片方の門（南西門）を守った為朝像と、両方の門（南西門と南東門）を守った為朝像とが混在している。つまり、**布陣の相違問題が、為朝像の割れの問題と絡んでくる。図1**のように為朝が平忠正・源頼憲と連携・

協力して守ったとなれば相対的に為朝の役割は小さなものとなり――といっても京に近いほうの大路に面した門なのでこれとても十分に重要な役割なのだが――、一方、**図2**のように南側には門が一つしかなく為朝一人でそれを守ったとなると、為朝像はますます巨大化しているといえよう。

《伊藤父子と為朝の対戦》の、「大炊御門末、南へ向テ禦カセ給ハ誰人ナルラン」との言いようには、大炊御門大路（の末）に面した門に、西と東の二つの門が想定されているようには見えない。**南側のすべてを為朝が固めていることを想定した物語ゆえの発言ではないだろうか**（図2）。《為朝と鎌田の詞戦い》も、「大炊御門ガ末、南へ向テ固メ給ハ、源氏カ、平氏カ」と、**大炊御門大路（の末）に面した門が二つ想定されているようには見えない**。さらに、《為朝の矢の総括》の「射残タル鏑矢ヲ、白河殿ノ惣門ノ方立ニ射立テ、末代マデノ物語ニナシニケリ」も、右と同様の空間認識のもとに形成されているようにみえる。「惣門」などという呼称はここにしか出ないのだが、そのニュアンスは――陽光の当たる南側を正面と考える日本建築の通例からすれば――南大門のイメー

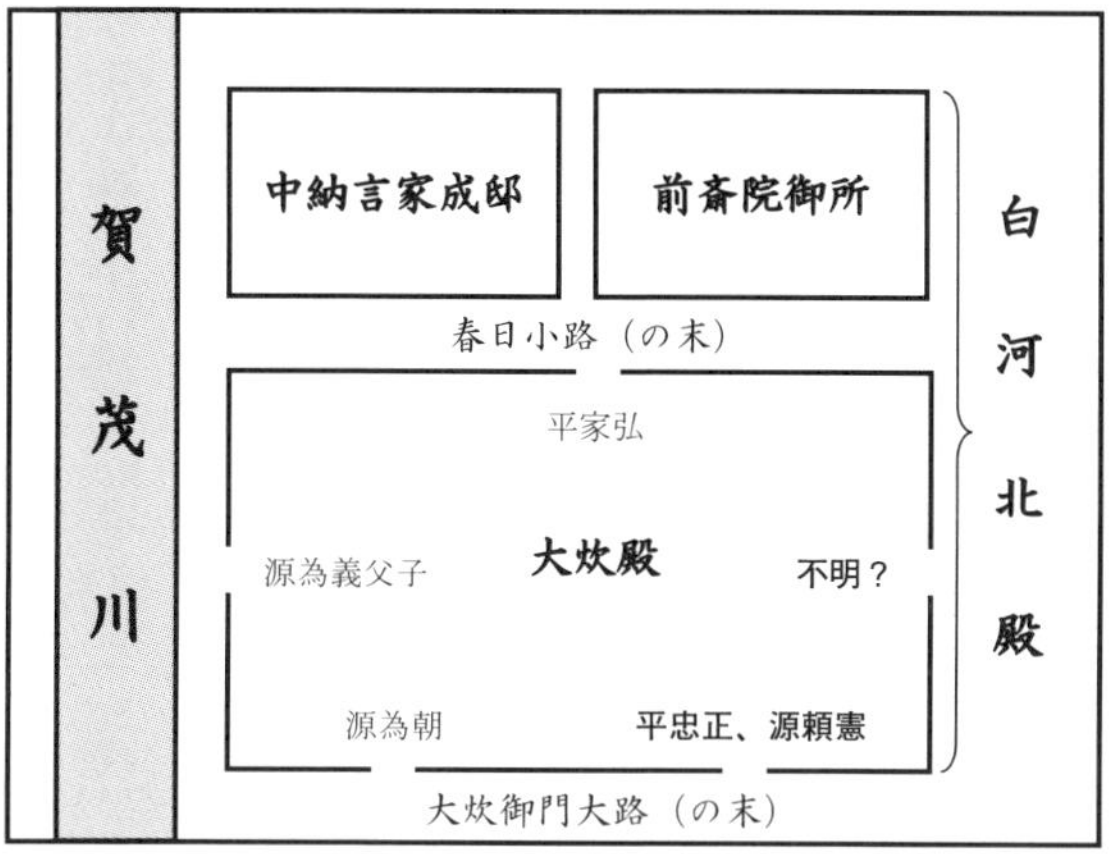

図1

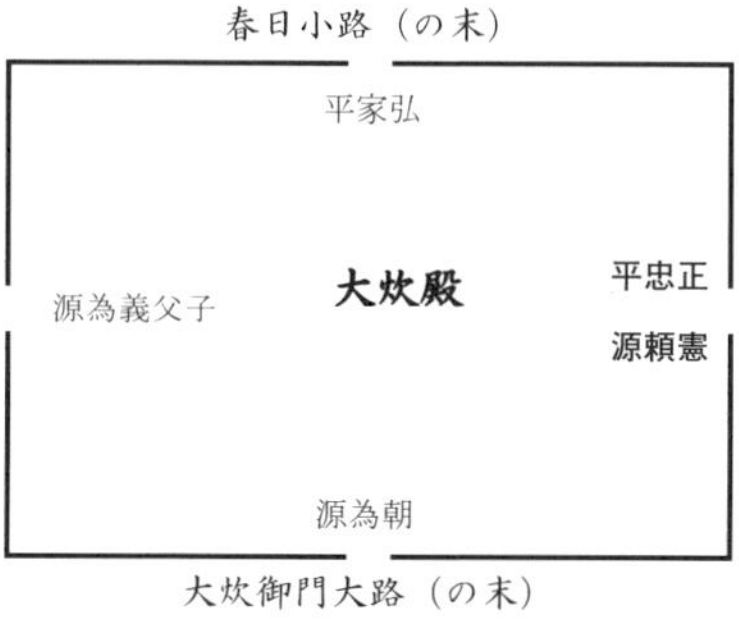

図2

ジだろう。少なくともここには、**大炊御門大路（の末）に面した門に西門と東門の両門があったとするようなニュアンスは窺えない**。このように、**合戦部の多くの場面で、為朝は一人で白河北殿（大炊殿）の南側を守っていたイメージが押し出されている**のである（図2）。

これに対して、為朝が大炊殿の片方の門（南西門）を守ったとする図1のような認識を明示しているところは、先述の布陣のところを除いては一か所しかない。《重盛の武勇と清盛勢の一時退却》である。

小松ノ大臣ノ、其時ハ中務少輔ト申ケルガ、是ヲ聞テ、「何ト云ゾ、伊藤五。為朝ガ矢ニ当テ見セン」ト云モアヘズ、只一人、門ノ方ヘゾ馳寄ケル。清盛、是ヲ見テ、「大炊御門ノ西門ヲバ、「清盛責ヨ」ト宣旨ヲモ蒙タル事モ無。何トモ無寄スル程ニ、暗マギレニ不祥ニテコソ此門ヘハ寄当リタル。若党失テ無益也。重盛ニ目放ナ」トテ、雑色共ノ中ニ取籠テ守リケリ。「東ノ門ヘカ、北ノ門ヘカ参ルベキゾ」ト宣ケレバ、郎等共申ケルハ、〔「東門ハコノ門近ク候ヘバ、同人ガ固メタルラム」ト申ス。〕其時、安芸守宣ケルハ、「引退テ、京ヲ廻テ、春日面ノ門ヘ寄スベシ」トテ、三条ヲ東ヘ引退ク。

清盛が明確に、「大炊御門ノ西門」と語っていることから、大炊御門大路（の末）の「東門」と区別されているのではないかと考えられる。郎等どもが「東門ハコノ門近ク候ヘバ、同人ガ固メタルラム」と言っている「東門」は、「コノ門近ク」とあるので大炊御門大路に面した東側の門（図1の認識）のように見える。為朝がここまで守備範囲にしている（「同人ガ固メタルラム」）とする点から見ても、南側に両門あって、どちらも為朝が一人で固めていたとする認識を示したものだろう。ところが、これが怪しい。清盛が、「東ノ門ヘカ、北ノ門ヘカ参ルベキゾ」と言っている「東ノ門」は、「北ノ門」と等価に並べられているところから見て、東山に面した正真正銘の東門だったのではないか。依拠テクストに〔　〕が付せられているように、ここは底本（内閣文庫本）には存在せず、斯道文庫本によって補入された部分である（文保本も斯道文庫本に近い）。彰考館文庫本でも、「郎等共申ケルハ」のあとに脱文ありとして、「東門ハ此門近候へバ同者ヤ固タルラントゾ」を異本注記として傍書している。

異本間の揺れという事実は、東山に面した門なのか、大炊御門大路に面した東側の門なのかの解釈で揺れが生じていたことを示すものだろう。これについては、二通りの考え方ができる。一つ目は、**図1**のようなリアリティのある布陣（為朝像がさほど巨大化していない）のほうが先にあって、伝承世界で肥大化した為朝像を受けて**図2**のように一人で南側を固めさせたとする考え方。二つ目は、**図2のような非現実的・伝奇的な為朝像と布陣が先にあって、それを矯正するかのように図1のような布陣で再構成しようとした**とする考え方。結論から言えば、後者が正解だろう。その最大の根拠は、いま見た諸本の揺れのところである。「北ノ門」と表現上釣り合う「東ノ門」はおそらく東山に面した正真正銘の東門だったのだろうし、「東」という文字を利用して大炊御門大路に面した門に西門（南西門）とは別に「東門」（南東門）が存在したかのように構図の移行を図ろうとしたのではないだろうか。そうでなければ、このような諸本の異同が生じるとは考えられない。

このように考えると、発端部の《崇徳院方の門固め》（「大炊ノ御門ノ末ニ両門アリ。東ヘヨリタル門ヲバ…（中略）…同西ヘヨリタル門ヲバ、為朝一人シテ承ハル」）も、巨大化した為朝像を抑制すべく、後次的に操作した部分だということになる。東山に面した東門の担当者を書いたり、合戦部の内部（伊藤ばなし、鎌田ばなし）にまでその操作を貫徹させたりするところまでいかなかった（未完成）、というのが真相だろう。

三　合戦時刻の二層性――〈夜討ち〉と〈朝駆け〉――

じつは、保元合戦が〈夜討ち〉なのか〈朝駆け〉なのか物語の中で分裂している（〝夜討ち朝駆け〟と称して一連のものと理解することもできるが、明け方近い薄暗い時間帯に先制攻撃を仕掛ける戦法は、つまるところ〈朝駆け〉と変わらない）。

『保元』の表現主体がもっとも公式な認識を表明しているであろう暦時間では、保元合戦の時間帯は、「軍ハ寅刻ニ始テ、辰剋ニ破ニケリ」《法勝寺の探索》と設定されている。**現在の時間帯で、午前四時ごろから同八時ごろまでの四時間ほどが、合戦の行われた時間帯ということになる。**この少し前、戦況の膠着状態を打開するために義朝が白河北殿の放火の可否を伺うところにも、右と矛盾しない、「寅時ニ始タル合戦、卯時ノ終ニ成マデ何コソ弱ケレ共不レ見。輙《たやすく》責落シ難クゾ見ヘケル」《膠着状態に悩む義朝》という表現がある。午前六時ごろの時点で戦況が膠着していたので、放火の許可を得て、その結果、午前八時までには決着がついたという流れで符合している。この合戦が「寅刻」「寅時」に始まったという認識は、「明レバ十一日、寅ノ剋ヲゾ定メタル。内裏ヨリハ、兵ヒシメヒテ競向ハントス」《寅の刻の開戦を決定》「保元元年七月十一日寅剋ニ、新院ノ御所ニハ、『敵寄タリ』ト聞ケレバ、門々ヲ指堅ケルニ」《崇徳院方の先陣争い》などと随所にもみられる。**この暦時間は、表現主体が編纂的に素材を接合する際に最終的に投入したものではなく、『保元合戦記』のような事実記録に近い歴史叙述に含まれていたものだろう。**あとから割って入った合戦譚があまりにも肥大化したという考え方である。この間、依拠テクストで二五頁もの間、物語内の時間は内部の展開に委ねられるばかりで、時刻表現をもたない（一六二頁）。合戦の前と後に、合戦部をサンドウィッチするかのように取って付けた枠組みであるが、物語の随所にこれと矛盾しない時刻表現がみられるので、編纂作業的に投入されたものとは考えにくい。この時刻認識は、終息部の「未刻ニ新院ノ三条烏丸ノ御所、左大臣ノ五条壬生ノ御宿所ヲ、清盛、義朝両人罷向テ焼払テ、内裏へ参タレバ」《崇徳院方の宿所実検》のようなところにまで、矛盾なく貫徹している。旧暦の七月十一日は、現在の八月下旬ごろだろうか。午前四時が薄暗いのか、あるいは暗いのか明るいのか、解釈の微妙な誤差が生じそうなところだが、おそらく真っ暗ということはないだろう。《清盛・義朝の進軍》の平清盛の「清盛ハ、明レバ十一日、東フサガリ、其上、朝日ニ向テ弓引カン事、恐アリトテ、三条へサガリ」などという認識の表明も、右の時刻認識と符合する。進軍中に「朝日ニ向」うという表現がある以上、これは明らかに〈夜討ち〉

ではなく〈朝駆け〉のニュアンスである。さらには、これらと符合するかのように、目でよく見ているとみられる視覚的描写が散見される。

・為朝、浅笑イ申ケルハ、「一ノ矢ハ、兄ニテ座セバ、処ヲ置キ奉ル上、旁存ズル意趣候テハヅシ奉ル。御許ルサレ候者《さふらはば》、二ノ矢ニ於テハ、可レ随レ仰候。御貌ノ程ハ恐候。御頸ノ骨カ、胸板カ、三ノ板、屈継、障子ノ板カ、脇立、壷ノ余カ、弦走カ、一二ノ草摺カ、一ノ板共、二ノ板共、矢ツボヲ定テ給候へ。御前ニ候雑人等、ノケラレ候へ」トテ《為朝と義朝の対峙2》

・景親ハ、「帰テ軍セン」ト申バ、景義、弟ガ鎧ノ袖ヲ取付テ、「是マデ扶タルニ、扶ケヨカシ」。八郎御曹子射給タル鏑モ、カリマタモ指上テゾ見セタリケル。「「物具剝」トテ者ガ寄タランニモ、足ガ有バコソ戦ハメ。物具モ剝レ、頸モ取レナンズ。守殿モ、不覚ニテ逃タリ」トハ、ヨモ宣ハジ。矢面ニ立テ、軍シツルモ見給ツラン。景義ガ手負ツルモ見給ツラン。「扶ケン」トテ肩ニ懸テ行トコソ見給ツラメ。「臆病也」トハヨモ宣ジ」ト云ケレバ、力不レ及。《大庭景義の醜態》

・八郎ハ、敵射落テ、アシタリト思テ申ケルハ、「日本国ニ冥加武者ヲ尋ニハ、大庭平太景義ト名乗男ニシカジ。為朝ソコバクノ物ヲ射ツレ共、弓手ノ者ノ矢比ナルヲ、是程ニ射ハヅイタル事ハ覚ネ。頸ニモアレ、ドコニモ射懸ヨ、裏搔ヌ事ハアラジ、ト思タレバ、遥ニ下テ、膝口ノ程ヲ射ツルト覚ル。馬ノ死様ニハ、主ハヨモ死ジ」トゾ宣ヒケル。《大庭についての為朝の評価》

・八郎、是（金子十郎家忠）ヲ見テ、「家忠ト各乗男ハモツケノ奴哉。是ニテ打ツル物ナラバ、一人シテ打タリ共、アマタシテ打トゾ云ンズラン。誰ニテモ馳向テ、敵ノ見所ニテ提テコヨ」トゾ下知シタル。《金子家忠と筑紫勢の対戦》

このように視覚的描写の活きている場面も多く、双方の武士たちは多少の日の光の中で戦っている（と表現されている）とみられる。

ところが、**これらと異質なのが、保元合戦は〈夜討ち〉だったとする認識である。**清盛は、為朝の守る「大炊御門ノ西門」に行き当たった際、「何トモ無寄スル程ニ、暗マギレニ不祥ニテコソ此門ヘハ寄当リタル」と弁明した《《重盛の武勇と清盛勢の一時退却》》。午前四時ごろと想定すれば「暗マギレニ」とする表現も、あながち矛盾するとはいえないかもしれない。ところが、暗さが機能した聴覚的物語である《山田是行と為朝の対戦》は、右にみてきたような「見る」「見られる」「見せつける」「見せつけられる」の対戦譚とは明らかに異質である。山田は朋輩にたいして、為朝の弓勢の強さについて「八郎ノ矢ナランカラニ冑武者二人ヲバ通ランゾ。矢続ガ早フテ、暗サハ暗シ、二ヲ一トコソ見タルラメ」と暗さゆえの見間違いであると主張する。山田の名乗りを受けた為朝は隣にいる須藤九郎家季に、「定《さだめ》テキヤツラハ引マウケテハ待ランナ。為朝程ノ者ヲ取テ懸ハ、手本ノ覚ル者ニテ、音ニ付テ、内甲ヲネラウラン」と言う。波線部「音ニ付テ」とあるように、暗さゆえに声を手がかりにして為朝をそれと特定し、「引マウケテ」ある矢を放つというのである。ここには、「待ラン」「ネラウラン」という現在推量の助動詞が用いられていて、暗さがよく機能している。そして、為朝が「我ハ筑紫八郎源為朝」と言い終わらないうちに、山田は「引マウケタル矢ナレバ、ヒヤウド射」たのである。暗闇の中で是行が矢を引き設け、声を頼りに為朝の所在がわかったとたんに放ったという構図が窺える。山田ばなしは、暗闇の中で聴覚的な感覚が活きた物語なのである。これが、旧暦七月十一日の「寅刻」以降のことだと設定された話であるとは考えにくい(2)。

（2）この山田ばなしの中に、為朝の装束描写として、「白地ノ錦ノ直垂ニ、唐綾威ノ冑ノ、午時計ナルニ、辰頭ノ甲キラメカシテ」とある。岩波新大系の注は、この傍線部について「いまの正午からその前後二時間」と記していて、時刻であるかのように理解しているようだが、そうだとすれば、この場面は〈夜討ち〉でも〈朝駆け〉でもなくなって、まったく合わなくなってしまう。この「午時」はおそらく〝脂の乗り切った最盛期の〟というような意味だろう。完成したばかりの鎧は縅毛が固くて柔軟性に欠け、また逆に使い古した鎧は縅毛のゆるみが出たり札が傷んだりする。そのような鎧の盛衰を、時刻表現で比喩的に表そうとしたものではないだろうか（早川厚一（二〇〇五）、日下力（二〇一五）も同見解）。「辰頭ノ甲キラメカシテ」とあるのは日光によるものではなく月光の照射によるものだろう。

合戦前に、夜のうちに合戦が起こることを想定した、「京中ニハ、貴賤上下皆〳〵ノ、シリテ、『今夜、合戦アルベシ。如何アランズラン』ト、サハギ迷ケルモ理ナリ」という言葉もある。「今夜」はもちろん七月十日の夜である（七月十一日の早朝ではない）。これは、頼長と為朝のいくさ評定の直後に置かれた一節だが、そのいくさ評定は後次層であとから追補されたものと考えられる（五三頁）。それより前の、巨大化した為朝像の紹介部分も同様である。それより前は、「夜半計」の前斎院御所から大炊殿（白河北殿）への移動と、それに伴う門固めの描写である。密室的なところで行われた頼長・為朝のいくさ評定を受けて「京中」の「貴賤上下」が騒いだとするのはつじつまが合いにくいが、門固めの様子を見てそれを察知したとする流れならば、合理的である。それが本来的な展開だろう。

さらに決定的なのは、この合戦を総括する段になって、「為朝、其夜ノ軍ニ、矢三腰ヲ射タリケル」などと夜いくさの表現を用いている点である。「寅刻」に始まった合戦を「其夜ノ軍」と表現することは、まずあるまい。振り返ってみると、先に引用した清盛の進軍の場面では、「清盛ハ、明レバ十一日、東フサガリ、其上、朝日ニ向テ弓引カン事、恐アリトテ」と語られていた。明らかに夜が明けてからの合戦であるとする認識が基調となっているのである。これを「其夜ノ軍」と表現することはできまい。すなわち**『保元』合戦部には〈朝駆け〉だとする情報と、〈夜討ち〉だとする情報が混在しているとみられる**のである。統一的な認識に基づく暦時間（「寅」→「卯」→「辰」→「未」）が離れた場面にも見られることから、**「寅刻」以降の〈朝駆け〉の認識のほうが最終的な編纂段階で整えられた枠組み的な時間認識で、その内側に〈夜討ち〉の物語（素材）を含みこんでいると考えてよい**だろう。

合戦部で一か所、〈夜討ち〉と〈朝駆け〉とがせめぎ合っているとみられるところがある。

・八郎、鐙フムバリ、弓杖ニスガリ、ツヰ立アガリテ見バ、下野守、人ニモ勝テ居長高ニテ、マツ向内甲ノ程射ヨゲニ見ヘケレバ、例ノ崎細ノ矢ヲ指食セテ、打傾テ、雲透ニミレバ、「只一矢ニ、内甲射テ、射落サン」ト打上テ引ケルガ、指免シテ《為朝と義朝との対峙1》

ここには三度も「見」る行為が表現されていて、やや不自然である。前の二つの「見」るは「内甲」を狙うほどの命中率を披歴する系統、すなわち〈朝駆け〉の発想であり、「雲透ニミレバ」の「雲透」は雲の隙間から漏れてくる月の光のことなので〈夜討ち〉の場面だと考えられる。後者は〝抑制する為朝像〟と結びついている後次的なものである。現実的な前者は〈朝駆け〉、伝奇的な後者は〈夜討ち〉に、それぞれ結びついているようである（「見へケレバ」と「例ノ崎細ノ矢」の間が接合部だろう）。〈夜討ち〉系統の話が成長し、それを現実的な方向に矯正する〈朝駆け〉系統の話が後次的に投入されたものの、その後も〈夜討ち〉系統の話が流入するなど、全体として見れば双方の指向の勢力はしばらく拮抗していたものと考えられる。

ところで、合戦部においてこそ〈夜討ち〉よりも〈朝駆け〉のほうが優勢だが、発端部ではその逆である。《崇徳院方のいくさ評定》で、為朝が頼長に、「先例ヲ思ニ、夜打ニハシカジ。ヰマダ天ノ明ザル前ニ、為朝罷向テ、内裏高松殿ニ押寄テ、三方ニ火ヲカケテ、一方ヲ責メンニ」と〈夜討ち〉を進言する。これに対して頼長が、「夜打ナンド云事ハ、十廿騎ノ私事ニコソアレ、サスガ主上、上皇ノ国ヲ論ジ給ニ、夜打可ㇾ然トモ不ㇾ覚」と〈夜討ち〉を斥ける。頼長はさらに、「今夜バカリハ相待ベキゾ」「明日、興福寺ノ信実幷ニ玄実大将ニテ…（中略）…千余騎ノ勢ニテ参ナルガ、今夜ハ宇治ノ富家殿ノ見参ニ入テ、明日辰時ニ是へ参。彼等ヲ相待テ」「又、明日、院司ノ公卿殿上人ヲ可ㇾ召。メサンニ参ラザラン輩ヲバ……」と「今夜」のいくさを避ける。これにたいして為朝は、「夜ノ明ケンヲ待セ給ハン事、御方ノ軍兵ノカサヲ敵ニ見セサセ給ハンタメカ…（中略）…明日マデノバサバコソ、信実、玄実ヲモマタセ給ハメ」と不満をぶつける。この頼長・為朝のいくさ評定を聞いた「京中」の「貴賤上下」は、「今夜、合戦アルベシ。如何アランズラン」と動揺している。周知のように、《崇徳院方のいくさ評定》は、《後白河帝方のいくさ評定》と対照的なものとして物語内に設定されている。ゆえに、右の「夜ノ明ケンヲ待セ給ハン事」は、後白河帝方が〝夜の明けるのを待たなかった〟ことと対応しているとみるべきであり、「明日マデノバサバコソ」は、同じく後白河帝方が〝明日まで延ばさなかった〟ことと対応しているとみるべきだろう。**「寅刻」以降に始まった合戦ならば、それは日付変わって「明日」のことというべきである。**

実際に、右に対応する《後白河帝方のいくさ評定》で義朝は「軍ニヲヒテハ、重々ノ様候ヘドモ、左右無ク敵ヲ随へ候事、夜打ニスギタル事無」と言い放つ。そしてこちらにも、「南都ノ信実、玄実大将ニテ、吉野・遠津河ノ指矢三町遠矢八町奴原千余騎相具テ…（中略）…今夜富家殿ノ見参ニ入テ、明日卯辰ノ時ニ、新院御所へ参ルべキ由承ル」という情報が入っている。そして義朝は、「其上、明日ナラバ、兵ツカレテ、物具ニスキマ候べシ。然バ合戦ヨハカルべシ。此内裏ヲバ、清盛ナンドニ守護セサセテ、義朝ハ打手ヲ給リテ、時ヲ移サズ罷向テ、カレ等ニ先立テ勝負ヲ決セン」と重ねて言う。**この文脈の義朝は、「明日」になる前に攻めかけようとしているの**である。「時ヲ移サズ」のニュアンスからしても、「寅刻」まで待ったものとは考えにくい。これにたいする信西も、「先ズル時ハ人ヲ制シ、後ニスル時ハ人ニ被レ制ト云本文ニ相叶ヘリ。一人モ内裏ニ留ラレズ、兵ヲフルヒテ罷向候ヘ」と義朝に応じている。

このように、発端部の双方のいくさ評定においては、〈朝駆け〉よりも〈夜討ち〉のほうが優勢なのである。

発端部で、白河北殿入りの日時が操作されていることについて指摘した。その窮屈な時間設定（深夜の移動）は、〈朝駆け〉であることを前提にしなければ生じえないものだろう。同じ発端部でも、いくさ評定は〈夜討ち〉を前提にして構成されている。〈夜討ち〉は口承起源的情報、〈朝駆け〉は文書起源的情報だとみられるが、後者は史実に基づくものなので問題ない。なぜ〈夜討ち〉の認識が広まったのか、そのほうが問題だろう。七月十日の夜に、双方の多数派工作、武士の召集、偵察活動などが集中的に行われ、それをのちに回想した場合の印象として〝あの夜は大変だった〃というような認識が形成されたのではないか。合戦が始まる前に勝負は事実上決していたのかもしれない。

四　火災要因の二層性

〈夜討ち〉か〈朝駆け〉かの問題は、延焼か放火かの問題にも、ひいては白河北殿をめぐる御所の配置の問題と絡む。

源義朝が、火を懸ける伺いを内裏に立てるところの読み取りには、細心の注意を要する。

下野守、使者ヲ内裏へ参テ申入ケルハ、「敵実ニ強クシテ、輙落ベキ様モ候ハズ。火ヲ懸ズハ、可レ叶共不レ覚候。風ノナビキ法勝寺方へ覆候へバ、若伽藍ヲヤ亡シ奉リ候ハンズラント恐ヲ成奉候」由、申ケレバ、少納言入道、是ヲ承テ申ケルハ、「義朝愚也。君、君ニテ渡セ給ハバ、法勝寺程ノ伽藍ヲバ一日ニモ立サセ給ベシ。案内ヲ申ニ不レ及。御所ニ火ヲ羅テ責候へ」ト計申ケレバ、義朝、御免ヲ蒙テ、御所ノ北ナル藤中納言家成卿ノ宿所ニ火ヲゾ放タリケル。西風ハゲ敷吹、猛火御所へゾ押羅ル。御所中ノ兵共、煙ニ咽デ、目モ見明ズ。義朝已下ノ兵共ハ勇責ケリ。《義朝、放火の許可を得る》

ここには、二種の指向が混在している。その第一は、大炊殿（白河北殿の南側半分）の北にある「中納言家成卿ノ宿所」に火を懸けるというもの（二重傍線部）で、第二は、信西の言葉の中に「御所ニ火ヲ羅《かけ》テ責候へ」などという激しい口ぶりが出ているように、直接、大炊殿に火を懸けるというものである。つまり、隣接家屋からの延焼なのか、御所への直接放火なのかで文脈が割れているのである。波線部の義朝の言葉「敵実ニ強クシテ、輙《たやすく》落ベキ様モ候ハズ。火ヲ懸ズハ、可レ叶共不レ覚候」も、その激しさから見て、信西の言葉と同位相とみてよいだろう。ただし、傍線部「風ノナビキ法勝寺方へ覆候へバ、若伽藍ヲヤ亡シ奉リ候ハンズラント恐ヲ成奉候」については、延焼なのか直接放火なのか見極めにくい。「恐ヲ成」という遠慮がちな聞き方と、「……候』由」などという不完全な直接話法からみて、傍線部については古い文脈を留めている――つまり隣接家屋への放火が大炊殿だけでなく西風に乗って法勝寺にまで延焼する危険性を含んでいるのではないかという恐れ――とみてよいのではないだろうか(3)。

（3）合戦部で《関俊平の沈着》のみ風向きが異なる。「南風一筋吹来テ、門ノ扉ヲ吹アケタレバ、『敵ノ蒐出ルゾ』トテ、下野守ノ兵共、左右へサツトゾ逃タリケル。常陸国住人関ノ次郎俊平計ゾ片手矢ハゲテ立タリケル。『臆病ノ殿原哉。風ニテ有物ヲ』ト云ケレバ、各笑テ寄タリケリ。」――南風によって門の扉が押されたとするもので、扉を押すほどの風ならば相当に強い風だと考えられる。数時間のうちに風向きが変わることは珍しいことではないが、一方で法勝寺までの延焼を心配するほどの激しい西風が吹いていたとするのとは、どうみても合わない。南風と関次郎俊平のエピソードは、東国武士の間で伝えられた伝承なのだろう。史実的ではないものの、『保元』の成立以前に東国武士の間でいくさ語りが行われていた痕跡を示すものと考えてよいのではないだろうか。

ここで先出性・後次性の決め手となるのは、そのような微細な表現の読み分けではなく、火を付けた場所だろう。中納言家成邸からの延焼にしても、大炊殿に直接放火したにしても、火の勢いはおおむね西から東へと移っていったようだ(4)。

（4）《崇徳院・頼長、敗走》に「(崇徳院と頼長は) 東門ヨリ出サセ給フ」とあるように、また、《佐渡重貞の矢》で「東門ノカブキ」に当たった矢が頼長の頸部に立ったと語っているように、崇徳院や頼長が東門から脱出したとする点についてはぶれがない。御所は、西側にまず着火して、西風に乗って東山方向へと延焼していったということなのだろう。《崇徳院・頼長、敗走》で家弘・光弘が「馬ニ乗乍、西門ヨリ馳入テ、新院ノ御所ニ参テ申ケルハ」とあるのは、北西に着火しても西側の門の出入りは可能だったという設定に拠った文脈なのだろう。

ここで注意しておくべきことは、着火地点が中納言家成邸と大炊殿とでは、火の意味が大きく異なるということである。大炊殿はまぎれもなく露骨な攻撃性を示すものであるのに対して、中納言家成邸に着火するのならば攻撃性があるとは言えないだろう。もし攻撃性があるのなら、大炊殿に直接放火するほうが効果的であるに決まっている。そこで、中納言家成邸に放火するということは何を意味するのかが問題になる。『後三年記』で金沢柵の陥落を予知した源義家が「すへしたがかり屋」（末下が仮屋、あるいは衰したる仮屋）に火を付けさせて兵士たちの身体を温めさせた。暖を取るためである。また、延慶本『平家物語』第五本の宇治川の場面では、源義経が在家三百余家を焼き払った。これは、川端の面積を広げて攻めやすくするためである。中納言家成邸に着火するということは、夜間照明を意味するものなのではないだろうか。そして、夜間照明が必要だったとすれば、合戦部の〈夜討ち〉と〈朝駆け〉とが重層化している問題で、夜間照明は〈夜討ち〉と対応することになる。先述のように、合戦部では〈夜討ち〉の文脈のほうが優勢であった。

五　信西像・義朝像の二層性との対応

問題の文脈をもう一度読み直してみると、御所への直接放火を許可するような発言をしているのは信西である。信西像は後次層ほど前景化し明瞭化する傾向が強いと考えられる（四三頁）。そして〈夜討ち〉のいくさ評定のように信西と義朝の対話は一種の型となっている。先の波線部「御所ニ火ヲ羅《かけ》テ責候へ」のように、激しい攻撃性をもった文脈は、その義朝と信西によるものであった。かなり主体が強く出ており、前景化された最終的な信西像なのである。御所に直接火を懸けることへの畏怖というものが同時代人にはあったはずだが、それが後次層ではしだいに薄れてゆくはずだ。その想定と、信西像がしだいに明瞭かつ主体的になってゆくという現象が符合しているようにも見える。(5)

（5）《崇徳院方の宿所実検》の「未刻ニ新院ノ三条烏丸ノ御所、左大臣ノ五条壬生ノ御宿所」を焼き払ったのも「清盛、義朝両人」であり、そこでの信西像は、「少納言入道ヲ以テ、『日来凶徒多ク立籠テ、党ヲ成テ、国ヲ傾、世ヲ乱ト企ヲ、程ナク追討シテ、国ノ恥ヲ清メ、家ノ名ヲ上ル事、感思食。勲功ノ賞ニ於テハ、子々孫々マデモ不レ可レ違』ト被二仰下一ケレバ」という後白河帝の意思の伝達役に過ぎないから、やはり、清盛・義朝を並べて語る層と伝達役の信西像の層は同位相で、古態層だろうと考えられる。

この分析からすると、激しい攻撃性や前景化した信西像が語られている「使者ヲ内裏へ～御免ヲ蒙テ」および末尾の「義朝已下ノ兵共ハ勇責ケリ」は後補だろう。また、その部分だけ義朝の呼称が「義朝」である（そこを除いた分では「下野守」）という点からの補強もできる。そのような後次的な層が覆いかぶさることによって大炊殿に直接放火する文脈が挿入されてきたが、それ以前の古態層では、夜間照明のために義朝が白河北殿に直接火を懸けたわけではなく恐る恐る藤原家成邸に放火し、それが「西風」（おそらく実体的イメージとしては西北西の風のつもり）によって白河北殿に延焼したことになっていたのではないだろうか。このように、延焼と直接放火の相違は、白河北殿という御所のイメージの問題が絡んでくる。**これが延焼であることを主張するためには——すなわち義朝像を守るためには——藤原家成邸の存在が必要になってくるのである。**藤原家成邸は、発端部の《義朝・清盛の進軍》でも、

（清盛は）二条川原ノ東堤ノ西ノハタニ、北へ向テゾ引ヘタル。義朝ハ大炊御門川原ニ、川ヨリ西ニ、東ニ向ヒテ引ヘタリ。家成中納言ノ宿所ノ前ニモ、少々者共引ヘタリ。

のように登場している。ここには、清盛勢、義朝勢を等価な勢力として語ろうとする〈指向〉がみえており、為朝を前景化・巨大化する部分よりもよほど古態的だろうと考えられる。すなわちこれは、この合戦の舞台に藤原家成邸の登場が必要であるとする〈指向〉、そしてまた戦火が延焼によるものだとする〈指向〉、さらにまた義朝像を守ろうとする〈指向〉が同じ位相として符合するのである。

『兵範記』では、「辰剋、東方ニ起ル二煙炎一。御方ノ軍、已ニ責メ寄セ懸ケレ火ヲ了ヌト云々」と記されていて、その主体が義朝かどうか不明ながら白河北殿に直接放火したとみられる。この表現には、白河北殿に直接火を懸けることへの怖れ

などはまったく窺えない。もちろん『兵範記』のこの前後に家成邸は登場しない。それなのに『保元』が家成邸からの延焼だとする認識を示すということは、義朝像に傷が付かないよう配慮する認識があったためではないだろうか。父為義を斬った息子として義朝のイメージは良くないようにみえるが、それさえも清盛に追い込まれたゆえ（「和讒」）とする表現が終息部に存在する。悪いのは義朝ではなく清盛だとする認識である。第六章で述べたように、『保元』には武士の価値観や生きざまを突き放したり揶揄したりする層があるが（批判精神）、平安末期の層では清盛のほうが批判されるべき人間で、相対的に義朝は同情されるべき人物だったのではないだろうか。その〈指向〉は、合戦部冒頭の頼賢先陣ばなしで肯定的な義朝像・鎌田像がみられる鎌倉初期層に近いものとみられる。

六　おわりに

以上を整理すると、次のようになる。

1、〈夜討ち〉を有利に運ぶために源義朝が中納言家成邸に放火したところ、結果的に大炊殿に延焼した。

2、〈朝駆け〉だとすると照明のために火を使う必要はなく、御所への直接放火は激しい攻撃性によるものと考えられる。こちらのほうが『兵範記』の「鶏鳴」～「辰剋」（午前四時ごろから八時ごろ）と対応するゆえ史実である。

以上のように、白河北殿、合戦時刻、火災要因、信西像、義朝像がそれぞれ二層的であることを指摘した。このうち、火災要因と人物像の相関のみその可能性を指摘したが、それ以外の二層性がどう対応するのかについては、後考にゆだねたい。たとえば、白河北殿の二層性の場合、伝奇的な構図が先行し、それを現実的な構図へと軌道修正しようとしたとすると、そのような門固めの構図自体、どちらも（図1も図2も）承久合戦後の層とみることになる（それぞれ第三次と第四次か）が、しかし、義朝像に傷を付けまいとする発想は第一次（平安末期）か第二次（鎌倉初期）のものだろう。いま暫定的に二層として把握したものを、さらに骨格成立→構図明瞭化→変容などと捉えなおしてゆく必要がありそうだ。また、ここで指摘しているそれぞれの二層性が、発端部の二層性と単純に対応するものでもない。発端部のそれは、承久合戦の前と後に分かれるものであった。さらに言えば、発端部のある層と合戦部のある層が対応する（同時期に同じ表現主体によって作られた）などと考えないほうがよい。歴史認識の変容に伴う改変が必要とされる鎌倉中期には冒頭部や発端部に手が加えられただろうし、武士にたいする見方が変化した鎌倉初期には合戦部に多く手が加えられたかもしれない。むらがあるはずなのだ。『平家物語』でいうと、延慶本と長門本とで類似本文を多く有しながら、長門本が部分的に（北陸や南九州など）記述を手厚くするなどということがある。物語の全体に均質的に手が加えられるなどとは考えないほうがよいということだろう。ゆえに本書では、要所要所では『保元』の二層性を指摘しつつも――互いの対応はないことを前提として――全体としては十層～二十層程度から成るという言い方をしているのである。

文献

日下　力（二〇一五）『保元物語　現代語訳付き』東京：角川書店
早川厚一（二〇〇五）「『保元物語』の諸問題」「名古屋学院大学論集　人文・自然科学編」41巻2号

第八章　『保元物語』成立の基軸
――『保元顚末記』『保元合戦記』存在の可能性――

一　問題の所在

『保元物語』が重層的な構造体ともいうべき様相を呈していることは、本書の全編にわたって述べていることである。先行する、しかも異質な物語を統合する際、大きな枠組みとなったものは暦時間だったのではないだろうか。『保元』の中には、暦時間に縛られず伝承世界で自由に膨らんだとみられる話もあるが、一方で要所要所を暦時間が押さえているようなところもあり、しかも後者によってこそ『保元』が物語という秩序だった構造を保ち得たのではないかと考えられる。もしそれがなかったら、『保元』は、〈保元合戦にまつわる説話集〉となっていたはずだ。本章では、『保元』の古態層として、暦時間を基本に叙述されていたであろう『保元顚末記』（敗者の瞠目すべき末路に焦点化した合戦直後の成立層）と『保元合戦記』（前者ほど古態ではないが為朝巨大化以前の合戦部の初期層）とが現存『保元』から透かし見えることを指摘する。

二　現存『保元物語』の史実層の存在――文書記録類の関与――

いまわれわれの眼前にある『保元』は、いかにも非現実的な為朝の活躍場面、為朝渡島譚や、いかにも伝承世界で成長した〈為義最期〉〈幼息最期〉〈母の入水〉を含んでいるので、荒唐無稽な想像力の産物だとみられがちである。しかし一方で、『保元』の骨格部分は、意外なほどに史実に忠実である（栃木孝惟（一九七二）、原水民樹（一九八八））。

まず、保元合戦の当日である七月十一日の重要な部分は、『兵範記』と不思議なほど齟齬しない。①「鶏鳴」から「辰剋」までのいくさであったとする点、②後白河帝が高松殿から東三条殿に遷幸したとする点、③白河北殿が焼失したとする点、④崇徳院や頼長が合戦後に逐電したとする点、⑤為義らのゆくえも不明になったとする点、⑥官軍が法勝寺を探索し為義の円覚寺所領を焼払ったとする点、⑦後白河帝が東三条殿から高松殿に還御したとする点、⑧頼長が流れ矢に当たったとする噂が合戦直後からあったとする点、⑨いくさのことを聞いて忠実が南都に逃げたとする点、⑩この日のうちに忠通が藤氏の氏長者に復したとする点、⑪興福寺内部が忠通方の覚継と頼長方の尊範《（尋）》・千覚・信実・玄実に分裂していて後者が没官されたとする点、⑫その夜のうちに清盛（播磨守）や義朝（右馬権頭）に勲功の賞が与えられ義朝が昇殿を果たしたとする点、⑬為義を捉えるべき命令が義朝に下された点――これらはすべて『兵範記』と『保元』が一致するのである。違いがあるとすれば、『兵範記』では清盛―義朝の順で記されることが多いのに対して、『保元』では義朝の存在感のほうが圧倒的に大きいことである。しかし、軍勢の数自体は、『兵範記』が「清盛三百余騎」「義朝二百余騎」「義康百余騎」で、『保元』も清盛は「三百余騎」、義朝は「二百五十余騎」、義康は「百余騎」とするなど、ほぼ違わない。これ以外の違いとしては、『兵範記』では、頼政・重成・信兼などが後から出陣するなど波状的な攻撃のさまが記されている（遷御と言い頼政らをしばらく御所に残していたことと言い、実態としては崇徳院方からの攻撃を真剣に恐れていたらしい）のに対して、『保元』では官軍が一気に白河北殿に向かったかのように語られている点である。そして何よりも、『兵範記』ではほとんど影の薄かった為朝が、『保元』ではあれほど前景化しているという点である。こうしてみると、為朝が一人で白河北殿の南側を守り、孤軍奮闘したという非現実的な部分を、現実的な物語の枠組みに収めるために、**公家日記に近いような文書記録類が利用されているように見える。**

七月十二日以降のことでも、⑭崇徳院が仁和寺の五宮のもとに現れ、当時鳥羽殿に行っていて留守中だった五宮が崇徳院の身柄を寛遍法務の坊に移したとする点、⑮頼長が仁和寺あたりを経由して大井川の舟で木津に至り、千覚律師の坊で死去し、般若山付近に埋葬されたとする点、⑯盛憲らが七十五度の拷訊の刑にあったとする点、⑰崇徳院の仁和寺から鳥羽までの移動に重成が関わっていたとする点――と『兵範記』との一致点が多い。伝奇的な為朝像や抒情的な最期譚・別離譚に目を奪われがちだが、じつは驚くほど史実と一致する点の多い物語であることを再認識せざるをえない。**『保元』は、史実的な基軸をもった歴史叙述であり、その一部だけが部分的に増幅された物語であるという見方をすべきなのだろう**（栃木・原水）。『保元』の原態部分の編纂的な成立事情を想定してみると、先行する異質な素材（説話的なもの）を統合して物語化する際に有効に機能したのは、文書記録類だったのではないか。

ここまでは先行研究の指摘と同じである。本章ではその先行叙述を公家日記のようなものではなく、保元合戦についてまとめた簡略な歴史叙述（仮称『保元顛末記』）が存在したとみる。なぜならば、日付の一致だけでなく、軽微な虚構性や微細な情報の注入（ふつう公家日記には書かれない）が確認でき、しかもそれらが現存『保元』の中でひとつの層として認められるからである。以下、そのことについて述べる。

三　卑小な人物登場の意味――『保元顛末記』存在の可能性――

この節で注目するのは、卑小な人物である。崇徳院方でいうと崇徳院、忠実、頼長、教長、為義、為朝らが大きな存在感をもった人物で、後白河帝方では後白河帝、忠通、信西、清盛、重盛、義朝らがよく知られた人物である。また、武士たちで、名寄せにしか出てこないものもいる。それとは違って、人名列挙ではなく、ある固有の場面を与えられているのに世間周知とは言い難いような人物、それでいて実在性の確認できるような人物が、『保元』には何人か登場している。ふつう、公家日記にさえ書かれるような人物ではない。

1　源頼憲

平忠正は甥清盛に斬られた人物としてクローズアップされているが、その忠正とセットで語られる源（多田）頼憲は、次のような登場の仕方をしている。

①平馬助忠正、多田蔵人大夫源頼憲、謀反ノ衆ト聞エケレバ、ヤガテ治部太輔雅頼ニ仰テメサレケリ。雅頼承テ、太夫史師経ニ仰付テ召レケレ共、兎角《とかく》申延テ不レ参。彼二人ハ、宇治ノ左府ノ取カワセ御座テ、今度ノ打手ノ大将トゾタノマセ給ヒケルトゾ聞エケル。《平忠正・源頼憲、崇徳院方へ》

②同十日、大夫史師経、宣旨ヲ官使ニモタセテ、宇治左大臣殿へ奉ル。左大臣殿、「忠正・頼憲ヲ召テ進ベシ」ト、詞ニテ御返事有ケリ。明日十一日ニハ、左大臣殿ナガサルベキニテマシマス。《頼長への圧力》

③為義、忠正、家弘等ヲ召テ、門々ヲ分給ヒケリ。…（中略）…東ヘヨリタル門ヲバ、前平馬助忠正父子五人、摂津国源氏多田蔵人大夫頼憲承ハル。《崇徳院方の門固め》

④東門ハ平馬助父子五人、多田蔵人大夫頼憲ガ禦ク処ヲ、兵庫頭頼政ガ渡辺党ヲ前トシテ責レ共、打破テモ不レ入。サスガニ追モ不レ被レ返。北ノ春日面ヲバ、左衛門大夫家弘ガ弟ヤ子共相具シテ、堅メタルニ、安芸守、ソナタへ向ガ、未寄モ不レ付。…（中略）…寅時ニ始タル合戦、卯時ノ終ニ成マデ何コソ弱ケレ共不レ見。輙《たやすく》責落シ難クゾ見ヘケル。《膠着状態に悩む義朝》

⑤新院ノ御方ノ軍破テ、四方へ散失。…（中略）…為義、忠正、頼憲、家弘、時弘前立、御共ス。《崇徳院・頼長、敗走》

⑥為義ガ宿所円学《（覚）》寺ノ館ニ火ヲ懸テ焼払ヌ。廻ノ在家数百家一時ニ灰燼ト成ル。逆賊又行方ヲ不レ知、散失ノ中ニ、忠正、頼憲ハ伊勢方へ落ツ。《残党のゆくえ》

頼憲の登場箇所は、これですべてである。すべて、平忠正とセットで登場している。ひとつの層と認められるようなのだ。忠正は甥清盛に斬られる場面があるのだが、頼憲は⑥で「伊勢方」へ敗走したあと、どのような末路をたどったのかさえ記されていない。①では頼長に信頼されて「今度ノ打手ノ大将」（二重傍線部）とまでされた武将であったのに、である。物語に十分には機能しないのにその名前が出ているということは、統括的表現主体がある種の機能を狙って投入した人物——たとえば鳥羽院旧臣——なのではなく、素材からもたらされた可能性が高いだろう。平忠正には独立して登場しうる存在感もあるが、一方で、忠正・頼憲のセットで記されたところも数か所あるということである。また、波線部のように、ここに暦時間——物語の統括に有効に機能した——が表れていることに、とくに注目しておきたい。

なお、右の⑥で「円学《（覚）》寺」の「廻ノ在家数百家一時ニ灰燼ト成ル」とあるが、ここで火を放ったのは義朝である（延焼だが）。『保元顛末記』は義朝にたいして批判的な立場にあると考えられる。一方で、『為義物語』には義朝を擁護しようとする指向が顕著であった（九六頁）ので、『保元』には、異質な義朝像が素材として流入した可能性があろう。また、⑥直前の《為義父子の離脱》には「官軍共、白河ノ頭ナル山林シ二三ケ所ヲ囲テサガセ共、御座ネバ返ニケリ」とあって、同じ白河周辺の残党狩りの場面なのに放火がない。こちらは『崇徳院物語』に含まれていたもので、やはりニュースソースの違いによるむらが表出していると考えてよいだろう。

2　平家弘の一族

《白河北殿に籠る人々》に出る平家弘一族は、「下総判官正弘、左衛門大夫家弘、七郎安広、八郎憲弘、大炊助康弘、左衛門尉時弘、右衛門尉盛弘」である。平家弘は、忠正、為義らに続く棟梁格の人物なので、それ相当の存在感があるのは当然である。《崇徳院、鳥羽を出て白河へ》で「御共ニハ、左京大夫教長卿、右馬権頭実清、山城前司頼輔、左衛門大夫平家弘也」と記され、《崇徳院方の門固め》でも「為義、忠正、家弘等ヲ召テ、門々ヲ分給ヒケリ」「西門ノ北面、春日末ナリ、家弘、子息・舎弟等相具シテ承ハル」とあり、《膠着状態に悩む義朝》で「北ノ春日面ヲバ、左衛門大夫家弘ガ弟ヤ子共相具シテ、堅メタルニ」とあるなど、この一族で一人だけ名前が記されるとすれば、まず家弘である。《崇徳院の如意山入り》で「院ノ御共ニハ、為義、家弘、武者所ノ季能ナンドゾ候ケル」「(水を僧から家弘乞請テ、進《まゐら》セケレバ」、《母の覚悟の入水》で「左衛門大夫入道家弘ノ北方モ、父子四人ニ後レテモ身モ投ズ」、《蓮如の夢に出た崇徳院怨霊》で「為義父子六人先陣ニテ、平家忠正父子五人、家弘父子四人後陣ニテ」などと多少説話的なところでも、家弘は登場する資格と存在感を有している。

問題は、家弘以外の卑小な周辺人物も名前がときおり出されることである。《為義・頼憲らへの勧賞》に「其上、為義ハ判官代ニ補セラレテ、『上北面ニ候ベシ。子息頼賢ハ可レ為二蔵人一』ト被二仰下一ケリ。家弘ガ子息安弘モ、同被二召仰一。当時、北面ニハ、家長、師光、頼助ナリ」と安広の名前が出される。波線部のように、ほかにも家長、師光、頼助という無名の北面の武士の名が記されている。これらは、口承で伝えられるような人名ではないだろう。ここに、為義の次席格として頼賢の名前が出されていることにも、とくに注目したい。ここには、為朝が巨大化する以前の、古い保元合戦の様相が留められているのではないだろうか。そして、『保元』の中には、為朝以外の群像がそれぞれに小さな存在感を持っていた、しかもあまり脚色されない簡素な表現の層が存在したのではないか。《崇徳院方の動揺》でも「為朝、康弘、蔵人タルベキ由、仰ケル。勇ヲ成セテ、合戦ヲセサセンズル計事トゾ覚ケル。門々ヒシ〳〵ト固ケリ」と、家弘の子である康弘がここに登場する。ここは、為朝一人が巨大化してゆく以前の古い層が窺えるところだと考えてよいだろう。

終息部《崇徳院方武士十七人の処刑》でも、「廿五日、源平ヲ始テ、十七人ガ首ヲハネラル。左衛門大夫家弘、右衛門尉盛弘、左衛門尉頼弘、文章生康弘四人ヲバ、蔵人判官義康承テ、大江山ニテ是ヲ切。大炊助度弘ヲバ、和泉判官信兼承テ、六条川原ニテ、是ヲ切。中宮侍長光弘ヲバ、平判官実俊承テ、船岡山ニテ是ヲ切。左兵衛尉時弘ヲバ、周防判官季実切レトテ、是預ラル」と家弘一族の名前がこまごまと記されている。ここには平忠正の一族についても、「平馬助忠正法師、嫡子新院蔵人長盛、皇后宮侍長忠綱、左大臣勾当正綱、平九郎道正父子五人」と連名で記されている。これらも、口承で伝えられたり伝承世界で膨らんだりした人物ではなく、文書記録的なものによってもたらされたものだろう。

ここで注目したいのは、波線部である。これによると、時弘だけはこのとき処刑されずに、周防判官季実に預けられたことになっている。これに呼応する時弘の処刑は《為義の念仏と最期》に付随するかたちで、「（為義の首の）実見《検》ノ所ニテ、預タル家弘ガ弟、兵衛尉時弘ガ頸ヲ切ル。事ノ由ヲ申バ、『為義ガ首ハ不レ可（レ懸）』、義朝ニ給」と記されている。かすかながら点と点がつながって、時弘の物語が完結しているというわけである。《為義最期》のうちのまさに最期の場面は二重化しており（二四七頁）、その先出層とみられる部分で「時弘」の処刑が記されているのである。じつは、『兵範記』によれば、時弘も他の一族（家弘・康弘・盛弘・光弘・頼弘・安弘）とともに七月三十日に「大江山辺」で——七条朱雀でも船岡山でもなく——斬首されているのである。時弘は、崇徳院や頼長が白河北殿の東門から脱出した際に、「為義、忠正、頼憲、家弘、時弘前立、御共ス」と名前が出ていた人物である。時弘の処刑がただちに行われなかったとする物語なりの論理が、なにかあったのだろう[1]（事情聴取など）。ここにきて、たとえ卑小な人物であっても——卑小とみえたのは為朝・為義らとの相対的な印象でしかなかったわけだが——じつはそれなりのコンテクストをもって登場していた層が存在したということが見えてきた。**為朝の著しい活躍などの層が覆いかぶさる以前に、軽微な虚構性（物語性）を含んだ、しかし簡略な——『愚管抄』のような——物語が存在したのではない**

だろうか。『保元』の底流に潜むこの簡素なしかし軽微な虚構性（物語性）を含む叙事的な言説を、ここでは仮に『保元顚末記』と呼ぶことにする（そのイメージは一三二頁で述べる）。そして、それが現存の『保元』からも透かし見えるということである。もちろん、それは『保元』の中でも、かなりの古態層（原態層）ということになる。

（1）《そのほかの崇徳院方の流罪》で、「行右衛門大夫入道正弘（家弘ガ父也）陸奥国へ被レ流」とある（括弧内は割注）。家弘の父正弘が『保元』の中で登場するのは、ここ以外には発端部の名寄せのところだけである。実際には加担していなかったので、流罪で済んだのだろう。『兵範記』八月三日条も、正弘が陸奥国に流されたことが記されている。ここも正弘の名前だけが問題なのではなく、このような文書記録的な先行叙述が『保元』に含まれていることに注目する必要がある。

3　『保元顚末記』のリアリティ演出

先を急ぐ前に、素朴で簡略な歴史叙述と措定した『保元顚末記』の性格について、補強すべきことがある。『兵範記』八月三日条に、崇徳院方の貴顕の配流記事がある。

謀叛ノ輩、被レ行ハ二流罪一ニ。兼長卿（出雲）、師長卿（土佐）、隆長朝臣（伊豆）、僧範長（安房）。已上、自リ二山城国稲八間庄一被レ追ハレ之ヲ。領送使ハ右衛門尉平維繁、府生資良。教長卿（常陸、実俊追フレ之ヲ）、成雅朝臣（越後、志兼成）、盛憲（佐渡、実俊）、経憲（隠岐、志能景）、実清朝臣（土佐）、成隆朝臣（阿波、以上業倫）、俊通（上総）、憲親（下野、已上国忠）、正弘（陸奥、国忠）。（カッコ内は原文では割注）

これに対応する『保元』は、次のとおりである。

八月二日、悪左府ノ君達四人、山城国稲八間ト云所へ被レ移テ、其ヨリ各配所へ趣キ給ケリ。死罪一等ヲ減ジテ、被二遠流一ト云へ共、行前モ猶ヲボツカナク、右大将兼長ハ出雲国、中納言中将師長ハ土佐国、左中将隆長ハ伊豆国、範長禅師ハ安房国トゾ承ル。検非違使維繁、資能、追立ノ有司ニテ山城へ参ル。四人重服ノ御装束也。…

（中略）…此外、左京大夫入道教長、常陸国へ被レ流。近江中将入道成雅、越後国へ被レ流ル。四位少納言入道成隆、安房国へ遣ス。上野権守入道俊通、上総国へ趣ク。皇后宮権大進入道教親、下野国、行右衛門大夫入道正弘家弘ガ父也陸奥国へ被レ流。《頼長の四人の子息の流罪》

冒頭の「八月二日」は、「三日」の誤写だろう。「二」と「三」の誤写は、ありがちな事例である。**「山城国稲八間」を経由した点、兼長―出雲、師長―土佐、隆長―伊豆、範長―安房と人名・配流先が対応している点、検非違使維繁と資能《（良）》が追立の使いとなった点は、『兵範記』と『保元』で完全に一致する。**そして、教長以下を別枠にしている点、教長―常陸、成雅―越後、成隆―アワ、俊通―上総、教親《（憲）》―下野、正弘―陸奥と人名・配流先が対応している点も双方で一致する（ただし、成隆の「安房」は――前出の範長の「安房」と重なるので――「阿波」が正しい）。違いとしては、『兵範記』に存在した盛憲―佐渡、経憲―隠岐、実清―土佐の組み合わせが『保元』で消されている点である。盛憲と経憲は七十五度の拷訊を加えられた人物であるから、そのような刑の受け方と流刑とを分けて、さまざまな末路のヴァリエーションがあったかのように演出したかったのだろう。時弘が即座に処刑されずに一時預けられ、やや遅れて処刑されたとする（先述）のと、同じ指向に基づくものだろう。**『保元』（あるいはその古態層である『保元顛末記』）は、史実を指向しているのではなく、リアリティを演出し、史実らしく見せることを指向していると見てよさそうだ。**残る実清―土佐は、発端部にのみ二回登場するだけの人物なので、煩瑣を嫌って割愛したものだろうか。

４　多近久

多近久は、『保元』に二度しか登場しない。いずれも、発端部である。一度目は《二度の親書》で、「新院、御書ヲ内裏へ進サセ給。御使武者所近久也」、二度目は《崇徳院方の動揺》で、「新院ノ御方ニハ、左大臣殿、各シヅ〳〵ト支度シテ、武者所近久ヲ召テ、『内裏ノ景気見テ参』トテ…（中略）…、近久、ヤガテ走帰テ……」と登場する。どうやら近久は、崇徳院方から後白河帝方に派遣する使者・連絡役という位置にある人物であるようだ（須藤敬（一九八五）はそれに留まらない物語形成への関与を指摘）。ここで大切なのは、発端部では両陣営のいくさ評定（崇徳院方の頼長・為朝、後白河帝方の信西・義朝）を中心として、それらの人物の動静にばかり注意がいきそうだが、それ以外の一見卑小な人物も相応の存在感と機能を果たしていた先行叙述の層があったということである。

これ以外にも、同類の人物に、《頼長の替え玉の車》の菅給料盛宣、山城前司重綱、《清盛・義朝への論功行賞》の足利陸奥新判官義康などがいるが、同じ趣旨のことを指摘することになるので、割愛する。

四　『保元物語』の古態層と『愚管抄』『兵範記』

ここで、『保元顚末記』と『保元合戦記』の位相差について述べておく。どちらも論者が抽象的に措定した存在だが、より原態的なのは『保元顚末記』のほうである。第十一章、第十三章で述べるように、『保元』終息部の古態層は《為義出家》《為義最期》を中心にした敗者（頼長、平忠正、平家弘、源頼賢らを含む）の最期に焦点化したものであったと考えられる。それは争乱の悲惨な結末にたいする瞠目に支えられたものであったろうと推察され、合戦後間もない平安末期に成長した小物語群（説草）であったと考えられる。そして、為義関係話の展開を支えている文書記録的な層の存在を確認しうる（後述）。また一方で、忠正や家弘らの登場の仕方を見ると、彼らは合戦部の中ほどではいっさい登場せず、その始まりの門固めのところ、終わりの義朝の思案のところにしか登場していない。そのことは、合戦部の叙述が初期段階ではほとんど存在していなかったことを示唆している。合戦の実態がどうであったかなどという興味関心が芽生えるのは少し先のことで、保元合戦直後の一一六〇～七〇年代は、敗者の最期譚に興味関心が集中したのだろう。すなわち、寺院説草（唱導）として為義関係話などが成長して『為義物語』が成立したのも、文書記録的な『保元顚末記』が記し残されたのも、終息部に相当する敗者の末路に焦点を当てたものという指向上の共通性をもっていたと考えられる。合戦部に相当する部分がほとんど存在しなかったとしても、争乱の発端は簡潔に記されていたであろうから、発端→合戦の簡潔な叙述→敗者の末路（頼長・為義の最期、重仁の出家、崇徳院の離京）を記したものが、『保元顚末記』として想定できる。敗者の末路に焦点が当てられている（叙述量が多い）ので、措定作品名に「顚末」と入れた。これにたいして『保元合戦記』は、村山党ばなし（金子ばなし）、大庭ばなし、〈対義朝戦クライマックス〉などの後次層をひきはがして迫りうる合戦部の原態層である。先述のように合戦の実態にたいする興味関心は敗者の末路よりもやや遅れて出てきたものと考えられ、とくに頼賢が先陣を切るなどの合戦像は虚構性を一歩強めているようにみえるので、平安末期ではなく鎌倉初期の成立である可能性が高い。

さて、ここからが本章の本題である。現存『保元』のもとになった『保元顚末記』『保元合戦記』（推定）は文書記録的で、史実に忠実な歴史叙述であったと考えられるが、ここまでの分析からも、『保元顚末記』『保元合戦記』の段階かと推定される『保元』の古態層に軽微な虚構が含まれていたとみられる。この節では『保元』『兵範記』『愚管抄』の三者を比較し、場合によっては『兵範記』にも不正確な記事が含まれていたり、ある時には『愚管抄』の一部に史実を反映したとみられる情報が存在したり、またある時には現存『保元』から透かし見える古態層（『保元顚末記』『保元合戦記』）にもっとも信頼に足る記述がみられたりすることを指摘する。そのことによって相互に相対化すべき位置にあることを指摘し、『保元』の古態層に浸潤する『保元顚末記』『保元合戦記』の正確な位置づけをはかりたい。

1　いくさ評定の共通位相

為朝ではなく為義による〈夜討ち〉献策は――正確に言えば〈夜討ち〉ではないが――、『愚管抄』にもみられる。

サテ十一日、議定アリテ、世ノ中ハイカニ〳〵トノシリケルニ、為義ハ新院ニマイリテ申ケルヨウハ、「ムゲニ無勢ニ候。郎従ハミナ義朝ニツキ候テ内裏ニ候。ワヅカニ小男二人候。ナニゴトヲカハシ候ベキ。コノ御所ニテマチイクサニナリ候テハ、スコシモ叶候マジ。イソギ〱テタダ宇治ニイラセヲハシマシテ、宇治橋ヒキ候テ、シバシモヤサ、ヘラレ候ベキ。サ候ハズハ、タダ近江国へ御下向候テ、カウカノ山ウシロニアテ、坂東武士候ナンズ。ヲソクマイリ候ハヾ、関東へ御幸候テ、アシガラノ山キリフサギ候ナバ、ヤウ〱京中ハヱタ、へ候ハジ物ヲ。東国ハヨリヨシ・義家ガトキヨリ為義ニシタガハヌモノ候ハズ。京中ハ誰モ〱コトガラヲコソウカヾイ候ラメ。セメテナラバ、内裏ニマイリテ、一アテシテ、イカニモ成候ハヾヤ」ト申シケルヲ、左府、御前ニテ、「イタクナイソギ（ソ）。只今何事ノアランズルゾ。当時マコトニ無勢ゲナリ。ヤマトノ国ヒガキノ冠者ト云モノアリ。「吉野ノ勢モヨヲシテ、ヤガテイソギマイレ」ト仰テキ。今ハマイルラン。シバシアイマテ」トシヅメラレケレバ、「コハ以外ノ御事哉」トテ庭ニ候ケリ。為義ガホカニハ、正弘・家弘・忠正・頼憲ナドノ候ケル。勢ズクナナル者ドモ也。

「ワヅカニ小男二人」というのは、引用部分の直前に紹介されている「四郎左衛門ヨリカタ（頼賢）・源八タメトモ（為朝）」のことである。この引用部分の直後には、「為義ガホカニハ、正弘・家弘・忠正・頼憲ナド」しかいない。**為朝の名前は出ているもののさほど巨大化はしておらず、兄頼賢に一定の存在感があって、しかもこれ以外の崇徳院方武士として正弘・家弘・忠正・頼憲しかいないという言いようは、ここまで『保元』の後次層を引きはがしてたどりついた古態層と、ほぼ同じ位相を呈しているとみてよい。**

じつは、右の引用部分を『保元』と比較してみると、**構造的には『保元』のほうが古いこと**がわかる。この部分は、表現の上でも、『保元』《崇徳院方の油断》の「南都へ渡シ進セテ」「宇治橋ヲ引ハヅシテ」「東国へ下シ進セテ」と『愚管抄』の「宇治ニイラセヲハシマシテ」「宇治橋ヒキ候テ」「関東へ御幸候テ」が対応している。たいする頼長の返答も、『保元』《崇徳院方のいくさ評定》の「南都ノ衆徒等モ召事アリ。明日、興福寺ノ信実幷ニ玄実大将ニテ、吉野・遠津河ノ指矢三町遠矢八町奴原相具シテ、千余騎ノ勢ニテ参ナルガ、今夜ハ宇治ノ富家殿ノ見参ニ入テ、明日辰時ニ是へ参。彼等ヲ相待テ、静ニ高松殿へ罷向テ、勝負可ㇾ決。…（中略、後補部分が五八字あり）…夜程ハ、此御所ヲ能々守護シ奉レ」と『愚管抄』の「ヤマトノ国ヒガキノ冠者ト云モノアリ。『吉野ノ勢モヨヲシテ、ヤガテイソギマイレ』ト仰テキ。今ハマイルラン。シバシアイマテ」とほぼ同じ趣旨である。両者が決定的に異なるのは、攻撃性の表現が『保元』では二度に分かれているが、『愚管抄』では一つにまとまっているという点である。その攻撃性の部分は、『保元』では消された〈夜討ち〉献策（為義による）、およびの「東国」の「相伝ノ家人」の加勢を得て「ナドカ都へ返シ入進セザラン」という再起献策の二段階であるのにたいして、『愚管抄』では「内裏ニマイリテ、一アテシテ、イカニモ成候ハヾヤ」の一度だけとなっている。『愚管抄』の為義は、「コノ御所ニテマチイクサニナリ候テハ、スコシモ叶候マジ」（波線部）と打って出ようとするのだが、その行き先は内裏高松殿ではなく、宇治・近江・関東方面である。しかし、関東に下ったとしても、いっそのことなら「内裏ニマイリテ、一アテシテ、イカニモ成候ハヾヤ」と言う。この飛躍気味の論理をつないでいるのが、「京中ハ誰モ〱コトガラヲコソウカヾイ候ラメ。セメテナラバ」なのである。洛中はみな様子見をしているので、一か八かいっそのこと内裏を攻めてみようというのだ。ほんとうにそう考えているのなら、東国に下る提案は必要ない。**『愚管抄』のこの無理な論理展開に、後出性を認めてよい。別々であったものを、強引に一つにまとめたのだ。**しかも、『保元』では、「宇治」ではなく「南都」であり、発想上、これが信実・玄実ら崇徳院方勢力の存在と連動している。かりに、元々が『愚管抄』のような一体型の話であったとすると、『保元』がそれを二段階に分割しつつ、しかも空間（南都世界）の持つ意味をよくイメージしながら「宇治」を「南都」に変えて物語世界に取り込んだなどという操作をほどこしたことになるが、それは現実的には考えにくい。

ただし、このことは即座に、『愚管抄』が『保元』から直接影響を受けながら叙述されたことを意味するものではない。『愚管抄』には、『保元』に存在しない「タダ近江国へ御下向候テ、カウカ《（甲賀）》ノ山ウシロニアテテ」の部分や「ヤマトノ国ヒガキノ冠者ト云モノ」が出ていることから、**共通資料である『保元顚末記』のようなものを想定し、その直系の影響下にあるのが現存『保元』で、もう一方で『保元顚末記』からやや離れるかたちで派生したのが『愚管抄』だと考えたほうがよい**だろう。

なお、『愚管抄』では義朝のほうのいくさ評定に信西は出てこない。その少し後に「ミチノリ法シ（通憲法師）、ニハ（庭）ニ候テ」とあるが、義朝と対談しているわけではない。これについては、現存の『保元』に、鎌倉中期以降の巨大化した信西像が覆いかぶさっていると考えてよいだろう。『愚管抄』の義朝は、「先夕ゞヲシヨセテ蹴チラシ候テノ上ノコトニ候フ」「夕ゞヨセ候ナン」と、ただひたすら押す（攻撃する）ことばかりを進言していて、〈夜討ち〉のことは含まれていない。結果的に「十一日ノ暁」に攻め寄せている。**これにかんしては、『保元』よりも『愚管抄』のほうが素朴なかたちを保存していて、『保元』がひたすら〈夜討ち〉の可否に拘泥したいくさ評定に仕立てたのかもしれない。**

『保元』と『愚管抄』でよく類似しているのは、義朝の扇の話である。次は、『保元』《義朝の士気昂揚》である。

　内裏ニテ、義朝、兵共ノ中ニ打立テ、紅ノ扇ノ日出シタルヲ開キツカウテ申ケルハ、「我生テ、此事ニ合、身ノ幸也。私ノ合戦ニハ、朝威ニ恐テ、思様ニモ振舞ハズ。今、宣旨ヲ蒙テ、朝敵ヲ平ゲ、賞ニ預ラン事、是家ノ面目也。芸ヲ此時ニホドコシ、命ヲ只今捨テ、名ヲ後代ニ上、賞ヲ子孫ニ施スベシ」トゾ悦ケル。

『愚管抄』では、次のとおりである。

　十一日ノ暁、「サラバ、トクヲイチラシ候へ」トイ、イダサレタリケルニ、下野守義朝ハヨロコビテ、日イダシタリケル紅ノ扇ヲハラ〳〵トツカイテ、「義朝イクサニアフコト何ケ度ニナリ候ヌル。ミナ朝家ヲオソレテ、イカナルトガヲカ蒙候ハンズラント、ムネニ先コタヘテヲソレ候」トテ……

傍線部はよいとして、二重傍線部は、『愚管抄』だとほとんど意味がとれない。「ヨロコビテ」が最初にあるものの、結びが「ヲソレ候」では、舌足らずだろう。「ヲソレ」を言うよりも、晴れの舞台である「ヨロコビ」を語らねばならないところである。やはりここでも、『保元』のような文脈が元々のかたちであって、『愚管抄』はそれを無理に縮約しているように見える（『愚管抄』では、「サラバ、トクヲイチラシ候ヘ」と言ったのは、上文からすると忠通である。『保元』がこれを嫌って改変したのではなく、その元になった『保元顚末記』が忠通擁護の指向を持っていたか。二二四頁参照）。

以上のように、ある部分では『保元』のほうが構造的に古いと言えそうなところもあるし、また一方で『愚管抄』のほうが元の姿を留めているとみられるところもある。ただ、本章の論旨に引き寄せれば、**『保元』の後次層を引きはがしたところにみえる原態層は、『愚管抄』と甲乙つけがたいほどの時代的位相にあり、想定される『保元顚末記』からあまり隔たらない要素を部分的には残しているとも考えられる**ということである。[2]

（2）『愚管抄』は、保元合戦の情報を「五位蔵人ニテマサヨリノ中納言、蔵人ノ治部大輔トテ候シガ、奉行シテカケリシ日記」によって採り込んだのだという。想定される『保元顚末記』の作者が源雅頼なのか、『愚管抄』が言うこの日記が、『保元』の後次層をはがしたところに見えている『保元顚末記』と同一のものなのかについては、不明というほかない。『公卿補任』によれば、雅頼は大治二年（一一二七）生まれで、建久元年（一一九〇）まで生存しているので、ここで想定している『保元顚末記』の成立時期である平安末期と合わなくはない。

2　頼長末路譚の共通位相

『保元』の頼長末路譚（《佐渡重貞の矢》《頼長、鴨川尻へ》《忠実、頼長との対面拒絶》《頼長の死去》）は、次のとおり暦時間を明示しながら進んでいる。

イカニモスベキ様無テ、経憲、車ヲ取寄、舁乗セ奉テ、嵯峨ノ方ヘ渡シ奉リケルガ、経憲ガ親、顕範ガ墓所ノ住僧ヲ尋ケレ共、無リケレバ、近キ程ナル、人モ無、ト或小家ニ舁入奉ル。今夜ハソコニテ明サセ給フ。…（中略）…十二日、左大臣殿、未ダ死終給ワズ、猶目計ハタラキ給ケリ。纔ニ宣事トテハ、「入道殿ニ見ヘ奉リ見奉テ、死ナバヤ」ト被レ仰ケレバ、承ニ付テ悲カリケレバ、何ニモシテ南都マデ渡シ奉可トハ覚ヘネ共、若伝事モ有バ、此有様ヲモ見セ進セントテ、昨日ノ如ク車ニ乗奉テ、嵯峨ヲ出ルニ、釈迦堂ノ前ニテ、僧徒アマタ出デ来テ、御車ヲ留進ルヲ、様々ニ乞請テ、梅津ニ行テ、帷ヲ賃ニカヰテ、小船二艘借テ、組合テ、柴切入テ、木コリ船ト号テ下ス。日暮ニケレバ、鴨川尻ニゾ止マリケル。明ル十三日、木津河ニ入テ、柞ノ森ノ辺ニシテ、図書允俊成シテ、「富家殿ニ、今一度、御対面申サセ給ハントテ渡セ給テ候。限ノ御在様ヲモ御覧ゼラルベキ」ノ由、被レ申タレ共、「此事、中〳〵見奉ラジ」ト被レ仰ケル御心程コソ推量ラルレ。…（中略。一三三文字分の後補部分）…俊成走反テ、此様ヲ申ケレバ、左府打ウナヅカセ給テ、御気色替セ給テ、御舌ノ崎ヲ食切リ、血ヲハキ出サセ給フ。何ナル御心向共難二心得一。威シカリケリ。サテ、何ヘ渡奉ベシ共ナク、東西暮テ覚ケル。千覚律師ヲ尋ケレ共、無ケレバ、松室ノ玄顕得業ニ尋合ケレバ、急参テ、輿ニ舁乗奉テ、南都ヘ入奉ル。玄顕ガ坊ハ、寺中隅院ナリケレバ、人目ヲ恐、近キ程ナル小家ニ舁入進テ、様々ニイタワリ奉リ、御飯湯ナンド勧奉レ共、露計モ御喉ヘ入サセ給ズ。玄顕見奉ニ、悲テ、御枕ノ上ニ参テ、「玄顕ガ参テ候ハ。君ハ御覧候ヤ」ト、高ラカニ申ケレバ、打ウナヅカセ給ヘ共、見知給タル御気色ニ非ズ。七月十四日卯時ニハ、彼小家ニ入奉リタリケルガ、終ニ其日ノ午時計ニ失サセ給ヌ。玄顕ヲ始テ、悲ヨリ外ノ事ハナシ。サテモ置奉ベキ事ナラネバ、夜ニ入テ忍ツヽ、般若野ノ五三昧ト云所ヘ渡奉テ、土葬ニシ奉テ、泣々帰ヌ。

この日時表現は、『兵範記』七月十四日条、同二十一日条に記されている動きによると、十一日は仁和寺辺→十二日は西山辺→十三日は大井河辺で乗船し申刻（午後四時ごろ）に木津辺に到着し、忠実に連絡をとったが受け入れてもらえず千覚律師の坊に入りそこで重体に→十四日の巳刻許（午前十時ごろ）に死去し、その夜、般若山辺に埋葬している。違いがあるとすれば、乗船時間が『保元』では十二日から十三日までの二日にまたがるものであるのにたいして『兵範記』では十三日のおそらく日中に大井河辺から乗船したものであって午後四時ごろ木津辺に到着しているという点である。忠実への使者を走らせたのが「柞ノ森ノ辺」（『保元』）からであったのか、「木津辺」（『兵範記』）からであったのか、表現が異なるだけで事実認識上の違いがあるとは認められない。最期にいたる経緯は、『保元』では、十三日の後半から十四日の「卯時」（午前六時）にかけて、まず千覚律師を訪ねたが不在であったため、玄顕得業の南都の坊の近くの「小家」に入れたのにたいして、『兵範記』ではストレートに千覚律師の坊に入ったとする。頼長の最期は、『保元』では「午時計」（正午ごろ）であるのにたいして『兵範記』では「巳刻許」（午前十時ごろ）で、この違いは若干の認識のずれによるものであって、虚構の意識はないとみてよい。頼長の遺体の埋葬地が「般若野ノ五三昧」（『保元』）であるとか、「般若山辺」（『兵範記』）であるとかも、違いはないとみてよい。

大きな違いは、二点である。

①　乗船は、二日がかりか一日間か。これが十二日乗船と十三日乗船の違いとなっている。

②　最期の地は、玄顕の坊の近くの小家か、千覚律師の坊か。

②についてはどちらが正確か、決着はつかない。ただし、『保元』にも千覚律師の名前は出ているわけで、『保元』のほうが紆余曲折が詳細に語られていて、『兵範記』はざっくりと記されているようにみえる。『保元』のこの詳細表現が、虚構の意識に支えられたものであるようにはみえない。決め手となるのは①のほうである。乗船時間だけを比較してもわからないが、忠実への使者の往復時間が大きな鍵となる。『保元』だと七月十三日の一日をかけて「柞《ははそ》ノ森ノ辺」（祝園《ほうその》神社付近）を出発した使者俊成が忠実のもとへ往復し、その報告を受けて頼長を乗せた輿が興福寺周辺の千覚律師の坊→松室の玄顕得業の坊へと入るのに翌十四日の「卯時」（午前六時ごろ）までかかったとするのに無理はない。しかし、『兵範記』だと十三日の「申刻」（午後四時ごろ）から十四日の「巳刻許」（午前十時）に頼長が死去するまでの十八時間に同じ動きが収まることになり、不自然である。「柞ノ森ノ辺」は祝園神社付近で、忠実はこの時、宇治ではなく奈良興福寺周辺に移動していたとみられ、この間の道のりは片道十二キロメートルほどである。俊成が

時速六キロで急いだとしても往復四時間はかかる（行き先がかりに奈良ではなく宇治であったとすると、この倍の時間がかかる）。忠実面会謝絶の報告を受けて頼長を乗せた輿がすぐに出発して時速二キロメートルで進んだとすると興福寺まで約六時間かかる。真夜中の飲まず食わずの移動を想定して、ようやくつじつまが合うほど『兵範記』の記述は苦しい。そもそも、ここに記されている頼長の動静は七月十二日から十四日にかけてのことで、平信範がこれを『兵範記』に記したのは七日後の二十一日条のことである。逐一記録されたものではなく、すべてが終わった後に、その顚末をまとめて記しているのである。京と奈良の距離感もある。口頭で伝えられた不正確さもあろう。**ここに関しては、『保元』の記した詳細（千覚律師→玄顕得業→小家）が虚構の意図やなんらかの表現指向に基づくものとは考えにくく、興福寺周辺に密着した正確な情報（文書記録類）を得ているのではないかと考えられる。**

頼長の末路については、『愚管抄』にも詳しい情報が載せられている。

サテ悪左府ハカツラガハノ梅ツト云所ヨリ小船ニノセテ、ツネノリナド云者ドモグシテ宇治ニテ入道殿ニ申ケレバ、「今一度」トモヲホセラレザリケリ。サテ大和ノ般若道ト云カタヘグシ申テクダリケレバ、次ノ日トカヤ引イラレニケリ。

コマカニ仲行ガ子ニトイ侍シカバ、「宇治ノ左府ハ馬ニノルニヲヨバズ、戦場、大炊御門御所ニ御堂ノアリケルニヤ、ツマドニ立ソイテ事ヲオコナイテアリケルニ、矢ノキタリテ耳ノシモニアタリニケレバ、門辺ニアリケル事ニ蔵人大夫経憲ト云者ノリグシ申テ、カツラ河ニ行テ鵜船ニノセ申テ、コツ河ヘクダシテ、知足院殿南都ヘイラセ給タリケルニ、「見参セン」ト申サレケレバ、「モトヨリ存タル事也。対面ニヲヨブマジ」ト仰ラレケル後ニ、船ノ内ニテヒキイラレケレバ、コノツネノリ・図書允利成・監物信頼ナド云ケル両三人、般若寺ノ大道ヨリ上リテノ方三段バカリ入テ、火葬シ申テケリトゾウケタマハリシ」ト申ケリ。カヤウノ事ハ人ノウチ云ト、マサシクタヅネキクトハカハルコトニ侍リ。

桂川・木津川・般若寺の地名や経憲・俊成の名前が重なるなど『保元』に近い。ただ、「火葬」とあるのは重大な相違点で、これだと死骸実検はありえなくなる（頼長の怨霊を怖れ不名誉な過去を隠蔽したか）。しかし、実検記事は『保元』だけでなく『兵範記』にもあり、七月二十一日条に「骨肉五体併雖レ不レ違、直ニ殯シ了ヌ」とあって火葬とは読めないし、「官使史生幷滝口三人」が「南京ノ葬所」を「実検」して、二十二日条に「帰参」とあって、遺骸実検は実際に行われたようである。『保元』でも七月二十二日に「滝口三人、官使一人ヲ差遣ス」とあるのは『兵範記』と一致し、さらにその名を「左ノ史生中原ノ惟俊也。滝口ハ師光、義盛、助俊也」と記している。**やはり『保元』がもっとも正確で、しかも詳細らしい**のである。慈円は「仲行ガ子」から聞いたことを「マサシクタヅネキク」情報として珍重したとし、これによって青木三郎（一九七八）など先行研究には『愚管抄』に信をおくものも少なくないのだが、慈円も、しょせん数十年後の巷伝のようなものをつかまされたに過ぎないようだ。

頼長に当たった流れ矢を、佐渡兵衛重貞が放った「遠矢」だとする部分は、後次的に発生した伝承だろう。「東門ノカブキニ打ジテ落ケルガ、下様ニ当リケルニヤ」という説明には、無理がある。ちなみに、『愚管抄』も『六代勝事記』も『保暦間記』も「流矢」とする。重貞の話を除外するとして、『保元』《頼長、流れ矢に当たる》では、流れ矢が当たった状況を、「院モ左府モ、北ヲ指テ落サセ給ケルヲ、敵責懸ケレバ、御共ノ兵返合テ、防キ矢仕《つかまつり》テ、通《とほし》進《まゐら》スル。新院ハ先立セ給ヌ。左府ハサガリテ落サセ給ニ、誰ガ放矢共ナキ矢ノ流来テ、左府ノ御頸ノ骨ニ立ケルゾ浅猿《あさま》シキ」と説明する。この状況だと、頼長は白河北殿の東門から出て北に向かっているさなかに、追手が放った流れ矢に当たったことになる。『愚管抄』では、白河北殿の御所内である。『兵範記』七月十一日条では、「左府、雖モ二中リレ矢ニ被ルトレ疵ヲ、其ノ命存スルヤ否ヤ、今日、不ト二分明ナラ一云々」とあるばかりで、場所も当たった部位も不明である。

部位については、『保元』が「左ノ耳ノ下ノ程ヨリシテ、右ノ喉へ通リタル」とし、『愚管抄』が「耳ノシモニアタリニケレバ」とするので、違いはない。問題は、「誰ガ放矢共ナキ矢」という流れ矢を想起させる表現である（『今鏡』

も「誰が射奉りたりけるにか」)。もし御所を出て北に向かって敗走している頼長に、後ろから追手が迫っている状況で矢が放たれたなら、追手は縦一列か二列程度で進撃しているはずだから、先頭の武士が射たに違いないことになる。追手が二、三騎か、五、六騎か、その状況で前を行く頼長に矢が当たったとするなら（頼長の顔が左を向いていたら頭部の左から右への貫通もありうる）、同時に発射される矢の数は限られているから、「誰ガ放矢共ナキ矢」ということにはならない。それに、頸部に矢が刺されればそこでいったんは馬から落ちるなどして追手から捕らえられるはずだ（矢の殺傷力のある射程距離はせいぜい三〇メートル程度で、遠的《えんてき》になると殺傷力が落ちる）。それよりも、『愚管抄』の「大炊御門御所ニ御堂ノアリケルニヤ、ツマドニ立ソイテ事ヲオコナイテアリケルニ、矢ノキタリテ」のように、御所内であれば敵方から同時に複数の矢が発射されやすいから、流れ矢（主体不明の矢）に当たったと表現されることと符合する。

『愚管抄』で慈円に情報をもたらした「仲行ガ子」については不明だが、仲行は『富家語』の筆録者として知られる高階仲行のことで、忠実、頼長の家人である。慈円はその子から情報を得たということだ。ということは、**頼長に流れ矢が当たった時の状況にかぎっては『愚管抄』がもっとも合理的な説明になっており、実体を反映したものだと考えられる。**「仲行ガ子」も、白河北殿の頼長の様子は正確に聞き伝えていたとしても、埋葬の様子などは聞き伝えでしかなかったのではあるまいか。

こうして『保元』『兵範記』『愚管抄』の三者を比較してみると、**『保元』のもとになったと推定される『保元顚末記』は、ある部分では虚構を含みつつも、絶対的に劣る資料というような位置ではなく、『兵範記』や『愚管抄』と相対的に吟味して史実性を確認しうるような平安末期の史料性を有しているということは言えそうだ。**

五　複数の『保元顚末記』的な言説

1　平光弘情報の重層化

『保元顚末記』が、卑小な人物にも着目し、それを漏らさず採り込んでくる傾向があるらしいことについて指摘した。そのこととは逆に、卑小な人物が登場している場面ならば——一定の古態層の情報だとは言えたとしても——それが『保元顚末記』に含まれていた部分だと断定することはできない。その例が、平光弘の登場箇所である。

家弘一族が登場するところは伝承世界で膨らんだとみられるところはほとんどなく、文書記録的であると述べた。しかし、終息部《崇徳院・頼長、敗走》で、家弘とともに光弘が存在感を見せるところは別に考える必要がある。「左衛門大夫家弘、子息光弘二人、馬ニ乗乍《のりながら》、西門ヨリ馳入テ」から始まって、如意山中の《為義父子の離脱》でも「新院ニ付進《つきまゐらせ》テ候人共、家弘、光弘、季能、纔《わづか》ニ三四人也」と出てくるし、《崇徳院、仁和寺へ》にも「法勝寺ノ北浦（裏）ヲ過、北白川ノ東光寺ノ辺ニテ、光弘ガ知タル人ニ輿ヲ借テ乗セ奉リ」と一貫して家弘とともに崇徳院の敗走を助けた人物として登場している。崇徳院の出家時に、「光弘本鳥《もとどり》切」と光弘も後追いし、この時、「家弘モ切ラントシケルヲ…（中略）…止《とどめ》サセ給ケレバ、切ザリケリ」とあって崇徳院を仁和寺に送り届けたあとに「家弘、是ヨリ北山ニ籠ル。山中ニテ、修行者ニ合テ本取《もとどり》切テケリ」とあるように家弘も出家を果たしている。このような光弘の登場箇所は崇徳院の敗走・出家ばなしという伝承世界で成長した話の中に取り込まれていた可能性があるので、家弘一家の卑小な人物がすべて『保元顚末記』に登場したと結論づけるのは控えておいたほうがよい。『保元顚末記』からも、また伝承世界の崇徳院ばなしからも、光弘の情報が流入した可能性はあるだろう。

これは別として、文書記録的な――『愚管抄』程度の簡略な言説で――光弘の登場に矛盾がある。《崇徳院方武士十七人の処刑》に、「廿五日、源平ヲ始テ、十七人ガ首ヲハネラル…（中略）…中宮侍長光弘ヲバ、平判官実俊承テ、船岡山ニテ是ヲ切」と、光弘の名前が出る。これによると、光弘は七月二十五日に斬首されたことになる。右のように、いかにも文書記録的な部分である。ところが光弘は《鳥羽での別離》でも、「院ハ、去十一日ニ切ラレタル共知《しろし》食《め》サデ、『光弘法師事由《ことのよし》申テ、【追テ参】ト云ベキ也。…（中略）…』トゾ被レ仰ケル。」とその名前が出てくる。これによると、光弘は合戦当日の七月十一日に斬られたことになる。しかし、これはおそらく誤写だろう。ここの光弘は「光弘法師」と記されているので、少なくとも如意山から仁和寺まで崇徳院に随行した光弘像と同位相である。崇徳院の出家時に「光弘本鳥切」とあったのを受けているのだろう。崇徳院の離京が七月二十三日であることは『兵範記』でも『保元』でも動かないから、おそらくその二日前の「七月二十一日」とあったのが「十一日」と誤写されてしまったのだろう。このように修正しても、光弘の死は七月二十一日と二十五日の二種類存在することになる。崇徳院の敗走譚に関与した光弘は七月二十二日に処刑されていなければならないのだが、右の文書記録的な情報ではそれが七月二十五日なので、それが光弘の実体だとすると、崇徳院離京の際になされた抒情性を付与するための演出が機能不全に陥る。『兵範記』では光弘は七月三十日に蔵人判官義康によって大江山で斬られている。『保元』の文書記録的な部分でさえ齟齬するのだ。しかしながら『兵範記』によれば、崇徳院方武将の罪名宣下や処刑は七月二十七日から三十日まで断続的に行われており、それを簡潔にするために二十五日の事件として――崇徳院離京の後のイベントとして――一括する程度の操作がなされた可能性はある（さしたる虚構意識に基づくものではなく）。七月二十五日のほうが事実記録的な情報で、七月二十一日のほうが崇徳院伝承にまつわる情報で、という整理はできようか。そうした場合、『保元顛末記』と符合するのはどちらなのか、という問題が起こる。これについての明快な回答はない。

2　平忠正関係情報の重層化

平忠正については、「平馬助忠正、多田蔵人大夫源頼憲、謀反ノ衆ト聞エケレバ」《平忠正・源頼憲、崇徳院方へ》というように源頼憲とセットでの登場が六か所あることを指摘した（先述）。しかし、それは頼憲の側からみた現象であって、忠正の側からみれば別の側面もある。《崇徳院方の門固め》では、「為義、忠正、家弘等ヲ召テ、門々ヲ分給ヒケリ」とあって、ここには頼憲の名前はない。為義一族、忠正一族、家弘一族があり、それぞれの棟梁の名のみを特記しているという意識だろう。《白河北殿に籠る人々》で、忠正の一族は、「平馬助忠正、嫡子蔵人長盛、同次郎正綱、同三郎忠綱」と四人の名が上げられ、《崇徳院方武士十七人の処刑》で、「平馬助忠正法師、嫡子新院蔵人長盛、皇后宮侍長忠綱、左大臣勾当正綱、平九郎道正父子五人ヲバ、甥ノ幡磨守清盛ヲ頼テ、向タランニ……」とあるのは、門固めの四人に道正を加えたものである。また、《蓮如の夢に出た崇徳院怨霊》でも、「蓮如ガ夢ニ見タリケルハ、讃岐院ノ四方輿《しはうごし》ニメシテ、為義父子六人先陣ニテ、平家忠正父子五人、家弘父子四人後陣ニテ、院ノ御所へ打入ラントスルガ」とある。この「五人」が、処刑されたときの「五人」を受けているのだろう。忠正は、一族の棟梁なのである。これと連動しているとみられるのが、《合戦の小括》での「為義、忠正ガ子共、命ヲ惜共見ヘザリケレ共……」だろう。為義勢につぐ第二勢力の棟梁としての忠正像というニュアンスだろう。

人物像を持つようになった、大きな忠正像もある。忠正の存在感が大きくなるのは、甥清盛に殺されたという側面があったからだろう。《為義と六人の子供の別れ》で「清盛ハ、伯父忠正五人法師ニコソ成タレ共、命計ハ扶タン也」とあるし、《母の覚悟の入水》でも「又、平馬助入道忠正ノ北ノ方、親子五人ニ別レテ、様ヲ替テ、御身ヲ投給ズ。左衛門大夫入道家弘ノ北方モ、父子四人ニ後レテモ身モ投ズ」とあるし、《争乱の総括》でも、「清盛ハ、伯父忠正ガ首ヲ切ル。義朝ハ、父為義ガ首ヲ切ル。ウタテカリシ事也」とある。この影響だとみられるが、忠正は、《頼長、流れ矢に当たる》でも、「忠正ガハセ通ケルニ、『君ノカク成セ給ヌルヲヤ』ト、盛憲詞ヲ懸ケレバ」とその場に居合わせている。ここには、頼憲の姿はない。どうやら忠正は、単独でも存在しうるほどの人物となった側面があるようだ。

このように分析してみると、平忠正の登場箇所には、①源頼憲とセットで出てくるもっとも原初的な登場、②為義勢に次ぐ崇徳院方第二勢力の棟梁としての登場、③甥清盛に斬られた伯父としての登場、の少なくとも三層あることになる。これを踏まえると、門固めのところで興味深いものがみえてくる。

Ａ新院ハ斎院ノ御所ニ渡ラセマシ〳〵ケルガ、分内セバクテ悪カリナントテ、夜半計ヨリ大炊殿ヘウツラセ給。御車ニハ、左大臣殿参ラセ給ヒケリ。為義、忠正、家弘等ヲ召テ、門々ヲ分給ヒケリ。《崇徳院の白河大炊殿入り》

Ｂ南面ハ、大炊ノ御門ノ末ニ両門アリ。東ヘヨリタル門ヲバ、前平馬助忠正父子五人、摂津国源氏多田蔵人大夫頼憲承ハル。都合其勢百騎ニハスギズ。同西ヘヨリタル門ヲバ、為朝一人シテ承ハル。西面ハ川原ナリ。為義父子六人シテ承ル。其勢モ百騎計ゾアリケル。是ハ多勢ナルベキガ、嫡子義朝ラ皆内裏ヘ参リヌ。西門ノ北面、春日末ナリ、家弘、子息・舎弟等相具シテ承ハル。《崇徳院方の門固め》

ＡとＢは連続した文章なのだが、しかし、異質であることが見えてきた。Ａの忠正は為義や家弘と併称されるような棟梁的な存在であるのに対して、Ｂの忠正は頼憲とセットであるし、それ以外の為義・為朝らと比較すると、相対的に小さくなっているようにすらみえる。一方で為朝の巨大化も見える部分なのでＢの全体が古態層だとは言えないのだが、忠正像が、清盛に斬られた伯父として独自の存在感を示し始めたものの、それが存分に発揮されるのは終息部においてであって、一定のリアリティや具体性を必要とする合戦部においては、頼憲とセットにして登場させざるをえなかったということを意味しているのだろう。忠正・頼憲のセットというかたちは古態であるようにみえながら、Ｂは古態を援用した新作である可能性が高い。もしどちらかが『保元顚末記』の段階から存在したとすれば、Ａのほうだろう。『保元』の統括主体（これも何段階かの関与がありそうなのだが）の、作文能力を示すものと言えるだろう。

資料を基にしても、想像力を働かせてでも、この程度の文章は作りえたということである。

ここで強調しておきたいのは、巨大化した為朝像や、詞戦い、名寄せ、門固め、これらの後次的要素を取り除いたらそれがそのまま『保元顚末記』だといえるほど単純ではないということである。平安末期から鎌倉初期にかけての比較的古い層であっても、すでに重層化が始まっていると考えられるのである（ただしそれも、二、三層に過ぎない）。

六　為朝像が巨大化する以前の古態『保元物語』の痕跡
——『保元合戦記』の想定——

1　頼賢先陣ばなしの古態層

第三節で、為朝像が巨大化する以前の、簡略で叙事的な叙述の層を垣間見た。平忠正、源頼憲、平家弘とその周辺人物は、そもそも合戦部で戦闘場面をもたない。門固めのところで集中的に名前が出され、合戦部が終わろうとするところで再び触れられる。このことは、現存の『保元』のように**為朝、家季、義朝、鎌田、伊藤、山田、大庭、金子らが前景化してくる以前の素朴な姿を留めているのではないだろうか。**

これに近いのが、合戦部冒頭《崇徳院方の先陣争い》における源頼賢の存在感の大きさである。


保元元年七月十一日寅剋ニ、新院ノ御所ニハ、「敵寄タリ」ト聞ケレバ、門々ヲ指堅ケルニ、河原ノ門ヲ固タル為義ガ子共六人、先陣ヲ争ヒケリ。頼方《（賢）》ハ、A「我コソ此中ニハ兄ニテ、先ハ蒐ベケレ。我ナラデハ誰蒐ベキ」トゾ思ケル。為朝ハ、「我程ノ兵ガ有バコソ。我ガ蒐《かけ》デハタガ蒐《かく》ベキゾ」ト思ケル。暫シハ争ケレ共、八郎思ケルハ、「更ヌダニ、判官殿、幼少ヨリ兄弟共ヲ押ノケテ、我一人世ニ有トスルエセ物トテ、久不孝ノ身ニテ有ガ、適《たまたま》許《ゆ》リテ、親ノ前ニテ、兄ニ争イカケタランモ悪シカリナン」ト思テ、打寄テ申ケルワ、「殿原論給ナ。為朝ガ有所ヲバ、争《いかでか》前《さ》キヲバ蒐給ベキナレ共、疾々誰々モ前蒐給へ。但弱リ給ハン時、為朝候ヘバ、力ヲ合セ奉ラン。強カラン所ヲバ、何度也共、為朝ニ任セ給ヘ。打破テ見セ進セン」トテ、我門ヘゾ引返ス。此詞モ奇怪ナレ共、頼方是ヲバ聞モ咎メデ、先陣ヲ争勝テ、十余騎ノ兵ヲ前後左右ニ立テ、B門ヲ出デ、河ヲ隔テテ、西ニ向テ申ケルハ、「西ヨリ寄スルワ誰ガ手ノ物ゾ。カウ申ハ、六条判官為義ガ四男、四郎左衛門尉頼賢」ト名乗リケル。西ヨリ名乗ハ、是ハ下野守殿ノ郎等、相模国住人、山内須藤刑部丞俊通ガ嫡子、須藤滝口俊綱也」ト名乗ケレバ、「サテハ汝ヲ射ニハアラズ。大将軍ヲ射ニコソ有」トテ、西ノ川原ヘ馳渡リ、大勢ノ中ヘゾ懸入ケル。手取ニセントシケレ共、手ニモ懸ズ馳廻ケリ。

文保本と半井本との比較によって判明することだが、いまの半井本では為朝が頼賢と先陣争いをしようとして自制する部分（A）があり、頼賢は賀茂川を隔てて東岸から名乗り、それから川を渡って西に懸け入ることになっている（B）が、文保本の、その一段階前には、為朝の登場も、川を隔てた頼賢の名乗りもない様態が推定される（三四〇頁）。AとBを取り除くと、本来の姿は、

保元元年七月十一日寅剋ニ、新院ノ御所ニハ、「敵寄タリ」ト聞ケレバ、門々ヲ指堅ケルニ、河原ノ門ヲ固タル為義ガ子共六人、先陣ヲ争ヒケリ。頼方ハ、★先陣ヲ争勝テ、十余騎ノ兵ヲ前後左右ニ立テ、★西ノ川原ヘ馳渡リ、大勢ノ中ヘゾ懸入ケル。手取ニセントシケレ共、手ニモ懸ズ馳廻ケリ。（★の部分が増幅されたところ）

であったと考えられる。Aは為朝像の巨大化指向に支えられて後補された部分であり、Bは対戦構図の明瞭化指向に支えられて加筆された部分だと考えられる。もと一一七文字であった叙述量が、四九五文字にも増大している（句読点や会話記号を除く）。四倍以上である。これが『保元合戦記』[3]の姿ではないだろうか。

（3）ここで、『原保元物語』とか『保元物語』の原態などという言い方をしないのは、『保元』の原態においてすら『為義物

対平氏
★①為朝と頼賢の先陣争い
②為朝と伊藤景綱父子との戦い
③為朝にたいする清盛・重盛父子の対応
④為朝と山田是行との戦い

対源氏
⑤為朝と鎌田正清との戦い
⑥為朝と義朝との詞戦い
⑦為朝の義朝への威嚇
⑧為朝と大庭兄弟との戦い
★⑨筑紫勢と東国勢との戦い（1）
★⑩高間兄弟と金子家忠との戦い
★⑪筑紫勢と東国勢との戦い（2）
★⑫義朝、白河北殿に火をかける

（①〜⑧）為朝像が巨大化した部分

語』『崇徳院物語』など数種類はそれを想定しなければならないと考えるからである。ここでいう『保元顚末記』や『保元合戦記』は、『保元』の原態のうちの一つでしかない。

　このことは、もっと大きな問題を孕んでいる。頼賢先陣ばなしは、それ自体よりも頼賢の突入が義朝の反撃を誘発し「義朝、是ヲ見テ、『不ㇾ安《やすからず》』ト云テ、懸出《かけいでん》トシケルヲ」《義朝の応戦と鎌田の制止》とあって、その暴走を食い止めようとする鎌田の忠臣像（樊噲に喩えられる）を浮き彫りにするところに意義がある。ここにみえる義朝像、鎌田像は、合戦部の後半とは明らかに異質である。後半部の鎌田像は、為朝に対峙した当初こそ「日来ハ相伝ノ主、只今ハ八逆ノ凶徒也」《為朝と鎌田の詞戦い》と言い放って矢を放つが、その後、為朝の筑紫軍団に追われて敗走し、義朝の前で「アラヲソロシ」と語る。その後、鎌田は腰抜け状態になる。義朝も、鎌田の報告を受けた当初は「只正清ガ思成シゾ」《義朝への鎌田の報告》と突き放すが、その後、詞戦いで為朝に負け（面目を失い）、為朝に自身の兜の星を射削られて腰砕けになり、為朝がさらに矢を「打ツガウテ引ヲ見テ、由無トヤ被ㇾ思ケン、下野守、扉ノ影ヘ打寄テ」《為朝と義朝の対峙2》というありさまであった。これ以降、義朝や鎌田の合戦場面はない。

　このような人物像の異質性に加えて、義朝・鎌田主従が二度も崇徳院方に対峙するという重複感の問題もある。つまり、義朝・鎌田は、合戦部の冒頭で頼賢にたいして反撃しようとして陣頭に立ち、合戦部の中ほどで為朝にたいして再び前景化するのである。このことは、合戦部の構成を再点検することでも確認できる（前頁右上参照）。

★印は、為朝の〈矢〉が前景化していない部分である。★印のない②から⑧までは為朝の〈矢〉をめぐる物語である。⑧の大庭ばなしは明らかな後次層でもある。為朝「一人」で後白河帝方に対峙した非現実的な為朝像と、筑紫の二十八騎の首領たる為朝像との二層が存在する（一七二頁）。頼賢先陣ばなしの、為朝像が巨大化していないものを古態として想定しうる。困ったことに⑧および⑨〜⑪にも後次的な要素が強く、義朝方としては鎌田と川原源太だけが登場し、そのまま白河北殿の放火へとつながったともみられる。『愚管抄』の合戦部分は、その程度の叙述である。

頼賢は、先述のように、《為義・頼憲らへの勧賞》で父為義が「判官代」に補せられるのと同時に、頼賢も（院の）「蔵人」に任じられている。そこには、為朝の存在感は皆無である。**どうやら、為朝像が巨大化する以前に保元合戦にかんする先行叙述（『保元合戦記』）の存在があったことは確実で、その痕跡が現存の『保元』の一部にみえているのも間違いない。**

　頼賢以外にも、弟の頼仲が格別な扱いを受けているところがある。《長息最期》である。

> 水ヲ勧ルニ、残ハ取ズ、五男ニ当ル掃部助頼仲、畳紙ニ示シタル水ヲ取テ、脣《くちびる》ヲ巾《のごひ》テ申ケルハ、「我、年来、多ノ人ノ頸ヲ切ル。身ノ上ノ罪ヲバイカニスベシトモ覚ヌ物哉」トテ、紐ヲキテ、押ノケテ、頸ヲ延テゾ打セケル。残ノ兄弟、是ヲ見テ、如ㇾ此シ。

　このような逸話が、鎌倉中期以降になって、あとから流入してくるとは考えにくい。為朝一人が前景化・巨大化する以前の、ほかの兄弟たちも一定の存在感をもっていた層（『保元合戦記』）が存在した――そしてそれが現存の『保元』から窺える――と考えたほうがよい。

2　為義による夜討ち献策

第四章で述べたことなのでここでは略述に留めるが、発端部に両陣営のいくさ評定において、崇徳院方で〈夜討ち〉を献策したのは、本来は、為朝ではなく為義であったと考えられる。頼長と為義によるいくさ評定の中で、①「御所ノ兵ヲ以テ」「コラエ」ることを想定している点、②「此御所ヲ出セ給ハヌ物ナラバ」や③「此御所落サセ給程ナラバ」とあって最初から白河北殿の攻防戦を想定している点（崇徳院方から攻めてゆくことを想定していない）から、頼長と為義の一度目のいくさ評定――そこで〈夜討ち〉が却下された――が存在したことを示すものと考えられる。

そして、一度目のいくさ評定は、為朝が「刀八《とばつ》毘沙門」に喩えられたり、「九国」での合戦経験を披歴したりして〈夜討ち〉献策をするのであるが、そこを取り除いた本来の姿は、次のようなものであったと考えられる。

先為義ヲ、御前所ニ召テ、合戦ノ次第ヲ被二召問一ケレバ、★（ここに為義が崇徳院にたいして直接〈夜討ち〉を献策した文脈が存在したと推定される）（頼長）「夜打可レ然トモ不レ覚。我身無勢ニテ、多勢ノ中ヘ蒐入《かけいり》テ、シリツキ無テ、入リコメラレナバ、如何セン。今夜バカリハ相待ベキゾ。南都ノ衆徒等モ召事アリ。明日、興福寺ノ信実并ニ玄実大将ニテ、吉野・遠津河ノ指矢《さしや》三町遠矢《とほや》八町奴原《やつばら》相具シテ、千余騎ノ勢ニテ参ナルガ、今夜ハ宇治ノ富家殿ノ見参ニ入テ、明日辰時ニ是ヘ参。彼等ヲ相待テ、静ニ高松殿ヘ罷向テ、勝負可レ決。★夜程ハ、此御所ヲ能々《よくよく》守護シ奉レ」ト仰ケレバ、★《崇徳院方のいくさ評定》

★の部分に、現存本では、巨大化した為朝像が流入している。そこが為義→為朝へと差し替えられたのだ。

七　山田ばなしから窺う『保元合戦記』像

この節では、合戦部について分析するので、想定する原態層を『保元顚末記』ではなく『保元合戦記』と呼ぶ。『保元』合戦部の前半部、為朝の〈矢〉によって展開する部分が鎌倉中期に成立した古態層だとしても、そこに含まれている話の全てが等質的だというわけではない。この中でも山田ばなし（《山田是行と為朝の対戦》）は特異で、話柄としてはもっとも古態（独立性）を保存していると考えられるのに、物語にはあとから入れ込まれたと考えられる。

山田は身分的なハンディを背負った武者である。重盛の駆け出しが清盛らによって引き止められたのとは対照的に、山田が同じ行動を起こしても誰も止めるものはいない。味方には山田の言葉を、「聞入《ききいるる》人モナシ」とされ、「適（敵）モ一騎モヒカヘズ皆引ケレバ」とあって、敵味方とも誰も山田のことを相手にしようとしない。孤立しているのだ。山田は「安芸守（清盛）ノ内」とは言いながら、伊藤父子らと同格なのではない。伊藤は五十余騎を引き連れて参戦するほどの有力武士だが、山田は「郎等トモナク舎人トモ無、馬ノ口ニ付タル冠者」がただ一人付いているだけであった。清盛と山田との主従関係を、表現主体は、清盛からの「御恩」はなかったので「乗替一騎モ不レ具、冠者原ダニモ具」」しておらず、「山立《やまだち》・海賊ノ訴訟ヲウ（ツ）タウルハ、無実カ実犯《じつぼん》カ、其レヲメンゼラル、ヲ以《もつて》、御恩ニシタリ」と説明する。清盛が、まともな郎等一人さえ持たない山田と主従関係を結ぶことには、ほとんどメリットがないはずである。山田が「山立・海賊」事件の訴訟の被告となり、「無実カ実犯カ」という論議の中、清盛の裁定によってこれを免じられた、という。「御恩ニシタリ」という表現のとおり、この一件を山田がいわば勝手に「御恩」とした。清盛の側からは「御恩ナケレバ」とあるように、この主従関係は、山田のほうから一方的に望まれて結ばれたとする。山田は、平氏軍団の最下層の武士というよりは、軍団に組み込まれない一匹狼的な参戦者だったのだ。このような山田であるから、敵味方から孤立して「只一人止テゾ引ヘタリ」という結果になったのも当然といえる。

『保元』合戦部の後白河帝方武士は、平氏も源氏もすべて、為朝の〈矢〉にやられるところから、後白河帝方武士たちの登場自体が為朝の〈弓勢〉称揚のためのものと読まれがちである。しかし、この山田ばなしだけには、身分的なハンディを背負った山田が為朝に〈矢〉を射させるまでの過程を叙述した、一種の成功譚として展開しているような側面がある。為朝も、「敵ヲバ、八郎殿ハ、郎等ヲ以《もつて》、射《いさ》セタリ、組《くま》セタリ、戦へ共、能敵《よきかたき》ト名乗ラヌ限ハ、矢ヲ惜テ射ザリケリ」というように、「合《あは》ヌ敵」には〈矢〉さえ射ない。そのような前提の中で、山田の「御矢一《ひとつ》給テ」という表現があり、為朝の「矢一トラセン」という応答があることを確認すると、この山田ばなしには、山田が為朝に〈矢〉を射させる物語であるという一方の指向を確認できる。そして、そのように山田が〈矢〉を射させることに成功したのは、身分を問題にしないところで武技を競いたいという山田の言葉（「『高モ卑モ、老タルモ若モ、弓矢取テ能ゾカシ、心モ甲ナルゾカシ』ト聞ユルハ、互に床敷《ゆかしき》事ニテコソ候へ」）に為朝が感服したからであると語られている。

山田ばなしを古態性（独立性）の強い話だとする根拠は、第一に、山田ばなしのみ、冒頭[4]（「今モ昔モ余リニ剛ナル者ハ、帰テ鳴呼ガマシクゾ有ケル。」）と末尾（「武者ノ余ニ心ノ甲ナルハ、シレタリトハ是等哉申べキ。」）に評語をもっているという点である。つまり、もともと独立性が強かったと考えられるのである。根拠の第二は、山田ばなしは伊藤、鎌田、義朝らとの対戦と違って詞戦いをもっていない点である。根拠の第三は、山田とその舎人男の、命惜しまぬ特異な行動様式——武士という存在——への瞠目に支えられているとみられる点である。根拠の第四は、山田が「山立、海賊ノ訴詔ヲウ（ツ）タウルハ、無実カ実犯カ、其レヲメンゼラル、ヲ以、御恩ニシタリ」という、そのリアリティである。「鈴鹿山ノ立烏帽子ヲ搦テ、帝王ニ奉シ山田庄司行季」は先祖であって、山田自身ではない。伊藤景綱や鎌田正清が「副将軍ノ宣旨」を蒙ったと語るのとは明らかに異質である。虚構性が薄いのだ。

（4）依拠テクストである新日本古典文学大系（岩波書店）では、「今モ昔モ余リニ剛ナル者ハ、帰テ鳴呼ガマシクゾ有ケル」の「今モ」直前で改行せず、「有ケル」のあとに改行している。これは、この一節を直前の平重盛評だと解釈したものとみられる（早川厚一（二〇〇五）も同じ考え）。しかし、重盛の行動は郎等たちに抑えられており、「余リニ剛ナル」「鳴呼ガマシク」などと強烈に非難されるべきものとは考えにくい。さらに、ここの重盛像は臆病な清盛像と対照されているようにみえるので、むしろ肯定的に評価されていると考えるべきなのではないだろうか。この一節は、『未刊国文資料』がそう解釈していたように、山田小三郎是行の猪武者ぶりにたいして与えた評語だと考えるべきだろう。原水民樹（一九七七、一九七八）、大島龍彦（一九九三）、日下力（二〇一五）も論者と同じ考え。

このようなことから、山田ばなしは、質的には『保元』合戦部の前半の中でも、もっとも古い可能性が高い。(5)

（5）　ただし、山田ばなしのすべてが丸ごと古態を留めているというわけではない。前後の展開との調整のために、追補された部分が当然あるだろう。次のA・B・Cの部分がそうである。

A是ヲ聞テ、為朝、乳母子須藤九郎家季ヲ招ツヽ、「如何センズル。定テキヤツラハ引マウケテハ待ランナ。為朝程ノ者ヲ取テ懸ハ、手本ノ覚ル者ニテ、音ニ付テ、内甲ヲネラウラン。一ノ矢ハ、アヤツニ射セツト覚ル。二ノ矢ヲ射セテ、キヤツヲ射バヤト思。何クニテモアレ、矢ノタマラン処ヲ射テ、為朝ガ矢ヲ、人ニ見セバヤト思フ。能候ナン」ト申バ、八郎ハB白地ノ錦ノ直垂ニ、唐綾威ノ冑ノ、午時計ナルニ、辰頭ノ甲キラメカシテ、長服輪ノ太刀ハキテ、山鳥ノ尾ノ藤ノ皮ニテハイダル矢廿四指タル、サキニ一ハ射タリケル、残リ頭高ニ負成テ、節巻ノ弓ノ拳太ニテ、八尺五寸有ガ、誠ニツヨゲナルヲ以、白葦毛ノ馬ノ七寸ニハヅンデ、太クタクマシクシテ、尾髪極テタクサンナルニ、金服輪ノ鞍置テゾ乗タリケル。歩セ出テ、打傾テ、…（中略）…サレバコソト思テ、C例ノ前細ノ矢ヲ打番テ、「ヲノレガ詞ガヤサシケレバ、矢一トラセン。此矢ヲ給リナン後ハ、生ル事ハヨモアラジ。後生ノ訴ニセヨ」トテ引テ放ケリ。

須藤九郎家季が登場するAの部分は、須藤の登場によって為朝「一人」への偏りが矯正されるだけでなく、為朝が自身の矢をわざと残るようにして次の伊藤ばなしに繋がる機能をもたせたものとみられる。また、BやCの部分も、為朝像がさらに巨大化してから後補された部分だと考えてよいだろう。『保元合戦記』の段階から為朝が「一人」で大炊御門大路に面した南門（あるいは南西門）を固めたと表現されていたのだろうが、その布陣によってのみ特別視されていた段階から、実際に人物像が作り込まれて特殊な弓矢を装備する段階に進み、父や兄弟との摩擦を抑制する段階、筑紫軍団を引き連れてある意味で正常化する段階へと、その形成過程をたどったものと考えられる。BやCの部分は、やや遅れて加えられたところだろう。以上のことから、ABCを除いた山田ばなしの本体部分は、鎌倉初・中期に独立的に成立していた可能性があるとみる。ただし、それは『保元物語』の成立ではない。のちに『保元』に取り込まれた一素材であるところの、『山田物語』（仮称）の成立である。おそらく武士社会で発生した『山田物語』を、寺院社会が簒奪したのだろう。

しかし、山田ばなしが話柄として古態（独立性）を保存していることは、『保元』ないしは『保元合戦記』の中に最初に取り込まれたことを意味するものではない。『保元合戦記』を元にして伊藤ばなし、清盛・重盛ばなし、鎌田・義朝ばなし（頼賢との対峙）が先に増幅され、**あとから山田ばなし（別の場所で古態のまま保存されていた『山田物語』）が割って入った可能性が高い**。いま読み解いたように、山田ばなしをはさむ前後の評語がもし存在しなければ、山田ばなしの内実は山田の武勇譚なのである。〃あの為朝によくぞ矢を射させた〃と。『保元』合戦部の構想からいえば、為朝一人が後白河帝方の武士を入れ代わり立ち代わり斥ける対戦構図によって為朝の英雄化を目指しているとみられ、そこに山田の武勇譚をそのまま入れ込むわけにはいかないので、前後に〃読み〃（誤読）を誘導するような評語を添え、「ソバヒラ見ズノ猪武者、方カヲナキ若者」という評価規定語を挿入して物語に入れ込んだという想定である。

問題の焦点は、「伊藤六ガ鎧ノ胸板ヲ通ル矢、続イタル伊藤五ガ射向ノ袖ニゾウラカイタル」《伊藤父子と為朝の対戦》という伊藤五の〈袖〉による展開と、「是行ガ鞍ノ前《ま》ヘツワハタト射破リテ、草摺ノタ、ナワリタルヲ射通シ、主ヲ射抜テ、尻輪《しづわ》ニ射付タリ」という山田の〈鞍〉による展開との先後関係である。どちらかが先にあって、もう一方はその発想を援用して焼き直したに違いない。まずは、そのリレーを概観してみると、伊藤はもともと「安芸守殿ノ御内」の者であるので〈袖〉に矢を立てたまま清盛に報告するのは自然な流れであるのに対して、山田の〈鞍〉は賀茂川を渡ってたまたま鎌田のもとに行くのである。馬の足の赴くままであったわけで、山田のほうが強引な展開であることがわかる。次に、伊藤五が清盛・重盛に報告する際に引用する八幡殿（源義家）の鎧三領を射ぬいた故事についてであるが、清原武則の要請に応じたとするシチュエーション、そこに出てくる「金能鎧」「三両」「木ノ枝ニ三両懸テ」「神変化」などという用語は、『陸奥話記』の「堅甲」「三領」「樹の枝に懸け」「神明の変化」とほぼ重なるものである。山田が先で伊藤五の話が後付けであったなら、この引用は出来すぎである。むしろ、**『陸奥話記』の義家像をモチーフにして、為朝像の巨大化は始動したのではあるまいか。**それならば、ここの伊藤五の発言が適例であることが納得できる。また、伊藤五の報告を聞いた重盛のことを、「小松ノ大臣ノ、其時ハ中務少輔ト申ケルガ」《重盛の武勇と清盛勢の一時退却》などと表現するのも、重盛没後からそう隔たっているとは思われないものである。さらに構想の観点からみても、合戦部に大庭ばなしや村山党ばなし（金子ばなし）が流入してくる以前は、〈対義朝戦クライマックス〉の指向によって、為朝と敵対する相手が〈平氏の郎等→平氏の主君→源氏の郎等→源氏の主君〉と徐々に緊張感が高まるように配置されていたと考えられるのだが、現状では伊藤父子→清盛・重盛のあとに山田が登場するので、その流れの中に割って入っているように見える。このようなことから、**伊藤ばなしが『保元』においては先にその座を占め、質的には古態で独立性を保っていた山田ばなしが後付けで入ってきたもの**と考えたい。山田ばなしには、ほかにも注（5）で示したような前後の場面との連絡調整が図られているが、伊藤ばなしにはそれがみられない。

　このことは、大きな問題に発展する。**山田ばなしが存在しなかったとすると、伊藤ばなし→重盛の突進→清盛による引き止めのあと、直接、鎌田・義朝が為朝の前に現れることになる**からである。清盛が、「『引退テ、京ヲ廻テ、春日面ノ門へ寄スベシ』トテ、三条ヲ東へ引退ク」と姿を消してから――依拠テクストで一〇頁ものち――「下野守義朝、門前へ進ミ出テ、『八郎ガ弓勢イカホドゾ。イカメシト云ナルヲ、義朝、試』ト宣ケレバ」《為朝の弓勢に驚く義朝》に直接つながっていたのだろう。**この間に、山田ばなし、鎌田が〈鞍〉の矢に驚いたこと、鎌田と為朝の詞戦い、鎌田が為朝軍団に追われて腰砕けになったこと、武蔵相模の若党が尻込みしたこと、為朝と義朝の詞戦い（ここはそもそも為朝・義朝戦の不自然な重複箇所）、片切小八郎大夫景重の古つわものらしき戦いぶり、鎌田にたいする波多野の宿取論報復ばなしがあるが、すべて山田の鞍の〈矢〉にぶら下がった話なのだ。これらすべてが後補である可能性が高い。**こう考えると、義朝が為朝の前に二度登場するという不自然さ（しかも一度目は詞戦いをするだけで為朝の抑制により対戦は未然に終わる）が解消されることになる。よほどシンプルであった『保元合戦記』の姿が浮かび上がるのだ。

八　おわりに──想定される『保元合戦記』の様相──

『保元顛末記』のイメージについては第四節の冒頭（一三一頁）で述べたので、ここでは『保元合戦記』のそれについて述べ、本章をまとめることにする。『保元合戦記』は仮に想定した存在であるに過ぎないが、為朝像や義朝像などが巨大化する以前の層を、現存の『保元』の内部に想定しうるという事実については、まず間違いない。それが断片的ではなく一元的な指向をもっているように見受けられるので、『保元合戦記』と仮称したのである。「物語」ではなく「合戦記」と仮称するところに、為朝像などが巨大化する以前の様相という意味を込めたつもりである。ほかに、**暦時間にそって叙述が展開していたと考えられる点、卑小な人物まで含めて群像がよく登場していたと考えられる点、冗漫な描写や叙述量の多い会話文はなかったであろうと考えられる点が、想定される『保元合戦記』の基本要素である。**その合戦部においては、頼賢の先陣に始まり──為朝の〈矢〉の物語もそこに存在しなかった可能性が高いが──、義朝の火付けによって決着するようなものだったろう。その後──〈為義出家〉や〈為義最期〉は別に成長していたものとして──頼長の最期や死骸実検、崇徳院の離京までは少なくとも記されていたのではないか。そこまで収めなければ、歴史叙述としての結構が整わない（末尾が落ち着かない）。そのような様態の好例といえるのが、『愚管抄』である。

安芸守清盛ト手ヲワカチテ、三条内裏ヨリ中御門ヘヨセ参リケル。コノホカニハ源頼政・重成・光康ナド候ケリ。ホドヤハアルベキ、ホノ〲ニヨセカケタリケルニ、頼賢・タメトモ勢ズクナニテ、ヒシトサ、ヘタリケルニハ、義朝ガ一ノラウドウ鎌田ノ次郎マサキヨハ、タビ〲カケカヘサレケレドモ、御方ノ勢ハカリナケレバ、ヲシマハシテ火カケテケレバ、新院ハ御ナヲシニテ御馬ニタテマツリテ、御馬ノシリニハムマノスケノブザネト云者ノリテ、仁和寺ノ御ムロノ宮ヱワタラセ給ヒケリ。

名前が出されているのは、後白河帝方（二重傍線部）としては頼政・重成・光康、それに清盛・義朝・鎌田であり（伊藤も山田も大庭も金子も出ない）、崇徳院方（波線部）としては頼賢と為朝の二人だけである。この少し前に、崇徳院方では「為義ガホカニハ、正弘・家弘・忠正・頼憲ナドノ候ヒケル」とある。為朝が頼賢と並び称される程度には存在感を示しているものの、けっして「一人」で合戦を切り回したほどには巨大化していない。『愚管抄』ではここ以外にも、「為義…（中略）…子二人グシテマイリニケリ。四郎左衛門ヨリカタ・源八タメトモナリ」「為義、ヨリカタ・為朝グシテスデニマイリ候ニケリ」とあるので、**基本的には頼賢と為朝が特筆されるような存在であった段階があると考えてよい。そのことと、『保元』合戦部が頼賢先陣ばなしで始動していること、しかも古態層では為朝との先陣争いは存在しなかったと考えられることとは、同じ位相にあると考えてよい。**また、《義朝に従う軍勢の名寄せ》《清盛に従う……》《頼政に従う……》は明瞭化指向によるものゆえ鎌倉後期の後補と考えられるものの、その末尾の「其中ニ頼政ゾス、ミテ、春日末ノ門ヘゾ馳テ寄ケル」の部分に限っては古態部分（為朝像が巨大化する以前の様相を留めた部分）だろう。これと異質なのが《膠着状態に悩む義朝》の「兵庫頭頼政ガ渡辺党ヲ前トシテ責レ共、打破テモ不ㇾ入。サスガニ追モ不ㇾ被ㇾ返」で、この前後の各門攻防の描写は後次的なものだろう（鎌倉中期か）。

現存『保元』の名寄せの接合感から、義朝方の武士として名が出ていたのは、鎌田と川原源太の二人だけであった可能性もある。また、忠正一族、家弘一族、源頼憲らが現存『保元』合戦部の中ほどにはいっさい登場せず、その前後をはさむような登場の仕方をしている点も、為朝、義朝、鎌田、伊藤らの詞戦いや、**為朝の〈矢〉をめぐる物語が『保元合戦記』には存在しなかった**という推定の根拠になる。原初段階での合戦部の終わりかたは、おそらく義朝らの奮戦も叶わなかったので（相模武士・武蔵武士も、広域的な東国武士も登場していなかった）義朝が御所に火を付けたというような簡単な叙述であったろう。

『愚管抄』が先行素材を縮約しながらまとめているらしいことは先述した（一三四頁）。**想定される『保元合戦記』は、『愚管抄』よりも若干豊かな叙述量をもちつつも、頼賢が筆頭に記され、さほど巨大化していない為朝が登場しているようなものであったと考えられる。**ただし、『保元合戦記』などという名称を付けてみたとしても固定した存在を想定することはできず、それ自体にいくつかの層を想定する必要があるわけで（一四六頁）、そのもっとも原初的な形態は、『愚管抄』のように合戦の勃発から終息までを数百字程度で記していたものであったろう。合戦そのものへの関心よりは、政治的な動向を軸にしたものだったということだ。その点でも、位相としては『愚管抄』に近い。ここまでは、平安末期～鎌倉初期の成立分と想定しているところである。

そして、次の段階、おそらく鎌倉中・後期に、為朝の〈矢〉をめぐる物語（伊藤、後次的鎌田像の投入）や、詞戦いや名乗りによる対戦構図の明瞭化、さらには武蔵武士や東国武士団の投入、須藤九郎家季や詳密な為朝描写の投入段階がくる。そののちに、大庭ばなしや金子ばなしも入ってくる。これを鎌倉中・後期というのは、一方に、『愚管抄』の位相よりも後次的であるという点と、また一方に、承久合戦を経て武にたいする認識が公然と強くなっていった時代相を反映してきた――瞠目や称賛だけでなく反発もあろう――とみられる点も、根拠となっている。また、鎌倉末期に物語に別に流入してくる要素もあるので、それらとの相対的位置関係においても、鎌倉中・後期に『保元』合戦部が急激に成長したという言い方に留めておくのが無難だろう（第十九章の〈相対編年〉の考え方）。

なおここで、『保元合戦記』を、「現存『保元』の原態である」などという言い方をしないのは、いかに物語の骨格的な部分を決定づけたものであろうとも、『保元合戦記』だけでは現存『保元』にはならないと考えるからである。一方に、おもに伝承世界で発達したと考えられる『為義物語』『幼息物語』『母入水物語』『崇徳院物語』などの存在がある。しかも、現存の『保元』の中でのそれらの占める大きさを思う時、発端部から合戦部にかけての枠組みを決定づけた『保元合戦記』をもって、「『保元物語』の原態である」とは言いにくいのである。別に述べているように、『為義物語』も平安最末期には成立していたと考えられ、それらを統合して現存の『保元物語』のかたちが整っていくという道筋を考えてみると、その一方の比重だけを重く見ることはできない。しかし、現存の『保元』のもとになったらしき『保元顛末記』や『為義物語』などが平安最末期に成立し、それらを統合して現存『保元』の祖型が出来上がったのが平安末期〜鎌倉初期であろうという想定は、まず間違いないとみられる。清盛批判が生々しいかたちで（揶揄でも戯画化でもなく）――しかも一部は接合部（統括的表現主体の文章「和讒」）に――生きているからである。

ただし、先行の『保元顛末記』（終息部中心、平安末期）とは別に後出の『保元合戦記』（合戦部中心、鎌倉初期）が実際に存在したかどうかは、じつのところ不明である。**『保元顛末記』をベースにしつつ、その合戦部相当部分が成長し始めた、すなわち一個の物語の継承的変容である可能性もある。**にもかかわらず『保元顛末記』『保元合戦記』と別々の名称を与えて二種類の物語を措定したのは、〈敗者の末路（とくに最期）に瞠目して感情移入する指向〉と〈合戦のありように興味関心を抱いてそこを膨らませる指向〉とは時期的にも質的にも別個のものというべきだからである。しかしながら、たとえそれが継承的変容（もとあったものへの肉付け）であったとしても、『保元顛末記』と呼ぶべき物語から『保元合戦記』と称するにふさわしい物語に変容したことは、おそらく間違いない。指向のそのような異質性を端的に示すために、現存『保元』の古態層に二種類の事実記録的な物語を想定したのである。

文献

青木三郎（一九七八）「保元物語の成立時期をめぐっての試論」「解釈」281号
大島龍彦（一九九三）「山田小三郎是行と『保元物語』」「愛知女子短大研究紀要」26号
日下　力（二〇一五）『保元物語　現代語訳付き』東京：角川書店

須藤　敬（一九八五）「『保元物語』形成の一側面――多近久と仁和寺――」「三田国文」４号
栃木孝惟（一九七二）「半井本『保元物語』の性格と方法――あるいは軍記物語における構想力の検討のために――」『中世文学の研究』東京：東京大学出版会／『軍記物語形成史序説――転換期の歴史意識と文学――』東京：岩波書店（二〇〇二）に再録
早川厚一（二〇〇五）「『保元物語』の諸問題」「名古屋学院大学論集　人文・自然科学編」41巻２号
原水民樹（一九七七）「『保元物語』小考――合戦譚の吟味から――」「徳島大学教育学部国語科研究会報」２号
原水民樹（一九七八）「『保元物語』の一側面――合戦譚の姿勢と為朝形象の吟味から――」「徳島大学学芸紀要」27号
原水民樹（一九八八）「半井本『保元物語』の相貌――その史料としての側面――」「徳島大学総合科学部紀要　人文・芸術研究篇」１巻

第九章　『保元物語』合戦部の形成

――『為義物語』からの触発――

一　問題の所在――展開軸としての〈矢〉と〈馬〉〈太刀〉――

基本的なことだが、発端部の門固めは白河北殿（崇徳院方）についてのみ語られていて、高松殿・東三条殿（後白河帝方）については語られていない。つまり、白河北殿の各門を舞台とした合戦がこれから繰りひろげられるであろうことを、はじめから表現主体の視点が明らかにしているのだ。そして、門固めは為朝登場の最初でもある。そこで為朝「一人」に焦点を絞っているということは、為朝を軸とする合戦の展開になるであろうことも、先取り的に明らかにしているのだ。『保元物語』合戦部の特徴は、為朝と後白河帝方諸勢という〈一対多〉の対戦構図で展開していて、為朝の対戦者たちばかりが入れ替っても為朝は変らず視界の中心に据えつづけられるところにある。その構図がこの門固めですでに準備段階に入っていることを考えると、物語の基幹構造に関わる、門固め「一人」の表現の意味は軽くない。また、崇徳院方の敗戦が決定的となって為朝が落ちてゆく時に、「我一人ト戦シカ共、御方弱ク敵コミ入ケレバ、不レ及レ力、（御）方ノ負シテ、何方共無ク落行ケルガ……」と語られるように〝弱い崇徳院方にあって為朝一人が奮戦した〟という語り手の脳裏を支配しつづける合戦の印象が、総括的表現となってあらわれている。一言でいうならば〝合戦部はかなり為朝に偏っている〟ということだが、その偏りは一元的に説明できるような簡単な現象ではない。為朝が「一人」であることの意味づけも為朝像の総体も重層化しているらしいのだ。

為朝像の二大要素は、たったひとりで白河北殿の南門（あるいは南西門）を守りきるほどの弓勢の強さと、筑紫軍団の首領としての勇猛さである。そのこと自体はもはや自明のことなのでその次の段階として、その二大要素を中心にしてほかの要素も加えながら、『保元』の合戦部がどのように形成されていったかについて分析する。為朝の〈矢〉を軸にした層については本章で扱い、〈矢〉以外の〈馬〉〈太刀〉を軸にした層については次章で扱うこととする。

二　為朝の〈矢〉による展開――〈対義朝戦クライマックス〉の意識1――

合戦部を、各場面ごとにブロック分けすると、次頁左上のようになる。為朝に偏った特異な内容であることが、一目にしてわかる。合戦部のうち、中心部分（▲印の②～⑧）はすべて、為朝の〈矢〉をめぐる物語である。②の為朝と伊藤景綱との詞戦い（《伊藤父子と為朝の対戦》）に、「郎等ニ向テ弓ヲ引キ、矢ヲ放ニ不レ及」「平氏ノ郎等ノ射ル矢ハ、源氏ノ身ニハ立《たつ》ヤ、不レ立《たたず》ヤ」という応酬があるように、はじめから合戦形態が〝矢いくさ〟として設定されていることが知られる。そのあと、逆に為朝が「矢一トラセン」と言って放った一本の矢が景綱の子である「伊藤六ガ鎧ノ胸板ヲ通」って、後ろに「続イタル伊藤五ガ射向ノ袖ニゾウラカイタ」のである。九死に一生を得た「伊藤五ハ矢乍レ立《たてながら》、取返シテ」清盛の前で「六郎ハ死候。又忠清（内閣文庫本「景綱」）手負テ候。是御覧候へ。筑紫ノ八郎殿ノ弓勢ノイカメシサヨ。凡夫ノ態ト覚ズ。是ハ、伊藤六ガ胸板ヲ射通テ、某ガ射向ノ袖ニ裏カイテ候。カヽル弓勢コソ未見候ハネ」と報告する。清盛らに説明する際にも、「是ハ、伊藤六ガ胸板ヲ射通テ、某ガ射向ノ袖ニ裏カイテ候」と、目の前に立っている為朝の〈矢〉を指さしながら「是」といっている様子がわかる（《伊藤五忠清の報告》）。眼前にその〈矢〉を見せられた清盛の対応は、「是ヲ見テ、安芸守ヲ始トシテ、兵者共、物モ申サデ舌ヲ振テヲジア」うというありさまであった。続いて伊藤五は、八幡太郎義家の、鎧三領を射通した故事を引き、為朝の〈弓勢〉はその再現であるとして、軍勢の撤退を求めている。この弱気に激昂した若き重盛が、「為朝ガ矢ニ当テ見セン」と言って駆け出そうとするところ、父清盛に制止される（③《重盛の武勇と清盛勢の一時退却》）。〔伊藤父子〕から〔重盛・清盛〕へという場面展開のために、表現主体が、伊藤五に「矢乍レ立《たてながら》」報告させたのだといってもよい。

清盛軍が撤退した後、清盛の「末座ノ郎等」の山田小三郎是行が、重盛と同じく、「筑紫八郎ノ矢ニ当テ、後代ニ名止テ物語ニモセン」と言って為朝に挑戦を企てる（④《山田是行と為朝の対戦》）。為朝は山田の「ヤサシ」きことばに感じて、「矢一トラセン」と言って山田を射たのである。じつは、この行動の直前に為朝は側にいる乳母子の須藤九郎家季にたいして、「何クニテモアレ、矢ノタマラン処ヲ射テ、為朝ガ矢ヲ、人ニ見セバヤト思フ」と言う。そして、為朝の狙った通り山田を射ぬいた〈矢〉は鞍の尻輪に残り、その馬が「件ノ馬ハハネ走テ、西ノ川原へ走出タリケルヲ、鎌田次郎見付テ」と、源氏方・鎌田正清の前まで駆けてくる。為朝が「人ニ見セバヤ」と狙った通り、鎌田がその〈矢〉を見つけたのである。〈矢〉を展開軸としているのは、〔山田ばなし→鎌田・義朝ばなし〕という二つの話の間のジョイント部分のみであるかのように見えるが、じつは、もっと大きな流れの転換に関わっていて、為朝の対戦者が、「件ノ馬ハハネ走テ、西ノ川原へ走出タリケル」という、たったこれだけのつなぎで、対平氏（②～④）から、対源氏（⑤～⑫）へと、大き

①為朝と頼賢の先陣争い

対平氏
- ▲②為朝と伊藤景綱父子との戦い
- ▲③為朝に対する清盛・重盛父子の対応
- ▲④為朝と山田是行との戦い

対源氏
- ▲⑤為朝と鎌田正清との戦い
- ▲⑥為朝と義朝との詞戦い
- ▲⑦為朝の義朝への威嚇
- ▲⑧為朝と大庭兄弟との戦い
- ⑨筑紫勢と東国勢との戦い（1）
- ⑩高間兄弟と金子家忠との戦い
- ⑪筑紫勢と東国勢との戦い（2）
- ⑫義朝、白河北殿に火をかける

く移行するのである。**為朝の〈矢〉を馬に乗せ、その馬の動きに注視するかのようにして視点を移動させ、結果的に為朝の〈矢〉から視線がそれないようにして、場面を替えているのだ。**強引とも思われるような方法で、しかもそれは同時に、為朝の〈矢〉にのみ注目するという認識・興味を露呈して、物語は大きく展開したのである。

《為朝の弓勢に驚く義朝》で鎌田は、義朝に、「是御覧ジ候へ。此馬ニ立テ候矢ヨ。八郎御曹司アソバシタル御矢也。カヽル事コソ承及候ハネ。此馬ノ主ハ候ハジ。前輪ニ矢ノ通タルダニ候ニ、主ニ鎧着ヌ事ハヨモ候ジ。穴、威《おそろし》」と報告する。目の前の〈矢〉を指して「是御覧ジ候へ」と言うのは先の伊藤五の報告と全く同じ展開である。義朝は鎌田の発言を否定し、鎌田に為朝との対戦を命じる。これ以降、為朝対義朝方の対戦が続いていく（⑤〜⑫）。為朝の〈矢〉を鎧の袖や馬の鞍に立てながら、為朝の〈矢〉の物語を展開させている。それが②〜⑤の流れである。〈⑤為朝と鎌田正清との戦い〉に含まれる内容には、**1**為朝と鎌田の詞戦い、**2**為朝勢による鎌田の追撃、**3**鎌田の遁走があり、依拠テクストで二七行ほどに及ぶのだが、これらは丸ごと後補されたものである可能性が高い。しかも、文保本の一段階前の最終段階ともいうべきところで、である（一五五頁）。すると、ここには為朝と鎌田の実質的な戦いは元々は存在せず、すぐに義朝の登場につながっていたのだろう。ということは、**元の姿は為朝の〈矢〉の物語が合戦部の冒頭から義朝との対戦まで連続していた可能性さえある**（一五五頁の山田ばなしの分析結果も同じ結論）。片切小八郎大夫景重、波多野次郎信景（義通）の話も前後の話との展開上の連関をもっておらず、挿話的なのだ。片切・波多野の話を経て、義朝が、先の重盛や山田是行と同じように、「八郎ガ弓勢イカホドゾ。イカメシト云ナルヲ、義朝、試《こころみん》」と、為朝に挑戦する。為朝はすれすれのところに〈矢〉を射かけて義朝を威嚇し、退かせようとする（⑦《為朝と義朝の対峙2》）。義朝は為朝の威嚇に撤退することなく、相模の若党どもに進撃を命ずる。これを受けて、大庭平太・三郎の兄弟が為朝に挑戦する。大庭ばなしは明らかな後補（一九四頁）だが、それだけでなく東国武士団と筑紫軍団の対立構図も後補的なもので、古態層では相模武士団が登場する程度の小さなものだったと考えられる（原態層にはそれさえもなく鎌田と川原源太だけであったか。一五七頁、一八九頁）。

合戦部の序盤から中盤にかけては、構造的には為朝の〈矢〉の物語の一部に、異質な〈馬〉〈太刀〉の物語が後次的に侵入しているかたちだとみてよい。ということは、**本来的には、為朝の〈矢〉の物語は、義朝との対戦をクライマックスとする指向（〈対義朝戦クライマックス〉）に支えられて仕組まれたものだと考えられる。**もちろんこれ以外の層も折り重なっているわけだが、まずは、これはこれで一つの層だということである。

三　詞戦いの展開――〈対義朝戦クライマックス〉の意識2――

『保元』合戦部には、為朝対伊藤、為朝対鎌田、為朝対義朝、の三度の詞戦いがある。この三度の詞戦いには、ある種の流れがあり、表現主体の〝展開〟の方法や意識を知るうえでの、格好の糸口である。まず、為朝と伊藤の詞戦い（《伊藤父子と為朝の対戦》）についてだが、伊藤景綱が名乗りをあげたあと、為朝は、身分の「合《あは》ヌ敵」であるとして対戦を拒否する。これに対して伊藤は源平が朝家の「左右翅《さうのつばさ》」であって対等であり、また自分は郎等とは言っても「君ニモ知ラレ」「副将軍ノ宣旨」を蒙ったほどの武士である、と切りかえす。つまり伊藤は、為朝の出した「合ヌ敵」の根拠である、源平不相応と身分不相応との両方に正しく応戦している。したがって、伊藤は為朝に、「ヤ、殿、八郎殿、平氏ノ郎等ノ射ル矢ハ、源氏ノ身ニハ立ヤ、不レ立ヤ、試ミ給ヘ」と、二つのハンディをなきものとして矢を射かけるのである。伊藤が持ち出す「君ニモ知ラレ」「副将軍ノ宣旨」という言葉は、自分が背負っている公権性から、反公権の為朝を抑えた、公私の対照としても読みとれる。為朝は、筑紫での合戦経験が頼長によって「私事」として否定されたこと、為朝の筑紫での「乱行」によって父為義が解官されたことに象徴されるように、崇徳院方という以上に、さらなる反公権性が付与されている人物である。天皇方の、しかも君に知られるような存在であった伊藤には、為朝は格好の論敵であった。このようなことから、為朝が「合ヌ敵」として対戦拒否しようとしていた材料は、覆されて余りあるほどに、伊藤に軍配が上げられているといえる。

次の為朝対山田の対戦には詞戦いがない。山田の馬が為朝の〈矢〉を立てたまま、鎌田の前に現れたことを契機として、為朝の対戦者が、平氏清盛方から源氏義朝方へと移行する。

《為朝と鎌田の詞戦い》は、為朝が鎌田に向かって、「汝ハ一家ノ郎等」であるから「相伝ノ主」である自分と対戦すべきではない、といったことにはじまる。これに対して鎌田は、「日来ハ相伝ノ主、只今ハ八逆ノ凶徒也。正清ハ副将軍ノ宣旨ヲ蒙タリ」と言う。為朝は〈主従〉の論理を持ち出したのに対して、鎌田は〈官賊〉の論理で応戦している。鎌田はこの詞に続けて、「此矢ハ正清ガ射矢ニハ非ズ。伊勢大神宮・正八幡宮ノ御矢也」といって矢を放つ。鎌田が為朝に対して矢を放つ背景には、非常に強く、公権を背負っていることがわかる。

鎌田に次いで為朝の前に登場するのは、いよいよ義朝である。義朝は「武蔵・相模ノ若党共」を連れて登場する。双方名乗り合ったあと、まず義朝が、「サテハ義朝ニハ、遥ノ弟ゴサンナレ。何ニ、敵対シ、兄ニ向テ弓引者ハ、冥加ノ無ゾ。落ヨ。扶ケン」と言う。義朝が出したのは兄弟長幼の論理であり、儒教的倫理から為朝を抑えつけようとしたものだといってもよい。ところがその論理が逆手に取られ、為朝に「ヤ殿、下野殿、兄ニ向テ弓引者ノ冥加ノ無ランニハ、父ニ向テ矢ヲ放ツ者ハ何ニ」と言われたのである。儒教的倫理をより鋭く突くかのように、為朝の持ち出したのは父子の倫理であった。表現主体は、為朝の言うことが「道理ナレバ（義朝は）音モセズ」と、為朝に軍配を上げている。

三度の詞戦いに共通しているのは、**後から発言する者が、前の発言者を超えるように設定されている**ということだ（これは一般的な構成意識からいっても当然であろう）。詞戦いにおいて、前の発言者が勝つことなどはないのである。ということは、第一の詞戦いで伊藤が、第二の詞戦いで鎌田が、第三の詞戦いで為朝が勝つことは、表現主体によって同時に仕組まれた流れだということになる（為朝対伊藤の詞戦いが先行成立して対鎌田、対義朝のそれがあとから揃えられた可能性もある）。そこで三度の詞戦いの相手に注目すると、為朝との関係がより緊張してくるような順に配置されていることに気づく。平氏の郎等（伊藤）→源氏の郎等（鎌田）→源氏の兄（義朝）と、為朝が「合ヌ敵」として拒否する材料（傍線部）がだんだん少なくなってくるような人物へと移行している。さらに詞戦いの内容にまで踏み込んでみると、伊藤や鎌田と為朝との詞戦いでは為朝の投げかけた詞が敵に切り返され、為朝が負けたようなかたちになっている。しかもその負け方は、為朝のプライドが傷つけられたりコンプレックスを抱いているところを突かれたりするものであった。ところが、**為朝と義朝との詞戦いでは、父子の倫理を出すことの一点によって、賊方であり末の弟である為朝のほうが勝つように仕組まれている。置かれている立場上、詞戦いでは絶対不利な為朝が、一連の詞戦いの最後でどんでん返しをするような展開に仕組まれているようだ。**一連の詞戦いの流れで、為朝がはじめて勝つという逆転の展開は、義朝とは違って父為義の側に付いた為朝の立場を際立たせるものだろう。すなわち、**この詞戦いの展開を決定づけた指向は、『保元』終息部の親子情愛の物語を支えている認識とも通底するもの**だと考えられる。

　前章で述べたように、詞戦いそのものは後補性が強い。伊藤と為朝の詞戦いはもっとも古い可能性があるが、鎌田と為朝、義朝と為朝の詞戦いは、山田ばなしの後補性や対義朝戦の重複感から、始原的な構想に盛り込まれていたものとは考えがたい。しかし、為朝の対戦者が、伊藤父子→清盛・重盛（対戦は未然）→義朝・鎌田と展開する点については、『保元合戦記』の段階から存在したとみられる。[1]もちろん実際の対戦がその順番で行われたなどということはありえず、一種の説話配列のようなものだと考えられる。**古態層の段階から〈対義朝戦クライマックス〉の意識があった**ということだ。その配列をさらに充実させるために山田ばなしや義朝の一度目の出陣が投入され、詞戦いも整備されていったのだろう。父についた子（為朝）と父に敵対した子（義朝）を対峙させる構想が、『保元』合戦部のなかでもっとも根源的なものだとみられるというわけである。ただし、終息部では義朝像に傷が付かないように守られているのにたいして、合戦部ではやや批判的なニュアンスが出ているぶんだけ後次性を帯びている。それにしても、さらなる後次層（大庭ばなし、村山党ばなし）からすると、〈平氏の郎等→平氏の主君→源氏の郎等→源氏の主君〉の配列や三度の詞戦いによる〈対義朝戦クライマックス〉の構想は、相対的に古態層のものだと考えられる。

（1）為朝と清盛・重盛父子との詞戦いが存在しないのは、伊藤との詞戦いにおいて為朝がすでに、「汝ガ主ノ清盛ダニ、合ヌ敵ト思ゾヤ。…（中略）…況ヤ、郎等ニ向テ弓ヲ引、矢ヲ放ニ不ㇾ及」と言っているからだ。もともと清盛が為朝との対戦を回避して攻め口を変える構想が先行していたため、清盛・重盛との詞戦いが入る余地がなかったか。このような平氏の矮小化や源氏の優越性の指向からみて、詞戦いは平氏滅亡後、源氏政権期になってから発想されたのだろう。

四　おわりに

われわれは、少し頭を冷やさなければならない。これまで、『保元』の二大主人公は崇徳院と為朝だと言い続けてきたことについてである。崇徳院が強烈な印象を残しているのは後日譚部の崇徳院怨霊譚のみによってであって、離京までは史実的な叙述しかなされていなかった（二二四頁）。為朝については、鎌倉中期以降かとみられるかなり後次的に覆いかぶさった層による印象である。崇徳院や為朝の強烈な層を取り除くと、そこにみえるのは、素朴で簡略な『保元顚末記』『為義物語』等なのである。上皇が配流（強制的遷幸）され、左大臣が流れ矢に当たって死ぬなどという前代未聞の事件が起きた以上、それを記録しておきたいという意識が発生するのは当然のことだろう。それが、想定される『保元顚末記』成立のモチベーションである。もう一方で、武士社会に目を転じれば、子が父を殺さねばならないというこれまた衝撃的なことが起こった。三年後に平治合戦で敗死した義朝を因果応報観によって断罪することが世間一般では行われたであろうが、すべての人間が漏れなくなにがしかの罪業を背負っていると考える寺院社会では、むしろ義朝にも為義にも哀惜や憐憫の念が生じたことだろう。『保元』にみえる不思議なほどの義朝擁護の指向は、そのような物語の成立基盤によって説明がつく。『愚管抄』には、為義と義朝の関係について、「トシゴロコノ（子ト）父ノ中ヨカラズ」とあるのだが、『保元』はそのような下世話な解釈にはいっさい耳を貸さず、仏法的な俯瞰視座から人間の宿業の深さを見つめ直そうとしたのだろう。

　このような解釈が発生するには、それ相応の時代というものがある。歴史上、義朝が父為義を殺したという評価にとどまっていた時期は――それはまた為義が子義朝に殺されたという評価に留まっていることができた時期でもある――、鎌倉開幕以前、すなわち平安最末期だろう。源氏の再興が成ってからは、祖先為義・義朝にたいする意味づけがされ直す。表現主体がたとえ源氏一門でなくとも、その余波を受けるものだろう。物語の管理圏は一世紀半以上にわたって天台宗周辺を出なかったと考えられるので、『為義物語』を材料にして人間の罪業の深さを説法の場で語り続けることは、鎌倉中後期でも可能であったろう。いまここで問題にしているのは、白紙の状態から作り上げる物語のパッションのことである。現代よりもはるかに筆・紙・硯などの手配に腐心しなければならず、自らの命をつなぐための日常活動も煩多であった時代に、〝これを書き残さねば〟と思わせた衝動のことである。義朝を擁護する一方で清盛の「和讒」を強調する姿勢を見せているということは、平氏批判もおろそかにはできなかったからだろう。嘉応二年（一一七〇）成立の『今鏡』にも、間接的ながら平氏政権の到来にたいする戸惑いや失望が込められている〈野中（二〇〇九）〉。〈為義出家〉や〈為義最期〉は一一六〇年代でも成立しうるが、清盛の「和讒」によって前後の章段をつなぐ意識となると、『今鏡』以降だろう。

　現代においても、環境問題がとくに話題になった年、国際紛争の拡大が懸念された年、不況からの脱出が命題であった年、エネルギー問題の深刻さが叫ばれた年など、ニュース性の波というものがある。いずれも普遍的な問題であり、いつでも議論の俎上にのぼせうるものなのだが、もっともタイムリーな時期というものもある。『為義物語』[2]が白紙の状態から発生しうる時期として、鎌倉開幕以降はありえまい。そして、第二節、第三節で述べたように、合戦部の原態層が為朝を基軸に据えつつも〈対義朝戦クライマックス〉の意識で貫かれていたことは間違いない。あくまでも為朝を引き立てるための構想なのだから、けっして義朝を英雄化しているわけではない。ただ、合戦部の初期の姿は、鎌倉中期以降に義朝が揶揄の対象になるのとは違って、武士としての勇敢さが率直に語られてもいた（一四八頁、一九五頁）。そのような兄弟対決が発想されるのも、やはり鎌倉のごく初期だろう。政治的な時代の変化に遅れて人々の心理がついてくるというようなことを考慮すれば、〈義朝クライマックス〉の構想に基づく初期の合戦部（これ以前に鎌田と川原源太しか登場しない『保元合戦記』が想定されるが、それは〝合戦部〟といえるほどの叙述量をもたなかっただろう）も、鎌倉初期までなら成立しうるだろう。いずれにしても、『為義物語』（〈為義出家〉〈為義最期〉）から発想上の触発を受けて、合戦部の〈対義朝戦クライマックス〉が構想されたとみてよいだろう。

（2）　砂川博（一九九七）も「為義物語」の語を用いる。その概念は論者よりも広い〈発端部や合戦部も含む〉。そして、その管理圏を北白河円覚寺とする。これが論者のいう天台宗文化圏と切り結ぶのかどうか。

文　献

砂川　博（一九九七）「「為義物語」の性格とその成立基盤――半井本保元物語に即して――」『軍記物語の窓　第一集』大阪：和泉書院

野中哲照（二〇〇九）「『今鏡』の表現構造」「鹿児島国際大学大学院学術論集」１輯

第十章　『保元物語』合戦部の後次層

——『保元東西いくさばなし』の痕跡——

一　問題の所在

前章で、為朝像の二大要素を、一人で白河北殿の南門（あるいは南西門）を守った弓勢の強さと、筑紫軍団の首領としての勇猛さだと述べた。前者は為朝の〈矢〉を軸にした層で、後者は〈馬〉〈太刀〉を軸にした層と言い換えうる。前者は為朝の孤高性や超人性と結びついており、後者は筑紫軍団の結束力や勇猛さと連動している。本章では、後者について分析する。前章で示した合戦部一二場面の小見出しの、▲〈矢〉を▼〈馬〉〈太刀〉に変更しその位置を本章の検討対象箇所に改めて再掲する。この▼印が、〈馬〉や〈太刀〉の物語である。

対平氏
▼①為朝と頼賢の先陣争い
②為朝と伊藤景綱父子との戦い
③為朝に対する清盛・重盛父子の対応
④為朝と山田是行との戦い

対源氏
⑤為朝と鎌田正清との戦い
⑥為朝と義朝との詞戦い
⑦為朝の義朝への威嚇
⑧為朝と大庭兄弟との戦い
▼⑨筑紫勢と東国勢との戦い（1）
▼⑩高間兄弟と金子家忠との戦い
▼⑪筑紫勢と東国勢との戦い（2）
⑫義朝、白河北殿に火をかける

二　〈筑紫〉対〈東国〉の対戦構図

為朝の〈矢〉の物語ではないもうひとつの側面は、為朝と義朝の合戦を中心に据え、その兄弟合戦の構図を〈筑紫〉対〈東国〉の枠組みで捉え返そうとする指向に支えられたものである。合戦部の様相が変化するのは[1]、《為朝と鎌田の詞戦い》⑤あたりからである。言い換えれば、為朝の対戦者が、平氏である前半場面（②〜④）と、源氏である後半場面（⑤〜⑪）とで、様相が異なるということである。

（1）「変化する」などという言い方は、〝物語は前から順番に読むものである〟とする暗黙のルールに従った際に、読者として感じる印象が「変化」するというものである。重層構造の形成過程を分析するのは第四節以降に回すとして、ひとまず第二節・第三節では、読者論的な立場から『保元』合戦部の違和感を指摘しておきたい。

例の、馬の移動による場面転換があってから、鎌田正清と為朝の詞戦いがあり、鎌田が射かけた矢が為朝の頬を射削ったことで為朝の怒りをかい、鎌田は、為朝とその郎等たち「廿八騎」に追われることになる。鎌田を追う為朝勢の「馬ノ足音ハ、雷ノ落懸ル様」であり、鎌田は「是程ニ馬ノ足騒ク、軍立《いくさだち》ケワシキ敵ニマダ合」ったことがない、というほどであった《義朝への鎌田の報告》。義朝は、鎌田のこの報告を否定し、為朝に組み合って太刀わざで勝負せよ、と接近戦を武蔵相模の若党に命ずる。**為朝たった「一人」で、〈矢〉をもって奮戦する前半部と異なり、為朝に随う「廿八騎」の登場とともに、為朝が孤高的ではなくなり、〈筑紫〉軍団の首領のような存在と化し、その武力も、〈矢〉以外の〈馬〉（軍立《いくさだち》）や〈太刀〉も含めて、総合的に激しく荒々しいものとなっている。**集団的な〈筑紫〉軍団のエネルギーが〈東国〉を凌駕する様相、と言ってもいいだろう。これは、〈東国〉こそが、武士（ここでは源氏と考えているようであるが）の本場ないしは聖地であると考えるような一般認識を覆すような力量である。注意すべきは、〈弓勢〉が為朝の個人的力量であるように語られているのに対して、〈馬〉や〈太刀〉の側面は、為朝を含む〈筑紫〉集団の特異なエネルギーのもたらしたもの、というような認識の上に語られているところである。また、合戦部に入る前（門固め）に、為朝に従って来た筑紫の「廿八騎」のことは、表現主体によって紹介されているが、物語に登場するのは、ここが初めてである。言い換えるならば、**対平氏勢の場面では、為朝の郎等は登場しない**(2)、ということである。

（2）じつは、一例だけ、為朝の乳母子須藤九郎家季が、平氏方山田小三郎是行との対戦の時に登場するが、これについては、後補部分だと考えられる。一五三頁を参照。

〈東国〉武士を凌駕するという発想から、為朝「一人」の背景に〈筑紫〉軍団の結束的・集団的エネルギーの要素が発生したのだろう。鎌田を追跡する為朝が「『若党、長追ナセソ。……イザ若党』トテ引返ル」ところなどは、為朝の軍団首領的な側面のよく出ているところである。**『保元合戦記』ではさほど巨大化していないながらも一定の存在感を示していた為朝像を前提として、その為朝像を巨大化する指向のもとに為朝の〈矢〉をめぐる物語が付加されたのちに、〈筑紫〉や〈坂東〉（あるいは〈東国〉）の層がさらに後次層として加えられたのだろう。**なぜならば、〈筑紫〉対〈東国〉合戦の構図は等価な要素の対照というわけではなく、あくまでも**正統〈東国〉を超える異端〈筑紫〉の構図だと考えられる**からだ。〈一対多〉の対戦構図にたいする〈多対多〉の構図への拡大版の移行とみられるわけで、**為朝中心指向から筑紫指向へのスライドがあった**とみたほうがよい。ということは、逆算式にいうならば、〈筑紫〉対〈東国〉の対戦構図が発生する前提として、為朝像がある程度は巨大化していなければならない。

このあと、逃げ延びた鎌田は、息を切らせて義朝に次のように報告する。

「正清、東国ニテ、数度ノ軍ニ逢テ候へ共、是程ニ馬ノ足騒ク、軍立ケワシキ敵ニ、マダ合候ズ。『今ハカウ』トゾ覚候ツル。…（中略）…『ヲノレハ何ク迄〳〵』ト責懸給ツル馬ノ足音ハ、雷ノ落懸ル様ニコソ覚へ候ツレ。

アラヲソロシ」トゾ申ケル。《義朝への鎌田の報告》

鎌田がまず、「正清東国ニテ数度ノ合戦ニ逢テ候へ共」というような、〈東国〉との比較という認識の軸を持ってきていることに注目すべきであろう。**為朝らの〈馬〉の勢い（軍立）のすさまじさを、〈東国〉武士の鎌田と対比させ鎌田にそれを言わせることに、表現主体の狙いがあったのだろう。表現主体は、非正統の〈筑紫〉の前に、武士の正統たる〈東国〉を屈服させたかったのだ。これは、『保元』の底流に流れる批判精神によるのだろう**（一〇〇頁）。

鎌田の報告を受けた義朝が、この直後に、為朝を「筑紫ソダチノ者」と規定して郎等に語る場面があるところからみても、少なくともこの場面では、〈東国〉武士の視座から、〈筑紫〉対〈東国〉の認識が表明されたものと考えられる。別の箇所で、為朝側にも同様の認識が窺えることから、統括的な視界を持つ表現主体が、〈筑紫〉対〈東国〉の対戦構図の枠組みを持っていて、それを物語内の義朝や為朝の認識に反映させたと考えてよい（ただし、三四四頁で述べるように、ここの〈軍立〉はさらなる後補部分とみられる）。

義朝が郎等たちに、「筑紫ソダチノ者」である為朝を語るところは、次のとおりである。

「只正清ガ思成シゾ。八郎ハ能々カゾウレバ、今年ハ十八ニ成ト覚ル。勢ハ大ナリ共、未《いまだ》身ノ力ハツノルマジ。筑紫ソダチノ者、遠矢ヲ射学ビ、太刀仕様《つかまつるやう》ハ知タルラン。カチ立ハ能共、馬ノ上ニテ押並テ組事ハ、武蔵・相模ノ若党ニハ争《いかで》カマサルベキ。押並テ組テ見ヨ、者共。手本アルマジキゾ」ト宣バ（同右）

義朝の言うところは、為朝の〈矢〉と〈太刀〉は認めるにしても、〈馬〉は〈東国〉武士の専売特許であるから、馬上の組み打ち（＝接近戦）をせよ、というのである。しかし、先ほど、鎌田を追う時⑤に表われていたとおり、〈東国〉武士は、〈馬〉においても為朝率いる〈筑紫〉勢にはかなわないということが、表現主体によって示されている。ここの義朝の指示は為朝が鎌田を追う際、「悪奴哉《につくきやつかな》、矢答《（遠）》ニ射マジキゾ。押並テ、組デ、手取ニセヨヤ、物共」という言葉を吐いているのを、義朝の側からも、おうむ返しにしたものである。すでに義朝勢が〈馬〉の面においてもかなわないであろうことは、物語の進行上、周知のことであるはずだ。そのような認識を物語内に反映するかのように、義朝の指示に反発する「武蔵・相模ノ若党」の言葉を次のように伝えている。

> 武蔵・相模ノハヤリ男ノ若者共、是ヲ聞、「スワ〳〵我等ヲスカシ合セ殺サントシ給ハ。弓矢取テコソ能ラメ。打物仕事ハ、筑紫ニ聞ル肥後国ノ住人ヲイテノ次郎大夫教高、九国一番ノ者切也。其ニ習テ、師ニハ遥ニ超過シテヲワスナル者ヲ。イカニ慕ズ共、カレ程ノ勢気体ニテハ慕タル我等ニハ似マジゲゾ。若、遠矢ニ射バ、アキ間ニ当テ、射殺ス事ハ有共、打物仕《つかまつり》、組事ハ叶マジ」トサ、ヤク色ヲ見テ《義朝への鎌田の報告》

武蔵・相模の若党は、事前に為朝の〈筑紫〉での武技訓練の情報さえ得ていたと表現されている。〈東国〉武士の為朝認識には、かなり具体的・実際的に〈筑紫〉が背景としてあるように語られている。為朝と〈筑紫〉とが密着して認識されている、といってもよい。

大庭ばなしを隔てて、為朝の対戦者が相模武士から武蔵武士へと移行する。しかも、⑧までは、〈筑紫〉対〈東国〉合戦の枠組みがかぶせられているとはいえ、中心にはつねに為朝がいたが、**ついに⑨から為朝さえも外れて、〈筑紫〉対〈東国〉合戦の構図が独立してゆく。**高間兄弟と金子十郎家忠との対戦は、『保元』合戦部では初めての為朝ぬきの対戦である。〈筑紫〉対〈東国〉対戦の構図は、ついには、合戦部の主役である為朝を置き去りにするほどの、太い指向になっているのである。

三　為朝の〈矢〉の破壊力と命中率――観念性から現実性へ――

為朝一人の〈矢〉に注目する指向（孤高性・超人性）と、筑紫軍団の〈馬〉〈太刀〉に注目する指向（勇猛さ・荒々しさ）との重層化の問題は、別の観点から捉え返すことができる。後者の層にも為朝の〈矢〉は登場するのだが、前者の層と後者の層とでは、為朝の〈矢〉すなわち〈弓勢〉にたいするものの見方も違っている。為朝と詞戦いをしたとか、為朝に追いかけられたとか、為朝を攻めようとしたが未遂に終わったとか、そういう部分を除いて実質的に為朝が弓矢の力量・技量を披露した相手は、伊藤父子、山田小三郎是行、源義朝、大庭平太景義の四人だけである。前の二人が平氏方、後ろの二人が源氏方ということになる。為朝が示した力量・技量がそれぞれどのようなものであったかを整理すると、次のようになる。

為朝　対　伊藤父子…伊藤六の胸板を射ぬいて伊藤五の鎧の袖も貫く。　［破壊力］
為朝　対　山田是行…山田の鞍の前輪、鎧の草摺、本人を貫いて鞍の尻輪に立つ。　［破壊力］
為朝　対　兄義朝　…義朝の兜の星を射削って後ろの御堂の門の方立に立つ。　［命中率］
為朝　対　大庭景義…大庭景義の膝の関節を貫いて鐙の革、馬の腹をも貫通。　［命中率］

大雑把にいうと、為朝の弓矢の力量・技量は、破壊力から命中率へと変化している（後ろの二場面も「方立ノ板」や「馬ノ腹」を貫通しているので正確に言えば破壊力を具えたまま命中率も表現されるようになった）。前半から後半への変質は、為朝像の問題に留まらない。義朝の立った位置が「方立ニ後ヲ当テ、丑寅向ニ」であるとか、それにたいする為朝が「御所ノ内、辰巳ノ方へ打寄テ、築垣ニ弓杖二杖計」接近したと語るなど、後半では二人の位置関係が詳細である《為朝と義朝の対峙2》。《大庭兄弟と為朝の対戦》でも、大庭が馬に乗って白河北殿の「門ノ内」に駆け入り、たいする為朝の放った矢が「長鳴シテ御所中ヲヒヾケ、五六段計ニ」控えた大庭の膝を射たとする。これにたいして、前半部の伊藤父子はただ為朝の固めた門に向かったとあるのみで、山田も「門前ニゾ歩セ寄」とあるのみで、いずれも距離や方角の表現はない。どうやら、**合戦部の前半部（対平氏）と後半部（対源氏）は、話の形成過程からして異質であるらしい**。当然のことながら、これは対平氏、対源氏の違いではなく、「一人」の為朝（→〈一対多〉の対戦構図）と、筑紫軍団の首領たる為朝（→〈多対多〉の対戦構図）の問題と連動するもので、為朝の二十八騎（筑紫）に激しく追われて「アラヲソロシ」と言う鎌田（東国）の像と、為朝の〈矢〉の命中率がクローズアップされることが、同一の層であることを示唆している。印象からいえば、為朝の〈矢〉の破壊力と、馬の足の激しさ（「軍立ケワシキ」さま）が連動しているように見えるが、そうではない。**武士の実態をよく知らないところで形成された為朝像は非現実的なほどに〈矢〉の破壊力を発揮するのにたいして、武士社会に近いところで形成された為朝像（後述の『保元東西いくさばなし』）は〈矢〉の命中率も見せつけるし、〈矢〉だけではない〈馬〉や〈太刀〉の能力も発揮するのであるし、また、たったひとりで戦うということもなく軍団の首領として意味づけられるのである。観念的な武士像から現実的な武士像への変化**と言い換えてもよい。物語の管理圏はずっと寺院社会であってそこに変わりはないのだが、平安末期の寺院社会からすると武士社会は距離があったのにたいして、鎌倉中期にもなるとそこからの情報流入や人的交流（もと武士が比叡山に入って出家するなど）も進んで自然に距離感が近くなったのではないだろうか。現状の『保元』への層の折り重なりぐあいから見ても、**為朝一人の層のほうが先出的（〈対義朝戦クライマックス〉という基軸をもっているゆえ）であって、筑紫軍団の首領としての為朝像は後次的だと考えられる。**

四　〈筑紫〉〈東国〉両武士団の相対化——『保元東西いくさばなし』の想定——

1　筑紫勢の性格

表現主体が〈筑紫〉と〈東国〉との対戦構図を構成する意図をもっていたということは、両武士団の性格の相違までイメージを固めていたと考えられる。筑紫の「廿八騎」の名（《筑紫の二十八騎》）の一部は、次のように、合戦における役割分担ないしは得意技が披露されている。

箭前掃《やさきばらへ》ノ須藤九郎家季　→主君の矢面に立って守護する役目
アキマカゾエノ悪七別当→鎧札の隙間を射る精兵
打手ノ城八　→敵を殺すことを専らにしている
手取ノ余次三郎　→生け捕りを得意とする
三町ツブテノ紀平次大夫→礫の飛距離が長い
トメヤノ源太　→①最後にとどめをさす者
②敵の矢を止めることができる
大矢ノ新三郎　→長い矢を使いこなす

このような珍妙な名の第一義的意味は、「鎌田次郎正清」「大庭平太景義」「波多野次郎義通」ら**〈東国〉勢の正統的な武士の名と対照されて、〈筑紫〉勢が辺境の非正統的、土俗的な武士集団である点を表現するもの**であろう。そしてさらに、右のように、名寄せで紹介されるだけで、**為朝勢の軍団的構図が見えてくるような性質までも、これらの名は帯びている**のであるから、両義合わせて、「廿八騎」の名は、辺境的な、未知のエネルギーの集結を表現するものであるということができよう。「廿八騎」は登場箇所が少なく、実際の合戦場面でも、名が紹介される程度であるから、この風変わりな〝名〟には、相当の意味が込められていると考えるべきだろう。

為朝の乳母子の須藤九郎家季の登場も、為朝に密着する〈筑紫〉を表現したものといえる。乳母子であるゆえに、須藤ひとりが「廿八騎」から独立して語られる傾向がある。次の三場面である。

A　為朝が山田を射ようとした時、須藤に意見を求める（《山田是行と為朝の対戦》）

為朝、乳母子須藤九郎家季ヲ招ツツ、「…（相談内容）…」（須藤の返答→）「能候ナン」

B　為朝が義朝を威嚇しようとした時、須藤に意見を求める（《為朝と義朝の対峙2》）

（為朝は）乳母子ノ須藤九郎家季ヲ招キ寄テ、「…（相談内容）…」（須藤の返答↓）「御アヤマチバシセサセ給ハン」トテ制止申バ、（為朝が言い返す）

C　為朝が大庭を鏑矢（引目）で射ようとした時、須藤に意見を求める《大庭兄弟と為朝の対戦》

（為朝は）須藤九郎家季ヲ招ツツ、「…（相談内容）…」（須藤の返答↓）「サ候ナン」

為朝が超人的な〈弓勢〉をもって後白河帝方を撃退する〈一対多〉の対戦構図では、為朝は「一人」で立つ〝超人〟であったはずである。つねに側にいて意見を求める、乳母子須藤のような存在を持っているような側面と、異質性を呈するものである。須藤は、〝登場〟とは言っても、ほとんど為朝の質問にイエス・ノーで答える程度であるし、内容も実質的な問答（議論のような）ではない。このことから、問答の内容にはおそらく意味はなく、為朝が大事の時に意見を求めるような者がつねに側に〝存在〟しているという、須藤の〝存在〟ないしは〝登場〟に意味があるのだろう。義朝の乳母子である鎌田は、須藤にくらべると、かなり実質的な登場の仕方をし、場面を与えられた登場をする。**一方の須藤の三度の〝登場〟は、義朝と鎌田の間に先行的にあった坂東武者的紐帯に、釣り合い上、対抗させるために表現主体が投入した、筑紫武者的紐帯を表現しようとするものではないか。**すると、須藤の投入はかなり後次的だということになる。須藤なしで、為朝が自問自答しつつ物語が展開しても構わないわけである。

須藤の乳母子としての三度の登場や、須藤を含む「廿八騎」の合戦場面での登場は、一例（右のA）を除いて[3]すべて、対〈東国〉戦の場面（⑤〜⑪）に限られており、為朝の対戦者が平氏である際は、出てこない。右のBの為朝の言葉には、「坂東ノ者ノ習」を語るところがあり、Cの相談内容にも「坂東ノ者」に対峙する意識が強く表れている。為朝が〈東国〉に対峙した時はじめて、為朝の背後に、乳母子や郎等が出現するということであるから、**〈東国〉武士世界に対抗させるための〈筑紫〉武士世界の表現であると**考えてよい。もともと「一人」で立っていた為朝に〈筑紫〉要素を付与するための、乳母子や郎等の登場であるとも言える。

（3）唯一の例外である右のAも、対〈東国〉意識の中で出てきた登場であるといえる。山田は、為朝にとって平氏方の最後の対戦者であり、物語の展開上、次の対〈東国〉戦への流れが意識されてくるところである。先述の、馬の移動による場面展開の準備段階として、「為朝ガ矢ヲ人（＝東国勢）ニ見セバヤ」というところで須藤が相談相手として出てくる。したがって、表現主体の意識に沿えば、プレ〈東国〉の場面での須藤の登場といってよい。山田ばなし自体は古態性の色濃い話だと考えられるが、為朝と須藤の問答の部分だけは次の伊藤ばなしの冒頭と合わせて後補された部分だろう。

2　東国武士団の性格

為朝の乳母子や郎等が、為朝への密着や軍団としての一体化を表現する〝存在〟としての意味しか持たないものであるということは、それら各個人の個性には、ほとんど意が注がれていないということでもある。金子十郎家忠の対戦相手となった高間兄弟も、金子を引き立たせる脇役でしかない。これとは反対に、**〈東国〉武士の面々は、個性豊かに、一人一人の人物像やエピソードが語られている。**ここまで、〈東国〉内輪話を除いた残りの部分で構造を考えてきたので、これを構造の内部に位置づけることによって、小論の合戦部論は全体を呈示することになる。

この節で対象としているのは、①《義朝への鎌田の報告》、②《波多野と鎌田の軋轢》、③《片切景重の奮戦》、④《大庭景義の醜態》、⑤《関俊平の沈着》である。

〈筑紫〉勢の、結束性や一体性を基本とした、一糸乱れぬ集団行動や、役割の分担性（名前から）、首領為朝への密着度などの表現に反して、**一方の〈東国〉勢は、力量においての〈筑紫〉に対する劣等性にもまして、戦闘士気の欠如、軍団の分裂性、主君義朝への不順の態度などが表現されている。**もちろん、この〈東国〉武士団のマイナスイメージは、為朝や〈筑紫〉を称揚するための間接的表現でもあろう。

まず、①《義朝への鎌田の報告》から見てみよう。鎌田が〈筑紫〉の馬の勢いに押されて退却し、その状況を義朝に報告すると、義朝が〝馬上の組み打ちでは武蔵・相模の若党共がまさるはずだ〟という。これを聞いた武蔵・相模の若党共は、「カレ程ノ勢気体ニテ募タル我等ニハ似マジゲゾ」とささやき合う。文保本では「コレ程ノ勢気体ニテハ、募《つのり》タル我等ニハ似マジキゾ」となっていて、このほうが文意が通じやすい。「イカニ募《つのら》ス共」の「募《つのる》」は「もりたてる・激励する」という意で、「募タル我等」の「募」は「招き集める」という意だろう。〈東国〉自身の口から、自分たちを駆武者《かりむしゃ》（強制召集された消極的戦闘員）であると言わせ、それと対照するかのように、「カレ程ノ勢気体」すなわち**〈筑紫〉の結束性が強調される。**はじめ、「武蔵・相模」に呼びかけていた義朝も、ついには自分の直属の「相模」のみ（後の傍線部）に下知せざるをえない状況になる（このような表現の移行については後述）。表現主体は、**義朝の命令に必ずしも忠実でない〈東国〉武士団の内情を伝え、〈東国〉自身の口から、軍団の性質の差異を語らせることによって、結果的に〈筑紫〉の結束性を際立たせようとしている**のだろう。表現主体の持つ、〈筑紫〉対〈東国〉の構図認識からすると、この話は、軍陣におけるたんなるエピソードを伝えようとしているのではあるまい。

②《波多野と鎌田の軋轢》も、類似の認識に支えられている。鎌田に怖気《おじけ》心《ごころ》がついてしまって、それを波多野が嘲弄する話で、早い話が内輪もめなのである。義朝に庇護される乳母子《めのとご》鎌田と、そのことに不満を持つ波多野との対立が表面化していることを伝える話だが、この話の背景や史実性の問題[4]はとりあえず置くとして、ともかくも、義朝の乳母子が戦意を失っていること、これを義朝の郎等が嘲弄するという話は、**〈東国〉軍団の分裂状況を伝えるものだろう。**しかも波多野は、鎌田のもとへ行く際、「殿原、暫サ、へ給へ」と、いくさをそっちのけにして行くのである。波多野も、決して戦意が充実しているとはいえないし、**このような内部対立を抱えこんだ義朝の〈東国〉軍団の結束はきわめて危機的状況にあったとさえ言える面を持っていると語られている。**

（4）波多野と朝長との紐帯、鎌田と義朝との紐帯という二系列の主従関係の間に確執があったらしいことは、『保元』当該話のほか、『吾妻鏡』治承四年十月十七日条などを合わせ見ることによって、推測できる。

③《片切景重の奮戦》は、本文批評が必要なところで、景重の「門ヨリ西築地ノ犬走ニゾ打テ出、長刀《なぎなた》脇ニ夾《はさん》デ立タリケリ」（半井本）という姿を見て、東国武士たちは「古兵《ふるつはもの》ノナレバ、ヲソロシサヨ。軍モセデ休」と言うのである。ここは、築地塀の手前にある「犬走」に向かって駆けたのでは意味をなさない。文保本のように、「犬走ニソウテ」とあるのがよい。犬走に沿って立ち、長刀を脇に挟んでいたのである。敵の至近距離でありながら死角に入るがゆえに、いくさをしないで休むこともできるというのだ。その老獪さゆえにこそ、「古兵」と評されるのであるし、その近さゆえに「筑紫八郎ノ築セタル楯ヲ奪取」ることもできたのである。ここでは、景重にも戦意が満ちているとは言えないのだが、それはよいとしても、それを見て**「古兵ノナレバ、ヲソロシサヨ」などと言ってしまう東国武士像は、明らかに矮小化されている。**④《大庭景義の醜態》については、論を待たない。「是マデ扶タルニ、扶ケヨカシ」などと**命を惜しみ、それでいて「『臆病也』トハヨモ宣ジ」などと世間体だけは守ろうとする。**弟の景親も、兄の鎧と自分の鎧がどちらも惜しいので、「二両ノ鎧重テ着」るという**滑稽な様子で兄を肩にかけて「二処ニコソ休」みながら戦場に戻った**というのである。〃噂に聞く東国武士とはずいぶん違うではないか〃などといった印象を読者に与えようとしているに違いない。⑤《関俊平の沈着》は、南風が吹いて門の扉が開いただけで「『敵ノ蒐出《かけいづ》ルゾ』トテ、下野守ノ兵共、左右へサツトゾ逃タリケル」と語る。やはり**東国武士にたいする揶揄**だろう（承久合戦後の東国武士にたいする京の側の批判精神によるか）。そのとき、「臆病ノ殿原哉。風ニテ有物ヲ」と言いきった関次郎俊平でさえ、常陸国の中蔵三郎や甲斐国の志保見五郎・六郎が目の前で敗退・敗死したのを見て怖気づき、「シタ、カ者ニテ有ケレバ、我乗タル馬ヲ引倒シテ、『馬腹ヲ被レ射タルゾヤ』トテ、蚑々《はふはふ》ノキニケリ」と語られている。**ただ逃げたのではない。それでも馬の腹を射られたと言って自分の名誉だけは守ろうとしている。**世間体を守ろうとした大庭の場合と、まったく同じである。ここまでくると、**武士を揶揄しているというより悪意さえ込められているようにみえる。**第十二章で、終息部の〈為義出家〉〈為義最期〉〈幼息最期〉〈母の入水〉にも同様のまなざしが見えることを指摘するが、

一見つぎはぎだらけの物語形成を経ているように見えながらこのような認識の通底がみられることから、この物語は平安末期に祖型が成立してから一世紀半ほど原初の管理圏を出ていないとたびたび指摘しているとおりである。

ところで、――少し論を戻すが――②《波多野と鎌田の軋轢》に出てくる「橋本」は東海道の橋本宿らしく、**東軍と西軍が保元合戦のために馳せ参じたかのようなイメージの合戦像がある。**《義朝に従う軍勢の名寄せ》に、「尾張国ニハ、熱田ノ大宮司ハ舅ナレバ、我身ハノボラデ、家子郎等ヲ奉ル」とあるのが、その動きのもっとも象徴的な例だろう。熱田大宮司は、保元合戦のために郎等を上洛させたというニュアンスの文脈である。《為義と六人の子供の別れ》の「今度ノ軍ニ上リ合ヌ義明、畠山庄司重能、小山田別当有重ヲ」という表現も、合戦の報を聞いて急遽上洛する〝動き〟を踏まえた文脈（物語）の存在を示すものである（ここは為朝による東国国家建設構想の語り部分で、後出層）。ほかにも、為義は近江国蓑浦（箕浦）、為朝は「近江国ナル小山寺」（『兵範記』は「坂田」で、箕浦とほぼ同じ地域）を通過している。もちろん為朝（筑紫）の側にも「洗モセヌ結構シタル定」「一昨日切寄タルヲカキソイデ」「夜部指タルガ、能モ乾ヌニ」などとこの合戦に間に合わせたかのような〝動き〟が表現されている（二九五頁）。このような東西の動的な対比意識は相当の史実離れを起こした虚構であり、鎌倉後期のものではないだろうか。そして、**ここまでみてきたような、明瞭な東国武士像・西国（筑紫）武士像の描き分けをみると、統括的表現主体が一文・一節の単位で挿入したというよりも、『保元東西いくさばなし』のような物語が存在し、現存の『保元』はそれをとくに合戦部の後半に取り込んだ――そしてその痕跡がいまも見えている**――のではないだろうか。それを想定しうるほどに、一個の層として、『保元』内部にその存在を認めることができるのである。**『保元東西いくさばなし』から逸話や発想を借用しながら、鎌倉中期の天台宗周辺の表現主体が内容を改竄した**と考えるのがよいだろう。山田ばなしでも、話の内実と評語とのずれを指摘したように、保元合戦に関する周辺の伝承世界・物語世界の海から自らの都合の良いようにエピソードを簒奪してきた表現主体の相貌が窺い知られる。

五　〈坂東〉〈東国〉の重層化――異なる層の接合方法――

〈東国〉の概念は二重性を持っている。『日本国語大辞典』等によれば、〈東国〉と〈坂東〉とは元来区別されていて、京以東の近江・美濃あたりから関東東北地方を含む広い地域を〈東国〉と称し、その一部である相模・武蔵を中心とする関東地方を〈坂東〉と言ったらしい。〈東国〉と〈坂東〉とが対立概念であったというわけではなく、〈東国〉の内に〈坂東〉を含む、包含関係の概念であったらしい。したがって関東地方のことを〈東国〉と称しても誤りというわけではない。『保元』には、義朝勢を指して〈東国〉〈坂東〉両様の表現が用いられているが(5)、前章から〈東国〉の語を用いて論じているのは、〈坂東〉の概念も含んで使うことができるからである。

(5)〈東国〉の例は次のとおり。鎌田「正清東国ニテ数度ノ合戦ニ逢テ候ヘ共」、為朝「此合戦ニ打勝テ東国知行セン時」、為義「子共引具テ東国ヘモ趣キ」、鎌田「時ニ今ハ東国ヘ罷下テ、足柄山切塞テ」(これは関東地方のことを〈東国〉と呼んだ例)。一方、〈坂東〉の例は次のとおり。為朝「坂東ノ者ノ習、親死子死共」、為朝「坂東ノ者ニ手浪見スル事ハ」、為朝「坂東ニ下ラセ給ヘカシ」、為朝「坂東ノ御後見、為朝シテ」。この他に「将門ガ東八ヶ国ヲ打取テ」という例もある。

驚くべきことに、『保元』の表現主体には、〈東国〉と〈坂東〉の概念のずれを利用して、表現を操ったふしがある。そのことを検証するために、物語の流れに沿って、表現主体が、その〈東国〉をいかに表現したかを見てゆく。

まず、《義朝に従う軍勢の名寄せ》では、義朝に随う〈東国〉の武士たちの出身地は〈近江国・美濃国・尾張国・参川国・遠江国・駿河国・相模国・安房国・上総国・下総国・武蔵国・上野国・下野国・常陸国・甲斐国・信乃国〉となっている。要するに、関東だけでなく京より東の武者がすべて参戦したかのような広い〈東国〉の名寄せである。もちろん、『保元』合戦部の内実はこの名寄せに即しておらず、義朝のきわめて内輪の郎等・家人であろう相模国・

武蔵国の武士の合戦譚しか取材しきれていない。いや、保元合戦の実相が義朝の手郎等が奮戦した程度の小規模なものであったのだろう（ゆえに、発端部の広域的な〈東国〉の名寄せが後補であることは明白）。いずれにしろ、合戦部の、相模国・武蔵国の武士の小規模な合戦譚という内実と、発端部の壮々たる名寄せとの溝は覆いがたい。

義朝は配下の郎等たちに、為朝勢に立ち向かうよう、「武蔵・相模ノ若党ニハ争《いかで》カマサルベキ。押幷テ組デ見ヨ、者共。手本アルマジキゾ」と下知した。これに続けて表現主体は、「武蔵・相模ノハヤリノ男ノ若者共、是ヲ聞、『…（命令拒否の内容）…』」と、武蔵・相模の武士の、義朝の命に対する拒絶反応を語り、これに怒った義朝は「相模ノ若党、追ヤ追へ」と下知の対象を切り換える（《義朝への鎌田の報告》）。そこで大庭兄弟以下の「相模」武士が追撃し、為朝と義朝との対戦に至る。最終的に義朝の頼りになるのは、〈東国〉武士のうち、内輪の「相模」だけだったということか。このあと《為朝と義朝の対峙2》で、義朝は再び「相模ノ若党、何《いづれ》ノ料ニ命ヲ可レ惜ゾ。責ヨ〳〵。蒐《かけ》ヨ〳〵」と命令を下す。ここでも、「相模」のみに命が下され、これをうけて、為朝と大庭兄弟の対戦になる。(6)

（6）この「相模」から「相模」への流れの間に、じつは、「後藤兵衛真基（武蔵国）、信乃国住人敵（片切の誤り）小八郎大夫景重」が登場するが、この二名は上巻の源氏の名寄せに名前の見えないことから、この「武蔵」の部分は後補だろう（一九一頁）。したがって、ひとまずこれを無視して、「相模」から「相模」への流れと押さえたのである。

大庭が「相模国住人」として名乗りを上げて為朝に敗れたあと、合戦の視界がいったん拡がり、対戦構図も集団戦のような様相へと変わる。

「同国（相模国）住人海老名源太季貞」トテコソ寄タリケレ。須藤九郎家季ニ、弓手ノ臑当《すねあて》ノ余ヲ射ラレテ、馬ヨリ落テ、郎等ニ舁《かか》レテノキニケリ。武蔵国住人豊島ノ四郎ゾ寄タリケル。悪七別当ニ、弓手ノ股ヲ射レテ引退。同国（武蔵国）住人中条新五、新六、成田太郎、箱田次郎、是等モ寄テ、大事ノ手負テ引退ク。玉井四郎ゾ入違ケル。アキマカゾヘノ悪七別当ニ、馬腹射レテ落ニケリ。《筑紫勢と東国勢の対戦1》

これに続いて、「武蔵」の金子十郎家忠と高間兄弟との対戦になる。これまで、「相模」が〈東国〉の中心となって合戦をしていたのに、金子は「武蔵」なのである。改めて、右の集団戦的部分を見てみると、筑紫勢の対戦者がいつのまにか「相模」から「武蔵」へと移行していることがわかる。**右の集団戦は、「相模」の大庭兄弟の話から、「武蔵」の金子の話へと自然に移行させるための、ジョイントであったのだ。**『保元』の表現主体は、そのような違和感に敏感であり、しかも、微細な表現への注意力も持っているようである。

では、金子対高間兄弟の対戦が終わったあとに再び語られる集団戦には、どのような仕組みがあるのだろうか。

常陸国ノ住人中蔵ノ三郎押寄テ、大事ノ手負テゾノキニケル。甲斐国住人志保見ノ五郎、同六郎、クツバミヲ幷《ならべ》テ寄ルニ、筑紫ノ御曹司ノハナツ矢ニ、志保見ノ六郎、頸ノ骨ヲ後ノシコロ加ヘテ射抜レテノケニ落。又、是ヲ見テ、関次郎（常陸国）二ノ矢ニ射レナンズトヤ思ケン、シタ、カ者ニテ有ケレバ、我乗タル馬ヲ引倒シテ、「馬腹ヲ被レ射タルゾヤ」トテ、蚑々《はふはふ》ノキニケリ。信乃国住人蒔田ノ近藤武者、桑原ノ安藤次、安藤三、各々手負テ引退ク。木曾中太、弥中太（信濃国）モ大事ノ手負テノキニケリ。根津ノ新平、根井ノ大野太（信濃国）モ手負ニケリ。志津摩ノ小次郎（信濃国）押寄テ、悪七別当ニ胸板被レ射テ馬ヨリ落ヌ。（括弧内は、名寄せ部分など物語の他の箇所で判明する）《筑紫勢と東国勢の対戦2》

要するに、関東以外の広い意味での〈東国〉（京より東）の武士の名を連ねているのだ。右の集団戦に続けて表現主体は、「下野守ノ手武者共ノ、面ニ立テ軍スル者五十一人被レ打ニケリ。大事ノ手負八十余人、薄手負ハ注ニモ不レ及」と総括的に戦況を語っている。この集団戦を語る表現主体の意図は、**関東の、しかも「相模」や「武蔵」に偏った〈東国〉（いわゆる〈坂東〉）武士の登場を、何とか総合的・全体的なものへと矯正しようというものではないか。**名さえ出せば済むような集団戦的部分では、相模・武蔵（いわゆる〈坂東〉）より広域の〈東国〉の表現を狙ったのだろう。そして、これに合わせるかのように、**後付けで発端部の広域的な〈東国〉の名寄せを投入した**のだろう。

義朝に不利な戦況を語る右の場面が合戦を語る最後の部分で、このあと白河北殿に火を懸ける評定《ひょうじょう》へと展開してゆく。合戦部を締めくくるような戦況としては、**〈筑紫〉の為朝勢に〈相模・武蔵〉が対戦しているという小規模かつ偏った対戦構図のままでは、不都合であったはずだ。**局部的な戦況しか語りえなかった『保元』合戦部を、いかに総合的に矯正してゆくか、という表現主体のバランス感覚的指向が、集団戦の描写を作為せしめた（あるいは『保元東西いくさばなし』から援用された）のだろう。

全体を整理すると、表現主体のバランス感覚は、数段階にわたって発現されている。**初期段階**（**『保元合戦記』**をベースにしたもの）**では、合戦部の終盤は、頼賢・為朝対義朝・鎌田の名前が出る程度だったろう。**次に、**為朝対〈相模武士〉の対戦が加わった**と推定される。前者に〈筑紫〉の「廿八騎」が、後者に〈相模武士〉がそれぞれ付加されることによって、東西の軍団が対戦する構図となった。それは、為朝の〈矢〉をめぐる物語が合戦部前半に加えられたために、そのアンバランスを矯正する機能を負わせられたものだったろう。しかしその内実が、**まだ〈筑紫〉対〈相模〉という偏りをもったものであったために、それを〈筑紫〉対〈相模・武蔵〉、ひいては〈筑紫〉対〈東国〉へと矯正してゆこうとした**のである。こうして、厚みのある東西軍団の対戦構図が出来上がったと推定される。

六　クサビ式の接合方法

そもそも、**為朝と義朝との対峙が重複しているという不自然さがある。《為朝と義朝の対峙1》は、**鎌田が為朝に追いかけられて義朝にそれを報告した直後、義朝が「相模ノ若党」とともに為朝の前で名乗ったところである。このとき「兄ニ向テ」「父ニ向テ」の詞戦いがあり、結局、為朝が「親ノ免《ゆる》シモ無《なく》兄ヲアヘナク射殺テ、重テ不孝セラレテハ、如何《いかが》アラン」と自制することによって、対戦は未遂に終わる。じつはこの時の為朝像は、義朝を「マツ向内甲ノ程射ヨゲニ見ヘケレバ」と観察しているように、**命中率の人なのである。**

《為朝と義朝の対峙2》は、一度目の対峙（未遂）のあと《片切景重の奮戦》《波多野と鎌田の軋轢》を挟んで、「下野守義朝、門前へ進ミ出テ」と義朝から為朝に向かっていくのである（この重複感が、不自然なところである）。問題は、そのときの義朝の言葉である。義朝は為朝に向かって、「八郎ガ弓勢イカホドゾ。イカメシト云ナルヲ、義朝、試《こころみん》」と言うのである。**為朝の「弓勢」の「イカメシ」さ、すなわち破壊力を試そう（矢面に立っても自らはひるまないの意）と言っているのである**（ところが実際には、このあと為朝は義朝の兜の星を射削るような命中率を披露する）。これは、**義朝との対戦で為朝が〈矢〉の破壊力を発揮しようとしていたことの痕跡ではないだろうか。**一七七頁で述べたように、観念的ながら破壊力のほうが先出的であり、現実的な命中率のほうが後次的である。

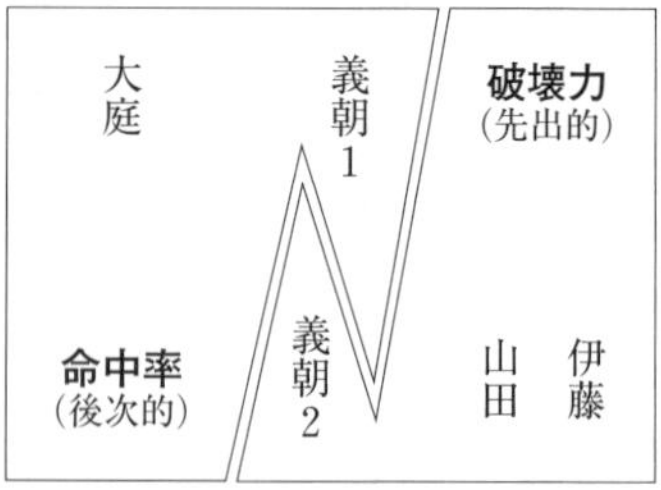

クサビ式

合戦部の前半部に寄せるように為朝の破壊力、後半部に寄せるように命中率、というように単純に接合していればわかりやすかったのだろうが、**クサビ状に命中率の話を前倒しして入れ込んでいるため、順序としては後から破壊力表現の痕跡が出てきても、ほとんど気づかれない。**このようにきわめて巧みな接合方法を用いることによって、つなぎ目部分がわかりにくくされているのである。

こうして後次的に覆いかぶさった層をはがすことによって、**合戦部において為朝の〈矢〉で物語を展開させる指向がかなり始源的な基調であり、それと為朝の弓勢の破壊力が連動していて、しかも義朝と対戦するところをクライマックスに据える展開を本来は担っていたのだ**ということが明らかになった。義朝にたいして、また大庭景義にたいして為朝が〈矢〉の命中率を発揮する層は、後次的なものなのだろう。

七　相模国ばなしの二次性、武蔵国ばなし（金子ばなし）の三次性

前節で述べた相模→相模・武蔵への拡大（広域化）について、もう少し補強しておく。合戦部の後半において、もっとも後から追補されたのは、武蔵武士の活躍部分だと考えられる。その前に、相模武士の活躍があったと推定される。さらにその前段階では、義朝の手郎等の名しか記されていなかったと考えられる（それが『保元合戦記』）。

後述するように、〈筑紫対東国〉の対戦構図は後次的に加えられた可能性が高いのだが、東国武士団の名寄せ《義朝に従う軍勢の名寄せ》は、その対戦構図と連動するものだろう。つまり、名寄せの全体も後次的だと考えられるのである。しかも、あとで引用するように、この名寄せには一部亀裂がある。ほとんどすべての武士が、「近江国ニハ……美濃国ニハ……尾張国ニハ……参川国ニハ……遠江ニハ……相模国ニハ……安房国ニハ……上総国ニハ……下総国ニハ……武蔵国ニハ……上野国ニハ……甲斐国ニハ……信乃国ニハ……」という国別の枠組みの中で語られているのだが、冒頭の**鎌田と川原源太の二名だけは、その枠組みに収まっていない**のだ。このことは、**本来の名寄せが、「乳母子ノ鎌田次郎正清ヲ始トシテ、川原ノ源太……ヲ始トシテ、**（郎等、乗替シラズシテ、）**宗トノモノ共、二百五十余騎ニテ馳向フ。」を枠組みとしたもので、名前が明示されたのは数名だけであった可能性があろう**（**鎌田と川原の二名だけであった可能性もある**）。いまカッコ内に入れた「郎等、乗替シラズシテ」も、名寄せ全体を賑々しくするためにあとから加えられた可能性を疑ったほうがよい。『兵範記』によっても、義朝勢は「二百余騎」なのである（清盛勢は「三百余騎」）。鎌田は相模国出身（秀郷流山内首藤氏）で、川原源太は、『平家物語』巻九に出る河原兄弟の父祖だとすれば武蔵国出身ということになる。この程度の手郎等だけが記されたのが、原態（一次層）だったのだろう。

その次の段階で義朝を取り巻く相模武士の様子が入ってきて（二次層）——いうまでもなく源義朝の本拠地は相模

国である――、それを広域化するために東国全体の武士の名寄せや記述が入ってきて（三次層。為朝が〈筑紫〉を引き連れて入ってくるのと同時期）、最終段階で武蔵武士の情報をとくに厚くする指向が加わっているようだ（四～五次層）。以下、その根拠を述べてゆく。

根拠の第一は、為朝の対戦相手が、伊藤父子↓（平清盛・重盛）↓山田小三郎是行↓（源義朝）↓鎌田正清↓源義朝↓大庭兄弟と移っていて、それ以降に登場する金子十郎家忠（武蔵国出身）は、為朝と直接対戦しないことである。つまり、為朝が後白河帝方の武将と〈一対多〉の対戦構図を繰り広げる、そのクライマックスは大庭兄弟の対戦であるように見える。これは、構成上の観点である。

根拠の第二は、《義朝に従う軍勢の名寄せ》における、武蔵武士の異様な突出である。相模武士が「大庭平太景義、同三郎景親、山内須藤刑部丞俊道、子息須藤滝口俊綱、海老名ノ源太（八）季定、波多野次郎吉道（義通）」の六名であるのにたいして、武蔵武士は豊島ノ四郎を初めとして計二九名にも及んでいる。人数が多いだけではない。武蔵武士のみ国名だけでなく、「横山ニハ」「粟飯原ト猪俣ニハ」「児玉ニハ」「村山ニハ」「高家ニハ」などという郷党別によって語られている。このような名乗り自体が、対戦構図の明瞭化や合戦規模の誇大化の指向によって鎌倉後期ごろに追補された部分だと考えられるのだが、明らかにそれをベースにしつつ、そこに武蔵武士をとりわけ詳細に紹介しようとする指向が後次的に加わったことを意味している。これについては、義朝や相模武士の存在感を相対的に軽減するために武蔵武士を多く登場させた――表現方法の一つとして――などという考え方もできなくはないのだが、右のような名乗りの突出の仕方を見ると、**鎌倉後期に相模武士にとって代わるほどの武蔵武士の台頭という実態があって、それが物語に反映したとみたほうがよさそうである。**

根拠の第三は、「武蔵・相模」と「相模」との揺れが見られる点である。義朝が《義朝への鎌田の報告》で、「武蔵・相模ノ若党ニハ争カマサルベキ。押幷テ組デ見ヨ、者共。手本アルマジキゾ」と言うと、「武蔵・相模ノハヤリ男ノ若者共」が反応するところまではよい。しかしそのあと、「下野守、彫抜《えりぬき》テ、『相模ノ若党、追ヤ追ヘ』」と相模武士だけに下知するのである。この直後《為朝と義朝の対峙1》に挙げられた名前は、「大庭平太、同三郎、山内須藤刑部丞父子、海老名ノ源八、波多野次郎等、二百余騎ニテゾ追タリケル」と、すべて相模武士なのだ。しかも、右の最初の傍線部「武蔵・相模ノ若党ニハ」は文保本では「相模ノ若党ニハ」となっていて、「武蔵」がない（波線部は半井本と同じく「武蔵・相模ノハヤリヲノ若者共」）。どうやら文保本の脈絡だと、義朝の会話文の中では相模武士に呼びかけ、地の文ではそばに武蔵武士も集まっているという構図を作ろうとしているようだ。つまり、金子十郎家忠ら武蔵武士の活躍部分を後補し接合したために、義朝の会話文では「相模」、語り手の地の文では「武蔵相模」と呼び分けることによって〝いま義朝が下知しているのは相模武士だがのちほど武蔵武士も登場してくるのでその伏線として相模の名称も出しておく〞といったスムーズな移行を図ろうとしたものらしい（半井本の書写者はそのことに無理解であった）。

この義朝の下知に応じて「大庭平太、同三郎、山内須藤刑部丞父子、海老名ノ源八、波多野次郎等」と相模武士が駆け出しており、為朝が義朝（相模武士）と対峙しつつも自己を抑制する話、鎌田・波多野の宿取論報復ばなしへとつながってゆく。鎌田を長追いして白河北殿の南門から離れすぎたことに不安を感じた為朝は、御所のほうへと戻ってゆく。それを見た義朝は、またしても、「責ヨ〳〵。息ナクレソ。死ネヤ〳〵」と兵士たちに勇猛さを要求している。この時、義朝の命令に応じて突撃した武士は、次のような人物たちであった（《義朝勢による追撃》）。

我モ々ト、門ノキハニ近付テ戦フ兵共ハ、大庭平太、同三郎、須藤刑部丞父子、海老名源八季貞、波多野次郎信景、後藤兵衛真基、信乃国住人、敵ノ小八郎大夫景重、是等ハ、人ニモ勝テ、面ニ立テ見タリ。

このうち、一人だけ**信濃国出身の**「**敵ノ小八郎大夫景重**」が登場するが、これは右の部分の直後に景重が敵の楯を取る話が控えているので、ここに名前を盛り込んだのだろう。景重は、『平治物語』で義朝のために討死する人物なので、ここに関しては『平治』からの影響を受けて景重の名が追補された可能性が高い。また、**後藤兵衛実基**（**武蔵**

武士）も、宝徳本（金刀比羅本）系統の『平治物語』や『平家物語』に登場する著名な武蔵武士を一人だけ取って付けたような不自然さがある。**それ以外の六人は、すべて相模武士なのである。**決定的なことに、この二人は、《義朝に従う軍勢の名寄せ》には出てこないのである。**名寄せの後補以降のさらなる後補であることは疑いあるまい。**『保元』の最終段階（鎌倉末期）で、『平治』や『平家』の影響を受けているとみられる点が、重要である。このころまでに、『平治』も『平家』も、現存本とあまり違わないものが成立していたのだろう。

　以上のことから、鎌倉末期の『保元』の最終段階で、武蔵武士をことさらに称揚しようとする指向が覆いかぶさっていることは間違いない。その延長線上に金子十郎家忠（武蔵武士）の奮戦があり、その金子が為朝によって「為朝モ多ノ兵見ツレ共、加様ノ者ヲバ未レ見《いまだみず》」と称賛されているのだから、**金子ばなしも鎌倉末期に後補されたものとみて間違いない。**合戦部の展開を見ても、相模武士が窮地に陥っていく流れの中で、義朝の「敵実ニ強クシテ、輙《たやすく》落べキ様モ候ハズ。火ヲ懸ズハ、可レ叶共不レ覚候」という発言へとつながるのだ。金子や武蔵武士の活躍（《金子家忠と筑紫勢の対戦》《筑紫勢と東国勢の対戦2》）は、合戦部終盤の流れを阻害するものと言わざるをえない。それらが初期の構想になかったことを示唆している。ちなみに、金子・山口・仙波の名は、《義朝に従う軍勢の名寄せ》においては武蔵国どころかさらにその一部である村山党だけに集中したものである（「村山ニハ金子十郎家忠、仙波ノ七郎、山口六郎」）。三五三頁で述べるように、鎌倉末期の最終段階（文保本書写のころ）まで、『保元』は天台宗周辺で書写されたとみられるが、それと同時期か直後の時期に武蔵国村山党の情報が入ったと考えられるのである。

八　大庭ばなしの後次性

合戦部において、金子ばなしだけでなく大庭ばなしも後補であると考えられる。ただ、誤解のないように先に述べておくが、金子ばなしのほうが最終的な後補であって、それに比べると大庭ばなしは一段階前には合戦部に定着していたと考えられる。合戦部の本来の姿は武蔵武士をさしてクローズアップすることなく、また金子・山口・仙波の活躍譚も存在しなかったと考えられるのだが、そうなると、合戦部の対戦譚の事実上の最後は大庭ばなしであったことになる。しかし、**大庭ばなしも、本来は合戦部に存在しなかった、すなわち後補された話だと考えられる**。

その根拠の第一は、合戦部の構想上の問題である。為朝の対戦相手が次々に入れ替わるという展開は、大きく見れば平氏↓源氏と移り、山田ばなしは別としてもそれ以外は伊藤↓平清盛・重盛父子、鎌田↓源義朝というように、身分の低い者から高い者へと配置されている（前章）。このような構成意識からすると、**為朝と義朝の対戦こそがクライマックスであるべきだった**のではないだろうか（これを、〈対義朝戦クライマックス〉の指向と呼ぶ）。根拠の第二は、**大庭ばなしに詞戦いが存在しない点**である。為朝と伊藤、為朝と鎌田、為朝と義朝というように詞戦いが仕組まれていることからみて、少なくともこれらは一個の構想のもとにつなげられたと考えられるのだが、大庭ばなしはこれから外れるのである。根拠の第三は、大庭ばなしだけ**馬の存在感が大きすぎる点**である。

> 五六段計ニ引ヘタル景能ガ膝ノ節ヲ片手切ニ射切テ、鐙ノ力皮、水緒皮、馬ノ折骨二ツ射切テ、馬ノ腹ヲアナタヘ通テ、鏑ハコナタニクダケテケル。馬ハ一足モ不レ引、ドヲド倒。主モ下リ立トシケルガ、足折テタ、レザリケル処ニ、内ヨリ「頸取」トテ、敵寄合ケレバ、大庭三郎、生年廿五ニ成ケリ、兄ガ馬ニ敷レテ伏タルヲ見テ、走寄リ、馬ヲバ押ノケテ、兄ヲ引立テケレバ、片膝折レタリケリ。《大庭兄弟と為朝の対戦》

この関係話は『吾妻鏡』建久二年（一一九一）八月一日条にもあるのだが、『保元』とはかなり異質でありながら、それも馬の使い方の話なのである。じつは、この大庭ばなしの直前は、「馬ヲバ免ニ、我モ々ト、門ノキハニ近付テ戦フ兵共ハ」と、徒歩《かち》立《だち》のいくさへと移行している段階なのである。それだけ接近戦になっているということだろう。「馬ヲバ免《ゆるす》ニ」の「免」は〃馬を自由にする、解放する〃ということで、馬を手放したことを意味するのだろう（文保本の「馬ヲバステヽ」が理解しやすい）。合戦部の終わり近くでも、「南風一筋吹来テ、門ノ扉ヲ吹アケタレバ、『敵ノ蒐出《かけいづ》ルゾ』トテ、下野守ノ兵共、左右ヘサットゾ逃タリケル。常陸国住人関ノ次郎俊平計ゾ片手矢ハゲテ立タリケル」とあるのは、徒歩立のイメージだろう。ところが、馬と密接なつながりを持つ大庭ばなしに入る際に、「大庭平太、同三郎、本ヨリ戦イ疲タリケレバ、馬共ヲ招テ打乗テ、二人、門ノ内ヘゾヲメヰテ蒐入《かけいる》」という傍線部のような合理化をすることによって、大庭兄弟を馬に乗せることを可能にしたのである。ここでも、もとは徒歩立であった状態から馬に乗ったのだということが明白である。**これほど不自然なつなぎをほどこしているのであるから、大庭ばなしが後補されたものであろうということは、まず間違いあるまい。**

　これほど不自然な理由づけによって大庭が馬に乗って門の内へと駆け入っているのは、大庭平太景義が「鐙ノ力皮、水緒皮、馬ノ折骨二ツ射切テ……」などという馬なしでは語れない結末をもっているからである。つまり、リアリティのために『保元』統括的表現主体の作文した話ではなく、すでに形を持っていた大庭ばなしを採用したということである。『吾妻鏡』に為朝と大庭の対戦の異伝ともいうべきものが収められていることからも、それは言える。おそらく、武士社会の成熟とともに彼らを発生源としたいくさ語りも無視できなくなり、それらを採り込む方向に軌道修正されたのだろう（とは言っても、『保元』の表現主体は一貫して武士社会にたいして冷ややかであるため、彼らの話をそのまま採り込んだのではなく表現主体の意に沿うように改変したのだろう）。

　そのような外圧だけではない、『保元』内部に生じた指向の変化も説明しておく必要がある。為朝が大庭に〈矢〉を射ようとする際、側にいる須藤九郎家季に「坂東ノ者ニ手浪（＝〈弓勢〉）見スル事ハ、是ガ始ニテ有ゾ」と、強い、対坂東意識を示し、征矢《そや》が物を射通すのは当然だからと、大庭を引目（後文によれば鏑矢）で射ようとする。そこで、「征矢ヲモ、能羽《よきはね》ニテハ羽《はが》ザリケリ。マシテノ矢ハ、晴ノアラバコソ、能羽ニテモ羽《はが》メ……」と三〇〇字以上に及ぶ為朝の〈矢〉の詳細な描写がはさみこまれている。合戦前にこれに似た為朝の〈弓矢〉の描写があったが、合戦部内ではここだけである。**伊藤・山田・鎌田・義朝のいずれに対峙した時でもなされなかった為朝の〈矢〉の描写が、大庭に対峙した時にのみなされるということは、対大庭戦こそが、為朝の最高の「晴」の場であるという認識があるということだろう。**先述のように、為朝の〈矢〉をめぐる物語が、伊藤→山田→義朝と設定されていることや、詞戦いの緊張感漸増指向にみえる〈平氏の郎等→平氏の主君→源氏の郎等→源氏の主君〉の構成意識からみて、初期の構想では対義朝戦こそが合戦部のクライマックスであったはずだ。**クライマックスが義朝から大庭へとずらされたのである。**そして対大庭戦は、先出的指向である為朝の〈矢〉の物語を引き継ぎ、後次的指向である〈馬〉のいくさも含み、東国武士にたいする筑紫武士の優越を語る指向もみえるように、**複数のせめぎ合う指向を合流させる機能を果たしている。**合戦部の各合戦譚において、その合戦の様相を形象している指向は、①為朝の超人的な〈弓勢〉を称揚する、②正統たる〈東国〉を〈筑紫〉が凌駕する、のいずれかであったが、①②の両指向が併存しているのは対大庭戦だけだということだ。表現主体が対大庭戦に二本の別個の指向を一本に収束するような機能を負わせようとしたからこそ、最後のクライマックスの位置にこれを配したのだろう。これを最後に為朝が消え、〈筑紫〉対〈東国〉の集団戦に移行しているところからみても、対大庭戦は、絶妙な位置に配されているといってよい。(7)

（7）なお、大庭ばなしの中に出てくる、「昔、八幡殿ノ後三年ノ軍ニ、金沢ノ城責ラレシニ」の「後三年」は、鎌倉末期に登場した表現だと考えられる（三八〇頁）。大庭ばなし、金子ばなしは、鎌倉後期～末期に相次いで後補されたのだろう。

九　義朝像・鎌田像の戯画化の後次性

ここまで、合戦部が重層化していることを指摘したが、この節では、重層化がさらに細かいところに及んでいることについて述べる。合戦部の冒頭では、鎌田は樊噲にも喩えられるほどの忠臣であった。その勇猛さにおいても、表現主体からの称賛にかげりはなかった。ところが、合戦部の中盤以降、鎌田像に傷が付けられるようになる。それが、**『保元合戦記』と『保元物語』**（**批判精神を強めた**）**との位相差**だろう。鎌田像を低劣化する指向が物語の重層構造上の後次的な要素であるという証拠が、ある。《為朝と鎌田の詞戦い》である。

（為朝が）「鎌田メ逃スナ、正清余スナ」トテ、廿八騎、ヲメキテ懸出ケレバ、**（イ）**正清、「取ラレジ」ト、取テ返シテモ打不ㇾ合、川原ヲ下リニ二町計、鞭鐙ヲソロヘテ、モミニモウデゾ逃タリケル。「ヲノレハ、何クマデ、ドコマデ」ト、音ヲ上テ責懸ル。宝荘厳院ノ西ノ門ニテ責懸タリケル。カエシモ合セネバ、御曹子、馬打止テ、「若党、長追ナセソ、馬ノ気ノ絶ニ。又、門モヲボツカ無。押シ隔テラレナバ、門破ナンズ。判官殿ハ心ハ武ク座ス共、老武者ナレバ叶マジ。兄殿原ハ、口ハサカ敷ク物ハ宣共、無勢ニテ、多勢ヲ禦《ふせ》グ事ハ叶マジ。イザ若党」トテ引返ル。正清ハ、大炊御門ヲ西へ逃ベキ物ガ、「主ノ前へ敵ヲオビキ入レン事悪ナン」ト思ケレバ、東川原ヲ三町計ゾ逃タリケル。敵ノ引返ルヲ見テ、河ヲ馳渡テ、上リニ、下野守ノ前ニ走セ参ジ、馬ヨリ飛デ下リ、甲ヲヌギ、高紐ニ懸、弓脇夾ミ、**（ロ）**アヘタク〳〵申ケルハ、「正清、東国ニテ、数度ノ軍ニ逢テ候へ共、是程ニ馬ノ足騒ク、軍立ケワシキ敵ニ、マダ合候ズ。「今ハカウ」トゾ覚候ツル。前様ニ一矢ヲ射ラレテ、余ノネタサニ、八郎殿ノ手取セントテ、蒐出《かけいで》サセ給ツレバ、叶ハジト存候テ、取テ返テ逃候ツルニ、「ヲノレハ何《いづ》ク迄々」ト責懸給ツル馬ノ足音ハ雷《いかづち》ノ落懸ル様ニコソ覚へ候ツレ。アラヲソロシ」トゾ申ケル。

おそらく、右の罫で囲んだ部分は、後補だろう。波線部に不整合が露呈しているように、鎌田は二度も賀茂川沿いの道を南下しているのである（「二町計」「三町計」の相違については誤写の可能性もあるゆえ問題視しない）。違和感は、そこだけではない。罫囲みの部分**（イ）（ロ）**は東国勢を脅かす筑紫勢の進撃の勢いの激しさを表現したものだが、両者に挟まれた間の部分で、鎌田は「甲ヲヌギ、高紐ニ懸、弓脇夾ミ」とした状態で義朝に報告している。これは、『平家』巻十一「那須与一」にも出る常套表現で、武士が大将に拝謁する際の威儀を示したものである。ここには、スピード感も、為朝に追われた恐怖感も窺えない。そもそも、ここの鎌田は、「敵ノ引返ルヲ見テ」から賀茂川を渡っているのであって、間際まで追いかけられたわけではない。（イ）（ロ）の猛勢とは、明らかに異質な部分が保存されているのである。細かいことだが、おそらく古い形では、鎌田の「走セ参ジ、馬ヨリ飛デ下リ」の動きも、「参ジ、馬ヨリ下リ」のような沈着冷静さを示す表現だったのではないか。鎌田像も異なる。古くは、「正清ハ、大炊御門ヲ西へ逃ベキ物ガ、『主ノ前へ敵ヲオビキ入レン事悪ナン』ト思ケレバ」とあるように、鎌田の冷静な判断を称える指向に支えられた話だったのだろう。それならば、樊噲にも喩えられた古態層の鎌田像と符合する。ところが（イ）では、「正清、『取ラレジ』ト、取テ返シテモ打不㆑合」とあるように、恐怖のあまりに逃げているのである。つまり、**〈沈着冷静な判断によって自ら迂回した鎌田像〉から、〈筑紫軍団の驀進《ばくしん》に恐懼して敗走を余儀なくされた鎌田像〉へと変容している**のだ。そのような異質な鎌田像の接合の痕跡が、二度の川原下りとなって表出しているということだ。

ここでまた学ぶべきことは、**鎌田像が低劣化することと、為朝像に筑紫の二十八騎が付いて筑紫軍団化することとは、発想上、連動しているとみられるということだ。**どちらも、鎌倉後期に付与されたものだろう。義朝像についても、詞戦いで為朝に負けた際に、「道理ナレバ、音モセズ」と語り手から厳しく評価されたり、その後の対戦で、「下野守、目暗テ、馬ヨリ落トスルガ、鞍ノ前へツハ《(輪)》、馬ノ揺髪《ゆがみ》ニ取付テ、甲ヲサグレバ、矢モ立《たた》ザリケレバ、ヲキアガリテ、心地ヲ取直シ、ヘラヌ由ニモテ成テ申ケルハ」と虚勢を張ったり、「（為朝に狙われているのを知って）由無《よしなし》トヤ被㆑思ケン、下野守、扉ノ影へ打寄テ」と尻込みすると表現されたりするのは、やはり鎌倉後期の層だろう。なぜならば、合戦部冒頭の頼賢に対抗する義朝像とは明らかに異質であるし、鎌田像の低劣化とここの義朝像が通底していると考えられるし、対峙している為朝のそばに須藤九郎家季（為朝像のうちの後次的な層に登場する）の存在があるからである。これらは、終息部で、父為義を処刑したがゆえの罪業深き義朝像とは区別しておくべきだろう。

十　明瞭化のために加わった層

次の《為朝の弓勢に驚く義朝》も、文脈が重層化したとみられる格好の事例である。

件ノ馬ハハネ走テ、西ノ川原へ走出タリケルヲ、A鎌田次郎見付テ、下野守殿ニ、「是御覧ジ候へ。此馬ニ立テ候矢ヲ。八郎御曹司アソバシタル御矢也。カヽル事コソ承及候ハネ。此馬ノ主ハ候ハジ。前輪ニ矢ノ通タルダニ候ニ、主モ鎧着ヌ事ハヨモ候ジ。穴《あな》、威《おそろし》」トテ、舌ヲ振テ申ケレバ、下野殿、是ヲ見給テ、「八郎ガ弓勢イカメシト云共、争《いかでか》猿事ハ可レ有。前輪ヲ射破ダニモ難レ有ニ、主ヲ射通テ、尻輪《しづわ》ニ射付ベキ様ヤ可レ有。是ハ、八郎ガ人ヲ威《おどさん》トテ、計リ事ニ作テ出タルゾ。ドコナリケル凡夫境界ノ者ノ、胄武者ヲ鞍ナガラ是程射通ベキゾ。正清、一当アテテ見」ト宣ヘバ、「承ヌ」トテ、百騎計ノ勢ニテ押寄テ、B「大炊御門ガ末、南へ向テ固メ給ハ、源氏カ、平氏カ。カウ申ハ、下野守殿ノ御乳母子、鎌田次郎正清也」ト申ケレバ、「是ハ筑紫八郎為朝也。汝ハ一家ノ郎等ゴサンナレ。サコソ日ノ敵ニ成共、争カ己《おのれ》ハ相伝ノ主ヲバ可レ計ゾ。引テノケ」トゾ宣ケル。正清、浅笑テ、詞モタバワズ申ケルハ、「日来ハ相伝ノ主、只今ハ八逆ノ凶徒也。正清ハ副将軍ノ宣旨ヲ蒙タリ。相伝ノ主ノ御身ニ、郎等ノ射矢ハ、立ヤ不レ立ヤ、試給へ。此矢ハ正清ガ射矢ニ非ズ。伊勢太神宮、正八幡宮ノ御矢也」トテ、我詞ハテナバ、此君ニ射ラレ奉ナンズト思テ、一ノ矢ヲ放ケレバ、御曹司ノ左ノ貌崎《かほさき》、半頭《はつぶり》ノ間ヲ射削《けづ》リテ、甲ノ手崎ニシタヽカニ射付タリ。

これも罫囲みのAは、後補であろうと推測される。なぜならば、「下野殿、是ヲ見給テ」とある部分は、前からの流れを直接受けるのならば、鎌田の言葉にたいして、「是ヲ聞キテ」などとあるべきところだろう。本来（古態層）は鎌田の報告を介在させずに、義朝が直接、鞍に立った為朝の〈矢〉を発見したという流れだったのではないだろうか。

さらに、「正清、一当《ひとあて》アテテ見《みよ》」と義朝に言われた鎌田があっさりと「承《うけたまはり》ヌ」と返答して駆け出しているのも、上文の「穴《あな》、威《おそろし》」と言って「舌ヲ振テ」報告してきた鎌田像とまったく符合しない。

それに、鎌田が「百騎計ノ勢」を率いて攻めたと表現される部分も古く、ほかに、「十余騎ノ兵ヲ前後左右ニ立テ」（源頼賢）、「物具シテ歩行ナル兵八十人有ヲ」（源義朝）、「七八十人ミナ大将軍ノ前後左右ニ立囲テ守リケルハ」（同）、「是等ガ八十人ノ中ニ取籠テ守リケリ」（同）、「伊藤武者景綱、五十騎計ノ勢ニテ、先陣ニ勧テ申ケルハ」（伊藤景綱）、「雑色共ノ中ニ取籠テ守リケリ」（平清盛）と、比較的古態層だと考えられるところに武士を群れで語る表現が多い。逆にいうと、**後次層のほうが、武士を群れではなく最初から個として語る傾向が強くなる。**

次に、罫囲みのBが後補だという根拠は、詞戦いが合戦部に展開を付与するために投入されたものと考えられるからである。ただし、これを後補と言うならば、これまで述べてきたような〈平氏の郎等→平氏の主君→源氏の郎等→源氏の主君〉の流れが成り立たなくなるので、ここでいう後補とはAと同列のものではなく、より根源的な、『保元』の原態として成立する際にはすでに必要だったろうと思われる基本要素である。にもかかわらずこれを後補として指摘しなければならないのは、Bを取り除いた部分にもっとも素朴な叙述がみられると考えられるからである。たとえば『愚管抄』巻四のように、保元合戦についてある程度まとまった記事をもつ『保元合戦記』のようなものである。

十一　おわりに

おおもとは、『保元合戦記』（推定）である。それは、さしたる合戦譚をもたず、『愚管抄』のように合戦の経緯を叙事的に記したものであったと考えられる。なぜならば、為朝の〈矢〉の物語（山田・伊藤・兜の星を射削られる義朝）もなく、為朝と後白河帝方武士との詞戦いもなく、須藤九郎家季や筑紫の二十八騎の登場もなく、大庭や金子などの合戦譚もなかったとすれば、あとに残るのは骨組みだけだからである。ただ、為朝と義朝とが兄弟対決したことを特記する程度の叙述であったろう。

そこに為朝を巨大化する指向が芽生え、外部の『山田物語』のようなものを発想上の起点として為朝の〈矢〉の物語が創出され（一方に為朝像を『陸奥話記』の義家像に準える発想も加わり）、その行き過ぎを矯正するかのように筑紫勢と東国勢の軍団対決の構図が覆いかぶせられ、大庭ばなしを中心にして先行する二本の指向がさらに有機的に統合され、最後に金子ばなし（村山党ばなし）が追補された。

その方法は、山田ばなし、大庭ばなしのように既存のいくさ語りが存在していて、そこに内包されていた指向を援用したり、離れたところを繋ぐために鎧の袖や馬の鞍を利用したり、詞戦いや須藤九郎家季を断続的に投入して等質感や展開を創出したり、明瞭化のために添削を繰り返したり——などという複雑なものであった。

このように、おそらく平安末期の一一七〇年代から一三一八年までの一世紀半ほどの時間をかけて重層化したのが、現存の『保元』合戦部だと考えられるのである。

終息部の論

第十一章　『保元物語』終息部の二段階成立

一　問題の所在――二層の日時記述――

『保元物語』の研究において、古くから「本文批評上の問題箇所」（岩波新大系）とされているところがある。為義ら主要人物は別として、源平のいわゆる〝その他大勢〟の処刑を一括する記述が二か所に重出しており、しかもその日付がずれているのである。

A　廿五日、源平ヲ始テ、十七人ガ首ヲハネラル。《崇徳院方武士十七人の処刑》

B　十七日、源氏平氏棟トノ者、十三人ガ首ヲ切ル。《崇徳院方武士十三人の処刑》

日付の順序も、七月「廿五日」が先に、「十七日」が後に、それぞれ記されているという不自然さもある。かりに両者をともに不整合のないものと考えて、一回目に「十三人」、二回目に「十七人」の計三十人が処刑されたと考えてみる（図解の甲）。ところが、一回目「十三人」（十七日）のほうには源平の「棟トノ者」が処刑されたと書かれているのであるから、二回目「十七人」（廿五日）の中に家弘・忠正らが入っているのは、なんとも解せない。崇徳院方で――為義・為朝らの最期は別に話が準備されているので当然除外されているものとして――家弘・忠正以外に「棟トノ者」がいたとは考えにくい。

それとは別の整合の取りかたがある。「廿五日」のほうには「源平ヲ始テ」とある。そこに注目すれば、源平の「十三人」を含んで、それ以外の氏族の被処刑者（四人）も含めて「十七人」となる（図解の乙）。これならば、一事実にたいする二方向の解釈の相違、ないしは伝承の派生方向の隔たりということになる。おそらく、それが正解だろう。物語のつくりに引き寄せて言い直せば、やはり、同一事件情報の入手経路を違えた〝重出〟という不手際を犯しているのである。ここには、『保元』の形成上の問題が潜んでいるようだ。

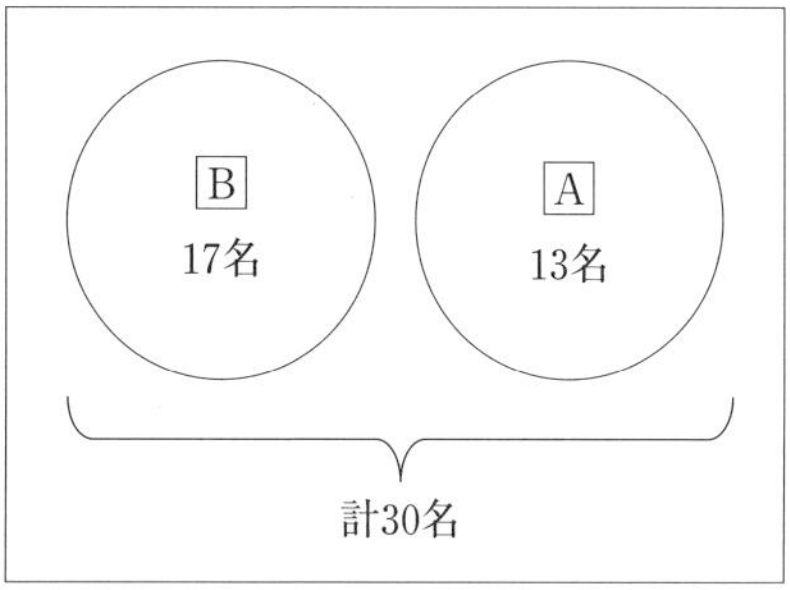

甲の考え方

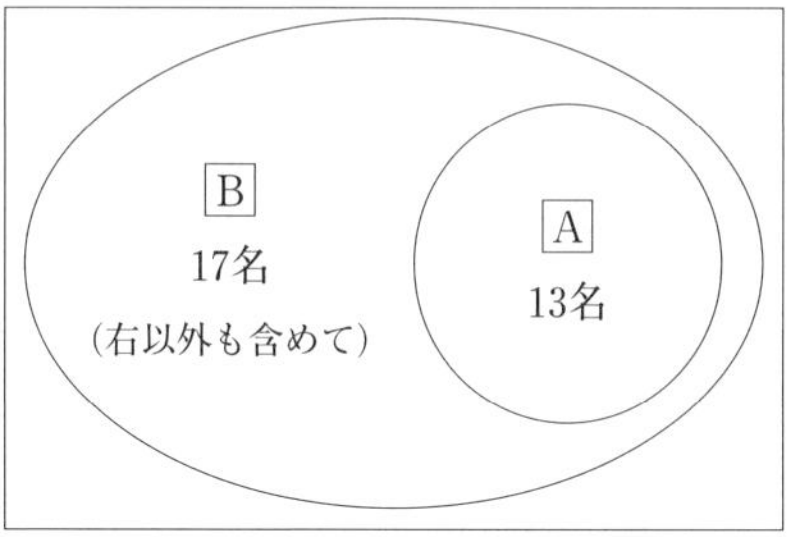

乙の考え方

二　問題箇所（亀裂）および問題の質の特定

頼賢らの《長息最期》の日付は明示されていないものの、その直後に、「十七日、源氏平氏棟トノ者、十三人ガ首ヲ切ル」とあることからすると、七月十七日に斬られた「十三人」の中に、年長の五人の弟は含まれているとみるべきだろう。家弘・忠正だけでなくこの五人を除いてほかに「棟トノ者」と言える者を数え上げることは、難しいからである。そして《幼息最期》は、「船岡山ニ行付テ、昨日首切シ所へハ行カデ」とあるので、《長息最期》の翌日が《幼息最期》ということになり、**《幼息最期》に暦時間を当てはめると、七月十八日ということになる。**(1)

(1)　乙若が、「使アナタへ走リ、コナタへ返リセン程ニ、日暮ナンズ」とか、「夜ニ入タランワビシサヨ。日ノ有ニ、只今被レ切ハ、中〳〵吉シ」などと語っていることからすると、七月十八日の夕方ということになろうか。そして、母は「今日三日精進ノ間」とあるので、これを三日目の満願だと解釈してよいとすれば、為義妻がこれに出かけたのは、十六日、十七日、十八日ということになる。しかし一方で、為義妻が入水したあと、「良久（ややひさしく）有テ、引上タレ共、早事切終ケリ。二時三時トカウスレ共叶ネバ、川ノハタ少シ引上テ、葬送シテコソ帰ニケレ」とあるのによれば、そしてこれが幼少の弟たちの処刑と同日のことだとすれば（乙若の言に、「母ニテ有人、此暁、八幡へ参リ給ツルゾトヨ。今日三日精進ノ間」とある）、夕方までまだ間のある日中のこととなる。別に述べるが、《幼息最期》と《母の入水》は別々に生成されたようだ（「三日精進」の語もじつは後補）。

ところが、これとまったく相容れない時間が、『保元』の中には流れている。《為義最期》も暦時間の記述をもたないが、その直前に、「廿五日、源平ヲ始テ、十七人ガ首ヲハネラル。…（中略、忠正らの処刑）…伯父ヲバ甥ニ切セテ後、左馬頭義朝ニ、『父為義法師ガ首ヲハネテ進《まゐらせ》ヨ』ト被レ仰」とあることから、七月二十五日以降のことと設定されているようにみえる。鎌田と波多野が為義を輿に載せて「七条朱雀」に向かったのが「夜半計」のことなので、右の流れからすると、**七月二十五日の日中、平忠正らの処刑が行われて、その「夜半」に、為義を輿に載せて「七条朱雀」に連れ出し斬首した**ということなのだろう。「伯父ヲバ甥ニ切セテ後、左馬頭義朝ニ……ト被レ仰」のニュアンスからみて、そこに数日の時間を挟んだとは考えられないからである。そして、これに続く、《長息最期》の冒頭が「重テ宣旨ノ下ケルハ」とあるのは、為義処刑の宣旨に続くものという意味だろうから、その考えに従えば、《長息最期》は七月二十六日以降のこととなってしまう。

　左馬頭、打手ヲ分テ遣ス。為朝ハ大原ノ奥ニ有ト見ヘテ、打破テ逃ヌ。行方ヲ不レ知。残五人、静原ノ奥、鞍馬、貴船ナンドニ、アソコ爰ノ峰ヤ、アシコノ谷ニツカレ伏リケルヲ、押寄セ々々、搦取テ、船岡山ニテ切ラントス。

とあるように、五人を捕まえるのに数日はかかったろう。ともかく、**五人の処刑は、七月二十六日以降**である。ところがその直後に、先にも引用した「十七日、源氏平氏棟トノ者、十三人ガ首ヲ切ル」がある。先述のように「源氏平氏棟トノ者」の中に年長の五人の弟たちが含まれていないとは考えにくい。そのことを重視すれば、五人が船岡山で斬られたのは七月十七日のこととなる。要するに、**《長息最期》は、前から読めば七月二十六日以降のこととして設定されており、後ろから遡及して読めば七月十七日のこととして位置づけられている**ことになる。さらに〈幼息最期〉の冒頭は「猶々義朝ニ宣旨ノ下リケルハ」とあって、《長息最期》冒頭の「重テ宣旨ノ下ケルハ」を受けていることは疑いないので、**為義処刑（七月二十五日夜半）→「重テ」の《長息最期》（七月二十六日以降）→「猶々」の〈幼息最期〉の表現連鎖を重視すれば七月二十七日以降のこととなる**（「船岡山ニ行付テ、昨日首切シ所ヘハ行カデ、サワヤカナル所ニ輿舁居《こしかきす》ヘタレバ」とあるので、《長息最期》と〈幼息最期〉は連続した二日間の設定）。ところが、**《長息最期》は七月十七日の可能性もあるわけだから、それとの連動を重視すれば〈幼息最期〉は七月十八日とも読める**わけである。「重テ宣旨」「猶々…宣旨」の表現連鎖で明らかなように、**《長息最期》と〈幼息最期〉は連動性・一体性が強く、亀裂が入っているとすれば、〈為義最期〉と《長息最期》の**間ということになる。〈為義最期〉を内容的に受けた《争乱の総括》が存在するという問題もある（そこに区切れの意識があった）。〈為義最期〉は為義が子義朝に殺されるという特殊なテーマをもっており、そのことによる為義の業の深さ、業の深さからの逆縁的な往生というテーマも含まれている。そのことと、非戦闘要員である幼少の弟までもが殺されるという悲惨さ、それを後追いする母親の入水という哀切さは、一応テーマが別と考えるべきだろう。もう一つ明らかになったことは、暦時間を追う場合には亀裂が走っている

終息部の時間の矛盾と二重性

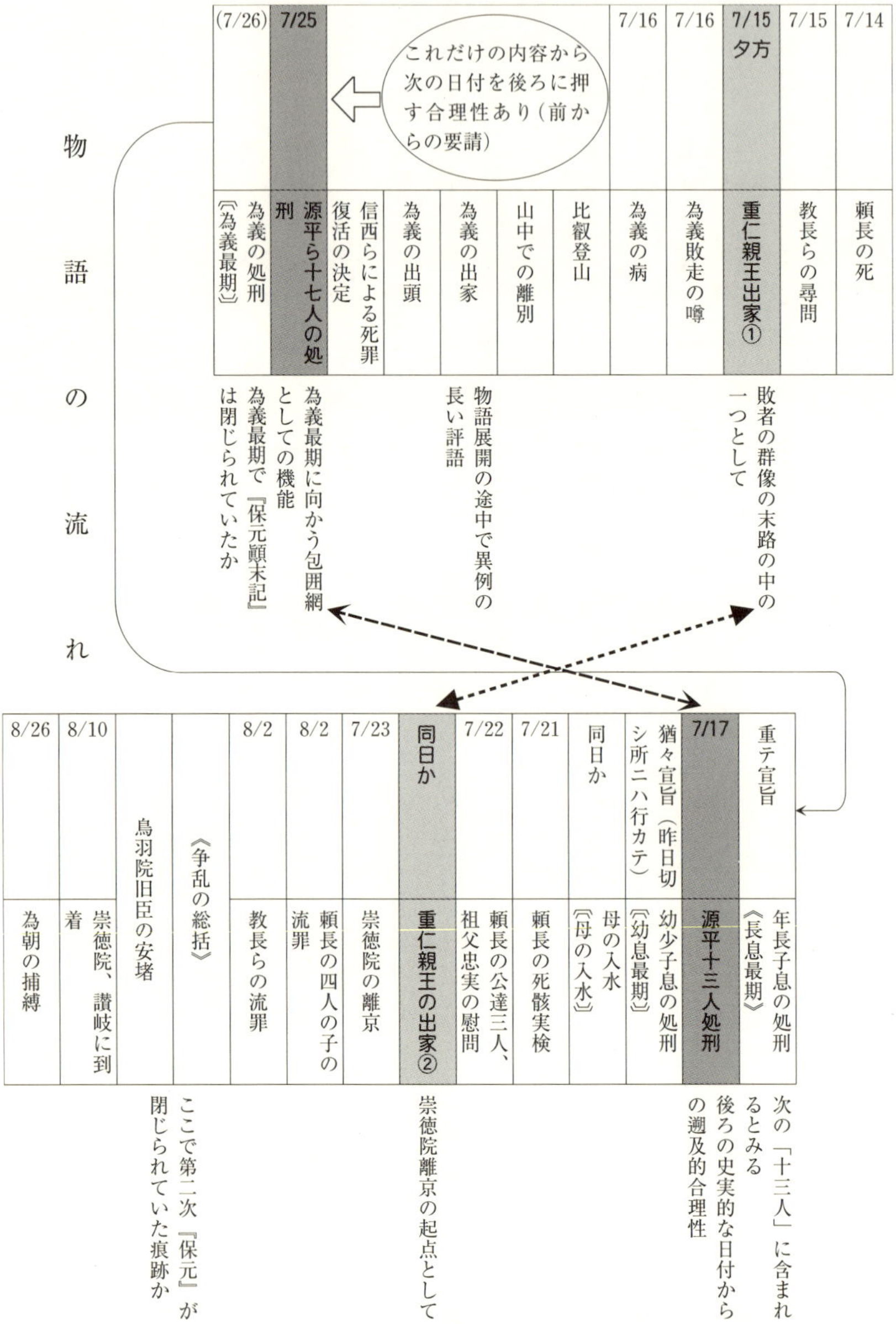

7/14
頼長の死
7/15
教長らの尋問
7/15 夕方
重仁親王出家①
7/16
為義敗走の噂
7/16
為義の病
比叡登山
山中での離別
為義の出家
為義の出頭
信西らによる死罪復活の決定
7/25
源平ら十七人の処刑
(7/26)
為義の処刑〔為義最期〕
これだけの内容から次の日付を後ろに押す合理性あり（前からの要請）
敗者の群像の末路の中の一つとして
物語展開の途中で異例の長い評語
為義最期に向かう包囲網としての機能
為義最期で『保元顚末記』は閉じられていたか
物語の流れ
重テ宣旨
年長子息の処刑《長息最期》
7/17
源平十三人処刑
猶々宣旨（昨日切シ所ニハ行カテ）
幼少子息の処刑〔幼息最期〕
同日か
母の入水〔母の入水〕
7/21
頼長の死骸実検
7/22
頼長の公達三人、祖父忠実の慰問
同日か
重仁親王の出家②
7/23
崇徳院の離京
8/2
頼長の四人の子の流罪
8/2
教長らの流罪
《争乱の総括》
鳥羽院旧臣の安堵
8/10
崇徳院、讃岐に到着
8/26
為朝の捕縛
次の「十三人」に含まれるとみる
後ろの史実的な日付からの遡及的合理性
崇徳院離京の起点として
ここで第二次『保元』が閉じられていた痕跡か

ように見えても「宣旨」→「重テ宣旨」→「猶々…宣旨」による展開だと見れば整合的で、父→長息→幼息（→母）の流れでもあるので、このような構成意識自体に亀裂はないことになる。**亀裂が走っているのは、暦時間のほうである。**

三　処刑記事重出の要因

この問題は、そこだけを取り上げて検討しても、何も見えてこない。いま問題になっている二か所を、少し幅広く概観し直してみる。

[A]為義の探索
←為義の比叡登山《とうざん》と出家
←六人の子どもたちとの別離と為義の出頭
←死罪復活の決定
←**源平ほか十七人の処刑（忠正を含む）…七月二十五日**
←為義処刑（波多野と鎌田の論争、為義の口説きを含む）

[B]為義処刑
←為義の年長の五人の子（為朝を除く）の処刑
←**源平の主だった十三人の処刑（忠正なし）…七月十七日**
←為義の幼少の四人の子の処刑
←為義の妻の入水

このように、[A][B]それぞれの一文ずつを切り出していては見えないことが、物語の展開の中において果たしている機能を窺うことによって明瞭な意味を見出しうる。[A]は、官軍が為義のゆくえを探し、その為義は比叡山に登って出家を果たし、山中で六人の子どもたちと再会し、また別れ、義朝のもとに出頭するという流れの中で、死罪の復活が決定され、それに即応するかのように〝源平ほか十七人の処刑（忠正を含む）〟があって、為義の処刑へと進んでゆく。展開の中の位置だけでなく、具体的な文脈としても、「清盛ガ伯父ヲ切ナラバ、義朝、父ヲバ切ランズラント、和讒ニ構テ切テケリ。伯父ヲバ甥ニ切セテ後」とあって、**Aは義朝が父為義を斬首せざるを得ないような圧力を加える機能を果たしている。**〈源平ほか十七人の処刑→そこに忠正が含まれる→為義の処刑〉という流れは動かせないということである。このように、**Aは、徹頭徹尾、為義ばなしの中で機能を果たしているのである**（『保元』のもとの姿は、《為義最期》までであったと考えられる（『保元顛末記』＋『為義物語』＝鎌倉初期の『保元』か）。

一方のBは、処刑される人物が、〈為義→為義の年長の五人の子→源平の主だった十三人→為義の幼少の四人の子〉と移り、《母の入水》へとつながってゆく。**この流れの中でのBは、幼少の四人の子が斬首されるところにクライマックスの意識をもっていることがわかる。**幼少の四人の子とその母親という非戦闘要員にまで余殃が及ぶ悲劇を語るところに、その主眼があるのだろう（戦闘に参加した為義、年長の五人の処刑とは質的に異なる）。この流れの中にあってB**は、〝為義も、年長の五人の子も、源平の主だった十三人も処刑されて、いよいよ幼少の四人の子への包囲網が狭まってきた〟という、非戦闘要員処刑への圧力を倍加させる機能を負っている。**

このような意味づけ（読み）が誤りでないことは、Bがこの位置に偶然入れられたのではないことを証明すればよいだろう。Bの直後に「明ル十八日ニ事ノ由申。故院ノ御中陰ノ間也。獄門ノ木ニ不レ可レ懸トテ、御使ヲ指副テ、穀倉院ノ南浦ニゾ被レ捨ケル」とあるが、これは幼少の四人の子が斬首されたあとの「四ノ首ヲ持テ、左馬頭ノ見参ニ入、事ノ由ヲ申バ、『其等モ不レ可レ懸、捨ヨ』トゾ被レ仰ケレバ、父ヲ恋カナシミケレバトテ、父ノ墓縁覚寺ニ送テ、一所ニコソ埋ミケレ」と呼応関係を確認しうることによって（とくに「モ」の存在）、幼少の四人の子の斬首を語るコンテクストの前後に獄門問題を配置する意識があるということがわかる（少なくとも、統括的表現主体の段階では）。

じつのところ、《為義最期》と、《幼息最期》および《母の入水》はそれぞれ別々に形成されたらしいのだが、現存の半井本の段階では、両者が接合され、一体化が図られているのである（次章）。その**前者すなわち一連の為義ばなし（敗走→出家→出頭→処刑）の中で機能していたのがAであり、後者すなわち〈幼息最期〉および〈母の入水〉の中で機能していたのがBであり、両者を接合した際に、〝源平の十七人ないしは十三人を処刑した〟とする類似の文脈の重出感が表出してしまった**というわけである。

そこで再び、A「廿五日、源平ヲ始テ、十七人ガ首ヲハネラル。」、B「十七日、源氏平氏棟トノ者、十三人ガ首ヲ切ル。」の問題に戻る。二〇六頁の図解を見てもわかるように、『保元』に先行的に入っていた日付は、物語の前（頼長死去の「十四日」、崇徳院方加担者の流罪決定や重仁親王出家の「十五日」、為義の探索の「十六日」）からのつながりでA「廿五日」のほうだと考えられる。**〈比叡登山、山中での離別、為義の出家、為義の出頭、信西らによる死罪の決定〉と盛りだくさんの内容が押して来れば、必然的に「廿五日」ごろまで時間が押してくることになる。**〈幼息最期〉〈母の入水〉も、少なくとも物語の内部時間では、〈為義最期〉に続く物語だと読める。

一方、B「**十七日」は、七月二十一日の頼長の死骸実検、同二十三日の崇徳院離京など暦時間を大きく動かすことのできないものが後ろに控えていて、それへの接続を意識しつつも謀反人の処刑記事を同時に〈幼息最期〉に機能させるためには、記事の位置はその直前に置く必要があった**ということだろう。要するに、〈頼長の死骸実検→頼長の三人の子による祖父忠実面会→重仁親王の出家→崇徳院の離京〉の流れには二十一日、二十二日、二十三日という日付との密着性があり、それらの〝ひとまとまり〟の冒頭にあたるのが「七月二十一日」の頼長の死骸実検なので、物語の構想上、それ以前に（七月二十日以前に）一連の源氏末路譚を終わらせておきたいと表現主体は考えただろう。そこで発想されたのが、源平の主だった者十三人の処刑を「七月十七日」とする日付だろう。「十七日」を起点にすれば、〈幼息最期〉は十八日のこととなり、〈母の入水〉まで含めても十八日夜までに語り収めることができる。

端的にいえば、**最大の摩擦点を、B「十七日、源氏平氏棟トノ者、十三人ガ首ヲ切ル」に絞ることができ、その記**

事の位置は前からの要請（為義→長息→幼息の流れ）によってそこに設定されたものの、「十七日」という日付については、後ろの「二十一日」からの逆算式の要請によって遡及せざるをえなかったと結論づけることができる。(2)

（2）太陰暦の日付と明暗感覚の関連性の問題がある。〘為義最期〙は「暗サニ肩ヲゾ打タリケル」と書かれるような〝夜の物語〟である。「時剋押移ラバ、上下万人集リタラバ」「人ノ見ヌ間ニ疾々」とあるので、未明か早朝だとみられる。このような暗さを機能させる〝夜の物語〟に、「十七日」という満月に近い夜はふさわしくない。つまり、旧暦二十五日という日付の設定は、〘為義最期〙と緊密に結びついていると考えられる。ちなみに——直接関係のないことだが——〘為義出家〙にも比叡山中での「サヨフケガタニ」という時間が出てくる。為義関係の伝承は、夜の場をイメージして語られる性質をもっていたのかもしれない。一方、〘幼息最期〙と〘母の入水〙はいずれも午後から夕方にかけての時間帯で共通している。〘幼息最期〙には、「日暮ナンズ」「夜ニ入タランワビシサヨ。日ノ有ニ、只今被レ切ハ、中〳〵吉シ」とあるし、〘母の入水〙にも、「六条堀川ノ宿所」を「此暁」に出発して石清水に「物詣」に行った母の帰りが遅いので、波多野が八幡の方向に迎えに行ったところ赤江川原で出会って同行し、母の入水後「二時三時」は蘇生を期待したが叶わなかったので葬送を済ませて帰ったとあるので、午後から夕方にかけての物語だということがわかる。日中の物語であれば月の満ち欠けは関係しないので、「廿五日」でも「十七日」でもいいわけである。為義関係の日程は操作しにくいが、後者は操作しやすかったと考えられる。

四　日付矛盾問題の根深さ

新日本古典文学大系の脚注が明示するように、[B]における異本との異同状況は、次のような様相を呈している。

[底　本]　十七日、源氏平氏棟トノ者、十三人ガ首ヲ切ル首ヲ切ル。明ル十八日ニ事。七日源氏平氏棟トノ者十三人カ首ヲ切ル。明ル十八日ニ事ノ由申。

[彰考館本]　十七日、源氏平氏棟トノ者、十三人ガ首ヲ切ル首ヲ切ル。明ル十八日ニ事。（按脱実検字切已下衍）十七日源氏平氏棟トノ者十三

人カ首ヲ切ル。明ル十八日ニ事ノ由申。

彰考館本の書写者がすでに状況を理解しておらず、脱字を想定して解決しようとしていることがわかる。彰考館本の傍注の意図するところは、「十七日、源氏平氏棟トノ者、十三人ガ首ヲ切ル首ヲ切ル」が二度出てくるのでそこは衍文（目移りによる重複文）と解釈し、「明ル十八日ニ事ノ由申」の中に「実検」の二文字を補って理解しようとしたのだろう（「明ル十八日ニ事ノ由申シ実検ス」ないしは「明ル十八日ニ実検シ事ノ由申ス」）。それに校注者の指摘するとおり、[B]の内部だけの混乱に留まらず、[A]と[B]との類似文の重出という現象をどう解釈するかをめぐって、古来――彰考館本にすでに苦悩が窺えるゆえにおそらく物語成立の直後から――転写に携わってきた者たちを悩ませたのだろう。[A][B]の矛盾を解決する方策の一つとして、十七日に斬首、十八日に報告、二十五日に首実検などと矯正して矛盾を解消しようとした指向が一瞬芽生えた段階があったのかもしれない（成立段階ではなく転写ないしは生成の段階において）。しかし、十七日と二十五日とでは――暑くて遺体の腐乱の進む時期でもあり――あまりにも日付が隔たりすぎていて、間隙を埋めがたい。なによりも、内容的に、[A]は為義最期に向けて機能していて、[B]は非戦闘要員の最期に向けて機能しているという深層の指向のずれに気づいたとき、これ以上は手を加えられないと判断したのではないだろうか。多くの転写者が、微視に入りすぎていたということだ。巨視的に見て、『保元』終息部の源氏末路譚が、〈為義最期〉をクライマックスとするか、非戦闘要員の最期をそれとするかでせめぎ合った様態を見失い続けてきたということである。これに関して、鎌倉本の姿が原態であるかのような異見もあるが、それは鎌倉本が矛盾を解消し矯正しようとしているということなのである（鎌倉本には史実考証性が指摘されている）。

なお本文批判の立場から、栃木孝惟（一九七九）も「二十五日」ではなく「十七日」のほうに鼠入性を認めている。本書のような文脈の読み、構成上の位置から得られた結論と栃木論とが、はからずも一致する。半井本的な本と鎌倉本的な本との共通祖本があって、そこから現存半井本に至るまでの過程でなされた営為のようである。

五　重仁親王出家記事の二重化

不自然に重出しているのは、謀反人処刑記事だけではない。重仁親王の出家記事も、二度語られている。次の重仁親王出家記事Ａ Ｂには、どちらにも（イ）敗走時から出家までの経緯、（ロ）花蔵院僧正の抵抗と出家後の慨嘆、（ハ）清盛が助けなかったことへの評価、が含まれているので、どちらにも同じ記号、同じ線種を付して引用する。

Ａ（イ）新院ノ一宮重仁親王ハ、東西ヲ失セ給。此日来、尋奉レ共、座サザリケルガ、十五日夕方、女房ノ車ニ乗具テ、新院ノ御所ヲ尋テ、仁和寺ノ方ヘゾ御座ケル。朱雀門ノ前ヲ過テ行セ給ケルヲ、平判官実俊ガ見付進テ、止進テ、内裏ヘ此由申ケレバ、「『何ヘ渡セ給ゾ』トテ尋奉レ」ト被レ仰ケレバ、「別意趣無。命ヲヤ扶ルトテ、出家ノ志ニテ罷出」由ヲ申サセ給ケレバ、「サラバ本意ヲ遂サセ給ヘ」トテ、仁和寺花蔵院僧正定暁ノ許ヘ入奉ル。軈テ実俊守護奉。御共ニハ、左衛門大夫憲盛、右衛門尉光重ト二人ゾ参ケル。（ロ）僧正、再三辞退被レ申ケレ共、宣旨重リケレバ、不レ及レ力、剃奉給ケリ。殊ニ此宮コソ位ニモ付、春宮ニモ立セ給ベシト、世ニモ待進ツルニ、無レ敢御出家有ケレバ、僧正余ニ悲ク覚テ、度々請取被レ申ザリケリ。（ハ）此宮、故刑部卿忠盛ノ養君ニテ御座ケレバ、清盛、頼盛ハ御乳女子ニテ、見放奉マジキ人ナレ共、内裏ヘ参ヌル上ハ不レ及レ力。御出家ノ由承テ、両人涙ヲ流テ、泣々惜ミ奉ケリ。

Ｂ（イ）一宮ハ、夜ニ入テ、花蔵院僧正ノ許ニ入セ給タリケルヲ、（ロ）暫シハ用イ申サレネ共、勅使相具進タリケレバ、ナマジヒニ請取奉ル。御髪下サセ給ニケリ。十七ニゾ成セ給ヒケル。年来候ケル人達ハ、「春宮ニモ立セ御座シ、御位ニモ付セ給ハンズラントコソ思ヒシニ」トテ泣悲ム。（ハ）此宮ハ、平家刑部卿忠盛ガ養ヒ進セタリケルニ、其子共ニテ清盛ガ余所ニ見進スル事コソ無慚ナレ。

まず、日付とそれぞれの位置づけの問題であるが、Aは「十五日夕方」とある。これは、頼長の七月十四日の頼長の死去を受けた流れで、同十五日（おそらく日中）の崇徳院方加担者の流罪決定と、《経憲・盛憲・助安の拷訊》を受けたものである。そして、Aの重仁親王出家記事のあと、同十六日の為義探索記事へと続くのであるから、Aは前後の十五日と十六日に挟まれた「十五日夕方」である。きわめて合理的な流れである。一方のBには、日付こそ含まれていないものの、「夜ニ入テ」という時刻表現がある。これは頼長死骸実検の七月二十一日、師長らによる祖父忠実慰問の同二十二日を受けた、その二十二日の夜のことらしい。直前の「明日廿三日、新院讃岐へ移サレ給フベシ」という蔵人右少弁貞長による綸言の伝達もあることから、この「夜」は七月二十二日の夜と解釈して間違いない。そしてBの重仁親王出家記事のあと、「明ル廿三日ノ未夜深キニ、院ハ仁和寺ヲ出サセ給フ」――すなわち崇徳院離京記事へと続いてゆく。こうして概観してみると、**Aでは頼長死去の「十四日」が、Bでは頼長死骸実検の「二十一日」がそれぞれ有効に機能したということだろう**（栃木孝惟（一九九七）は二つの日付を矛盾なく読もうとするが）。

こうして、それぞれの前後の流れの中での位置づけを概観してみると、**Aは**頼長の死、経憲らの尋問、重仁親王の出家、為義の探索などと広域的な視界の中で重仁親王を点描していて、全体として**敗者の末路を語ろうとする指向に支えられている**ことがわかる。一方の**Bは、崇徳院の離京の前段階として重仁親王の出家があるという位置づけで、Bのこのあたりの前後の記事が崇徳院に集中化していることを前提としたうえでの重仁親王出家記事である**ことがわかる。言い換えれば、**Aは、**〈為義最期〉〈謀反人処刑2〉〈幼息最期〉〈母の入水〉など**群像の最期譚（人の死への瞠目）を連続させるなかに点描された重仁出家叙述**だとみることができ、**Bは**崇徳院の離京や讃岐での生活、崩御（怨霊化しない）まで含めて**後日譚に比重を移した『崇徳院物語』**(3)**の前置きとして重仁出家を位置づけようとした叙述だ**とみることができる（「日本国」問題があるので崇徳院の物語が怨霊譚になるのは鎌倉末期だろう）。

（3）福田晃（一九九〇）も『保元』以前に『崇徳院物語』の存在を想定するが、本書は崇徳院怨霊やその鎮魂を物語発生の契機とは見ない。それは後次的要素である。怨霊化しない崇徳院の末路（遷幸〜崩御）を語った、若干の抒情性を含んだ歴史叙述を本書では鎌倉初期の『崇徳院物語』と想定している。その様相が、現状の『保元』から透かし見える。

次に、[A][B]それぞれの文脈に立ち入って分析してみる。記述の全体量が異なるので単純に文字数では比較できないが、それぞれの内部での比重の違いは指摘できる。[A]においては、（イ）重仁親王の敗走の過程と仁和寺入りの様子が詳細で、[A]の全体における六割以上の分量を占めている。これにたいして[B]における（イ）に相当する部分は、ごくあっさりしている。次に、双方の（ロ）どうしを比較してみると、[A]における（ロ）は花蔵院僧正の苦悩に密着しているのにたいして、[B]における（ロ）は花蔵院僧正の苦悩はそこそこにして、「年来候ケル人達」の、しかも出家を食い止められなかったことへの悲嘆が付されている。そして、双方の（ハ）を比較してみると、[A]における（ハ）は清盛にたいする批判はなく、清盛・頼盛の「涙」を描くなどむしろ同情的で、それを命じた「内裏」への批判を滲ませている。これにたいして[B]における（ハ）は、清盛をストレートに批判している。

[A][B]それぞれの表現に踏み込んでみても、**[A]は群像描出型のひとコマにふさわしく、仁和寺入りするまでの紆余曲折、受け入れた仁和寺花蔵院僧正の葛藤が重厚に語られている**のにたいして、**[B]は仁和寺入りも花蔵院僧正の葛藤もあっさりしており、ひととおりの慨嘆と最初から決めつけた感じの清盛評（躊躇や遠慮がない）が付されていて、いかにも『崇徳院物語』の中のひとコマとして語られた重仁親王出家記事である**（『古事談』（一二一四年ごろ）第五—五四話に西行の、『十訓抄』（一二五二年）第一—三話に蓮妙（蓮如）の関連話が確認できる。鎌倉初・中期に成長していたのだろう）。

六　おわりに——終息部に見える段階的成立過程——

日付の矛盾問題に端を発した『保元』の亀裂問題は、『保元』の段階的成立問題に絡むようだ。現時点で、その段階的成立過程を想定してみると、**第一に**、〔為義出家〕〔為義最期〕の存在（叙述量も含めて）と《争乱の総括》が事実上、伯父・甥、父・子の殺し合いに焦点化していることから、そこに区切れ目の意識があったとみる。これは天台宗周辺で形成された『為義物語』（〔為義出家〕〔為義最期〕）を元にしつつ、そこへの流れをつくるために死罪の復活、謀反人処刑記事を前に置いていることから、素材（『為義物語』）の段階よりも広い叙述領域をもった物語（頼長死骸実検、崇徳院離京、謀叛人流罪までを記した『保元顚末記』）の中に位置づけ直されたものとみることができる。その広い叙述領域をもった物語の中に、合戦部の原型である〈対義朝戦クライマックス〉指向の部分（東国武士、大庭ばなし、村山党ばなしの流入以前）も付加されてきて、それが『保元』の成立（鎌倉初期）となったといえようか。〔幼息最期〕〔母の入水〕は、その拡大異本のような派生形として捉えればよい。〈対義朝戦クライマックス〉は、合戦部においては、現状の『保元』から村山党ばなしの層、大庭ばなしの層、東国軍団の層をはがしたところにみえるもので、相対的にかなり古いという根拠もある。そのテーマは、〈子が父を殺さねばならない、いくさというものの非情さ、またそれを起こしてしまう人間の業の深さ〉だろう（義朝批判ではない）。そこには、平氏、後白河帝など政権（体制）批判も含まれていた（清盛の「和讒」、後白河帝の発言「我ヲ射タルガアマタアンナル」）。それが発生しうるモチベーションは、平安末期か遅くとも鎌倉初期までのものだろう（鎌倉中期になるとそれはかすむ）。これに七月「廿五日」の日付が含まれていた。こちらの物語は、その日付からすると、頼長の死骸実検や崇徳院の離京に意を払っていない可能性が高い。**第一次成立分は、人間の最期というものに焦点化した物語であったようだ。**

そして**第二は**、七月「十七日」の日付から付け直し、頼長死骸実検、崇徳院の離京、そしてそれらにまつわる忠実・頼長関係話、崇徳院・重仁関係話が割って入り、鳥羽院旧臣安堵で結ぶ物語である。こちらは、**人間の最期というより争乱の終結、秩序回復という方向に指向がずれているらしく、秩序回復にふさわしく、頼長の死骸実検と崇徳の離京まで語り収めることによって物語を安定させた**のだろう。**その次の第三段階で、**鳥羽院旧臣の安堵と対応する物語冒頭の鳥羽院聖代観の表現や熊野託宣譚が物語に入ったとみる。サンドウィッチのように、物語の枠組みを押さえたとみるのである。宇野親治ばなしも、これと連動していた。物語のテーマが、〈時代の転変を語ること〉へと変貌を遂げたのである。物語の冒頭部は明らかに後付けであり、もとあった冒頭部と差し替えられたことについては第二章で指摘した。『愚管抄』に近い「ムサノ世」の到来にたいする認識がありつつも、『愚管抄』にみえる不安感の喪失も確認できるので、鎌倉中期だろう〔だからこそ『保元』は史論ではなく物語として成立した。野中（一九九七、一九九八）〕。これがほぼ現状に近いかたちの『保元』の成立となる。

日付の矛盾が絡む段階的成立問題はここまでだが、このあと、合戦部の筑紫対東国の対戦構図の層（第四次）の流入を経て、崇徳院怨霊譚や配流後の為朝の事績および為朝渡島譚を鎌倉末期に加えて、第五次の『保元』が成立した。いくつもの形成・成立の段階がある中で（十層～二十層程度が想定される）、もっとも重要なのが、『保元顚末記』と『為義物語』を接合した初期の『保元』の成立（平安末期～鎌倉初期）と、物語の冒頭・末尾の枠組みをもって時代転変のテーマにスライドした第三次『保元』の成立（鎌倉中期）だろう。それ以外の層は小さなもので、もとあった指向が延伸されたり、武士像がデフォルメされたり、表現が潤色されたりする程度のものであったろうと考えられる。

文献

栃木孝惟（一九七九）「『保元物語』の成立と展開（1）――崇徳院讃岐遷幸記事をめぐって――」「語文論叢」7号／『軍記物語形成史序説――転換期の歴史と文学――』東京：岩波書店（二〇〇二）に再録
栃木孝惟（一九九七）「新院讃岐遷幸関係記事の考察――離京前後――保元物語成立考」「千葉大学人文研究」26号／再録同右
野中哲照（一九九七）「〈構想〉の発生」「国文学研究」122集
野中哲照（一九九八）「歴史文学の系譜と展開」『軍記文学の系譜と展開』東京：汲古書院
福田　晃（一九九〇）「語り本の成立――台本とテキストの間――」「日本文学」39巻6号

第十二章　『保元物語』終息部における源氏末路譚の様相

一　問題の所在

『保元物語』終息部で、源氏末路譚（〈為義出家〉〈為義最期〉〈幼息最期〉〈母の入水〉）は、いずれも哀切な別離や最期を主題としていて叙述量も多いが、平忠正ら平氏の話や源頼賢など源氏の年長の子供たちの話は叙述量も少なく感情移入もなく淡白である。これは物語の成り立ちが二層的であることを意味しているのだろう。おそらく前者は唱導の場で成長した素材伝承（説草）が物語に流入したのであろうし、後者は簡略で実録的な歴史叙述である『保元顚末記』そのままの部分だということだろう。ただし、それは直感的な印象でしかない。それを実証的に裏づけるのが、本章の目的である。

本章では、『保元』終息部において源氏末路譚がいかに特殊であるかということと、源氏末路譚の内部においては一定の共通位相がみられることを指摘する。その前提として、第二節～第六節で、終息部の源氏末路譚以外のところが実録的であることをまずは指摘する。第七節以降で、源氏末路譚の共通位相の指摘に進む。

二　頼長関係記事の実録性

『保元』の日付が意外にも史実と齟齬しないことについては、栃木孝惟（一九七二）など先行研究の指摘がある。ここでは、日付の正確さだけでなく、記述内容の詳密さや、そこにメッセージ性を込めるなどの軽微な虚構性があることを指摘し、それらが『保元』の中でひとつの層として横たわっていることを指摘する。

『兵範記』七月二十七日条の罪名宣下の記事には、兼長、師長、教長ら二十九名の名前が列挙されている。為義は、その中の一人に過ぎない。**為義、為義の幼息、母の話が『保元』終息部のかなりの部分を占めていることと比較すると、『保元』の異様さが際立つ。**〝『保元』には敗者の末路への注目がある〟などという言い方をすると、本質を見失う。同じ敗者であっても、頼長や忠実、崇徳院（離京まで）の記事は、さほど増幅もしていないし虚構化もはかられていない。しかも、**周辺史資料よりも『保元』のほうが、正確で詳細だとさえ言える**のである。

『兵範記』の七月二十一日条には、頼長関係の記事がまとまって入っている。

左府ノ死生、日来未ダレ定マラ。被ルル二召シ出ダサ一輩、各称ス二中(異)ナル趣ヲ一。皆、有リ二疑ノ殆《のこ》ル一。顕憲ガ息ノ僧玄顕、申シテ云ハク、「十一日、合戦ノ庭ニテ被ルレ疵ヲ。十二日、経二廻シ西山ノ辺ヲ一、十三日、於テ二大井河ノ辺ニ一乗リレ船ニ、同日ノ申ノ刻ニ付キ二木津ノ辺ニ一、先ヅ申ス二事ノ由ヲ於入道殿(忠実)ニ一。依テ不ル二知食サレ一、扶持ノ輩、渡シ二申ス千覚律師ノ房ニ一。其ノ後、一夜ニシテ悩乱シ、十四日ノ巳ノ刻許ニ薨去セリ。即キテレ夜ニ、乗セレ輿ニ、竊《ひそか》ニ葬ル二於般若山ノ辺ニ一。骨肉五体併シナガラ雖モレ不トレ違ハ、直ニ殯シ了ヌ」者《てへり》。依テ二此ノ申状ニ一、今朝、差(指)シ二定メ官使ノ史生幷ビニ滝口三人ヲ一、相ヒ二具シテ彼ノ玄顕ヲ一遣シ二南京ニ一了ヌ。

頼長については『兵範記』の七月十四日条にも、①七月十二日に出家したこと、②この前後には仁和寺あたりに隠れ住んでいたこと、が記されていた。それと右の部分をつなぎ合わせると、次のように整理することができる。

1、七月十一日…合戦の場で負傷。
2、七月十二日…西山のあたりを経廻していた。この日、仁和寺周辺で出家した。
3、七月十三日…大井河のあたりで舟に乗せた。
4、七月十三日の申の刻（夕方）…木津あたりに到着し父忠実に報告。面会叶わず千覚律師の坊に入れる。
5、七月十四日の巳の刻（午前）…薨去。

これらは、『保元』の次の部分に相当する。

（十一日）左府ハサガリテ落サセ給ニ、誰ガ放矢共ナキ矢ノ流来テ、左府ノ御頸ノ骨ニ立ケルゾ浅猿シキ。…（中略）…経憲、車ヲ取寄、舁乗セ奉テ、嵯峨ノ方へ渡シ奉リケルガ、経憲ガ親、顕範ガ墓所ノ住僧ヲ尋ケレ共、無リケレバ、近キ程ナル、人モ無、ト或小家ニ舁入奉ル。（十一日）今夜ハソコニテ明サセ給フ。…（中略）…**十二日**、左大臣殿、未ダ死終給ワズ、猶目計ハタラキ給ケリ。…（中略）…嵯峨ヲ出ルニ、釈迦堂ノ前ニテ、僧徒アマタ出デ来テ、御車ヲ留進ルヲ、様々ニ乞請テ、梅津ニ行テ、帷ヲ賃ニカヰテ、小船二艘借テ、組合テ、柴切入テ、木コリ船ト号テ下ス。日暮ニケレバ、鴨川尻ニゾ止マリケル。明ル**十三日**、木津河ニ入テ、柞ノ森ノ辺ニシテ、図書允俊成シテ、「富家殿ニ、今一度、御対面申サセ給ハントテ渡セ給テ候。限ノ御在様ヲモ御覧ゼラルベキ」ノ由、被㆑申タレ共、「此事、中〳〵見奉ラジ」ト被㆑仰ケル御心程コソ推量ラルレ。…（中略）…千覚律師ヲ尋ケレ共、無ケレバ、松室ノ玄顕得業ニ尋合ケレバ、急参テ、輿ニ舁乗奉テ、南都へ入奉ル。玄顕ガ坊ハ、寺中隅院ナリケレバ、人目ヲ恐、近キ程ナル小家ニ舁入進テ、様々ニイタワリ奉リ、御飯湯ナンド勧奉レ共、露計モ御喉へ入サセ給ズ。玄顕見奉ニ、悲テ、御枕ノ上ニ参テ、「玄顕ガ参テ候ハ。君ハ御覧候ヤ」ト、高ラカニ申ケレバ、打ウナヅカセ給へ共、見知給タル御気色ニ非ズ。七月**十四日**卯時ニハ、彼小家ニ入奉リタリケルガ、終ニ其日ノ午時計ニ失サセ給ヌ。玄顕ヲ始テ、悲ヨリ外ノ事ハナシ。サテモ置奉ベキ事ナラネバ、夜ニ入テ忍ツヽ、般若野ノ五三昧ト云所へ渡奉テ、土葬ニシ奉テ、泣々帰ヌ。《頼長、流れ矢に当たる》《佐渡重貞の矢》《頼長、鴨川尻へ》《藤原忠実、頼長との対面を拒絶》

『保元』のほうが「嵯峨」「釈迦堂」「梅津」「鴨川尻」「柞ノ森ノ辺」「五三昧」と詳細な地名が含まれている。ただし、『保元』には頼長の出家のことがない。『兵範記』には頼長ばかりではなく成隆や教長についてもその記事があるが『保元』では省略されていた。〈為義出家〉を際立たせるために他を消去したのだろう。

日付については、十二日に西山、仁和寺周辺にいたこと、場所は、ずれるものの十三日に舟に乗っていたこと（『保元』は十二日の後半から舟に乗る）、同日、父忠実に面会を申し入れて叶わなかったこと、十四日に死去したことが共通している。ただし、頼長の死去の時刻を、『兵範記』では「十四日ノ巳ノ刻許ニ」とするのにたいして『保元』では「其日ノ午時計ニ」とする。二時間ほど、ずれている。このようなことから、『保元』は何らかの史実的な記録を参照しているらしいものの、少なくともそれが『兵範記』でないことは明らかである。

なお、『兵範記』の七月二十一日条には、

今日、盛憲法師、於テ左衛門府ノ庁ニ、拷訊・覆問セラル（杖七十五度）（括弧内は割書き）

とあるが、これは『保元』の、次の《経憲・盛憲・助安の拷訊》に相当する。

保元元年七月十五日…（中略、他の人物を含む）…蔵人大夫入道経憲、式部大夫入道盛憲、東三条ニテ、推問セラル。…（中略）…其中ニ、蔵人大夫入道経憲、式部大夫入道盛憲ハ兄弟ニテ有ケリ。カレ二人ト、前滝口秦助安等三人、靫負庁ニ召ハナ（ツ）テ拷訊セラル。…（中略）…刑法限有ケレバ、七十五度ノ拷訊ヲゾ加ヘケル。

日付が『兵範記』の二十一日と『保元』の十五日とで異なっているようにみえるが、『兵範記』では十五日に教長・成隆の推問が、二十一日に[1]盛憲の拷訊がそれぞれ行われており、『保元』ではその二か所を一か所にまとめて十五日のことと整理したための相違だろう。**『保元』にとっての日付は、史実らしさを演出するための道具でしかなく、実**

際には史実に忠実であるよりは読みやすさのための再構成のほうが優先するということが知られる好例である（栃木孝惟（一九七二））。場所については、『兵範記』の「左衛門府ノ庁」と『保元』の「靫負庁」は同じところと考えてよく、「七十五度」まで一致しているので、**『保元』は史実的な素材を得ているのだろう**ということがわかる。ここに含まれている「又、徳大寺ヲ焼ケル子細を被ㇾ尋」は『百錬抄』五月二十二日条で確認できることであり、このような記述の存在も鎌倉期に入ってから追補されるものとは考えにくく、平安末期に成立した事実記録的な層（＝『保元顚末記』）だと考える根拠になる（むしろ『兵範記』に兄経憲の名が出ないのは不可解で『保元』がそれを追加したとも考えにくい。概して『兵範記』は、情報量が少ない）。

（1）《頼長、流れ矢に当たる》で、頼長に随行した人物として盛憲・成隆・忠正のセット、経憲・信頼のセットが重層化していて、接合痕がある（頼長を馬に乗せようとする場面が重複。諸本による揺れもあり）。『保元顚末記』にも、伝承的な部分（しかも複数の情報源による）と事実記録的な部分（七十五度の拷訊）とがあって、互いの調整が図られていたものとみられる。《忠実、頼長との対面を拒絶》で頼長が舌先を食い切って吐き出した（文保本本行本文）とするのはゆきすぎなので舌先を食い切って血を吐き出した（半井本）と変更するなど調整が図られている。《頼長、流れ矢に当たる》で「血流ル、事、水ヲ流スニ似タリ」と表現しながらも三日後まで生存し《頼長、鴨川尻へ》でも「猶目計ハタラキ給ケリ」と表現される頼長が、舌や舌の先を食い切ったというのは矛盾だろう。『保元顚末記』も重層化している。経憲は《忠実の悲嘆》で頼長死去の報を忠実に伝える役目も負っている。原水民樹（一九七五）が盛憲・経憲らに注目している。

『兵範記』の七月二十二日条は、頼長の遺骸実検のことが記されている。

南京ノ葬所ノ実検ノ官使以下、帰参ス。令三メ蔵人大輔雅頼奏二聞セ子細一ヲ了ヌト云々。

これだけの記事である。ここでもやはり、『保元』のほうが次のように情報量がはるかに多い。

七月廿一日ニモ成ニケリ。悪左府ノ死生ノ実否ヲ実検セントテ、滝口三人、官使一人ヲ差遣ス。官使ハ左ノ史生中原ノ惟俊也。滝口ハ師光、義盛、助俊也。彼所ハ大和国添上郡河上村般若野也。大路ヨリ東ヘ入事一町、玄円律師、実成得業ガ墓ノ東ノ方ナル新キ墓ヲ堀テ見バ、骨頭バカリハ僅ニ続キテ、後ノ肉《ししむら》少アレ共、其正体共見モ分ズ。埋ニ及バズ。滝口共、打捨テテコソ帰ヘリニケレ。《頼長の死骸実検》

『兵範記』の「七月二十二日」は実検の官使が帰参した日なので、実検そのものは二十一日であったとみられ、双方一致する。『保元』で語られていることが史実と齟齬するものではなさそうだということ、捨象される内容（成隆・教長・頼長の出家、忠実の悪評、清盛ら平氏の勲功の賞など）が多い中で、これが物語に掬い取られているところに注目しておくべきだろう。これらのことから、頼長については、『保元顚末記』に含まれていたと想定される記事をそのまま採り込んだと考えても大きくは齟齬しないと思われるような位相である。ただし、『保元』終息部の随所に、頼長を取り巻く人々（側近、師長ら子息たち、父忠実）の動顚ぶりや悲嘆が語られているので、そこまで含めて考えれば、実録的な内容を基調としながらも、**そこに込められた立ち位置やメッセージは頼長擁護的だ**ということは言えるだろう（これは、第六章で述べた批判精神（敗者への同情＝勝者への批判）に基づくものだと考えられる）。

三　忠実関係記事の実録性

『兵範記』の七月十七日条の冒頭には、「常陸守頼盛、淡路守教盛、聴《ゆる》サル二昇殿ヲ一。勲功之間、清盛朝臣申シ請クル之故也」と、官軍方、とくに平氏の論功行賞が記されている。例によって、『保元』ではこのような記事は無視されている。しかし、同日条に次のような忠実関係の記事があって、それは『保元』と密接な関係にある。

宇治入道猶令ムルレ催サ二庄々ノ軍兵ヲ一由、有レバ二其ノ聞一者、件ノ庄園幷ニ左大臣ノ所領、慥《たしか》ニ令メ二没官セ一、可シレ令ム三停止セ二彼ノ奸濫・朝家ノ乱逆ヲ一。已ニ当リ二此ノ時ニ一、国司、若シ致サバ二懈緩ヲ一者、可シレ有ル二罪科一。依テ二綸旨ニ一執啓セシコト如シレ件ノ。

『保元』でこれに対応する部分は、次のとおりである。

宇治入道太相国ハ、院ノ御方ノ軍破ヌト聞給テ、アワテ騒テ、宇治川橋ヲ引テ、左府公達三人、右大将兼長、中納言師長、左中将隆長引具シ奉テ、南都へ趣セ給ヌ。…（中略）…入道殿、南都ヲ打塞テ、禅定院ノ僧都尋範、東北院ノ律師千覚、興福寺ノ上座信実、同権寺主玄実、カレラガ舎弟加賀冠者源頼範等ヲ召テ、「汝等、寺中ノ悪僧ヲ召集、近国ノ兵ヲ駆テ、我ヲ扶奉レ。殊《ことに》忠有ン者ニハ、不次ノ賞ヲ可㆑行」ト被㆑仰ケレバ、此輩心ヲ励シテ、兵共ヲ駆集テ、守護シ奉ル。…（中略）…真実ニハ、入道殿、争《いかでか》謀反ノ御企ハ有ベキナレ共、新院ノ御方ニ、我愛子ノ左府ノ参ラセ給ケレバ、内々御心共ノ通事、世ニ被㆑知給シカバ、定テ我モ被㆑責ズラント驚キ給テ、引籠ラセ給ケルナレバ、南都ノ方狼籍也トテ、宇治橋守護ノ為ニ周防判官季実ヲ差遣ス。《忠実の防御》

『保元』では保元合戦当日の七月十一日夜に相当する位置で、この話が語られている。『兵範記』は七月十一日条に「宇治入道殿、聞㆓食シ左府ノ事㆒ヲ、急テ令㆔メ逃ゲ向㆓ハ南都㆒ニ給ヒ了ヌト云々」とあって、『保元』は『兵範記』の二か所の記事を合成したものに近い。ただし、**忠実関係記事についても『保元』のほうがはるかに詳細で具体性がある。**しかもその具体性は虚構化されたものとはみえない。ただし、傍線部のように**忠実方に寄った弁明の言葉を含んでいる。**

これと関連するが、『兵範記』七月十八日条に、後白河帝の綸旨の記事がある。

左大臣及ビ入道前太相国謀リシ㆑奉ラント㆑危㆓クシ国家㆒ヲ罪科、不㆑軽カラ。謀叛八逆之人、田宅資材可㆓キ没官㆒ス之由、載㆓ス在律ノ条㆒ヲ。然者《しかれば》、宇治ノ所領及ビ平等院等ノ事、永ク停㆓止セヨ入道相国ノ沙汰㆒ヲ。一事已上、殿下可㆘シ令㆓メ知行㆒セ給㆖フ。彼ノ院ノ検校以下、早ク可㆘シ令㆓メ定メ補㆒ハ給㆖フ者《てへり》。……

『保元』の語るイメージと大きく異なるのは、『兵範記』では忠実の像が完全に反逆者として位置づけられている点である。これと比較すると、『保元』の忠実の像は、ただ子や孫の末路を悲嘆するばかりで、イメージが守られている。また一方で、傍線部のように忠通が摂関家領を一手に収めたとする内容も『保元』には盛り込もうとしていないので、**摂関家内の勝者・敗者という構図はいずれにしても際立たないように配慮しているように見える。**従来は、忠通像が隠蔽され気味だとか忠実に同情的などとされてきた（宮川裕隆（二〇〇一））が、それならば頼長の不満は語られていないのに忠通のそれが語られていることと整合しない。ということは原資料に忠通寄りのものと頼長寄りのものが存在しそのむらが表出したということだろう。『保元』表現主体の意思ではないということだ。一六頁、一三六頁参照。

この現象をまとめると、**『保元』の忠実関係の部分についても、頼長の場合と同じように、メッセージ性（忠実擁護）はあるが、虚構化の意識はないとみてよい**だろう。

四　崇徳院離京記事の実録性

『兵範記』の七月二十三日条は、崇徳院の離京記事が含まれている。

今夕、入道太上天皇、被レル奉レラ移二シ讃岐国一ニ。兼日、公家、有二リ御沙汰一。当日、五位蔵人資長、依二リテ勅定一ニ、参二リ向ヒ仁和寺ノ御在所一ニ、奉レル出レシ之ヲ。晩頭ニ出御ス。網代ノ御車（乳母子保成ガ車、召レス之ヲ）。女房、同車ス。右衛門尉貞宗候二ス御後一ニ。又、式部大夫重成率二キテ武士数十騎一ヲ奉二ル囲繞一シ。於二テ鳥羽ノ辺一ニ、乗船ス。「乗船ノ後ハ、一向、讃岐国司ノ沙汰ニシテ、殊ニ可レキ奉二ル守護一シ」由、被二仰セ下一サ了ヌ。重成、帰参シ了ヌ。（括弧内は原文では二行割書き）

『保元』にも、右の内容と齟齬しない、次のような崇徳院離京ばなし（《崇徳院、仁和寺を出て鳥羽へ》《崇徳院、父鳥羽院との別れ》《鳥羽での別離》《船旅の様子》）が語られている。

明ル廿三日ノ未夜深キニ、院ハ仁和寺ヲ出サセ給フ。美乃守保成ガ車ニメス。重成ガ兵共、御車寄ニゾ参タル。…（中略、悲嘆の様子や言葉）…鳥羽ノ北ノ楼門ノ程ニテ、重成ヲ召テケレバ、近ク参リケリ。…（中略、安楽寿院に向かって崇徳院が別れの挨拶。それを見届ける重成）…右衛門尉定宗ト云者アリ。「讃岐へ御共シテ、国ノ請取ヲト（ッ）テ急帰参セヨ」トゾ仰ケル。雑色兵衛義永ト云人アリ。「国マデ御伴セン」ト勧ミ申バ、讃岐国司季行朝臣、「人数ハイクラ程」ト問ヘバ、「三百人」ト申。「叶マジ」トテ、被レ留ヌ。佐渡式部大夫重成ハ、国マデノ御伴ニ指レタリケルガ、固ク辞申ニ依テ、鳥羽マデ御伴仕ル。…（中略、崇徳院が光弘を召そうとする）…讃岐国司季行朝臣、兵両三人ヲマウケテ請取奉ル。…（中略、女房たちの悲嘆）…「御所ヲバ、国司承テ可レ作。讃岐ノ地ノ内ニテハアラデ、直島ト云所ナルベシ。地ヨリ押渡事二町計也。住人少テ、田畠モ無シ。廻リ一町ニ築地ヲツキテ、内ヲ高クシテ、其中ニ屋ヲ作ベシ。門一ヲ立テ、外ヨリ鎖ヲ差ベシ。兵ハ門ノ外ニ居テ、固ク守ルベシ。御相節ノ進ラン外ニハ、人出入スベカラズ。仰下サル、事有バ、目代承テ奏聞セヨ」トゾ仰ケル。

やはり、**『兵範記』よりも『保元』の素材となったであろう史料のほうが、詳細であった**ようだ。相違点としては、崇徳院が仁和寺を出たのが『兵範記』では「晩頭」すなわち宵の口であるのにたいして、『保元』では「未夜深キ」すなわち未明のこととする。これは、人目に付きにくい時刻に出御したことにしようとした、『保元』の演出だろう。そのほかは、重成の役目がもともと鳥羽までの同行であった（『兵範記』）のか、重成自身が讃岐行きを辞退した（『保元』）のか微妙なニュアンスの違いがある程度で、むしろ逆に**ほとんどの人名や経緯が一致していることに驚かされる。**『保元』は、伝奇的な為朝像や非現実的な合戦構図を導入するなどの指向を一方ではもちつつも、もう一方では、**頼長の死、崇徳院の離京に関することなどは、史実から極力離れてはいけないと考えたようだ。**そこに厳粛さも感じていたのだろう。(2)

（2）　七月二十三日は、近衛院の一周忌の命日、まさにその日である。近衛帝の崩御が崇徳院方の呪詛によるものだとの考えが美福門院にはあったようだから、この日に崇徳院を讃岐に送ったのは、報復的な意味あいと、同時に近衛帝の鎮魂的な意味あいを持たせたものだろう。ただし、史実としてはそうであったとしても、『保元』は、そのような側面をすくい上げていない。立場が、崇徳院に同情的（後白河帝や美福門院に反感的）だからである。

崇徳院関係の記述が大幅に増幅されているといった印象は、後日譚部の崇徳院怨霊譚からくるもので、意外にも、

その離京記事まではさしたる虚構化の意識があるとはみえないのである。

五　為朝捕縛記事の実録性

崇徳院についてのある種の誤解（怨霊化したものとしての先入観）があったのと同じように、為朝についても大きな誤解がある。『兵範記』八月二十六日条は、為朝の発見・捕縛の記事である。

謀叛党類為義ノ八郎源為知（朝）、前兵衛尉源重貞搦メ二進ラス之ヲ一。日来之間、竊《ひそか》ニ廻リ二近江国坂田ノ辺ヲ一、不慮之外ニ、尋ネ伺ヒ搦メ取ルト云々。先ヅ参ラシメ二殿下ニ一、次デ奏二聞ス公家ニ一。「明朝、可キレ為《た》ル参ズルテイ二陣頭ニ一」由、蒙リ二勅定ヲ一了ヌ。

翌八月二十七日条はこの「明朝」を受けていて、

前兵衛尉重貞将テ二参ル為知（朝）ヲ一。依テ二勅定ニ一於テ二陣頭ニ一渡ス二検非違使季実ニ一。次デ渡シレ陣ヲ、密々ニ御覧ト云々。

と後白河帝の御覧につながっている。この日、重貞は勲功の賞として右衛門尉に任じられている。これに対応する『保元』の《為朝の捕縛》《為朝の流罪》は、次のとおりである。

筑紫八郎為朝ハ、近江国ナル小山寺ニ隠レ居タリケリ。…（中略）…重病ヲ受テヤミ伏タリケリ。…（中略）…近程ナル温室ニ入テ、湯治スル程ニ、佐渡兵衛尉重貞ト云源氏、八島ノ所領ニ有ケルニ、…（中略）…三十人バカリノ勢ニテ押寄テ、搦ルニ、「裸ハカナシ」ト憂レヘヌ。都へ出昇ル。兵衛尉重貞ハ、此恩賞ニ右衛門尉ニ成ル。八月廿六日ニ、北ノ陣ヲ渡ス。…（中略）…周防判官季実預テ、推問ス。中延タル方モ無シ。

陣頭渡しが『兵範記』では八月二十七日、『保元』では八月二十六日という違いがあるが、『兵範記』のような八月二十六日、二十七日の二日間の為朝関係記事が記録類として存在したとして、その冒頭の日付を採れば自然に八月二十六日となる。一日のずれは、その程度の事情だろう。虚構性の意図などは考えられず、『保元』表現主体の意識としては、史実的なものに合わせたものだったろう。ただし、為朝捕縛の地で「坂田」（『兵範記』、米原市）、「八島」（守山市矢島町）の揺れがあったり、本来なら筑紫に下るべきだった為朝がそうしなかったのは肥後から上洛する平家貞（『愚管抄』『平治』『平家』で知られる人物）との遭遇を回避したためだとするいかにも後次的な文脈を含んでいたりするので、このあたりの文脈がそのまま史実だとは言えない。それにしてもここの日付の符合という事実は重く、為朝像が伝承世界で著しく巨大化したり大幅な虚構化がはかられたりしているといった印象は、合戦部の最終段階（鎌倉後期～末期）の層で加えられたらしき部分（一九九頁）や、いかにも後付けの後日譚部の為朝渡島譚（これも鎌倉末期）からくるもので、このように**実録的ともいえる部分が、為朝に関してさえ存在する**ことは注目しておいたほうがよい。

六　為義敗走記事の実録性とメッセージ性

『兵範記』の七月十六日条は短いものの、為義の出頭を記した重要な記事である。

為義出二来ス義朝ノ許一ニ。即チ奏聞ス。依テ二勅定一ニ、令ムレ候セ二義朝ガ宿所一ニ。日来流浪シ、横川ノ辺ニテ出家スト云々。

これが『保元』と一致するのかどうかの読み取りは、微妙である。『保元』の《為義の探索》《為義の発病と出家》は次のとおりである。「十六日」という日付が二回出てくるところに注目したい。

十六日、六条判官為義、東坂本ナル所ニ籠リタリト聞ヘシカバ、十七日、官軍、幡（播）磨守清盛朝臣ヲ被二指遣一ケルニ、「此所ニハ、仮ニモ去事無」ト申ケレバ、近所ノ在家ヲ追捕ス。…（中略）…（清盛）坂本ヲバ追返サレテ、大津ノ西浦ノ在家ヲ焼払。其故ハ、昨日（十六日）為義ヲ船ニ乗テ、此浦ヨリ北地ヘ送リタリト聞ヘケルニ依也。僻聞ニテ有ケル者也。為義、サガス処ニハ無テ、坂本三河尻ノ五郎大夫景俊ガ許ニ隠テ居タリケルガ、十六日ニ、五十騎計ノ勢ニテ、三井寺ヲ通テ、東国ノ方ヘ趣キケルガ、運ノ極タル処ハ、為義、重病ヲ受テ、前後不覚ニ成ニケリ。

温病トゾ聞ヘシ。…（中略）…近江ノ蓑浦ニテ、船ニ乗ラントシケル所ニ、敵廿騎計懸出タリ。…（中略）…其ヨリ東近江へ至ラントシケレ共…（中略）…蓑浦ヨリ東坂本ニ帰付テ、黒谷ノ辺ニ忍テ居タリケルガ、雑色花沢ガ勧ニテ、天台山ニ登テ、月輪坊ノ竪者《りつしや》ノ坊へ行テ、ソコニテ為義出家シテケリ。

最初の「十六日」は結局「僻聞《ひがぎき》」であって為義はいなかったのであり、次の「十六日」は天台山（比叡山）に入った日であって、出頭した日ではない。しかし、次章で述べるように、〈為義出家〉の大半は虚構・後補の可能性が高く、十六日に右の「黒谷ノ辺」から直接義朝のもとに出頭した文脈が本来の姿（古態層）であったと考えられる。そうなると、**為義出頭の日付は、『兵範記』と本来的な『保元』とで一致することになる。**

以上のように、第二節から第六節まで、『保元』終息部には意外にも実録的な叙述が支配的であることがみえてきた。しかも、**たんなる公家日記を参照したなどというレヴェルではなく、軽微な虚構や、一定のメッセージ性を込めるところや、それ自体ドキュメンタリーとして読ませる詳密さが窺えることから、これらを横につなげてひとつの層として（『保元』における古態層として）認めてよい**と考えられる。ここまで含めて、『保元顛末記』であったのかもしれない。少なくとも、叙述の位相（虚構化の程度）としては、等質的だろう。[3]

（3）　ただし、『保元顛末記』も重層化している。《為義の子供たちの防ぎ矢》や《為義父子の離脱》は、後補だろう（それに伴って直上の「為義、忠正、頼憲、家弘、時弘前立、御共ス」「院ノ御共ニハ為義、家弘、武者所季能ナンドゾ候ケル」の傍線部も調整的補入）。なぜならば、崇徳院敗走譚は〈崇徳院の出家と仁和寺への出頭〉のように家弘らが中心的な役割を果たしていて為義らは実質的な機能を果たしていないからである。為義像が巨大化したり、『為義物語』との調整意識が生じたりして、展開上の機能も果たさない為義らを如意山中まで同行させ離脱させたのだろう。また、《頼長、流れ矢に当たる》の中で、頼長に随行していた人物として、盛憲・成隆・忠正のセット、経憲・信頼のセットが重層化している。このうち経憲・盛憲は兄弟で、頼長の外戚としてその家司となった人物で、《経憲・盛憲・助安の拷訊》で「靫負庁」で「七十五度ノ拷訊」に処せられている。この兄弟の系統、忠正の系統、信頼の系統の伝承があり、それらを調整しつつ接合していた痕跡だとみられる。

七　源平末路ばなしの中の源氏末路譚

以上の考察を受けて、この節以降は〘為義出家〙〘為義最期〙〘幼息最期〙〘母の入水〙が源氏末路譚という名のもとに一括しうるだけの等質性がある——それら四章段が前節までに指摘した実録的な部分とは異質である——ことを指摘する。その前に用語の整理をしておく。平忠正、平家弘ら平氏の末路（処刑）記事も含めていう場合には「源平末路ばなし」と言い、その中で、〘為義出家〙〘為義最期〙〘幼息最期〙〘母の入水〙をまとめて「源氏末路譚」と呼ぶ。

源平末路ばなしに含まれる各話の叙述量を比較してみると、粗密のむらがはなはだしいことに気付く（次頁の表参照）。表にアミカケを施したように、源氏末路譚（〘為義出家〙〘為義最期〙〘幼息最期〙〘母の入水〙）は叙述量が多く、密度が濃いのにたいして、〘謀反人処刑1〙〘謀反人処刑2〙はあっさりと叙述されていることがわかる。〘謀反人処刑1〙〘謀反人処刑2〙は合計でも一割強の叙述量しかない。内容的にも、アミカケの四話は会話文が多かったり、抒情的に語られていたりするのにたいして、〘謀反人処刑1〙〘謀反人処刑2〙はそれが薄く叙事的である。これらのことから、**源平末路ばなしは、アミカケ部分（源氏末路譚）と非アミカケ部分との二層からなることが推測される。そして非アミカケ部分は、前節までにみた頼長・忠実などの話の位相と変わらない。**

『保元』成立以前に伝承世界（唱導など）で発達していたのが〘為義出家〙〘為義最期〙〘幼息最期〙〘母の入水〙であり、間に挟まれた〘謀反人処刑1〙〘謀反人処刑2〙はジョイント的な機能を果たしているものと考えられる。アミカケ部分と非アミカケ部分とでは、時間記述の性質も異なる[4]（非アミカケ部分は暦時間方式）。さらには、〘為義出家〙と〘為義最期〙で源平末路ばなしの四六・九パーセントをも占めていることから、**為義関係の比重が重い——為義が**

記事の重複感と日付の矛盾（謀反人処刑1・謀反人処刑2）

〔本書での呼称〕（流布本の章段名）	《小見出し》（内容的なまとまり）	各部分の文字数	各章段の文字数（全体における比率）	源平末路ばなしの文字数の総計
為義出家（為義降参ノ事）	為義の探索	二四四	二五八二　22.7％	一一三五五
	為義の発病と出家	四一四		
	為義出家についての評語	三六二		
	為義と六人の子供の別れ	一五六二		
謀反人処刑1（忠正、家弘等誅セラルル事）	死罪の復活	五四〇	八六二　7.6％	
	崇徳院方武士十七人の処刑	三二二		
為義最期（為義最後ノ事）	為義処刑の決定	六六三	二七四七　24.2％	
	波多野と鎌田の論争	七二三		
	為義の口説き	一〇〇〇		
	為義の念仏と最期	三六一		
謀反人処刑2（義朝ノ弟共誅セラルル事）	為義の年長の子息の最期（長息最期）	二九八	三七五　3.3％	
	崇徳院方武士十三人の処刑	七七		
幼息最期（義朝ノ幼少ノ弟悉ク失ハルル事）	幼息の処刑決定	一七七	二九一〇　25.6％	
	波多野が四人を連れ出す	二八八		
	四人に処刑を宣告	三一五		
	四人の反応	七八一		
	四人と乳母	二六四		
	四人の最期	七〇四		
	乳母たちの後追い	三八一		
母の入水（為義ノ北ノ方身ヲ投ゲ給フ事）	波多野、母に報告	二二〇	一八七九　16.5％	
	母の口説き	六〇九		
	母の覚悟の入水	九九六		
	入水についての評語	五四		

伝承世界で焦点化されていた時期がある――ことが窺える。

（4）　ただし、《長息最期》冒頭の「重テ宣旨」「『我ヲ射タルガアマタアンナル。……』ト被ㇾ仰」と《四人の最期》冒頭の「猶々義朝ニ宣旨」「……アルナル……トゾ仰ケル」と等質的な部分もある。これはジョイントとして調整された部分で、両話が本質的に異質であることは変わらない。

八　源氏末路譚の等質性

前節で二層性について指摘したが、そのうちのアミカケ部分（《為義出家》《為義最期》《幼息最期》《母の入水》）、すなわち源氏末路譚が等質的であることを、ここでは指摘する。

1　暦時間欠如の等質性

源氏末路譚には暦時間につなぎ止められていない話が多い。そして、暦時間が記されているとすれば、先の表でみるところの、非アミカケの部分である。《為義出家》の《為義の探索》には、「十六日」「十七日」「昨日」などと日付がみえるもののこれは例外的で、その後は日付や時刻の記述はなく、《為義と六人の子供の別れ》に抽象的な「サヨフケガタニ、山ヲ出テ」とあるのみである。《崇徳院方武士十七人の処刑》に「廿五日」が出る。そして、《為義最期》にも暦時間の記述は存在せず、抽象的な「時剋押移ラバ、上下万人集リタラバ」「人ノ見ヌ間ニ疾々」「暗サニ肩ヲゾ打タリケル」が存在するのみである。ところが、《謀反人処刑2》になると、「十七日」「明ル十八日」が出てくる。そしてまた、《幼息最期》に入ると暦時間が姿を消し、抽象的な「日暮ナンズ」「夜ニ入タランワビシサヨ。日ノ有ニ」「此暁」「今日三日精進ノ間」「寝入タルニ」のような表現があるのみである。続く《母の入水》についても同様で、

「此暁」「二時三時」があるだけである。アミカケ部分には、一日の内の時間帯に機能する表現（「サヨフケガタ」「暗サニ」「日暮ナンズ」「日ノ有ニ」「此暁」）が存在するばかりで、○月◇日△刻方式の記述はみられない。それが存在するのは、〘為義出家〙の冒頭、〘謀反人処刑1〙〘謀反人処刑2〙の三か所だけである。**その三か所の暦時間によって、もともと伝承世界で無時間的に形成された話を、『保元』につなぎ止めようとしている**と考えられる。

2　文末表現の等質性

源氏末路譚の中の会話文には、「～トヨ」「～ゾヨ」のようないかにも口語臭の強い語りかけの文末表現が多い。〘為義出家〙〘為義最期〙〘幼息最期〙〘母の入水〙の、

・（為義）若ワ殿原ヲモ助ルヤトテ顕レ行**ゾヨ**。
・（為義）我命バカリヲ扶カラントニハ無**ゾトヨ**。
・（乙若）母ニテ有人、此暁、八幡へ参リ給ツル**ゾトヨ**。
・（乙若）独モ具セザリツル**ゾトヨ**。

・（為義妻）思へバ、山へハ行ジト思**ゾトヨ**。
・（為義妻）七八十マデ有ル人モ有**ゾカシ**。
・（為義妻）命ハ惜カリケル**ゾヤ**。

などである。このように、〘為義出家〙〘為義最期〙〘幼息最期〙〘母の入水〙の四章段は、俗的な口語臭が強く、詠嘆の終助詞が集中的にみられていて等質的である。ところが、《長息最期》には、それが見られない。しかも、叙述量そのものが短い。〘謀反人処刑2〙は、伝承世界で発達した形跡がなく、異質である。先述のように、『保元顛末記』のような簡略な先行叙述に拠ったのであろう（頼仲最期譚が含まれているように、それ自体が層を成していることから、新たに書き下ろされたものでもあるまい）。類似のものとして、頼長を失った忠実の長々とした述懐があるが、そこには次のように「～ゾカシ」が一例あるだけで、「～ゾヨ」「～トヨ」のような文末表現はみられず、右の四章段よりは口語臭が薄い。やはり、〘為義出家〙〘為義最期〙〘幼息最期〙〘母の入水〙の四章段はそれらとは別に伝承世界で形成された

ことを想定する必要があろう。

3　口説きの粘着質文体――寺院説草の痕跡1――

〘為義出家〙〘為義最期〙〘幼息最期〙〘母の入水〙の四章段の特異性は、別の観点からも補強できる。つまり、この四章段に共通して見られることで、それが四章段以外の章段では見られないというものである。

サテサヨフケガタニ、山ヲ出テ、大竹ノ程ヲ過テ、水ノ御本ト云所ニテ、六人ノ子共、「最後ノ共ノシ終」トテ送ケリ。「今ハ、迎ノ者ハ近付タルラン。ワ殿原ハ返レ」ト宣ケレバ、「承ル」トテ、此人々ソコニ立止テ見送奉ラレケルガ、恩愛ノ道ハ不㆓力及㆒、思切レヌ事ナレバ、「今生一世ノ契ゾカシ。今者争《いかでか》見参セン」ト思フ限ノ別ノ悲シケレバ、「暫シ留ラセ給へ。可㆓申入㆒事ノ候ゾ」ト声々ニ被㆑申ケレバ、「何事ゾヤ」トテ被㆓返登㆒ケリ。可㆑云事ハ無レ共、別ノ悲サニ、父ヲ立囲テ、手足ニ取付テ、泣ヨリ外ノ事ゾナキ。理ヤ、サコソハ悲カリケメ。後ニ相見ルベキ物ナレ共、指当ヌル別ハ悲ゾカシ。是ハ只今ヲ限レリ。二度可㆑合別ナラネバ、悲共云モ疎也。
《為義と六人の子供の別れ》

表現主体が物語の中にまで侵入し、誘導的な語りをしている。**この部分は、「恩愛ノ道」をテーマにして寺院で語られた説草である可能性が高い**。寺院以外の場で、このような語りが必要とされるとは考えられないからである。

これとは別に、〘為義出家〙に、別種の寺院説草（唱導）の痕跡がある。

判官宣ケルハ、「今度ノ合戦ニ、老ノ骨ヲ折ツル事、我身行末近ケレバ、イク程ノ盛ヘヲヤ可㆑思ナレ共、ワ殿原ヲ世ニアラセテ見トテ、カヽル身ニモ成ツルゾ。火中水ノ底ヘモ手ヲ引レテ可㆑行身ナレ共、為義命生タラバ、若ワ殿原ヲモ助ルヤトテ顕レ行ゾヨ。我命バカリヲ扶カラントニハ無ゾトヨ。何ナラン岩木ノ中ニモ身ヲ隠シテ、我身ノ行末ヲ聞ヨヽ。疾々《とくとく》帰リ上レ。我モ下ラン」ト宣ケレバ《為義と六人の子供の別れ》

このように、為義は〝保身のための出頭ではない〟と言っているが、それを裏切るかのように直後に、「命ハ難㆑捨物ナレバ、サリ共、扶ケナン物ヲト打憑テ向タラバ、勲功ノ賞ニ申替テモ、ナドカ助ザルベキ」とむき出しの心情を吐露させている。自分の命が助かりたいという本音がありながら、子どもたちの前では取り繕わせたのである。言い訳がましい、醜悪な弁明を為義に言わせているのである。**おそらく寺院の説教の場で〝人間とはかくもあさましいものである〟という教導のために使われたのだろう。**そしてこの直後、子どもたちも、

残ノ子共、同詞ニ申ケルハ、「実ニサコソ候メ。引具進テハ、弥我等道セバク也、思様ニモ振舞ハデ、御身モ我身モ遁ルベシ共覚ヘザリツルニ、此御計ハ、御身ノ為扶カランモ猿事ニテ、我等ヲモ助サセ給ベキ御支度ニテコソ候ヘ」ト各悦申サレケレバ（同右）

と自らの保身を最優先する醜態をさらしている。人間はみな利己的なのだ、と表現主体は伝えようとしている。それでいて、いざ別れの場面となると互いに思い切ることができず、呼び返し呼び返されを繰り返す。これも、「恩愛ノ道ハ不㆓力及㆒」という愛別離苦の説草にうってつけである。ここは説法の場では必ず、人間の煩悩の罪深さやのがれがたさに言及されただろう。このように、**一話の中に寺院説草に適した教導的な素材がちりばめられている。**

さらに、右のように保身のために出頭するのだと言ったはずなのに、このあと為義はまた、「ワ殿原ヲ世ニアラセテ見トテ、カヽル身ニモ成ツルゾ。…（中略）…為義命生タラバ、若ワ殿原ヲモ助ルヤトテ顕レ行ゾヨ。我命バカリヲ扶カラントニハ無ゾトヨ」などと自分の像の美化を図ろうとする。**自らの煩悩や執着をむき出しにする醜悪さの上に、それを糊塗して美化しようとする虚栄心という醜悪さまで表現されている。**このあと、《為義の口説き》でも、「今ハ限ニ成ケレバ、何事モ一筋ニ思切タレ共」と覚悟を決めたかのように表現されながら、

山野獣、江河ウロクヅモ命ヲ惜ムナレバ、マシテ人間ニハ命ニ増テ惜キ財ハ何カ有ベキ。…（中略）…マシテ、為義法師、何ニカ心ノ留ラザルベキ。…（中略）…今日計ノ命、何ニ惜カリケン。音ヲ上テモサケビテモ、猶飽

不レ足ズゾ思フベキ。サレ共、六孫王ノ六代ノ末葉、満仲ガ五代ノ末ニ、伊与入道頼義ガ孫、八幡太郎義家ガ四男也。昨日マデ謀反ノ大将也。今日、出家ノ姿ナレ共、弱気見ヘジトテ、押ル袖ノ下ヨリモ、余テ涙ゾコボレケル。コキ墨染ノ衣ノ袖、流ル、涙ニ洗ハレテ、ウス墨染ニヤ成ヌラン。

と、**命を惜しみながらも虚勢を張り、虚勢を張りながらも命を惜しむ姿が描き出されている。**〈為義出家〉からここまで、このように**寺院説草という観点からみると、源氏末路譚の話柄は一貫している**のである。

少々この章の問題意識から脱線するようだが、重要なことなので、ここで述べておく。合戦部にもこれと同じ方法が窺えるのである。義朝が、為朝の〈矢〉に脅された際、「目暗テ、馬ヨリ落トスル」という危機的な状況に陥ったが、「心地ヲ取直シ、ヘラヌ由ニモテ成テ」為朝に広言する。しかし、為朝が「矢ツボヲ定テ給候へ。御前ニ候雑人等、ノケラレ候へ」と迫ると、義朝は、「由無トヤ被レ思ケン」（とても適わない）と「扉ノ影へ打寄テ、『相模ノ若党、何ノ料ニ命ヲ可レ惜ゾ。責ヨ〱。蒐ヨ〱』」と情けないまでの醜態をさらす。「扉ノ影」に隠れるようにしか進んでおらず、「相模ノ若党」に下知するばかりである（「相模ノ若党」も「面ヲ可レ向様無」と形無しである）。ここには、**虚勢を張ったり、自らを美化したりするものの、内実は伴っていないという批判的なまなざしが窺える。**また、如意山中での《為義父子の離脱》は後補的な部分だが、その崇徳院も初めは「我ヲバ只是ニ捨進テ、ヲノレラ何ノ方ヘモ落行テ、扶リ候へ」と為義らのことを思って離脱を勧めたように見えながら、為義らが承服しない旨を言うと、武士に囲まれているよりも「我一人」のほうが助命の可能性が高いという本音（「猶モシヒテ止バ我為アシカルベシ」）を語る。利己的でありながら、それさえ美化して自らを利他的であるかのように装う醜悪さを表現している。登場人物としての為義や義朝や崇徳院を批判しているのではない。普遍的に、〝人間とは所詮このようなものだ〟と人間全般を突き放しているのである。これこそ、唱導の姿勢である。〈為義出家〉や〈為義最期〉と通底する、このような深層部分の認識に注目しなければならない。また、**もともと等質的なのではなく、あとから説草的性格が強化されたために等**

質化された段階があるということも判明する。

このことは、《為義最期》すなわち父為義が子義朝に殺されるという衝撃的なテーマに焦点化し、そこから合戦部の〈対義朝戦クライマックス〉の構想が生じた（平氏↓源氏の展開や、詞戦いの展開が発想された）のだろうと推定したこととつながる（一六七頁）。**右のような義朝の醜態も、唱導的（説草的）な物語創作の指向によるものと考えられ、これも終息部↓合戦部の順でかたちが整えられたと考える根拠の一つになる。**また、右のように後補的な部分にも同位相の要素が窺えるので、『保元』の管理圏が鎌倉末期まで変わらなかったことの補強にもなる。

4　世間体を気にする論理――寺院説草の痕跡2――

さらに、世間体を気にする文脈が、《為義最期》《幼息最期》《母の入水》に共通してみられる。先述の、虚勢を張る姿である。為義は、平家に討たれずに息子に斬られて良かったという文脈とは別に、次のように語る。

時剋押移ラバ、上下万人集リタラバ、「ワロクモ切ツル物哉。臆テ頸ヲアシウ持テコソ」ト云ハンズルニ、人ノ見ヌ間ニ疾々《とくとく》仕《つかまつれ》。年来ノ者共ナレバ、悪名ヲバヨモ披露セジ。《為義の口説き》

ここには、「上下万人」に死にざまをとやかく評価されたくないという意識がみられる。為義が〈未然の事実を仮想した世間体〉を気にしていることを示す文脈である。

乙若の言葉の中にも、自ら「乞食頭陀ノ行」を余儀なくされることを想定して「『アレコソ為義法師ガ子共ノ終《はて》ヨ』ト、人ニ云沙汰《いひざた》セラレテ、何カハセン」などと言ったり、石清水の神人の視線を想定して、「八幡ノ者共、『安ク人ハマドヰ物ニ成ケル物哉。為義法師ガ子共ノ物詣ニ人ノ無ヨ』ト云ハンズルニ」などと言ったりする[5]（《四人の反応》《四人の最期》）。ただしこれは、乙若自身の心理ではなく、母の心理を乙若が代弁しているところである。石清水の神人が母の一行を人少なであると揶揄するだろうということを想定して、母が世間体を気にして子供たちを自邸に置いて石清水参詣に向かったと言っているのである。母も自らの出家姿を想定して、「『為義法師ガ妻ニテ有ケルナ。ミメノ能サ、悪サヨ。髪ノ長テ、短テ。齢ハイクツゾ。今ハイカ程ニハナルラン』ト沙汰セラレン事コソ恥シケレ」などと言う（《母の口説き》）。自らが生き残って出家でもしたならば容姿や年齢について人々からとやかく言われるであろうということを想定して、母はそこで〈未然の事実を仮想した世間体〉を気にしているのである。世俗のしがらみを相対化する者（寺院の僧侶）のまなざしだろう。人間を卑小な存在として捉えているのだ。

（5）ここまでに述べた部分のうち、《為義の口説き》の部分は、最期に向かう為義像が重複していて、前者に人間の醜悪さを語る部分があることを述べた。後者の為義像は、武将らしく毅然として死に向かっているのである。しかも、後者のほうが原態的な層（『保元顛末記』か）と考えられるのである。ということは、〖為義最期〗が単独で成立していたころはさほど人間の醜悪さを語る部分は発達していなかったが、〖幼息最期〗や〖母の入水〗と合わせて語られるようになって、それらに共通するテーマとして人間の醜悪さが強調されることになった（その部分が後補された）と考えられるのである。

以上の四例は、世間体を気にするところだけが共通しているのではない。四例とも、これから起こるかもしれない〈未然の事実を仮想した世間体〉を気にして、それによって自らの行動を規定しているのである。この四例が所在している〖為義最期〗〖幼息最期〗〖母の入水〗は、互いに整合上の決定的な矛盾を内包しており、それぞれ独立的に形成された話だと考えられる（次章）。にもかかわらず、この三話の間にこのような共通性が含まれているのは、偶然とは考えにくい。**源氏末路譚として一括して共通の場で形成された時期があることを示す**のではないだろうか[6]（『保元』に取り込まれたのは〖為義出家〗と〖為義最期〗が先。前章）。そのように想定すればこそ、源氏（為義、年少、母）の末路については叙述量も多く感情移入も豊かで詳細なのに、平忠正らの末路や年長の弟たちの末路については叙述量も少なく感情移入も浅いことの説明がつく。ついでに言うならば、このような〈未然の事実を仮想した世間体〉を気にしている文脈は、崇徳院、頼長、その父忠実にかかわる話にも出てこない。やはり、層が異なるのである。

（6）合戦部の〈対義朝戦クライマックス〉、詞戦いなど、『為義物語』を発想上の基点として、合戦部の第一層、第二層、第三層が増補されたとみる。そこに、『保元顛末記』にはなかった「現在の父」を討つ「罪業」や詞戦いが投入された。このことは、物語の管理圏を天台宗周辺と措定することで、すべて説明がつく。物語はしばらくの間（約一世紀半）、初期管理圏から外へ出なかったとみるのである。

九　おわりに——『普通唱導集』所載の『保元物語』——

『保元』終息部で源平武士の末路を語る部分のうち、平氏については《崇徳院方武士十七人の処刑》の三二二文字しか記述が存在しないので、実質的には源氏末路譚である。しかも、同じ源氏でも頼賢ら年長の子どもたちについての記述も、はなはだ簡略であった。ということは、源氏末路譚の内実は、〝為義と乙若ら四兄弟とその母の一家の物語〟というきわめて偏ったものだということである。その平氏や源氏の年長の子息に関する部分は統括的表現主体が投入した部分ではなく、現存『保元』がもともと『保元顛末記』をベースにした部分の露呈だとみられる。『保元顛末記』の後半部分に『為義物語』や『幼息物語』『母入水物語』が流入してきたために、結果的に為義一家とそれ以外（平氏、頼賢ら年長の子息）の叙述の著しいアンバランスが生じたのだろう。〈為義出家〉〈為義最期〉〈幼息最期〉〈母の入水〉は、おそらくそれぞれ別々に形成されてきたものと考えられる。だからこそ、それぞれの独立性が強く、『保元』に取り込む際に格別の調整の必要が出てきて、その痕跡が残されたのである（次章）。しかし本章で指摘したように、もう一面では、これらの小物語群は等質的でもある。これについては、次のように考えられるだろう。

　内容的にみて、いずれも寺院社会で唱導の説草として用いられたものと考えられる。それらは、一話完結で練られたのではないか。唱導の場では、いくつかの話のネタが必要になる。昨日はあれ、今日はこれ、明日はそれというように、引用すべき話柄を変えながら、そして同時に聴衆を引きつけるような内容を話す必要がある。たとえば大河ドラマのようなもので、平清盛像が、『義経』（二〇〇五年）では源氏を苦しめる悪役になったり、また『平清盛』（二〇一二年）では新時代を切り拓いた英雄のように描かれたりするように、である。それぞれの作品は独立的に構想されるから、同じ放送局の、同じ放送枠の番組でも、少しずつ趣向を変えるものである。**〔為義出家〕〔為義最期〕〔幼息最期〕〔母の入水〕が等質的であるというのは管理者が同じであることを示唆しており、またそれぞれに独立的な面を強くもっているのはそれらが別々に形成されてきたことを意味しているのだろう。**それらを『保元』に取り込む際、『保元顚末記』に存在したであろう平忠正や源頼賢らの処刑記事をベースにしてそれに載せるようにしてつなぎ止めたのだろう（発端部や合戦部が説草化しなかったのは、そもそもの話材が説草向きでなかったためだろう）。

そこでわれわれが想起しなければならないのが、『普通唱導集』所載の『保元』の記述である。琵琶法師によって語られた『保元』という情報から、琵琶による「語り」という芸能的な側面ばかりが、これまで強調されすぎた。琵琶だけではなく、普通とはなにか、唱導とはなにか、を突き詰めて考えるべきではなかったか。いうまでもなく普通は仏法語で、普遍弘通《ふへんぐづう》の略である。『普通唱導集』は永仁五年（一二九七）の起稿で、正安四年（一三〇二）直後の成立と考えられている。そこで、作者良季（京の東山観勝寺の真言密教僧）は、一人の「琵琶法師」の生前の姿を想起しながら、こう伝えている。彼は、「平治保元平家之物語」をいずれも「暗《そら》」んじて「滞《とどこほり》」無く語り、「音色」だけでなく「気色・容儀之体骨」まで含めて「麗《うるはし》」くして「興」有る人物であった。琵琶を帯した「法師」なのだから、仏法の普遍弘通をテーマとするという点では、良季の同業者ともいえる。村山修一（二〇〇六）が、「音楽的要素をとり入れて法味豊かな雰囲気をつくり出し、あるいは落語、漫談のごとき弁舌を以て開放的な気分を高め、ないしは文学的・詩的に優雅な情緒を演出するなど」「一般聴衆の興味を惹き、倦きられないよう工夫が凝らされた」と述べているような、普遍弘通の実態があった。これは、文永五年（一二六八）成立の『八宗綱要』の系譜に連なる動きだろう。『八宗綱要』は、鎌倉新仏教や神国思想の台頭する時流の中で、旧仏教を中心とした（一部に浄土宗を含む）教義を横断的に総括したものである。また、弘安六年（一二八三）成立の『沙石集』の存在もある。その編者である無住は、八宗兼学の僧として知られていた。鎌倉後期以降、宗派を横断し仏法を普遍化する動きも強まっていたようだ。もう一方に専修念仏のように排他性を強めてゆく動きもあるが、それも仏法の民衆化（普遍化・一般化する平明化と違って単純化・専一化する平明化）とみれば同じ動きとして捉えられることに気づく。**『保元』のかたちが整ってきた鎌倉中期～鎌倉後期は、まさに仏法の普遍弘通がテーマとなっていた時代であった。そこに、源氏末路譚が絡んだのである。**

『保元』の源氏末路譚には、人間の浅ましさや醜さ、罪業の深さが語り込められている。為義、幼息、母の話には、思想的通底がみられるのだ。これらは、民衆にわかりやすく仏法を説く説草として、格好の素材であったろうと推測される。『普通唱導集』に記された鎌倉末期の琵琶法師が「平治保元平家之物語」の〝すべて〟を語ったという場合、現存の『平治』『保元』『平家』の全体を連想してはならないのではないか。これらの物語には、叙事的に過ぎてまったく語りに向いているとは思えない部分や、説法に使用されたとは考えられない章段もある。ニーズのない語りなどというものは、存在しないだろう。これから一世紀後に覚一本『平家物語』や宝徳本（金刀比羅本）の『保元』『平治』が出現して、琵琶法師の語りもより芸能化したとみられるのと違って、鎌倉末期の琵琶語りはまだ民衆を仏法に導くことに密着していたのではないだろうか。『普通唱導集』に『保元』が記されているという場合に、現存『保元』のどの場面が、どのような場で、何のために語られていたのかを明確を絞り込もうとした場合、源氏末路譚こそがその第一の素材であったろうことはまず間違いあるまい。

文献

栃木孝惟（一九七二）「半井本『保元物語』の性格と方法――あるいは軍記物語における構想力の検討のために――」『中世文学

の研究』東京：東京大学出版会／『軍記物語形成史序説――転換期の歴史意識と文学――』東京：岩波書店（二〇〇二）に再録
原水民樹（一九七五）「崇徳院の怨霊と西行――保元物語の成立をめぐる一問題――」「国語と国文学」52巻2号
宮川裕隆（二〇〇一）「保元物語の忠通」「日本文芸研究」52巻4号

第十三章　『保元物語』源氏末路譚の重層性とその形成過程

一　問題の所在

前章では、『保元物語』終息部の中で源氏末路譚〈為義出家〉〈為義最期〉〈幼息最期〉〈母の入水〉のみが異質で、なおかつ内容的にも表現上も等質的であることを指摘した。そしてその等質性は、ある一時期に共通の場で形成されたゆえのものと考えた。しかしじつは、〈為義出家〉〈為義最期〉〈幼息最期〉〈母の入水〉の間にも異質性は潜んでおり、さらにはその内部も重層的である。本章では、ひとくくりにできそうな源氏末路譚さえも重層的な形成過程を経ていることを明らかにする。

二　源氏末路譚内部の重層性

1　〈為義出家〉の様相から

二三〇頁で示した源氏末路譚の章段・小見出し表で、〈為義出家〉の展開を確認すると、次のとおりであった。

《為義の探索》　（二四四字）
《為義の発病と出家》　（四一四字）　一〇二〇字
《為義出家についての評語》　（三六二字）
《為義と六人の子供の別れ》　（一五六二字）

すぐに気づくのは、義朝のもとへの為義の出頭という最終結果を受けて評語が付されているのではなく、出家を受けてそれが置かれているということである。評語は、次のようなものである。

為義十四歳ニテ、伯父美乃守義綱ヲ責テ、其勲功ニ左衛門尉ニ任ズ。十八歳ニテ、又奈良法師ヲ栗子山ヨリ追返シタリキ。廿三ニテ検非違使ニ成シハ、彼栗古山ノ賞トゾ聞シ。其後、受領スベカリシニ、「何《いづれ》ノ国ヲモ免《ゆる》シ給ハン」ト仰ラレシヲ、「父、祖父ガ跡ニテ候陸奥ヲ給ラン」ト申セバ、「陸奥ハ、為義ガ為ニ不吉ノ国也。**A**祖父ガ時、頼義十二年ノ合戦ヲス。親父義家三年ノ軍ヲス。意趣残国ニテアリ。為義ニ給バ、乱ヲ発ナン」トテ、代々ノ君免シ給ズ。其ニ依テ、為義又、「陸奥ノ外ハ、他国ヲバ納テ何ニカハセン」トテ、廿三ヨリ六十三マデ地下ノ検非違使ニテ有ケルガ、**B**子共ハ多シ、アソコ是ニテ悪事ハスル、其故ニ、常ニハ由木カケン、解官セラレケリ。当時為朝ガ筑紫ノ狼籍ノ故ニ解官セラレテ、前判官ナリケルガ、年来望陸奥ニハ成ラデ、思モ懸ヌ法師ニ成テ、義法房トゾ名付タル。《為義出家についての評語》

現状の『保元』では、次の《為義と六人の子供の別れ》までがひと続きとなっており、その後、《謀反人処刑1》《死罪の復活》《崇徳院方武士十七人の処刑》を挟んで《為義最期》に向かう。ということは、《為義出家》が終わるところ（＝出頭）を受けて評語が付されても良さそうなものである。評語の内容は、傍線部に「十四歳ニテ」「十八歳ニテ」「廿三ニテ」「廿三ヨリ六十三マデ」とあるように、為義の生涯を概括する意識が窺える。このような〝締めくくり〟にふさわしい評語が、《為義最期》の末尾ではなく、また《為義出家》の末尾（出頭）でもなく、その途中に出てくるのである。この様相は、**当初は為義の出家へ向けて展開していた小物語**（盛者必衰や没落をテーマとする）の上に、**《為義と六人の子供の別れ》**（恩愛や愛別離苦をテーマとする）**が覆いかぶさってきたことを示唆している。**

　論述を先へと急ぎたいところだが、ここで述べておくべきことがある。この評語自体がすでに重層化しているのだ。評語内の罫囲みのBは、上文からの接続が不自然である。もちろん、「地下ノ検非違使ニテ有ケルガ、（子共ハ多シ、アソコ是ニテ悪事ハスル、其故ニ、常ニハ由木カケン《（シ）》）解官セラレケリ」と挿入句を括弧に入れて解釈すれば〈検非違使→解官〉の文脈だと理解はできる。しかしこの評語の骨格的な部分が大切にしていたのは、為義が「陸奥」守を望んでいたこと、しかも「代々ノ君」に申請したのに許されなかった年数の長さ、その長さと「廿三ヨリ六十三マデ」という年齢の長さとの対応、「陸奥ノ外ハ、他国ヲバ納テ何ニカハセン」とする為義の陸奥守への執着だったはずであり、これらが末尾の「年来望陸奥ニハ成ラデ、思モ懸ヌ法師ニ成テ」と呼応関係を持っている。つまり、**〈陸奥守への長年の執着→それに成らずに法師になる〉というのがこの評語の骨格なのである。その間に、〈検非違使→解官〉が割って入っている。**これに加えて、Bは為義が為朝と絡む部分なのである。ここを挿入すれば、発端部の為義解官ばなしだけでなく、為朝の筑紫の経歴とも繋ぐことができる。すなわち、もともと伝承世界で独立的に形成されていた〈為義出家〉を『保元』に取り込む際に、**Bを入れさえすれば、『保元』の発端部と緊密な連関を持たせることができ、つぎはぎ感を軽減できる。**そのような意図のもとに『保元』の統括的表現主体はBを挿入したのだろう。

　もう一点、述べておくべきことがある。この評語の時代相がおおよそながら判明するのである。罫囲みのAに、「『陸奥ハ、為義ガ為ニ不吉ノ国也。祖父ガ時、頼義十二年ノ合戦ヲス。親父義家三年ノ軍ヲス。意趣残国ニテアリ。為義ニ給バ、乱ヲ発《おこし》ナン』トテ、代々ノ君免シ給ズ」とあるが、三七九頁でも述べるように、鎌倉初期（一一二〇年ごろ）はまだ鎌倉幕府内で前九年合戦を公戦化することに躍起になっていた時期なので、「親父義家三年ノ軍ヲス」のような表現は登場しえない。また、鎌倉後期（一二八〇年代以降）になると今度は義家や後三年合戦を公戦化する動きが出てくるので、「不吉ノ国」とも「意趣残国」とも表現されるはずがない。しかも、合戦部には「後三年」の語が出てくる（大庭兄弟の名乗り）が、ここではまだ「三年」である。「後三年」が定着する以前の未熟な時期の語だろう。鎌倉初期には、もともと後三年合戦が一合戦として認識されず、小規模な紛争でしかなかった時期がある。そのような時期よりもうしろであり、一方で「不吉」「意趣残」とあるように後三年合戦が公戦化される鎌倉末期以前の表現だと考えられる。よって、**この評語の最終的な時代相は、鎌倉中期（一二二一～五〇年ごろか）だと考えられる。**

いま、「この評語の時代相」と言わずに「この評語の最終的な時代相」と述べたのは、罫囲みAの前後も重層化しているからである。Aの直下に「為義ニ給バ、乱ヲ発ナン」とあるように、陸奥国を為義に与えると争乱を起こす（あるいは争乱が起きる）危険性があるというのである。その表現と呼応するかのように、そもそも為義のほうから「父、祖父ガ跡ニテ候陸奥ヲ給ラン」と申請しているのであるし、「陸奥ノ外ハ、他国ヲバ納テ何ニカハセン」などと「納《（治）》」めるという表現が見えていて、覇権を拡大するための陸奥守任官申請という文脈がほの見える。ところがAは、祖父頼義、親父義家がそれぞれ十二年と三年戦ったにもかかわらず私戦と認定されて（このこと自体、前九年合戦が鎌倉中期まで私戦と認識されていたことを示す注目すべき表現である）源氏にとって「意趣残」る国であるゆえに任命しないと言っているのである。陸奥国について、「不吉ノ国」「意趣残国」と評価が二重化しているのも問題である。簡潔にいえば、**朝廷が為義を陸奥守に任命しなかった理由として、〝為義の武力や覇権主義を恐れたため（国家にとって不吉）〟とするものと、〝為義の祖先も不遇であった（源氏の意趣残る国ゆえに配慮する、為義のためを思う）〟とするものとが二重化している**のである。要するに、本来の文脈は、罫囲みAを取り除いた次のようなものであったろう。

「陸奥ハ、為義ガ為ニ不吉ノ国也。〈A〉為義ニ給バ、乱ヲ発ナン」トテ、代々ノ君免シ給ズ。其ニ依テ、為義又、「陸奥ノ外ハ、他国ヲバ納テ何ニカハセン」トテ

〝お前に陸奥国を与えるわけにはいかない〟（国家にとって不吉）と〝さぞかし恨みに思っているであろう〟（源氏の意

趣）とは、ニュアンスが異なるのである。(1)

（1）『中外抄』上—五一話にこの関連話があって、それによれば為義を「天下の固め」として重用していて、「廷尉」ではなく「受領」として任用すべきだとする。『保元』と大きく認識が異なる。成立年代や作品の性格からみて、『中外抄』のほうが当時の実際の為義観を伝えているのだろう。

さて、先ほど「この評語の最終的な時代相は、鎌倉中期（一二二一～五〇年ごろか）だと考えられる」と述べたが、その根拠としたところがまさに罫囲みAだったのである。ということは、そこを取り除いた部分は、それ以前に遡る成立である可能性が高いということだ。では、これほどに為義に焦点化し、出家ばなしを増幅させるような意識が、鎌倉初期ならば成立しえたかと考えてみると、その可能性は低い。鎌倉幕府の政権確立に向けて頼朝・頼家・実朝と彼らの周辺御家人が新体制の安定化に向けて躍起になっていた時期の歴史認識として、あるいはまた京からそれを不安げに眺めていた時期の歴史認識として——没落した者なら俊寛や木曾義仲ら平家一門など多くの者が視野に収められてしまった時点で——、為義の出家をこれほどまでに語るモチベーションが生じえたとは考えにくい。このようなことから、《為義出家》の基層部分は平安最末期（一一八〇年代）に生まれ、鎌倉初・中期に罫囲みAと罫囲みBが追補されたものと考えたい。

2　《為義最期》の亀裂から

《為義最期》には、重複感のある部分が存在する。次の部分である。

C「…但、入道ガ一ノ悦アリ。E平家ナンドノ手ニ懸テ被ㇾ切タランニハ、最後ノ有情、能テモ悪テモ沙汰セラレタランハ、F家ノ疵ニモ成、義朝ガ為、ワロカルベキニ、G我子ノ手ニ懸テ、相伝ノヲノレラニ被ㇾ切事コソウレシケレ。時剋押移ラバ、上下万人集リタラバ、「ワロクモ切ツル物哉。臆テ頸ヲアシウ持テコソ」ト云ハンズルニ、

人ノ見ヌ間ニ疾々仕。年来ノ者共ナレバ、悪名ヲバヨモ披露セジ」トテ、今ハ限ニ成ケレバ…《為義の口説き》

（この間、依拠テクストで一二行分あり。）

D西ニ向テ、最後ノ詞ゾ無儀ナル。「弓矢取身ノ習、興アル事哉。e伊勢平氏ガ郎等ニ引張レテ出テ、f子共ノ面ヲヤ穢サンズラント思ツルニ、g我子ニ請取ラレテ、年来ノ家人正清ガ手ニ懸ラン事コソ神妙ナレ。然モ朝敵ト成テ被切事、誠ニ面目也。弓矢取身ノ名聞、何カ是ニ如ム」。《為義の念仏と最期》

CとDの類似点をまずは指摘しておくと、Eとeのように、平家（平氏）の手に懸って討たれることを想定している点、Fとfのように、そうなると不都合であったろうと懸念している点、Gとgのように、我が子と相伝の家人に討たれて死ぬことの得心を語っている点、そしてそれらが同じ順序で語られている点まで近似している。依拠テクストでわずか一二行分を隔ててのところであるから、重複感は覆い隠せない。**おそらく小物語たる〔為義最期〕の異本のようなものが複数派生しており、それらを合成しようとして、このようなことが起こったのだろう。**

よくみると、CとDの位相の差、時代の新旧も浮かび上がる。Fには「家の疵」、fにも「子共ノ面」を「穢」すと出ていて類似しているようにみえるが、Dでは「弓矢取ル身ノ習」「弓矢取身ノ名聞」「面目」などという表現が出ていて〝武士としての名誉と恥辱〟の意識であるのに対して、Cでは点線部のように「上下万人」が「悪名」を立てることを嫌った〝世間体〟の意識に近いものになり下がっている。これに関連して、Dの冒頭には「西ニ向テ」とあって覚悟を決めた武士としての為義の「最後ノ詞」が語られているのに対して、Cには「親ニモ又疎ニモ定テ疎ミ終テラレンズルゾヨ」という義朝への恨み、「哀、八郎冠者ガ千度制シツル物ヲ」という後悔、「カ、ルベシトダニ知タラバ…（中略）…自害ヲシタラバヨカルベキニ、犬死センズル」という自嘲など、くどくどしい口説きがある。最期に向かう為義の潔さという点ではDのほうが格段に強く、Cは苦悩の口説きの中でようやく自らを納得させるように「但、入道ガ一ノ悦アリ」に辿り着くのである。ここで前章を想起すべきだろう。このような粘着質の指向と口説きは、《為義最期》にのみ表れたものではなく、《為義出家》や《母の入水》にもみられたものであり、それゆえに『保元』の前後の部分とは異質であると指摘した部分であった。常識的に考えてみて、Dのようなあっさりした展開が先にあって、それを土台にしてどんどん感情移入して語り込んで粘着質な口説きがヴァリアントとして成立するという方向性は想定できるが、逆に、感情移入を抜いて叙事的にしたり、粘着性を薄めて淡泊にしたりという方向性はありえない。さらに言えば、Dの「伊勢平氏」のほうがCの「平家」――一般化・記号化したもの――よりも表現位相として古そうである。つまり、**表現レヴェル、感情移入レヴェル、横断性の有無のどこをとっても、Dのほうに古態性が認められるということである。Cは、後次的に挿入されたものと推断してよいだろう。**

では、すでにDが存在していたのに、なぜCのようなヴァリアントを派生させなければならなかったのか。Cには、『保元』冒頭部のいくさ評定を想起させる「哀、八郎冠者ガ千度制シツル物ヲ」があり、また、『保元』の全編にわたって断続的に用いられた「六人ノ子共」が入っている。Cを含む後出異本は、為義一人に焦点化したDとは違う道を歩み始め、おそらく《為義と六人の子供の別れ》を含む物語として再編されたのだろう。先出的なD系本と後次的なC系本の説草が存在していて、D系本をベースにしつつC系本の**「八郎冠者」「六人ノ子共」をすべり込ませることにその目的があった**のだと見えてくる。すなわち、**『保元』に違和感や接合感を軽減させるために物語の他の部分と均質化させるための操作であった**ということだ。後次的に派生したC系列の異本の姿を想定すると、〈為朝のいくさ評定→為義と六人の子供の別れ→情緒型の為義最期〉をつないだ広本的なものが存在した可能性があろう。そこから使えるところを都合よく引用したのかもしれない。『保元』の最終的な統括主体は、それほどに巧妙なのである。平安最末期に成立した為義の物語が、鎌倉初・中期にかけて成長し重層化したものと考えられる。

三　〈為義出家〉〈為義最期〉の素材段階

次章（二九八頁）で、〈為義出家〉（後次的）と〈為義最期〉（先出的）が別々に形成されてきたものであることも指摘するのだが、それぞれの素材段階での〈為義出家〉や〈為義最期〉は、どのような姿だったのだろうか。

まず、〈為義最期〉のほうからみると、「七条朱雀」で「車ヨリ輿ニ乗移ラセ奉ラン所ニテ」が重要な場面イメージとなっているので、為義の乗った車が洛中のどこかを出発して「七条朱雀」に至ったという物語であったのだろう。「七条朱雀」という地理から考えて、**〈為義最期〉の原型が本来もっていた地理的な出発点は、広い意味での六条堀河邸ではないだろうか。**〝広い意味での〟とは、為義邸、義朝邸、頼賢邸などが一地域に固まっていたであろうという意味である（平氏の六波羅のように）。〈母の入水〉に「六条堀川ノ為義法師ガ宿所」が出てくるが、まさか敗者たる為義が自邸に戻っていたとは（そのような甘い設定で物語が作られたとは）考えにくいから、おそらく**六条堀河の義朝邸で身柄を拘束されていたという設定を出発点にしていた物語だったのではないだろうか。**それが「七条朱雀」と緊密に連動する考え方だろう。(2)

（2）　今も七条朱雀には為義の菩提寺である権現寺が存在するが、保元合戦の敗者の首領たるほどの著名な人物の墓が伝承世界で根拠もなく捏造されるとも考えにくい。元来、処刑地―船岡辺（『兵範記』）、墓地―七条朱雀という区別があったのに、伝承世界で七条朱雀が処刑地へと移行した可能性がある。七条は熊野参詣者を守護する稲荷社（のちの伏見稲荷大社）との関係の深い土地であり、伝承世界のひとつの拠点であった（関口力（一九九〇））。また、西国へ向かう領送使の出発地でもあり、七条朱雀→鳥羽→淀川水運ルートの洛中の起点だったようだ。七条朱雀は「熊野路」と根源的レヴェルで結びついていたということだ（三〇〇頁）。なお、山口泰子（一九九五）は七条朱雀の疫神祭祀に注目し、それに結びつけようとするあまり為義を怨霊と規定する。『保元』の為義は念仏を唱え極楽往生を志しているので（浄土信仰）、山口説は物語世界からおよそかけ離れている。佐伯真一（二〇一五）が警鐘を鳴らすように、当時の仏法の実態とかけ離れた近代的鎮魂論が少なくない。

一方、〈為義出家〉の物語基盤が比叡山であることは容易に推測できる。為朝と今後の身の振り方について語り合うのも、出頭を決意するのも、「六人ノ子共」との別離も、すべて比叡山中という設定である。ところが、この部分は丸ごと、比較的新しい段階（『保元』成立の直前の段階）で作られたものである可能性がある。というのは、「重病」を受けて自分で歩けなくなって「馬ニ舁乗テ行ニ」という状態であった為義が、いつの間にか徒歩で比叡山中を歩いているのである。その亀裂は、次の★印のところだろう（それ以前は馬に乗せられていて、それ以降は自分で歩いている）。

為義、サガス処ニハ無テ、坂本三河尻ノ五郎大夫景俊ガ許ニ隠テ居タリケルガ、十六日ニ、五十騎計ノ勢ニテ、三井寺ヲ通テ、東国ノ方へ趣キケルガ、運ノ極タル処ハ、為義、重病ヲ受テ、前後不覚ニ成ニケリ。温病トゾ聞ヘシ。馬ニ舁乗テ行ニ、兵共出来テ打留トスル上へ、大将軍ノ重病ナルヲ見テ、郎等共、皆ステテ逃失ヌ。子共六人ノ外、郎等四人ト雑色華沢一人残ケル。近江ノ蓑浦ニテ、船ニ乗ラントシケル所ニ、敵廿騎計懸出タリ。戦ニ不レ及、四方へ皆逃散ヌ。四人等ガ郎等モ落失テ無リケリ。イトヾ心細クゾ成ニケル。其ヨリ東近江へ至ラントシケレ共、身ハ病ヲ受ツ、其上、鈴香、不破関塞リヌト聞ヘケレバ、東国へ遁下ラン事モ難レ有。道ノ辺ニテ打落サレン事モ、命モ難レ捨、恥モ惜ケレバ、思返シテ、蓑浦ヨリ東坂本ニ帰付テ、黒谷ノ辺ニ忍テ居タリケルガ、★雑色花沢ガ勧ニテ、天台山ニ登テ、月輪坊ノ竪者ノ坊へ行テ、ソコニテ為義出家シテケリ。栄花ト開ケシタモト、今黒染ニ成姿哀也ケリ。《為義の発病と出家》

要するに、〈為義出家〉の内部にも亀裂、そして接合感が存在するということである。〈為義出家〉の内部のほとんどには「六人ノ子共」が関わっているのであり、それを抜きにしては〈為義出家〉は成り立たない。重病ゆえ比叡山に登らなかった為義と、比叡山に登って出家を遂げた為義が、物語内の背後に存在する。為朝の発言や「六人ノ子共」

との別離は物語内の前後の展開に機能するところがないので、為義が比叡山に登らねばならなかった（そう設定せざるをえなかった）のは、出家のためであったろうと考えられる。つまりは、このあたりの表現主体は、為義をなんとしても出家させたかったということだろう。先述のように、〈為義出家〉の内容を小見出しで示すと、

《為義の探索》　（二四四字）
《為義の発病と出家》　（四一四字）
《為義出家についての評語》　（三六二字）
《為義と六人の子供の別れ》　（一五六二字）

となっていて、《為義の出家》を受けて「十四歳ニテ」「十八歳ニテ」「廿三ニテ」「廿三ヨリ六十三マデ」とあるように、為義の生涯を概括しようとする意識が窺える。このような〝締めくくり〟にふさわしい評語が存在する。**表現主体にとって、為義の出家こそがクライマックスだった段階が存在したのであろう。**このようなことから――統括的表現主体が操作したであろう「六人ノ子共」もここに濃密に関与することもあって――『保元』の統括的表現主体（編者）は、天台宗周辺の僧侶であろうと第十八章で述べるとおりである。(3)

（3）為義の出家を「栄花ト開ケシタモト、今黒染ニ成姿哀也ケリ」「思モ懸ヌ法師ニ成テ、義法房トゾ名付タル」は、出家を否定的に捉えているように見えるが、そうではあるまい。《争乱の総括》に「アハレ、世ニアラムト思計ウタテカリケル物アラジ」とあるように、現世で野望を抱くことの空しさを言ったものだろう。

さて、〈為義出家〉内部の亀裂の問題に戻る。先の引用文で★を付したところが、接合箇所だろう。本来の為義の物語は、近江で「重病」を受け、東国行きを断念し、「東坂本」を経て「黒谷」にいた。それからおそらく六条堀河の義朝邸に身柄を移され、「七条朱雀」で斬られたのである。その本来の姿は、「蓑浦ヨリ東坂本ニ帰付テ、黒谷ノ辺ニ忍テ居タリケルガ」のあと、直接、「雑色花沢法師ヲ左馬頭ノ許へ遣タレバ、義朝是ヲ聞テ」へとつながっていた

のだろう。このことは、**『保元』以前の素材段階の層では〈黒谷出家〉の話であったが、それが〈月輪坊《ぐわちりんばう》出家〉の話に変質したことを示唆する**（月輪坊は未詳だが、この書きぶりからすると比叡山の三塔十六谷に含まれる坊だろう。黒谷は別所であり、それに含まれない）。『兵範記』七月十六日条に、為義が「日来流浪シ、横川ノ辺ニテ出家ストト云々」とあるが、黒谷[4]は「横川ノ辺」とも言いうるほど近い。

（4）この黒谷は、現在の京都市左京区岡崎の金戒光明寺のある新黒谷ではなく、比叡山西塔北谷の元黒谷（青龍寺）。ここは比叡山の尾根の京都市側の中腹で、八瀬から見上げる位置。横川に近い。このあたりの文脈には屈折（重層化）がある。「近江ノ蓑浦」から船に乗って「東近江」に行こうとしたとあるが、「近江ノ蓑浦」（箕浦）は東近江の米原市の地名で、そこから「東近江」に行こうとしたとあるのは不自然。この文脈だと「蓑浦」は大津市あたりの地名ということになる（岩波新大系の注は米原市の天野川の水運を想定するが、琵琶湖の横断水運を問題にせずにそこを物語が書くのは不自然）。その一方で、後文には「蓑浦ヨリ東坂本ニ帰付テ」とあり、この蓑浦は湖東地域と読めるので、米原市の箕浦でよいことになる。米原市の箕浦は為朝が捕縛される「坂田」とほぼ同じ地域で、このあたりに源氏敗走伝承が濃厚にあったのだろう。これはまた、青墓（為義妻、波多野）や橋本（波多野）の街道の伝承と同じ水脈だろう。もうひとつ不自然なのが、「東坂本ニ帰付テ、黒谷ノ辺ニ忍テ居タリケルガ、雑色花沢ガ勧ニテ、天台山ニ登テ、月輪坊ノ竪者ノ坊へ行テ」の流れである。黒谷は右のとおり比叡山中であり、しかも東坂本（大津市側）からすると山越えして京都市側に少し下った元黒谷なので、じゅうぶんに山中に入ったものと言える。ところがそこから「天台山ニ登テ」と表現するということは、黒谷を平地だと理解しているということではないか。平地の黒谷なら岡崎の新黒谷になる。琵琶湖の舟人（湖西と湖東を往復する人々）の伝承が割り込んだり、元黒谷を新黒谷と誤解したりするなどの後次層が加わっているが、本来の形は、白河北殿から北に向けて敗走した為義が、八瀬の側から元黒谷に入り、そこからまた義朝のもとへと出頭したというものではないか（『兵範記』の「横川ノ辺」からみても）。つまり、実在の為義は、東坂本にも蓑浦にも行っていないのではないか。義朝のもとへと出頭する為義の起点が元黒谷であるという点だけが、痕跡として残ったのではあるまいか。

このように想定すると、《為義の発病と出家》（比叡登山《とうざん》部分）は、『保元』表現主体と同一の管理権で作られたものということになる。しかし、『保元』成立と同時期ではなく（新規の書下ろしではなく）出家ばなしが先行して独立的に形成されていたとみる。それは、現存『保元』の段階では、歩けなかったはずの為義が歩いているからである。

四　《為義と六人の子供の別れ》の後補性

敗走中の為義が大津で「温病」にかかった時、動揺した郎等たちが散り散りになるところがある。

馬ニ舁乗テ行ニ、兵共出来テ打留トスル上へ、大将軍ノ重病ナルヲ見テ、郎等共、皆ステテ逃失ヌ。子共六人ノ外、郎等四人ト雑色華沢一人残ケル。近江ノ蓑浦ニテ、船ニ乗ラントシケル所ニ、敵廿騎計懸出タリ。戦ニ不レ及、四方へ皆逃散ヌ。四人等ガ郎等モ落失テ無リケリ。イトヾ心細クゾ成ニケル。《為義の発病と出家》

傍線部「子共六人ノ外」がここに存在しなければならないのは、このあと天台山（比叡山）中で為義が出家し、六人の子どもたちと別れて出頭することを決意する場面が存在するからだろう。寺院説草で、愛別離苦のテーマで用いられたに違いない。《為朝の矢についての総括》の「何方共無ク落行ケル」、《長息最期》の「行方ヲ不レ知」などと合戦後の為朝は行方不明であることが印象づけられているのに、不自然にもここに含まれてしまっている（為朝が姿をくらましたと表現されるのは八月二十六日に発見されるための伏線であったはずだ）。愛別離苦のテーマで独立的に成長したこの話が『保元』に後次的に挿入されたために起こった不整合ということだろう（それでも平安末期〜鎌倉初期の成立。後述）。

ところで、波線部は「四人等ガ郎等」が落ち失せたことを特記しているが、これによって「子共六人」と「雑色華沢」だけが残ったことになる。しかしよく考えてみると、不自然である。無名の「郎等四人」をわざわざ登場させておいて、そして場面から消してゆくのである。意味も存在感もない郎等たちの登場と消去に、不自然さが残る。そこで考えられるのは、もともとここに「子共六人」は存在せず、「郎等四人ト雑色華沢一人」のみが記されていたという可能性である。その状況から「四人等ガ郎等」が落ち失せれば、残るのは「雑色華沢」ひとりとなる（そう考えてこそ郎等の登場が意味のあるものになる）。〔為義出家〕**の原型は、「雑色華沢」だけが為義に随行したものであった可能性がある**（如意山入りの崇徳院に為義らを随行させたのと同じく他の場面との均質化のための方法である）。

一方、前節までの分析から、「六人ノ子共」が登場するところは、為朝一人を突出させないためにバランス感覚上発想された可能性を見出した。そのことを考え合わせれば、〔為義出家〕のうちの**《為義と六人の子供の別れ》は——一五〇〇文字ほどの長文になるが——丸ごと後補された可能性が高い**だろう（「六人ノ子共、山へ尋テ上リタリ。」～「大原、静原、鞍馬ノ奥、貴布禰様ヘゾ別行。」まで）。その長文の後補部分に合わせるようにして、「子共六人ノ外、郎等四人ト雑色華沢一人残ケル」のうちの「子共六人」も付加されたということだ。

先述のように、《為義と六人の子供の別れ》内部に、「六人ノ子共」との愛別離苦や、それと連動した未練がましい最期を迎える情緒的な為義像を含んだ物語が存在した痕跡がある。

五　《為義と六人の子供の別れ》の形成時期

後補である《為義と六人の子供の別れ》の形成時期については、結論からいえば、鎌倉中期以降ではなく鎌倉初期のほうに引き上げて考えるべきだろう。その根拠が三点ある。その第一は、為朝が少々荒唐無稽な東国国家建設構想を語るのだが、その中に、「奥ノ基衡カタライテ」が出てくる点である。さりげない表現だが、平泉藤原氏の清衡・基衡・秀衡・泰衡の中で、保元合戦のころ（一一五六年）が基衡政権時代（一一二八～一一五七）であったなどということが感覚的にわかるのは、せいぜい鎌倉初期まではないだろうか。感覚的というのは、文書や年表などで一々調べないで、という意味である。現代に置き換えてみると、一九六四年の第一次東京オリンピックの時の首相が池田勇人であると資料によらず記憶で答えられる世代がいつまで生存していたかというような問題である。『保元』の中にはもちろん『兵範記』に近い文書記録類によって調整したとみられる部分もある（二四一頁）のだが、為朝が荒唐無稽な東国国家建設構想を語ったり親子の別離という情緒的な場面をつくったりするのにわざわざ文書で確認するとは考えにくく、感覚的に知悉していたからこそ実体と齟齬しなかったと考えたほうがよい。

根拠の第二は、《為義と六人の子供の別れ》に、為義の言葉として「若ク盛リナリシ時、陸奥守ニ成ラデ、今老衰へ、朝敵ト成」とか、「清盛ハ、伯父忠正五人法師ニコソ成タレ共、命計ハ扶タン也。下野守ハ、今度ノ勧賞ニ、左馬頭ニ成タン也」などという他章段と緊密にリンクする表現をもっている点である。『保元』の鎌倉後期層・末期層には、大庭ばなし、村山党ばなし（金子ばなし）など、前後の部分との接合痕が著しく露呈する場合が少なくない。手荒な編集を経た部分もあるのだ。ところが、この比叡山中別離譚は、この場面を〈清盛がまだ伯父忠正を処刑していない時期で、義朝が左馬頭に昇任した時期〉などとするかなりデリケートな設定が活きている。『兵範記』によれば義朝が七月十一日段階で任じられたのは「右馬権頭」で、七月三十日で「左馬頭」になっていることが確認でき、平忠正の処刑は同二十八日のことなのである。その時期のディティルを資料を介在させずになまの空気として記憶している世代が、この話を作り上げた可能性が高い。**鎌倉初期だろう。この推論を前提とすれば、〔為義出家〕や〔為義最期〕のもとになった素材話の成立は、もっと早い時期ということになる。**

根拠の第三は、ここでの為義の発言に「頼賢ヲ、頼仲ヲ」とある点である。頼賢は合戦部冒頭の古態層（為朝が絡む以前の）でこそ前景化していた人物であるし、頼仲も《長息最期》で一人だけ潔さが語られていた人物で、為義の子供として頼賢や頼仲の存在感の大きかった層が存在し、それが為朝巨大化以前の古態層だとみられるのである。

六　『為義物語』の想定

以上のように、〚為義出家〛（これに《為義と六人の子供の別れ》を含む）や〚為義最期〛（最期の場面は重層化している）はそれぞれ独立的に形成されたものと考えられるが、それらが『保元』に取り込まれる以前、為義関係話としてひとまとまりになっていたのではないかと考えられる（『為義物語』）。その根拠の第一は、源氏末路譚の中でも為義関係の叙述量が著しく多い点である。為義の出頭ばなしに黒谷系の出家ばなしが加えられ、それにまた月輪坊系の出家ばなしが覆いかぶさり、さらにそこに六人の子供との別離譚が挿入され、斬首される前の為義の口説きが重層化しているというように、**為義の出家〜出頭〜最期が焦点化された時期がしばらく続いた**（平安最末期〜鎌倉初期）**がゆえに、為義関係の叙述量がきわめて多くなったものと考えられる。**二三〇頁の表のように、源平末路ばなしの一一三五五字の中で、為義関係の叙述量は五三二九字、じつに四六・九パーセントにも及ぶ。源氏末路譚の等質的な側面に注目して《幼息最期》や《母の入水》と一緒に括ってはいるが、やはりそれらは付加的・派生的な話(いわゆるおまけ)なのだ。

これだけの叙述量のまとまりがあれば、それらを統合して、あるいは一連の話として語りたいとする指向は、当然生まれるだろう。根拠の第二は、二〇八頁で述べたように、二種類の謀反人処刑記述のうち、Ａ七月二十五日（平忠正を含む）は、為義の最期をクライマックスとして物語を構成した痕跡であるようにみえる点である。もちろんそこには、平忠正や家弘、源頼賢らの子供たち、時間的にはそれ以前に藤原頼長も含まれた内容であったろう。人々の〈死〉に焦点化した物語が存在した痕跡であるようにみえるのである。根拠の第三は、**《争乱の総括》の内容は、一部に忠正斬首のことを含むものの、その大半が為義斬首に関するもの**であり、根拠の第二と対応しているようにみえる点である。根拠の第四は、《為義と六人の子供の別れ》は為義関係話の中でも最後に投入されたと考えられるのだが、そこに「清盛ハ、伯父忠正五人法師ニコソ成タレ共、命計ハ扶タン也。下野守ハ、今度ノ勧賞ニ、左馬頭ニ成タン也」が存在する点である。ここは為義出頭の重要な動機となっているところなので、不整合的な後補とは考えにくいところである。これは、〈忠正が清盛のもとに出頭しながらもまだ斬首される以前で、しかも義朝は左馬頭に任じられている〉という物語内の時間にデリケートに対応している（先述）。それは前後の脈絡との関係性を示すもので、《為義と六人の子供の別れ》が愛別離苦を語るための独立話として存立したものではなかった時期があることを示すものだろう。このようなことから、**《為義の探索》に始まり《為義と六人の子供の別れ》を含む〔為義出家〕から《死罪の復活》《崇徳院方武士十七人の処刑》を経て〔為義最期〕に至るまでが、『為義物語』とも言うべきひとつの物語として成立していた可能性がある**だろう。このあたりにはもう一方で『保元顚末記』のような実録的な言説の存在も想定されるのだが、右に含まれている《崇徳院方武士十七人の処刑》の七月「廿五日」という日付は非史実的ゆえ実録的なものではありえず、為義関係の物語の中でのみ機能するものであるようにみえるのである。

七　〔幼息最期〕と〔母の入水〕の亀裂

1　随行者の人数

〔幼息最期〕と〔母の入水〕も、本来別々に形成されたものであるらしい。その根拠は、輿に随行する従者の人数が食い違う点である。十一歳の亀若、九歳の鶴若、七歳の天王が斬首されたあと、ひとり残った十三歳の乙若は、次のように波多野に語りかける。

乙若、是ヲ見給テ、少モ臆セズ、色モ変ゼズ申サレケルハ、「……母ニテ有人、此暁、八幡へ参リ給ツルゾトヨ。

今日三日精進ノ間、四人ノ子共ガ、「我モ御伴ニ」ト云ツレバ、「乗物共ハ有レ共、軍ニ下人皆逃テ、独モ無。上カチニテ、下少ニテ有バ、見苦シキニ、道ニテ見人モ猿事ニテ、八幡ノ者共、『安ク人ハマドヰ物ニ成ケル物哉。為義法師ガ子共ノ物詣ニ人ノ無ヨ』ト云ハンズルニ、世ニ立ナヲラバ、後ニ参」ト云テ、寝入タルニ、隙ヲ計テ、独モ具セザリツルゾトヨ。今ハ下向シ御座ラン。《四人の最期》

幼少の四人の子どもが母の関知しないところで「六条堀川ノ宿所」から連れ出されるという設定をするためには（あとで母が子どもたちの「四ニ分テ裹《つつ》ミタル鬢ノ髪」を見て慟哭し入水に向かうとの展開につなげてゆくためには）、**子どもたちが連れ出される際に母は自邸を不在にしていなければならない**。そこで、母が「物詣」ないしは「三日精進」に出かけていたことにしようと、表現主体は発想したものと考えられる。次に、〝それならばなぜ幼少の子どもたちを石清水に連れて行かなかったのか〟との疑問が湧く。もちろん、連れてゆけば、波多野が母の知らないところで四人の子どもを連れ出すことができなくなってしまう。そこで、**母が子どもたちを自邸に置き去りにする正当な理由が必要となる**。それが、傍線部である。ここには、「下人」がいくさのために「皆逃テ、独モ無」いと言っている。それでは「上カチニテ、下少ニテ有バ、見苦シキニ」という状態になることが想定されるので、子どもたちは連れてゆけないというのである。ここのところ、念を押すかのように、道中で見かける人や「八幡ノ者共」が「為義法師ガ子共ノ物詣ニ人ノ無ヨ」などとその零落ぶりを嘲笑するであろうからとまで予想して（母に予想させる設定にして）、子どもたちと母とを切り離すことに成功したのである。ところが、**〈母の入水〉においては**、「伴ニハ、女房三人、ハシタ物二三人、郎等五人、力者十二人、中間七八人有ケルガ、口々ニ申ケルハ」と**数多くの従者が随行している**。ここに登場している者の数を足すと三十人ほどにもなる。〈幼息最期〉に「独モ無」とあったのと比べると、様相がずいぶん異なる。さらに、母が入水を決行しようとするところでも、「川へ入ラントスレバ、御伴ノ男モ女モ川ノハタニ幷居テ、垣ヲ成シタル様ニ落シ入ジト禦ギケレバ」とあるし、母がいったん入水を断念したと見せかけた際にも「伴ノ者共悦テ」とあったり、遂げてしまったあとにも「伴ノ物共ニハカ〳〵シク水練スルモ無リケリ」とある。しかも、母は「乳母子ノ女房」と抱き合って入水を遂げるのである。(5) 〈幼息最期〉の「独モ無」とは大きく相違する。さらに、〈母の入水〉では随行者について、「女房」「ハシタ物」「郎等」「力者」「中間」「乳母子」と細かく表現されているのに、〈幼息最期〉ではただ「下人」とあるのみである。表現の位相やきめ細やかさも異なるということである。**〈幼息最期〉の中でイメージされている母は、従者が一人も随行しておらず、母一人で、徒歩で、物詣でに出かけたという設定**なのだろう。**〈母の入水〉では「輿」が機能し、約三十人の従者に囲まれている**のであるから、まったく異なる。

(5)「母」は「伴ノ者」にいわゆるフェイントをかけてまで入水したので、「軈《やが》テ」(すぐに) 川に沈んだと表現される。一方で「乳母子ノ女房」は「母」の「衣ノ袖ニ取付テ、漸《しば》シ引《ひか》ヘ」た末に共に入水した。後者は、前者のスピード感とは明らかに異質である。乳母子の物語は後補だと考えられる。

2　参詣日数

さらに注意深く表現を追ってみると、母が参詣した日数のずれがありそうだという点も見えてくる。**母が「六条堀川ノ宿所」を不在にしたのは、一日間なのか三日間なのか**ということである。表現としては、「物詣」が三例、「三日精進」が一例出てくる。まずは、〈幼息最期〉の冒頭で、「波多野次郎承テ、五十騎計ノ勢ニテ、六条堀川ノ為義法師ガ宿所ニ行向。母上ハ物詣シテ無リキ」と「物詣」であり、乙若が斬首される直前に、

「母ニテ有人、此暁、八幡へ参リ給ツルゾトヨ。今日三日精進ノ間、四人ノ子共ガ、「我モ御伴ニ」ト云ツレバ、「乗物共ハ有レ共、軍ニ下人皆逃テ、独モ無。上カチニテ、下少ニテ有バ、見苦シキニ、道ニテ見人モ猿事ニテ、八幡ノ者共、『安ク人ハマドヰ物ニ成ケル物哉。為義法師ガ子共ノ物詣ニ人ノ無ヨ』ト云ハンズルニ、世ニ立ナヲラバ、後ニ参」ト云テ、寝入タルニ、隙ヲ計テ、独モ具セザリツルゾトヨ。〈四人の最期〉

と、ここには「物詣」と「三日精進」の両方が出ていて、〈母の入水〉の結びで、

此暁、物詣トテ出立ツルニハ、カヽルベシトハ知ラザリツル物ヲト、ヲメキ叫ベド甲斐ゾナキ。昔モ今モ類少キ女房也。《入水についての評語》

と「物詣」とある。「物詣」のほうが全体的には優勢で、そこに二例の「此暁」が関連づけられている。このニュアンスでは、「物詣」は一日のもの、すなわち日帰りであろうと考えられる。もしこれらの全体が最初から三日間の物語として構想されていたのなら、最初は「母上ハ一昨日ヨリ三日精進シテ無リキ」とあるべきであったろうし、末尾の評語も「一昨日、三日精進トシテ出立ツルニハ」と表現されるべきだったろう。六条堀河邸から石清水まで三日間通ったということではないかと理解しようとしても、そもそも「三日精進」とは三日間連続で参籠するものであろうから、日帰りを三日間続けた（三往復した）とは考えにくい。「此暁、八幡へ参リ給ツルゾトヨ」「此暁、物詣トテ出立ツルニハ」で焦点化された「此暁」という時間――完了の助動詞「ツル」が醸し出す表現世界は、〝「物詣」に出発したきょう一日のうちの「暁」〟を特記する意識によったものであって、三日間連続の最終日の朝というニュアンスではない。〈母の入水〉の冒頭での波多野の動きを追ったところでも、「又、波多野次郎ハ六条堀川ノ宿所ニ馳セカヘリテ尋レバ、未母モ下向セズ。八幡へ馳参レバ、赤江川原ニ参合」とあって、母の「下向」（帰宅）時刻を予想して動いており、**「此暁」に出かけた母が帰るべき午後か夕方までの時間を切り出す意識――つまりは三日間のうちの最終日としてではなく、もともとこの一日だけに焦点が当てられていた物語――が窺える。**要するに、「今日三日精進ノ間」の八文字だけが追記された可能性が高いのだ。その八文字さえ外して読めば、「物詣」の一日の物語として違和感なく読めるのである。

では、なぜ「今日三日精進ノ間」が追記されなければならなかったのか。〈為義最期〉の冒頭で、「伯父ヲバ甥ニ切セテ後、左馬頭義朝ニ、『父為義法師ガ首ヲハネテ進ヨ』ト被ㇾ仰」とある。これが七月二十五日のあとなのか、ある

いは七月十七日のあとなのか、二重に解釈できそうな時間が流れていることについてはすでに述べた（二〇五頁）。暦時間のどこに位置づけられているのかは、不明というほかない。ともかく次の《波多野と鎌田の論争》にあるように、七月二十日前後のある日の「夜半計」のことである。

「是ニ先ヅ奉」トテ、白木ナル輿車ニ奉レ乗テ、夜半計ニ、鎌田次郎、波多野小次郎義通二人承テ、東ヘハ不レ行シテ、七条ヲ西ヘ遣ル。力者共、輿舁テ来。七条朱雀ニテ、車ヨリ輿ニ乗移ラセ奉ラン所ニテ……

この時間帯の意識は、《為義の口説き》の次の言葉とも響き合っている。

時剋押移ラバ、上下万人集リタラバ、「ワロクモ切ツル物哉。臆テ頸ヲアシウ持テコソ」ト云ハンズルニ、人ノ見ヌ間ニ疾々仕。

そのあと、「重テ宣旨ノ下ケルハ、『義朝ガ弟共ガ……』」とあるので、為義の斬首のあと、日が明けて〝翌日というべき日〟以降に《謀反人処刑2》が設定されている。「静原ノ奥、鞍馬、貴船ナンドニ、アソコ爰《ここ》ノ峰ヤ、アシコノ谷ニツカレ伏リケルヲ、押寄セ々々、搦取テ、船岡山ニテ」斬首したことが首尾よく一日で終わったとしても――それ自体強引な解釈だが――、「猶々義朝ニ宣旨ノ下リケルハ、『幼キ弟共ノアマタアルナル……』」とあって《幼息最期》に入ったところからすると、『保元』の統括的表現主体の時間意識においては、為義の処刑の翌々日に《幼息最期》が設定されていることになる。そこで乙若が、「日暮ナンズ」「夜ニ入タランワビシサヨ。日ノ有ニ、只今被レ切ハ、中／＼吉シ」と述べているので、為義の処刑の翌々日（一連の物語の三日目と呼んでよいだろう）の日中に乙若らの斬首が実行されたことになる。[6]

（6）為義の首は、「左馬頭是ヲ給テ、何モカモ輿ニ取入テ、縁覚寺へ送テ、墓ヲ築キ、率都婆ヲ立、孝養ス」とあって、その後の供養のことまで語られているが、これについては後付けだろうと考える。また、《謀反人処刑2》と《幼息最期》の間に挟まれた「十七日、源氏平氏棟トノ者、十三人ガ首ヲ切ル。明ル十八日ニ事ノ由申。故院ノ御中陰ノ間也。獄門ノ木ニ不レ可レ懸トテ、御使ヲ指副テ、穀倉院ノ南浦ニゾ被レ捨ケル」は挿入的な記述だと考える。例外的で強引だが、「重テ宣旨」「猶々…宣旨」の表現連鎖からみて、『保元』の統括的表現主体の意図に沿えば、このように三日連続の話として理解しなければならないのだろう。

ここにきて、「三日精進」を追記した意図が見えてくる。《母の入水》の冒頭の時点――八幡に向けて出発した時点――では（波多野から知らされるまでは）、**母は夫である為義の死を知らないことになっている**ようだ。「八幡へ参モ誰為、入道殿ト四人ノ子共ノ祈ノ為也」とあるように、源氏の氏神である石清水八幡に、為義と四人の子どもたちの無事を祈るために行っているのだ。為義については〝死を知ってその供養のためではないか〟とされなくもないが、それならば「祈ノ為也」とは表現しないだろうし、為義と「四人ノ子共」が一緒くたにされることもないだろう。母は、為義や四人の子供の安穏のために「八幡」に行ったのである。ところが、『保元』の統括的表現主体の時間意識からすると一昨日すでに為義の処刑は済んでいる。しかも「六条堀川」にほど近い「七条朱雀」においてである。**直線距離で三〇〇メートル、道のりでも五〇〇メートルほどの距離である。これが、妻の耳に入らないまま「八幡」に出かけるという設定は、いかにも不自然である。**よって、為義の妻は、三日前から「八幡」に参籠していたことにしなければならない。つまりは、「重テ宣旨」「猶々宣旨」を記述した表現主体と、「今日三日精進ノ間」を追記した人物は、同一人物であろうということになる。同一の意識のもとに操られた接合表現なのである。

以上のように、《幼息最期》を踏まえながら《母の入水》が調整されていたり（波多野の参加、一日→三日精進）、逆に《母の入水》を踏まえながら《幼息最期》が調整されたりしている（人少な）ことから――まさに調整と呼ぶべきすり合わせ的な操作がみられることから――、本来、両話は別々に形成され、『保元』に取り込まれる際に、その調整が図られたものと考えてよいだろう。

八　〘幼息最期〙と〘母の入水〙の素材段階

論述の順序が逆になるようだが、じつは『保元』に取り込まれる以前の素材伝承の段階では、物語内に別の時間が流れていたようだ。

（波多野）「実ハ、入道殿ハ、此暁、左馬頭殿承リニテ、正清ガ太刀取ニテ、七条朱雀ニテ討レサセ給ヌル也。筑紫御曹子計ゾ落テ失サセ給テ候。四郎左衛門殿、掃部権助殿、六郎御曹子、七郎御曹子、九郎御曹子五人、昨日朝、コ、ナル所ニテ切レサセ給ヌ。…（中略）…」トゾ申タル。《四人に処刑を宣告》

このように、〘幼息最期〙の内部によれば、〈昨日朝＝長息の処刑〉→〈此暁＝為義の処刑〉とあって、いまわれわれが見ている『保元』の様相（為義→長息）とは逆なのである。そして、為義の処刑も「此暁」であり、母が「物詣」に出かけたのも「此暁」であり、揃っているのである。素材伝承（説草）の世界では、為義の処刑（暁）も、母の出発（暁）も、幼少の処刑（日ノ有）も、母の入水（日没まで「二時三時」あるところ）も、一日の物語なのである。それを『保元』の統括的表現主体が、強い序列意識と連動した構成意識（栃木孝惟（一九七二））によって、〈為義→長息最期→幼息最期→母の入水〉と配列する指向を持ったゆえに、**素材伝承の一日間の物語が解体され、強引に再構成され、三日間の時間に当てはめられた**のである。

〘謀反人処刑2〙は『保元顚末記』のような先行素材に存在したとみられるが、それと源氏末路譚とが異質であることは〘母の入水〙の次のような表現からも裏づけられる。

・八幡へ参モ誰為、入道殿ト四人ノ子共ノ祈ノ為也。《母の口説き》
・七八十マデ有ル人モ有ゾカシ。入道殿、思バ六十三ニ成給ツレバ、殺サズハマダ有増シ物ヲト思ハレ、又子共ノ歳ヲカゾエンニモ、今年ハ其ハイクツニ成ラマシ物ヲト思ハバ、切ケンモノ口惜ク、切セケル人ノ浦目敷ノミ有ンズレバ、世ニ有ランヲ見ニ付テモ、我子共ノ成ケン様ニ成行カシトノミ思ハンズレバ、罪ノミ積リテ、経ヲ読ミ、念仏ヲ申共、其功有ベシ共覚ズ。只身ヲ投ト思也。《母の覚悟の入水》

母に視座を置いてみると、自分の夫と自分の産んだ子だけが大切なのであって、腹違いである年長の子どもたち（頼賢、頼仲、為宗、為成、為朝、為仲）は関心の外にある。そして、いまわれわれの前にある『保元』は、まさにその視点をそのまま表出したかのように叙述量の少ない〈謀反人処刑2〉、叙述量が多く感情移入もされている〈為義最期〉〈幼息最期〉〈母の入水〉という凹凸感のある構成と対応しており、母の「入道殿ト四人ノ子共ノ祈ノ為」という述懐もこれと通じる意識に支えられたものだと言える。

では、〈幼息最期〉と〈母の入水〉のどちらがより始源的なのであろうか。ここからは、『保元』の本文の問題というよりも、物語という虚構世界がどのように発生し展開してゆくのかという普遍的な問題として述べる。そもそも、なぜ幼少の者が処刑される話が発生し増幅するのかを考えてみると、それを不憫に思う大人、とくに母親の感情に移入するからだろう。〈幼息最期〉の《四人と乳母》でも、

四人子共ノ乳母共、皆一人ヅ、、付タリケリ。乙若殿ニハ源八、亀若殿ニハ五藤次付ク。鶴若殿ニハ吉田四郎付ク。天王殿ニハ内記平太トテ付テ、面々ニ有ケルガ、前々ニ舁居ヘテ、髪摩テ、高ク押上テ結、頸当リノ汗巾ケリ。是等ガ涙ノ勧メ共、幼人共ニ知セ進セジトテ、声ヲ頻ニ押ヘケリ。絶ヌケシキゾ哀ナル。

と子どもたちを見守る乳母たちが登場し、

四人ノ乳母共、首モ無キ幼人共ヲ横様ニ懐テ、音ヲ調テヲメキ叫共、山彦ノミゾ答ヘケル。七ニ成ツル天王殿ノ乳母、内記平太、紐ヲトキ、懐ニ押入テ、膚ニ膚ヲ合ツ、、「今七年間、暫モ離レ進セザリツル物ヲ。今日ヨリ後、誰カハ我膝ニ居サセ給ベキ。誰カハ我頸ヲイダカン。『何カ所知シリテ、我等ニ預ケン』ト被レ仰シアラマシ

事モイツカ聞カン。イカナル物ニ具セラレテカ、四手《（死出）》山ヲバヲワスラン。我帰テハ、誰ヲ見カ慰ベキ。タレニ仕テカ有ベシ共覚ヌ物哉」トテ、腹カキ切テ伏ニケル。是ヲ見テ、残三人モ自害シツ。乙若殿ガ恪勤一人、天王ノ恪勤一人、其座ニテ六人死ニケリ。《乳母たちの後追い》

と最期を共にする。四人の中でも内記平太がクローズアップされているように、子どもは小さければ小さいほど不憫であり、感情移入の対象となりやすい。

あらためて〈母の入水〉を見直してみると、この女性は、為義の妻として登場している側面よりも、幼少の四人の子どもたちの母として登場している側面が強いことに気づく（澤田佳子（二〇〇六））。これは、当然といえば当然のことである。波多野が母に「四人ノ子共達ノ云給ツル事」（遺言）を伝え、「四ニ分テ裹《つつ》ミタル鬢《びん》ノ髪」（遺髪）を渡すと母は悶絶する。「八幡へ参モ誰為《たがため》、入道殿ト四人ノ子共ノ祈ノ為也」と少し入道（為義）に言及するものの、悲嘆の中心は、

「我モ参ラン」ト云シヲ、皆具セバ、人モ一人二人ハ人少シト思テ、皆捨テ参ケルコソ悲ケレ。独モ二人モ具シタラバ、終ニハ惜ミ遂ズ共、今マデ見タラバ、能ラマシ。中〳〵六条へハ返ジ。悦ブ子共モ有マジ。浦見物モ有マジケレバ、是ヨリ船岡山へ行テ、顔ヲバ見ズ共、骸ヲ也共見。《母の口説き》

とあるように、子どもたちのことである。その後の口説きも、

「……顔モ無キ身ヲ、今ハ物共引散シテ、カシコノ籔ヨリ枝一ツ、、コ、ノ谷ヨリ骨一ツ尋出シテ、「是ハ乙若ガ足ニテ有ケリ。亀若ガ手ニテ有ケリ。鶴若、天王ガ骨ニテ有」ナンド云ハン事コソ悲ケレ。（同右）

と子どもたちの亡骸との対面を想定してのものばかりで、為義を失った悲嘆は語られない。最期の言葉にこそ、「願ハ入道并ニ四人ノ子共、我伴ニ一ツ蓮ニ迎へ給へ」と為義が出てくるが、それでもやはり、「六条へ返テ、幼者共ガ云置事モヤ有ケルト尋モ聞ナン。又モ弄ブ物モ取散テモヤ置タルト見ユル也。後世ヲモ訪ハン」などとあって、この「後世ヲモ訪《（弔）》ハン」の中に為義が入っていない。〈母の入水〉という章段（物語）が形成されてゆくときに、その始源

の発想に、夫為義の死という事実のみが踏まえられていれば十分であり、いま見る〖為義最期〗のような成長した話が前提として存在しなければならないという必然性がない。それにたいして、〖幼息最期〗と〖母の入水〗は必然的な連関があるといえる。この二話は、天台宗文化圏の女性信者たちのための説草として成長した話ではないだろうか。

九　義朝の呼称にみる終息部の重層性

源義朝は、合戦終結後、下野守から左馬権頭を経て左馬頭に昇進した。そのあたりの事情は《清盛・義朝への論功行賞》に語られている[7]。

（7）『保元』では、七月十一日の「夜ニ入テ」この勧賞が行われている。『兵範記』では、七月十一日の夕方に「右馬権頭」に任じられ、さらに「昇殿」を果たし、同三十日に「左馬頭義朝」の称がみえる。この間のどの時点で再度の昇任が行われたのかは不明である。

発端部から合戦部を経てここまでは「下野守義朝」「下野守（殿）」「守殿」の呼称で一貫しているが、それ以降、「左馬頭」で一貫しているわけではない。そこに、終息部の重層性を窺う鍵がありそうだ。《為義と六人の子供の別れ》の全体が後次的である（先述）が、その内部も重層化している。為朝による東国国家建設構想を受けて、為義が次のように語る。

父ノ義法房申ケルハ、「…（中略）…清盛ハ、伯父忠正五人法師ニコソ成タレ共、命計ハ扶タン也。下野守ハ、今度ノ勧賞ニ、左馬頭ニ成タン也。勲功ニ申替、ナドカ父一人ヲ扶ケザルベキト思ヘバ、為義ハ、義朝ガ許ヘ顕レテ行テ、「命計ヲ申請ヨ」ト云テ、世ヲ渡ラント思ゾ。如何ガ可ㇾ有」ト宣ケレバ、残ノ子共、同詞ニ申ケルハ、「…（中略、自分たちの助命のことしか考えない利己的な内容）…」ト各悦申サレケレバ、「サラバ華沢ヨ。急京ヘ行テ、下野守ニ合テ、『為義ハ此間ハ山ニアリ。迎ニ輿タベ。其ヘ渡ラン』」ト申遣リタリ。

義朝の呼称として「義朝」「下野守」「左馬頭」の三種類が使用されている。傍線部は「下野守」から「左馬頭」に昇任した事実を為義が知っていることを示した部分だが、その直後に波線部「下野守」が出てくる。どちらも為義の言葉である。ここには不整合が露呈している。先述のように、《為義の探索》や《為義の発病と出家》が重層化していることから、本来の為義は東近江には行っておらず、「黒谷」から直接、義朝のもとへと出頭したのだろう。本来の形は、二五〇頁の★印から直接ここの「サラバ華沢ヨ」につながっていたと考えられる。また、〈口説きの粘着質文体〉や〈世間体を気にする論理〉が、個々別々に成立していた説草を物語内で等質化する機能も負っているように（前章）、右の罫囲みの部分は後次的要素である（おそらく鎌倉後期）。そのような質的な側面と、右のように義朝の呼称として「左馬頭」が出てくる事実とが符合する。このことから、終息部で義朝を「下野守」と呼んでいるところがあればそこは古態層で、「左馬頭」と呼んでいるところがあればそこは後出層だと考えられる（「義朝」はその両方に出る）。

それを裏づけるのが、「左馬頭」の出現の仕方である。個々の話の冒頭や末尾、すなわちジョイント的なところにそれが多くみられるのだ。まず、《為義と六人の子供の別れ》の末尾で、「雑色花沢法師ヲ左馬頭ノ許ヘ遣タレバ、義朝是ヲ聞テ、鎌田次郎正清ヲ使ニテ、私ヘ輿車ヲ遣シテ、父ノ入道ヲ迎取」と出る。ここには「義朝」の称も出てくるが、おそらくそちらのほうが古い。その直下の後白河帝への婉曲的な批判（「主上、此由聞食テ、今度ノ合戦ノ輩、堅ク制メ置レタリ」）が古態（第二層目）だと考えられるからである。「雑色花沢法師ヲ左馬頭ノ許ヘ遣タレバ」は、第三層目だと考えられる。東近江の話との連携を強化するために、「花沢法師」の存在に触れたかったのだろう。次に、《為義の処刑決定》の冒頭で「伯父ヲバ甥ニ切セテ後、左馬頭義朝ニ、『父為義法師ガ首ヲハネテ進ヨ』ト被レ仰。義朝ハ、清盛ガ和讒ヲバ覚ラズシテ、乳子ノ正清ヲ呼デ」とあるのに、物語が進むと「正清、判官殿ノ方ヘ参リテ申ケルハ、『守殿ノ申ト候ツルハ……』」や（為義）「何ニモ下野守ガ計ニコソ随メ」などと「守殿」「下野守」が出てくる。また、《為義の口説き》でも（為義）「口惜事スル下野守哉」とあるが、《為義の念仏と最期》末尾になると、「左馬頭是ヲ給テ、何モカモ輿ニ取入テ、縁覚寺へ送テ、墓ヲ築キ、率都婆ヲ立、孝養ス」となる。そしてまた、《長息最期》冒頭に「左馬頭、打手ヲ分テ遣ス」とあったり、《幼息最期》冒頭に「左馬頭、波多野次郎ヲ招テ申サレケルハ」とあったりする。このように、各話の冒頭や末尾、すなわちジョイント部に「左馬頭」が使用されるという傾向がある。

このような傾向の中にあって、ジョイント部ではないのに「左馬頭」が出るところが二か所ある。その第一は《為義最期》の《波多野と鎌田の論争》で、（波多野）「入道殿モ我等ガ主、其御子ナレバ、頭殿モ我等ガ主、相伝ノ主ニ此事知セ奉ラザランコソ罪深ケレ」、（波多野）「頭殿、宣旨ヲ蒙ラセ給候テ、正清ガ太刀取ニテ」と、為義に処刑の事実を知らせるか否かの論争に「（左馬）頭殿」が出るのである。これはまさに、『保元』終息部に統一感をもたらすために最終的に（鎌倉後期）投入されたと推測した部分であった（二九二頁。二か所の「頭殿」のうち後者はもと「守殿」とあって転写過程で一か所目に引きずられて「頭殿」になったか。二か所目の「頭殿」の前後は素材段階から必要だったはずの文脈である）。その後次性が、義朝の呼称からも裏づけられるということである。第二は、《幼息最期》の大半である。一々その例を挙げないが、「左馬頭」「左馬頭殿」「頭殿」が計六例ある。このことは、《幼息最期》がかなり後次的な段階で形成されたことを示唆しているのだろう（おそらく鎌倉後期）。

その中にあって、《幼息最期》に一か所だけ「下野守」が用いられているところがある。

哀、下野守ハ悪クスル物哉。是ハ清盛ガ讒奏ニテコソ有ラメ。親ヲ失ヒ、弟ヲ失ヒ終テ、身一ニ成テ、只今源氏ノ胤ノ失ナンズルコソ不便ナレ。二年三年ヲヨモ出ジ。ナ泣ヰソ、ワ君達。泣ク共、誰カハ助ベキ。必ズ死スル習有レバ、只其時ト思フベシ。七八十ニテ死ナンモ、只今死モ、命ノ惜ハ、只同事ニテゾ有ンズラン。生タラバ何ノ甲斐カアラン。世ニアラセモ付ベキ父ハ被レ討ヌ。憑ムベキ兄共ハ皆亡ヌ。助クベキ左馬頭ハ敵ニ成ヌ。

この後半の罫囲みの部分は、例の〈粘着質の口説きの文体〉に入ったところであり、そこに「左馬頭」が出る。しかし右の前半は「哀、下野守ハ……」に続く部分は清盛の「讒奏」が含まれていて、義朝像に傷が付かないよう配慮する鎌倉初期までの層だと考えられる。そこに「下野守」が使用されているのだ。これらのことから、〘幼息最期〙の叙述量の大半は鎌倉後期に形成されたものとみられるものの、そのすべてが鎌倉後期につくられたというわけではなく、ごく一部に鎌倉初期に成立した層も存在していたと考えられる。おそらくその古態層は——「下野守」が右の乙若の発言部分に限定されていることから——**乙若一人が登場していた物語で、平治合戦での義朝の敗死を予見する内容を中心としたものであった**のだろう。乙若以外の弟たちや乳母・恪勤の話も鎌倉後期に増幅された部分で、内容的にこれに連なる〘母の入水〙もその時期に形成されたものと考えられる。〘母の入水〙は鎌倉初期の古態層をもつものではなく、おそらく鎌倉後期の〝新作〟だろう。〘幼息最期〙に波多野という物語内視座（主役たちの悲劇に落涙し読者の感情移入を誘う役）が存在するのにたいして〘母の入水〙にはそのような人物が登場せず、母本人が直接感情を吐露するという様相を呈しているからである。

十　おわりに

源氏末路譚の形成過程がほぼ見えてきた。〘為義出家〙〘為義最期〙〘幼息最期〙〘母の入水〙は、それぞれ独立的に形成されてきていた（『保元』において統合される以前に）。それらは同時進行で形成されていたのではなく、**〘為義最期〙が先行していた**のだろう（『保元』に先に取り込まれて、一度〘為義最期〙で結びをもった痕跡があるため）。それは、鎌田が機能したものであった（伝承者という意味ではなく物語内の登場人物として）。それに付随して、〘為義出家〙やその中の《為義と六人の子供の別れ》も加わった。**次に形成されてきたのは、〘幼息最期〙であった**ろう。それには、波多野の主体が強く関与している。**最後に、〘母の入水〙が形成された。**〘幼息最期〙と〘母の入水〙には等質的な面もあるが、随伴する供人の人数など齟齬する点もあるので、それぞれ独立的に形成されたものだろう。〘母の入水〙には鎌田や波多野のような存在感のある供人は存在せず（乳母子はいるが発言さえしない）、母本人が感情を直接吐露するばかりである。表現主体との距離感の近さが窺える（対象化して語っていない）。

そして、〘幼息最期〙と〘母の入水〙は、鎌倉初期から中期にかけて形成されたのだろうが、それらが『保元』に投入されたのは鎌倉後期だと考えられる。その根拠は三点ある。一点目は、《波多野と鎌田の軋轢》（宿取論報復ばなし）との関係である。〘幼息最期〙は波多野の存在感が際立つ話だが、鎌田が機能する〘為義最期〙から波多野が機能する〘幼息最期〙へと仕組まれたジョイント部が存在する。それは明らかに《波多野と鎌田の軋轢》からの触発によって発想された接合部だと考えられる。《波多野と鎌田の軋轢》は為朝の筑紫軍団に追われた鎌田が腰砕けになる内容を含んでいるので、もとは『保元東西いくさばなし』（鎌倉後期）の一部であったと考えられる。そこから発想上の影響を受けて〘為義最期〙から〘幼息最期〙へのジョイントが仕組まれているのだから、それらが物語に繋ぎとめられたのも鎌倉後期以降ということになる。根拠の二点目は、清盛像・後白河像の問題である。《重仁親王の出家1》に、「此宮、故刑部卿忠盛ノ養君ニテ御座ケレバ……内裏へ参ヌル上ハ不レ及レ力……」と清盛像が守られている。かと言って、後白河帝に責任が集中しているかといえばそこは「内裏」という表現でぼかされている（婉曲的批判ゆえ古態）。この《重仁親王の出家1》（七月十五日）は〘為義出家〙（同十六日）と同一の時間軸に乗った物語である。これにたいして《長息最期》冒頭では、「義朝ガ弟共ガ、我ヲ射タルガアマタアンナル」とあって、後白河帝の主体が強く前景化している。あまりにも異質というべきだろう。これは崇徳院怨霊譚の「主上（保元ノ主上）御クツロギ無リケリ」と通底する鎌倉後期以降のものだろう（人物像の明瞭化も加わった直接的批判ゆえ後出）。根拠の三点目は、〘幼息最期〙と《長息最期》の部分的等質性である。〘幼息最期〙も「宣旨」によって後白河帝が「女子ノ外ヲバ皆失ヘトゾ仰ケル」とある。《長息最期》には説話的な成長がみられず、もともと『保元顚末記』に存在したかのような叙事的部分だが、〈幼息最期〉の投入にあたってさらにジョイント的な機能を《長息最期》に負わせるべく、そのような等質的表現が追補されたのだろう。

〈母の入水〉の女性（為義の妻）は『吾妻鏡』建久元年十月二十九日条によって青墓の長者大炊の姉とわかるものの、『保元』の中でそう意味づけられているわけではない。ゆえに、『保元』の素材になったとは言えるが、彼女たちが『保元』の成立や管理に関わったとは言えない。これにたいして、〈為義出家〉の舞台は明確に天台山であり、〈為義最期〉まで含めて（あるいは合戦部まで含めて）人間の煩悩や業の深さをテーマにしている側面があることから、比叡山や天台宗はその有力な成立圏（統括的表現主体の所在）だと言えるだろう。こうして、一面では等質的にみえながらも、〈幼息最期〉〈母の入水〉の成り立ちと、〈為義出家〉や〈為義最期〉のように統括的表現主体のお膝元（天台宗周辺）で形成された話とは質的な相違があるということだ。

文　献

佐伯真一（二〇一五）「『平家物語』と鎮魂」『いくさと物語の中世』東京：汲古書院
澤田佳子（二〇〇六）「『保元物語』為義北の方入水譚についての一考察」「金城日本語日本文化」82号
関口　力（一九九〇）「稲荷祭と市廛商人」『後期摂関時代史の研究』東京：吉川弘文館
栃木孝惟（一九七二）「半井本『保元物語』の性格と方法――あるいは軍記物語における構想力の検討のために――」『中世文学の研究』東京：東京大学出版会／『軍記物語形成史序説――転換期の歴史意識と文学――』東京：岩波書店（二〇〇二）に再録
山口泰子（一九九五）「語り物とヒジリ――保元物語　為義最期譚の生成基盤――」講座日本の伝承文学3『散文文学〈物語〉の世界』東京：三弥井書店

第十四章　『保元物語』統一感の演出方法

一　問題の所在

『保元物語』は、複数の素材伝承や記録を編集するようにして成立したテクストであるには違いないだろうが、また一方では、統一的な世界を構築しえているようにも見える。言葉を変えて言うと、説話の集成のような側面も持っているものの、物語と呼ぶにふさわしい統一感も具えている。そのような印象は、どこから来るのだろうか。分裂と統合——そのような相矛盾しそうな要素の止揚は、たんに暦時間のもとに再構成しただけの操作で済むようなものではなかったはずである。

ジョイント的な記述部分によって、異質な素材伝承どうしが接合される。その考え方が正しいとすれば、離れた場面や離れた章段間でも（素材段階では別々に形成されてきたような話どうしの間でも）共通する記述が見られれば、それは『保元』の統括的表現主体が操ったものである可能性が高いと言えるだろう。そのような観点から本章では、「六人」の表現（第二節〜第五節）、および鎌田・波多野の機能（第六節〜第九節）について述べる。

二　為義父子の表現の出現状況

『保元』において、崇徳院方の源氏でもっとも登場箇所が多いのは言うまでもなく為朝である。次に多いのは、父為義である。為義は崇徳院方武士団の棟梁的な位置にあったと考えられるので——また息義朝に斬られるという衝撃的な末路からも——物語成立以前の伝承段階から話題になっていたものと推測される。為朝についても、もともと『愚管抄』に、兄頼賢とともに併記されていることから、早い段階からそのエピソードが成長していたものと考えられる。ゆえに、為義の話（〔為義最期〕など）や為朝の話（合戦部での活躍や渡島譚）が『保元』に取り込まれるのは、当然のことである。本章で問題にするのは、為朝以外の為義子息（頼賢、頼仲、為宗、為成、為仲）である。(1)

（1）この六人の子供のうち、上の二人の通字が「頼」で、下の四人のそれが「為」であるところから、母親が同じかどうか疑わしく、物語世界でこの六人の一体感が虚構・創出された可能性はあるだろう。そもそも〔為義最期〕には、「腹々ノ子ノ多サ、義朝ヲ始テ、男女ノ間ニ四十六人有ケリ」とあり——これも事実かどうか疑わしいが——、その中からなぜこの六人が選ばれたのか（なぜ為義と行動を共にしているのか）も不明である。おそらくは、『尊卑分脈』に記されている程度の子供の数（二八九頁）が事実に近いのであって、「四十六人」は伝承世界で膨らんだ数だろう。

後述するように、為義を除いて「子共（供）六人」としたり、為朝を除いて「為義父子六人」としたりする表現が出るところからみると、頼賢・頼仲・為宗・為成・為仲の〈五人〉を概括する意識が強いということだろう。『保元』の中に、為義・為朝とともに〈五人〉が登場するところが一八か所ある（これ以外に、為義や為朝が単独で登場するところは数多くある）。

1　当時、手ニアル子共六人也。四男四郎左衛門尉頼賢、五男治部権助頼仲、六男為宗、七男為成、八男為朝、九

男為仲也。六人ノ子共引具シテ、白河殿へ参タリ。《教長の諫めと為義父子の参院》

2　新院ノ御所ニ参コモル人々ニハ…（中略）…六条判官為義、四郎左衛門尉頼賢、五郎掃部権助頼仲、六郎為宗、七郎為成、八郎為朝、九郎為仲《白河北殿に籠る人々》

3　同西ヘヨリタル門ヲバ、為朝一人シテ承ハル。西面ハ川原ナリ。為義父子六人シテ承ル。《崇徳院方の門固め》

4　筑紫八郎申ケルハ、「為朝ハ兄ニモツルマジ、弟ヲモ具スマジ。……」《為朝の抑制》

5　抑、筑紫八郎、如何ナレバ、兄弟ノ中ニ被二召抜一テ、只一人大事ノ門ヲ承ハルヤラン、ヲボツカナシ。…（中略）…オサナクテ、余ニ不用ニテ、兄弟ニモ所ヲモヲカズ、ヲソロシキ者也。《為朝の経歴》

6　河原ノ門ヲ固タル為義ガ子共六人、先陣ヲ争ヒケリ。…（中略）…為朝ハ、「我程ノ兵ガ有バコソ。我ガ蒐《かけ》デハタガ蒐《かく》ベキゾ」ト思ケル。暫シハ争ケレ共、八郎思ケルハ、「更ヌダニ、判官殿、幼少ヨリ兄弟共ヲ押ノケテ、我一人世ニ有トスルエセ物トテ、久《ひさしく》不孝ノ身ニテ有ガ……《崇徳院方の先陣争い》

7　「西ヨリ寄スルワ誰ガ手ノ物ゾ。カウ申ハ、六条判官為義ガ四男、四郎左衛門尉頼賢」ト名乗リケル。《頼賢の先駆け》

8　判官殿ハ心ハ武ク座《おは》ス共、老武者ナレバ叶マジ。兄殿原ハ、口ハサカ敷ク物ハ宣共、無勢ニテ、多勢ヲ禦《ふせ》グ事ハ叶マジ。イザ若党」トテ引返ル。《為朝と鎌田の詞戦い》

9　為朝ヲ幼少ヨリ「兄弟皆打失イテ、我一人、世ニアラントセンズルエセ者也」トテ悪《にくま》レテ、久ク不孝ノ身ニテ有ガ《義朝と対峙する為朝1》

10　為義判官父子六人、大将ニテ、命モ不レ惜禦《ふせぎ》ケレバ、此門又輙《たやすく》可レ落様モナシ。《膠着状態に悩む義朝》

11　為義ハ六人ノ子共ヲ招ツヽ、「禦矢仕レ」ト云置テ、我身ハ御共ニ落行ヌ。兄弟六騎都合其勢廿余騎残留テ《為義の子供たちの防ぎ矢》

12　為義以下ノ兵共、鎧ノ袖ヲゾヌラシツ、、各四方へ落去リケリ。《為義父子の離脱》

13　馬ニ舁乗《かきのせ》テ行ニ、兵共出来テ打留トスル上へ、大将軍ノ重病ナルヲ見テ、郎等共、皆ステテ逃失ヌ。子共六人ノ外、郎等四人ト雑色華沢一人残ケル。《為義の発病と出家》

14　六人ノ子共、山へ尋テ上リタリ。其中ニモ為朝ガ父ニ申ケルハ…（中略）…残ノ子共、同詞ニ申ケルハ…（中略）…水ノ御本ト云所ニテ、六人ノ子共、「最後ノ共ノシ終」トテ送ケリ。《為義と六人の子供の別れ》

15　カ、ルベシトダニ知タラバ、六人ノ子共弓手妻手ニ立、矢種ノ有ン限リ射尽テ、矢種尽ヌル物ナラバ、自害ヲシタラバヨカルベキニ、犬死センズルゴサンナレ。《為義の口説き》

16　為朝ハ大原ノ奥ニ有ト見ヘテ、打破テ逃ヌ。行方ヲ不レ知。残五人、静原ノ奥、鞍馬、貴船ナンドニ、アソコ爰《ここ》ノ峰ヤ、アシコノ谷ニツカレ伏リケルヲ、押寄セ々々、搦取テ、船岡山ニテ切ラントス。五人、馬ヨリ下テ浪（並）居タリ。水ヲ勧ルニ、残ハ取ズ、五男ニ当ル掃部助頼仲、…（中略）…紐ヲキテ、押ノケテ、頸ヲ延《のべ》テゾ打セケル。残ノ兄弟、是ヲ見テ、如レ此シ。右衛門大夫信忠ヲ差遣テ、五人ノ首ヲ実見ス。《長息最期》

17　（波多野）「実ハ、入道殿ハ、此暁、左馬頭殿承リニテ、正清ガ太刀取ニテ、七条朱雀ニテ討レサセ給ヌル也。筑紫御曹子計ゾ落テ失サセ給テ候。四郎左衛門殿、掃部権助殿、六郎御曹子、七郎御曹子、九郎御曹子五人、昨日朝、コ、ナル所ニテ切レサセ給ヌ。……」《四人に処刑を宣告》

18　讃岐院ノ四方輿《しはうごし》ニメシテ、為義父子六人先陣ニテ、平家忠正父子五人、家弘父子四人後陣ニテ、院ノ御所へ打入ラントスルガ《蓮如の夢に出た崇徳院怨霊》

※以下の節で引用する際にも、この1～18の番号を用いる。

このように、離れた章段間で「為義父子六人」「兄弟六人」の表現が用いられることによって、物語に統一感が出ているといえる。これらは、7の頼賢、16の頼仲を除いてすべて一括表現であって、それぞれの個性や活躍などまったく語られない。便宜的な表現である。為義や為朝の伝承を取り込んだままの物語ならば著しい凹凸感が出そうなところだが、これらの表現によりその違和感が軽減されている。ばらばらの素材伝承の段階から共通して「為義父子六人」「兄弟六人」の表現が含まれていたとは考えにくいから、**これらは『保元』の統括的表現主体によって、物語が統一感を保てるように適宜投入された表現だと考えて、まず間違いない**（このうち、12〜15を含む部分が統括的表現主体によって後次的に投入された可能性について、二五三頁以降で述べた）。

三　「六人」表現の戦略性

細かく見ると、「為義父子六人」の投入は周到に計算されているようだ。「為義父子七人」などという表現が用いられることはないのだ。為朝を除外して「為義父子六人」と表現するか、為朝を他の子どもたちを合わせて為義の「六人の子共」と表現するか、どちらかである。つまり、同じ「六人」でも、為義を外す場合と為朝を外す場合の二通りがあるということである。ただし、「七人」と表現されない代わりに、「五人」はある。〈謀反人処刑2〉がそれで、この場合は、為義も為朝も外さなければならないので、「五人」と表現しないわけにはいかない。ところが、発端部から合戦部にかけては、「六人」という数字しか出てこない。発端部では為義を主語にして、1「当時、手ニアル子共六人也」、1「六人ノ子共引具シテ、白河殿へ参タリ」と表現し――為朝を特別扱いせず――、合戦部に入ってからは、為朝を特別扱いしその代わりに為義を〈五人〉の子どもと合流させて、3「同西ヘヨリタル門ヲバ、為朝一人シテ承ハル。西面ハ川原ナリ。為義父子六人シテ承ル」、6「河原ノ門ヲ固タル為義ガ子共六人、先陣ヲ争ヒケリ」、10「為義判官父子六人、大将ニテ、命モ不レ惜禦ケレバ、此門又輙《たやすく》可レ落様モナシ」と表現している。これが終息部に入ると、11「為義ハ六人ノ子共ヲ招ツヽ、「禦矢仕レ」ト云置テ、我身ハ御共ニ落行ヌ」、11「兄弟六騎都合其勢廿余騎残留テ」となる。「六人ノ子共」にも「兄弟六騎」にも為朝は含まれている。**合戦部の終幕とともに為朝の特別扱いも、表現主体はやめたのである。**為朝を「六人」「六騎」という一括的な数字の中に溶け込ませたといってもよいだろう。そして、この傾向は、13「子共六人ノ外、郎等四人ト雑色華沢一人残ケル」と続く。為朝を突出させる次のような場面でも、14「六人ノ子共、山へ尋テ上リタリ。其中ニモ為朝ガ父ニ申ケルハ…（中略）…残ノ子共、同詞ニ申ケルハ…（中略）…水ノ御本ト云所ニテ、六人ノ子共、『最後ノ共ノシ終』トテ送ケリ」、15「カヽルベシトダニ知タラバ、六人ノ子共弓手妻手ニ立、矢種ノ有ン限リ射尽テ」などと「残ノ子共」という朧化表現を用いることによって、「六人」表現の原則は守ろうとしているようにみえる。こうしてみると、《謀反人処刑2》の《長息最期》の「五人」だけが特異であることに気づく。そこは、彼らの最期の場面ゆえあえて「五人」を突出させたのだろう。それ以外のところで、あらためて「六人」の表現が堅持されているように見える点について考えたい。

右に見てきた「六人」の傾向を簡略化すると、

発端部…為朝を別扱いせず他の子どもと同じ仲間に入れる「六人」
←合戦部…為朝を別扱いし為義と子どもたちを合流させる「六人」
←終息部…為朝を別扱いせず他の子どもと同じ仲間に入れる「六人」
←後日譚部…為朝を別扱いし為義と子どもたちを合流させる「六人」

現実的（古態）
伝奇的（後出）
利用

となっていることに気づく。**発端部の、為朝を特別視しない「六人」は古態層の表現だと推定され**（五二頁）、**終息部の《為義と六人の子供の別れ》も鎌倉初期までの成立と考えられる古い層であった**（二五四頁）。これを利用して「六

人」から為朝を離脱させて代わりに為義を「六人」の中に入れて白河北殿の西門を守らせたのが、合戦部である。その合戦部の為朝「一人」を受けたのが後日譚部である。このように、為朝を抜いて代わりに為義を入れることによって「六人」の表現を守り、つぎはぎ感を軽減している側面がある。

四　後日譚部の接合方法

「為義父子六人」「兄弟六人」を投入した戦略性がもっとも顕著に現れているのは、後日譚部の崇徳院怨霊譚、為朝渡島譚である。崇徳院怨霊譚と為朝渡島譚とは、一見、全く没交渉・無関係の話に見えるが、この物語の最末尾に連続して配置されること以外の、別の内部連関を持っている。蓮如が夢想の中で、怨霊化した崇徳院の、都への侵攻を予兆的に見るのだが、そこでは保元合戦で崇徳院方についた武士たちが、怨霊化の後も崇徳院に扈従《こしょう》している（＝冥界でも供をしている）。**その「為義父子六人」の中に為朝は入っていないらしい**のである（三二五頁）。合戦前、為義の子供については、1「（為義は）子共相具シテ参リケリ。当時、手ニアル子共六人也。四男四郎左衛門尉頼賢、五男治部権助頼仲、六男為宗、七男為成、八男為朝、九男為仲也。六人ノ子共引具シテ白河殿へ参タリ」と紹介されている。つまり、為義は子供「六人」とともに崇徳院方に参じたのであるから、為義自身を入れると父子七人ということになる。このあたりの人数の表現がルーズにされていないことは、白河北殿の門固めの場面の、3「同西へヨリタル門ヲバ、為朝一人シテ承ハル。西面ハ川原ナリ。為義父子六人シテ承ル」で確認できる。「同西へヨリタル門」とは大炊御門大路の西門で、地理的にもっとも重要な位置にあると考えられる門であり、そこを「為朝一人」で固め、賀茂川の河原に面した門を「為義父子六人」で固めたという説明である。為朝一人を別格扱いにするのは、このあとの合戦部を為朝の一人舞台として構成するための伏線なのだが、この時の為朝を除外した人数の表現が「為義父子六人」なのである。さらに、義朝が為朝の固めている大炊御門大路の西門を避けて、為義父子の固める賀茂川に面する門に回った場面でも、10「為義判官父子六人、大将ニテ、命モ不レ惜禦ケレバ、此門又輙可レ落様モナシ」と、為朝を除く父子の人数が「六人」であることは同じである。敗戦後、一時、父子七人あるいは兄弟六人で敗走しているが、再び為朝を別格扱いにしなければならなくなる場面がやってくる。それが16の「為朝ハ大原ノ奥ニ有ト見ヘテ、打破テ逃ヌ。行方ヲ不レ知。残五人……」である。為朝を除く五人の兄弟がここで捕らえられ斬刑に処せられるが、為朝が捕らえられるのはここから七章段あと（依拠テクストで二五頁あと、日付で約一か月後）の為朝渡島譚である。右の波線部の「行方ヲ不レ知」は、後の為朝生捕の場面まで、為朝を物語の表面から隠してしばらく潜伏させるための伏線的な表現であると考えてよいだろう。[2] このように、この物語の、為義父子に関する人数表現にはぶれはなく、「為義父子六人」とは、為朝を別格扱いにする際に用いられる表現であることも確認された。したがって、**崇徳院怨霊に扈従した武士の中から、為朝は注意深く外されている**とみなければなるまい。

（2）　そもそも合戦終結直後でも為朝は「何方共無ク落行ケルガ」と表現されていて、それも八月二十六日の為朝捕縛まで彼に姿を消させる方法だと考えられる。ということは、《為義出家》で為朝が発言するのが異質で後次的だということになる。《為義と六人の子供の別れ》は鎌倉初期的（二五五頁）で、「六人」の中に埋没していて特別視されない為朝像なのだが、為朝が東国国家建設構想を語るところだけが後次的だと考えられる。

讃岐に到着してからの崇徳院の動静や、伊豆に向けて流刑の旅に出て以降の為朝の動きは文字どおりの後日譚で、鎌倉後期～末期に後補された部分だと考えられる。崇徳院怨霊も為朝もソトカラオビヤカスモノに仕立てられてゆく展開まで相似形を成している（三〇七頁、三一九頁）。これらが『保元』の初期段階から物語に取り込まれていたとは考えられない。しかも、どちらも「日本国」を相対化するなど鎌倉末期の思潮（元寇の影響）でつながっている部分がある。ところが、この節で分析したように、「為義父子六人」の表現による統一感の演出方法は、後日譚部まで貫かれているのである。**鎌倉中期までに使われていた方法と変わらない方法で為朝とそれ以外とをつないだ後日譚部の演出方法は、やはり同一の管理圏から物語が出ていないことの証左として考えるべきなのではないだろうか。**

五　〈抑制的な為朝像〉の創出

ことは、人数表記の問題に留まらなくなってきた。為朝と他の「五人」の兄弟たちとの折り合いは、為朝像の問題も絡んでくるからだ。第十章とも関わることだが、為朝は本当に「一人」で門を固めたのか、あるいは「筑紫」の「廿八騎」が「如レ影」付き従っていたのか、その二本の指向がせめぎあっている。それらは等価な二本ではなく、「一人」で門を固めたとする非現実的で伝奇的な為朝像のほうが先出的で、「筑紫」の「廿八騎」とともに門を固めたとするほう――同時にこれは筑紫対東国の合戦構図の物語への流入を意味する――が後次的であろうと述べた。そのことは、文保本にみえる亀裂部分からも補強することができる（三四四頁）。『保元』の合戦部には、「一人」であろうとする為朝像と、それを抑制して他の兄弟たちの中に溶け込もうとする為朝像が表現されている。前節までにみてきたような『保元』の統括的表現主体の問題意識からすると、**後者の〈抑制的な為朝像〉こそ最終段階で表現主体が投入したジョイント的な要素なのだろう。**以下、それぞれの場面に即してみてゆく。

『保元』合戦部は、《崇徳院方の先陣争い》から始まる。

保元元年七月十一日寅剋ニ、新院ノ御所ニハ、「敵寄タリ」ト聞ケレバ、門々ヲ指堅ケルニ、河原ノ門ヲ固タル為義ガ子共六人、先陣ヲ争ヒケリ。頼方ハ、「我コソ此中ニハ兄ニテ、先ハ蒐《かく》ベケレ。我ナラデハ誰蒐ベキ」トゾ思ケル。為朝ハ、「我程ノ兵ガ有バコソ。我ガ蒐デハタガ蒐ベキゾ」ト思ケル。暫シハ争ケレ共、八郎思ケルハ、「更ヌダニ、判官殿、幼少ヨリ兄弟共ヲ押ノケテ、我一人世ニ有トスルエセ物トテ、久不孝ノ身ニテ有ガ、適《たまたま》許《ゆ》リテ、親ノ前ニテ、兄ニ争イカケタランモ悪シカリナン」ト思テ、打寄テ申ケルワ、「殿原論《ろんじ》給ナ。為朝ガ有所ヲバ、争《いかでか》前キヲバ蒐《かけ》給ベキナレ共、疾々誰々モ前蒐《さきがけ》給へ。但弱リ給ハン時、為朝候ヘバ、力ヲ合セ奉ラン。強カラン所ヲバ、何度也共、為朝ニ任セ給へ。打破テ見セ進セン」トテ、我門ヘゾ引返ス。

傍線部のように、為朝は父為義の「不孝」の子であったという自覚から兄弟にたいして協調性を示すべきと考えて先陣争いから身を引く。しかしながらおとなしく引いただけでは為朝らしくないことから、波線部のように一方では強い自我をも押し出している。結局は先陣争いに参加していないのであるから、ここの為朝の登場は、物語展開に機能しているわけではない。このような**〈引く〉と〈押す〉のせめぎ合い（葛藤）を内包する為朝像を表現することに意味があった**と考えるべきだろう。そのような観点から為朝像を見直してみると、ほかにも同様のところがあることに気づく。次は、《為朝と義朝の対峙1》である。

（為朝が義朝を）「只一矢ニ、内甲射テ、射落サン」ト打上テ引ケルガ、指免シテ、「待々、暫《しばし》。主上上皇ト申モ御兄弟ニテ渡セ給フ。判官殿ト下野殿ト申モ父子也。義朝ハ内へ参給ヘリ。又、為義ハ院へ参ラルヽ。『内勝セ給ハバ、汝ヲ頼テ、我ハ参ラン。院勝セ給ハバ、我ヲ頼テ、汝ハ扶レ』ナンド、内々約束モヤ有ランニ、爰ニテ射落シテハ、後悔可レ有。其上、イトヾシク、為朝ヲ幼少ヨリ『兄弟皆打失イテ、我一人、世ニアラントセンズルエセ者也』トテ悪《にくま》レテ、久ク不孝ノ身ニテ有ガ、マレニ許リテ上テ、親ノ免シモ無兄ヲアヘナク射殺テ、重テ不孝セラレテハ、如何アラン」ト思直テ、矢ヲ指弛ス。為朝ガ心ノ内、ヤサシウ情ヲ弁ヘタリケル。

ここでも波線部のように為朝は義朝を一矢で射殺そうとするほどの本気の攻撃性をもっていたと表現されながら、もう一方で傍線部のように父と兄の約束を推測し、また自らの「不孝」の経歴をも顧みて、弓弦を緩めるのである。**やはり、〈押す〉と〈引く〉との間で葛藤し〈抑制する為朝像〉だといってよい。**この延長線上に、《為朝と義朝の対峙2》で、義朝に「矢風負セ」る（威嚇だけする）ために義朝の「辰頭ニ鍬形打タル甲ノ星七八、カラリト射散」すような、すれすれの攻撃を仕掛ける為朝像があるのだろう。それでいて義朝が虚勢を張った返答をすると為朝は、「二ノ矢ハ、兄ニテ座《おは》セバ、処ヲ置キ奉ル上、旁《かたがた》存ズル意趣候テハヅシ奉ル。御許ルサレ候者《さふらはば》、二ノ矢ニ於テハ、可㆑随㆑仰候。…（中略）…矢ツボヲ定テ給候へ。御前ニ候雑人等、ノケラレ候へ」などとこれまでの波線部と同じような〈押す〉姿勢を見せるのである。為朝の経歴に見られる強い自我、その超人的な弓勢にともなう自尊心こそ、為朝像の魅力なのであろうから、行動は抑制させつつも示威は怠らないのである。

翻って考えてみると、**このような〈抑制する為朝像〉は伊藤父子、山田小三郎是行、平清盛父子などの平氏方武将と対戦する際には見えないし、鎌田正清、大庭兄弟など源氏方でも血縁者でない武将と対戦する際には見せない**。これを、人間関係上の当然のことと済ませてはならない。なぜならば、義朝ら源氏方との対戦の大半が後次的だからである（対平氏よりも。一七六頁）。終息部の〔為義最期〕に合わせるように、合戦部に、後次的に、〈対義朝戦クライマックス〉の物語を導入したり、詞戦いを仕組んだりしたのだろう。〈抑制する為朝像〉——伝奇性と現実性のバランス感覚から発動された——が後次的に付与されたものだとすると、それに連動して**為朝の筑紫での経歴も伝承世界で成長したものではなく表現主体によって創出されたものだということになる。**

抑、筑紫八郎、如何ナレバ、兄弟ノ中ニ被㆓召抜㆒テ、只一人大事ノ門ヲ承ハルヤラン、ヲボツカナシ。サレバ為朝、武勇ノ道、天下ニユルサル者ナリ。オサナクテ、余ニ不用ニテ、兄弟ニモ所ヲモヲカズ、ヲソロシキ者也。サレバ、父為義、是ヲ見テ、「都ニヲキ、身ニソヘテハ悪カリナン」ト思テ、追クダス。アワノ平四郎忠景ト云者アリ。ソノムコニナリテ、君ヨリモ給ハラズニ、九国ノ惣追補使ト、我ト号シテ、九国ナビケントスルニ、菊地、原田ヲ初トシテ、所々ニ引コモリテ、城ヲ構ヘ、楯ヲツキテ用意シケルヲ、為朝、勢モヰマダ付ザリケレ共、舅ノ忠景ヲ案内者ニテ、所々ヲ責ケルニ、皆打随テ、惣追補使ニゾ成ニケル。為朝ガ狼籍、京マデ聞ヱケレバ、公家ヨリメシケレ共、参ラズ。父為義、子ガ罪ヲ蒙テ、被㆓解官㆒テ、前ノ判官ニゾ候ケル。為朝、此事ヲキヽ、驚テ、「サシモノ事ヤハト思ケレバ、父ノ罪ニ当ルコソ浅猿ケレ。為朝コソ如何ナル罪ニモアタラメ」トテ、聞モアヱズ上ニケリ。《為朝の経歴》

たった「一人」で重要な門を固めたという非現実的な設定に読者も違和感をもつだろうとの配慮を見せているのが、二重傍線部である。この一節は、『保元』統括的表現主体が、伝奇性と現実性の間でバランスをとろうとしていた証左でもある。そして、波線部のように為朝の威勢を存分に表現したのちに、傍線部のように過去を悔い改める〈抑制的な為朝像〉に路線変更して、物語に――言い換えれば保元合戦の舞台に――登場させるのである。これまで考察してきた〈押す〉と〈引く〉のせめぎ合いに、為朝の筑紫での乱行→為義の解官は深く結びついているということだ。

ということは、**為朝が筑紫で乱行を繰り返したなどという経歴の部分は、まったくの虚構である可能性がある**ということになる。そもそも、「君ヨリモ給ハラズニ、九国ノ惣追補使ト、我ト号シテ」などという非現実的な設定が史実であろうはずがない。それを突き詰めると――為義が保元合戦当時「前判官」であったのは事実だとしても――解官の理由が為朝がらみであったということは事実ではない可能性が高い。いや、そこだけが事実だと考えるよりも、永積安明（一九六二）の指摘のように、**本来、「小男」としか表現されていなかった小さな存在であった為朝が伝承世界で肥大化し、父為義の「前判官」と結びつく形での〝前歴〟が創出された**と考えるほうが蓋然性が高い。

こう考えると、発端部の次の為朝像も同じ位相で、後次的なものと考えられる。

為朝 畏《かしこまつ》テ申シケルハ、「幼少ヨリ九国ニ居住仕テ、大事ノ合戦 仕事《つかまつること》廿余度也。或ハ、敵ヲオトスニ勝ニ乗事、先例ヲ思ニ、夜打ニハシカジ。…（中略）…此御所へ行幸成進セテ、位スベラセ進テ、只今君ヲ御位ニ付ケマイラセン事、御疑アルベカラズ」ト、詞ヲ放テ申ケレバ《崇徳院方のいくさ評定》

この場面の為朝は、波線部のように後白河帝の強制的退位を想定するなどもっとも過激で乱暴な像になっており、その意味でも後次的な部分である可能性が高い。そもそも、発端部のいくさ評定は、為義→為朝へと差し替えられた可能性が高いのだ（五三頁）。

ところで、〈抑制する為朝像〉が見えるのは、当然のことながら、父を想起したり兄と対峙したりする場面に限られる。たとえば、〔為義出家〕において為朝が東国国家建設構想を語るところで、そのような強い自我や気の強さを示すものの、父為義がそれを受け入れず、葛藤もせめぎ合いもなくただ流れてゆくばかりである。

六人ノ子共、山へ尋テ上リタリ。其中ニモ為朝ガ父ニ申ケルハ、「サテシモ山ニヲワスベキ事カ。坂東へ下ラセ給ヘカシ。…（中略、東国国家建設構想を語る）…」トゾ申タル。父ノ義法房申ケルハ、「…（中略、受け入れず出頭の意向）…」ト宣ケレバ、残ノ子共、同詞ニ申ケルハ、「実ニサコソ候メ。引具進テハ、弥我等道セバク也、思様ニモ振舞ハデ、御身モ我身モ遁ルベシ共覚ヘザリツルニ、此御計ハ、御身ノ為扶カランモ猿事ニテ、我等ヲモ助サセ給ベキ御支度ニテコソ候ヘ」ト各悦申サレケレバ、「サラバ華沢ヨ。急京へ行テ、下野守ニ合テ、『為義ハ此間ハ山ニアリ。迎ニ輿タベ。其へ渡ラン』」ト申遣リタリ。《為義と六人の子供の別れ》

このように為朝は自己抑制によって〈引く〉のではなく、「残ノ子共」から無視されるという形をとることによって場面から存在感を失ってゆく。このことは、**〈抑制する為朝像〉が合戦部のために発想されたものであることを示している。合戦部で着想された為朝像が、その機能を希薄化させながらも終息部でも援用された**ということだ(3)。

（3）終息部の〔為義出家〕〔為義最期〕からの触発が、合戦部の〈対義朝戦クライマックス〉の構想を育て、合戦部の抑制的為朝像（東国国家建設構想を語る部分のみ後次的）が終息部に影響を与えた。つまり、発想がUターンしたとみる。

さて、そのような為朝像に影響を受けたのか、義朝像についても次のように逡巡するところがある。

下野守、郎等多打セテ、引テ出、西ノ門ヲ責。為義判官父子六人、大将ニテ、命モ不レ惜禦ケレバ、此門又輙《たやすく》可レ落様モナシ。義朝思給ハ、門々コソ多クアルニ、舎弟為朝ガ堅タル門ヲ責ルダニモ無レ情ニ、剰《あまつさ》ヘ又、現在ノ父為義ノ固タル門ヲ責ル条、罪業ノ至、申モヲロカ也。《膠着状態に悩む義朝》

「為義判官父子六人」の表現が出ていたり、為朝の門→為義父子の門の移動が視野に収められていたりすること――それだけ俯瞰的だということ――から、この部分はジョイント的なところである。そこに、逡巡する義朝像が出ているのである。このあと力攻めに押すことを断念した義朝は、放火という手段によって決着をつけようとする。**このようなジョイント部に〈抑制的な義朝像〉が出ているということは、為朝像の場合と同じく後次的な位相だと考えてよい**だろう。ただし、為朝の場合は、異質な二層を接合するために二種の指向を負わせ、結局は抑制させるという機能上の理由から発想されたものであったが、義朝の逡巡は「現在ノ父」を攻める「罪業」を強調し前景化するもので、『為義物語』（《為義出家》《為義最期》）とつながる指向をもつものである。

六　《幼息最期》に密着した波多野

この節以降は、『保元』における鎌田正清と波多野義通の問題について分析する。源氏末路譚の鎌田・波多野問題では、大きな問題点が二つある。第一は、波多野の登場の粗密があること、第二は、義朝の側近が鎌田から波多野へと交替しているように見えること、である。本章では、これらの問題点について検討する。

鎌田正清と波多野義通は、いずれも義朝の腹心の部下らしいが、決定的にその立場が異なるのは、鎌田が義朝の乳母子であるという点である。発端部の名寄せの中でも、「義朝ニ相随手勢ノ者共ハ、**乳母子ノ鎌田次郎正清**ヲ始トシテ、川原ノ源太…（中略）…相模国ニハ…（中略、五人の名）…**波多野次郎吉道**……」と鎌田が特別扱いであるのに対して、波多野は相模国の一介の武士でしかない。しかも、鎌田の名は『保元合戦記』の段階から記されていただろうが、波多野の名は後次的に入ってきたものである（一八九頁）。もう一点疑わしいのは、波多野の名前である。源氏末路譚では、「波多野（小）次郎義通」で一貫しているのだが、この名寄せだけが「吉道」である。[4]

（4）さらに合戦部では、一か所だけ「波多野次郎信景」と出る。『波多野系図』は「義通」。その甥に「信景」がいる。しかし、合戦部に出る「波多野次郎」もこれと連動している（為朝に威圧された鎌田像と腰抜けになった《波多野と鎌田の軋轢》の鎌田像が連動している）ことから、合戦部の「波多野」「波多野次郎」はすべて「信景」と考えるべきなのかもしれない。東国武士団に関する情報が後次的に折り重なるように流入していたことは間違いないだろう。

さて、第一の、波多野登場の粗密の問題から入る。ここで問題にする粗密とは、《幼息最期》（密）、《母の入水》（疎）の問題である。第十一章で述べたように、源氏末路譚においては、《為義出家》《為義最期》が『保元』の原初段階での結びであったと考えられ、それら為義関係ばなしと《幼息最期》《母の入水》は等質的でありながらも別々に形成されたと指摘した。さらにそれらをジョイントする際に、《長息最期》が利用され、父→年長→幼少の流れが確定したとも述べた。このような考え方からすると、《為義出家》《為義最期》でひとまとまりで（細かく言えばこの内部も段階的に形成されている）、一方の《幼息最期》《母の入水》でひとまとまりであるとの印象を受ける。《幼息最期》と《母の入水》は非戦闘要員の最期を語っている点、母を想う子、子を想う母という内容的な相互関係をもっている点、情緒的な内容を多く含んでいる点などの共通点が多い（前章）。

ところが、こと波多野の噛み合い方を点検してみると、《幼息最期》と《母の入水》とでは粗密の差が甚だしいことに気づく。《幼息最期》では「幼キ弟共」を処刑せよとの宣旨が下ったのを受けて、義朝が最初から——鎌田ではなく——「左馬頭、波多野次郎ヲ招テ申サレケルハ、『…（中略）…スカシテ、道ノ程泣セデ、船岡山ニテ切レ』トゾ下知シタルゾウタテキ」と波多野にその役を命じる（《幼息の処刑決定》）。これを受けて波多野が「波多野次郎承テ、五十騎計ノ勢ニテ、六条堀川ノ為義法師ガ宿所ニ行向」と行動し、四人の幼息にたいして「波多野次郎申ケルハ、『今日又、都ニ軍アルベシトテ、入道殿ハ船岡山ニ籠ラセ給テ候ガ、「君達、皆具シ進《まゐらせ》テ参」ト候ツル也。疾々《とくとく》御輿ニ奉ツレ』ト申セバ……」と語りかける（《波多野が四人を連れ出す》）。直接手を下すのも、「波多野次郎、サテモ有べ

キ事ナラネバ、三人ノ幼人共ノ頸ヲ泣々次第ニ打落ス」と、波多野である（《四人の最期》）。処刑後も、

・三人ノ弟共ノ鬢《びん》ノ髪ヲ切、我鬢ノ髪切テ、四ニ裹《つつみ》テ、指ノ前ヨリ血ヲアヤシ、名共次第ニ書付テ、「失ハデ母ニ奉ヨ」トテ、波多野次郎ニ預ツヽ、……《四人の最期》

・波多野次郎ハ乙若殿ノ遺言ヲ違ズシテ、血ヲ洗テ、髪ヲケヅリ、本結尋常ニシテ、四ノ首ヲ持テ、左馬頭ノ見参ニ入、事ノ由ヲ申バ、「其等モ不レ可レ懸、捨ヨ」トゾ被レ仰ケレバ、父ヲ恋カナシミケレバトテ、父ノ墓縁覚寺ニ送テ、一所ニコソ埋ミケレ。《乳母たちの後追い》

と四人を供養するところまで語られているので、**〔幼息最期〕**は、**最初から最後まで波多野の行動が物語の枠組みを規定している**。枠組みの問題だけではない。波多野は、四人の幼息たちにたいして、右のように「泣々」（波線部）と感情移入する存在でもある。次の場面も、そうである。

・船岡山ニ行付テ、昨日首切シ所ヘハ行カデ、サワヤカナル所ニ輿舁居《かきす》ヘタレバ、波多野次郎、涙ヲハラ〳〵ト覆シツヽ、七子ノ天王殿ノ輿ヨリ出テ、「入道殿ハイヅクニゾヤ」ト云ヘバ、涙ヲ押シ巾《のごひ》テ、膝ニ搔居ヘ、髪搔摩《な》デテ申ケルハ《四人に処刑を宣告》

波多野は幼息たちからも慕われ、信頼されている存在らしく、

・七ニ成ル天王殿ハ、波多野次郎ガ髪搔摩《かきなで》テ、「軍モシツベキ宿徳《おとな》シキ子共ヲコソ『切《きれ》』トハ仰セラルラメ。幼ケレバ、我ヲバヨモ」ナドトコソ問タリケレ。《四人の反応》

・乙若申ケルハ、「…（中略）…死テ後ハ、面《つら》能ク洗テ、髪能摩付《なでつけ》テ、本結能《よく》シテ、左馬頭ニハ見セ申セ、義通。サスガニ我等ガキタナゲナラバ、片腹イタク思ハンズル」ト云ケレバ、《四人と乳母》

《四人の反応》でも、「金翅鳥《こんじてう》ハ卵ナレ共、声余ニ勝《すぐれ》タリ。兵ノ子ハ幼ケレ共、カウコソ心ハ武カリケレ。波多野次郎義通ガ赤革威ノ鎧ノ袖ハ洗革ニヤ成ヌラン」と波多野の涙が表現されている。**〔幼息最期〕**は、**徹頭徹尾、波多野**

の話なのである。ところが、〘母の入水〙は、そうではない。

又、波多野次郎ハ六条堀川ノ宿所ニ馳セカヘリテ尋レバ、未母モ下向セズ。八幡ヘ馳参レバ、赤江川原ニ参合。馬ヨリ飛下、輿ノ轅《ながへ》ニ取付テ、四人ノ子共達ノ云給ツル事ヲゾ申。事《ことの》風情、振舞給ツル事共語リケレバ、夢ノ心地シテ、実共思ハザリケリ。四ニ分テ裹ミタル鬢ノ髪ヲ進《まゐら》スレバ、流ル、涙ニ文字モ見ネバ、誰ガ共知ザリケリ。面ニアテ胸ニ当テモダヘコガル。《波多野、母に報告》

四人の最期を語り、四人の「鬢ノ髪」を母に渡す役を果たしている。ところが、これ以降、波多野は〘母の入水〙にいっさい登場しないのである。ということは、**波多野は〘母の入水〙に本質的には関わっておらず、右のようなジョイント部において登場させられているだけなのだ**ということが察せられる。《母の覚悟の入水》には、「女房三人、ハシタ物二三人、郎等五人、力者十二人、中間七八人」が随伴しているが、彼らは〘幼息最期〙における波多野のような重い機能は背負わされていない。ただ、一時的に入水を留めるだけである。〘母の入水〙には波多野のような伝承の語り手かとも想定しうる人物は存在せず、母の口説きが直接、前面に出ている。表現主体との距離が近い（感情移入が直接的）のである。ゆえに、『保元』の管理圏で後次的に作られた話である可能性が高い。**波多野のような存在が話の中にまで深く食い込んでいる〘幼息最期〙のほうが、素材伝承の痕跡をそのまま残している**——**すなわち〘母の入水〙よりは先出的**——と考えてよいだろう。

波多野については、**素材伝承の段階から深く食い込んでいてそれがそのまま物語まで将来されたと考えられる波多野と、『保元』の統括的表現主体がジョイント的なところで利用した波多野がありそうだ**ということである。

〘幼息最期〙冒頭の《幼息の処刑決定》もジョイント的である。

猶々義朝ニ宣旨ノ下リケルハ、「幼キ弟共ノアマタアルナル、女子ノ外ヲバ皆失ヘ」トゾ仰ケル。左馬頭、波多野次郎ヲ招テ申サレケルハ、「母儀ガ具シ、又、乳母ガツレテ、遠国へ逃失セ、山林ニ交リタランヲバ、穴ガチニ尋出ニ不レ及。京中ニ有ランズル幼物共失フベシ。六条堀川ノ宿所ニ、男子四人アリトゾ覚ル。スカシテ、道ノ程泣セデ、船岡山ニテ切レ」トゾ下知シタルゾウタテキ。

これは義朝が波多野に処刑を命じる場面で、怪しいのは波線部である。『尊卑分脈』によれば、為義の子には、『保元』に登場しない人物で、義賢、義憲、行家、為家、頼家、正親、維義、義俊、経家、義成（上記三人は猶子）、仙覚、頼憲、女子（美濃局）がいる。また、《為義の口説き》には、「腹々ノ子ノ多サ、義朝ヲ始テ、男女ノ間ニ四十六人有ケリ」とある。それらの多くを注意深く排除するかのように、そして四人の幼息だけに焦点化するように仕組まれたジョイント部分だと言えるだろう。物語形成の問題に置き直して言うならば、**四人の幼息の話が先出的に形成されていて、その元の形を活かすための整合化がなされた**ということなのだろう。

七　鎌田から波多野への交替――戦略的操作――

次に、第二の問題点である、義朝の側近が鎌田から波多野へと交替しているように見えることについて分析する。前節で、《幼息最期》と《母の入水》とでは波多野の嚙み合い方（粗密）がまったく異なっている点を指摘したが、それと同じように、《為義最期》と《幼息最期》との間にも大きな質的相違がある。《為義最期》は、次のように鎌田の話として――波多野ではなく――始動している。

義朝ハ、清盛ガ和讒ヲバ覚ラズシテ、乳子ノ正清ヲ呼デ、「コハ、如何センズル。…（中略）…」。正清申ケルハ、「…（中略）…他人ノ手ニ懸ジトテ、爰《ここ》ニテ失奉テ、後ノ御孝養能々御訪イ申サセ給タランハ、ナジカハ穴ガチ罪ナルベキ」トテ、「只切進《きりまゐら》セサセ給フベシ」ト勧メ申ケレバ、「聞モ口惜キ。更バ正清、何ニモ計テ、切奉」ト宣ケレバ、正清、判官殿ノ方へ参リテ申ケルハ、「…（中略）…」ト申ケレバ、「何《いか》ニモ下野守ガ計ニコソ随メ」

ト宣ケルゾ糸惜キ。《為義の処刑決定》

このあと、《波多野と鎌田の論争》で、為義に真相を知らせることになる。それを受けて、為義の口説きに入る。口説きの中に、次のような一節がある。

但、入道ガ一ノ悦アリ。平家ナンドノ手ニ懸《かかり》テ被ㇾ切タランニハ、最後ノ有情《ありさま》、能《よく》テモ悪《あしく》テモ沙汰セラレタランハ、家ノ疵ニモ成、義朝ガ為、ワロカルベキニ、我子ノ手ニ懸テ、相伝ノヲノレラニ被ㇾ切事コソウレシケレ。

この「相伝ノヲノレラ」は鎌田とも波多野とも明示していない。「ラ」（複数形）は、二人を指しているのか、あるいはそのあたりにいる複数の郎等を指しているのかもしれない。このあと、《為義の念仏と最期》で、次のように鎌田の名前しか出ていないのである。

西ニ向テ、最後ノ詞ゾ無慙ナル。「弓矢取身ノ習、興アル事哉。伊勢平氏ガ郎等ニ引張レテ出テ、子共ノ面ヲヤ穢サンズラント思ツルニ、我子ニ請取ラレテ、年来ノ家人正清ガ手ニ懸ラン事コソ神妙ナレ。然モ朝敵ト成テ被ㇾ切事、誠ニ面目也。弓矢取身ノ名聞、何《いかで》カ是ニ如《しか》ム」。此詞終ザルニ、正清、首ヲ討トスルニ、目モ暗レ、肝消テ、叶マジケレバ、側ナル者ニ太刀ヲユヅル。請取テ、是ヲ切ル。暗サニ肩ヲゾ打タリケル。少モ騒ズ念仏両三返申ケル。次ノ太刀ニ首ハ土ニゾ落ニケル。落終ヌレバ、正清、袖ニ昇入テ、是ヲ懐ク。

為義が口にしたのも「正清」、実際に討とうとしたのも「正清」、首を包んで供養に赴いたのも「正清」なのである。波線部「側ナル者」で波多野の名を出そうと思えば出せたのに、そこでも波多野の名は出されない。どうやら、**《為義最期》に深く関わっているのは、――波多野ではなく――鎌田なのである。**

ここからが問題である。いま右に引用した、〝為義の連れ出し場面〟と〝為義の最後の場面〟との間に、為義に真相を知らせるべきか否かをめぐっての、鎌田と波多野の論争が挟まれている。知らせないままに斬ろうとする鎌田に対して、知らせるべきとする波多野の理が通り、波多野が為義に真相を知らせる役を担っている。結論から先に言うと、次の罫で囲んだ部分は、ジョイントのための後補だろう。

「是ニ先ヅ奉」トテ、白木ナル輿車ニ奉レ乗テ、夜半計ニ、鎌田次郎、波多野小次郎義通二人承テ、東へハ不レ行シテ、七条ヲ西へ遣ル。力者共、輿舁テ来。七条朱雀ニテ、車ヨリ輿ニ乗移ラセ奉ラン所ニテ、「不レ奉レ知テ、ヤハラ御頸ヲ可レ奉レ切」ト、鎌田ガ計ケレバ、波多野次郎ガ云ケルハ、「イカニ、鎌田殿。カヽル無レ情事ヲバ計申候ゾ。八幡殿ト、朝家ノ御護ニテ渡セ給判官殿ノ御座セバコソ、其子ニテ、殿ハ大将ヲモ承テ、朝恩ニモホコラセ給へ。父ノ御座セバコソ人共ソダ、セ給へ。何事ノ恨ノ御座トテモ、正シキ親ニツラク当リ給ベキ事ハ無物ヲ。然モ是ハ、公ノ敵ニ成セ給ヌレバ、互ニ御遺恨ヲ結バセ給ベキニアラズ。人ノ身ニハ一期ノ終《はて》ヲ以《もつて》一大事トスルニ、ヤミ〳〵トシテ失奉バ、後生菩提モ徒《いたづら》ニ成セ給ベシ。此事ヲ顕シ申テ、仏ノ御名ヲモ唱へサセ進《まゐら》セタラバコソ、親子ノ情モ主従ノ哀モアランズレ。昔ヲ思バ、伊予殿、相模殿ト申シ時、仕《つかは》レ始テ、其御子ニ八幡殿ヲ主ト頼奉テヨリ以来《このかた》、八幡殿ノ御子ナレバ、入道殿モ我等ガ主、其御子ナレバ、頭殿モ我等ガ主、相伝ノ主ニ此事知セ奉ラザランコソ罪深ケレ。此事申テ、最後ノ十念ヲモ進《すすめ》奉バヤ」ト申バ、鎌田、是ヲ聞テ、「ゲニモサルベシ。正清悪ク存テ候ケリ。只御イタハシサノ余リニ、物ヲモ思セ進ズシテ切進セバヤト思ツレ共、ワ殿ノ被レ申モ云レ有。其様ヲ申セ」ト云ケレバ、波多野次郎、車ノ轅ニ取付テ、畏テ申ケルハ、「君ハ未ダ知セ給ハデ候カ。頭殿、宣旨ヲ蒙ラセ給候テ、正清ガ太刀取ニテ、只今、御輿ト車トノ間ニテ、討レサセ給ハンズルニテ候也。閑《しづかに》御念仏申サセ給」ト申ケレバ、義法房、始テ此事聞テ、大ニ驚テ、「サラバイカニ、疾《とく》ハ告ザリケルゾ、ヲノレラ」ト宣モアヘズ、涙ニ咽《むせ》ビ給ケリ。《波多野と鎌田の論争》

この部分が後補だという根拠は二点ある。一点目は、先述のように、〈為義最期〉の冒頭と末尾は鎌田の話としての枠組みをもっていることである。右の論争の部分の波多野だけが異様に存在感が重いのである。二点目は、鎌田の呼称の違和感である。会話文中は別として、地の文では「正清」と呼称されるのがスタンダードである。先の、《為義の処刑決定》と《為義の念仏と最期》の地の文では、すべて「正清」である。『保元』全体を見渡しても、「正清」か、さもなくば「鎌田次郎」「鎌田次郎正清」である。姓だけの「鎌田」は、ここと宿取論報復ばなしだけにみられる特殊なものである。

二重波線部の「波多野次郎」は、もと「正清」とあったのではないだろうか。現状だと「正清ガ太刀取ニテ」は波多野が鎌田を指して「正清」と呼んでいることになっているが、もとは鎌田が自分を指して言っていたもの（自称）であると考えられる。「ヲノレラ」は後補と考える必要もなく、「相伝ノヲノレラ」と同じように、誰々と特定することなくその辺にいる複数の郎等たちを指して言っていると取れば、もとから存在した表現だとも考えうる。鎌田が主体的に討とうとしているのに「討レサセ給ハンズル」の「レ」（受身表現）が用いられているところに不自然さを感じないではないが、上文の「宣旨ヲ蒙ラセ給候テ」が効いている文脈なので、鎌田自身の発言と取っても無理ではないだろう（義朝のことを「（左馬）頭殿」と呼称するのも後次性の根拠。二六八頁）。

さて、右の部分が後補だとすると、なぜそのような処理を施したかが問題になろう。右の部分で巧みなのは、**現状の『保元』では、波多野が真相を知らせる役、鎌田が斬首の役などと役割分担がなされているように読ませている**ところだろう。それと末尾の「ヲノレラ」の呼応によって、鎌田と波多野が共謀して為義斬首に向き合っているかのように読まれるに至っている。物語はこのあと、《長息最期》を経て波多野色の濃い〔幼息最期〕へと続いてゆく。**右の論争は、鎌田の権威が失墜して、〈為義に真相を知らせる役〉として波多野像が浮上してくる意味を持つ**。合戦部の詞戦いと同じように、先に発言したほうが不利、あとから発言したほうが有利な構図において、鎌田は面目丸つぶれになるように仕組まれている。事実上、義朝の側近が鎌田から波多野へと交替したかのようにここの場面で印象づけられることによって、〔幼息最期〕で、いきなり、「左馬頭、波多野次郎ヲ招テ申サレケルハ」などと波多野を出して鎌田をいっさい語ろうとしなくても違和感が生じなくなる。逆の見方をすると、〈為義に真相を知らせるか否かの論争〉が存在しなかったとすると、〔幼息最期〕で波多野が突然前景化していることが唐突に見えるのである。**その違和感を軽減するために、本来鎌田ひとりでほとんど切り回していたと考えられる〔為義最期〕に、《波多野と鎌田の論争》が後次的に加えられたと考えられる**のである。

八　宿取論報復ばなしからの着想――『保元東西いくさばなし』の断片――

鎌田と波多野の摩擦場面は、もう一か所ある。合戦部の《波多野と鎌田の軋轢》である。それも〈為義に真相を知らせるか否かの論争〉と同じようにジョイント的な後補なのだろうか。いや、そうではあるまい。第一、ここの波多野は「義通」ではなく「信景」である（先述）。ジョイント的な後補であれば、《波多野と鎌田の軋轢》と源氏末路譚は互いに等質的であるはずだろう。「橋本ノ宿ニテ、信景ガ札打タル宿ヲ、守殿御宿ト近テ、雑掌セウトテ、取替タリシガ悪カリツレバ、只今云テ来ルゾ」とある「橋本ノ宿」については、岩波新大系では、「通例、浜名湖近く（現、静岡県浜名郡新居町）遠江国の一宿駅。ここは、淀川に面し、水瀬の対岸、男山の麓に位置（現、京都府八幡市橋本）する橋本をさすか」としている。保元合戦は京・白河を舞台としたいくさであるから、そこから遠く離れた遠江国の宿場が出てくるのは不自然だと、校注者は考えたのだろう。しかし、そうではあるまい。通説どおり、遠江国の宿場がよい。そもそも、京都府八幡市に「橋本」の地名はあるが、そこに宿場らしい宿場があったかどうかはわかっていない。「信景ガ札打タル宿ヲ、守殿御宿ト近テ、雑掌セウトテ、取替タリシ」とあるように、ここに出ているのは臨時的な宿ではなく、自分の宿と決めたら札打ちをしたり、交換する際には札替えをしたりするような慣習を持つ、商業性の確立した宿場町のイメージがある。遠江国の橋本ならば、東海道の宿駅として人の往来も盛んで、そのイメージに近い(5)。

（5）これに加えて、為義妻と青墓（美濃）の関係、為義敗走の話に出てくる箕浦（近江）、為朝捕縛に出てくる坂田や八島（同）など、『保元』の基層に〝街道・宿場の物語〟が流入していることを感じさせる。熱田大宮司（尾張）も、保元合戦に合わせて郎等を上洛させようとしたなどという文脈（『保元東西いくさばなし』）の痕跡もある。橋本は、東海道の橋本ととるのがよいだろう。

　そこで問題になるのが、鎌田や波多野が保元合戦の直前に京へと駆け付けたようなイメージは成り立ちうるのか、ということだろう。第十章で述べたように、『保元』合戦部には、為朝一人で後白河帝方すべてを相手にするという〈一対多の合戦構図〉が窺える一方で、筑紫の二十八騎を引き連れた為朝軍団と東国の義朝軍団との対決とする、〈多対多の合戦構図〉も明瞭に窺える。その場合、**東西それぞれの在地性を引きずらせて登場させる必要があるために、保元合戦の直前に駆け付けたかのようなニュアンスを滲ませている**のではないだろうか。

　まず為朝の筑紫軍団のほうだが、「鎮西ニミチタル勢ナレ共、俄事ニテ、其モ不レ叶ノボリケリ」と言いつつも、「如レ影昼夜朝夕付随者ハセウ〳〵有ケリ。乳母子ノ箭前掃ノ須藤九郎家季…（中略）…ヲ初トシテ、廿八騎ゾ候ケル。是等ハ一人当千ノ者共也」（《筑紫の二十八騎》）と筑紫軍団を紹介するところが問題になる。「俄事ニテ」は、ここだけ切り取れば、為義解官の弁明をするためとも、また、保元合戦に参戦するためとも読める。しかし、表現としては「為朝ヲ一人指遣」とか「八郎ハ勢モナカリケリ」などと為朝の孤高性を押し出しているように見えるものの、その構図を巨視的に捉え返してみると、父解官の弁明をするためならばわざわざ二十八騎もの郎等が随行してくる必要もないのであり、「如何ニセウ〳〵具セザリケルゾ」などという問いもナンセンスである。それら二十八騎が「一人当千ノ者共」などと紹介されるのは、やはり戦闘のためだろう。つまり、ここには、〈一対多の合戦構図〉と〈多対多の合戦構図〉とのせめぎ合いがあるのと同じように、**為朝らによる〈父解官の弁明のための上洛〉と〈保元合戦のための上洛〉という二本の指向がせめぎ合っているとみられる**のである。

《大庭兄弟と為朝の対戦》に出てくる為朝の武具の描写にも、「京へノボリテ後、『軍可レ有』ト聞テ、鏑ノ射タキ事モコソアレ、野矢一腰尋常ニ羽《はぐ》ト云定、例ノ三年竹ノ節近《ふしぢか》、節計コソゲテ、洗モセヌ結構シタル定、鶴ノ下白ヲ、藤《とう》羽《はぎ》ニゾ羽ダリケル。鏑ハ朴ノ生木ヲ、一昨日切寄タルヲカキソイデ、手々ニクレトテクラセタル。…（中略）…カネ巻ニ漆一ハケ、夜部指タルガ、能モ乾《ひ》ヌニ、手前六寸、口六寸、ナイバ八寸、大カリマタヲネヂスゲテ、ミネニモ能程ハヲゾ付タリケレバ、小キ手鉾ヲ二打違ヘタルガ様ナル物也ケリ」とある。あくまでも表向きには「京へノボリテ後、『軍可レ有』ト聞テ」（波線部）などと〈父解官の弁明のための上洛〉との整合性を保ってはいるものの、もう一方では傍線部のように「洗モセヌ結構シタル定」「一昨日切寄タルヲカキソイデ」「夜部《よべ》指タルガ、能《よく》モ乾《ひ》ヌニ」などといい、緊急性が強調されていて、〈保元合戦のための上洛〉であるかのような雰囲気を醸し出している。もちろん、〈父解官の弁明のための上洛〉であったとしても鳥羽院崩御後に合戦勃発の雰囲気が出てきたので為朝が急に弓矢の準備をしたとも解釈できる（実際にはそう読ませる表現が存在しない）のだが、そもそも非正統の武具が筑紫の土俗性（都からの距離感）を表現し、それが東西対決の発想と連動しているわけで、そこに東国・西国と都を往来する〝動き〟も必然的に内包されているといえる。「京へノボリテ後、『軍可レ有』ト聞テ」はおそらく〈父解官の弁明のための上洛〉との整合性をとるための後補表現で、それ以外の**「洗モセヌ結構」「一昨日切寄タル」「夜部指タルガ、能モ乾ヌ」という緊急性を示す表現こそ本来のもの、すなわち為朝が保元合戦のために筑紫から駆け付けたとする認識をベースにして形成された部分ではないだろうか。**

七月二日の鳥羽院崩御前から不穏な動きがあったと表現され（「『一院カクレサセ給ナバ、主上ト新院トノ御中心ヨクモマシマサズ。世ハタ、ハアラジ』ト、人サマ〴〵ニ申ケルニ」「一院御不豫ノ間ヨリ、謀反ノキコエアリ」）、早くも七月三日には両陣営が敵対関係になろうとしている（「二日ニ隠サセ給ヌルニ、三日ノマダトウ、新院方ノ武士、東三条ニ籠居テ、夜ハ集リツ、、謀反ノ事ヲハカリケリ」）と表現されている（《崇徳院方の不穏な動き》。これは後次層。八五頁）。このような設定が物語内の一部に存在するのであるから、鳥羽院崩御の報を受けてか、あるいはその危篤の報を受けた段階で東西からそれぞれの武士団が京に終結したとする認識をベースにした伝承（話）が形成されていた可能性が高い。いま為朝方の表現を追ったが、義朝方にも類似の表現がある。

義朝ニ相随手勢ノ者共ハ、乳母子ノ鎌田次郎正清ヲ始トシテ…（中略）…尾張国ニハ、熱田ノ大宮司ハ舅ナレバ、我身ハノボラデ、家子郎等ヲ奉ル。参川国ニハ…（中略）…ヲ始トシテ、郎等、乗替シラズシテ、宗トノモノ共、二百五十余騎ニテ馳向フ。《義朝に従う軍勢の名寄せ》

この傍線部は、明らかに保元合戦のために「尾張国」から「熱田ノ大宮司」が「家子郎等」を「奉」ったという意味だろう。この表現は、衛士上番や大番役などでもともと京にいたのだとは読めない。

《為義と六人の子供の別れ》で、為朝が為義に、「坂東へ下ラセ給ヘカシ。今度ノ軍ニ上リ合ヌ義明、畠山庄司重能、小山田別当有重等ヲ……」と語る。これは、保元合戦に合わせて「上リ合」った東国武士がいた設定の物語の存在を窺わせるものである。**京で合戦が勃発するとの報を受けて、東国から武士が陸続と参集したとする認識、その認識の上に立って東西対決の合戦構図が定まり、話が形成されてきた形跡がたしかに存在するのだ**（**これが『保元東西いくさばなし』で、名寄せと一体のものであることがわかる**）。

以上のように宿取論報復ばなしは、素材伝承の段階から将来されてきたものと考えられる。ゆえに、〈為義に真相を知らせるか否かの論争〉のようなジョイント的な後補部分ではあるまい。

鎌田・波多野の物語世界での比重を整理すると、《為義最期》は鎌田ばなし、《幼息最期》は波多野ばなしとしてそれぞれの主体や関与が強く保存され現存本に至るまでそれらの痕跡がもたらされてきており、一方で武士世界からもたらされてきた伝承として、二人の摩擦を語る合戦部の宿取論報復ばなしが存在していた。**『保元』の統括的表現主体は、『保元東西いくさばなし』に含まれていた、鎌田・波多野が絡む宿取論報復ばなしにジョイントの着想を得て**

〈為義に真相（斬首）を知らせるか否かの論争〉を物語に投入し、〘為義最期〙と〘幼息最期〙との接合を果たしたのではないだろうか。

九　〘為義出家〙から〘為義最期〙への連続性の演出

〘為義出家〙と〘為義最期〙は、どちらも源為義という一人物の末路を語ったものだが、それぞれ独立的に形成されたものとみられる（前章）。そもそも、人間の死という重大事にたいする瞠目のほうが始原的・根源的なもので、それに比べると出家の事実は軽いものだろう。ここでは、義朝像や「輿」「車」「輿車」という表現に着目して、元来別々に将来された物語の間に連続性を演出した表現主体の方法について指摘する。

まず、〘為義出家〙においては、為義は近江で「重病」にかかっており、「馬ニ舁乗《かきのせ》テ行ニ」とあるように馬に乗せられて逃げ惑う。そして「天台山」（比叡山）の「月輪坊ノ竪者ノ坊」に入る。山中では、車も輿も使っていないらしく、親子の別離の場面で、「サラバ華沢ヨ。急京へ行テ、下野守ニ合テ、『為義ハ此間ハ山ニアリ。迎ニ輿タベ。其へ渡ラン』ト申遣リタリ」とあるように、為義は迎えに輿を要求している。比叡山麓まで迎えに来ることを要求しているのであろうから車が使えるはずもなく、輿を要求するのは地理感覚上、当然のことである。

次に、〘為義最期〙は、波多野義通が車の中にいる為義に今から処刑することを伝えるところから始まる。

波多野次郎、車ノ轅《ながえ》ニ取付テ、畏テ申ケルハ、「君ハ未ダ知セ給ハデ候カ。頭殿、宣旨ヲ蒙ラセ給候テ、正清ガ太刀取ニテ、只今、御輿ト車トノ間ニテ、討レサセ給ハンズルニテ候也。閑《しづかに》御念仏申サセ給」ト申ケレバ、義法房、始テ此事聞テ、大ニ驚テ、「サラバイカニ、疾ハ告ザリケルゾ、ヲノレラ」ト宣モアヘズ、涙ニ咽ビ給ケリ。七条朱雀ニテ、車ヨリ下テ、敷皮シキテゾ居《すゑ》奉ル。入道宣ケルハ、「口惜事スル下野守哉。……

この風景の中では、為義は間違いなく車に乗っていたのであり、車から下りたところで処刑されたのだということがわかる。それと重なるイメージなのだろう。鎌田が為義を七条朱雀まで連れてくる際の口実は、「『正清ハ、入道殿ヲ具シ進テ、舟ニテ熊野地ヲ廻テ下候へ。義朝ハ海道ヲ罷下ベシ』ト仰ヲ蒙テ参タリ」というもので、鳥羽あたりから船に乗り熊野沖を回って東国に向かうという作り話の設定が、「七条朱雀」の地理と結びついているということだ。「七条朱雀」は、領送使（追立の鬱使）が流人を西国に送る際の出発地でもあった（『清獬眼抄』「凶事・流人事」）。また、七条は、熊野参詣の旅人との結びつきが強い土地柄であったので（二四九頁）、熊野経由での東国行きの起点としてふさわしい場所であった。徒歩での東国行きが困難な高齢者や虚弱者のための、舟を利用したルートだったのだろう（為義は六十三歳）。さて、為義が「七条朱雀」まで乗ってきたのは車であるが、一方の輿は、

「是ニ先ヅ奉」トテ、白木ナル輿車ニ奉レ乗テ、夜半計ニ、鎌田次郎、波多野小次郎義通二人承テ、東へハ不レ行シテ、七条ヲ西へ遣ル。力者共、輿舁テ来。七条朱雀ニテ、車ヨリ輿ニ乗移ラセ奉ラン所ニテ、「不レ奉レ知テ、ヤハラ御頸ヲ可レ奉レ切」ト、鎌田ガ計ケレバ、波多野次郎ガ云ケルハ……《波多野と鎌田の論争》

と「力者」がわざわざ目隠しのために運んできたものである。物語内の設定では、本当に為義が乗り換えるためではなく、乗り換えさせると見せかけて周囲から見えないようにするための目隠しである。

ここに輿・車に関する二種類の指向の存在を指摘することができる。

① 山中から洛中に出る際には輿のほうがふさわしいという指向（〘為義出家〙）

② 洛中から洛外に出る際には車から輿に乗り換えるものであるとする指向（〘為義最期〙）

要するに、**〘為義出家〙は輿を必要とする物語であり、〘為義最期〙は車から降りる為義のイメージが固定化していた物語なのである。**

さて、ここからが問題である。〘為義出家〙と〘為義最期〙はそれぞれ独立的に形成されたに違いない異質性を含

んでいるのに、まるで一連の物語であるかのような印象を与えている。その理由の第一は、〈為義出家〉末尾、〈為義最期〉冒頭のジョイント部分にのみ「輿車《こしくるま》」の表現が使用されていることが挙げられる。具体的にいうと、〈為義出家〉は「輿」の物語であり、〈為義最期〉は「車」の物語なのだが、その間の部分にだけ「鎌田次郎正清ヲ使ニテ、私へ輿車ヲ遣シテ」「御輿車ハ路ニマウケテ候」「白木ナル輿車ニ奉レ乗テ」と「輿車」が三度連続して使用されているのである。『保元』の中に「輿車」の用例はこの三例しか存在しないのだから、表現主体が「輿」の物語から「車」の物語への連続性を演出しようとして戦略的に「輿車」を用いたことは明らかである。理由の第二は、義朝像の没主体化が挙げられる。〈為義出家〉と〈為義最期〉の間には、ジョイント部《為義と六人の子供の別れ》が存在する。

哀レ也シ父子ノ別也。二人三人モツレザリケリ。大原、静原、鞍馬ノ奥、貴布禰様ヘゾ別行。雑色花沢法師ヲ左馬頭ノ許ヘ遣タレバ、義朝是ヲ聞テ、鎌田次郎正清ヲ使ニテ、私ヘ輿車ヲ遣シテ、父ノ入道ヲ迎取。事ノ外ニ悦テ、様々ニ痛リケレバ、心安ク覚テゾ有ケル。主上、此由聞食テ、今度ノ合戦ノ輩、堅ク制《いまし》メ置レタリ。

傍線部のように、義朝はけっして為義を積極的に斬ろうとする人物としては形象されていない。その責任者として前面に出ているのは後白河帝である。義朝像を守ろうとする指向は、《崇徳院方武士十七人の処刑》の「清盛ガ伯父ヲ切ナラバ、義朝、父ヲバ切ランズラント、和讒ニ構テ切テケリ」や、《為義の処刑決定》の「伯父ヲバ甥ニ切セテ後、左馬頭義朝ニ、『父為義法師ガ首ヲハネテ進ヨ』ト被レ仰。義朝ハ、清盛ガ和讒ヲバ覚ラズシテ」と同じ指向によるものだろう。このあと、鎌田に「只切進セサセ給フベシ」と勧められて「聞モ口惜キ。更バ正清、何ニモ計テ、切奉」と発言する義朝像とも通じている。このような意識からすると、為義と義朝との対面場面を詳細に描こうともしない（会話や表情の描写がない）のも、義朝像を前景化させまいとする配慮によるものと考えられる。ここのジョイント部で義朝像が埋没してしまうと、読者の印象としては、間に〈謀反人処刑1〉を挟むものの〈為義出家〉から〈為義最期〉への流れがほとんど連続的に見えてしまう。いや、表現主体がそう仕組んだのである。両話が連続的であるという印象を読者に与えることができれば、まるで為義が比叡山から下山してそのまま鎌田・波多野によって七条朱雀に直送されたかのように演出することができ、その間にあったはずの義朝の関与性が薄まることになる。つまり、**為義と義朝の対面において表情や会話を描写しようとしなかった意識と、ジョイント部に「輿車」を三度使用した意識は、通底するものといえる。**一方に、幼少の弟たちの処刑に際して、「京中ニ有ランズル幼物共失フベシ。六条堀川ノ宿所ニ、男子四人アリトゾ覚ル。スカシテ、道ノ程泣セデ、船岡山ニテ切レ」などと標的を定めて命令を下す前景化した義朝像とは、大きな違いがある(6)〔このような義朝像の違いは、《為義最期》までで『保元』がいったん閉じられた時期（鎌倉初期）があり、《幼息最期》《母の入水》が後次的に投入されたとの推定を裏づけるものでもある〕。

（6）　ここで、《為義出家》と《為義最期》との異質性の問題（前章）を補強しておく。本章の冒頭で述べたように、物語内の不可欠の要素として原態段階から存在したのは《為義最期》であったと考えられる。そして、後次的に《為義出家》（の大半）が挿入されたのだろう。《為義出家》（の大半）が挿入される以前の物語は、為義が「黒谷」から直接、義朝のもとに出頭したものであったはずだ。その痕跡が、『保元』に存在する。《為義出家》では、為義が近江国の東坂本にいたということもあり、「為義、サガス処ニハ無テ、坂本三河尻ノ五郎大夫景俊ガ許ニ隠テ居タリケルガ、十六日ニ、五十騎計ノ勢ニテ、三井寺ヲ通テ、東国ノ方ヘ趣キケルガ」とあるように、近江国からそのまま東国に向かうことを想定しているようである。この直後にも、「其ヨリ東近江ヘ至ラントシケレ共、身ハ病ヲ受ツ、其上、鈴香、不破関塞リヌト聞ヘケレバ、東国ヘ遁下ラン事モ難ㇾ有。道ノ辺ニテ打落サレン事モ、命モ難ㇾ捨、恥モ惜ケレバ、思返シテ」とある。《為義出家》における東国行きは、近江国からそのまま東へと向かう経路が想定されている。これに対して、《為義最期》の《為義処刑の決定》では、「舟ニテ熊野地ヲ廻テ下候ヘ」とあって、熊野経由での東国行きなのである。七条朱雀という地は、本質的に近江経由での東国行きの出発点であったとは考えにくく、西国行きの領送使の例のように、鳥羽から淀川を下って西に向かう際の起点であったはずだ（この場合は、淀川河口から熊野方面に回り込む想定）。東国行きの想定経路について、《為義出家》を近江系と呼ぶならば、《為義最期》は熊野系とも呼ぶべきルートが想定されているということである。ところが、これを接合する際に、『保元』の統括的表現主体は、ミスを犯している。《波多野と鎌田の論争》で、「夜半計ニ、鎌田次郎、波多野小次郎義通二人承テ、東へハ不レ行シテ、七条ヲ西へ遣ル。力者共、輿舁テ来。七条朱雀ニテ、車ヨリ輿ニ乗移ラセ奉ラン所ニテ」とある。鎌田はこれ以前に熊野経由の東国行きを為義に伝えていて、それと「七条朱雀」の地理と緊密に結びついており、そこが洛中と洛外との境界ゆえにこそ「車ヨリ輿ニ乗移ラセ奉ラン所ニテ」も機能するといえるので、「東へハ不レ行シテ」は、なくもがなの挿入句だといえる。《為義の探索》の近江系を意識しすぎたための不注意だろう。

十　おわりに——表現主体による援用の方法——

合戦部の三か所に横断的に見られた詞戦い、終息部の《為義最期》《幼息最期》《母の入水》に共通してみられた〈未然の事実を仮想した世間体〉を気にしている文脈などと同じように、「六人ノ子共」や抑制する為朝像の問題も、複数章段に共通して横断的にみえる部分なので、**個々別々に形成されてきた話をつないで統一的世界を構築するために利用されたジョイントだと考えて間違いない**だろう。これ以外に、「宣旨」「重テ宣旨」「猶々…宣旨」による連続性の演出がみられる点、《為義最期》《謀反人処刑2》《幼息最期》の三か所に共通して（獄門の木に）「不レ可（レ懸）」が投入されている点、《為義最期》と《幼息最期》に「縁覚寺」での埋葬が語られている点がある。これらの操作によって、それぞれ独立的に形成されてきた各話の凹凸感が軽減され、統一感のある物語世界が現出したのである。

これらの統一感演出のための大々的な〝編集〟が行われた時期は、鎌倉後期ではないだろうか。なぜならば、合戦部の《波多野と鎌田の軋轢》は『保元東西いくさばなし』のような背後の世界を感じさせる話である（先出的）のに対して、終息部の《波多野と鎌田の論争》はジョイントとしての機能を果たすもの（後次的）だからである。『保元東西いくさばなし』は明瞭化指向の所産で、鎌倉後期の層だと考えられるので、それを援用した終息部のジョイント部は、鎌倉後期以降のものということになる。

　これとは別に、伊藤ばなしに着想を得て山田ばなしに用いたという例もある。合戦部の序盤で、為朝の〈矢〉が伊藤五の鎧の袖に立ち、それを清盛・重盛が見て反応し、山田ばなしへと移行する。そして山田の馬の鞍に立った〈矢〉が源氏方に移動して、鎌田や義朝がそれを目にする。この展開方法は、もともとは伊藤ばなしに含まれていたものと考えられる（一五五頁）。『保元』の表現主体はそこに着想を得て、山田ばなしに援用したのだ。また、山田ばなしの中に登場する須藤九郎家季は、数か所登場する類似場面の中でも最後に投入されたものらしい。合戦部の他の場面に着想を得て、それをここに援用したのだ。山田ばなしの須藤が、もっとも作為的だからである。他の部分との等質性を狙ってそこに入れられたようである。山田ばなしの投入は、鎌倉後期だと考えられる（大庭ばなしや村山党ばなしより先に物語に投入されたとみられるゆえ）ので、その時期に物語の著しい成長の時期があったものとみてよいだろう。

文献

永積安明（一九六一）「解説」日本古典文学大系『保元物語　平治物語』東京：岩波書店

後日譚部の論

第十五章　『保元物語』後日譚部の表現構造

一　問題の所在

第十一章で、《争乱の総括》が、不自然な位置に入っていることを指摘した。頼長の死骸実検、孫たちによる忠実慰問、崇徳院の配流決定、重仁親王の出家（二度目の記述）、崇徳院の離京、頼長の四人の子の流罪、その他の崇徳院方の人物の流罪などがあり、その次に《争乱の総括》および《鳥羽院旧臣の安堵》が存在する。このことは、**『保元物語』の原型的な部分（じつは第二次成立分）が――都びとの視座が露呈していることを前提として――頼長の死骸実検（七月二十一日）や流罪、崇徳院の離京（七月二十三日）をもって争乱が終結し秩序が回復したという認識をもったことを示しているの**だろう。為朝についても八月二十六日～二十七日の捕縛・陣渡し記事がある（『兵範記』）が、当時から為朝――物語世界で巨大化される以前の――が注目されていたとは考えにくいから、ひと区切りの意識が生じたのは、頼長の死骸実検、崇徳院の離京だと考えてよいだろう。

物語は《争乱の総括》《鳥羽院旧臣の安堵》のあと、崇徳院の道行き、讃岐での様子、忠実の知足院移転、為朝の捕縛、そして崇徳院怨霊譚や為朝渡島譚へと続いてゆく。これらは後次的な層である可能性が高い。これまでに第一次（終息部中心の成長）、第二次（合戦部中心の成長）、第三次（冒頭部など枠組みの変革）、第四次（合戦部の増幅）の形成を想定したので、後日譚部の形成は第五次の層（鎌倉末期）ということになる。

後日譚部が鎌倉末期の接合であると考える根拠は、二点ある。第一点は、文保本の存在である。文保本に書きこまれたおびただしい行間書入れは、異本との校合だけでなく、文保本書写者自身がわかりやすさや明瞭化のために（そうは思っても一部誤解もある）新たな書き入れをしているらしいという事実である。これは、十四世紀初頭（鎌倉末期）まで、『保元』が現状のかたちに落ち着こうとしつつもまだ動態的なエネルギーを保存していたということを示すものだろう。合戦部で巨大化した（保元合戦で活躍した）為朝像があってこそ、後日譚部の為朝渡島譚が形成されたとみるのは当然のことで、前者（為朝像の著しい巨大化）が鎌倉後期以降の現象だと考えたゆえに、それと文保本段階の流動（添削状況）とを時代的に重なるものとみるべき必然性がある。

第二点は、文保本が十四世紀初頭まで手を加えられていた部分の痕跡として、元寇以降の国家意識として神国思想の影響がある（三六一頁）のと同じように、崇徳院怨霊譚と為朝渡島譚がどちらもソトカラオビヤカスモノを形象して「日本国」を相対化する脅威に仕立てようとする共通点をもっていることである（次章）。本来のニュースソースとしては異質な崇徳院怨霊譚、為朝渡島譚をこうして結び合わせ、物語の末尾に配置する意識が、源氏末路譚直後の《争乱の総括》や《鳥羽院旧臣の安堵》と同位相だとはとても考えられない。このようなことから、後日譚部は、『保元』の最終段階で——おそらく十四世紀初頭——加えられた部分だろうと考えられる。

このような後日譚部の後次性を前提として、以下、本章の第二節〜第四節では崇徳院怨霊譚の、第五節〜第七節では為朝渡島譚の表現構造について、それぞれ分析する。

二　崇徳院怨霊の望郷性表現——第一のソトカラオビヤカスモノ——

保元合戦における敗戦は、崇徳院の怨霊化の契機としてはさして重要ではない。敗戦を崇徳院が恨みに思ったなどという表現は『保元』『平家』や諸記録を通じてまったく見出されない。『保元』の表現に添うと、崇徳院の怨霊化の最大の要因は、讃岐へ流され、かの辺境（崇徳院の意識における辺境）で「望郷ノ鬼」と化して生涯を終えたことである。怨霊化の張本人が後白河院である。したがって、都を離れ辺境で憤懣を抱いたまま最期を迎えたことを怨霊化の契機とし、**後白河院を怨霊の標的とする**ということになる。(1)

（1）事実としても、後白河院は生きているかぎり崇徳院怨霊に脅かされていたらしい。後白河院の病が重くなった建久二年（一一九一）十二月二十九日（崩御の二月半前）、病気が重くなったのは崇徳院怨霊のせいだという解釈から、崇徳院怨霊慰撫の仏事が行なわれている（『広橋家記』『玉葉』）。

崇徳院怨霊の望郷性は《崇徳院、望郷の鬼となる》にもっとも強く現われている。

新院思食ツヾケサセ給ケルハ、「…（中略）…何《いか》ナル罪ノ報ニテ、遠キ島ニ被レ放テ、カヽル住ヲスラム。馬ニ角生《はえ》、烏ノ頭ノ白ナラム事モ難ケレバ、帰ルベキ其年月ヲ不レ知、外土ノ悲ニ堪ズ、望郷ノ鬼トコソ成ンズラムメ。…（中略）…」トテ、御自筆ニ五部大乗経ヲ三年ニアソバシテ、御室ニ申サセ給ケルハ、「後生菩提ノ為ニ、五部大乗経ヲ墨ニテ如レ形書集テ候ガ、貝鐘ノ音モセヌ遠国ニ捨置カン事ノ不便ニ候。御免候ハバ、八幡ノ辺ニテモ候へ、鳥羽カサナクハ長谷ノ辺ニテモ候へ、都ノ頭《ほとり》ニ送置候ハバヤ」ト申サセ給テ、御書ノ奥ニ御歌ヲ一首アソバス、

浜千鳥跡ハ都ニ通ヘ共身ハ松山ニネヲノミゾ鳴

このほか、崇徳院の遺骸を火葬にした際、「煙ハ都ノ方へゾ靡キヌラム」と表現されるなど、『保元』には崇徳院の望郷性が強く表現されており、このことによって、のちに**反転した崇徳院怨霊が徹底して都へ向けて降りかかることを暗示しようとするもの**であると見てよいだろう。これは、都をソトカラオビヤカスモノだろう。(2)

（2）　ソトとは、地理的な外部の意でなく、共同体の外側の意である。崇徳院は日本国の内側の讃岐国への配流であったが、怨霊化によって共同体を脅かす存在になった。また、モノとは得体の知れないもの、の意である。不可知の存在であるがゆえに、異化され、怖れられる。共同体の内側は、知悉の世界である。

崇徳院が流罪（強制的「遷幸」）されるあたりから、都を離れることの重大性が表現され始める。《道行き》で「日数ノ積ルニ付テ、都ノ遠ザカル事思食知テケリ」とあったり、いくさに紛れて別れてしまった女房たちのことなどに思いを馳せつつ、「年来候馴シ人々、今生ニハ合マジケレバ、今ハ偏ニ生ヲ隔テタルトノミゾ思食」したと言ったりするなど、都を離れることの重大性を強く表現している。この段階（保元元年八月）では崇徳院はまだ生きているのに、都を離れることが、実質的には「生ヲ隔」てることになるのだという強い表現である。

そしてこれに続く部分が、《平治合戦勃発の予兆》である。都を脅かす崇徳院怨霊の表現の第一である。

新院、七月二十三日ニ、仁和寺殿ヲ出サセ給フニ、其御跡ニ不思議ノ事有ケリ。「源氏義朝与《と》平氏清盛朝臣合戦スベシ」ト云披露有ケリ。源氏平氏郎等共、東西ヨリ馳集。高モ卑モ、今ハ物ヲバ凡返シテ、安堵シテ有ツルニ、「今度ゾ世ノ失終テセムズル」トテ、又物ヲハコビテ、近キ程ニ焼亡ノ出来タルガ如シ。大路ニハ灰ヲケ立、黒煙ニ似タリ。…（中略）…両人（義朝・清盛）共ニ申テ云、「更ニ無㆓跡形㆒事ニテ候」由ヲゾ申上タル。天狗ノ所為ナルカ。人ノ肝ヲツブシケルコソ不便ナレ。

平治合戦の前兆ともいえる風聞を巻き起こしたのが「天狗ノ所為」であるということだが、波線部のように、この事件は表現主体によって、崇徳院が都を離れたことと強引に関連づけて語られている。「天狗」とは、のちに崇徳院が讃岐の地で「生ナガラ天狗ノ御姿ニ成」ったという表現（次の引用文）と呼応するものであり、都を離れたことで実質的に「生ヲ隔」てたという表現とも合わせて、死せざる以前の怨霊化と都への示威とを強く表現しようとするものである。

崇徳院怨霊を、生きながらにして平治合戦の勃発原因に直接的に――噂や風聞のかたちをとらず――関わらせようとする《崇徳院の怨霊化と平治合戦》もある。都を脅かす崇徳院怨霊の表現の第二である。

「……今者《いまは》、後生菩提ノ為ニ書タル御経ノ置所ヲダニモ免《ゆる》サレザランニハ、後生迄ノ敵ゴサンナレ。我、願《ねがはく》ハ五部大乗経ノ大善根ヲ三悪道ニ抛《なげうつ》テ、日本国ノ大悪魔ト成ラム」ト誓ハセ給テ、御舌ノ崎（先）ヲ食切セ座テ、其血ヲ以テ、御経ノ奥ニ此誓状ヲアソバシタル。其後ハ御グシモ剃ズ、御爪モ切セ給ハデ、生ナガラ天狗ノ御姿ニ成セ給テ、中二年有テ、平治元年十二月九日夜、丑剋ニ、右衛門督信頼ガ左馬頭義朝ヲ嘩《かたらつ》テ、院ノ御所三条殿へ夜討ニ入テ、火ヲ懸テ、少納言入道信西ヲ亡シ、院ヲモ内ヲモ取進テ、大内ニ立テ籠テ、叙位叙目行フ。

傍線部はいかにも切り接いだような不自然な接合のしかたで、ここには後補の可能性が指摘されているほどである〔白崎祥一（一九七七）〕が、これはもとあった指向の延長線上の、明瞭化指向による後補とみてよいだろう。(3)

（3）「日本国」の相対化やソトカラオビヤカスモノの仕立て上げなど崇徳院怨霊譚・為朝渡島譚は基本的には鎌倉末期にその形が相似形を意識して整えられたと考えられるが、厳密にいえば崇徳院怨霊譚が先行して形成され、為朝渡島譚はそれに準えるようにして形成されたのだろう。そして崇徳院怨霊譚は、白崎の指摘部分を除くと、怨霊化以前の〝怨恨による異形化〟の中途段階が存在したものと推測できる。六四頁、二一四頁でも述べたように、崇徳院怨霊譚には鎌倉中期以前の様相も残存しており、重層的に形成されたものと考えられる。

崇徳院の崩御は、物語の中では長寛元年（一一六三）、『百錬抄』では長寛二年（一一六四）ということであるが、いずれにしても一一五九年に勃発した平治合戦の時点では崇徳院は生存しているので、上皇の崩御というような厳然とした歴史事実を物語世界とはいえ簡単に改変することもできない。また一方には、保元以降は乱世が続いているというような『愚管抄』にも近い認識を見せ、その原因が保元合戦における崇徳院の処分に端を発しているという、明確な歴史解釈を示す意志も表現主体にはあるので、そのような制約と要求とを合理化するためには、崇徳院を生きながらに怨霊化し、平治合戦の勃発原因とする発想が必要だったのであろう。

三　崇徳院怨霊の活性化表現

物語の冒頭は、鳥羽院の聖代から語り起こし、続いて保元元年七月二日の鳥羽院崩御を契機として保元合戦へと突入してゆく有様を語っているが、物語の末尾は時間性が無化される傾向が強く、とくに為朝渡島譚は物語内部でもいつのことという設定はなされていない。為朝の死の時間性が無化されているように見えるが、**後白河院を脅かす時代設定は存在する。そこが肝要**なのだろう。

平治元年（一一五九）十二月に平治合戦が勃発したこと、長寛元年（一一六三）八月に崇徳院が讃岐で崩御したことは、物語内部にも年月日を明記するかたちで、歴史の時間軸につなぎとめられている。そして、《崇徳院の崩御》を受けるかたちで、《蓮如の夢に出た崇徳院怨霊》までが、歴史的な時間性の確認できる、物語の通時的最終記事である。そしてこれが、都を脅かす崇徳院怨霊の表現の第三である。

（崇徳院崩御の記事に続いて）蓮如ガ夢ニ見タリケルハ、〈讃岐院ノ四方輿《しはうごし》ニメシテ、為義父子六人先陣ニテ、平家忠正父子五人・家弘父子四人後陣ニテ、院ノ御所へ打入ラントスルガ、追帰レテ、為義御輿ノ御前ニ、馬ヨリ下テ、「院ノ御所ニハ、不動明王・大威徳ノ禦ガセ給候間、エ参リ候ズ」ト申ケレバ、「サラバ清盛ガ許へ舁入《かきいれ》ヨ」ト被レ仰ケレバ、無相違打入テ、院ヲモ入進《いれまゐら》セツ〉ト見タリケレバ、其後、清盛、次第ニ過分ニナリ、太政大臣ニ至リ、子息所従ニ至マデ、朝恩肩ヲ并ル人ゾ無。ヲゴレル余ニ、院ノキリ人、中御門ノ新大納言成親卿父子ヲ流シ給ヒ、西光父子ガ首ヲ切リ、摂録(籙)臣ヲ備前国へ移奉リ、終《つひに》ハ院ヲ鳥羽殿へ押籠進スルモ、只讃岐院ノ御祟トゾ申ケル。其後、讃岐院、方々へゾ御幸成ヌト見進セテハ、絶入シ、爰《ここ》ニ御幸成ヌト見進テハ、ケ殺シ進ケリ。

この部分は、崇徳院の怨霊化を明示し、その怨霊が治承三年のクーデタまでも引き起こしたのだという、一種の歴史解釈を見せている。後白河院は都の中心であり、しかも保元合戦における敵対者で崇徳院怨霊化の要因を作った人物であるから、怨霊の降りかかる対象として第一に狙われるのだが、一方で王権は不動明王などの仏法に守護されるという認識があるので、清盛を媒介にすることによって、後白河院を幽閉して怨霊の目的を達したとするのである。しかも、治承三年のクーデタという一事件にとどまらず、右の引用文の最後の一文のように、崇徳院怨霊が乱世の原因であるというような認識まで踏み込んで提示しようとしている。

この部分に続く、《西行による崇徳院慰問》があまりにも簡略にしか語られていないように、基本的に崇徳は鎮魂されない状態で怨霊として威勢をふるっているという表現が、この物語には指向されている(後述)。

右の引用部分に含まれている歴史的な事件を、周辺資料(『玉葉』『山槐記』『百錬抄』など)で確認すると、清盛が太政大臣に任ぜられたのは仁安二年(一一六七)二月十一日、西光を斬ったり成経を流罪にしたり成親を処刑したりしたのは安元三年(一一七七)六〜九月の鹿の谷事件、そして松殿基房を備前に流罪し後白河院を鳥羽殿に幽閉したのが治承三年(一一七九)十一月のいわゆる治承三年のクーデタである。このような一連の事件の流れから見ても、また『平家』に表現されているところから見ても、治承三年の後白河院幽閉事件は、清盛の究極の悪行として捉えられる傾向が強い。『保元』でも、右の引用部分の表現に、清盛が「終《つひ》」に至った所業であるという認識が見えている。**物語が、歴史の軸に載せて通時的に語ろうとしていることの最終記事は治承三年、そして、その直後の動乱期(養和・寿永の頃か)までは視界に収めている**ということができるだろう。

このような物語の表現は、物語の外側の〈現在〉の実体的社会状況と無関係ではない。矢代和夫（一九六五）も指摘するように、治承～元暦の頃（一一八〇年前後）は崇徳院怨霊がとくに畏れられた時代であった。(4) しかし、先に引用した『保元』の通時的最終記事と実体的な社会状況とを嚙み合わせて考えてみると、少しずれる点も出てくる。大切なことは、どの時点に〈現在〉を設定しているかということではなく、**どこかに〈現在〉を設定することによって崇徳院怨霊の脅威を最大限表現しようとしている**ということだ。

（4）治承元年（一一七七）七月の「崇徳院」諡号、頼長贈位など、この頃の不穏な社会情勢――白山騒動・安元の大火・鹿の谷事件――が保元の乱の敗者、崇徳院と頼長の怨霊の所業であると囁かれ始めた（『百錬抄』同日条に「天下不静、依有彼怨霊也」と明記。覚一本『平家』巻三「赦文」でも有名）。約一ヶ月後には後白河院が崇徳院鎮魂の目的で成勝寺法華八講を行っている（『百錬抄』『玉葉』）。また、六年後の寿永二年（一一八三）七月には、先に引用した崇徳院自筆五部大乗経供養問題が起こった（『吉記』）。この年は、義仲と平家との合戦の続いた年であり、この記事の十日後には、安徳天皇以下平家一門は都落ちするなど、やはり不穏な社会情勢が怨霊の鎮魂問題を再燃させたのであろう。『玉葉』同年八月十五日条には「近曾乱逆連綿、天下不静、依彼怨霊、有此災難」、閏十月二日条にも「天下乱逆、連々無了時、是偏為崇徳院怨霊」という表現が見える。『愚管抄』の次の記述も寿永二年のことである。

　崇徳院并ビニ宇治贈太政大臣宝殿造リテ、社壇春日河原保元戦場ニ占メラレテ…（中略）…コノ事ハ、コノ木曾ガ法住寺ノイクサノ事、偏ニ天狗ノ所為ナリト人思ヘリ。「イカニモ新院ノ怨霊ゾ」ナド云フ事ニテ、忽チニ此ノ事出デ来タリ。

崇徳院怨霊が畏れられたのは、治承元年と、寿永二～三年の二度であり、とくに後者は歴史上、崇徳院怨霊のもっとも畏れられた――崇徳院怨霊がもっとも猛威を振るった――時点であると考えられる。もちろん、建永三年（一二〇六）に慈円によって書かれた「大懺法院条々起請」や『太平記』巻三十三「崇徳院御事」など、後世まで崇徳院怨霊が鎮められていないという認識は続いたが、寿永の頃のような緊迫感を持っては語られていない。

四　虚構としての〈現在〉

物語内で通時的最終記事として確認したのは、鹿の谷事件（一一七七）と治承三年のクーデタ（一一七九）であったが、この周辺で表現主体の語らなかったことがあまりにも多すぎはしまいか。鹿の谷事件でいえば、流罪に処せられた成経・康頼は翌年（一一七八）召還されている（帰京は一一七九年）のにそのことを語らず、また治承三年のクーデタに関しても、その翌年（一一八〇）には流罪に処せられた基房が召還され、幽閉されていた後白河院も清盛によって幽閉を解かれているのに、これを語らない。例の文脈が、**崇徳院怨霊によって脅かされた社会を強調して語るために、負の要素ばかりを語って、正の要素を捨象したもの**と考えられる。つまり、表現主体の〈現在〉とは、物語という表現世界における、怨霊によって脅かされている世相の表現としての〈現在〉、すなわち**表現主体が畏怖を装うための〈現在〉である**ということになるだろう。

また、次のようなことも語られていない。物語の中で「崇徳院」という呼び名は出ず、「配流ノ後、讃岐院是也」（物語冒頭）、「只讃岐院ノ御祟」（「新院崩御ノ事」）などと「讃岐院」という呼び名で一貫している。「崇徳院」とは、治承元年（一一七七）七月に、崇徳院怨霊を鎮めるために贈られた謚号であるが、通時的に考えれば表現主体はこれを視界に収めているはずなのに、そのことを語ろうとはしない。つまり、怨霊慰撫の処置を受けていない、鎮められざる怨霊としての崇徳院を語ろうとするために、「崇徳院」という謚号を表現主体は排除していると考えられる。(5)

（5）　鎌倉本・京図本・宝徳本（金刀比羅本）には「崇徳院」の表現が出てくる。そこでは、鎮められざる怨霊を表現しようとした半井本の意図は忘れ去られている。〈現在〉性の喪失が、物語の構造や表現までも大きく変えてしまったのだ。

また、寿永三年（一一八四）四月、崇徳院怨霊慰撫のために後白河院によって神祠（崇徳天皇廟、後の粟田宮）が創建されたが、表現主体はそのことも語ろうとはしていない。つまり、鎮められようとしている崇徳院怨霊、鎮めようとしている後白河院については、何も語ろうとはしないのである。表現主体は、とにかく〈現在〉が乱世であることの**原因を鎮められざる崇徳院怨霊に集約するために、怨霊の力が弱まるような方向性の表現をカットし、崇徳院怨霊の威力を最大限の状態で語ろうとしている**のである。

次の時代への動きを少しでも語れば、『平家物語』の視界（構想）とも重なる脈絡（平家の興亡＝因果応報、武士の時代の幕開け）へ延長線が引かれてしまうはずだ。『保元』の表現主体は、古代末期の〈乱世〉の表現に照準を合わせ、物語内部での時代社会の表現として集約したというべきだろう。次の時代の黎明を感じさせることのないような注意深い表現がなされているというべきだろう。

後白河院による鎮魂慰撫を排除して語ろうとしないことは、一方で歌人としての共通性を持つ西行による私的で真摯な慰撫の話を、この物語唯一の怨霊慰撫の話として語り、それを崇徳院怨霊が受け入れたと語る（「怨霊モ静リ給フラムトゾ聞シ」）ことと、おそらく同じ位相にある（《西行による崇徳院慰問》）。後白河院による鎮魂を排除し、西行による鎮魂を待つまで、「崇徳院」などという表現も許さないほど**徹底して鎮められざる怨霊を表現しようとしているの**である。そのような意味で、『保元』の〈現在〉は、虚構としての〈現在〉であるということができよう。

崇徳院自筆五部大乗経供養問題を採り込むなど、『保元』は寿永二～三年（一一八三～八四）の、崇徳院怨霊がもっとも畏れられた時代の実体社会の状況を映し出している。しかし、物語内部の時間性としては、治承三年（一一七九）のクーデタを究極の怨霊の所為と表現しているのであるから、治承三年の直後に表現主体の〈現在〉はあると受け止めてやるべきだろう。この約五年間の空白から、物語の語られている〈現在〉が――虚構というべきか偽装というべきか――第三次以降の表現主体によって意図的に設定された〈現在〉であるらしいことが明白である。

五　為朝渡島譚《ととうたん》の素材伝承の存在

本節以降は、為朝渡島譚の表現構造について分析する。『保元』の為朝渡島譚成立以前に、島々の在地的な伝承（素材話）が存在した可能性は十分にある。その根拠として次のような理由があげられる。

第一に、為朝が最終的に渡った葦ガ島は、初めの説明では、不可視の遠い島で、鷺の飛ぶのを頼りに船で「一日一夜」かかって辿り着いている。しかし、後の説明では、「八丈ガ島ノ脇ノ島ニテ」とあり、矛盾する。推測するに、「一日一夜」かかった島はおそらく青が島がモデルで、八丈島の「脇ノ島」とは八丈小島のことであろう。両島とも為朝伝承が現在に伝えられる島で、葦ガ島譚の形成において青が島系と八丈小島系の伝承が混合したものと考えられる。第二に、島の三郎大夫の娘を為朝が娶った経緯について何の説明もなく、突然、物語の中の「婿ノ為朝ハ是ヲ聞テ、舅ヲ搦テ」との表現で知らされるので、背後に先行伝承（為朝の当地での婚姻譚）の存在が感じられる。そして、為朝自害の場面で、九歳の嫡子を為朝が殺したので、その母が七歳の次男と五歳の女子とを隠して逃げたとある。前後の文脈から、この婚姻譚は大島のものと考えられる。為朝の子孫を名乗る現存の大島の伝承と、この七歳の次男・五歳の女子は重なると思われる。「八丈ガ島ノ脇ノ島」と「一日一夜」かかった島の矛盾問題と合わせて、為朝渡島譚には、大島・八丈小島・青が島など複数の島伝承が混入していると考えられる（なお、嫡子が九歳であることは、配流から十年後に為朝が死んだとするテクストの表現とも齟齬しない。伊豆到着の翌年に嫡子が誕生したということであろう）。第三に、『古今著聞集』五九九話[6]は『保元』の為朝渡島譚と関係があると思われる。『保元』のとくに大島に関する話の部分で、『著聞集』（一二五二年成立）は先行話としての骨格を伝えていると考えられる。

（6）　これは、「伊豆国奥島」（場所不明）に鬼の船が漂着し、島人と弓矢の争奪をめぐる合戦をする話で、「島人のなかに、弓矢持ちたるありけり。鬼、こひけり。島人、惜しみければ、鬼、時をつくりて杖を持ちて、まづ弓持ちたるをうち殺しつ。およそうたるるもの、九人がうち五人は死にぬ」が、『保元』の為朝渡島譚の《七島での為朝の横暴》「其ヲ始トシテ、『島々ニ弓矢取テ能カラン者ハ、皆為朝ガ敵也』トテ、カイナヲ打、肘ヲ折バ、其罪ヲ免レムガ為ニ、『命ヲ失ハムヨリハ、弓矢ヲ捨』トテ、島中ノ弓矢共、各島に集、皆焼失。為朝ガ弓矢計ゾ残ケリ」と近似している。『著聞集』の鬼が弓を欲しがったのにたいして、『保元』の為朝は自分一人が武力を独占しようとして弓を奪う。また、『著聞集』では、島人が「神物の弓矢」で鬼を退散させたとするが、『保元』でも為朝が「調伏」されて病にかかり、ついには自害に追い込まれる。このように、両話には形成上の何らかの関係を想像させる要素があるが、『著聞集』のこの話は、冒頭で「承安元年七月八日」（一一七一）の事件として語られている。『著聞集』は年月を虚構するような性質の説話集ではないと考えられ、そこで承安元年のこととして伝えられている事実は、為朝渡島譚から析出した表現主体の〈現在〉と（あるいは実体的な表現主体の時代とも）齟齬しない。歴史上の固有の人物たる為朝の話が抽象化して『著聞集』に再録されるような説話になったとは考えにくい。逆に、このような伝承が先に存在してそれが『保元』の第五次の表現主体に着想――鬼と化した為朝像――を与えたと考えるほうが合理的である。

これら先行素材話の痕跡がテクスト内に残存していることについては、半井本テクストが最終的に規定しようとした物語の方向性とは異質な指向を先行素材話が有していたため、『保元』の表現主体がそれらを改変してテクストに採り込んだものの、素材話の主体が強かったため痕跡が残存したということだろう。いまここで、『保元』の第五次成立期（鎌倉末期）を想定しているが、その時期の統括的表現主体が為朝渡島譚のすべてを創作したのではなく、その時期までに為朝伝承の一定の成長があったことを窺わせる現象だろう。『保元』の表現主体は、それを物語に採り込み、物語の末尾にふさわしい姿に作り変えたということらしい。

そこで、為朝渡島譚がどのような表現指向に支えられて成り立っているかを読み解くことが重要になる。

六　為朝渡島譚の機能——第二のソトカラオビヤカスモノ——

従来この渡島譚の中でも、とくに鬼ガ島に渡る部分が注目され、また、「為朝鬼ガ島ニ渡ル事、並ニ最後ノ事」という未刊国文資料本や岩波新大系本の章段名もあって、鬼ガ島渡りとして読まれる傾向が強かった。しかし、そこの住人は昔は鬼であったが今はその末裔でしかなく、「武キ心モ無」く、為朝が「鬼島トハ不レ可レ云」と言って「葦島」と改名させたと語られている（《為朝、八丈島から葦が島へ》）。また一方で、為朝追討の武士として、実在の「伊藤・北条・宇佐美平太・加藤太・加藤次」を登場させ、現実世界に引き寄せている（《為朝最後の奮戦》）。つまり、テクストを忠実に読むと、**この話は純粋な異界の鬼ガ島譚として規定されていない**ことになろう。また、章段名も半井本原本にはないもので、未刊国文資料編者が流布本によって便宜的につけたものに過ぎない。したがって、本章では、中途半端な異界性（最辺境というべきか）の表現に忠実であるために、この話を葦ガ島渡りと呼ぶことにしたい。

次のように、渡島譚が為朝の所領獲得譚と規定されているらしいところから、問題の洗い直しを始めよう。

（為朝）「哀レ、安《やすから》ヌ物哉。朝敵ヲ責テ、将軍ノ宣旨ヲモ蒙、国ヲモ庄ヲモ給ハルベキニ、イツモ朝敵ト成テ、流レタルコソ口惜ケレ。今者此島コソ、為朝ガ所領ナレ」トテ、伊豆ノ大島、ミヤケ島、カウヅ島、八丈ガ島、ミツケノ島、ヲキノ島、ニイ島、三倉島、此七ノ島ヲゾ領シタル。此七ノ島ハ宮藤斎茂光ガ所領也。一所モ主ニハ不レ能二押領一ス。《為朝、伊豆大島から八丈島へ》

これは為朝自身による所領獲得開始宣言である。為朝の流罪はこれが初めてなので、波線部の「イツモ」は「朝敵ト成テ」にのみ懸かって、「流レタル」には懸からないと解釈すべきか。この「イツモ」の為朝の自覚の背景には、「上ヨリモナサレヌニ、我ト鎮西ノ惣追捕使ニ成テ……」「君ヨリモ給ハラズニ、九国ノ惣追捕使ト、我ト号シテ、九国ナビケントスルニ……」と筑紫での掃討行為を朝廷から勘責されたことが下敷きとなっている。為朝はまず大島に流され、続いて伊豆の七島を押領し、次の段階で八丈島から半異界ともいうべき葦ガ島（もと鬼ガ島）へ渡る。その過程を語る際、次のように、伊豆の七島でも、葦ガ島でも、「年貢」の貢納を強要するところに、為朝の所領獲得譚として形象しようとする指向が窺われる。

・茂光ガ代官ニ島ノ三郎大夫、茂光ニネメラレテ、恐レツヽ、島ノ年貢ヲ伊豆ヘゾ乞タリケル。婿ノ為朝ハ、是ヲ聞テ、舅ヲ搦テ、右指ヲ五ナガラ切落ス。《七島での為朝の横暴》

・八丈ガ島ノ脇ノ島ニテ、「年貢ヲ上ヨ」ト云ケレバ、「船無シテ、イカデカ年貢ヲアグベキ」ト云ケレバ、「三年ニ一度、アレヨリ渡テ可レ納」トゾ申ケル。《為朝、八丈島から葦が島へ》

孤高の英雄として、また、無頼の徒として、為朝の最期を語ろうとするのであれば、為朝は、ただ超人的な力を発揮するだけでよく、それこそ鬼にも打ち勝つような奮戦をすればよい——所領を獲得する必要はない——。また、その超人性の延長として、異界的な土地へと旅立ってゆけばよい。しかし、この話はそのように伝奇的には形象されていないのだ。その理由は、この話の結末を、朝廷（後白河院）に対する為朝の敗北という、現実性を帯びた話にもってゆこうとしているため、為朝を伝奇的に異界へと旅立たせるわけにはいかず、再び「日本国」と対峙するために回帰させなければならなかったからだろう。**表現主体が、単純な為朝の狼藉譚・奮戦譚の方向に流されないよう、注意深く現実的な話（所領獲得譚）として展開しようとしている点に、まず注目すべきであろう。**

そして、為朝渡島譚における葦ガ島渡りの機能を知るための鍵が、次の《茂光の報告》である。

茂光ハ、都へ上テ、保元ノ主上ヲリヰニテ座ケリ。奏聞シケルハ、「為朝ハ肩癒付《いえつき》テ、矢柄《やがら》長ク成テ、弓ノ力ハ劣ト云へ共、物ヲ通ス事ハ、昔ニ同ジ。茂光ガ所領七島ヲ押領仕《つかまつ》リ、一所モ不レ与。其上、昔ヨリ名ダニ聞ヌ島ヲ一《ひとつ》、鷺ガ渡《わたる》ヲシルベニテ、求出シテ候也。其島ノ住人等、鬼ガ末ニテ、長《たけ》ハ一丈余リニテ、皆童也。刀ハ右ノ脇ニサイテ、何事モ人ニハ違ヘリ。カヽル物ヲ随ル悪党、為朝ニ多ク付ナバ、日本国ニモ心ヲ懸ベシ。院宣ヲ給テ、カレヲ追討仕ラム」トゾ申ス。「尤、可レ然」トテ、軈而《やがて》院宣ヲ被レ下。

為朝の行動とともに進行していた表現主体の説明では、葦ガ島の住人は「武キ心モ無」くしていた鬼の末裔でしかなかった。しかし、右の茂光の報告では、恐るべき鬼の末裔で、「何事モ人ニハ違ヘリ」と強調され、同じ〝鬼の末裔〟でもニュアンスのずれを表現している。また、為朝は葦ガ島の童を一人連れて八丈島へ帰るが、その際の表現ではたんに「彼童」であるのに、茂光の奏聞を経た後では、「彼ノ鬼ノ島ノ大童」と誇大に表現している。

茂光の奏聞まで、為朝渡島譚は、大島→七島→葦ガ島と遠心的に外へ向かってゆく所領獲得譚であった。しかし、茂光の奏聞を契機として、為朝が「日本国」に敵対する存在と規定され、「日本国」を外側から（求心的に）脅かす存在に格上げされてしまう。つまり、**葦ガ島渡りは為朝を「日本国」を脅かす存在に反転させるためのイニシエーション（ある資格付与のための通過点）のような装置であった**と考えることができる。第十章で、為朝像の造型に関与する場（出身地「筑紫」）の機能を考えた。『保元』の表現主体には、人物の造型に或る性格を付与しようとする際――とくにそれが辺境性・在地性などである場合――その人物に或る場（舞台）を密着させることによって、性格づけを行う方法が確認された。この方法が、為朝渡島譚でもとられたと考えることができる。

葦ガ島が半辺境・半異界なのは、一方では現実の「日本国」と対峙するために求心的に回帰しなければならないから伝奇的な「異界」へ為朝が旅立っては困るわけであり、また一方では為朝を「日本国」（後白河院）に恐れられるような異質な世界の洗礼を受けるべく外側へ押しやらなければならないから、ありきたりの「辺境」であっても困るのである。思い返せば、為朝を遠心的に外側へ押しやろうとする展開は、《為朝と腰掛石》から始動していた。

①（配流の道中）其時、為朝申ケルハ、「『輿ニ被レ入タリ、カキナヲ抜レタリケレバ、何事カシ出スベキゾ』トゾ、ヲノレラハアナヅリ思カ。是見ヨ」トテ身ヲヨリケレバ、指モシタヽカニ指タル輿ノ、既ニ是ヲモフミ破テ何ク

> へモ行クベケレ共、「王地ニ住身ナレバ、カクテハ被レ下ゾ」ト云ケル。②伊豆ニ下リ付テ、流人ノ尻懸ル石ニ「腰懸」ト云バ、「懸タラバ何カニ、懸ズハ何カニ」ト云テ、終ニ懸ズ。③大島へ渡ス。強儀《がうぎ》ヨリ外《ほか》ノ事ナシ。

為朝が王権に対して従順にも「王地ニ住ム身ナレバカクテハ被レ下ゾ」という部分は、為朝らしからぬ、不可解な発言と解釈されてきた。しかし、為朝は一方では輿を揺するなど依然として威力を保持していることを示威しつつ、下されてゆく。つまり、①の文脈は屈折した表現と取るべきなのである。それは、「王地」すなわち「日本国」からの脱出のためのプロローグとして、為朝を外側へ押しやる方向への展開が底流にあると見れば説明がつく。在地ないしは辺境という、為朝にふさわしい場所への回帰を指向している文脈なのだ。したがって、後の渡島譚に続けるために、威力の保持は十分に表現されている。ことに、腰掛石の話は伊豆に到着後の話であることを見落としてはならず、道中（①）は素直に下されて、伊豆に着いた途端（②）、不順な性格が顔を出したと表現し、さらに大島へ渡すと（③）、なお為朝の「強儀《がうぎ》」が増長する。不順であるからと伊豆へ出し、なお不順であるからと大島へ出し、エネルギーを保持したものが外へはじき出された（①→②→③→）結末が、為朝渡島譚なのである。**為朝を、崇徳院同様、はじき出された結果としての、ソトカラオビヤカスモノに仕立てあげようとした**のだ。しかも、**崇徳院怨霊が怨霊化の過程こそ丁寧に語られていて、西行による慰撫は申し訳程度に添えられている**（矢代和夫（一九七二）、福田晃（一九九四））**のと同じように、為朝についても宮藤斎茂光による鎮定はあっけないもので（為朝はさしたる抵抗をしない）、ソトカラオビヤカスモノと化してゆく過程にこそエネルギーを注いで語っている。**やはり表現主体は、**脅威を語りたい**のだ。

七　為朝渡島譚の〈現在〉

為朝渡島譚は、半井本では崇徳院怨霊譚の直後に位置し、物語の最後尾に位置する。そして渡島譚の最終記事は為朝の自害とその首の上洛であるが、そこで表現主体は次のような評語を加える。

今ノ為朝ハ、十三ニテ筑紫へ下タルニ、三ケ年ニ鎮西ヲ随ヘテ、我ト惣追捕使ニ成テ、六年治テ、十八歳ニテ都へ上リ、官軍ヲ射テカヰナヲ抜レ、伊豆ノ大島へ被レ流テ、カ、ルイカメシキ事共シタリ。廿八ニテ終《つひ》ニ「人手ニ懸ジ」トテ自害シケル。《為朝の評価と保元合戦の意義》

末尾の「廿八」を除いては、合戦前の為朝紹介部分「十三ト申シ、十月十月ヨリ、軍ヲシソメテ」「上ヨリモナサレヌニ、我ト鎮西ノ惣追捕使ニ成テ、今度六年ニ候ツル也」「八郎ハ能々カゾウレバ、今年ハ十八ニ成ト覚ル」と重なるものである。為朝は保元合戦の時「十八」歳で、自害したのが「廿八」歳であると読めるから、為朝の死の設定は保元合戦から十年後の、仁安元年（一一六六）のことになる。(7) したがって、この話を語っている表現主体の〈現在〉は、当然それ以降のことになる。

（7）為朝の死を仁安元年（一一六六）以外にとる説が、諸記録にはある。①嘉応二年（一一七〇）四月下旬…古活字本『保元物語』、②承安三年（一一七三）八月十五日…『八丈筆記』、③安元二年（一一七六）三月六日…『大乗院日記目録』『尊卑分脈』、④安元三年（一一七七）三月六日…『尊卑分脈』別本。しかし、いずれも本章で考えている許容範囲（平治合戦以降～頼朝挙兵前）の内側である。

為朝渡島譚はその舞台が伊豆の島々であり、そこでの為朝の動静にスポットがあてられているので独立的・閉塞的であり、都の社会状況との関連性が薄い話である。しかし、為朝が伊豆で騒乱を起してからは、「茂光ハ、都へ上テ、保元ノ主上ヲリヰニテ座ケリ。奏聞シケルハ……」《茂光の報告》「都ニハ、為朝ガ首ヲ渡テ、院モ御覧有ケリ」《為朝の最期》と都と結びつけざるをえない展開になる。「保元ノ主上」すなわちかつての後白河帝が「ヲリヰ」の帝（上皇）となっているのである。重要なのは、「後白河院」などとストレートに表現せず、わざわざ保元合戦の時の天皇（為朝の敵方のトップ）であることを表現していることである。さらに、後白河院が茂光の奏聞の相手であることや、自害を遂げた為朝の首を後白河院が見たとする右の記述によって、後白河院の院政時代の話であることが知られるのである。このように、**為朝渡島譚の時代背景として表現されていることの、もっとも重要な点は後白河院政期であること**なのだが、表現主体の次の評語は時代背景の意味づけとしてさらなる限定を加える示唆を含んでいる。《為朝の最期》で為朝の首が上洛した時の落首である。

イカナル物ガ読タリケン、其時ノ歌也ケリ。「源ハタヘハテニキト思シニ千世ノ為共今日見ツル哉」

おもての意味は、「水源が涸れてしまったと思っていたところ、溜め池が今日満ちたことだ」であり、うらの意味は、「源氏一族は滅んでしまったと思っていたところ、今日生き残りの為朝を見たことだ」であろう。(8)

（8）　素材段階では、この落首は、保元元年八月二十六日の為朝発見直後に詠まれたものではないか。生きている為朝ならともかく、その死んだ首を見ても、「タヘハテニキ」源氏と対照する（逆接「思シニ」でつなぐ）ことにはならないからである。実際に巷間に流布していた為朝発見・捕縛時の落首を、ここで使い回した可能性がある。

そして、為朝最期の奮戦が水の勢いの復活と重ねられている。「千世」の為朝とは「千世の例（ためし）」の懸詞であろう。『新編国歌大観』によれば「千世の例」の句を詠み込んだ歌は数十首に上るから、当時「チヨノタメ」で容易に「千世の例」を想起することができただろう。『日本国語大辞典』は「千世の例」を「千年後まで生き残る例証」と訳している。すなわち「千世の為朝」とは、人々の心に永遠の生命力もって刻み込まれたことに対する賞賛のニュアンスを含むことばなのだ。この落首の直後、表現主体が《為朝の評価と保元合戦の意義》で為朝を総括する評語として、「為朝ガ上コス源氏ゾナカリケル」と述べていることも、この解釈の補強になるだろう。

源氏が絶え果てたとする認識は、平治合戦で義朝が死んだ後だということが必須の条件となるだろう。もうひとつには、頼朝や義仲が歴史の舞台に登場する前であるということだろう。為朝の死が物語内部では仁安元年（一一六六）と設定されているから、これと齟齬しないのは当然のことであるし、為朝が死んだ「其時ノ歌」であると説明してはいる。しかし、この歌がこの物語における為朝の評価に関わっているだけに、そこに象徴されている時代相が、平治合戦以後、頼朝らの源氏蜂起の影がまだ見えぬ時代であること、言い換えれば〈源氏の暗黒時代／平家の全盛期〉――新時代への胎動期――であることは、特に注目すべきではないだろうか。物語の〈現在〉は、為朝渡島譚の内部に限定してみても、為朝の死後、頼朝出現前、ということになる。まさに、後白河院政期である。そこに〈現在〉を設定して、為朝をこれに関与させたのである。すなわち、**「日本国」がもっとも動揺した時代に並々ならぬ興味関心や問題意識を、表現主体が抱いていたということだろう。その認識は、鎌倉末期のそれとオーバーラップする。**

八　おわりに

鳥羽院崩御・保元合戦以降は〈現在〉まで乱世が続いているという、『愚管抄』にも通ずる歴史認識を見せ、平治合戦以降〈現在〉まで社会を崇徳院怨霊が睥睨しているということは、広くいえば、平治合戦以降がすべて〈現在〉の範疇に入るということである。そのような乱世と太平との相対化という観点から注目したいのが、鳥羽院旧臣のこの物語における前後二度にわたる登場である。鳥羽院の聖代（太平）を知るものとして乱世を嘆くために彼らは登場する。ほかの誰でもなく鳥羽院旧臣であることに彼らの登場の意味がある。

そのように乱世を相対化するまなざしは、後日譚部の認識に近いようにも見える。しかし、鳥羽院旧臣の悲嘆や安堵は、平安京が滅びることにたいしてなのである。これは『愚管抄』に近い認識であって、承久合戦前後に芽生えた鎌倉中期のまなざしではないかと指摘した（一七頁、二四頁、三八頁）。ところが、後日譚部で脅かされたのは都ではなく「日本国」なのである。しかも、内乱や内部崩壊ではなく、ソトカラオビヤカスモノという外敵を仮構しての脅威である。そして脅かされるべき「日本国」とは何かと突き詰めると、崇徳院怨霊譚も為朝渡島譚も、後白河院その人なのである。このことを鎌倉末期に語ることの意味を考える必要がある。すなわち、**為政者や政権が揺さぶられると表現することの意味**である。次章まで考察を深めることによって、その答えはおのずと明らかになるだろう。

文　献

白崎祥一（一九七七）「『保元物語』の一考察――讃岐院記事をめぐって――」「古典遺産」27号
福田　晃（一九九四）「崇徳院御霊と源頼朝――「夢合わせ」とかかわって――」『幸若舞曲研究』第八巻　東京：三弥井書店
矢代和夫（一九六五）「崇徳院・悪左府の怨霊――記録から見た復讐者の時代――」「都大論究」5号
矢代和夫（一九七二）「古代最後の天皇御霊」『境の神々の物語』東京：新読書社

第十六章　『保元物語』後日譚部の成立意図
――鎌倉末期に「日本国」を相対化することの意味――

一　問題の所在

前章では、崇徳院怨霊譚と為朝渡島譚との共通位相として、次のことを指摘した。

①両章段とも、表現主体の〈現在〉が平治合戦後～治承三年のクーデタの頃の古代末期の〈乱世〉に定位されている。言い換えれば、源氏の暗黒時代／平家の全盛（専横）期に立って表現主体はこの物語を語っている。

②崇徳院も為朝も、共同体の外側に弾き出され、その結果として共同体「日本国」をソトカラオビヤカスモノと化するように仕立てられている。

③どちらの脅威も最終的には終息するが、表現主体がもっとも注意深く熱心に語ったのは、その終息場面（共同体の安泰を寿ぐ）ではなく、両者が弾き出されて反転してゆく過程（共同体の脅威となる）である。

この三点は現象的にテクストの表面に顕在化した共通位相だが、これらの背後にあって物語を根底から支えているのはどのような認識であるのかについて、本章では検討したい。

二　為朝渡島譚と崇徳院怨霊譚との関連づけ――「為義父子六人」――

崇徳院怨霊譚と為朝渡島譚とは、一見、全く没交渉・無関係の話に見えるが、この物語の最末尾に連続して配置されること以外の、別の内部連関を持っている。蓮如が夢想の中で、怨霊化した崇徳院の、都への侵攻を予兆的に見るが、そこでは次のように語られている。

讃岐院ノ四方輿《しはうごし》ニメシテ、為義父子六人先陣ニテ、平家忠正父子五人、家弘父子四人後陣ニテ、院ノ御所へ打入ラントスルガ、追帰レテ……《蓮如の夢に出た崇徳院怨霊》

保元合戦で崇徳院方についた武士たちが、怨霊化の後も崇徳院に扈従《こしょう》している（＝冥界でも供をしている）ということなのだが、その「為義父子六人」の中に為朝は入っていないらしい。合戦前の《教長の諫めと為義父子の参院》で、為義の子供については次のように紹介されている。

（為義は）子共相具シテ参リケリ。当時、手ニアル子共六人也。四男四郎左衛門尉頼賢、五男治部権助頼仲、六男為宗、七男為成、八男為朝、九男為仲也。六人ノ子共引具シテ白河殿へ参タリ。

つまり、為義は子供「六人」とともに崇徳院方に参じたのであるから、為義自身を入れると父子七人ということになる。このあたりの人数の表現がルーズにされていないことは、二七八頁で述べた。敗戦後、一時、父子七人あるいは兄弟六人で敗走しているが、再び為朝を別格扱いにしなければならなくなるのが《長息最期》である。

左馬頭（義朝）、打手ヲ分テ遣ス。為朝ハ大原ノ奥ニ有ト見へテ、打破テ逃ヌ。行方ヲ不レ知。残五人、静原ノ奥・鞍馬・貴船ナンドニ、アソコ爰《ここ》ノ峰ヤ、アシコノ谷ニツカレ伏リケルヲ、押寄セ〳〵搦取テ、船岡山ニテ切ラントス。五人、馬ヨリ下テ浪居タリ。…（中略）…右衛門大夫信忠ヲ差遣テ、五人ノ首ヲ実検ス。

為朝を除く五人の兄弟がここで捕らえられ斬刑に処せられるが、《為朝の捕縛》はここから約一か月後（依拠テクストで二五頁あと）のことである。右の波線部の「行方ヲ不レ知」は、後の為朝生捕の場面まで、為朝を物語の表面から隠してしばらく潜伏させるための伏線的な表現であると考えてよい。このように、この物語の、為義父子に関する人数表現にはぶれはなく、「為義父子六人」とは、為朝を別格扱いにする際に用いられる表現であることも確認された。したがって、**崇徳院怨霊に扈従した武士の中から、為朝は注意深く外されている**とみなければなるまい。

そして、崇徳院怨霊譚と為朝渡島譚との内部連関からみても、この物語の段階においては、**ある意図を持って内部に取り込まれ、相互に関係を持たされている**と考えなければならないだろう。

三　国家の相対化表現としての「日本国」

崇徳院怨霊譚と為朝渡島譚との位相の共通性に着眼するとき、「日本国」の表現を見逃すことはできまい。崇徳院が怨霊と化すことを決意したことば――この物語におけるもっとも強い調子の崇徳院発言――に、「我、願《ねがはく》ハ五部大乗経ノ大善根ヲ三悪道ニ抛《なげうつ》テ、日本国ノ大悪魔ト成ラム」とある（《崇徳院、望郷の鬼となる》）。たんなる怨霊でなく、「日本国」を揺るがすほどの怨霊となろうという決意である。この表明は後文の、〝治承三年のクーデタによる後白河院の幽閉が崇徳院怨霊の究極の仕業（テクストの表現で「終《つひに》」）である〟との結果とも違《たが》わない。

一方、為朝渡島譚も為朝が日本から離れ、日本を敵とするよう展開している（前章）。《為朝、八丈島から葦が島へ》で、為朝が「日本ノ者」と名乗ったり、その地と差別化して日本のことを「我国」と言ったりするところに、異国へ渡ったとの認識で語られていることが窺われる。そして、《茂光の報告》で宮藤斎茂光が後白河院に、「カヽル物ヲ随ル悪党、為朝ニ多ク付ナバ、日本国ニモ心ヲ懸ベシ」と奏聞した段階で、為朝が「日本国」の外側から「日本国」を脅かす存在になったことが明確になる。そして、為朝の側も最後には、「敵ハ雲霞ノ勢也。我ハ身一也。縦《たとひ》爰《ここにて》射破タリ共、日本国寄懸バ、戦ヒツカレテ後、云甲斐《いひがひ》ナキ島ノ奴原ニ打臥ラレテハ口惜カリナン」と「日本国」と敵対したことを自覚している（《為朝の最期》）。

「日本国」の表現そのものは、『保元物語』の他の箇所——たとえば武士の名乗り「日本国ニ名高ク聞ヘ給、八郎御曹司ノ御前ニテ、究竟ノ敵二人分取ニシテ罷出ゾヤ」（金子十郎家忠）——や他テクストにも頻出するもので、珍しい表現とはいえない。それらに通底している認識は、俯瞰的でスケールの大きな視界から自国を客観化するという点であるが、崇徳院怨霊譚・為朝渡島譚の場合、**外部から脅かされ揺さぶられる共同体の名称として「日本国」の表現を共用していることが重要**である。治承の〈現在〉に立って過去を追想するような視座を表現主体が持っていることを考えあわせると、この「日本国」の表現は、これまでの日本の歴史上でもっとも激しく国家が揺れたことを表現したものと解釈してよいだろう。ただし、それは物語世界における演出である。この物語が享受されていた鎌倉末期のコンテクストにおいて、どのような意味を持つものであるかについては、より深い考察が必要である（後述）。

四　乱世の起点としての「保元ノ乱」

崇徳院怨霊譚と為朝渡島譚とは、どちらも「保元ノ乱」の昔から時間的に切り離され、表現主体の〈現在〉＝乱世に引き寄せられている。たんなる「後日譚」でないとすれば、そのことが何を意味するのだろうか。崇徳院怨霊譚の《崇徳院の怨霊化と平治合戦》で、崇徳院が生きながらにして半怨霊化し、平治合戦を惹起したという話がある。

少納言入道ハ山ノ奥ニ埋レタルヲ、掘リ興サレテ、首ヲ被レ切、大路ヲ渡サレ、獄門ノ木ニ被レ懸シ事、保元ノ乱ニ多ノ人ノ頸ヲ切セ、宇治ノ左府ノ死骸ヲ掘興シタリケル其報トゾ覚ヘタル。…（中略）…義朝方ノ負シテ、都ヲ落テ、尾張国野間ト云所ニテ、長田四郎忠致ガ為ニ被レ討ニケリ。一年《ひとゝせ》保元ノ乱ニ乙若ガ云シ詞ニ少モ違《たが》ハズ。

一方、為朝渡島譚もその始まりは、「為朝ハ保元ノ乱ニ左右ノカヰナヲ抜テ、伊豆ノ大島ニ被レ流タリシガ」と、「保元ノ乱」の昔を対象化しうる位置に立っている（《為朝、伊豆大島から八丈島へ》）。「保元ノ乱」の表現が出るのは、もちろん崇徳院怨霊譚・為朝渡島譚の二章段だけである。この表現は、保元合戦を対象化しうるほどの時間的・心理的な距離があるから出ることばだ。一方、平治合戦に関する（あるいは乱を想起させる）記述は『保元』に二か所あるが、これについてはひとつの争乱として括る表現をしない。実体的には寿永二年以降に立っている表現主体にとって、また、一方で「保元ノ乱」と表現しうる表現主体にとって、同じ年号式の呼称である「平治ノ乱」という用語を持ち合わせていなかったとは、考えられない。たとえば『愚管抄』巻五（安徳）には、次のように「保元ノ乱」「平治合戦」の両方の表現が併記されている。

伊豆国ニ義朝ガ子頼朝兵衛佐トテアリシハ、世ノ事ヲフカク思テアリケリ。平治合戦ニ十三ニテ兵衛佐トテアリケルヲ、ソノ乱ハ十二月ナリ、正月ニ永暦ト改元アリケル二月九日、頼盛ガ郎等ニ右兵衛尉平宗清ト云者アリケルガ、モトメ出シテマイラセタリケル。コノ頼盛ガ母ト云ハ修理権大夫宗兼ガ女ナリ。イヒシラヌ程ノ女房ニテアリケルガ、夫ノ忠盛ヲモモタセタル者ナリケルガ、保元ノ乱ニモ、頼盛ガ母ガ新院ノ一宮ヲヤシナヒマイラセケレバ、新院ノ御方ヘマイルベキ者ニテ有ケルヲ……

このような叙述態度と比較するとき、『保元』の表現主体は保元以降〈乱世〉が続いているとする認識を持ち、あくまでも「保元」を起点として〈現在〉（＝〈乱世〉）を語ろうとしていることがわかる。物語の中で「平治ノ乱」の呼称を用いれば、享受者に「保元ノ乱」と同じように対象化されてしまい、両乱が歴史上の等価な事件として並列的に認識されてしまうだろう。表現主体はそれを嫌ったのだ。

さらに、両章段とも「保元ノ乱」との因果的な関連づけを怠っていない。崇徳院怨霊譚は、「為義父子六人」以下の武士が扈従することによって、また、怨霊の目標を後白河院とすることによって、保元合戦を原因とする怨霊化であることが知られるし、為朝渡島譚も、後白河院をわざわざ「保元ノ主上ヲリヰニテ」と表現し、為朝の首を後白河院が見物したとするなど、ことさら「保元ノ乱」との関連づけをしている。たんなる後日譚であれば、保元合戦での生き残りの、二人の主役の末路として、それぞれ独立的に語ればよいわけで、わざわざ「保元」に収斂し、しかも両話とも後白河院を引き出してくるところには、相当の意味があると考えるべきだろう。

五　巻末評語との照応

さて、「保元ノ乱」と「日本国」に照準を当てたとき、見逃すことのできないのが巻末の評語である。

保元ノ乱ニコソ、親ノ頸ヲ切ケル子モ有ケレ、伯父ガ頸切甥モアレ、兄ヲ流ス弟モアレ、思ニ身ヲ投ル女性モアレ、是コソ日本ノ不思議也シ事共ナリ。《為朝の評価と保元合戦の意義》

この評語は、一見、物語の要約ないしは主要事件の抜粋でしかないが、例のあの合戦を「保元ノ乱」と呼び、それに対して、ただの「不思議」でなく「日本ノ」を冠していうところに、表現主体の対象化の認識が明確に看取できる。表現主体の〈現在〉からすれば、すでに過去の事件となっているはずの「保元ノ乱」が、表現主体の〈現在〉の時代社会を相対化する契機となったのであり、「日本国」という、これまで自明のこととして問題にさえしなかった国家の存立に対して、相対化の意識を持ち始めたのだ。

しかも、表現主体が慨嘆したのは、「親ノ頸ヲ切ケル子」（義朝）・「伯父ガ頸切甥」（清盛）・「兄ヲ流ス弟」（後白河院）・「思ニ身ヲ投ル女性」（為義妻）と、すべて**合戦後の処置・事件ばかり**である。「兄ニ弓引ク弟」とか「父ニ弓引ク子」

などという**合戦そのものの惨劇ではない**ことに注目すべきだろう。**合戦そのものへの興味とか、武士という新興勢力への賞賛などという口吻が全く見られない**のだ（合戦部でも金子以外の武士は揶揄されるばかりであった）。評語のうち、為義の妻は派生的な惨事だが、それとて子供が殺されたことによる（「わが子を殺され後を追う女性」と置き換えられる）のだから、すべて後白河帝方の処断に関わる惨事だと見なければなるまい。敵方に回った人物に厳刑を下したのが、その後〈現在〉にまで続く〈乱世〉の起点「保元ノ乱」であり、その処断が崇徳院や為朝の配流などマツロワヌモノを外へはじき出し、〈乱世〉のエネルギーを共同体の外部に保存してしまった。**婉曲的ながら痛烈な後白河院批判だと見ることができる。**肉親同士が殺し合う惨劇を表現主体が最終評語として提出したのは、合戦後数十年も経ていまさら慨嘆の思いを述べるためであろうはずがない。鳥羽院生存中の秩序化された世の中〈聖代〉と対照して、**乱れの始まりは「保元」にあり、**と表現主体は呻《うめ》いているのである。『愚管抄』には次のように記されている。

・保元元年七月二日、鳥羽院ウセサセ給テ後、日本国ノ逆乱ト云コトハヲコリテ後ムサノ世ニナリニケルナリ。…（中略）…マサシク王・臣ミヤコノ内ニテカ、ル乱ハ鳥羽院ノ時マデハナシ。（巻四・崇徳）

・サレドモ鳥羽院ハ最後ザマニヲボシメシシリケン、物ヲ法性寺殿ニ申シアワセテ、ソノ申サルルママニテ、後白河院位ニツケマイラセテ、立ナヲリヌベキトコロニ、カヤウニ成行ハ世ノナヲルマジケレバ、スナハチ天下日本国ノ運ノツキハテヽ、大乱ノイデキテ、ヒシト武者ノ世ニナリニシ也。（巻七）

保元合戦を契機として武士の世の中になったとする認識は、当時の誰しもが抱いていた歴史認識であろう。そして、そのような俯瞰的・客観的な視座からこの国家を見直す時、「日本国」という表現が出てしまうのも『保元』の表現主体に限ったことではないことがわかる。右の引用文のような「鳥羽院ノ時マデハ」というひとつのエポックの区切り方は、〈現在〉を乱世（あるいは武士の世の中）と捉える際に、「保元・（平治）・治承」の争乱を一連の事件として想起し、保元以前を安泰の時代として〈現在〉と対照化するところから生じた認識であろう。

ただし、『愚管抄』の「日本国」は視界の巨視化によって生じた表現であるのにたいして、『保元』の「日本国」は危機的状況がさらに深刻化したもので、揺さぶられる国家としての表現である。鈴木彰（二〇一五）が、「日本」「日本人」の語のみえる『八幡愚童訓』甲本（鎌倉末期成立）を「対異国意識」を顕わにした「自国意識」の表出したテクストであると読み解いたが、『保元』後日譚部の「日本国」はそれと等質的であるといってよい。それゆえに『保元』の後日譚部（崇徳院怨霊譚・為朝渡島譚）は、鎌倉末期的だと考えられるのである（三六一頁でも、元寇に伴う神国思想の影響が『保元』にみられることを指摘した）。

六　崇徳院怨霊譚と為朝渡島譚との対照

前章から引き続いてこれまで、崇徳院怨霊譚と為朝渡島譚との共通位相・共通認識を探ってきた。大枠で両章段を揃えて語りながら一部をずらして対照的に語った部分があるとすれば、そこにこそ表現主体の真意が窺えるはずだ。

前章で述べたように、為朝はただ「一人」注意深く怨霊グループからはずされ、次に別の章段（為朝渡島譚）が特別に準備されている。これは、表現主体が怨霊化とは違った為朝最期のあり方を指向したに留まらず、為朝を利用してこの物語の、ある閉じ方を指向したからに違いない。なぜならば、崇徳院怨霊譚と為朝渡島譚とが大枠で共通位相を呈している巻末構成が、為朝の最期のあり方のためにのみ発想されたものではないことを示しているからだ。この問題は、ひとり為朝論に収束してはならない。

通時的な先後関係を見直してみよう。この物語の内部で崇徳院怨霊が猛威を振るったのは鹿の谷事件（一一七七）から治承三年のクーデタ（一一七九）であると語るが、為朝の死はそれよりずっと遡る仁安元年（一一六六）のこととして語っている。ということは、すでに死んでいる為朝を怨霊のグループに入れ、崇徳院怨霊化の章段をこの物語の最終章段とすることは簡単にできたはずであるし、そのほうが時系列的には自然である。時系列的な順序を逆転させて、崇徳院怨霊譚を先に、為朝渡島譚を後に語ったこと、言い換えれば為朝渡島譚をこの物語の最終章段に選択したことは、物語の閉じ方そして物語の方向を決定づける問題として考えるべきなのだ。

そこで、崇徳院怨霊譚と為朝渡島譚との多くの共通位相の中で、対照的に語られている側面に注目したい。それは、都に対する認識である。崇徳院の怨霊化の原因は保元合戦の敗戦というよりは、讃岐へ配流されたことであった。都へ帰ることを切望しつつ「望郷ノ鬼」（都を慕うあまりの怨霊）と化し、還幸が叶わぬならせめて自筆の経を都周辺の寺で供養してくれと望むがそれも拒絶され、「日本国ノ大悪魔」となったのである（《崇徳院、望郷の鬼となる》）。崇徳院の怨霊化の原因は――後白河院・信西の処断にあるという政治的な見方は一面的なもので――崇徳院の、都を慕う心にこそあったというべきであろう。一方、為朝も崇徳院同様、都から弾き出されて「伊豆」→「大島」へと配流され、結果的には日本を外側から脅かす存在となった（《為朝、伊豆大島から八丈島へ》）。しかし、為朝には朝敵になったことを悔しがる表現はあるものの都を慕う心（望郷性）は表現されず、逆に都を離れて在地（ないしは辺境）(1)に来て力を得（前章）、「今者此島コソ為朝ガ所領ナレ」と言って、ますます勢いを得て遠心的に外側へ向い、「八丈ガ島」や「葦ガ島（鬼ガ島）」にまで至った（《為朝、八丈島から葦が島へ》）。しかも、為朝自身には日本国を脅かす存在になろうという意志は見られず、日本国の側から一方的に脅威として認識され追討されたのである。

（1）「辺境」とは都を中心とした同心円状の国家観の中で周辺に位置するという、非価値的で都に対する相対性の強い語であり、「在地」とはその地方の共同体の存在を認知して使用する語である。対象によって呼称が区別されるのでなく、呼称する側の認識によって表現が選択されるといったほうがよい。伊豆は為朝にとっては「在地」であるが、表現主体を含む都の共同体から見れば「辺境」である。

結果的に崇徳院も為朝も日本をソトカラオビヤカスモノになった（表現主体によって仕立てられた）し、共通の位相も多く確認されたが、ソトカラオビヤカスモノとして成長する回路の背後には対照的な認識が潜んでいたのであった。**都を弾き出され反転して怨霊と化した崇徳院と、在地をポジティヴにエネルギー吸収の場とした為朝と。**その対照が二人の階層に起因するものであることは言うまでもない。崇徳院はもと天皇であり歌人であり都の古代宮廷社会の頂点とも言うべき存在であったが、これに対して為朝はもともと在地で育った官位もなき無頼の徒であった。

一般に、対照化とは双方がまったく等価に語られるものではなく、一方のクローズアップのために他方の対照例が引き出されるものである。また、連続して対照的な章段を語る場合は、多くは前者が対照例であり、後者が表現主体の主眼である。たとえば保元合戦前夜のいくさ評定は先に頼長・為朝を、後に信西・義朝を語り、後者の判断の正しさを強調する。また、合戦部の詞戦いでも先に義朝を、後で為朝を登場させて後者の論理の正しさを強調する。すると、崇徳院・為朝の弾き出される回路を共通位相で語りながら、**表現主体の主眼は為朝の回路を語るほうにあったと考えることができる。**

もともと、ソトカラオビヤカスモノとはいったものの、崇徳院は讃岐という日本国の内地において反転することによって「ソト」の「モノ」になりえたのであったが、そのような通常の怨霊化の話型を借りる形で、為朝を文字どおりの地理的な「ソト」に追いやっている。表現主体の主眼は、新たなモノ（脅威）たる為朝の像の創造にあったというべきだろう。崇徳院の怨霊化は菅原道真にも似た、いわば伝統的・古代的な怨霊化であるのに対して、為朝のような経緯で――表現主体の作為的な表現だが――日本を脅かすほどの存在になった例はこの時代までなかった。表現主体の対照化の目的は、崇徳院と為朝とはどちらも「日本国」の脅威だとはいっても、その存在が古代的なモノ（怨霊）から新しい時代のモノ（武士）へと変化していることを示すことであったのだろう。

七　おわりに

治承～寿永の頃に慎重に〈現在〉を設定したのは、それまで自明のことであった既存国家「日本国」をはじめて相対化しうる象徴的な時代だったからだろう。そして〝外側から揺さぶられた「日本国」〟の演出を通して表現主体が語ろうとしたのは、「日本国」という国家の相対化であったのだ。西行の鎮魂譚や後白河院による為朝追討によって、形式的には、たしかに物語は閉じられたスタイルをとっているが、モノたちの猛威にたいする強烈な関心がテクストの表現を支えている。しかし、いくら形式的と言っても、慰撫や鎮定によって物語が幕引きされた以上は、モノたちはすでに畏怖の対象ではない。抑え込まれたのである〔白崎祥一（一九八〇）〕。それなのになぜ、彼らに、物語内で暴れさせたのか。おそらくそれは、**表現主体や享受者たちの願望の投影**だろう。

ここでわれわれは、大津雄一（一九九四）の〈物語ガス抜き論〉を想起すべきだろう（大津の正確な表現は《減圧》）。これほど崇徳院や為朝が物語内で暴れまわることが期待されている時代社会とは、いったいどのようなものなのか。後日譚部が十四世紀初頭の鎌倉末期に付け加えられた部分であろうことは、たびたび指摘してきた。後醍醐帝による討幕計画である正中の変は、文保本の書写（一三一八）から六年後に控えている。そしてそれが、元弘の変（一三三一）での倒幕につながる。『保元』の後日譚部で、崇徳院も為朝も無目的に暴れたのではない。「日本国」を脅かしたのだ。それを表現することに興奮を感じるような指向が、物語の形成に関与したにちがいない。治承～寿永の内乱の再来を期するかのように、**社会の転覆、時代の転換を待望するような時代相であったのではないか。後日譚部はそのような時代の空気を吸って成立している。**歴史の結果として、**『保元』後日譚部は世論を潜在的に鼓舞し、鎌倉倒幕のシミュレーション的な機能を果たしたのではないか。**しかも、崇徳院よりは為朝のほうをより注目すべき脅威として語ろうとしているということは、北条氏政権を武力によって脅かしたいとする願望や欲求の表れなのではないか。

脳が指示することによって、人間は行動するのである。その際の脳の指示は、向上とか、局面打開とか、危機管理などという想像力や予見性に基づいて発せられるものだ。**鎌倉末期の人々の想像力を刺激したのは、物語だったのではないか。**

翻ってみると、『保元』の最古態層（平安最末期成立分）には、後白河院・清盛批判が滲み出ていた。そして、平氏政権は倒れた。鎌倉中期の層には、武士にたいする揶揄が存分に込められていた。そして、鎌倉幕府は求心力を失っていった。こうして、『保元』の動態的重層構造がたどってきた、層の積み上げという約一世紀半の道のりを見つめなおしてみると、そのたゆまざる語り直しの営為は、時代の変化に対応しつつもつねに物語の力によって体制を揺さぶり続けようとした、批判精神に貫かれたものだったと言えるのではないだろうか。

文　献

大津雄一（一九九四）「『陸奥話記』あるいは〈悲劇の英雄〉について」「古典遺産」44号／『軍記と王権のイデオロギー』東京：翰林書房（二〇〇五）に再録

白崎祥一（一九八〇）「保元物語〝後日談〟考——為朝鬼ヶ島渡島及び最後をめぐって——」「軍記と語り物」16号

鈴木　彰（二〇一五）「蒙古襲来と軍記物語の生成——『八幡愚童訓』甲本を窓として——」『いくさと物語の中世』東京：汲古書院

コラム1　『義経記』読解によって鍛えられる〈構造読み〉

鬼一法眼譚は、義経の兵法獲得譚である。『義経記』以前に義経の兵法獲得譚は、すでに複数存在していたようだ。第一には、義経がかうしの前という鬼一の家の侍女と恋仲になって兵法書を盗み取るパターン。第二には、義経が鬼一の娘に接近して結婚をちらつかせて兵法書を盗ませるパターン。第三は、鬼一の妹婿であり弟子でもある湛海との勝負に勝って公然と兵法を伝授されるパターン。これらを繋ぎ合わせて、巻二の鬼一法眼譚ができている。兵法を獲得するという結末は一回でよいので、かうしの前を前座として登場させ、湛海を兵法獲得後の話として配置するなど、一本の文脈として追うことができるように接合されている。姫君は、姫、娘、女房などと呼称が一定せず、そこにも一元的ではないことが窺える。ここまでは、『義経記』が複数の素材を繋ぎ合わせて物語世界を構築したということで、従来もしばしば指摘されてきたことである。その先がある。

統括者が、統一的な物語世界を構築するのに、わざわざ素材の形を残しながらその接合作業を進めたことのほうが問題である。素材の形を活かすために、人物像の矛盾や割れが著しい。初めの鬼一法眼は傍若無人で恐ろしげな人物として造型されているが、湛海が出てくるあたりになると弱々しくなって義経との対峙を避け、また戯画化もされるようになる。また、義経は鬼一の娘にたいして愛情は感じておらず、結婚もただ兵法を盗み取るための手だてとしか表現されていなかったはずなのに、対湛海戦に向かう前には愛情が深かったがゆえに娘のもとに立ち寄ったと語られる。『義経記』のこのような性格は、〈場面主義〉と呼ばれている。テクストがこのような様態であることの理由は、『義経記』以前にすでにそれらの先行伝承が草子類や演劇として周知のものであったゆえと察せられる。享受者は、既知感のあるテクストと、仕上がった『義経記』との落差を楽しみながら享受していた可能性が高い。つまり、かうしの前、姫君、湛海の素材話を知っていて、ダブル・テクストを楽しんでいたのだ。物語の内部においても、登場人物が真相を知らないふりをしているがじつは知っているとか、事前に知ったうえで次に移っているとか、未知と既知の落差や優劣をテーマにしているふしがある。表現主体は享受者に全知的な優越性という快楽を一部で提供しつつも、享受者の予想を裏切る展開を準備することに腐心している。このような『義経記』の世界を理解するには、その重層構造の全体を見抜いたうえで、もう一度その位相差を眺め直すようなまなざしが必要となる。

鬼一法眼譚は、田中本『義経記』五八章段の中の一章段でしかない。『義経記』の全体が、この調子なのである。重層化した構造を想定しながら、二重三重の文脈を同時に追うような読みが、『義経記』では必要とされる。

全体にかかわる論

第十七章　『保元物語』文保本にみる鎌倉末期の状況

一　問題の所在

本書冒頭の凡例で示したように、本研究は、『保元物語』の最古態本である文保本・半井本を依拠テクストとして分析したものである。文保本は文保二年（一三一八）書写の奥書を持つものの、上中下三巻のうち中巻しか残存していないので、三巻揃った完本としては半井本が最古態本であるという位置づけである。ただし、最古態本といっても、そのことが絶対的な優位性をもつとか、良質なテクストであることを意味するなどというような単純なものではない。文保本には異本からの文脈の混入も指摘されている。半井本はその文保本の系譜に連なる伝本である。ただ、いくぶんかの不純物を含みつつも、二類本以下の伝本に比べれば、文保本・半井本は古態性を保存している。文保本の最大の特徴は、本行本文の右や左の行間に多くの書き入れ（傍記）を有することである。これらは基本的に同筆とみてよい。それらの行間書き入れを本行本文に組み入れると、ほぼ半井本の本文になる。文保本と半井本は、多少の異同は存するものの、ほとんど同一視してよいということだ〔犬井善寿（一九七四）〕。

文保本の行間書き入れは異本との校合を示したもの（犬井）のほか、誤脱を補ったものもある〔原水民樹（一九七三）〕との報告がある。書写者自身の判断によって誤脱を補うという営為は書写者の主観が介在するということであり、解釈による新規の書き入れもありうるのではないだろうか。それは、鎌倉末期に訪れている『保元』の状況（段階）を示唆する現象でもあるはずだ。文保本・半井本の動態的重層構造を解明するための前提として、文保本の書写段階で起こっている添削的な営為の性格を明らかにしておきたい。

二　名乗りの後次性――対戦構図の明瞭化――

合戦部の冒頭で、為朝との先陣争いに勝った兄頼賢の名乗りがあるが、この部分は後補らしい。まず、整序されてしまった半井本のほうからみてみよう。

半…（頼賢）十余騎ノ兵ヲ前後左右ニ立テ、門ヲ出デ、河ヲ隔テテ、西ニ向テ申ケルハ、「西ヨリ寄スルワ誰ガ手ノ物ゾ。カウ申ハ、六条判官為義ガ四男、四郎左衛門尉頼賢」ト名乗リケル。西ヨリ名乗ハ、是ハ下野守殿ノ郎等、相模国住人、山内須藤刑部丞俊通ガ嫡子、須藤滝口俊綱也」ト名乗ケレバ、「サテハ汝ヲ射ニハアラズ。大将軍ヲ射ニコソ有」トテ、西ノ川原ヘ馳渡リ、大勢ノ中ヘゾ懸入ケル。手取ニセントシケレ共、手ニモ懸ズ馳廻ケリ。《崇徳院方の先陣争い》

このように半井本の頼賢は、賀茂川の東側から「河ヲ隔テテ」名乗り、それに応じた須《（首）》藤俊綱は西側から返答する構図になっていて、「大将軍ヲ射ニコソ有」と勇んだ頼賢が「西ノ川原ヘ馳渡リ」駆け回る。川を隔てることと名乗ることとが連動している。というのは、至近距離まで迫ってしまえば戦うものであり、そこで名乗り合うのは不自然だからである。**半井本で、互いが名乗りを交わしている場面と、賀茂川を隔てているという設定は、発想上、連動しているということ**である。そうではない、もう一つの対戦構図があった。それが、文保本から透かし見える。

文…（頼賢）十余騎ノ兵ヲ前後左右ニ立テ、門ヲ出デ、〈河ヲヘダテ、西ニムカヒテ申ケルハ〉西ノ河原ヘ馳渡、「西ヨリヨスルハタガ手ノ物ゾ。カウ申ハ、六条判官為義ガ四男、四郎左衛門尉頼賢」。西ヨリナノル、是ハ下野守殿郎等、相模国住人、山内須藤刑部丞俊通ガ嫡子、須藤滝口俊綱ナリ」。「サテハ汝ヲイルニハアラズ。大将軍ヲイルニコソアレ」トテ、西ノ河原ヘ馳渡リ、大勢ノ中ヘゾ懸テ入ニケル。手取ニセントシケレトモ、手ニモカ、ラズ馳廻ケリ。

このように文保本では、「~~門ヲ出デ、西ノ河原ヘ馳渡~~」を削除して右に「河ヲヘダテ、西ニムカヒテ申ケルハ」と改めている。その結果、半井本と変わらないような文脈に仕上がっている。たしかにこう修正しなければ、文保本では頼賢が賀茂川を二回渡ったことになってしまう。ところが、改める前の、消された「~~門ヲ出デ、西ノ河原ヘ馳渡~~」に注目してみると、その文脈にもそれなりの合理性があることに気づく。その直上には「十余騎ノ兵ヲ前後左右ニ立テ」とあるのだが、通常このような表現は、これから敵陣に懸け入る際に出てくるものであり、川を隔てた名乗りの場面で「前後左右ニ立」つ「十余騎ノ兵」が――たとえ頼賢を英雄化する風景だとしても――必要だとは考えにくい。「十余騎ノ兵ヲ前後左右ニ立テ」という臨戦状態の表現は、そのまま「大勢ノ中ヘゾ懸テ入ニケル」につながっていたと考えたほうが状況としては符合する。ということは、**原文保本（修正前の文保本）の「西ノ河原ヘ馳渡」の重出は、その間に挟まれた部分（頼賢と俊綱の名乗り合い、それを演出するための川の隔て）がそっくり後補された痕跡を示すものではないだろうか。**

原文保本は、よりスピード感にあふれた物語であったと考えられ、それが修正され半井本に至る過程で、改作表現主体は川を隔てさせ名乗りを入れ、「サテハ汝ヲ射ニハアラズ。大将軍ヲ射ニコソ有」と互いの氏《うじ》素性、身分階層などをテーマにした今後の連続する詞戦いの起点になるものを補い入れ、**対戦構図の意味づけを明瞭化していったということ**なのだろう。その代償として、スピード感や迫力は喪失することになった。

このことは、**対戦構図を明瞭化したり、親兄弟・主従・官軍逆賊などを軸にした詞戦いをさせたりする部分が、『保元』形成の最終段階で加えられてきたものであることを示唆するもの**であろう。『保元』の中のすべての名乗りが後次的だとまでは言えないだろうが、もとあった名乗り箇所を参考にしながら、それが存在しなかったところに加筆するようなことがあったらしい。

伊藤景綱が文保本で「鈴香山ノ強盗ノ張本、小野ノ七郎生取ニシテタテマツリテ、＜副将軍ノ宣旨ヲカブリシ景綱ナリ」と言うところ、半井本では「其恩賞ニ」を＜のところに加えている（《伊藤父子と為朝の対戦》）。これは、伊藤一族の正統たることを明瞭化しようという意識による加筆だろう。

三　人物像の明瞭化・前景化

合戦後、勲功の賞として義朝が左馬権頭（文保本では右馬権頭）に任じられたのを不服としてさらに上級の職を求めたところは、文保本・半井本では次のようになっている。

義朝申ケルハ、「今度、勲功賞ニハ、卿相ノ位ニ昇共、難アルベキニアラズ。此官ハ、先祖多田満仲法師ガ始テ罷成テ候ケレバ、其跡芳ク候ヘ共、本、右馬助、今、権頭ニ転任、勲功ノ賞トモ不㆑覚。更ニ無㆓面目㆒。朝敵ヲ討ツ者ハ半国ヲ給ル。其功、世々ニ不㆑絶トコソ承ル。父ヲ背キ、親類ヲ捨、兄弟ヲ離テ、御方ニ参リテ、命ヲ不㆑惜責戦。勅命背キ難ト云ヘ共、父ニ向テ弓ヲ引、矢ヲ放テバ、人ニ越タル不次ノ賞ヲコソ蒙候ベキニ」ト、頻ニ申バ、道理也ケレバ、隆季朝臣ノ左馬頭ナリシヲ、則左京大夫ニ移シテ、義朝ヲ左馬頭ニゾ被㆑成ケリ。サテコソ憤ヲ休メケル。《清盛・義朝への論功行賞》

文保本では、傍線部が横に加筆されたかたちになっている。それが半井本では、本文に組み入れられている（それ以外の部分は表記が異なるだけで文脈は同じ）。この二か所の追補部分は、義朝の野心的な心情に同化した部分で、意識としては通底している。この義朝像は、発端部で強引に昇殿しようとした義朝像とも通じている。ということは、こ

のような押しの強い義朝像を、徐々に強め、明瞭化してゆく方向にあったということなのだろう。(1)

（1） 問題は、表現主体の意図がどこにあったのかということである。勇猛さを加えようとしている（肯定的）ようにも見えるし、不遜なさまを強調しようとしている（否定的）ようにも見える。次章で述べるように、論者は、『保元』の成立を、平安末期～鎌倉初期の天台宗周辺だと考えている。そして、鎌倉末期まで、原初の成立圏とあまり変わらない管理圏で継承され、推敲され、異本が派生していたのではないかと考えている（一方の忠実な継承者が文保本・半井本であり、もう一方が鎌倉本である）。時代的には鎌倉幕府の目を気にしなければならない時期であったとしても、比叡山内部のような場においては、源氏の祖先や武士を揶揄することもありえたのではないだろうか。為朝を英雄化し義朝を戯画化するところは、父殺しゆえの自業自得果によって平治合戦で滅びたことにたいする批判も含まれているのであろうが（とくに初期段階では）、もう一方で、鎌倉幕府体制や御家人衆が仰いでやまない祖義朝にたいする揶揄も含まれていると考えられる。

四　時刻と御所移動の記述の整備――枠組み的な表現の後次性――

半井本をみるかぎり、後白河院方の御所は、合戦が始まる前の《後白河帝、東三条殿へ遷幸》で、

内裏ハ高松殿ナリケルガ、分内モセバク、便宜モ悪カリナンズトテ、保元元年七月十一日卯剋ニ、東三条殿へ俄ニ行幸成ル。主上御引直衣ニテ、腰輿ニメサレケリ。神璽・宝剣ヲ執テ、御輿ニ進給マウ。

とあり、合戦が終わったあとの《後白河帝、高松殿に還幸》で、

巳時計ニ、主上ハ東三条殿ヨリ高松殿へ還御ナル。別当忠雅、藤中将公親、左中将公保、左少将実定、蔵人右少弁資長、蔵人治部太輔雅頼、蔵人少将忠親、此人々供奉仕テ渡奉ル。

とある。合戦部を挟むようにして、御所移動のことが語られている。ところが後者について、文保本では次のような**推敲の痕跡**を見せている。

軍ハ寅剋ニ始テ、辰剋ニ破ニケリ。行幸ハ卯尅ニ東三条ヘナ（ツ）テ巳尅ニ還御ナル。義朝、清盛已下ノ兵、新院ノ御所焼払テ、東山ノ方ヘゾ追懸ル。…（中略）…為義ガ宿所円学寺ノタチヲ火ヲ懸テ焼払。メグリノ在家数百家一時ニ灰燼トナル。…（中略）…巳時計ニ、主上ハ東三条殿ヨリ高松殿ヘ還御ナル。別当忠雅、藤〈頭イ〉中将公親、左中将公保、左少将実定、蔵人右少弁資長、蔵人治部大輔雅頼、蔵人少将忠親、此人〳〵供奉仕テ渡奉ル。

傍線部のように、半井本と変わらない「巳時計ニ……」の文脈をもっていることから、文保本より一段階前の伝本で、発端部に「卯剋ニ」東三条殿へ遷御、終息部で「巳時計ニ」と合戦部の前後に振り分ける記述を有していたのだろう。それでいて、振り分けられる以前の「行幸ハ卯剋ニ東三条ヘナ（ツ）テ巳尅ニ還御ナル」も並存していたということらしい。この古態の文脈の論理は、直上の合戦時間の総括意識と連動していて、後白河帝の行幸と還幸をここで記すことによって合戦終結の区切り目を表現するものであったのだろう。

このことは、さらに重要な問題に発展する。この御所の移動のことは『兵範記』でも、詳細な時刻表記はないものの、清盛・義朝らの出陣以降に東三条に遷御し、「辰剋」の決着以降に還御していることが確認できる。つまり、『兵範記』そのものではないにしても、**史実的な記録を参照しながら遷御・還御の記述を入れ、それを整序するという営為――これを枠組み的な表現と呼んでおく――が、鎌倉末期の文保本成立の直前の段階で行われていたと考えられる**のである。これは、好き勝手に想像を膨らませて為朝像を形象するなどの段階を過ぎ、**保元合戦の物語が〈歴史〉たることを指向し始めたことを示すもの**だろう。このことは、超人的な為朝像から現実的なそれへと方向転換していることと軌を一にする。もちろん、もともとは平安末期に成立していた『保元顛末記』に含まれていた暦時間を基軸として第一次『保元』が成立したのだろう（第八章）。その後、鎌倉中期ごろに為朝像が増幅していったとみられる。どうやら、**鎌倉後期〜末期に、保元合戦の物語は、大きな練り直しの波にあっていた**ようだ。

五　リアリティ・バランスの調整

《為朝の弓勢に驚く義朝》で、山田小三郎是行の鞍に立った為朝の矢を、鎌田正清が見つけて義朝に報告した。
（鎌田が）舌ヲ振テ申ケレバ、下野殿、此ヲ見テ、「八郎ガ弓勢イカメシト言トモ、争猿事《いかでかさること》ハアルベキ。マヘツワ（前輪）ヲ射破ダニモ難レ有キニ、主ヲ射通テ、シヅワ（尻輪）ニ射付ベキ様ガナキゾ。是ハ、八郎ガ人ヲドサントテ、ハカリ事ニ作テ出タルゾ。ドコナル凡夫境界ノ者ノ、冑武者ヲバ鞍ナガラ是ホドイベキ。~~八郎ハ今年ハ十八カ九カニコソ成ト覚レ。筑紫ソダチニテカチ立ハヨカルラン。~~正清、一アテアテ、ミヨ」トノ給ヘバ、「承ヌ」トテ……

これは文保本による引用で、ここで削除された「八郎ハ……ヨカルラン」の類似本文が半井本では二七行ほど後ろにも出ている。つまり文保本から半井本に至る過程で、重複を嫌って前者が削除されたというわけである。この二七行に挟まれた間の部分には、①為朝と鎌田の詞戦い、②為朝勢による鎌田の追撃、③鎌田の遁走がある。①に類似するものとして、源頼賢と鎌田との名乗り合い（詞戦いではない）も後補である可能性を指摘した。賀茂川を隔てた名乗り合いなど、本来は存在しなかった可能性が高いのだ（先述）。また、②についても後補の可能性が高いことを指摘した（一四八頁、一七三頁）。③は②に付随するものである。これらのことから、「八郎ハ……ヨカルラン」の重複という事実は、**その間の①②③の部分が後次的に割って入った痕跡であることを示唆している**。これは、名乗りによる対戦構図の明瞭化や為朝像の威力を過度に増幅する部分（弓勢でない、馬の足の激しさの要素。鎌田が「アラヌソロシ」と語る部分）が、文保本の直近の段階で加筆・修正されていた可能性を示唆するものである。これがない状態を想定してみると、**本来の姿は、為朝の〈矢〉が立った鞍が鎌田の前に現れた直後に、そのまま義朝の命令を受けて鎌田と為朝が対峙していた**と考えられる。

ところで、合戦部のさいごの《為朝の矢の総括》では文保本と半井本の性格の違いがよく現れている。

[文]…為朝、其夜軍ニ、矢三腰ゾ射タリケル。廿四指タル矢一腰、十六差タル矢一腰、九サシタル御矢一腰、其内ニムナ《（空）》矢トテハ、下野守ノ甲ノ鉢イケヅテ門ノホウダテ《（方立）》ノ板ニ射タテタル矢ト、大庭平太ガ膝ノ節射切テ、馬射殺シタル矢ト、〈惣門ニ射止タル矢ト〉是三筋コソアダ矢ナレ。残ハ一モムナヤナシ。〈不思議ナリシ事ナリ。〉我一人トノミタケクタ、カヘドモ、残ノ武者共ハヨハシ、敵コミ入ケル上ハ、不及力。方ノマケシテ、イヅカタトモナク落行〈ケルガ、射残シタル鏑矢ヲ、白河殿ノ惣門ニ射立テ、末代ノ者ニミセントテ門ノホウ立ノ板ニ射止テ置テ通ニケリ〉。

[半]…為朝、其夜ノ軍ニ、矢三腰ヲ射タリケル。廿四指タル矢一腰、十六指タル矢一腰、九指タル野矢一腰、其内ニムナ矢トテハ、下野守ノ甲ノ鉢射弰《いけづり》、門ノ方立ニ射立タル矢ト、大庭平太ガ膝ノ節射切テ、馬射殺シタル矢ト、是二筋コソアダ矢ナレ。残ハ一モムナル矢無。不思議也シ事也。我一人ト戦シカ共、御方弱ク、敵コミ入ケレバ、不レ及レ力。（御）方ノ負シテ、何方共《いづかたとも》無ク落行ケルガ、射残タル鏑矢ヲ、白河殿ノ惣門ノ方立ニ射立テ、末代マデノ物語ニナシニケリ。

為朝の射た空矢《むなや》を、文保本は「三筋」、半井本は「二筋」としていて、この差は白河殿の総門の方立の板に射立てた矢を数えるかどうか（右のとおりこの部分が文保本では追記されていることがわかる）の違いであることがわかる。末尾の追記と「二」→「三」の変更は、連動しているということだ。文保本の影印を見ると、もともと「二」と書いていたところに「一」を書き加えて「三」に変更したのだということが、墨の付き方によって判明する。行間書き入れは本文と同筆との前提があるから同時代（文保年間）の推敲の様相が残存したものとすれば、**鎌倉末期の物語世界で、為朝の弓勢をどの程度表現するかをめぐってのせめぎ合いがあったのだろうと推測できる。**その時期に初めて為朝像が伝奇的な方向に成長し始めたとは考えにくいから——眼前の『保元』の様相から、為朝像が一定程度成長しきってから物語の枠組みの中に押し込められたと見えるので（第九章、第十章）——、おそらく鎌倉末期までには再建されていたであろう「白河殿」の惣門に、〃これが為朝が射立てた矢の跡である〃などという伝承が存在し、それを無視できなかったためにここに入れ込もうとしたのではないか。そうやって文保本は「二筋」→「三筋」と変更したものの、物語のこの文脈の段階ではまだ義朝の兜の矢と大庭の膝の矢の「二筋」だけでよく、惣門の矢はこれ以降の文脈である（為朝が記念の矢を射るのはこのあと）ことに気づいて、半井本は「二筋」に戻したのだろうと推測できる。

さらにここには、もう少しリアリティをめぐる興味深い問題がある。為朝の三本目の空矢は、半井本では「白河殿ノ惣門ノ方立」に射立てられたものである。すっきりとした文脈である。ところが文保本の追記部分では、「白河殿ノ惣門ニ射立テ、末代ノ者ニミセントテ門ノホウ立ノ板ニ射止テ置テ」と冗漫で、未整理であることが露呈している。おそらく文保本表現主体自身が、為朝が矢を射立てた場所を、惣門の板そのものとするか、門の方立の板（蝶番隠し）とするかの葛藤をしていたという状況を示すものだろう。

これと連動するところがある。《為朝と義朝の対峙2》で為朝が射た矢のゆくえである。

文…タツガシラニクワガタ打タル甲ノ星七八許〈二三〉、カラトイチラシテ、後ナル御堂ノ門ノ扉〈ホウダテノ板ニィ〉ヲノ中過テゾ射通タル。

半…辰頭ニ鍬形打タル甲ノ星七八、カラリト射散シテ、後ナル御堂ノ門ノ方立ノ板ニ、篦中過テゾ射通タル。

これは、白河北殿と道を隔てて南面した「御堂」の門である（文保本・半井本では宝荘厳院とは別である）。文保本では、義朝の兜の星を射削った数を「七八許《ばかり》」としたものの——兜の曲線を考慮に入れるとそれでは数が多すぎで現実的ではないと考えてか——傍記で「二三」に変更しようとしたようである。しかし半井本には、元通りの「七八」が受け継がれている。リアリティのせめぎ合いをしているのだ。それと同じように、文保本の初期案では為朝の〈矢〉が「御堂ノ門ノ扉ヲノ中過テ」貫通している。ところが——それではあまりにも非現実的だという判断が働いてか——傍記で「ホウダテノ板ニ」との変更案が示され、半井本では変更案のほうが受け継がれている。要するに、門の扉の板ではあまりにも厚すぎ、為朝の弓勢を超人的（非現実的）な方向で強調することになるのにたいして、方立の板ならばありえないことではないとする判断が働いたようなのだ。

これと同じことが、最後に為朝が射残した空矢の場合にも起こったようである。ただし、こちらの場合は貫通ではなく射立てたものであるから、板の厚みにそう神経質になるほどのことではなかったはずだろう。それなのにこのような文脈操作の痕跡を見せているということは、神経質になるほど**鎌倉後期〜末期の『保元』形成に関与した表現主体たちが、為朝像の落ち着きどころ――超人性と現実性――でいかに葛藤していたかという事実を示す証左となるも**のだろう。物語の表現主体というものは、つねに読者に読まれることを意識するものである。一方で、〝われわれの夢や願望を投影した為朝像を物語世界で実現させてほしい〟という読者がいるものの、もう一方で、〝分厚い扉を射ぬく為朝像などというのは非現実的だ〟という批判的な読者もいる。双方のニーズを想定しつつ、落としどころを探っている――それが鎌倉後期〜末期の『保元物語』の状況であるらしい。

為朝像は『保元』の最終段階（十四世紀初頭）でなお調整されているらしいという点が重要である。

六　おわりに

文保本から透かし見える一段階前、すなわち鎌倉後期〜末期の『保元』の状況は、現象的に見れば、名乗りや詞戦いの一部が後補されたり、不明瞭であった人物像が輪郭をはっきりさせるようになったり、時刻表現があとから整理されたりしているというものであった。これらに共通して言えるのは、ひと言でいえば、明瞭化である。名乗りや詞戦いは対戦構図を明瞭化するものであるし、人物像の前景化も明瞭化ということであるし、もと一か所にあった時刻表現が前後二か所に振り分けられたのも展開の明瞭化ということだろう。これと異なる方向が、リアリティ・バランスの調整である。享受者を意識しつつ人物像も展開も対戦構図も明瞭化しつつ、また享受者に受け入れられるようにリアリティ・バランスの調整が図られていたということだろう。永仁五年（一二九七）起稿の『普通唱導集』に、琵琶法師が『保元』を「暗《そらん》」じて語っていたとあるように、鎌倉末期の『保元』は、すでに定本（型）をもっていたということだ。毎回内容が異なるような一回性の語りなら〝そらんじる〟などと表現しない。定本があって、それと違わないから〝よくそらんじているな〟という印象が出るのだ。そのように定本が固まりつつも、一方では文保本書写段階で異本も発生しており、また新規の書き入れも確認できるような〝揺れ〟を含んでいる。これは、原作者的な構想力によって机上でいったん成立した『保元』（鎌倉中・後期成立の第三、四次分）が市井に出回るようになり（寺院説草（唱導台本）としての存在ではありえなくなり）、それによって享受者を意識せざるを得ない状況が訪れて微調整が行われた段階にあるものとみることができる。文保本・半井本『保元』に『平治物語』や『平家物語』の影響がわずかながら窺える（片切小八郎大夫景重・後藤兵衛真基・平家貞の名の追記）のも、閉じられたテクストから開かれたそれへの移行を示すものといえるだろう（一九一頁、二二七頁）。

文　献

犬井善寿（一九七四）「文保本系統『保元物語』本文考――文保本から半井本への本文変化――」伝承文学資料集第八輯『鎌倉本保元物語』東京：三弥井書店
原水民樹（一九七三）「竜門本『保元物語』本文の一考察――文保本との関連性の面より――」『松村博司教授定年退官記念論文集　国語国文学論集』名古屋：名古屋大学国語国文学会

第十八章　『保元物語』表現主体の位相とその変容

一　問題の所在

標題に示した「表現主体の位相」とは、いわゆる作者圏のことである。本章は三部から成る。まず『保元物語』表現主体の身分階層上の位相が三位・四位程度であることを明らかにし、次に思想上は寺院、とくに天台宗周辺であることを指摘し、最後にそのような物語の管理圏の様相が鎌倉末期に変容し始めていることについて述べる。

二　表現主体の身分階層

発端部のいくさ評定《ひょうじょう》で、「義朝ガ申状、又信西ガ返答、何《いづれ》モユ、シカリケリ」《後白河帝方のいくさ評定》「誠ニ為義ガ申状、左府ノ仰事、スキ無ゾキコエシ」《崇徳院方のいくさ評定》とある。義朝・信西・為義は「が」で受けているのに、頼長だけは「の」で受けている。国語学の成果として、「の」の場合は敬意を含むのに対して「が」の場合は軽卑を含むとの考え方が長くなされてきた。しかし、軽卑の二種区分のような単純な問題でないらしいことや、待遇感情をダイレクトに反映するものでないことも指摘されるようになった〔東郷吉男（一九六八）〕。現在「が」と「の」

との区別は、軽卑と敬意との二種区分でなく、より詳細に分析されて次のように考えられている。

（人物の下に「が」助詞が用いられた場合には）その人物に対する親愛・軽侮・憎悪・卑下等の感情を伴い、「の」助詞が用いられた場合には敬意あるいは心理的距離が感じられる。

（『日本国語大辞典』「が」〔格助詞〕の項の補注、傍線野中）

この説明には「連体格用法で」（例＝人＋がの＋もの）という条件がつけられているのであるが、「主格用法」（例＝人＋がの＋言ふやう）でも同傾向であるとされている（東郷）。これを『保元』にあてはめると、表現主体は、義朝、信西、為義にたいしては「親愛・軽侮・憎悪・卑下等の感情」を、頼長にたいしては「敬意あるいは心理的距離」をそれぞれ抱いているということになる。これらの原則が『保元』、『今鏡』、『愚管抄』、一類本『平治物語』でも適用できることを、野中（一九八八）において報告した。ここでの問題は、『保元』の地の文、つまり表現主体の語りの部分で身分階層的な区分意識が窺えるのかという点である。その検討の結果、為義・為朝・義朝・家弘・忠正など**武士はほとんど「が」であることが判明した**（詳細は野中（一九八八）参照）。しかしこれは軽卑というよりは、親近感かもしれない。彼らとて「大将軍」「御曹司」「左馬頭」などと表現主体によって呼ばれた場合には、当然「の」でうけられる。清盛も、「清盛」と呼ばれれば「が」であるが、「安芸守」とされると「の」になる。貴族・官人は計一九例の用例があり、呼称の性格に引きずられるものとはいえ、藤原実能は「実能卿」とはされていなくても「の」でうけられているし、頼長は「悪左府」であろうと「左府」「左大臣殿」であろうとすべて「の」で統一されている。「信西」は二か所に出るがいずれも「が」である。それらを「の」の人、「が」の人に整理すると次のようになる。数字はその用例数である。

「の」の人物（**極位**）

藤原忠実（従一位）1

藤原忠通（従一位）1
藤原頼長（従一位）10
藤原実能（従一位、但、乱当時正二位）1
藤原家成（没時正二位）2

「が」の人物

藤原信西（正五位下）2
山城前司重綱（官位相当表では山城守は従五位下）1
菅給料登宣（不詳、六位程度か）1

故人である家成を含めて、**「の」の人と「が」の人との間には歴然とした位階の差がある。**院の近臣がそれほど位階は高くないのに勢力を持っていたことは知られているが、**物語の中では頼長と信西とのいくさ評定が構成上対応しているように語られながらも、右のように微妙な表現の点で扱いが違うことがわかる**のである。もっとも、信西に対しては階層的軽卑だけでなく、表現主体が好感を持って語っていないという事情も関係があろう。「信西」という呼称自体がそのあらわれであって、たとえ位階は高くなくとも「少納言入道殿」などと敬称されれば当然「の」でうけられることになる（それは後次層）。**概括的にみて、公卿は「の」であり、受領や少納言などの中級貴族以下は「が」とみてよい**だろう。このことから、**『保元』表現主体の視座の位置は、階層的に三位・四位あたり（下っても正五位）にあって、自分より上は「の」、同等以下は「が」と使い分けたのだと考えられる。**

この結果は、『愚管抄』と比較すると意義が増す。その作者慈円は、従一位太政大臣藤原忠通の子であり、また従一位太政大臣九条兼実の弟でもあり、自らは僧籍においては大僧正天台座主に上っているという、非常に高い階層的地位にある。『愚管抄』では、「の」で語られる人物はきわめて少なく、大半が「が」である。俗界の人物を対象にしては大臣クラスの視座から語っているし、僧を対象にしては大僧正天台座主の高処から語っていることが窺えるのだ。これと比較すると、『保元』の表現主体はそれより低い位置に視座を置いているといえる。『保元』の成立圏・管理圏が天台宗周辺であること（次節）や、『保元』の原態層のうちの一つである『保元顛末記』『保元合戦記』が『愚管抄』にも似た素朴で簡略な歴史叙述である（一五六頁）などと指摘したため、**それらの作者が慈円ではないかとも疑われそうだが、そうではないということだ。**同じ天台宗周辺であっても、慈円より下層の僧侶が『保元』の原型の成立に関わり、またその後も物語を管理し、改作に関与してきたということだろう。

三　『保元物語』の思想上の位相

総じて『保元』は、仏教色が強い。鳥羽院の出家に際して、「宿善内ニ催シ、善縁外ニアラハレケレバ、真実報恩ノ道ニ入セ給ゾ目出キ」（《鳥羽院の出家》）と語ったり、鳥羽院の発病を、「業病ヲ受ケサセ給ヌルニコソ」（《鳥羽院の発病》）と語ったり、鳥羽院の崩御について次のような評語を発したりしている。

御歳五十四、イマダ六十ニダニモナラセ給ハネバ、惜カルベキ御命ノ程ナレドモ、有為無常ノ境、老タルハトヾマリ、若キハ先立ナラヒナレバ、初テ驚クベキニハアラネドモ…（中略）…釈迦如来、生者必滅ノ理ヲシメサントテ、沙羅双樹ノ下ニテ、カリニ滅度ヲトナヘ給シカバ、人天トモニ悲メリ。但シ、彼二月中ノ五日ノ入滅ニハ、五十二類マデマイリテ、悲ミタル色ヲ顕シ、此秋ノ初二日崩御ニハ、九重上下コゾツテ悲ノ色ヲ含メリ。心ナキ草木マデモ、猶愁ヘタル色アリ。《鳥羽院崩御に伴う概嘆》

鳥羽院崩御を釈尊入滅になぞらえるなど、この物語の語り手が仏法的な文化圏に属する人物であることは、まず間違いない。次の、近衛帝・鳥羽院の相次ぐ崩御を受けての評語も、同じ傾向を示している。

両院（近衛院・鳥羽院）共ニ、千秋万歳トコソ思食ケレドモ、有為ノ理、高《たかき》モ下《いやしき》モ異ナル事ナシ。無常ノ境、刹《せつ》利《り》モ居士《こじ》モ不レ嫌。妙覚ノ如来、猶因果ノ理ヲシメシ、大智ノ声聞、又、先業ヲ顕ス事ナレバ、新院ノ御心中ヲボツカナシトゾ思アヘル。《皇室の凶事の総括》

第二章で述べたように、**この冒頭部は、統括的表現主体が作為した物語の枠組みに相当するところであるから、まさに『保元』の〝成立〟（第三次）に関与した人物（いわゆる作者・編者）の思想的な拠り所が仏法的なものであることを示したものであると言ってよいだろう。**

終息部の《争乱の総括》においても、

アハレ、世ニアラムト思計ウタテカリケル物アラジ。清盛ハ、伯父忠正ガ首ヲ切ル。義朝ハ、父為義ガ首ヲ切ル。ウタテカリシ事也。…（中略）…「父ガ首ヲ刎《はぬ》ル子、子ニ首ヲ被《はねらるる》レ刎父、切モ被レ切モ、罪報ノウタテキ事ヲカナシムベシ、〳〵。阿弥陀仏、〳〵」トゾ申ケル。

などとあるように、世俗での出世（「世ニアラムト思計」）を突き放すまなざし、直接的な義朝批判ではなく巨視的な視界からこれを「罪報」と捉え返す認識、そして「阿弥陀仏、〳〵」と救済を仏にすがるほかないとする言葉は、僧侶から発せられたものに相違ない。神祇に関する記述もある（後述）が、**物語の冒頭部や終息部の評語で、いかにも『保元』の統括的表現主体が関与したとみられる部分に、きわめて強い仏法色が見受けられる。**これは、登場人物の会話文で神祇・仏法が語られること（それは相対的に軽いもの）と峻別しておかねばならない。

『保元』は仏法色が強いだけでなく、なかでも天台宗の色がとくに強い。為義の出家の場は、「雑色花沢ガ勧ニテ、天台山ニ登テ、月輪坊ノ竪者ノ坊へ行テ、ソコニテ為義出家シテケリ。栄花ト開ケシタモト、今黒染ニ成姿哀也ケリ」とあるように、天台山（比叡山）である。この話は、重病によって歩けなくなったはずの為義が、なぜか歩いて比叡山に登山《とうざん》し、そこで出家するという無理な展開をみせている。このことは、素材を採り込んで、我田引水的に表現主体の管理圏（寺院説草の世界）に引きこもうとして露呈した不整合だろう。為義が近江で右往左往している部分よりも、比叡山中の話のほうが圧倒的に叙述量が多く、感情移入もなされている。しかもここには、「為義十四歳ニテ、伯父美乃守義綱ヲ責テ……」に始まる為義の人生の総括もあり、彼の出家をもって（その最期ではなく）いったん幕を引こうとする意識がみえる。終息部の源氏末路譚（〈為義出家〉〈為義最期〉〈幼息最期〉〈母の入水〉）の中でも、その叙述量において、為義関係が圧倒的に詳密である（二三〇頁）。幼息や母のことは、付け足しなのである。しかもその為義関係話は、出家譚、最後譚が別々に形成され（同じ管理圏だろうが）、さらに出家譚は《為義と六人の子供の別れ》を追補するなど、重層化の著しいところであった。このように、**為義関係話は表現主体の熱の入れかたが、とりわけ強いところである**ことは間違いない。しかも《為義と六人の子供の別れ》には平安最末期～鎌倉初期にしか発しえないような表現が盛り込まれており、『保元』の古態層の成立圏のありかを窺わせるところであった（二五五頁）。ここはまた、「為義父子六人」の表現が、〈発端部の為義参陣〉から〈合戦部の門固め〉を経て〈終息部の為義ばなし〉まで戦略的に用いられている中に含まれることから、表現主体（平安最末期～鎌倉初期の）のまさしく管理したところであると推定したのであった（二七七頁。底本は金刀比羅本ながら、渡辺守順（二〇〇一）も『保元』の天台寄りを指摘）。

『保元』の成立が天台宗周辺であるというもう一つの根拠は、保元合戦の終結を受けた《合戦の小括》に、将門の乱の時の「延暦寺ノ座主法性坊尊意僧正」と保元の「七条ノ座主ノ宮」（最雲）の「祈念」が通じて二つの争乱が鎮定されたとして、「サレバニヤ惣《(総)》持院ヲバ鎮護国家ノ道場ト申モ理哉」と結んでいる点である（この文脈が重層化している点については後述）。惣持院は比叡山東塔の堂舎である[1]（『山門堂舎記』『叡岳要記』）。これも、登場人物の会話文ではなく、表現主体の地の文であることを強調しておきたい。これ以外の思想圏、たとえば真言宗とか、南都の諸宗が『保元』の内部で強調されている文脈はまったく見出せない。

（1）『山門堂舎記』の記述から惣持院（総持院）の所在地を復元すると、比叡山東塔の中心近くにあり、西に山王院、東に戒壇院、その戒壇院のさらに東に四王院、講堂、延命院と続くような環境にあった。叡山九院の第三、叡山十六院の第十にその名が挙げられる。正式名称を「法華仏頂総持院」と言い、中心に茅葺きの多宝塔、その周囲に五間堂、真言堂、東昇廊、西昇廊、回廊、舞台、門楼、灌頂阿闍梨坊（灌頂堂か）があった。多宝塔に胎蔵五仏、五間堂に胎蔵・金剛界曼荼羅、真言堂に熾盛光大曼荼羅をそれぞれ安置していたというから、密教色の強い院であったことが知られる。文徳天皇の御願によって、仁寿三年（八五三）から貞観四年（八六二）の十年間をかけて堂塔が整備された。『叡岳要記』所載の『東塔縁起』によれば、中国の「青龍寺鎮護道場」に準えられ、「皇帝本命道場」として「真言法」を修し、仏法を興隆せしめた。天安二年（八五八）から総持院内の灌頂堂において「鎮護国家」のために「熾盛光の法」が始まった。総持院の「仏壇・堂舎及び僧房等の構造」は「美麗」にして、その多くは「古今」の堂舎を越えるもので、これを見る者は発心し、拝む者は信を致すほどであったという。総持院に付属するとみられる天台法華院は日本中の六大宝塔院（上野、豊前、筑前、下野、山城、近江）の「総摂」（本山か）であった。国家護持の道場にふさわしいものと言えよう。また、この総持院を「鎮護国家ノ道場」とする『保元』の認識は、勝手なこじつけではなく、それにふさわしい由緒を実際にもっていたということもわかる。

第六章で述べたように、『保元』には、時代の移り変わりとともに後白河院批判、清盛批判、武士批判などその**矛先を少しずつ変えながら、体制批判の精神が貫かれているよう**にみえる。そのこと自体、『保元』が重層的な形成を経ていることの明徴なのだが、捉え方を変えてみると、**批判精神が続いているかぎりは、当初の成立圏から物語が外に出ていないとみることができる**のではないだろうか。鎌倉末期になって、『保元』が天台宗周辺の管理圏から外へ出たか、あるいは管理圏そのものが閉じられたものではありえなくなったかという現象が見出せる（村山党ばなしの流入のこと）が、それまでの約一世紀半においては、『保元』の管理圏は天台宗周辺から基本的には外へ出なかったのではないかと考えられる。これを説草として琵琶法師が市井で語るという意味での〝外に出る〟ことはあったのだが（『普通唱導集』）、その元になった定本は天台宗周辺で管理されていたということだろう。

一方、神祇に関わる部分が、『保元』に存在しないわけではない。しかしそれらは、統括的表現主体の思想を表明する部分でなく、登場人物の個人的な信仰を表すところに出ているのである。発端部の《崇徳院、鳥羽を出る動き》で貴賤上下がまどうところでは、「崇廟ノ御計、凡下ハ難レ計事也」とある。この時代の「宗廟」とは、伊勢神と八幡神のことだろう。それらは皇祖神なので、後継の天皇を決めるという解釈は自然なものである。これは、《教長・実能の諫言》で藤原実能が、「世末ニ望ト申セ共、サスガ天子ノ御運ハ、凡夫ノ兎角思ニヨルベカラズ。伊勢太神宮、正八幡宮ノ御計也。我国ハ、辺地粟散ト云ヘ共、神明統ヲウケテ、宗廟置護給」と語っているのと、同じ認識である。ほかにも、（《崇徳院方の油断》の頼長）「但、我君ハ、天照大神四十七世ノ正胤、太上法皇第一ノ皇子也」、（《為朝と鎌田の詞戦い》の鎌田）「此矢ハ正清ガ射矢ニ非ズ。伊勢太神宮、正八幡宮ノ御矢也」、（《頼長の子息、忠実を慰問》の忠実）「春日大明神捨サセ給ハズハ、ナドカ憑ハ無ルベキ」などと出てくる。これらは、登場人物の個人的な信仰や解釈の[2]表明であって、統括的表現主体の思想信条を表すものではない。

（2）仏法側でも、表現主体ではなく登場人物の認識を示したにすぎないとみられるところは多い。たとえば、美福門院の出家の戒師が「三滝ノ上人観空」であるとか、頼長が東三条殿で「秘法」を行わせていた僧が「三井寺法師相模阿闍梨勝尊」であるとか、敗者の多く（平家弘・光弘、重仁親王、藤原教長など）が出家の道を選んだとか、源為義やその幼息たちが最後に念仏を唱えたとか、崇徳院が五部大乗経を書写したなどという部分も、物語内部のエピソードとして紹介されている部分であるから、この物語の成立圏や作者像を窺う根拠にはならないところである。ただし、（《膠着状態に悩む義朝》の義朝）「義朝思給ハ、門々コソ多クアルニ、舎弟為朝ガ堅タル門ヲ責ルダニモ無レ情ニ、剰ヘ又、現在ノ父為義ノ固タル門ヲ責ル条、罪業ノ至、中モヲロカ也」などという文脈は目を引く。ここには過去世・現在世・未来世という仏法的三世観が表出していて、それと自らが前世で作った「罪業」による因果応報という思想が結びついている。歴史的実体の源義朝がそれほど仏法的に敬虔であったとは考えにくく、ここに関しては物語の表現主体の思想・信仰が露呈したものと考えてよいだろう。

表現主体の地の文らしきところに出てくる神祇がまったくないわけではない。ただし、「春日大明神ノ捨サセ給ケレバ、凡夫ノ思ニ不レ可レ依。…（中略）…氏長者ニ至ナガラ、神事仏事疎ニシテ、聖意ニ叶ハザレバ、我伴ハザル由、大明神御託宣有ケルトゾ承ル」のように、〈天皇家―伊勢・八幡〉〈藤原氏―春日〉という当時一般的な氏神の認識を反映した部分であるに過ぎない。為義の妻が石清水八幡に参詣したというのも、源氏の氏神としてのものだろう。争乱の終結が「山王」や「物持院」のおかげであるなどという重い認識とは比較すべくもない（『保元』の素材となった『保元顚末記』は、藤原氏文化圏で成立したために春日明神が出るのかもしれない。四六頁）。

四　元寇の影響による鎌倉末期の思想変容――神国思想の影響――

神国思想自体は記紀のころからみられるという指摘があるが、中世の神国思想につながるものは、後三条朝のころ、王権親政（院政開始）の動きとともに勃興したと考えてよい（野中（二〇一四））。おそらく、大江匡房がそれに深く関与していた。『中外抄』下―四四話にも、神祇・仏法の並立意識がみえ、それぞれの表現主体のとる立場によって仏法を重視したり（『今昔物語集』）、神祇を重視したり（『古今著聞集』）などという振れ幅が生じるようになる。また、このころ、〈現世のことは神祇、来世のことは仏法〉などという住み分けが諸書に見受けられるようになる。『保元』の鳥羽院旧臣の言葉も、とくに神国思想の表れというわけではなく、神祇・仏法のバランスをとっているとみたほうがよい。『愚管抄』巻四の「宗廟社稷ノ神〳〵ノ御メグミ、三宝諸天ノ利生ナリ」も神祇・仏法のバランスを採った並列である。鳥羽院旧臣の意識は、これと同列である。そのような意味での神祇・仏法の並立（住み分け）ではなく、より深いレヴェルで両信仰を折衷しようとした痕跡もみられる。それが、《合戦の小括》である。ここは『保元』の中でも、もっとも解読の難しい部分である。この部分を、第一段落と第二段落に分けて分析してゆく。

抑《そもそも》、今度合戦破ヌル事、王事不レ危、忝ク神明ノ御計ト覚タリ。公家殊御祈念深テ、日吉社ニ真筆御願書ヲ七条ノ座主ノ宮ヘ奉リ給ケレバ、座主御願書ヲ神殿ニ籠テ、肝胆ヲ砕キ祈請シ申サセ給ケル験ニヤ、為義、忠正ガ子共、命ヲ惜共見ヘザリケレ共、山王ノ御計ニヤ、無レ程敵ヲタイラゲラレシ事、法験モ目出ク王威モ威シ。〔第一段落〕

サレバ昔シ将門ガ東八ケ国ヲ打取テ、都ヘ責上ルト聞シカバ、竜顔色ヲ失、人臣悉《ことごとく》騒テ、諸寺諸社ニテ是ヲ調伏セシカ共、其験無リシニ、延暦寺ノ座主法性坊尊意僧正宣旨ヲ蒙テ、講堂ニシテ不動ヲ安置シテ、鎮護国家ノ法ヲ修セラレシニ、将門弓箭ヲ帯シテ炉壇ノ炎ノ中ニ影《あら》ハルト見テ、無レ程被レ打キ。両座主祈念答ヘテ、二代ヲ護奉。目出事也。サレバニヤ惣持院ヲバ鎮護国家ノ道場ト申モ理哉。〔第二段落〕

まず、合戦の終結を「神明ノ御計」と位置づける。その際の「神明」とは、具体的には「公家」（天皇）が「御祈念」した「日吉社」のことである。ただし、天皇が直接、「日吉社」で祭祀を行ったのではなく、仲介者たる「七条ノ座主ノ宮」（天台座主最雲）に「真筆御願書」を託し、最雲が「日吉社」の「神殿」に籠って「祈請」したからこそ、「為義、忠正ガ子共」を追討できたのだという。祈った対象は「日吉社」であるが、祈った主体は「公家」（天皇）でもあるし「七条ノ座主ノ宮」（最雲）でもある、その連携プレイとして語られている。ゆえに、合戦の終結は「日吉社」のおかげ、すなわち「山王ノ御計ニヤ」ということになるのである。しかし、祈った主体である天台座主や天皇の手柄も無視できないので、「法験モ目出ク王威モ威シ」と総括することになる。**この第一段落に顕著なのは、バランス感覚である。とくに、神祇と仏法の間におけるそれである。**そこに王権の存在感を絡めようとしている。ここまでのところは、神祇と仏法の関係で言えば、神祇のほうが上で、仏法がそれに仕えているようにみえる。ただ、鳥羽院旧臣が語ったように、神祇と仏法が役割分担（住み分け）されている位相とは異なり、双方の折衷・融合にかなり腐心しているさまが窺える。合戦終結の効験（手柄）に神仏が直接かかわるところだからだろう。

ところが、「サレバ」以降の第二段落で、文脈ががらりと変化する。仏法寄り一辺倒になるのである。「両座主」とあるのは将門の乱を鎮定した尊意と保元合戦を終息させた最雲のことで、「二代」とあるのは将門の乱の頃の朱雀帝と保元合戦のいまの後白河帝のことである。保元合戦を将門の乱に準え、延暦寺の「講堂」に「不動（明王）」の像を安置して「鎮護国家ノ法」を修したからこそ、二つの乱が鎮定されたと説くのである。そして、このゆえに「惣持院」を「鎮護国家ノ道場」と結論づけているのである。(3)

（3）新日本古典文学大系の脚注では、「講堂」を天長元年（八二四）に義真によって建立された堂、「惣持院」を嘉祥三年（八五〇）に円仁によって創建された院だとする。そのように「講堂」と「惣持院」とを別々のものと解してしまうと、「サレバニヤ」で結ばれた接続関係が意味をなさなくなり、支離滅裂な文脈となってしまう。ここでいう「講堂」とは「惣持院」の異称か、あるいは「惣持院」の内部に存在した堂舎のことだと捉えるべきだろう。

このように、第二段落では神祇の匂いがまったくしない。しかも、仏法の中でも比叡山延暦寺の功徳に集中している。さて、第一段落（神祇と仏法の連携）と第二段落（仏法一辺倒）の位相差を、どう理解すればよいだろうか。双方に共通するのは、祈誓の舞台が比叡山（日吉社を含む）であるという点である（ゆえに先述のように、鎌倉初期に成立したであろう原態的な『保元』の成立圏を天台宗周辺と考えたところである）。第二段落のほうが文脈の屈折がなく、わかりやすい。仏法を称揚しているからである。第二段落に「諸寺諸社ニテ是ヲ調伏セシカ共、其験無リシニ」という一節が含まれていることを考えると、ますます神祇よりも仏法のほうに重心を置いているようにみえる。もちろんそこに「諸寺」も含まれているので仏法の中でも〈比叡山至上主義〉ともいうべき立場なのだろう。屈折しているのは、第一段落なのである。しかし、屈折とは言っても、第一段落においても神祇全般を持ちあげているわけではなく、比叡山の守護神である「日吉社」「山王」を上げているのである。全体の流れとして見るならば、冒頭に「神明ノ御計」と神祇重視を押し出しているように見えながら、次にそれを出す際には「山王ノ御計ニヤ」と推量の「ニヤ」を付し、その段落の末尾ではむしろ天台座主の「法験」および後白河帝の「王威」を讃える結びとなっている。そしてそれに続く第二段落では、仏法重視の文脈で貫かれている。この流れをみると、**仏法を基盤とした価値観の枠組みの中に、やや迎合主義的に神祇にも配慮してみせたに過ぎないものであること**がわかる。折り合いを付けたのだ。

日本語の文脈構成の問題として、最初に出されるものよりあとから出されるもののほうが重視されるという性質がある。「この家は古いが、住みやすい」と言えば住みやすさが肯定的に評価されているように見え、「この家は住みやすいが、古い」と言えば古さが否定的に印象づけられる。諸外国の言語でもその傾向はあろうが、日本語は文末決定性が強いので、とくに文や文章の後半が強く印象づけられやすい。ここの第一段落から第二段落にかけての巧妙な詐術は、**比叡山の仏法を基盤として語りながら、神祇への配慮も滲ませたものであるといってよい**。そういう意味において、鳥羽院旧臣が見せた神祇・仏法のバランス感覚とは質的に異なる。彼らが示した宗教観は、「白川、鳥羽両院ノ御代ニ、専ラ敬ヒ㆓神祇ヲ㆒深ク帰㆓仏法㆒ニシテ、国郡半バ神戸タリ。田園悉仏聖ニヨス」「神明モ定テ我国ヲ護リ給ラン。三宝モヰカデカ此国ヲステ給ベキ」などとあくまでもパラレルに神祇と仏法を語ろうとするものであった（これは、合戦後に忠実が提出した起請文の、「朝家ノ御為、野心ヲ夾バ、現世ニハ天神地祇ノ罰ヲ蒙リ、当来ニハ三世諸仏ノ利益ニ漏ン」の神祇・仏法相依観と等質的である）。鳥羽院旧臣はこのあと「八幡大菩薩」（石清水）「賀茂ノ大明神」「日吉山王」「天満天神」（北野）「松尾、平野、稲荷、祇園、住吉、春日、広瀬、竜田ノ社」の名を列挙するが、それは平安京を守る在地の神々としての位置づけであり、鎮護国家の性格や王権の守護という性格までは担わされていない。合戦終結後に鳥羽院旧臣が再登場した際にも、「内裏モ別ノ御事渡セ給ズ。又、京中モ亡ズ。誠ニ神明ノ御助ト覚ヘタリ。末代モ猶憑依シ」という。末法ゆえに仏法に代わる機能が期待されて平安末期に神国思想が勃興したとされるとおりである〔田村圓澄（一九五八）、黒田俊雄（一九五九）、高橋美由紀（一九八五）、佐藤弘夫（一九九五）、佐々木馨（二〇〇五）〕。

鎌倉末期の神国思想の台頭とは、仏法と神祇との相対的関係において後者の力がより強くなったという現象にばかり目を奪われてはならない。これによって仏法側も鎮護国家的性格を復活させざるをえなくなったのだ。早く、栄西の『興禅護国論』（一一九八年）の頃にもそのような思潮はあったのだろうが、地震・洪水・飢饉・疫病などの社会不安を克服するために成立した日蓮の『守護国家論』（一二五九年）、『立正安国論』（一二六〇年）がその後の元寇によって説得力を増し、信徒を拡大したことは知られている。いま問題にしている『保元』の文脈は、天台宗の中にまで神国思想の影響が浸潤してきたための添削的操作だと考えられる。この時期は、元寇を八幡神の威徳によって撃退したとする『八幡愚童訓』甲本の成立した時期でもある。

　鳥羽院旧臣ばなしにみえる神祇・仏法の関係は鎌倉初期にも中期にも存在しうる[4]ようなレヴェルのバランス感覚だが、**右の第一段落の部分は、比叡山（天台宗）を基盤にして語ろうとしながらも神祇崇拝の強勢を無視しえずにそれを一部に採り込んだという、鎌倉末期の神国思想の影響とみられる。**それに、鳥羽院旧臣は、表現主体からすると突き放され物語内に投入された、右往左往する卑小な登場人物でしかなく——つまりは彼らの発言は表現主体の認識の代弁ではなく当時の都びと一般の認識を代表したもの（三四頁）——、それにたいして右の言辞は、まぎれもなく『保元』表現主体が地の文で語っている総合評価なのである。そういう意味で、後者のほうが、はるかに重要である。

（4）　鳥羽院旧臣の言辞が鎌倉中期のものであろうと考える根拠は、ほかにもある。第一は、「承平ニ将門謀反ヲ発シ、天慶ニ純友乱逆ヲ成シ、天喜ニ貞任、宗任、奥州ニ合戦ヲ企ツ。或ハ、八ケ国ヲ打随テ、八ケ年タ、カウ。或ハ奥州ヲ随エテ、十二年禦ク。是皆辺土ノ事也。都ノサワギニ非ズ」に、まったく後三年合戦の認識が窺えないことである。『愚管抄』も「天慶ニ朱雀院ノ将門ガ合戦モ、頼義ガ貞任ヲセムル十二年ノタ、カヒナドイフモ、隆家ノ帥ノトウイコクウチシタガフルモ」とあって後三年が脱落する。鎌倉後期になると、後三年のことは——たとえ貴族社会においても——無視しがたくなってくる。傍線部のように、前九年合戦のみ公戦化されて後三年のそれがみえないのは、鎌倉中期までの認識ではないかと考えられる（野中（二〇一五））。根拠の第二は、ここに見えている神国思想は元寇以前のものとみられることである。元寇以降の神国思想は、必ず国家護持という観念が盛り込まれてくるのだが、ここにみえている神祇は、平安京を守護する、より小さな存在である。『愚管抄』巻四の、過去に「城外ノ乱逆合戦ハヲホカ」ったが「ミヤコノ内ニテカヽル乱ハ鳥羽院ノ御時マデハナ」かったとする認識にきわめて近い。平安京が——日本国ではなく——争乱の舞台になったかどうかが、問題視されているのである。このようなことから、鳥羽院旧臣の言辞は、鎌倉中期のものと推断して間違いない。

文献上からも、以上の分析を裏づけることができる。文保本に拠れば、このあたりの神祇効験はあとから調整されているらしく、「山王ノ御計ニヤ」は傍記されているし、「公家」（天皇）が「日吉社」に直接「御祈アテ」——半井本では天台座主最雲の仲介をはさむ——、それとは別に天皇の「神筆《真》」の「御願書」を「此暁ニ」最雲に託したような文脈になっている。前者「山王ノ御計ニヤ」については半井本の本行本文に組み入れられ、後者「御祈アテ此暁ニ」は半井本では採用されていない。**仏法を基盤としながら、どの程度、神祇を入れてくるかどうか、文保本の書写された鎌倉末期の同時代的な課題として、表現主体が苦悶しているさまが窺える**（鎌倉末期の状況として。三三四頁参照）。

これと類似の屈折や重層化が、藤原頼長の死去に関する解釈や評価についてもみられる。《忠実の悲嘆》で忠実は、「何ナル者ノ放シケル矢ニカ、多ノ人ノ中ニ、左府ニシモカヽル事ニ相ケント心憂ゾカシ。…（中略）…何事モ前業ノ果ス所也。……」と掻き口説く。子息の悲報に動揺しつつも、一方ではそれも「前業」ゆえと仏法的な因果応報観によって納得しようとする。そのような忠実による解釈とは別に、『保元』表現主体の地の文（《頼長死去についての評語》）でも評価が次のように示されている。

左府失セサセ給テ、職事弁官モ道暗ク、帝闕仙洞モ捨レナント、世コゾ（ツ）テヲシミ奉シカ共、不ㇾ及ㇾ力。春日大明神ノ捨サセ給ケレバ、凡夫ノ思ニ不ㇾ可ㇾ依。此左府、誠累葉摂録ノ家ニ生テ、万機内覧ノ宣旨ヲ蒙、キラ人ニモスギ、芸能世ニ被ㇾ知給。然共、何ナル罪ノムクヰニテ、カヽル事出来キニケン。氏長者ニ至ナガラ、神事仏事疎ニシテ、聖意ニ叶ハザレバ、我伴ハザル由、大明神御託宣有ケルトゾ承ル。

まず「春日大明神」が出ているのは、頼長が藤原氏であるがゆえにその氏神が出されたものであり、特別な認識を示したものではない。ところが右の末尾で、藤原氏の「氏長者」として「神事仏事」を疎略にしたからこそ春日「大明神」の加護が離れたとしている。いったんは「何ナル罪ノムクヰニテ、カヽル事出来キニケン」と解釈に苦しみつつも、その直後に、春日「大明神」の加護が離れるような原因をつくったがゆえ（「神事仏事疎ニシテ」）という評価を付加している。この自問自答ふうの不自然な文脈——登場人物の心理をたどっているのではなく、表現主体の地の文でこれが起こっている——は、「氏長者ニ至ナガラ……」以降の一文が、あとから付加されたことを物語っている。この部分でこそ文保本との異同は生じていないが、頼長が流れ矢に当たったところでは、「『御馬ニ召タル人ニ、下リ様ニ矢ノ立事只事ナラズ。神矢ニ当セ給タル歟』ト申ケリ」とあるところ、文保本では傍線部は傍記されているのであり、それが半井本で本行本文に組み入れられたのである。流れ矢が「神矢」となって当たるなど、いかにも元寇以降の神国思想の影響を受けた補入ではないだろうか。このように、頼長の死をめぐっても、鎌倉末期の神国思想の影響によって解釈が重層化したところが存在するのである。

五　管理圏の基本的不変

『保元』は、成立当初の管理圏である天台宗周辺から大きく離れないまま、眼前の文保本・半井本に至っているようにみえる。鎌倉末期に、当初の管理者（天台宗周辺）から離れたか、あるいは管理圏そのものが開放的になって東国武士の情報が入りやすくなったのではないかと考えられる。その段階で、大庭ばなし、村山党ばなし（金子ばなし）、後藤兵衛真基や片切小八郎大夫景重の名が重層的に折り重なり、『保元』はいわゆる軍記物らしくなった。逆にいうと、それらの表層部分をはがして残る部分は、天台宗周辺の認識に支えられた部分が根強く残っていると判断することができる。それは、鎌倉末期とみられる層まで続いている。つまり、物語成立の鎌倉初期から改変時の鎌倉末期までは管理者・管理圏という意味での認識の変化はみられない。その根拠は追補された部分も説草的だからである。著しく異質な大庭ばなし、村山党ばなし（金子ばなし）が後次的に流入していることは間違いない（一九一頁、一九三頁）ので、ふつうに考えれば『保元』が原初の管理圏を出て東国武士社会に入り込み、そこで大庭ばなしや村山党ばなし（金子ばなし）が追補されたと考えればよさそうなものである。ところが、そうとも言えない側面がある。

　文保本が一三一八年に書写されるまで、この系統の伝本はおそらく寺院社会を出ていない。その根拠は、**武士や武具にたいする知識の欠如**である。《大庭兄弟と為朝の対戦》で為朝が大庭景義に射た矢は、大庭の乗った馬の腹を貫通し、文保本では次のように表現されている。

〈矢ハカケテ門ノ柱ニゾタチニケル〉
カブラハ　サト破テノク　コナタニクダケテチル。
《カリマタハスナゴニサトタチニケリ》

　文保本の本行本文の右にも左にも行間書入れがあって、この部分の文脈が異本間で揺れていたか、あるいは文保本の書写者が解釈に苦しんで手を加えていた痕跡である。矢の篦《の》（竹の部分）は馬の腹を貫通して向こう側に行き、鏑や雁股は手前に落ちたはずである。右側の行間書入れである「矢ハカケテ門ノ柱ニゾタチニケル」とは、〝矢が欠けながらも（破損しながらも）門の柱に立った〟という意味だろう。しかし、尖った金属である矢尻もなく、竹の部分だけで門に立つとは考えられず、非現実的である。左側の行間書入れである「カリマタハスナゴニサトタチニケリ」とは、〝雁股は砂のように砕けてその塵がさっと立った〟という意味だろう。雁股は、金属のV字型ないしはU字型の矢尻である。それが粉々になったというのも、あまりにも非現実的である。あるいは雁股についての正確な知識がなく、鏑と勘違いしたのだろう。右側・左側ともに、いくら為朝像を巨大化する指向に支えられた文脈であったとしても、あまりにも度を越している。半井本の書写者はそのゆきすぎに気づいたらしく、半井本ではすっきりと、「鏑ハコナタニクダケテケル」のみとしている。このあと大庭が「カリマタヲサシアゲテゾミセタリケル」と言う場面がある（文保本・半井本とも）ので、これより前で雁股が砂のように粉砕されていては困るのである。もちろんそれだけが理由でなく、あまりにも非現実的な描写を半井本の書写者は嫌ったのだろう。

じつは、引目・鏑の混同問題は、この大庭ばなしの随所に見られる。為朝が大庭にたいして「キヤツバラヲ鏑ニテイバヤ」（文保本）と思うところは、半井本では、「キヤツ原ヲ引目ニテ射バヤ」と修正されている。しかし、それが正しい修正であったという保証はない。右のように、雁股が付いているのであるから、鏑のほうがよかったのかもしれない。「キヤツヲ鏑（あるいは引目）ニテイ《射》バヤ」のあと、その描写として、

鏑ハ朴ノ生木ヲ、一昨日切寄タルヲカヰソイデ、手々ニクレトテクラセタル。人ノ引目ト云ヨリモ、猶八寸長ク大ニ、目九サシテ、目柱ニハ角ヲゾシタリケル。カネ巻ニ漆一ハケ、夜部指タルガ、能モ乾ヌニ、手前六寸、口六寸、ナイバ八寸、大カリマタヲネヂスゲテ、ミネニモ能程ハヲゾ付タリケレバ、小キ手鉾ヲ二打違ヘタルガ様ナル物也ケリ。《大庭兄弟と為朝の対戦》

とある（ここは両本の異同なし）ことから、武家故実の研究においても、もともとこの時代の鏑・引目の概念が定まっていたかどうか微妙なところである。《膠着状態に悩む義朝》にも、文保本で「凡門々ニハ鏑ノ音不絶、矢サケビノ音隙ナシ」とあるのに、半井本では「凡門々ニハ、鏑、引目ノ音不ㇾ絶シテ、矢サケビノ音、隙モナシ」となっている。それにしても、鏑（文保本）から引目（半井本）へと書き換えたり、同じモノを指して「鏑」と呼んだり「引目」と称したりするところに、この表現主体の自信のなさが透かし見える。かりに武士の世界においても定まった呼称がなかったとしても、それを直接使用する立場の人間は〝自分の呼称〟を決めて使っていたはずである。それらが個々人によってまちまちである場合に、総体としては〝定まっていない〟という言い方になるのである。個人が、コップと呼ぶのかカップと称するのか迷いながら使用するなどということはないだろう。ゆえに、文保本の書写者（異本があったとしてその周辺書写者も含めて）は、武士の力量や武具の詳細についての知識が薄いかそれらとの距離感が遠くて、

想像でしか書けなかったのだろうという状況が推察できる。『吾妻鏡』にみえる為朝と大庭の対戦譚のほうが、よほどリアリティがある。こうしてみると、『保元』が大庭ばなし、村山党ばなし（金子ばなし）を後次的に付加した層について、原初の管理圏である寺院社会を出たためとみるべきではなく、**寺院社会に定本が存在しながら、それら東国武士の話を採り込んだということになる**のではないだろうか。(5) それは、文保本の置かれている環境が、武士社会にも受け入れられるような形で変容せざるをえなかった――管理圏が寺院から武士社会に移ったのではないかと誤解されるほどに——という事情を反映しているのだろう。つまり、文保本の最終段階での武士社会にすり寄った変容は、武士社会からの圧力によるものではなく、**寺院社会自身の武士社会への迎合主義に基づくものだった**と考えられるのである。こうして、**文保本『保元』は、その重層構造の最終局面においても原初の管理圏から大きく離れることなく、しかし自ら開放的な立場を採ることにより、物語の変容（軌道修正）を果たしたと考えられる**のである。

（5）　これまでに、『平治』や『平家』の影響によって片切小八郎大夫景重や後藤兵衛真基や平家貞の名が追記されたと指摘し（一九一頁、二二七頁）、また、『普通唱導集』所載の『保元』の表現から市井での享受者からの刺激を想定した（二四〇頁）。このように、鎌倉末期には管理圏自体が閉じられたものではありえず、風通しの良いものになっていたようだ。それだけ、『保元』も巷間で流布し始めていたということなのだろう。

六　おわりに

以上のように、『保元』の成立はおそらく天台宗周辺であり、表現主体（この場合は実体作者というべきか）の身分階層は三位・四位・正五位程度とみられる。平安最末期に成立した、素材話たる『為義物語』（〈為義出家〉〈為義最期〉）はたいして身分も高くない布教僧でも作りうる話だろうが、それらを『保元顛末記』につなぎとめたり、冒頭部の鳥羽院聖代観の表現や熊野託宣譚の作為に見られたりする表現操作をみると、かなりの教養層が統括的なところで関与したとみられる。ゆえに、「が」「の」から析出された三位・四位（下っても正五位）というやや高めの身分階層と、実際に『保元』から窺える操作のレヴェルは、符合するといえるのである。

そして、『保元』は原初の管理圏を出ないまま時代の変化に合わせて批判の矛先を変えつつ、鎌倉末期を迎えたとみられる。

文献

黒田俊雄（一九五九）「中世国家と神国思想」日本宗教史講座　第一巻『国家と宗教』京都：三一書房／『黒田俊雄著作集　第四巻　神国思想と専修念仏』京都：法蔵館（一九九五）に再録
高橋美由紀（一九八五）「中世神国思想の一断面」「東北福祉大学紀要」9巻1号
田村圓澄（一九五八）「神国思想の系譜」「史淵」76輯
佐々木馨（二〇〇五）「神国思想の中世的展開」『日本中世思想の基調』東京：吉川弘文館
佐藤弘夫（一九九五）「神国思想考」「日本史研究」390号
東郷吉男（一九六八）「平安時代の『の』『が』について――人物をうける場合――」「国語学」75号
野中哲照（一九八八）「語り手の視座――歴史文学をとおして――」「早稲田大学大学院文学研究科紀要　文学・芸術学編」14巻1号
野中哲照（二〇一四）「中世の胎動と宗教多極化政策――仏法偏重から仏法・神祇均衡へ――」「古典遺産」63号
野中哲照（二〇一五）「歴史の簒奪――〈清原氏の物語〉から〈源氏の物語〉へ――」『いくさと物語の中世』東京：汲古書院
渡辺守順（二〇〇一）「『保元物語』の天台」「叡山学院研究紀要」23号

第十九章　『保元物語』形成論のための編年

一　問題の所在――編年という発想――

本章の標題に示した「編年」とは、考古学の用語である。いちばん一般的なのは、土器編年だろう。新たに発見された遺構や遺物の時代性を推定するために利用されるモノサシのようなもので、新出の遺跡・遺物をそれに当てはめることによって前後関係や年代を特定することが可能になる。編年には、二個以上の遺構・遺物を比較して旧新の前後関係を決定する〈相対編年〉と、発掘された地層に含まれている火山灰などから一個の遺跡・遺物の年代を決定して指標とする〈絶対編年〉とがある。〈絶対編年〉を説得力のある合理的な指標として活用しながら、それに〈相対編年〉も絡ませることによって、より厚みのある総合的な遺跡・遺物群全体の重層性（歴史性）が明らかになる。考古学では、大雑把に措定されて始動した編年が、その後の新たな発掘成果や新たな測定方法によってどんどん塗り替えられ、編年自体の更新と遺跡・遺物の年代特定との間でたゆみなく往復しながら研究全体が精緻化している。

本書は全編にわたって『保元物語』の〈動態的重層構造〉を明らかにしようとしているが、その重層性とはまさに地層のようなもので、古い層の上に新しい層が積み重なって形成されるものである。その重層構造の解明とは、実体的にいえば一一五六年に合戦が勃発し終結してから『保元』の現存最古態本である文保本が書写された一三一八年までの一六二年間の道のりを明らかにすることである。この期間には平治合戦、治承養和寿永合戦（源平争乱）、承久合戦、元寇などの大きな合戦があり、鎌倉幕府内部でも宝治合戦にいたるまでに多くの摩擦が生じている。当然のことながら、それらの合戦や事件によって社会認識や歴史認識に変化をきたすだろうから、それらが一種の指標となりうる可能性がある。『愚管抄』の成立年次が、承久合戦を指標としてそれより前か後かという議論がなされたことは、よく知られている。その場合の承久合戦は、考古学でいうところの〈絶対編年〉に相当するものだろう。

本書の随所において、鎌倉初期か中期かなどというざっくりした判断のしかたをとっている。現実には一年刻みでも認識は変容するものだろう。それなのに大雑把な把握が有効だと考えるのは、物語が重層化している場合、〝変えようとしないかぎりは変わらない〟という考え方を大前提にしているからである。実際われわれは、〝変えようとしない〟おびただしい転写本・模写本の存在を知っている。〝変えよう〟とするからには、それなりの年数の隔絶や合戦などに拠る社会状況の変化を経験しているとみるのは、当然のことだろう。

さて、考古学的な編年の発想をより意識化して軍記研究に援用するためには、まず物語の重層性を解明することが先決である。そして一方では、軍記の形成期の編年という指標を充実させてゆくことも必要である。とくに、『保元』『平治』『平家』の形成期と目される鎌倉期のことは、『吾妻鏡』などごく一部の史資料が存在するのみで――しかも『吾妻鏡』は信頼性においてきわめて怪しい――ほとんど有効な指標が得られていない。

本章は、『保元』内部にみえる前九年合戦、後三年合戦、保元合戦、平治合戦にたいする認識の旧新を重層構造という発想の中に位置づけつつ、平安末期から鎌倉末期にかけての編年の確立を目指したい。

なお、従来は、『平治』や『平家』とともに『保元』の原型も後堀河・四条朝（一二三〇年代前後）に成立したとする説が優勢であったが、それ以前の層も探ろうとした武久堅（一九八一）、原水民樹（二〇〇〇）の卓見もある。

二　平安末期成立層が存在する根拠

本書の随所において、『保元』に平安末期の層が存在することを述べているので、そのことについて、まず確認しておく。保元合戦に関する物語の中でもっとも早く成立したのは、『保元顚末記』『為義物語』だと考えられる（第八章、第九章）。『保元顚末記』を平安末期の成立だとする根拠は、第一に、現存『保元』合戦部の重層構造のうちの外側の層（表層）から一層ずつ（村山党ばなし層、武蔵武士の肥大化層、大庭ばなし層、為朝像の筑紫性誇張層、東西対決の構図層、相模武士の肥大化層など）引きはがしていったときに見えてくるのが『保元合戦記』で、それらよりも『保元顚末記』に含まれる実録的な層のほうがさらに古いことになり、文保本書写時（一三一八年）からすると相対的にかなり遡及する時点の層だと考えられることが挙げられる。第二に、それらの後次的な層を引きはがしてみえてくる『保元顚末記』の性格が、素朴で簡略な歴史叙述であり、そのような叙述が成立する環境として鎌倉初期以降は考えにくいということが挙げられる。第三に、想定される『保元顚末記』に含まれていた卑小な人物たち（平忠正を除く忠正一家、平家弘を除く家弘一家、多近久ら）の言動を正確に記し残しうる情報環境やモチベーションも、鎌倉初期以降では考えにくいという点が挙げられる。一方の『為義物語』を平安末期の成立だとする根拠は、第一に、父為義が子義朝によって斬られたことを焦点化する意識——現存『保元』の《為義出家》《為義最期》をひとまとまりにした物語だと想定している——は、その事実にたいする瞠目がなまなましく生きていた時代に発生すると考えられる点が挙げられる。しかも、義朝批判を和らげ、むしろそのように追い詰めた清盛や後白河帝を批判する指向に貫かれていることから、平氏政権期かその直後の成立と考えたほうがよさそうである。もちろん鎌倉期に入り、堂々と清盛批判を展開できるようになってからの成立ゆえの現象だと考えられなくもないが、そこまで下がると、保元合戦後三十年以上もたっていまさらのように父子の悲惨な物語を成立させようとするモチベーションが見当たらなくなる。それに、後次的な清盛像は揶揄や戯画化の対象となってゆく（批判ではなく）。このように、ある一面だけではなく、総合的に判断すると、『為義物語』は平安最末期、平氏政権期（清盛没直後も含めて）の成立だと考えてよいだろう。(1)

（1）　平氏政権期に堂々と平氏批判を展開できるのかという疑問もなくはないが、説草の本体である〘為義出家〙〘為義最期〙はたとえば一一六〇年代〜七〇年代に成立していて、その二話を接合する際に必要な〘謀反人処刑1〙（《死罪の復活》《崇徳院方武士十七人の処刑》）および〘為義最期〙冒頭の「伯父ヲバ甥ニ切セテ後、左馬頭義朝ニ、『父為義法師ガ首ヲハネテ進ヨ』ト被レ仰。義朝ハ、清盛ガ和讒ヲバ覚ラズシテ、乳子ノ正清ヲ呼デ、『コハ、如何センズル。清盛已ニ伯父ヲ切ヌ。院宣ヲ蒙ヌ』」——清盛批判の強いジョイント部分——が清盛の死（一一八一年）、平氏没落（一一八三年）以降に継ぎ足されたと考えることもできる（その平氏批判の強い〘謀反人処刑1〙は素朴で簡略な叙述ゆえ『保元顚末記』に含まれていたと考えられる部分なので、『保元顚末記』の成立もこの時期をまたぐ二段階（素材成立とその統合）で考える必要があるのかもしれない）。『今鏡』（一一七〇年成立）にも反平氏政権のメッセージが滲み出ているので、その強大な平氏政権が崩壊したところで、認識上の大きな変化（解放感や報復欲求の出現）があったと考えることができる。

根拠の第二は、《為義と六人の子供の別れ》の「奥ノ基衡カタライテ」という同時代に密着した者でなければ発せられない表現や「清盛ハ、伯父忠正五人法師ニコソ成タレ共、命計ハ扶タン也。下野守ハ、今度ノ勧賞ニ、左馬頭ニ成タン也」などという他章段と緊密にリンクする表現をもっている点が挙げられる（二五五頁）。《為義と六人の子供の別れ》は〘為義出家〙に後補された部分だと考えられるので、そこにこのような表現が盛り込まれているということは、それを除く〘為義出家〙はもっと早い時期の成立だということになる。根拠の第三は、合戦部との関係である。村山党ばなし（金子ばなし）、大庭ばなし……と表層から順に引きはがしていって窺える古態層に、〈対義朝戦クライマックス〉の指向がみえる。為朝の対戦者を〈平氏の郎等→平氏の主君→源氏の郎等→源氏の主君〉の順に配置して、対義朝戦を合戦部のクライマックスに据える展開のことである。そこには、鎌倉中期層の義朝揶揄の指向と違って、義朝にたいする批判的なニュアンスが窺える。それと比べると、終息部の為義関係話にみえる義朝評価は清盛との対照構図の中で守られているゆえに、古態だと判断される。

『保元』に訪れた平安末期～鎌倉初期の環境変化として、平氏政権→源氏政権という政権交代がある。それを一一八五年とみるか一一九二年とみるか、それによって平安末期、鎌倉初期という時代用語も揺れが生じる。その問題とは別に、人間の社会認識というものは、政治的な変動から少し遅れて付いてゆくケースもあるだろう（逆に時代を先取りするケースもある）。また、世代間の認識差の問題もある。現代日本に生きるわれわれが、二十代の若者も八十代の高齢者も、同じ時代認識をもっているということもないはずだ。ゆえに、『為義物語』や『保元顚末記』は平安末期に成立したのだとしても、それらを合体させた原態的な『保元』の成立を本書の随所において平安末期とは限定せずに「平安末期～鎌倉初期」などという幅のある言い方をしてきたのは、そのあたりの事情による。

三　鎌倉初期の義朝像・清盛像

保元合戦で勝利した源義朝は、わずか三年後の平治合戦で滅びた。そのため、〝保元で父為義を処刑したゆえに平治で滅びた〟という因果関係で解釈する発想が、自然発生的に生まれたのだろう。そこから形成される義朝像は、罪深く醜悪なものだったろう。一方で、鎌倉開幕以降のとくに源氏将軍の時代は、頼朝の父として崇めなければならない存在にもなったはずである（『保元』の表現主体は権力者にたいして批判的だが、源氏を揶揄する指向が芽生える前に源氏将軍の時代が終わったとみる。それまでは平氏政権を終わらせた英雄の一族とみられた時期がわずかに存在したのではないだろうか）。『保元』合戦部の冒頭、崇徳院方である弟頼賢に勇敢に立ち向かう義朝像は、かなり古い層だろうと判断した（一四八頁）。人物像だけが根拠なのではない。合戦部が重層的に形成されていることを分析し、村山党ばなし（金子ばなし）

の層、武蔵武士の層、大庭ばなしの層（以上、鎌倉後期）、相模武士の層（初期の東西対決の層）と表層からはがすようにしてたどりついた古態層が、合戦部冒頭の頼賢先陣ばなしであるという〈相対編年〉の考えかたも補強材料になっている。義朝像の難しさは、肯定的でも否定的でもありうるという振れ幅の広さにある。

　義朝像を美化しようとする指向が鎌倉初期の層だとすれば、それと対応するのは、次のような矮小化された清盛像だろう。

・去程ニ、清盛、三条ヲ川原へ打出デ、スヂカヘニ東川原へ打渡テ、堤ヲ上リニ寄セケルニ《伊藤父子と為朝の対戦》（「スヂカヘニ」は川の流れに押された弱さを表現するもの。）

・是ヲ見テ、安芸守《（清盛）》ヲ始トシテ、兵者共、物モ申サデ舌ヲ振テヲヂアヘリ。《伊藤五忠清の報告》

・清盛、是ヲ見テ、「大炊御門ノ西門ヲバ、『清盛責ヨ』ト宣旨ヲモ蒙タル事モ無。何トモ無寄スル程ニ、暗マギレニ不祥ニテコソ此門へハ寄当リタル。若党失テ無益也。重盛ニ目放ナ」トテ、雑色共ノ中ニ取籠テ守リケリ。…（中略）…安芸守宣ケルハ、「引退テ、京ヲ廻テ、春日面ノ門へ寄スベシ」トテ、三条ヲ東へ引退ク。《重盛の武勇と清盛勢の一時退却》（ここも、重盛を思いやる父としての「清盛」像と為朝に怯える「安芸守」像とが重層化。）

・十七日、官軍、幡磨守清盛朝臣ヲ被㆓指遣㆒ケルニ、「此所ニハ、仮ニモ去事無」ト申ケレバ、近所ノ在家ヲ追捕ス。山大衆発リテ、「此所ハ往古ヨリ追捕ノ例無処ナリ。又ハ社司ニモ不㆑触、山門ニモウ（ツ）タヘズ、押テノ沙汰ハ云レ無」トテ射ケレバ、清盛朝臣恐テ引退ク。大衆、勝ニ乗テ、清盛朝臣ガ兵三人ヲカラメ取ル。坂本ヲバ追返サレテ、大津ノ西浦ノ在家ヲ焼払。其故ハ、昨日為義ヲ船ニ乗テ、此浦ヨリ北地へ送リタリト聞へケルニ依也。僻聞《ひがきき》ニテ有ケル者也。《為義の探索》（『兵範記』では追捕役は義朝なのに『保元』が改変。九五頁。）

　ただし、人物像の場合は、それぞれの時代の評価という問題だけではなく、テクスト内で機能を負わせられ、戯画化されたり汚れ役を担わされたりすることもあるので、そのことだけを取り上げた絞り込みには限界がある。層との関係や、他の根拠と合わせて考える必要があろう。

四　鎌倉初期の「十二年」の成立――以下の節の前提として――

この節以降は、『保元』にみえる前九年合戦、後三年合戦の呼称や認識を絡めて述べる。院政初期の『後三年記』（一一二〇～二八年ごろ成立）のころには、まだ「前九年」やその古称である「十二年」などという熟語的な表現は存在しなかった。『後三年記』における「前九年」の表現は、「源頼義、貞任・宗任をうちし時」「頼義、むかし貞任をうたむとて、みちの国へくだりし時」「昔、頼義、貞任をせめし時」などと非熟語的である。これとほぼ同時代の『今昔物語集』巻二十五でも前九年合戦に相当する説話の題目は、「源頼義朝臣罸二安倍貞任等一語」と熟語的な表現ではない。『陸奥話記』とほぼ同文を記した『扶桑略記』康平五年（一〇六二）十二月二十八日条では、『陸奥話記』に相当する引用書目を「奥州合戦記」とし、「前九年」とも「十二年」とも称していない。『富家語』六七話「頼義、貞任を打ちし度の勧賞」、『中外抄』下―五三話「七騎の度乗りたりける……」に『陸奥話記』の流布や源氏復権の萌芽がみられるのだが、その流れが、保元合戦・平治合戦によってしぼんだのだと考えられる。一方、「後三年」に相当する熟した呼称も平安末期には存在しなかったらしく、『今昔物語集』巻二十五の後三年合戦に相当する説話の題目は「源義家朝臣罸二清原武衡等一語」であるし、『吉記』承安四年（一一七四）三月十七日条にみえる後三年合戦の絵巻が「義家朝臣為二陸奥守一之時、与二彼国住人武衡家衡等一合戦絵」と呼ばれている。常識的に考えて、平氏政権下において、源氏（源頼義・義家）が関与した合戦を称揚する風潮が芽生えるとは考えにくい。その当時は、平氏が滅んで源氏が再興を遂げるとは、同時代の誰もが予想していなかっただろうから、その視座や認識を〈最終的に至りついた歴史の結果〉として受け止めていた同時代人は（中立的な貴顕たちも含めて）、平氏寄りの視座に立っていたと考えられ、その立場からすると前九年・後三年合戦を源氏の歴史の起点として位置づける認識は、まだ生じえなかったものと考えられる。そのような認識が生じるのは、やはり鎌倉開幕以降のことだろう。

「前九年（合戦）」の古称は「十二年（合戦）」だが、その称が文献に登場するのは、「奥州十二年合戦絵」（『吾妻鏡』承元四年（一二一〇）十一月二十三日条）「十二年征戦」（一二一二年頃成立の『古事談』三二一話）、「十二年合戦」（同三二四話＝『宇治拾遺物語』六六話）、「頼義ガ貞任ヲセムル十二年ノタ、カイ」（一二二〇年頃成立の『愚管抄』巻四）が比較的早い例である。これ以前の史資料には「十二年（合戦）」の称は見えないことから、この称は鎌倉初期に成立した用語だと判断してよい。そして、『古今著聞集』などにもこの用例が見えることから、鎌倉期の終わりまでにある程度浸透したといえそうだ。ただし、『十訓抄』第六「前九年役頼義苦郎従忠節事」（一二五二年成立、この標題は後世のもの）でさえも、「後冷泉院の御時、陸奥守源頼義、鎮守府の将軍を兼て貞任宗任を責けるに」というような例があるので、鎌倉中期でさえも「十二年」で一本化されたとは言えないようだ。[2]

（2）大きな流れとしては、〈非熟語→十二年→前九年〉と移ってゆく。ただし、正確に言えば「十二年」は「前九年」の古称というより別称で、中世を通じてむしろ「十二年」のほうが一般的であった。「前九年」は軍記の一部に、しかも「後三年」との組み合わせでしか登場しない特殊な表現であった（野中（二〇一五a））。

鎌倉初期に「十二年（合戦）」の呼称が成立した背景には、〈前九年トラウマ〉や〈後三年トラウマ〉の広がりがあった。〈後三年トラウマ〉の重要性については、すでにたびたび指摘してきた（野中（二〇一一）ほか）。後三年合戦は私戦とされて、しばらくの間、社会的に印象が悪く、源氏の子孫でさえそれを誇らしくは語りえなかった状況が続いていた。源氏の武士のみならず、武士社会全般に〝公権力を背負いたい〟と渇仰する心理を生じさせた。それが〈後三年トラウマ〉である。じつは、前九年合戦についても似たような状況があり、やはり源頼義による強引な戦争だとする認識が一般に広まっていたようだ。反乱軍として始動した鎌倉幕府は、そのことに負い目を感じており、自らの政権を正当化するためにも先祖である源頼義の事績を称揚する必要が出てきた。とくに頼朝による奥州合戦〔平泉藤原氏討伐〕は、頼朝が征夷大将軍の称〔大義名分〕を得るために公戦としての演出を図る必要があり、同じ陸奥国の異賊を討伐した先例としての前九年合戦の悪印象も払拭する必要に迫られていた。そのため、本来、二か月程度で終息し、しかも清原氏の功績が大であるところの前九年合戦を「十二年」と呼称し、それによって清原氏の功績すなわち〈安倍氏を亡ぼした二か月間〉を希薄化し、相対的に源頼義の〈陸奥守としての十二年〉を前景化したと考えられる。すなわち、「十二年合戦」という呼称は鎌倉初期〔一二〇五～一〇年ごろ〕に鎌倉幕府内〔大江広元ら〕で発想された用語である可能性が高い〔野中（二〇一五b）〕。

鎌倉初期には前九年合戦の公戦化が始まっていたらしいが、『古事談』三一九話によれば、頼義は「殺人の罪」があるうえに「慚愧の心」もないことから地獄に堕ちそうだったが、仏堂を建立して「滅罪生善の志」を起こして極楽往生を遂げたとする。また、三二一話で義家を「八幡殿」と称して神格化し始める一方で、三二四話で無間地獄に堕ちたとする。みのわ堂の解釈についても善悪がせめぎ合っていたようである〔三一九話と三八五話〕。要するに鎌倉初期は、いくさの公戦化が先行し、源氏の人物像の美化は一歩遅れていたという状況だったと考えられる。

五　鎌倉中期の様相――『愚管抄』『六代勝事記』と『保元物語』――

『愚管抄』の歴史認識についても、本書の随所で触れてきた。保元合戦を境目として「ムサノ世」になったとか、「日本国」ではなく「コノ平ノ京」「ミヤコノ内」の争乱を問題視するまなざしが、『保元』の鳥羽院聖代観の表現、鳥羽院旧臣の登場、宇野親治ばなしの投入と通底すると述べた。この時、『保元』の第三次成立分を鎌倉中期として、一二二一年～五〇年前後と具体的に示してきた。『愚管抄』と類似の認識がみられると言いながら後ろに少しずらすのは、『愚管抄』にはまだ反復史観という動揺が看取されるからだ（野中〔二〇〇三〕）。衰退史観から脱却しつつあるものの、まだ反復史観に留まっており、物語の枠組み（上昇史観）をもった分だけ『保元』第三次分のほうが過去と訣別しているとみられる。過去と訣別しなければ、段差構想の枠組みは発生しえないからだ（野中〔一九九七〕）。

『六代勝事記』（一二二三～二四年ごろ成立）の歴史認識の問題も、傍らにある。『六代勝事記』には、頼長にたいして「朝恩にほこりて朝章をかるくし、万方をしたがへて万民をなやます」、清盛にたいして「梟悪のはかりごとをめぐらして、狼戻の群をなして、天下をみだり、洛中をあやふからしむ」、頼朝の石橋山敗戦後の再起、信太三郎先生義憲の乱における勝利に「これ偏に天、力をあたふる也」などという官賊・善悪・好嫌を決めつけた言い方が強い。きちんと歴史の因果関係を解釈しているのではなく、結果論的視座から勝利者の側に立って評価を無理やり与えているようだ。後堀河帝の教訓として成立せしめようとしたという事情もあるのだろうが、『保元』が批判精神に富んでいるのとは対照的である。これは、時代の先後関係に帰することができないので、相違のみを確認しておく。おそらく同時代の、二様のありかたというべきだろう。

さて、『保元』発端部の《鳥羽院旧臣の悲嘆》で、「承平ニ将門謀反ヲ発シ、天慶ニ純友乱逆ヲ成シ、天喜ニ貞任、宗任、奥州ニ合戦ヲ企ツ。或ハ、八ケ国ヲ打随テ、八ケ年タヽカウ。或ハ奥州ヲ随エテ、十二年禦ク」と語る。ここには東八か国の承平・天慶の乱と、奥州の前九年合戦が引かれていて、後三年合戦のことはみえない。後三年合戦のことは、源氏方にとっては〈後三年トラウマ〉ゆえに触れられたくない部分であり、それ以外の社会一般でも公戦ではないゆえに位置づけしにくいものとして――合戦と認定しにくいものとして――受け止められていたのだろう（野中〔二〇一一〕）。『愚管抄』でも、「天慶ニ朱雀院ノ将門ガ合戦モ、頼義ガ貞任ヲセムル十二年ノタヽカヒナドイフモ、隆家ノ帥ノトウイコクウチシタガフルモ」とあって後三年が脱落している。鳥羽院旧臣のこの発言（傍線部）は、前九年合戦の公戦化（これは一二〇五年ごろ以降に始まったと考えられる。先述）が先に進んで後三年合戦のそれが遅れたことの補強になっている。鎌倉後期になると、今度は後三年の公戦化が進み、たとえ貴族社会であったとしてもそれを無視しがたくなってくる。傍線部のように、**前九年合戦のみ先に公戦化されて後三年のそれがみえないのは、両者の中間にあるというわけで、鎌倉中期までの認識だとみてまず間違いない**〔野中（二〇一五a）〕。『古事談』（一二一三～一四年ごろ成立）三―二一話や『十訓抄』（一二五二年成立）第一―三四話に、「義家」の名を聞いてもひるまなかった狼藉者が「八幡殿」の称を聞いただけで降伏したとする逸話を載せる。鎌倉初期～中期に義家像の神格化〔八幡殿、八幡太郎の名が前面に出る〕が進んだことを示している。『十訓抄』第十―七四話には、「かの義家朝臣の、陸奥守下向の時、子細ありて、家衡・武衡を攻めけるに」とあって、後三年合戦にたいする認識が私戦から公戦へと塗り替えられてゆく過渡期にあるさまが如実に表れている。それが鎌倉中期なのだ。一方で、『十訓抄』第六―一七話はいかにも『陸奥話記』の影響を受けたらしき話で、（頼義が）「永承の末よりたびたび合戦につかれたりける」と、合戦が十二年間に及ぶものとする「永承」起点の源氏びいきの認識を見せ（清原寄りの認識だと二か月間のいくさ）、さらに「頼義、義家ら忠を天朝につくして、名を遠近にあげける」と称賛する。**鎌倉中期において、前九年がひと足先に公戦化され、後三年はそれが遅れていたということだ。**

前章で述べたように、鳥羽院旧臣の言葉に見える神国思想は元寇以前のものとみられる。元寇以降の神国思想は、必ず国家護持という観念が盛り込まれてくるのだが、そこにみえている神祇は、平安京を守護する、より小さな存在である。『愚管抄』巻四の、過去に「城外ノ乱逆合戦ハヲホカ」ったが「ミヤコノ内ニテカヽル乱ハ鳥羽院ノ御時マデハナ」かったとする認識にきわめて近い。平安京が――日本国ではなく――争乱の舞台になったかどうかが、問題視されているのである。このようなことから、鳥羽院旧臣の言辞は、鎌倉中期のものと推断して間違いあるまい。

さて、『保元』の《為義出家についての評語》に出る「親父義家三年ノ軍」という表現の時代相も問題である。問題の部分をあらためて見直すと、次のような文脈である。

其後、受領スベカリシニ、「何ノ国ヲモ免シ給ハン」ト仰ラレシヲ、「父、祖父ガ跡ニテ候陸奥ヲ給ラン」ト申セバ、「陸奥ハ、為義ガ為ニ不吉ノ国也。祖父ガ時、頼義十二年ノ合戦ヲス。親父義家三年ノ軍ヲス。意趣残国ニテアリ。為義ニ給バ、乱ヲ発ナン」トテ、代々ノ君免シ給ズ。

第十三章（二四四頁）で述べたように、波線部のみ鎌倉中期に後補された表現で、本来の文脈は、「『陸奥ハ、為義ガ為ニ不吉ノ国也。為義ニ給バ、乱ヲ発ナン』トテ、代々ノ君免シ給ズ」であったと考えられる。〝お前に陸奥国を与えるわけにはいかない（国家にとって不吉）〟と〝さぞかし恨みに思っているであろう（源氏の意趣）〟というように異なる文脈が混在していることが、その根拠であった。**波線部の「三年」は、次節で述べる「後三年」（鎌倉末期）よりは前の時代（鎌倉中期）の表現だと考えられ、さらに波線部を含まないかなり古い後三年合戦認識を示したものだと**考えられる。〝為義に陸奥国を与えると国家にとって不吉〟というのだから、**公戦化される気配もない**と考えられる。波線部を含まない《為義最期》は平安末期の成立だとみたが、それと符合するということである。

六　鎌倉後期〜末期の動き――「三年」から「後三年」へ――

後三年合戦を指す用語として、『保元』には、《為義出家についての評語》の「親父義家三年ノ軍」以外に《大庭兄弟と為朝の対戦》の「八幡殿ノ後三年ノ軍」が出てくる。「三年」と「後三年」だけの違いゆえ転写時の「後」の脱落かとも疑いうるが、前者は内閣文庫本、彰考館文庫本ともに「三年ノ軍」である。それに、「三年」の直上には「義家」とあるのみであるのにたいして、「後三年」の直上には尊称「八幡殿」とある。位相が異なるのだ。ゆえに、脱字ではないだろう（文字の出入りを近視眼的に精査するのではなく、位相を窺うことが重要だ）。「後三年」以前にまずは「三年（ノ軍）」という表現が存在したのだろう。しかも、《為義出家についての評語》には、「祖父ガ時、頼義十二年ノ合戦ヲス。親父義家三年ノ軍ヲス」と両合戦が併記されていて、**「十二年」と「三年」の同時出現を確認することができる。これならば、「前」や「後」の接頭語は不要だろう。**「十二年」と「三年」が併記される時期があり、その後、12－3＝9の計算（誤解）によって、「前九年」の語（認識）が生まれたということになる（12－9＝3の発想ではないということ）。史資料への出現状況からも、鎌倉期には「前九年」の称は史資料に見えず、南北朝期に入って「先九年」（『太平記』）、中世末まで下って「前九年」（古活字本『保元』）の称が登場してくる(3)（『吾妻鏡』にも〈後三年トラウマ〉の払拭意識がある。野中（二〇一一））。

（3）延慶本（一三〇九～一〇年書写）ではまだ、「相模国住人、鎌倉権五郎景政ガ末葉、梶原平三景時、一人当千ノ者ゾヤ」（第五本）としか表現されていなかったのに、覚一本（一三七一年成立）巻九「二度之懸」では、「昔、八幡殿後三年の御たゝかひに、出羽国千福金沢の城を攻させ給ひける時……」が付加されている。第二の源氏政権ともいわれる足利政権の安定とともに、その祖である義家のいくさが公戦化され、「後三年」の称も市民権を得て一般化していったことがわかる。

じつは、先述の承安本『後三年絵』をもとにして、一三〇〇年ごろに新たな絵巻物（のちに貞和本と称される）が制作されたのだが、その際に付装された序文に、「俗呼て、これを八幡殿の後三年の軍と称す」と記されたのである。この序文も重層的な成立過程を経ていて、そのうちの古層（一三〇〇年ごろの層）に、この表現がみえる。この序文は私戦であるはずの後三年合戦のことを「其後、解状を勒して奏聞、叡感尤太し」などと位置づけし直しており、**鎌倉幕府寄りの者による歴史の捏造、歪曲（公戦化）を狙ったものである可能性が高い。**おそらく、元寇以降、求心力を失い、弱体化してきた幕府の権威を高めるため、――すでに源氏将軍の時代ではないものの〈幕府の根源であるところの源氏〉を再び称揚する必要が出てきて――このような絵巻の制作に動いたのだろう（野中（二〇一四））。そのような鎌倉幕府発のプロパガンダが、文保本『保元』や、覚一本『平家』の「後三年」表現にまで広がっていったのだろう。**鎌倉後期～末期は、「後三年」の称が成立した時期であり、『保元』の大庭平太景義の名乗り（「昔、八幡殿ノ後三**

年ノ軍ニ〜」）は、その時期の認識を反映したものと考えられる。

こうして前九年・後三年認識の変容を通時的に概観したうえで、『保元』末尾の次のような表現に向き合ってみると、それが鎌倉末期のものであることが判明する。

> 昔ノ頼光ハ四天王ヲ仕テ、朝ノ御守ト成リ奉ル。近来ノ八幡太郎ハ、奥州へ二度下向シテ、貞任、宗任ヲ責落シ、武衡、家衡ヲシタガヘテ御守ト成奉ル。今ノ為朝ハ……《為朝の評価と保元合戦の意義》

先述の鳥羽院旧臣の言葉とは逆に、ここでは頼義や前九年合戦のことが消えており、義家が「奥州へ二度下向シテ」ひとりで前九年（貞任・宗任）も後三年（武衡・家衡）も平定したことになっている。**『保元』の末尾の総括記事は、東博本『後三年合戦絵詞』序文の原態層（一三〇〇年前後）、文保本の書写年代（一三一八年）と同時代の鎌倉末期のものであることが知られる**のである[4]〔『保元』末尾の総括評語は、古態の文章の残存したものではなく、文保本の書写年代に近い鎌倉末期的なものであるということにもなる〕。

（4）12－3＝9の誤解がなぜ生まれたのかもわかる。『保元』末尾の総括に見えるように、鎌倉末期には一時的に〈義家が前九年も後三年もひっくるめて平定した〉という認識を幕府側が広めようとしていたらしい。つまり両合戦を一体のものとしてアピールする動きがあったということだ。しかしそれは一時期しか続かず、その後、再び頼義・義家それぞれの事績を分けて語ることになった際に「十二年」が両合戦の総体であるという誤解が生まれ、そこから「三年」を引くという発想が生じたのだろう。このプロセスは、鎌倉末期に、いかに義家の像を美化することに鎌倉幕府方が躍起になっていたかを物語るものだろう。

呼称の変容を整理すると、次のようになる。**前九年についても後三年についても熟語化した用語をもたない時代（平安末期）の次に、いわゆる前九年合戦を指す語として「十二年」合戦と称する時代が訪れた（鎌倉初期）。そして次に、後三年合戦を指す「三年」の語が生まれ（鎌倉中期〜後期）、ついでそれが「後三年」となり（鎌倉後期〜末期）、**

計十二年からの引き算によって南北朝期に「先九年」の称が生まれたのである。そして呼称の変容を認識の変容によるものと捉え返すと、**前九年合戦像や源頼義像の復権が急務であった時期（鎌倉初期）、その延長線上に源義家の復権も目論まれた時期（鎌倉中期〜後期）、その方向性が強力に推し進められた時期（鎌倉後期〜末期）、そして〈父頼義の前九年〉と〈息義家の後三年〉というように認識上の分担が明瞭化し記号化した時期（南北朝期）**というように、歴史認識の変容を窺うことができる。

『保元』の中に鎌倉後期の時代性を反映した義家像の窺えるところがある。《伊藤父子と為朝の対戦》である。

伊藤武者景綱、五十騎計ノ勢ニテ、先陣ニ勧テ申ケルハ、「…（中略）…源氏カ、平氏カ、党カ、高家カ。名乗給へ。…（中略）…」トゾ各乗ケル。筑紫八郎、「為朝ガ此門ヲバ固タル也。汝ハ、サテハ合ヌ敵ゴサンナレ。平氏ノ郎等ナラバ、引テノキ給へ。汝ガ主ノ清盛ダニ、合ヌ敵ト思ゾヤ。其故ハ、平家モ王孫ト云へ共、葛原天皇ノ末ニテ、皇孫遥ニ隔タリ、時代久ク成リ下レリ。源氏ハ、誰カハ不レ知、清和天皇ノ苗裔ニテ、為朝マデ九代ニ当レリ。六孫王ノ七代、満仲ガ六代ノ後胤、頼義ガ四代ノ孫、八幡太郎義家ガ四男、六条判官為義ガ八男也。況ヤ、郎等ニ向テ弓ヲ引、矢ヲ放ニ不レ及。景綱ナラバ引退」トゾ申タル。其時ニ景綱、大ニ笑テ申ケルハ、「源平二ノ家ヲ朝家ニ召仕レ、左右翅ニテ、日本国ノ両大将也。平氏ノ郎等ハ源氏ヲ射、源氏ノ郎等ハ平氏ヲ射ツル事、于レ今《いまに》初ヌ事也。互ニ不レ射バ、不レ可レ有二合戦一哉。…（中略）…ヤ、殿、八郎殿、平氏ノ郎等ノ射ル矢ハ、源氏ノ身ニハ立ヤ、不レ立ヤ、試ミ給へ」トテ、矢ヲ放ツ。

平氏とともに源氏も「王孫」であるとするプライドを持ち、「八幡太郎義家」を誇らしく語り、平氏にたいする源氏の優越を説いている。上述の分析から、これも鎌倉後期の認識を反映したものとみてよいだろう。伊藤ばなしそのものは合戦部の中ではかなり古い層に属するとみられる（一六七頁）が、詞戦いの部分については後補である可能性があると述べたとおりである（三四一頁）。また、処刑を前にした為義の口説きのところで、表現主体の言葉として、サレ共、六孫王ノ六代ノ末葉、満仲ガ五代ノ末ニ、伊与入道頼義ガ孫、八幡太郎義家ガ四男也。昨日マデ謀反ノ大将也。今日、出家ノ姿ナレ共、弱気見ヘジトテ、押ル袖ノ下ヨリモ、余テ涙ゾコボレケル。

とあるのも、鎌倉後期の認識によるものだと考えてよいだろう。

ここで注目したいのは、『増鏡』から窺える鎌倉中期〜後期の時代相である。鎌倉幕府の、京の朝廷に対する介入は、承久合戦後から見え始める。『増鏡』第三「藤衣」には、後堀河帝の即位（一二二一年）が「東（関東）よりのをきて」であることを明らかにし、これが「にはかに」なされたことであるとか、「孫王にて位に即かせ奉」った珍しい例であるなどという言辞に、批判を滲ませている。第五「内野の雪」には、摂家将軍藤原頼嗣の就任（一二四四年）のところで、「天の下の御後見」が北条時頼であるとまで言う。さらに、皇族将軍である宗尊親王の謀反嫌疑による将軍交替事件（一二六六年）で、後見人である北条時頼のとりなしがあったゆえ京への送還で済んだ――それがなければ殺されていたことを滲ませる――などという表現からは、鎌倉幕府の圧力の強化が窺える。第十「老のなみ」で、後宇多帝から伏見帝に交替する際（一二八七年）にも、「例の東より奏する事あるべし」と、鎌倉幕府の関与を示唆している。ここは南北朝の分裂が決定的となった瞬間であり、そこに幕府の思惑が関わったと『増鏡』は批判的に語っているのである。

論者は、西園寺実氏（一一九四〜一二六九）が「大炊御門（の北）京極（の西）」（『増鏡』第七）の「常盤井」なる御所に住んだ鎌倉初・中期（『古今著聞集』四〇三段によれば、天福元年（一二三三）の時点で実氏は常盤井殿に住んでいた）に、武士政権にたいする批判的風潮や対抗意識の萌芽をみている。近衛兼経（一二一〇〜五九）はその後半生において宇治の岡屋荘に住み、岡屋殿と呼ばれていた。そこは許波多神社の地、すなわち木幡のことなのだ。大東急記念文庫本『伏見常盤』の古態層にみられるように、木幡は鎌倉期においては常盤伝承の聖地であったと考えられる（上村まい〔二〇一四〕）。また、のちに「伏見天皇」と諡号されることになったその帝は、生前（在位は一二八七年〜九八年）、伏見殿をとくに愛したことでも知られている。当時の伏見も常盤伝承の聖地であったはずだ。常盤の子である義経像が一気に肥大化し、『平家物語』の後半（巻七以降）が成長したのも、この鎌倉中期から後期にさしかかる時期であったろう。つまり、義経像の肥大化も、西園寺家の御殿が常盤井殿と称したことも、近衛兼経が岡屋殿に住んだことも、伏見殿を愛した帝が出現したことも通底していて、隠微なかたちでの鎌倉批判、対鎌倉意識だと考えられるのである。都合の良いことに、義経には両義性・反転性があって――頼朝の弟であるというポジティヴな面と、頼朝に殺された武将というネガティヴな面と――、判官びいきの火付け役たちはそのネガティヴな面に着目して義経伝承の形成に努めつつも、鎌倉方に文句を言わせないように表向きには頼朝の弟としてのポジティヴな面を押し出すことができたのだろう。

南北朝期に入っても、一方には『源威集』のような強烈な源氏史観の歴史叙述が出現しつつ、もう一方で『神皇正統記』のような痛烈な武家政権批判の歴史叙述も登場しうるというように、双方が綱引きを繰り広げていた時代相である。その時代相の淵源が、鎌倉初・中期の常盤井殿創建のころではないかと考えるのである。もちろん文永（一二七四年）・弘安（一二八一年）の役による幕府の弱体化も考慮しなければならない。承久合戦直後こそ幕府の求心力は高まったようだが、『増鏡』によれば、後嵯峨帝の一二四〇年代には文化的な故実を守ることによって朝廷方が存在感を増していたようにみえる。『弁内侍日記』や『五代帝王物語』をみても、この時期の京の貴顕は先例遵守の意識がひじょうに強かったことがわかる。故実や先例が彼らのアイデンティティの発露の場であり、それが〈文化の力〉となったのだと考えられる。京や朝廷が文化の力によって勢いを盛り返してくると、自らの求心力の低下に危機感を抱くようになり、鎌倉や武家政権はその正当性を主張したり、過去の歴史を改竄したりしたくなる。軍事的な優位性だけに安住していられなくなるのだ。

七　鎌倉末期の様相

このように、テクスト外部の社会状況という尺度に当てはめてみると、頼義も義家も揃って手放しで称揚される次のような認識は、鎌倉末期のものといえる。

波多野次郎ガ云ケルハ、「イカニ、鎌田殿。カヽル無レ情事ヲバ計中候ゾ。八幡殿ト、朝家ノ御護ニテ渡セ給判官殿ノ御座セバコソ、其子ニテ、殿ハ大将ヲモ承テ、朝恩ニモホコラセ給へ。…（中略）…昔ヲ思バ、伊予殿、相模殿ト申シ時、仕レ始テ、其御子ニ八幡殿ヲ主ト頼奉テヨリ以来、八幡殿ノ御子ナレバ、入道殿モ我等ガ主、其御子ナレバ、頭殿モ我等ガ主、相伝ノ主ニ此事知セ奉ラザランコソ罪深ケレ。此事申テ、最後ノ十念ヲモ進奉バヤ」ト申バ《波多野と鎌田の論争》

傍線部で義家と為義を崇拝する意識を示し、波線部で頼義・義家以来の郎等との相伝関係を語っているのだが、これまでの分析からすると、このような手放しでの頼義・義家の称賛は、鎌倉初期にはたとえ幕府内部であっても生じにくかったはずだ。鎌倉中期でも無理で、妥当性があるのは鎌倉後期だろう。もう一度、傍線部を振り返ってみると、「八幡殿ト、朝家ノ御護ニテ渡セ給判官殿」という表現は不自然である。「八幡殿ト」が取って付けたようなのである。朝家の守護である為義のことだけ言えばよい文脈だろう。文保本にみえる行間書入れの事例からしても、「八幡殿ト」の程度の短い書き入れも、ありえそうなことである。《為朝の評価と保元合戦の意義》を想起してみると、「近来ノ八幡太郎ハ、奥州へ二度下向シテ、貞任、宗任ヲ責落シ、武衡、家衡ヲシタガヘテ御守ト成奉ル」と頼義像を消去してまで義家像を美化・巨大化しようとしている指向と、この「八幡殿ト」の追補（想定）の指向とが、通底しているようにみえる。これが文保本書写の一三一八年ごろの操作だと措定すると——この部分は文保本が存在せず半井本によったものだが――、「八幡殿ト」が追補されずに「伊予殿」（頼義）も祖として仰がれている波線部のあたりは、一三一八年よりは一段階前の認識を示したものということになろう。少なくとも、物語末尾で頼義像を消去する認識とは異質である。これまでに分析してきた尺度（編年）に合わせるならば、鎌倉後期の一二八〇年代かその前後の認識に支えられて、《波多野と鎌田の論争》が成立し、「八幡殿ト」は鎌倉末期に付加されたのではないだろうか。

《鳥羽院旧臣の悲嘆》の、「是皆辺土ノ事也。都ノサワギニ非ズ。誰ノ人カ此京ヲ亡サン。何ノ輩カ吾国ヲ乱ン」から窺える関心事は、京の都が合戦の舞台になるかどうかの一点にあった（先述）。一方で、一二八〇年代以降、元寇によって神国思想が台頭してきた時代を想定してみると、京が合戦の舞台になるかどうかということよりも、「日本国」そのものが相対化されるようになる（『保元』に神国思想が投影していることについては三六一頁前後で詳述）。そのような鎌倉後期に、想像力を逞しくして鎌倉初期の認識を復元し、鳥羽院聖代観や京の都の聖域観を表現することは、現実的には難しいだろう。『保元』発端部には、宇野親治事件の場所を法住寺（現在の三十三間堂付近）から法性寺（現在の東福寺付近）に置き換えて〝京の都を守った〟かのように表現しているところがあるのだが（三七頁）、その操作は、鳥羽院旧臣が示した京の聖域観と通底するものである。『保元』のそのような部分は、鎌倉中期までの層だと考えられる。逆に、『保元』後日譚部の崇徳院怨霊譚や為朝渡島譚はどちらも「日本国」が相対化され脅かされる話なので、鎌倉末期（元寇以降）の認識を反映しているのではないかと考えられる。

八　平治合戦を想起させる文脈の時代相

この節では切り口を変えて、『保元』にみえる、平治合戦の勃発やその結末を想起させる文脈について検討する。次のように三か所あるのだが、三者三様の時代相を呈している。

[A]（乙若の言葉）哀、下野守ハ悪クスル物哉。是ハ清盛ガ讒奏ニテコソ有ラメ。親ヲ失ヒ、弟ヲ失ヒ終テ、身一ニ成テ、只今源氏ノ胤ノ失ナンズルコソ不便ナレ。二年三年ヲヨモ出ジ。《四人の反応》

[B]新院、七月廿三日ニ、仁和寺殿ヲ出サセ給ニ、其御跡ニ不思議ノ事有ケリ。源氏義朝与《と》平氏清盛朝臣合戦スベシト云披露有ケリ。源氏平氏郎等共、東西ヨリ馳集。高モ卑モ、今ハ物ヲバ凡返シテ、安堵シテ有ツルニ、今度ゾ世ノ失終テセムズルトテ、又物ヲハコビテ、近キ程ニ焼亡ノ出来タルガ如シ。大路ニハ灰ヲケ立、黒煙ニ似タリ。主上モ聞食ス。公卿殿上人馳集テ、足手ノ置所ヲ知ズ。信西承テ、仰テ云、「各存ズル旨有バ、事ノ子細奏聞ヲヘテ、聖断ヲコソ可レ仰ニ、両人合戦ヲ企ル由、披露アル間、武士衢《ちまた》ニ満々タル由、天聴ニ及ビ叡聞ヲ驚ス。速ニ狼籍ヲ止メ候ヘ。子細何様ナル事ゾヤ」ト尋ヌル処ニ、両人共ニ申テ云、「更ニ無二跡形一事ニテ候」由ヲゾ申上タル。天狗ノ所為ナルカ。人ノ肝ヲツブシケルコソ不便ナレ。《平治合戦勃発の予兆》

[C]其後ハ御グシモ剃ズ、御爪モ切セ給ハデ、生ナガラ天狗ノ御姿ニ成セ給テ、中二年有テ、平治元年十二月九日夜、丑剋ニ、右衛門督信頼ガ左馬頭義朝ヲ嘩テ、院ノ御所三条殿ヘ夜討ニ入テ、火ヲ懸テ、少納言入道信西ヲ亡シ、院ヲモ内ヲモ取進テ、大内ニ立テ籠テ、叙位除目行フ。少納言入道ハ山ノ奥ニ埋レタルヲ、堀リ興サレテ、首ヲ被レ切、大路ヲ渡サレ、獄門ノ木ニ被レ懸シ事、保元ノ乱ニ多ノ人ノ頸ヲ切セ、宇治ノ左府ノ死骸ヲ堀興シタリケル其報トゾ覚ヘタル。信頼卿軍ニ負テ、六条川原ニテ被レ切ヌ。義朝方ノ負シテ、都ヲ落テ、尾張国野間ト云所ニテ、長田四郎忠致ガ為ニ被レ討ニケリ。一年セ保元ノ乱ニ乙若ガ云シ詞ニ少モ違ズ。《崇徳院の怨霊化と平治合戦》

このうち、[C]の波線部が[A]を受けているようにみえるが、だからといって[A]と[C]が伏線と回収のように同時に発想されたと考える必要はない。この部分は、白崎祥一（一九七七）によって、後補であることが指摘されている部分である。[C]は[A]を意識しながらの後付けであると考えてよい。もともと後日譚部は鎌倉末期の成立と想定しているのであるから、**さらにそこに後補された[C]は、最後に加えられた部分（鎌倉最末期）だと考えられる。**

Bはまた、「又物ヲハコビテ」の「又」が、発端部《崇徳院、鳥羽を出る動き》の「家々ニハ、門戸ヲ不レ開シテ、所々ニハ、馬車ノサワガシク、高モ賤モ、資財雑具ヲ東西南北へハコビカクス」と呼応している（二八頁）。このような微細な表現レヴェルの呼応は、後付けでは難しいだろう。同時に発想されているようだ。それに、このようなサンドウィッチ式の呼応表現という発想自体が、鳥羽院旧臣の言辞と同位相である。また、「東西ヨリ馳集」「大路ニハ灰ヲケ立」「武士衢ニ満々タル」などという表現は、都の存亡を想定しているとみられるから、この点でも鳥羽院旧臣と通底する。**Bは鎌倉中期の層だとみてよい**だろう。

Aすなわち《幼息最期》は、義朝の所業を抽象的な悪因悪果で捉えるのではなく、現実的な勢力図の劣勢として捉え、その危惧を述べている。因果応報の解釈という基本的・原初的な認識が薄れているようだ。もともと《幼息最期》の全体を鎌倉後期の成立と想定したのであった（二六九頁）。

九　おわりに――妙音院師長像の難しさ――

これら以外にも、『保元』には時代的位相を窺えそうな文脈・語句がある。しかし、時代を特定するほどの根拠は見出せない。《師長から忠実への書状》で琵琶の名手としての妙音院師長像の萌芽が見える点も、時代相の特定が難しい。三人の孫が祖父忠実を慰問するところで師長だけが、忠実に手紙を送るのであるし、そのあとも、「土佐へ被レ流給中納言中将師長、故郷ハ今日ヲ限ト思食。四方ヲ見回テ、『今生ニハイカデカ見参セムナ』。残ノ兄弟御涙ニ咽デ御返答ニ及ズ」と特筆される。四人の孫（範長を含めて）の中で、師長だけが配所（土佐国）から帰還することができたという事情も大きいだろう。ほかの三人は、それぞれの配所で没したのである（一部推定を含む）。八年後に帰還した師長は、その後、従一位太政大臣まで昇りつめている。しかし、治承三年（一一七九）の政変により尾張国に流され、三年後に再び帰還している。こうして師長が二度も帰還を果たしているという結果を知ると、先ほどの「今生ニハイカデカ見参セムナ」は、いかにもしらじらしい言葉である。師長の帰還を知っていたからこそ、〝永久《とわ》の別れになるかもしれぬ〟などという言葉を、師長に言わせたのだろう。さて、師長がなぜそれほど好意を抱かれたか、である。祖父忠実に宛てたさきほどの手紙の中に、「師長一面の琵琶を提げて、万里の雲路を去らむと欲す」とある。有名な師長と琵琶とのつながりである。師長は生前から楽聖と称えられたとされており、琵琶の名手である。二度目の帰還のあとは（尾張で出家していたということもあり）都で栄達を遂げるということはなかったらしいが、師長没後、楽人たちの間で彼のイメージは復権を遂げてゆく。それが、伝承世界の妙音院師長像である。琵琶の上で師長の系譜を引くと名乗っているのは、鎌倉期の西園寺家である（荻野三七彦（一九八一）、西田かほる（一九九九）、高橋秀樹（二〇〇〇））。『十訓抄』（一二五二年成立）に「妙音院師長」の称が出てくるが、『保元』ではまだ「妙音院」とも号されないし「妙音天」も出てこない。これを根拠として、いついつと時代を特定できるわけではないが、鎌倉後期になると楽聖たる師長像はもっと大きくなるようにも思われる。しかし、平安末期においてすでに楽聖と称えられていた師長像が窺える（『玉葉』仁安二年（一一六七）五月一日条ほか）ので、現段階でこれ以上の限定は、困難だろう。

　このように、『保元』には、今後の研究の進展次第で時代相を限定してゆけそうなところもある。この章で試みた〈編年〉の提示は、『保元』だけでなく『平治』『平家』『太平記』なども含めて、より充実してゆく必要がある。本章の検討が、今後さらに充実してゆくであろう〈編年〉の叩き台に過ぎないものであることは言うまでもない。

文献

上村まい（二〇一四）「大東急記念文庫本『伏見常盤』の古態性」「鹿児島国際大学大学院学術論集」第6集
白崎祥一（一九七七）「『保元物語』の一考察——讃岐院記事をめぐって——」「古典遺産」27号

荻野三七彦（一九八一）「西園寺の妙音天像――「西園寺家と琵琶」の一節――」「古文書研究」17・18合併号
高橋秀樹（二〇〇〇）「家と芸能――「琵琶の家」西園寺家をめぐって――」『芸能の中世』東京：吉川弘文館
武久　堅（一九八一）「鎌倉本保元物語と延慶本平家物語の先後関係」「國學院雑誌」82巻4号
西田かほる（一九九九）「西園寺家の妙音天信仰について」「学習院大学史料館紀要」10号
野中哲照（一九九七）「〈構想〉の発生」「国文学研究」122集
野中哲照（二〇〇三）「衰退史観から反復史観へ――院政期びとの歴史認識の変容を追って――」院政期文化論集3『時間と空間』東京：森話社
野中哲照（二〇一一）「中世の黎明と〈後三年トラウマ〉」「軍記と語り物」47号
野中哲照（二〇一四）「東博本『後三年合戦絵詞』の制作時期――序文の二層性を糸口として――」「鹿児島国際大学国際文化学部論集」15巻2号
野中哲照（二〇一五a）「解説」『後三年記詳注』東京：汲古書院
野中哲照（二〇一五b）「歴史の簒奪――〈清原氏の物語〉から〈源氏の物語〉へ――」『いくさと物語の中世』東京：汲古書院
原水民樹（二〇〇〇）「一二五〇年前後――後嵯峨院の時代――」「国文学　解釈と教材の研究」45巻7号

第二十章　『保元物語』は史料として使えるか

――〈動態的重層構造〉提示の意義――

一　問題の所在

本書は、事実上の書き下ろしのような研究書である。「初出一覧」に旧稿を示したものの、そのほとんどは大胆な解体再編を行い、原形を留めないほど大幅に加筆修正した。これは旧稿執筆時から二十年以上もたってしまったためで、この間に論者の考えは大きく変化した（要点は四三四頁の「改稿の大要」に示した）。旧稿をお読みいただいていた研究者仲間からすると、戸惑われることだろう。このため、論者が現在ではどのような物語観をもち、どこに問題意識を感じているかを示す必要を感じる。また、凡例の九に示したように、本書は、先行研究ともあまり切り結ぶところがない。それにも戸惑われることだろう。本書は、突如として立ち現れた研究書と映るかもしれない。先行研究の蓄積には多大な恩を感じているが、本研究は、その延長線上に存在するようなものではない。これまでのことはともかくとして、これから先、メタ歴史学（人文学）はどうあるべきか、それを伝え残すことのほうが重要だと考えたのである。そのような経緯や事情を説明するために、本章を設けることとした。

二　〈動態的重層構造〉としての物語観の必要性

昨日の自分と今日の自分は違う。今日の自分と明日の自分も異なる。一日の推移では見えにくいが、十年単位ならば誰でもわかる。希望の進路が叶ったり、新たな本に出会って刺激を受けたり、事故に遭遇して心身に傷を受けたり、かけがえのない人を失ったり――そのような〈経験〉が、良くも悪くも過去の自分とは違う次なる自分を作り出す。生物としての人間も、新陳代謝によって毎日少しずつ細胞が入れ替わっている。昨日の自分と今日の自分はまったく異なるわけではないものの、まったく同じとも言えない新たな自分になり続けている。それは、一日単位どころか、刻一刻と変化し続けているものである。なぜならば、時間というものは、一瞬たりとも止まらないからだ。そんな古代の哲学以来言われ続けてきた当たり前のことが、なぜ文学研究で無視され続けているのか。二十一世紀初頭の文学研究は、スタートラインにさえ立っていないように思われる。

時間が一瞬たりとも止まらないという厳然たる事実を物語の問題に移し替えてみると、物語もまた、幾多の〈経験〉を通して変容し続けてきたものと捉え返すべきなのだろう。軍記や室町物語のような語り物と呼ばれる物語群は、その最たるものである。過去の物語と今日のそれは、まったく異なるわけではないものの微妙に加筆修正され続け、古い層を残しつつも新たな層が加わって重層的な構造体を呈することになる。表現主体が納得のいくまで手を加え続けるという拘りゆえの事情もあるが、時代が三十年、五十年と変化すればその時々の時代の要請に合うように変えられるという側面もある。『保元物語』を例に挙げると、源為朝のことを「筑紫八郎」と呼んだり、「為朝」と表現したりしている。同様に、源為義についても、義朝についても、平清盛についても、それぞれ二種類以上の呼称を物語内にもっている。そのような現象を目にすれば、誰しも『保元物語』が重層的な形成の結果もたらされたものであることを直感してきたことだろう。異なる呼称が存在するのなら、それらが同時に発生するなどということは現実にはありえないだろうから、どちらかが先で、どちらかが後から生まれたものだということになるはずだ。あるいは、それぞれの出どころが異なるということもあるだろう。ということは、物語の構造として見るならば、古い層の呼称と新しい層の呼称とが折り重なっているということになる。

いま、わかりやすい例として軍記や室町物語を挙げたが、一人の作者によって成った物語でも、同じことが言える。たとえば『源氏物語』研究では、光源氏が三十一歳のときに二条院の隣に増築された二条東院と、三十五歳の時に新造された六条院の重複感が古くから指摘されてきた。まさに、重層化である。紫上が明石姫君を引き取る場所として最初は二条東院が構想されたものの、そこになんらかの不備があることに語り手が気づき、仕切り直して六条院の場を新たに設定することにしたとされているのだ。明石君がなかなか二条院に入ろうとしない展開（それゆえ六条院まで造られる）について、かつては〝自分に有利な条件を源氏から引き出すために二条院入りをじらした〟とか〝怜悧な野獣のような野心的行為である〟などという読まれかたをしていた。父明石入道に自家の繁栄を託された娘としての側面もあるのだから、また播磨の受領と結婚するのを潔しとしないなどと発言もするのだから、あるいはまた光源氏から六条御息所に似た高貴さを具えているなどと評されるのだから、たしかにそういう面もなきにしもあらずだろう。他の女性たちと比べて、明石君の予見性は際立っている。しかし、語り手自身が、おそらくそのような明石君像を掻き消そうとしている。方針変更である。大堰邸での姫君（三歳）との別れの場面で、姫君とともに二条院に行けば紫上に比べて自分が見劣りするに違いないと身分の低さに苦悩し、逆にここに留まっていれば光源氏の娘でもある姫君の将来を台無しにしてしまうと身悶える。結局は、言葉の出始めたもっともかわいい盛りの姫君だけを二条院に送り、自らは大堰邸に留まったのである。それから八年間、母子は引き裂かれることになったのだ。怜悧な野獣とも評された明石君像と、この苦悩し葛藤する明石君像との乖離を、どう考えるべきだろうか。

論者は、これこそ動態的な重層構造として捉え直すべき現象だと考える。先に発想されたのは、父明石入道の教育を受けた娘としての明石君像であったろう。桐壷巻で臣下に下された光源氏が藤裏葉で准太上天皇として皇籍に復権するというV字型構想が物語の枠組みとして先に発想され、朧月夜との密通発覚による光源氏の須磨流謫、明石君との出会いによる復活への展望などという要素は構想上の初期段階で既定路線になっている。この枠組みのもとに、次は個々の場面を語る（叙述する）ことになる。すると今度は、明石君の人物像を彫り込むことになる。そうなると、宿命的に、語り手（この場合は実体作者）が登場人物に同化し、感情移入させられるのである。作者紫式部にも、娘（賢子・大弐三位）がいた。母が娘と引き裂かれる場面を描こうとすれば、当然のことながら我が身とオーバーラップしたことだろう。こうして、自らの身の程の低さに苦悩し、娘の将来を案じて葛藤する明石君像が後次的に形成されていった。当然のことながら、枠組みを構想する方が先、人物像を彫り込むのは後で、前者の時期と後者のそれとの間に、数か月か数年かの時間差が生じたのだろう。昨日の自分と今日の自分が異なるように、かつての紫式部とその後の彼女もまた、違ってしまったのである。六条院に、准太上天皇たる光源氏にふさわしい帝王性が付与される場としての機能をもたせたとか、そこに六条御息所の遺領としての意味を付与させようとしたなどという説もあるが、それらは、発想上さらに後付けの層なのだろう。

かつての軍記研究は、あまりにも短絡的過ぎた。層が異なると言えば即座に作者が異なるかのように論が飛躍しがちであった。同一人物であっても、源平争乱や承久合戦などを経ればそれを境に歴史認識が変化することもあるだろうし、逆に改作者が別の人物であっても原作者と同じ生活空間にあって僧侶仲間のように認識を共有している関係であれば加筆部分に矛盾も割れも生じないので層の違いが表面化しないかもしれない。物語の重層性を、実体作者の問題に短絡させてはならないのだ。ただし、物語の重層性を指摘するために、〝同一人物ならばこのような加筆は行わない〟などという判断はあってしかるべきである。逆に、個人を特定するに足る性癖のようなものを発見した場合には、同一人物による操作だと言えるかもしれない。ただ、実体への連結は適度な距離を保っておくべきであって、そこを目的にしてはならない。物語は、なまみの生きた人間の所産である。たった一人で白河北殿を守ったとする為朝像と、筑紫軍団の首領たる為朝像とが、一人の作者の構想力の中で矛盾なく同居しているなどということはありえない。実体作者の問題に結びつけるべきところ、そうでないところ、そこも柔軟であるべきだろう。

論者が現在の軍記研究にもっとも停滞を感じているのは、〈ひとまとまり〉の物語観が蔓延していることである。これは、〈動態的重層構造〉としての物語観の対極にある考え方である。たとえば、『平家物語』の原型は一二四〇年前後に成った、などという言い方である。「原型は」と言いながら、何をもって原型とするのかの議論は宙ぶらりんのままである。なぜもっと柔軟に、段階的に、重層的に、その形成過程の解明がなされようとしないのか。それは、テクストの表現を支える〈指向〉というものが軽視されているからである（次節）。

かつての軍記研究で古態論・原態論が噛み合わなかったのは、なぜ古態か（根拠）、どのような古態か（質、様相）、どの程度の古態か（時代相や段階の想定）、これらがあいまいなまま議論を進めようとしたからだろう。矛盾や亀裂という現象には気づいたものの、そこにどのような異種の〈指向〉がぶつかりあっているのか、問題にされてこなかったからだろう（このゆえに、本書凡例の七で示したように、古態層について『為義物語』由来、『保元顛末記』由来、『保元合戦記』由来などと明瞭な像を措定したのである。また本書においては、矛盾や亀裂を発見ないしは感知し、そこに複数の層の重なりを見て取った場合には、必ずその根拠を示した）。そして原態論・古態論が収拾のつかない状態になり、それぞれの研究者が抱くイメージをすり合わせることができなくなった結果、〞現在見る形での『平家物語』を問題にしよう〟などと叫ばれるようになった（『保元物語』の先行研究にも同趣旨の発言がある）。それこそが、硬直した〈ひとまとまり〉の物語観の始まりであった。それは解明することを断念した態度に等しい。その結果、最終的な改作の手が加えられた時点を物語の成立時と考える風潮が蔓延しがちになった。それは、文学研究と言うよりは書誌学（書写時を問題にする）

の態度だろう。物を書く衝動や熱情を、あまりにも軽視する態度ではなかったか。後次的に加えられたヨゴレのような些細な部分を問題にするよりも、白紙の状態から枠組みを構想し、人物像を作り、互いを絡ませてゆくことのほうが、どれだけ物語の根幹にとって重要なことか。ゆえに、延慶本『平家物語』に、延慶年間以降、応永書写時までの約一世紀の間に語り本系統からの影響がみられるとの指摘（これ自体は、重層構造の中の後次層を解明した重要な仕事である）があったとしても、論者の、延慶本にたいする古態観はいささかも揺るがない。テクストを支えている〈指向〉をみているからである。このようなことをわざわざ述べるのは、研究者仲間で、延慶本の後次層を指摘する論文が発表されれば〝延慶本も意外に時代が下るようだね〟とか、先出層を指摘する研究発表があれば〝やっぱり延慶本は古いのかね〟などと右往左往する言葉が飛び交うのを耳にするからだ。それこそ、硬直した〈ひとまとまり〉の物語観の表出した姿だろう。古い層もあれば新しい層もある。どうして〈幅のあるもの〉（重層的構造体）として物語を眺めることができないのか。論者のような物語観からすると、松尾葦江グループによる近著『文化現象としての源平盛衰記』（笠間書院、二〇一五）の刊行は、慶事であった。『盛衰記』を、鎌倉末期から室町末期の三世紀にわたって折々の時代社会と交流しながら形成され変容したものとして捉え直したのである。どこかの時点を定めて無理に成立時を見定めようとするのではなく、物語の成立そのものが三世紀の幅で（「長門切《ながとぎれ》」から「分廻《ぶんまわし》」まで）捉えられるようになったのだ。

〈ひとまとまり〉の物語観が幅を利かせた結果、『保元物語』『平治物語』『平家物語』の成立の先後関係はどうかというような安易な言い方が出てくるし、『六代勝事記』と『保元物語』の先後関係はどうかなどという硬直した発言が飛び出すことにもなった。源為朝という人物についても重層的な構造体と見做すべきなのに、かつての為朝論は、近代小説を読むのと変わらない〝人格としての為朝〟という見方であった。本書の全体を通して述べているように、『保元物語』（文保本・半井本）は平安末期から鎌倉末期までの約一世紀半をかけて形成された、十層〜二十層程度から成る重層的な構造体である。為朝像も、かなり重層的である。『六代勝事記』以前の層もあれば、それ以降の層もある。物語を重層構造と見做すことができれば、『六代勝事記』との関係などほとんど重きを成さないものになる。

なぜ物語や人物像が重層化するかと言えば、それは時代が変わっても物語が生命力をもち続けようとするからである。物語や登場人物が読者にとって意味のあるものであり続けるためには、変容してゆくことは宿命的なことなのである。(1) 物語の動態性とは、たとえば半井本『保元物語』という一伝本が、そこに至るまでの形成の痕跡と、後出本へ向けての変容の可能性とを同時に内包している、というような捉え方をするということである。

（1）物語は、永久に変容し続けるのではなく、どこかの時点で流動することをやめる。源平争乱、承久合戦、元寇、正中の変、元弘の変、観応の擾乱などを経て、物語はどのような時代の変化にも適応できるようになってゆく。もともとあった固有のコード（意味）を喪失し、普遍化してゆく。すると、時代に合わせた動態的変化というものをする必要がなくなってくる。そこで物語の流動は、停止するのである。それが、流布本の成立という現象である。ここに至って、〃古典には人間の普遍的な姿が込められている〃などと言われるような意味での古典が成立するのである。普遍的とは、要するに、個別の具体性を喪失して一般化・抽象化したということだ。逆に言えば、激しい流動展開を繰り広げている時期の古態本テクストは、固有のコードに引きずられていて、本当の意味では、まだ古典たりえていないのである。

三　構造とは何か

物語を、〈動態的重層構造〉としてみる場合、層の認定が決め手になる。それには〃読みの力〃が不可欠である（次節）。文脈上の違和感、矛盾、亀裂、不整合などというものに気づくことは誰でもある。その問題箇所の前と後が別々につくられただろうと推測する。たとえば前の部分は実録的で、後の部分は伝奇的であるなどという質的な相違を感じるとする。それと同じような現象が、物語の別の箇所にもみられると、複数の点と点がつながって、それが層であると認められることになる。次に、実録的な層と、伝奇的な層と、どちらかが物語に先に入ってきて、もう一方が後から折り重なってきたのだろうと考えることになる。これが先出的（先出層）、後次的（後次層）という動態的な位置づけの始まりで、〈動態的重層構造〉として物語を把握し始めることになる。このとき重要なのは、つねに〈物語の全体を考えながら各部分を位置づける〉という物の見方である。〈全体あっての部分〉、〈部分あっての全体〉――それが構造という物の見方である。たとえば、一軒の家（建築物）を想定した場合、基礎があり、床材があり、敷居があり、柱があり、鴨居があり、梁《はり》があり、天井があり、屋根がある。いま、何気なく各部分の名称を述べたが、それらの名称はすでに〈構造の中に意味づけられた部分〉としての名称である。柱は、一軒の家の中で柱として機能する――重力に抗して天井や屋根を支えて垂直方向に屋内の空間を確保する――からこそ、柱という名称を与えられる。その柱が、もし家の柱になるという用途も定まらない、木材市場に並べられている状態の時には、ただの木材であって柱ではないのだ。部分と全体との有機的な相関、それが構造的な物の見方の枢要である。

物語の全体像がまだ解明されていないからといって、各部分の緻密な分析ばかりに終始していても、その努力の先に全体構造がみえてくるということは、残念ながらありえない。構造とは、各部分の〈関係〉を最初から包摂して成り立っているものだからだ。(2) 柱は、敷居を下に見て、鴨居を上に見る、そういう〈関係〉の中で柱としての意味づけが明瞭化する。その際、敷居や鴨居だけではなく、さらにはその先の上下にもさらなる〈関係〉が続いているのだろうという想像力が重要である。物語の問題に戻ると、全体構造を想定しながら部分の意味づけを探るということである。また、部分を分析しながらも全体構造の可能性を何通りも想定しながら探るということである（構造とは必ず全体を想定して成立する概念なので、全体構造という言い方は、じつはおかしい。部分との違いを鮮明化するための便宜的表現である）。たとえば、『古今和歌集』を一首ずつ分析して全一一一一首の解読を終えたとしても、その時、『古今和歌集』全体を統括的に語れる状況にはなっていないはずだ。また、『平家物語』を一章段ずつ丁寧に解読しても、同じように物語が全体として何を伝えようとしているのかは見えてこない。物語の構造は、はじめから全体のありようを解明しようとする視界からしか、見えてこない。これは、若い研究者へのメッセージである。昨今の若い人たちは、学会や研究会で批判されないよう、足元をすくわれないようにと、手がたく堅実な研究をしたがる。そのような研究を十年、二十年続けていても、テクストの全体像は見えてこない。そのような姿勢は、木材市場で、木材の太い細い、長い短い、さまざまな材質があることを知って木材を何十年も見続けてその目利きになったとしても、一軒の家を構想したり図面を引いたりする力と直結しないのと同じことである。その家の建築現場と木材市場を往復しつつ、柱にしたい材木はどのようなものかを市場で探したり、また市場でほれぼれするような材木に出会ったときに家の中では床の間に使えそうだとイメージしたりするような、部分と全体とのたゆまざる往復が必要なのである。

（2）『保元物語の成立』の〈成立〉とは、物語の〝成り立ち〟すなわち構造とほとんど同義である。前著『後三年記の成立』の「成立」が成立年次、成立圏を意味していたので、本書と使い方が違う印象を与えそうだが、本来はより広く〝成り立ち〟と捉えるべきものであって、その中に、成立年次論も、形成論も、構造論も含まれるべきものと考える。たとえば本書の内部においても、〈動態的重層構造〉の解明に向かっているのは、発端部・合戦部・終息部の論である。冒頭部と後日譚部については、そもそもそれらが後次的に付加された部分であるということもあって、重層化があまりみられない。つまり、単層的な様相に近く、そのため冒頭部・後日譚部の論は、〈動態的重層構造〉の解明ではなく、表現主体の意図を解読する方向に重点を置いている。このように向き合っている対象のありように応じて、重層化の様相を解明することが重要な場合もあるし、そうでない場合もある。そして、単層的な場合は、それが表現された意図とともに、その時代性についても考察することになったのである。『後三年記の成立』の成立年次論は、ここに相当する。「成立」の概念としては集合関係の大小であり、本質的には違わない。

ものが見えてくれば、大黒柱のような重要な木材と、無いよりは有ったほうがよいというぐらいの補強材との違いがわかるようになる。物語を構成する各層もすべてが等価であることはありえず、物語の方向性を大きく決定づけるような、認識の変容に伴う層の積み直し（歴史認識の大きな変容に伴う重層化）と、文意を多少わかりやすくしたり人物像を明瞭化したりする程度の小さな改変とがあるだろう。それらを、層という名称のもとに、等価に扱うべきではないことも見えてくる。

さて、建築物の構造は、いかに重力に抗して垂直方向に部材を立ち上げるかという使命を負っている。物語の構造は、時間の推移とともに層が折り重なるという通時的な重層性をもつ。その違いはあるものの、それぞれの部分が互いに〈関係〉をもち合って全体構造を成立させているという点では、同じことである。建築物の場合は全体を成すために必要な部材が集められているのだが、物語の場合でも、異質な層が折り重なっているようにみえながら、それが水と油のような〈関係ならぬ関係〉であることはありえない。元あった古態層の指向の上に、よりそれを強調したり明瞭化したりしようとする〈関係〉をもって後次層が折り重なってきたり、あるいは、元の層の伝奇的な人物像がゆきすぎていたのでリアリティをもたせようとする〈関係〉をもって後次層が積み上げられたりするのだ。ゆえにここでも、その〈関係〉のありようを解読するために、〈各層を支える指向〉を読み解く力が重要になってくる。一つの層がどのような性質のものであるかを解こうとするとき、ほとんど同時に、他の層との相対化（異質性の確認）や離れた場所にみえる等質的な層との〈関係〉も視界に収めることになる。そうでなければ、部分も全体も見えてこない。各層の重なりから成る物語の全体像は、同時に部分も全体も〈関係〉づけられたものとして見るのである。(3)

（3）　このように全体構造を提示することが本書の第一の目標となったために、先行研究との違いなどに一々脱線できなくなった。たとえば、波多野の登場が多いゆえに波多野作者説が提唱されたことがある。波多野が深く関わっているのは『幼息最期』だけなのだから、とんでもない謬説である。青墓の語りとの関係を述べた論もあったが、『保元物語』の内容とはまったく乖離している。また、『為義最期』が七条朱雀の地であることを重視して、そこが疫神祭の地であることを指摘し、怨霊となった為義の鎮魂の地としてふさわしいなどとする論もあった。『保元物語』の為義は念仏を唱えて浄土往生を志していて、どこにも怨霊化の気配はみえない。七条朱雀の〝調べもの〟に奔走し、そこから得られた先入観が優先し、ついには『保元物語』の読みまで我田引水になってしまった例である。それら先行研究に一々触れながら論を進めていたら、本書は倍の頁数が必要だったろうし、そもそものような脱線しながらの論の進めかたは物語の全体構造を提示する目的にはなじまないと判断したのである。

四　〈指向〉を解読することの重要性――〝読みの力〟の重要性再説――

前著『後三年記の研究』第十二章「『後三年記』は史料として使えるか――メタ歴史学の構築をめざして――」で十分に述べきれなかったことを、ここで再説しておきたい。〝読みの力〟についてである。前著で、〝読み解く〟とは「史資料の表現主体の指向をデリケートに感じ取る」ことであり、〝読みの力〟とは「その力のこと」であると述べた。また、「物語も人物像も重層的な構造体と見做さねばならない」とも述べた。本書の随所でも、『保元物語』が〈動態的重層構造〉を呈していることを指摘した。その構成要素たる各層を認定するにあたっては、それぞれの層を支えている〈指向〉を読み解く力が重要な鍵を握る。〈指向〉は、様々なレヴェルで問題にされる。記述の排列・順序におけるもの、部分的な小構想を支えるもの、テクスト全体の枠組みや締めつけに関わるもの、等々である。〈指向〉は、数学で言うところのベクトル、すなわち物語の各所を支えるエネルギーの方向と強さ（勢い）に近い。ある個人の表現主体（作者）を想定してさえ、その発想は様々なレヴェル（潜在的～意識的、部分的～統括的）で発動するはずである。また、生涯、認識に変化のない表現主体（作者）などありえない。まして、語り物といわれる物語は、複数の原情報の主体が輻輳したり、複数の編纂・構想者を経たり、等の複雑な成り立ちが考えられるものである。実際に物語にあたってみると、〈指向〉のレヴェルは様々であるし、その深さにおいても、語り手がかなり意識的・戦略的に用いたものから無自覚的な潜在意識が表出したものまで多様である。深さだけでなく、その及ぶ範囲についても、記述の排列・順序を決定づけるもの、部分的な小構想を支えるもの、物語全体の枠組みや締めつけに関わるもの、等々である。

ここで、論者がどのような質の〝読み〟によって『保元物語』を解読しているのかを、自己分析的に説明しておきたい。これも、若い研究者向けのアドヴァイスである。論者は、タイプの異なる三種のテクストによって読みが育てられたことを感じている。第一のタイプとして、『義経記』から〈構造読み〉を学んだ（「コラム1」、三三六頁参照）。これのおかげで、先行素材の集積の上に成り立ったテクストであるがゆえに、各層の接合感や異層の違和感に敏感になった。『保元物語』研究では、異層認定に役立ったものと考えている。第二のタイプとして、『源氏物語』から〈行間読み〉を学んだ（「コラム2」、四一六頁参照）。表現の点と点をつないで線（脈絡）を見抜き、線と線とをつないで面の存在を見出す。これは、『保元物語』研究では、同層認定に役立った。離れた箇所で〈指向〉が通底するなどという言い方をする場合は、たいていこの〝読みの力〟を使っている。異層認定の際の『義経記』的な読みと、同層認定の際の『源氏物語』的な読みは対極的だが、どちらも欠かせないものである。第三のタイプとして、『今鏡』から〈裏面読み〉を学んだ（「コラム3」、四三〇頁参照）。屈折表現、婉曲表現に敏感になることができたのは、『今鏡』のおかげである。本書で『保元物語』の批判精神を読み取ったが（第六章）、『今鏡』との出会いなしには叶わなかっただろう。それぞれの層を支える〈指向〉を読み解いてこそ、全体としての重層構造がみえてくる。

さてここで、本書が異本との比較をほとんどすることなく文保本・半井本系統の『保元物語』の分析のみで成った理由を説明しておく。古態本とはいっても、物語によって古態性の程度は様々であるが、一般的に古態本は〈指向〉の重なりを見極めやすい。後出本では、練成された結果、〈指向〉の重なり具合が見えにくくなり、均質化して、かえって単層に近い状態になる。また、横槍の屈折も加わって、もともとの単純な指向が複雑化する傾向もある。屈折しながら単層化すると、物語の本来持っていた意味（隠されたコード）が見えにくくなる。後出本が意図的にコードを変換するならまだしも、実際には、古態本のコードを理解できないで、誤解しながら変換してゆく場合も多い。すなわち、後出本はコードの喪失を宿命的に背負っている。相対的な価値でしかないが、古態本は後出本に比べて、コードを明瞭に保存している場合が多い。要するに半井本は、『保元物語』諸本の中でも、もっとも〈指向〉の重なり具合を見極めやすい伝本としての意義を有しているのだ。安藤淑江（一九九七）が、「半井本は決して『保元物語』の古態の一異本にすぎないのではなく、また古いテクストだから価値を評価するのでもなく、『保元物語』の本質的な理解の多くが半井本を通してなされうる」と述べているとおりである。

五　文学研究の可能性再説――歴史学と歴史哲学の架け橋として――

これも、前著第十二章で、十分に述べきれなかったことである。「ホワイトが『メタヒストリー』を世に出して四〇年も経つのに、日本の歴史学はいわゆる実証史学から脱皮しえていない。歴史学が歴史哲学を受け止めてこなかったのだと言い換えてもよい。その橋渡し的な位置に、文学研究の可能性を見る」と述べたことについてである。誤解のないように先に述べておくが、論者は、実証史学（歴史学）が駄目で、歴史哲学がよいと言おうとしているのではない。ただ、歴史哲学が発してきたメッセージを、どうして実証史学はまったく受け止めようとしなかったのか、という素朴な疑問がある。

歴史哲学は、それぞれの研究者によって主張するところは異なるが、乱暴に整理させていただくと、〈認知されたものとしての歴史〉を問題にしている。それにたいして、歴史学は〈事実としての歴史〉を問題にしているというわけだ。これについて、「〝事実〟を解明できるなどと考えるのは幻想だとまでは言わないものの、どこまでも〝事実〟を微細に解明できると考える方向性に、限界がありはしまいか」と述べ、同日の事件でも『吉記』と『山槐記』で記述内容が異なることを指摘した。また、本書においても、『兵範記』といえども藤原忠通寄りのフィルターがかかっている可能性（第六章）や、記述内容の正確さに欠けるところがある（第八章）と指摘した。すべての文献には、その背後に表現主体がおり、その認知・認識というフィルターを経た産物であるというオソレの気持ちをもって接するべきではないだろうか。

これまた乱暴な整理であることをお許しいただきたいが、歴史学はその発想が唯物的である（史実は確かにあるとみる）のにたいして、歴史哲学は唯識的である（認知・認識されてこそ歴史であるとみる）。後者には、人間が認知しなければそれは歴史でさえないと言わんばかりの論調が多い。哲学は人間とは何かを究明する学問なので、それもいたしかたない。しかし、人間が認知したものこそ歴史であるというのなら、それはゆきすぎだろう。人間の意識は、それほど信用できるものではない。とくに、被害者意識やトラウマは、自己防衛本能のために、えてして増幅されがちなものである。報復のために、被害者が反転して攻撃性を持ち、加害者に転じることもある。そのような捻じ曲げられたものも含めて、認知されたものこそ歴史だというなら、もはや際限なく捉えどころのないものとなってしまう。時間とともに認知・認識が変容するところも、視野からこぼれてしまう。だから歴史哲学は観念的・思念的なところに停滞しがちで、国家は共同幻想だとか、民族も虚構にすぎないなどと教え導いてくれるものの、現実世界と切り結ぶ力（建設性や生産性）が弱い。歴史哲学を受け止めてこなかった責任を、歴史学だけに押しつけるわけにはいかないということだ。

このように、歴史哲学にも物足りなさを感じるものの、〈事実としての歴史〉を相対化し、〈認知されたものとしての歴史〉をわれわれに意識化させてくれる意義がある。わかりやすい例を挙げる。アニメーターの宮崎駿《はやお》（スタジオジブリ）は、弟子が写真を見ながら絵を描くと叱りつけるのだという。〝自らの脳裏（認知・認識）にある絵を描け〟と。写真を見ながら夕日を描けば豆粒のようなものしか描けないが、自らの心象風景の中の夕日は、地平線と幅広く接しながらゆっくりと沈む画面いっぱいのそれなのだ。でっかい夕日を背にして、女の子がこちらに向かって駆けてくる。写真が歴史学で、アニメが歴史哲学と喩えられる。では、文学はどこに位置するのか。多くの文学研究者は、アニメ（歴史哲学）のほうの仲間だというだろう。しかし文学（物語）というのは幅の広いもので、実録的なものも多分にある。ドキュメンタリーであることが、迫真性という生命力をもつこともあるのだ。しかしまた一方で、デフォルメしたり明瞭化したりする方向にも向かいやすい。その多くは、時間の経過とともに進行するものである。それゆえにこそ、歴史認識の〈動態的重層構造〉が発生する。それを体現したものが、『保元物語』であり、『平家物語』なのだ。だからこそ、文学研究が、歴史学と歴史哲学の架け橋になりうるというのだ。

しかも、『国書総目録』や『古典籍総合目録』にみられるように、日本の古典ほど典籍や文書が質量ともに充実している国は、世界的にみてもそう多くはないという。なかでも、各作品の異本群の充実度は目を見張るものがある。どれが本来的な姿なのかと原態を探る求心的な仕事も意義深いが、派生したり変容したりしてゆく遠心的な〈指向〉を解読することも、歴史学と歴史哲学をつなぐものとして、今後はその意義が再認識されるべきだろう。文学研究は、

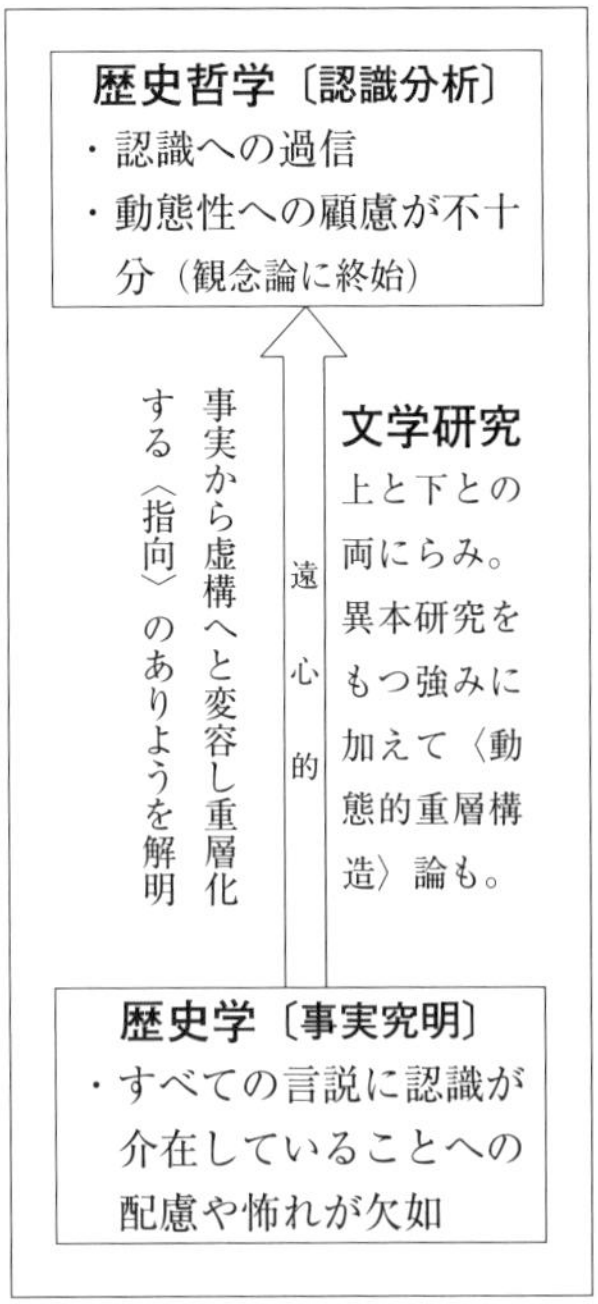

〈動態的重層構造〉論に厚みのある異本研究をもつゆえに歴史哲学の不足を補いうるし、史資料の虚構性・信頼性の分析論をもつゆえに歴史学にも貢献しうるのである。論者の周りには軍記の異本研究を通して人間の〈指向〉問題に正面から取り組む研究の方向性が厚みを帯びてきた。閉塞状況にあった諸本論が、それぞれの〈指向〉の解読によって息を吹き返しつつあるのだ。これらは、世界の人文系諸学をリードしてゆくべ

き立場にあることを自覚してよいと思うし、ひいては歴史学と歴史哲学との懸け橋になってゆくものだろう。

ところで、『保元物語』でも、夕日が〝でっかく〟描かれたことがあった。史実としてはありもしない頼長の流罪が物語世界で仮構され、白河北殿入りの日付も操作されて、勝尊の修法も義朝によるでっち上げであるかのように表現が仕組まれた（第六章）。これらは、どうみても史実ではないのである。しかし、それらの虚構を通して表現主体が伝えようとしたことは、後白河帝方の挑発性であり、崇徳院方が一方的につぶされたというメッセージだったのである。その〈伝えたい真実〉のために、虚構という方法を用いたのである。ゆえに、これは史実ではないと解明するところ（歴史学）で思考停止すると、なんのためにその言説が存在し、なんのために虚構が施されたのかという〈指向〉、すなわち〈人の想い〉が置き去りにされてしまう。〈事実としての歴史〉を軽視せよというのではない。一方に〈認知されたものとしての歴史〉もあり、その両方をみなければならないという提案である。それが、文学研究のやってきたことなのである。

『源氏物語』蛍巻で光源氏が、「このいつはりども（物語）の中に、げにさもあらむとあはれを見せ（人の心に訴え）、つきづきしく（言葉が現実よりも現実らしく）続けたる、はた、はかなしごと（根拠もないこと）と知りながら、いたづらに心動き（わけもなく心揺さぶられ）」と言い、これに応じた玉鬘も、「ただいとまことのこと（本当のこと）とこそ思うたまへられけれ」と言うのは、虚構を通してこそ真実が伝わるということだろう。この場合の真実とは事実ではなく、〈伝えたいメッセージ性を包含した事実〉という意味である。たとえば、津波の高さが事実として二〇メートルであったとしても、三〇メートルあったと言ってしまうのは、子孫にその恐ろしさを伝えたいというメッセージ性を乗せたためである。それが本書で重視している〈指向〉ということである。六国史のその先が断絶してしまったのは、メッセージを乗せない事実記録的な言説を残し続けることへのモチベーションが保てなかったからだろう（それを救ったのが『源氏物語』なのだ）。文学研究に可能性があるというのは、事実だけに拘泥するのではなく、また認識を偏重するのでもなく、〝事実がどのように虚構化されてゆくのか〟という両にらみの視界をもっているところにあるからだ。文学研究は、事実も、虚構も、両方みているのだ。双方の間の〈指向〉、ベクトルすなわち、人間の心の動きを見ようとしているのである。事実と物語の間の、矢印部分のことである。前著第十二章で、「わかる時には、〝事実〟も〝物語〟も両方わかる」と述べたのは、このことである。さきほどの言葉に続けて光源氏は、「『日本紀』（歴史）などは、ただかたそばぞかし（ほんの一面にすぎないものです）。これら（物語）にこそ道々しく（伝えるべきことが伝えられ）詳しきことはあらめ」という。〝物語によってこそ伝えるべき真実が伝えられる〟というのだろう。

前著第十二章ではまた、「巨視的にみれば文学研究も歴史学の一部に含まれるとさえ言ってよい」と述べた。看板は「歴史学科」で、その中の文化史分野として文学、美術史、宗教史、民俗学、考古学などが含まれてよいではないか。第二節で述べたように、時間というものが一瞬たりとも止まらないことをもっと肝に銘じて諸学問に向かうべきだと考えるゆえに、上位概念は「歴史」であるべきなのだ。最近、論者と同じように脱領域を志す研究者が増えてきて「人文学」を標榜する者も少なくないのだが、論者が「メタ歴史学（人文学）」と表現したかったのは、物語も宗教も絵画も書道も時代とともに変容していることをけっしてゆるがせにしないために、共時的な匂いの強い「人文学」よりも通時性を前面に押し出す「メタ歴史学」のほうが研究の向かうべき方向を明瞭に指し示しているように思えたからなのだ（おそらく「メタ歴史学」は定着しにくいだろうから、ひとまず「人文学」のもとに大同団結してもよいが）。

いま、〝看板は歴史学に明け渡してよい〟という趣旨のことを述べたので、文学の研究仲間からは指弾されそうである。しかし看板はともかく、行論の中で明らかなように、メタ歴史学の中心は、社会事象のすべてを〈動態的重層構造〉として再構成するということなのだから、実質的な中身は文学研究的な方法であるべきなのだ。ただし、その場合の文学研究とは、文献学でも書誌学でもなく、〈指向〉を読み解くテクスト論のことである。〈指向〉を読み解くことを、歴史学にも、宗教学にも、民俗学にも、考古学にもゆきわたらせたら、学問はもっと進むだろうと思う。学部で文学研究の〝読み〟を学び、大学院で人文系諸学に進めば、どれほど研究が深化するだろうかと思うほどである。

少々脱線するが、近隣諸国との歴史認識問題解決のためにも、〈動態的重層構造〉という物の見方が有効である。論者は、思想的には右でも左でもない。中庸である。ただ、認識論をやっている研究者の立場から、歴史認識問題について言うべきことがある。

歴史認識問題がいつまでたっても噛み合わないのは、それぞれの主張が、いつの時点での、誰の立場からどのような意図をもって発せられたのか、それを丹念に解きほぐそうとしてこなかったからである。昨日の自分と今日の自分が違うという自覚が足りなかったのである。自国に有利な時点での、自国に有利な立場からの主張を双方が述べあっているだけでは、歩み寄れるはずもない。それは、虚構Aにたいして虚構Bで返すような、空しい水かけ論である。現代の人類にとって、事実と虚構の混濁ないしはそれについての無自覚は、深刻である。

自国が発展途上にある時には相手国からの経済的援助が嬉しく、相対的に歴史問題は軽いと思われた時期もあったのだろう。ところが経済的に成長してくると過去にいったんは清算したつもりの傷がふきだすこともある。それも自然な人情だろう。政権が自らの求心力向上のために世論を誘導し相手国を敵視する教育を行った時期もあったのだろうが、こんどは民族意識の高まりとともに世論の側が政権にその方針の継続を求める時期がくることもあろう。数十年の間に変容したものは、お互いに認めようではないか。虐殺された人数が三十万人というのは誇張だとして事実を解明しようとする歴史学者のような立場もあろうが、十万人であろうと一万人であろうと悲惨さを伝えるための誇張なのだから実際の夕日よりも大きく描きたいのと同じで、その心情に嘘はないとみる立場もあろう。一方では事実を丹念に追究する態度を尊重しつつも、もう一方で虚構も切り捨てることなく、なぜそのような虚構が生じたのかの深層心理を理解する姿勢ももちたい。事実も虚構も視野に収める、総合的な物の見方が必要なのだ。

抑止力によってもたらされるものは、緊張感のある均衡でしかなく、友好関係ではない。そこには、信頼もない。

しかもそのような危うい均衡は、永続的なものではありえない。誰もが、根本的な解決にならないことを知っている。しかし、抑止力の増強に違和感を抱いて行動を起こす人々も、感情的な反発も混じって有効な反対運動に昇華しえなかった。自国内の議論でさえ、感情論が混じってしまっているのだ。お互いに最初から賛否どちらかの〝陣営〟に属してしまい、つまりは結論先にありきの立場から議論を組み立てようとするのだから、感情論から脱しうるはずがない。建設的な議論もなく、すり合わせもなく、物別れに終わるために議論しているようなものだ。国と国との間でも、歴史認識問題と言いながら、その実は歴史感情問題になってしまっている。決定的に欠けていたのは、〈動態的重層構造〉として、歴史認識も、物語も、見つめ直すという視点だったのだ。

根本的な出口はどこにあるのか、誰もが模索していることだろう。お互いがお互いを理解しあうには、丹念にもつれた糸をほぐす以外の道はないのだ。それが、〈動態的重層構造〉として自他の歴史観をみつめ直すことなのである。歴史認識の問題を外交問題にしてしまい、双方ともに自国に有利な決着をはかろうとすれば、永遠に解決することはない。この一〇〇年余りの歴史認識を、さまざまな〈指向〉の折り重なった〈動態的重層構造〉として見つめ直す必要がある。そのためにこそ、かつての文書や発言が事実かどうかを詮索することよりも、人間の言説がその時々でどのような〈指向〉に支えられてきたかを見抜くまなざしを、われわれは鍛えなければならないのである。

六　『保元物語』の段階的成立過程のイメージ

ここに至るまでの階梯を語らなければ、『保元物語』を通して〈動態的重層構造〉を提示することの意義が矮小化されるおそれを感じ、前節までの贅言を尽した。ようやく本章標題の、「『保元物語』は史料として使えるか」という問題に入る。使える、使えないの二者択一的な回答でないことだけは、明らかである。そのためにも、本章の結論である『保元物語』の段階的成立過程を、巻末折り込みの「図解『保元物語』の動態的重層構造」で示してみた。

源平争乱・鎌倉開幕以前を〈平安末期〉、それ以降の承久合戦までを〈鎌倉初期〉とした。それらは、歴史上の事件を指標とした〈絶対編年〉の考え方によるものである。承久合戦以降、元寇以前の時期を〈鎌倉中期・後期〉としたが、〈中期〉と〈後期〉の間に明瞭な線引きはなく、その時期の先出的な層であれば〈中期〉、後次的な層であれば〈後期〉とした。ここは、〈相対編年〉の考え方によった。そして、元寇以降を〈鎌倉末期〉とした。細かく言えば元寇も、文永（一二七四）と弘安（一二八一）では七年の開きがあり、当時は三度目の襲来もあると考えられていたので、明確な線引きは難しい。おおむね一二七〇〜八〇年代以降を〈鎌倉末期〉とした。

『保元物語』の中で、『兵範記』や『愚管抄』以上に史料として使えそうなところがあることを指摘した。それが、藤原頼長の末路を追った部分とその前後の叙述である。また、平康弘、多田頼憲など卑小な人物が――現代のわれわれからみると卑小に見えるだけなのだが――この合戦で一定の存在感を示していた部分も、史料として使えるところである。前者を『保元顚末記』、後者を『保元合戦記』とかりに名付けたのであった。

平安末期に形成されていたと考えられる『保元顚末記』『為義物語』は、後白河帝や清盛にたいする批判を滲ませていた。その中でも、『保元顚末記』に含まれていたと推定される、〝保元合戦は後白河帝方の挑発であった〟とする認識を示した部分は、とくに注目に値する。実際のところは不明というほかないのだが、状況証拠からすると、たしかに崇徳院側のほうが誤解されて追い詰められていったようにみえる。ここが、保元合戦の史料として使える可能性のあるところである。

これ以外のところは、保元合戦の実像を復元するための史料としてではなく、それ以降、鎌倉末期までの日本人の歴史認識の変容を窺う史料として使うべきものだろう。

東国武士が保元合戦のために上洛した層が鎌倉中・後期ごろの後次的層だと述べた。初期の層は、鎌田と川原源太ぐらいしか名前が出ていなかった可能性もあるとも述べた。ただ、そのことは、実際の保元合戦に東国武士の多くは参戦していなかったということを意味するものではない。『兵範記』に義朝の兵を「二百余騎」と記しているのは事実である。義朝は保元元年六月一日ごろから鳥羽院の御所の警護をしているのであるから、その時から「二百余騎」いたのか、それ以降に増えたのかが問題になる程度だろう。ただし、「二百余騎」の内実が、『保元物語』の語る名寄せと同じものかどうかについては、慎重であったほうがよい。名寄せは後次的な、史料としては使えない部分である可能性もある。もちろん一部は、事実を反映しているのだろう。合戦部で、後藤兵衛真基、片切小八郎大夫景重の名があとから加えられてくるところもあるので、注意を要する。これ以降の層は、鎌倉後期に武士を揶揄するとか、鎌倉末期に神国思想の影響が入ってくるなどというもので、『保元物語』単独では史料としては使いにくく、『五代帝王物語』『増鏡』など周辺史資料と合わせて時代相を復元すべきものだろう。

従来、為朝像については、武士社会の到来を象徴する、中世的人間像を創出したものだと位置づけられてきた。しかしそうではなく、義朝批判、東国武士批判のために形象された為朝像が見えてきた。そもそも、物語の構造全体が説草的なところ（因果を教える教訓話）から出発し、歴史叙述としての枠組みを付与され、のちに軍記（いくさの物語）らしくなったという過程が見えてきたのだが、歴史叙述らしくなったのはその途中段階（鎌倉中期）、軍記らしくなったのはその最終段階（鎌倉後期以降）であって、それ以前は何かにたいする批判精神に満ちたものだったらしい（説草的性格も二次的・三次的な層がある）。もともと歴史叙述として、あるいは軍記として始動したのではないという点が重要である。もし、承久合戦で後鳥羽院方が勝利し、武士が貴族の番犬に逆戻りしていたら（武士社会の到来がなかったら）、軍記らしい物語の成長はなかったということである。また、事実記録的なところから出発し、虚構化や伝奇性の付与が一定程度進んだのちに再びリアリティを必要とし始めたというUターン的な道筋も見えてきた。それが、『保元』のたどった一世紀半の道のりである。

このこと以上に重要なのは――あえて『平家物語』研究を巻きこんで言うが――折口信夫、筑土鈴寛から福田晃、兵藤裕己に至るまで繰り返し説かれてきた慰霊、鎮魂の物語発生論は、どこまで真を突いているのかという問題である。物語は霊（モノ）鎮めとして始動したのではなく、最初は〈歴史から教訓を学ぶべき言説〉としてかたち作られ、文字化されて繰り返し読まれたり語りの反復を経たりしているうちに人物像が彫り込まれ、語り手たちの感情移入が進み、あとからモノガタリらしくなったのではないか（たとえそうであったとしても鎌倉末期以降の物語論、日本人論としてそれら先行研究の果たした功績は大きい。ただ、平安末期～鎌倉初期の物語発生論とは言えないとみる）。『保元』や『平家』の諸本展開を追った犬井善寿（一九九七）も、後出本ほど崇徳院怨霊の強調が見られることを指摘している。霊の憑依した憑坐《よりまし》が語るモノガタリは古代以来げんに存在したのかもしれないが、それとテクストとしての物語は、発生が別なのではないか。二時間後に映画館を出ることがわかっているから安心してホラー映画を見に入館することができるのと同じように、テクストという閉じられた世界だからこそその内側で怨霊が暴れることができる（表現主体によってそのように投入・操作される）とすれば、むしろ大津雄一の示唆した物語論に近くなる。

ただ、それほど覚醒した怨霊の投入ではない可能性もある。元寇以降、神風など不可知の力が人や国に作用しているとする認識は、事実広まっていたようだ。『保元物語』というテクスト内で崇徳院怨霊が一世紀ぶりに復権した鎌倉末期は――一方に幕府への反発など不穏な世相もあり――現実の同時代社会においても怨霊の存在が真実味をもって受け止められていた時代相なのかもしれない。だとすれば、兵藤に「価値的転倒」「可逆的」と言わしめた語られたモノガタリとテクストとの関係――それは袂を分かったという見解だろう――は、じつは鎌倉末期に初めて切り結んだというべき現象だったのかもしれない。もと一つであったものが離れかかっている痕跡とみるか、もともと別々であったものが融合し始めた姿とみるか。論者は後者の考えを採るわけだが、融合する契機には隠然として威力を温存し続けてきた怨霊の存在（怨霊を畏怖する人々の深層心理）がテススト周辺にあったのではないかと言われれば、それも否定することはできない。この問題の決着は、鎌倉末期の時代相と『平家物語』の重層構造を解明することによって明らかになってゆくことだろう。

七　おわりに

本書凡例の九において、個々の具体的指摘においては先行研究とはほとんど切り結ばないと述べたが、じつは物の見方、考え方そのものは、先行研究によってすでに示されていたものである。本書の構造論はきわめてオーソドックスなもので、どこにも新しさはないのかもしれない。従来指摘されてきた三方向を、ただ緻密に徹底させようとしただけのことである。第一に〝読み〟を大切にしながら矛盾や割れを指摘し、そこに先出的な部分と後次的な部分との位相差を認定してゆく方法はすでに白崎祥一（一九七七）で指し示された研究方法であった。第二に、実体的な日時を無視して登場人物の身分階層によって物語内の配列が決定されていることもすでに栃木孝惟（一九七二）によって看破されていたものであった。第三に、物語内の特定の層の背景として歴史的実体に肉薄してゆく姿勢は、日下力（一九八四）によって示されていた。本書はただ、それら先行研究に学びつつ、『保元物語』の全編にわたって〈動態的重層構造〉としての見方を徹底的に突き詰めて提示してみたに過ぎない。その中で、もし本書に新しさがあるとすれば、部分的な矛盾や割れの指摘をそのことに留めることなく、同種の指摘をいくつも重ねて横の連関を探り、等質性を認定し、複数の層の折り重なった構造体たる『保元物語』の様態を明らかにしたところにある。

本書の論理構造は、テクストの表現から時代を推定し、想定した時代から表現の解読（意味づけ）を安定させる方法を採ったものなので、それについては、自己の内部で論理を回している（循環論法）ように映るかもしれない。しかし、その批判は当たらない。〈テクストの表現―それを支える指向―その指向を生じさせた時代相〉を串刺しにして、同時に読もうとしているのだ。論理といえば三段論法式の積み上げ式のものに慣らされてしまっている感があるが、この方法を確立させなければ人文系の諸学は次の段階に進めない。右のような批判を受けないようにするためにも、一つの層の存在を明らかにする指摘が他の異なる層との差別化の指摘も同時に含むような相互補完的な関係を内包した全体像、すなわちテクストの重層構造を提示する必要があったのである。抽象的な言い方になるが、この論理構造は縦にも横にも斜めにも支えあうもので、単線的な論理で成り立ったものではないということである。

近隣諸国との歴史認識問題にまで及んだが、〈動態的重層構造〉という物の見方は、今後、室町物語や民俗学（伝承研究）に、大きな進展をもたらすのではないかと期待している。たとえば、文献史学の優勢な現代の歴史学にあっては、民俗伝承などは史料性のかけらもないものとして否定されがちなのだが、〈動態的重層構造〉と見做して層をひきはがしてゆくと、意外に古い層も見えてくるということがありそうだ。民俗伝承のすべてが使えると極論しているのではない。一〇〇か〇かの極端な二者択一ではなく、重層的なものとして見つめ直せば、使える部分も出てくるのではないかということだ。

物語をいくつもの層の折り重なり、すなわち〈動態的重層構造〉と見なすべきだということ、そしてそれぞれの層を支える〈指向〉を分析すべきだということを、本書の全体を通して述べてきた。本書は『保元物語』の成立論であるとともに、『保元物語』研究を通して物語研究の新たな地平が拓かれることを期待するものである。

文　献

安藤淑江（一九九七）「『保元物語』研究の現在と課題」軍記文学研究叢書3『保元物語の形成』東京：汲古書院
犬井善寿（一九九七）「『保元物語』の源拠と典拠――西行白峯訪陵記事の形成と変容――」軍記文学研究叢書3『保元物語の形成』東京：汲古書院

日下　力（一九八四）「為朝像の定着——中世における英雄像の誕生——」「日本文学」33巻9号
白崎祥一（一九七七）「「保元物語」の一考察——讃岐院記事をめぐって——」「古典遺産」27号
栃木孝惟（一九七二）「半井本『保元物語』の性格と方法——あるいは軍記物語における構想力の検討のために——」『中世文学の研究』東京：東京大学出版会／『軍記物語形成史序説——転換期の歴史意識と文学——』東京：岩波書店（二〇〇二）に再録

コラム2　『源氏物語』読解によって鍛えられる〈行間読み〉

六条御息所が娘斎宮とともに伊勢へと下向する際、光源氏から贈られたふみに対して、彼女は逢坂の関を越えてから返歌した（「賢木」）。京から隔絶された境外まで行かなければ、彼女は落ち着いて返歌をすることができなかったと読むべきなのだろう。

六条は、嫉妬のあまり物の怪となるような女性であった。その要因は、源氏の側にも彼女自身の素質にもあったと説明される。前者で言えば、源氏が六条を口説き落とすところまでは熱心であったのに、恋仲になってからは冷めたと語られているところに象徴されている。葵上の没後、六条が正妻になるとの噂もあったが、源氏はかえって距離を置く。それでいて、六条が娘とともに伊勢へ下ろうとすると引き留めようとする。正式な結婚はしようとせず、かといって遠く離れてしまうのも困るとばかりに、源氏にとって都合の良いところ（会いたいときだけ会える愛人の関係）に置いておこうとする。結婚する気もないのに離れようとすると引き留める源氏の行為を、語り手は罪深い男の所業として語ろうとしている。しかし六条は、心底源氏に惹かれていた。人一倍プライドの高いとされる彼女が公衆の面前（車争い）で恥辱を受けたのに、それでも行列が前を過ぎると源氏の姿を見たいと思ってしまう。また、娘とともに伊勢に下向すると決心を固めたのに、源氏の姿を見るとその覚悟が揺らぐ。一方、六条は登場の最初から〝物事を度が過ぎるほどに思い詰める性格〟と紹介され、源氏の中途半端な態度によって期待と諦めを幾度となく繰り返し（振り回され）精神的に疲弊してゆく経緯が丁寧に表現される。源氏が通ってこない時間はけっして空白の時間なのではなく、思いつめやすい彼女にとっては前回の逢瀬で自分の何がいけなかったのか（衣裳か、香か、化粧か、会話か、歌か……）を反復して傷を深く掘り下げてゆく時間であった。理知的な六条は、源氏が不実な男であることを頭ではわかっていた。にもかかわらず、彼に惹かれてしまう自分が一方にいる。理知と情念との著しい不均衡によって、魂があくがれ出る女性となってゆく。六条は、源氏と離れたくて伊勢に向かったのではない。源氏に振り回されてしまう自分と訣別したくて、伊勢に向かったのだ。頭ではわかっていても心がいうことを聞いてくれない自らを嫌悪していたのだ。六条の人物像と心理がそのように読めてこそ、逢坂の関を過ぎなければ返歌できなかったと語られることの意味がわかる。彼女は自分の中に、いつでも戻ってしまいたくなる自分がいることを知っていたのだ。六条は、畏怖すべき物の怪なのではなく、共に泣いてやらねばならぬ女なのである

『源氏物語』は、表現としては尽されていないが、じつは驚くほど緻密に構成され、表現されていると思われることがしばしばある。実体作者の脳裏には明瞭なモデルがいたのだろう。ゆえにこそ、行間を埋めながらそこに肉薄してゆくような読みが、『源氏物語』では必要とされる。

付録　言及一覧——章段名索引に代わるものとして——

〔凡例〕

1、平安末期は一一五六年〜一一八五年ないしは一一九二年ごろ、鎌倉初期はそれ以降一二二一年ごろまで、鎌倉中期は一二二一年ごろ〜一二五〇年ごろまで、鎌倉後期は一二五〇年ごろ〜元寇（一二七四年ないしは一二八一年）まで、鎌倉末期はそれ以降、文保本書写の一三一八年までとする。

2、「本書での言及頁数」の欄の〜は頁の連続を、…は頁の断続（間が一、二頁あく程度まで）をそれぞれ示す。

3、それぞれの時代用語を、平末・鎌初・鎌中・鎌末と略すことがある。

4、「時代相」の欄の〜は時代の幅を示し、／は重層化していることを表す。前者は時代の幅をこれ以上絞りきれない場合に用いる。

部	（流布本による章段分け）〔大見出し〕（章）《小見出し》（段）	該当本文の抄出（冒頭と末尾）	岩波新大系本の頁数	本書での言及頁数〔大〕	本書での言及頁数《小》	時代相
冒頭部	保元物語　上　（後白河院御即位ノ事）					
	〔鳥羽院の治世〕					
	鳥羽院の系譜と経歴	近曾、帝王御座キ…皇太子ニ立セ給。	4		5	鎌倉中期
	鳥羽帝の天皇としての徳	嘉承二年…讃岐院是也。	4		5	鎌倉中期
	鳥羽院政の善政たること	大治四年…国富ミ、民安カリキ。	4		5	鎌倉中期
	〔崇徳院の憤懣〕					
	近衛誕生に伴う崇徳譲位	去ル保延五年…一院ト申ス。	5		7	鎌倉中期
	譲位に伴う崇徳院の恨み	先帝コトナル…御心中難レ知。	5		7 52 69	鎌倉中期

冒頭部				
鳥羽院の出家　永治元年…報恩ノ道ニ入セ給ゾ目出キ。	5		352	鎌倉中期
近衛急逝に伴う後白河即位　久寿二年…位ニ付奉セ給。	6		63	鎌倉中期
崇徳院の怨恨の増幅　高モ賤モ、誠…マサラセ給ゾ理ナル。	6		69	鎌倉中期
(法皇熊野御参詣幷ビ御託宣ノ事)				
熊野参詣と託宣				
鳥羽院の熊野参詣における託宣　久寿二年冬…覚ケル。	6	18	19	鎌倉中期
(法皇崩御ノ事)				
鳥羽院崩御				
鳥羽院の発病　保元元年春夏…受ケサセ給ヌルニコソ。	8		20 352	鎌倉中期
美福門院の出家　同年夏六月十二日…観空ゾマイリケル。	8		356	鎌倉中期
鳥羽院の崩御　日ニシタガヒテ…鳥羽院トゾ申シケル。	9		22	鎌倉中期
鳥羽院崩御に伴う慨嘆　御歳五十四…猶愁ヘタル色アリ。	9		22 352	鎌倉中期
美福門院の悲嘆　況ヤ、年来近ク…永クゾ思食ケル。	9		14	鎌倉中期
皇室の凶事の総括　去ル年、近衛院…トゾ思アヘル。	10		22 24 69 353	鎌倉中期
発端部				
(新院御謀反思シ召シ立ツ事)				
崇徳院方と後白河帝方の亀裂				
崇徳院方の不穏な動き　依レ之、禁中モ…トゾキコエヌル。	11		65 85 295	鎌倉後期
崇徳院の心中　新院、日来思食ケルハ…御談合アリキ。	11		8 63 70	鎌倉後期
頼通と忠通の不仲				
頼長の紹介　宇治ノ左大臣頼長ト申ス人…カ様ニ恐奉ル。	12		45	鎌倉初期
頼長の素顔　然共、真実御心ムキハ…思タテマツリキ。	12		45	鎌倉初期
頼長への父忠実の偏愛　久安六年…ユルシ奉ラル。	13		46	鎌倉初期

発端部

忠通の不満、兄弟の溝	法性寺殿ハ…不快ニゾキコエシ。	13		82 84 101 102	鎌倉初期
崇徳院と頼長の結託					
頼長の野望	此左大臣殿ノ…有ルラント覚ツカナシ。	14		48 63 70 73 83	鎌倉後期
崇徳院と頼長の談合	新院、左大臣殿ニ…給ケルトカヤ。	14		48 49 63 70	鎌倉後期
崇徳院、鳥羽を出る動き	新院、カ、ル…歎キアヘル。	15		28 85 356 388	鎌倉後期
（官軍方々手分ケノ事幷ビニ親治等生ケ捕ラルル事）					
固関と宇野親治事件					
後白河帝方の関固め	去ル二日、一院崩御シ…承リテ、罷出ヅ。	15		37 42 66 70	鎌倉中期
謀反人流罪決定	又、今夜…風気トテ不レ被二参内一。	16		67	鎌倉初期
平基盛と宇野親治の衝突（宇野親治ばなし）	同六日…トテ打過。	16		36 38 47 70 216 376	鎌倉中期
宇野親治の捕縛（同右）	基盛、百余騎…西獄ニゾ下サレケル。	17		36 71	鎌倉中期
（新院御謀反露顕幷ビニ調伏ノ事付ケタリ内府意見ノ事）					
崇徳院方の謀反の動き					
頼長流罪決定	同八日、関白殿下…謀反事既ニ顕ル故ナリ。	18		67 71 73 76 85 91	鎌倉初期
勝尊による修法	左府、又、東三条…アラワレニケル。	18		49 71 73 91 356	鎌倉初期
平忠正・源頼憲、崇徳院方へ	平馬助忠正…トゾ聞エケル。	19		125 144	鎌倉初期
初七日法要への崇徳院不参	鳥羽殿ニハ…人弥怪ヲナス。	19		68 71 73 88	鎌倉初期
教長・実能の諫言	剰京へ入セ…意趣ナシ」トゾ被レ仰ケル。	20		49 64 67 72 76 77 101 356	鎌倉初期
頼長への圧力	同十日、大夫史師経…ベキニテマシマス。	21		76 125	鎌倉初期
崇徳院の白河北殿入りと為義父子召集					
崇徳院、鳥羽を出て白河へ	夜ニ入テ…平家弘也。	21		47 127	鎌倉初期
（新院、為義ヲ召サルル事）					

発端部

為義辞退　人ズクナニテ…ヲトラジ」トゾ申ケル。	22		67 85 86	鎌初／鎌後
為朝の経歴と為義辞退理由　為朝ガ可レ然…多候」ト申シケレバ	23		51	鎌倉後期
教長の諫めと為義父子の参院　ソノ時…白河殿へ参タリ。	24		52 274 278 325	鎌倉初期
為義・頼憲らへの勧賞　美濃国青柳庄ト…頼助ナリ。	24		52 127 149	平安末期
（左大臣殿上洛ノ事付ケタリ着到ノ事）				
崇徳院方と後白河帝方の対決構図				
頼長、白河北殿へ　左大臣殿ハ、宇治…白川殿へ参ラセ給ヌ。	25		68 105	鎌倉初期
頼長の替え玉の車　左府ノ御車ニハ…ヲリタリケル。	25		131	右より後次層
白河北殿に籠る人々　新院ノ御所ニ参コモル…右衛門尉盛弘。	26		86 126 144 274	鎌倉中・後期
二度の親書　新院、御書ヲ内…御返事モナカリケリ。	26		89 130	鎌倉初期
（官軍召シ集メラルル事）				
後白河帝方に参ずる人々　鳥羽殿ヨリ右大将…守リ奉ル。	26		11 41	鎌倉中期
美福門院が召集した武士たち　安芸守…内裏へ参リヌ。	27		12	鎌倉中期
公的命令によって参集した武士たち　此外、周防…評定アリ。	27		12	鎌倉中期
（新院御所各門々固メノ事付ケタリ軍評定ノ事）				
崇徳院方による白河大炊殿の門固め				
崇徳院の白河大炊殿入り　新院ハ斎院…参ラセ給ヒケリ。	28		83 105 145	鎌倉初期
崇徳院方の門固め　為義、忠正、家弘等…見へザリケリ。	28		105 109 125 127 144 145 274 278	鎌倉中期
為朝の抑制　筑紫八郎申ケルハ…トヾマリニケリ。	28		274	鎌倉後期
筑紫の二十八騎　サレドモ、如レ影…一人当千ノ者共也。	29		177 294	鎌倉後期
崇徳院や頼長らの武装　院モ左府モ御鎧…甲冑ヲ帯シタリ。	29		41 71 78	鎌倉中期
為朝の紹介と崇徳院方のいくさ評定				

発端部					
為朝の経歴	抑、筑紫八郎、如何…聞モアヱズ上ニケリ。	30		274 283	鎌倉後期
為朝の風体	為朝ガ有様…純友ニモ超タリ。	31			鎌倉後期・末期
崇徳院方のいくさ評定	先為義ヲ、御前所…理ナリ。	32		33 50 54 79 114 115 133 150 283 349	鎌中／鎌末
（将軍塚鳴動幷ビニ彗星出ヅル事）					
天変地異と鳥羽院旧臣の悲嘆					
鳥羽院旧臣の悲嘆	鳥羽殿ニハ、故院ノ…被二申合一ケル。	34		28 33 71 360 361 377 386	鎌倉中期
合戦部					
（主上三条殿ニ行幸ノ事付ケタリ官軍勢汰ヘノ事）					
後白河帝方の戦闘準備といくさ評定					
後白河帝、東三条殿へ遷幸	内裏ハ高松殿…御輿ニ進給マウ。	36		83 342	鎌倉中期
後白河帝の供人	御共ノ人々ニハ…注スニヲヨバズ。	37			鎌倉中期
義朝の士気昂揚	内裏ニテ、義朝…施スベシ」トゾ悦ケル。	37		135	鎌倉中期
後白河帝方のいくさ評定	去程ニ、義朝…ユ、シカリケリ。	37		43 49 50 53 56 115 349	鎌中／鎌後
後白河帝方による先制攻撃					
寅の刻の開戦を決定	明レバ十一日、寅ノ剋…競向ハントス。	39	13	110	鎌中／鎌後
崇徳院方の油断	新院ノ御方ニハ、只今…スキ無ゾキコヘシ。	39		50 52 79 86 133 356	鎌倉初期
崇徳院方の動揺	新院ノ御方ニハ…門々ヒシ〱ト固ケリ。	40		80 86 87 127 130	鎌倉初期
義朝・清盛の進軍	内裏ヨリ相向中ニ…少々者共引ヘタリ。	41		105 110 119	鎌倉初期
義朝に従う軍勢の名寄せ	義朝…二百五十余騎ニテ馳向フ。	41		157 183 184 189 190 192 296	鎌倉後期
清盛に従う軍勢の名寄せ	清盛…六百余騎ニテ馳向フ。	42		157	鎌倉後期
頼政に従う軍勢の名寄せ	兵庫頭源頼政…馳テ寄ケル。	43		157	鎌倉後期
保元物語　中　（白河殿ヘ義朝夜討チニ寄セラルル事）					
前線の衝突					

合戦部

崇徳院方の先陣争い　保元元年七月十一日…我門へゾ引返ス。	44		110 146 274 339	鎌中／鎌後
頼賢の先駆け　此詞モ奇怪ナレ共…手ニモ懸ズ馳廻ケリ。	45		274	鎌倉初期
義朝の応戦と鎌田の制止　義朝ガ兵二騎…只樊噲ガ如シ。	45		148	鎌倉初期
樊噲の故事　樊噲ハ漢ノ高祖…取籠テ守リケリ。	46			鎌倉初期
清盛勢の進撃と伊藤ばなし・山田ばなし				
伊藤父子と為朝の対戦（**伊藤ばなし**）　去程ニ、清盛…死ニケリ。	46		107 109 153〜155 162 165 180 302 341 373 382	鎌倉初期
伊藤五忠清の報告（**同右**）　伊藤五ハ、矢乍ㇾ立…ヲヂアヘリ。	48		162 373	鎌倉初期
重盛の武勇と清盛勢の一時退却　伊藤五重テ…東へ引退ク。	48		108 112 155 163 373	鎌倉初期
山田是行と為朝の対戦（**山田ばなし**）　今モ昔モ…是等哉申ベキ。	49		41 112 150〜155 163 164 167 178 183 193 200 302	古態だが鎌後投入
（白河殿攻メ落ス事）				
義朝勢の進撃と鎌田の退却				
為朝の弓勢に驚く義朝　件ノ馬ハ…「承ヌ」トテ	54		155 164 198 344	鎌倉後期
為朝と鎌田の詞戦い　百騎計ノ勢…若党」トテ引返ル。	54		107 148 166 172 196 274 356	鎌倉後期
義朝勢の反撃				
義朝への鎌田の報告　正清ハ、大炊御門ヲ…トゾ下知シタル。	56		148 174 175 180 185 190	鎌倉後期
為朝と義朝の対峙1　大庭平太、同三郎…弁ヘタリケル。	57		49 114 187 191 274 281	鎌倉後期
義朝勢による追撃　暫シ支ヘテ戦ケルガ…面ニ立テ見タリ。	58		191	鎌倉後期
片切景重の奮戦　其中ニ景重…敵打払テゾ引退ク。	59		180 182 188	鎌倉末期
波多野と鎌田の軋轢　波多野次郎申ケルハ…トテ笑相ヘリ。	59		180 181 183 188 270 286 293 301	鎌倉後期
為朝の反撃				
為朝と義朝の対峙2　敵ヲバ、八郎殿ハ…面ヲ可ㇾ向様無。	60		111 148 164 176 178 185 188 281 346	鎌初／鎌後
大庭兄弟と為朝の対戦（**大庭ばなし**）　大庭平太、同三郎…見エ合ズ。	62		132 149 155 158 164 168 175 176 179 192〜195 200 215 255 295 302 363〜366 370 371 373 379	鎌倉後期

合戦部				
大庭景義の醜態（同右）　景親ハ、「帰テ…軍ニハ合ニケリ。	64		111 180 182	鎌倉後期
大庭についての為朝の評価（同右）　八郎ハ…トゾ宣ヒケル。	65		111	鎌倉後期
筑紫勢と東国勢の対戦				
筑紫勢と東国勢の対戦1　「同国住人海老名…射レテ落ニケリ。	65		185	鎌倉後期
金子家忠と筑紫勢の対戦（村山党ばなし）　其次ニ、「金子…搔切ケリ。	65		99 100 111 132 155 158 168 189 192 193 195 200 215 255 302 305 363 364 366 370〜372	鎌倉末期
筑紫勢と東国勢の対戦2（同右）　金子党ニ…ノキニケリ。	66		186 192	鎌倉後期
金子家忠の勝ち名乗り（同右）　金子十郎ハ…コソ無リケレ。	67			鎌倉末期
為朝、金子家忠を生かす（同右）　須藤九郎…扶カリテ出ニケリ。	67			鎌倉末期
関俊平の沈着　南風一筋吹来テ…各笑テ寄タリケリ。	67		117 180 182	鎌倉末期
筑紫勢と東国勢の対戦3　常陸国住人中蔵…注ニモ不レ及。	68			鎌倉末期
戦局膠着による放火と白河大炊殿陥落				
膠着状態に悩む義朝　下野守、郎等多…難クゾ見ヘケル。	68		105 110 125 127 157 274 279 284 356 365	鎌倉初期
義朝、放火の許可を得る　下野守、使者ヲ…兵共ハ勇責ケリ。	69		44 49 105 116	鎌初／鎌後
終息部				
（新院、左大臣殿落チ給フ事）				
崇徳院と頼長の敗走				
崇徳院・頼長、敗走　新院ノ御方ノ…時弘前立、御共ス。	70		117 125 142	平安末期
為義の子供たちの防ぎ矢　為義ハ六人ノ子共ヲ…手負セタリ。	70		228 274	鎌中／鎌後
為朝の矢の総括　為朝、其夜ノ軍ニ…物語ニナシニケリ。	71		107 253 345	鎌倉末期
頼長の負傷				
頼長、流れ矢に当たる　院モ左府モ…歟」ト申ケリ。	71		140 144 220 221 228	複雑に重層化
佐渡重貞の矢　此矢ハ近江源氏八島…明サセ給フ。	72		117 136 220	鎌倉末期
（新院如意山ニ逃ゲ給フ事）				

終息部

崇徳院の敗走					
崇徳院の如意山入り	院ノ御共ニハ…御平ニ臥セ給。	73		127	平安末期
為義父子の離脱	為義申ケルハ…叶マジキ」由申ス。	74		126 142 228 235 275	鎌倉中期
（朝敵ノ宿所焼キ払フ事）					
残党の探索と合戦の小括					
法勝寺の探索	軍ハ寅刻ニ始テ…火ヲ不㆑懸。	75		95 110	平安末期
残党のゆくえ	為義ガ宿所円学寺…頼憲ハ伊勢方へ落ツ。	76		126	平安末期
後白河帝、高松殿に還幸	巳時計ニ…供奉仕テ渡奉ル。	76		342	先出を後次的に操作
合戦の小括	抑、今度合戦破ヌル事…道場ト申モ理哉。	76		100 144 354 357〜360	鎌初／鎌末
（新院御出家ノ事）					
崇徳院の出家と仁和寺への出頭					
崇徳院、仁和寺へ	夜ニ入テ、家弘親子…本取切テケリ。	77		142 214	平安末期
（勅ヲ奉ジテ重成新院ヲ守護シ奉ル事）			228		
崇徳院、寛遍法務の坊へ	去程ニ御室…アソバシテケル。	79		124 214	平安末期
（関白殿本官ニ帰復シ給フ事付ケタリ武士ニ勧賞ヲ行ハルル事）					
藤原摂関家の対立余波と武士への勧賞					
忠実の防御	宇治入道太相国ハ…季実ヲ差遣ス。	79		46 223	平安末期
崇徳院方の宿所の実検	未刻ニ新院ノ三条烏丸…各畏承ル。	81		42 110 118	平安末期
忠通・覚継の復権	関白殿、今日氏ノ長者…被㆓仰下㆒ケリ。	81			平安末期
清盛・義朝への論功行賞	夜ニ入テ、勧賞…憤ヲ休メケル。	81		131 266 341	
（左府ノ御最後付ケタリ大相国御歎キノ事）					
頼長の死去					

終息部

場面	本文	頁	関連頁（共通）	関連頁	時代
頼長、鴨川尻へ	十二日、左大臣…尻ニゾ止マリケル。	82		136 220 221	平安末期
忠実、頼長との対面を拒絶	明ル十三日…威シカリケリ。	83		136 220 221	平安末期
頼長の死去	サテ、何ヘ渡奉…泣々帰ヌ。	84		136	平安末期
忠実の悲嘆	経憲ハ、最後ノ宮仕…袖ヲシボラヌハ無シ。	84		221 362	平安末期
頼長死去についての評語	左府失セ…有ケルトゾ承ル。	86		362	平末／鎌中
保元物語　下　（謀反人各召シ捕ラルル事）					
崇徳院方の尋問や出家					
崇徳院方加担者の流罪決定	保元元年七月十五日…出来ニケリ。	88		44	平末／鎌初
経憲・盛憲・助安の拷訊	其中ニ、蔵人大夫…其例トゾ聞シ。	88		9 213 220 228	平安末期
（重仁親王御出家ノ事）					
重仁親王の出家1	新院ノ一宮重仁親王…泣々惜ミ奉ケリ。	89		270	平安末期
（為義降参ノ事）					
為義出家					
為義の探索	十六日、六条判官…有ケル者也。	91	94, 131, 156, 169, 170, 182, 215, 217, 220, 228…257, 269〜271, 279, 284〜286, 297〜300, 354, 366, 370, 371, 379	94 227 230 231 243 251 257 267 301 373	平安末期
為義の発病と出家	為義、サガス処…黒染ニ成姿哀也ケリ。	91		38 95 227 230 243 250〜252 267 275	鎌倉初期
為義出家についての評語	為義十四歳…トゾ名付タル。	92		230 243 251 378 379	鎌倉初期
為義と六人の子供の別れ	六人ノ子共、山ヘ…制メ置レタリ。	93		144 183 230 231 233 234 243 244 248 251 253 254〜 257 266 269 275 277 279 284 296 354 371	鎌倉初期
（忠正、家弘等誅セラルル事）					
謀反人処刑1					
死罪の復活	我朝ニ、昔モ今モ…人々傾申ケレ共、不レ叶。	96		42 95 230 257 371	鎌倉初期
崇徳院方武士十七人の処刑	廿五日、源平…構テ切テケリ。	97		96 128 143 144 202 230 231 238 257 267 299 371	鎌倉初期

終息部

（為義最後ノ事）					
為義最期					
為義の処刑決定	伯父ヲバ甥…糸惜キ。	98	95, 123, 128, 131, 156, 169, 170, 182, 204…217, 229…249, 255…260, 264, 265, 269…273, 282…286, 289〜291, 296〜301, 354, 366, 370, 371, 386, 400	77 96 230 267 290 291 299 300	平安末期〜鎌倉初期
波多野と鎌田の論争	「是ニ先ヅ奉」トテ…咽ビ給ケリ。	100		230 268 290 291 293 298 300 301 385	平安末期〜鎌倉初期
為義の口説き	七条朱雀ニテ…ウス墨染ニヤ成ヌラン。	101		230 234 236 237 247 261 268 275 289	平安末期の後次層
為義の念仏と最期	西ニ向テ、最後ノ詞ゾ…ヲボツカナシ。	103		128 230 247 268 290 291	平安末期
（義朝ノ弟共誅セラルル事）					
謀反人処刑2					
為義の年長の子息の最期（長息最期）	重テ宣旨…実見ス。	104	213, 229…232, 261…264, 276, 277, 302	149 204〜206 230〜232 253 255 268 270 275 277 279 286 292 325	平安末期
崇徳院方武士十三人の処刑	十七日、源氏平氏…被レ捨ケル。	105		202 230	鎌倉初期
（義朝ノ幼少ノ弟悉ク失ハルル事）					
為義の幼少の子息の最期（幼息最期）					
幼息の処刑決定	猶々義朝ニ宣旨…ウタテキ。	105	123, 182, 204…217, 229…242, 257…271, 285…296, 300, 301, 354, 388, 400	230 286 288	平安末期
波多野が四人を連れ出す	波多野次郎承テ…哀ナル。	106		230 286	平安末期
四人に処刑を宣告	船岡山ニ行付テ…ヲメキ叫ビ給フ。	106		230 263 275 287	平安末期
四人の反応	七ニ成ル天王殿ハ…洗革ニヤ成ヌラン。	107		230 236 287 387	平安末期
四人と乳母	乙若申ケルハ…絶ヌケシキゾ哀ナル。	109		230 264 287	平安末期
四人の最期	乙若宣ケルハ…頸ヲノベテゾ打セケル。	109		230 231 236 258 259 287	平安末期
乳母たちの後追い	四人ノ乳母共…一所ニコソ埋ミケレ。	110		230 265 287	平安末期
（為義ノ北ノ方身ヲ投ゲ給フ事）					
母の入水					

終息部

波多野、母に報告　又、波多野次郎ハ…モダヘケリ。	112	123, 182, 204…217, 229…242, 248, 249, 257…265, 269〜271, 286, 288, 289, 300, 301, 354	230 288	平安末期だが後次的
母の口説き　良久有テ、息ヲ休テ…桂川ニゾ沈メタル。	112		230 237 263 265	平安末期
母の覚悟の入水　泣々重テ…帰ニケレ。	114		127 144 230 264 288	平安末期
入水についての評語　此暁、物詣…類少キ女房也。	116		230 260	平安末期
(左大臣殿ノ御死骸実検ノ事)				
頼長の死骸実検と遺族の悲嘆				
頼長の死骸実検　七月廿一日ニモ…帰ヘリニケレ。	116		222	平安末期
頼長の子息、忠実を慰問　明ル廿二日…シタマワズ。	116		356	鎌倉初期
(新院讃州ニ御遷幸ノ事)				
重仁親王の出家と崇徳院の離京				
崇徳院の流罪決定　猿程ニ、大内…思食ケル。	118			平安末期
重仁親王の出家2　一宮ハ、夜ニ入テ…無慚ナレ。	118		97	鎌倉初期
崇徳院、仁和寺を出て鳥羽へ　明ル廿三日ノ…被レ仰ケル。	118		224	平安末期
崇徳院、父鳥羽院との別れ　鳥羽ノ北ノ楼門…泣居タル。	119		89 224	平安末期
鳥羽での別離　右衛門尉定宗…トゾ被レ仰ケル。	119		143 224	平末／鎌初
船旅の様子　讃岐国司季行…奏聞セヨ」トゾ仰ケル。	120		224	鎌倉初期
道行き　新院、御遠行ノ由…トノミゾ思食ケル。	120		304 307	鎌倉初期
平治合戦勃発の予兆　新院、七月廿三日…不便ナレ。	121		28 42 307 387	鎌倉中期
崇徳院の夢の記　同日夕方…入申ケル。	122		65	鎌倉中期
(左府ノ君達幷ビニ謀反人各遠流ノ事)				
頼長の子息たちの流罪と争乱の総括				
師長から忠実への書状　悪左府ノ…被レ書タル。	123		388	鎌倉初期

終息部				
頼長の四人の子息の流罪　八月二日、悪左府…及ズ。	125		130	平末〜鎌初
そのほかの崇徳院方の流罪　此外、左京…陸奥国へ被レ流。	126		129	平末〜鎌初
争乱の総括　アハレ、世ニアラムト…トゾ申ケル。	126		97 98 144 205 206 215 251 256 304 305 353	鎌倉初期
鳥羽院旧臣の安堵　鳥羽殿ニハ…トゾ申合レケル。	127		28 71 304 305 360 361	鎌倉中期
乱後のくすぶり				
崇徳院の下向の様子　新院ノ御下向ヲ…人申ケル。	127		304	鎌倉初期
（大相国御上洛ノ事）				
忠実の知足院移転　主上ハ、少納言…渡シ被レ進ケル。	128		43 304	鎌倉初期
（為朝生ケ捕リ遠流ニ処セラルル事）				
崇徳院、讃岐に到着　八月十日…給」ト申タリ。	129		304	鎌倉中期
為朝捕縛と配流				
為朝の捕縛　筑紫八郎為朝ハ…右衛門尉ニ成ル。	129		226 304 326	鎌倉中期
為朝の流罪　八月廿六日ニ…是ヲゾ送ル。	130		226	鎌倉初期
為朝と腰掛石　其時、為朝申ケルハ…外ノ事ナシ。	130		318	鎌倉後期
後日譚部				
（新院血ヲ以テ御経ノ奥ニ御誓状ノ事付ケタリ崩御ノ事）				
崇徳院の怨霊化（崇徳院怨霊譚）		24, 168, 216, 225, 270, 278, 304…308, 319, 321…332, 386, 434		
崇徳院の配所の様子　院ハ讃岐ニ…袖ハ朽ヌベシ。	131		304	鎌倉初期
崇徳院、望郷の鬼となる　新院思食ツヾケ…アソバシタル。	131		44 49 64 72 102 270 306 326 332	鎌倉末期
崇徳院の怨霊化と平治合戦　其後ハ御グシ…詞ニ少モ違ズ。	133		44 308 327 387	鎌倉末期
蓮如による崇徳院慰問　都ニテ常ニ…京へ上ニケリ。	133		214	鎌倉中期
崇徳院の崩御　八年ト申シ長寛元年…哀レ也。	134		44 308 327 387	鎌倉初期
蓮如の夢に出た崇徳院怨霊　蓮如ガ夢ニ…ケ殺レ進ケリ。	134		127 144 275 280 309 325	鎌倉末期
西行による崇徳院慰問　西行法師…給フラムトゾ聞シ。	135		310 313	鎌倉末期

後日譚部

（為朝鬼島ニ渡ル事幷ビニ最後ノ事）					
為朝騒擾と最期（為朝渡島譚）					
為朝、伊豆大島から八丈島へ	為朝ハ保元…領シタル。	136	24, 123, 216, 227, 228, 279, 304, 305, 308, 309, 314…332, 386	316 328 332	鎌倉末期
七島での為朝の横暴	此七ノ島ハ、宮藤斎…弓矢計ゾ残ケリ。	136		314 315 317	鎌倉末期
為朝、八丈島から葦が島へ	為朝八丈ガ島…八丈ガ島へ帰ケル。	137		314 316 317 326	鎌倉末期
茂光の報告	茂光ハ、都へ上テ…院宣ヲ被ㇾ下タリ。	139		317 326	鎌倉末期
為朝最後の奮戦	先当国ノ弓取渡テ…人ヲゾ殺シケル。	140		316 320	鎌倉末期
為朝の最期	是ヲ見テ、残舟共…今日見ツル哉	140		320 321 326	鎌倉末期
むすびの評語					
為朝の評価と保元合戦の意義	昔ノ頼光ハ…事共ナリ。	141		320 321 329 381 385	鎌倉末期

コラム3　『今鏡』読解によって鍛えられる〈裏面読み〉

『今鏡』は、言葉を文字どおりに受け止めると痛い目に遭うテクストである。後朱雀の春宮時代の妃である嬉子がのちの後冷泉帝を産んで急逝するのだが、子を残したぶんだけ姉たち（妍子、威子）よりも「めでたさはこよなく」と評する（「雲井」）。近くは没後の贈皇后宮号のことを指したのだろうが、このあと後冷泉の皇統は続かないところまで語り手は知っている。その場その場の「めでたさ」を語るが、それが本当の「めでたさ」ではないことを知っていてそれを語るのである。表現がしらじらしかったり、心にもないことを語ったりする。本音を別に探らねばならないテクストなのである。たとえば、彰子の子である後一条、後朱雀と皇位が続いたのは藤原道長・頼通に権力が集中していたためだと語り、そのライバルであった定子の子、敦康親王には後見人がいなかったために立場が弱かったことを説明として絡ませる。そこから話題を区切るようにして、伊周の名を出すのである。つまり、伊周が失脚させられなければ敦康の後見人であったはずであり、こちらが皇位継承者となるべきであったことを婉曲的に滲ませるのである。伊周の左遷がいかに謀略に満ちたものであったか、そのような直接表現を用いないで、そのことが察せられるように仕組むのだ。そのうえで、「かしこき御世の御事申し侍るもかたじけなく」と、それ以上のことは口をつぐもうとする（「初春」）。そのような時代が「かしこき御世」であろうはずがない。そういうジェスチャーをみせることによって、読者に裏面を読み解いてほしいとのメッセージを送っているのだろう。

後朱雀の中宮嫄子が急逝したのは後朱雀が溺愛しすぎたことによるのだが、それをどう表現したか。後朱雀が二年連続で嫄子を懐妊させたことを畳みかけるように語り、直接的な批判は語らない。そして、嫄子の死を悔やむ後朱雀像を語るのに、桐壺更衣を失った桐壺帝を想起させる表現を用いる。これによって、直接的ではなくとも、後朱雀の偏愛・溺愛ぶりが印象づけられる。また、堀河はいやがる伯母篤子を無理やり入内させ（「玉章」）、白河は賢子を溺愛した（「所々の御寺」）。それらを直接的には批判せず、穏やかに語ってみせるのである。

白河崩御によって高陽院泰子の鳥羽院への入内が叶ったとの口ぶりによって、その父藤原忠実の暗躍を示唆し、帝ではなく院に入内したのに初めて女御の宣旨を賜ったとする（「宇治の川瀬」）。『今鏡』の語り手が「初めてのこと」と語る場合は、たいてい批判である。続けて泰子は皇后宮に冊立されたのだが、そのような表向きの扱いとは裏腹に、宇治御幸の質素なさまが語られる。もちろん、鳥羽院の寵愛が美福門院に向かっていたことを暗に滲ませているのである。美福門院のビの字も語らずに。

それほどに『今鏡』は、表現の裏の意味を読ませようとするテクストなのである。

初出一覧

冒頭部の論

第一章　『保元物語』冒頭部における〈鳥羽院聖代〉の演出――美福門院の機能をめぐって――

↓『保元物語』における〈鳥羽院聖代〉の演出――美福門院の機能をめぐって――

（「国文学研究」113集、一九九四・六）

第二章　『保元物語』冒頭部の戦略――熊野託宣譚の意味――

↓新稿

第三章　『保元物語』における平安京聖域観の虚構――その混乱と秩序回復をめぐって――

↓『保元物語』における〈保元以前〉と〈現在〉――鳥羽院旧臣にみる重層構造の根底認識――

（「国文学研究」115集、一九九五・二）

※ただし旧稿を大幅に修訂。

発端部の論

第四章　『保元物語』発端部にみる人物像の二層性

第五章　『保元物語』発端部にみる合戦要因の二層性

第六章　『保元物語』における批判精神

↓発端部の三章分はいずれも新稿。

合戦部の論

第七章　『保元物語』合戦部の重層性

第八章　『保元物語』成立の基軸――『保元顛末記』『保元合戦記』存在の可能性――

→第七章、第八章はいずれも新稿。

第九章　『保元物語』合戦部の形成――『為義物語』からの触発――

→為朝像の造型基調――重層論の前提として――（「軍記と語り物」24号、一九八八・三）

※ただし旧稿を大幅に修訂。

第十章　『保元物語』合戦部の後次層――『保元東西いくさばなし』の痕跡――

→『保元物語』合戦部の構造（「古典遺産」39号、一九八八・一二）

→『保元物語』合戦部の展開（「軍記と語り物」25号、一九八九・三）

※ただし旧稿の二本分を一章分とし大幅に修訂。

終息部の論

第十一章　『保元物語』終息部の二段階成立

第十二章　『保元物語』終息部における源氏末路譚の様相

第十三章　『保元物語』源氏末路譚の重層性とその形成過程

第十四章　『保元物語』統一感の演出方法

→終息部の四章分はいずれも新稿。

後日譚部の論

第十五章　『保元物語』後日譚部の表現構造

→『保元物語』における語り手の〈現在〉と崇徳院怨霊
（「国文学研究」101集、一九九〇・一二）

→『保元物語』の〈現在〉と為朝渡島譚
（「国文学研究」104集、一九九一・六）
※ただし後者はその前半部分。

第十六章　『保元物語』後日譚部の成立意図――鎌倉末期に「日本国」を相対化することの意味――

→『保元物語』の〈現在〉と為朝渡島譚
（「国文学研究」104集、一九九一・六）

→『保元物語』における〈鳥羽院聖代〉の演出――美福門院の機能をめぐって――
（「国文学研究」113集、一九九四・六）
※ただし前者はその後半部分。

全体にかかわる論

第十七章　『保元物語』文保本にみる鎌倉末期の状況

第十八章　『保元物語』表現主体の位相とその変容

→語り手の視座――歴史文学をとおして――
（「早稲田大学大学院文学研究科紀要　文学・芸術学編」別冊14集、一九八八・三）
※ただし大幅に加筆修訂。

第十九章　『保元物語』形成論のための編年

第二十章　『保元物語』は史料として使えるか――〈動態的重層構造〉提示の意義――

→第十七章、第十九章、第二十章はいずれも新稿。

改稿の大要

『保元物語』を〈動態的重層構造〉と見なすべきことや、半井本内部に、そこまでに至る痕跡とそこから後出異本に向かうべき可能性の両方が内包されているという見方は、旧稿の段階から示していたことである。それ以外のところで、考えが大きく深まったり変わったりしたところは、次のとおりである。

1、文脈の矛盾や亀裂の見極めが、旧稿段階にくらべて格段にデリケートで緻密になった。その結果、発端部や終息部の論を加筆することができた。

2、もともと旧稿段階で合戦部においては重層性の指摘をしていたが、右によって発端部や終息部についても重層的な様相を指摘することができるようになったので、〈動態的重層構造〉としての『保元』の全体像を示すことができるようになった。

3、旧稿から本書までの二十年余りの間に、平安末期から鎌倉末期に至る歴史認識の変容論をいくつかまとめたので、『保元』の〈動態的重層構造〉を歴史的実体に引き寄せて論じることが可能になった。その基軸となったのが、〈相対編年〉〈絶対編年〉の考えである（第十九章）。

4、旧稿段階では、物語が崇徳院怨霊に締め付けられている（表現主体が脅かされている）との考え方を示した部分があったが、それらはすべて取り下げた。表現主体は、戦略的に怨霊譚を投入しているのであって、まったく畏怖していない。

5、旧稿では、為朝像を分析する際に、先行研究の人格的な物の見方を批判しつつも、自らもそこから完全には脱しきれていなかった。本書では、為朝像も重層的な構造体とみたてる見方を徹底することができた。

6、旧稿段階では、崇徳院と為朝を『保元』の二大主人公のような見方をしていた。それは、先行研究の延長線上に乗った考えであった。本書では、合戦部の為朝像を鎌倉中期以降に増幅したもの、為朝渡島譚・崇徳院怨霊譚は鎌倉末期に形成されたものと考えた（旧稿では後補説は採らず後日譚とも呼ばなかった）ので、二大主人公とみる考えは大きく後退した。相対的に、平安末期に成立したとみられる為義ら源氏末路譚を重視することになった。これは、『保元物語』観の大きな変更でもある。

7、旧稿では、頼長流罪の仮構性や白河北殿入りの日付の操作など、まったく気づいていなかった部分である。武士にたいする揶揄も含めて、『保元』の底流に批判精神が流れているとの指摘は、旧稿にはなかった部分である。

8、旧稿では、物語の成立圏や成立後の管理圏を想定するところが弱かった。そこを本書で明瞭にすることができた。

以上のように旧稿の多くを否定しているようにみえるが、旧稿が土台になってこそそのうえに積みあげることができたのであって、否定ではなく止揚したのだと考えている。

あとがき

なんとしてもこの考えを伝え残したい――その一念で本書を上梓した。〈動態的重層構造〉のことである。いつかは、誰かがやらねばならない仕事であった。

「改稿の大要」で示したように、旧稿の大部分に大幅な修訂を加え、ほとんど書き下ろしのような執筆作業になってしまった。これには、内輪の事情がある。野中「梶原先生の築かれた礎」（「古典遺産」49号、一九九九）に記したように、梶原正昭先生は、次の世代に何を残すかというお考えのもとに、つねにお仕事をなさっていた。狭い意味での自己実現も、個人的な研究業績も、どうでもよいという先生であった。このたび、『保元物語』で一書をまとめる段になって、〟いま自分がまとめようとしている本は次の世代の礎石になるのか〟と考えさせられたのである。自問自答の結果、答えはノーであった。二十年も前に書いた未熟な論文が、そのまま使えるはずもなかった。「初出一覧」に示した旧稿九本のうち八本は「国文学研究」の査読をいずれも通過した論文であったし、残る一本も大学院の委員の先生方による選抜を経たものであった。窪田空穂賞（早稲田大学国文学会賞）の受賞対象論文も含まれている。これをそのまままとめて一書にしても、そこそこのものには、なったのだろう。ただし、現在の自分から見るとはなはだ未熟なものに思える論が混じっている以上は、形ばかりの本の体裁にすることはためらわれた。それでは次の世代の捨て石にさえならない、と感じたのである。

わたくしが『保元物語』の研究に専心していたのは、二十代前半から三十代前半にかけてのころのことである。昭和五十九年（一九八四）四月、大学院修士課程の学生として梶原正昭先生の研究室の門を叩いた。大学院のゼミは週に二コマあり、一つが『義経記』、もう一つが『保元物語』であった。その四月のゼミで、早くも頭を殴られるような衝撃を受けた。とくに『保元物語』は、一回に数行しか進まないのである。発表者が半井本・鎌倉本・京図本・金刀比羅本の校本を一章段分ずつ作成し、その異同について議論を交わす（当時は武久堅氏監修の『保元物語六本対観表』はまだ出ていなかった）。一言一句を取り上げて、四種それぞれの構成原理や表現主体像や成立圏にまで話が及ぶ。たいていは院生による自主的な議論で進行したが、時折、梶原先生がご助言をくださる。院生の議論が字句の異同に縛られすぎていたら社会的背景や物語の構想の話をされ、逆に院生の問答が大きな話に終始していたら細部の表現の違いに目を向けるよう諭されるのであった。梶原先生に鍛えていただいた〃読みの力〃とは、表現の微細なニュアンスに気づく力や深く掘り下げる力だけでなく、巨視と微視とを自在に往還し、帰納と演繹とを反復し、相互に有機的な連関をもつように組み上げる力でもあった。その恩恵のもとに、修士論文「『保元物語』の形成と構造」をまとめることができた。この機会に、わたくしたち研究室の学生を蔭ながら支え、温かく見守ってくださった先生の奥様で、今なおご健在な梶原育子様への格別な御礼の言葉も述べさせていただきたい。

本書が書き下ろしのような仕儀になることは、ある程度、予感もしていた。わたくしの『保元物語』研究が三十代半ばで中断してしまったのは、行き詰まってしまったからである。梶原先生が「『平家物語』だけを見ていては『平家物語』のことがわからない」と言っておられたように、わたくしも、『保元物語』だけを見ていては『保元物語』のことはわからない、と感じたのである。それから依頼原稿で『保元物語』について書くことはあったが、自分の問題意識から『保元物語』で論文を書くことのない〈保元断筆の二十年〉を迎えることになった。しかし、それは、『保元物語』のことを片時も忘れることのない二十年であった。

まず、物語の素材はどのようにして発生し、どのような階梯を経ていわゆる物語らしくなるのかを考える必要があった。そこから生まれたのが、「〈構想〉の発生」（『国文学研究』122集、一九九七）、「虚構とは何か――認知科学からの照射

――」（『国文学研究』142集、一九九八）、「歴史文学の系譜と展開」（『軍記文学の系譜と展開』、汲古書院、一九九八）である。これは文学研究の基本中の基本で、城攻めに喩えると外堀を埋めるような作業であった。これと並行して、平安末期から鎌倉後期にかけての時代認識の変容を知る必要もあった。時代背景もわからずに、『保元物語』の成立論を語れるはずがない。そのような問題意識から生まれたのが、「衰退史観から反復史観へ――院政期びとの歴史認識の変容を追って――」（院政期文化論集3『時間と空間』、森話社、二〇〇三）、「中世の黎明と〈後三年トラウマ〉」（『軍記と語り物』47号、二〇一一）、「東博本『後三年合戦絵詞』の制作時期――序文の二層性を糸口として――」（『鹿児島国際大学国際文化学部論集』15巻2号、二〇一四）、「歴史の簒奪――〈清原氏の物語〉から〈源氏の物語〉へ――」（『いくさと物語の中世』、汲古書院、二〇一五）であった。これは、城攻めで言えば、内堀を埋めるような作業であった。

これで外堀と内堀が埋まって本丸に迫ることができるはずだが、天守を攻めるにはまだ力不足であった。今回、大幅な改稿が可能になったのは、〝読みの力〟を鍛えさせていただいた環境のおかげである。戦国軍記研究会（古典遺産の会のうち）に参加させていただき（『戦国軍記事典　群雄割拠篇』『戦国軍記事典　天下統一篇』（いずれも和泉書院、一九九七、二〇一一）として結実）、活字化されているだけで六〇〇作品以上ある戦国軍記の多くを読む機会を、その時に与えられた（その成果が右の「歴史文学の系譜と展開」）。「コラム1」に書いた『義経記』との出会いも、大学院の梶原研究室の演習においてであった。この経験なしには、物語を重層的構造体として読むなどということが、そもそもできなかっただろう。「コラム2」に書いた『源氏物語』との出会いは、鹿児島短期大学・鹿児島国際大学での二十三年間のゼミにおいてである。軍記だけを見ていては軍記のことはわからないと考えたゆえに、自ら好んで『源氏物語』でゼミをやっていたのである。しかも、異本との対校をするでもなく、『河海抄』などの古注釈を参照するでもなかった。そういう、いわゆる大学生らしい演習はしないで、徹底的に表現主体の意図を読み込むことに専念し続けた二十三年間であった。ここで読みは鍛えられた。「コラム3」に書いた『今鏡』との出会いは、大学院の國東文麿《くにさきふみまろ》先生の演習においてであった。その時、『今鏡』にたいして、『保元物語』でも『平家物語』でも『太平記』でも感じたことのなかった〝読み込めない感覚〟に初めて直面した。そこで仕切り直して、鹿児島の市民講座・金曜会で、『今鏡』を読む機会を設けた。読了までに六年間かかった（金曜会ではほかにも、『大鏡』『増鏡』『承久記』『曾我物語』『建礼門院右京大夫集』を講読することができた）。まだ論文としては一本しかまとめていない（野中「『今鏡』の表現構造」（『鹿児島国際大学大学院学術論集』1輯、二〇〇九））が、『今鏡』の表現主体の意図がみえるようになって、研究者としての壁を突き抜けた感覚をもてるようになった。婉曲表現、屈折表現が解読できるようになって、曲がりなりにも一人前になれたような気がしたのである。『今鏡』に与えられた「尚古思想」「芸能尊重」の歴史物語という低い評価は、岩波書店の新旧の大系本や、小学館の新旧の全集本にこれが採録されなかったところにも、象徴的に現れている。〝『今鏡』を読まずして表現の深層は読めるのだろうか〟と、いまは率直に思う。『今鏡』が読めるようになったからこそ、『陸奥話記』『後三年記』の成立背景や『保元物語』の批判精神がみえてきたのである。『保元物語』や『平家物語』の前段階にあるからと言って、初期軍記が未熟だなどと考えていた自分が恥ずかしく思われる。きわめて誘導的で戦略的な表現が、見えていなかったのである。城攻めに喩えると、正攻法だけでは攻めきれない、伏兵曲輪《ぐるわ》、捨《すて》曲輪、埋門《うづみもん》、隠し門などの仕掛けについて習熟しえたようなものである。天守に向かって直接矢を射かける無謀さ、無力さに気づくことができたのだ。この出会いを与えてくださった今は亡き國東文麿先生に、篤く御礼を申し上げたい。

本書を成すにあたって、國東研究室からは、もうひとつ、かけがえのない恩恵を蒙った。畏友鈴木彰氏がその著書『平家物語の展開と中世社会』（汲古書院、二〇〇六）の「あとがき」で書かれているのと同じように、わたくしも小峯和明先生や今昔の会に育てられた。わたくしが大学院生のころは小峯先生が徳島大学に勤めておられたこともあって、東京では前田雅之先生、仲井克己先生が五学年ほど上の先輩として研究会を引っ張ってくださっていた。両先生とも、当時から理論派で知られていた。とくに前田先生からは、「いくら部分の研究を積み重ねても、全体論にはならない」

ということを、徹底的に教わった。本書第二十章第三節は、前田先生の教えを受けて自分なりに消化したものである。ここから、わたくしの『保元物語』論も、断片的な論文の寄せ集めで終わらせるのではなく、〈動態的重層構造〉の全体像を示すところまで行かなくてはならないと自らに言い聞かせることになった。後世の研究者からみると、はなはだ未熟な全体像であろうが、ともかくも『保元物語』の〈動態的重層構造〉の全体を示すところまでは辿り着き、捨て石（今後の議論の叩き台）ぐらいにはなったろうか。

外堀（文学理論）や内堀（時代認識の変容論）を埋め、装備（婉曲表現を含む読みの力）を充実させるのに二十年かかった。遠くから天守を眺めながらの、必要不可欠の回り道であった。ただし、このたび攻略しえたのは、本丸の小天守に過ぎない。その隣にまだ、大天守（『平家物語』）の存在がある。これは、そう簡単にはいかないだろう。ただ、『保元物語』研究が、『平家物語』研究の先蹤としての役割を果たすことになるのならば、望外の喜びである。

本書は、平成二十四年度に早稲田大学大学院文学研究科に提出した博士学位論文「文学史的展開からみた前期軍記の研究」の一部を、平成二十七年度日本学術振興会科学研究費助成事業（科学研究費補助金）（研究成果公開促進費）の助成を受けて上梓されるに至ったものである。問題意識を徹底的に突き詰めることを許してくれた研究環境（鹿児島短期大学、鹿児島国際大学、國學院大學）があったからこそ、このようなこだわりの一書を成すことができた。そしてなにより、汲古書院の三井久人社長、編集者飯塚美和子氏のご理解・ご尽力がなければ、このような書を世に送ることはできなかった。篤く御礼申し上げたい。

平成二十七年十一月三日

國東文麿先生のご命日に

野中哲照

索　　　引

凡　　　例

本書の記載事項のうち、Ⅰ史資料名、Ⅱ研究者名について、それぞれ主なものを五十音順に配列した。読み方は通行のものに従った。

Ⅰでは近現代の研究書は除外し、前近代の史資料に限定した。『保元物語』（不特定本、半井本）という語は本書の全編に出てくるので、特例として採らなかった。また、各章末の〔文献〕リストに含まれている史資料名についても除外した。

Ⅱは、各章末の〔文献〕リストに出てくる研究者名も含めて採録した。

これら以外に、本書付録「言及一覧――章段名索引に代わるものとして――」は章段名索引を兼ねたものなので、そちらもご活用いただきたい。

Ⅰ　史資料名

あ行

か行

さ行

た行

な行

は行

ま行

や行

ら行

Ⅱ　研究者名

あ行

か行

さ行

た行

な行

は行

ま行

や行

わ行

著者略歴

野中　哲照（のなか　てっしょう）

1961年　福岡県豊前市生まれ
1984年　早稲田大学教育学部国語国文学科卒業
1992年　早稲田大学大学院文学研究科日本文学専攻博士後期課程単位取得満期退学
早稲田大学教育学部助手、鹿児島短期大学専任講師・助教授、鹿児島国際大学教授を経て、現在、國學院大學文学部教授。博士（文学）2013年２月（早稲田大学）

主要論著
『新編日本古典文学全集　曾我物語』（共著、小学館、2002年）
『戦国軍記辞典　群雄割拠篇』（分担執筆、和泉書院、1997年）
『戦国軍記辞典　天下統一篇』（分担執筆、和泉書院、2011年）
『後三年記の成立』（汲古書院、2014年）
『後三年記詳注』（汲古書院、2015年）
「〈構想〉の発生」（「国文学研究」122集、1997年）
「歴史文学の系譜と展開」（『軍記文学の系譜と展開』所収、汲古書院、1998年）
「衰退史観から反復史観へ――院政期びとの歴史認識の変容を追って――」（『院政期文化論集３　時間と空間』所収、森話社、2003年）
「虚構とは何か――認知科学からの照射――」（「国文学研究」142集、2004年）
「中世の黎明と〈後三年トラウマ〉」（「軍記と語り物」47号、2011年）

保元物語《ほうげんものがたり》の成立《せいりつ》

平成二十八年二月二十五日　発行

著　者　野中哲照
発行者　三井久人
整版印刷　富士リプロ㈱
発行所　汲古書院
〒102-0072　東京都千代田区飯田橋二-五-四
電　話　〇三（三二六五）九七六四
FAX　〇三（三二二二）一八四五

ISBN978-4-7629-3630-2　C3093

KYUKO-SHOIN, CO., LTD. TOKYO.